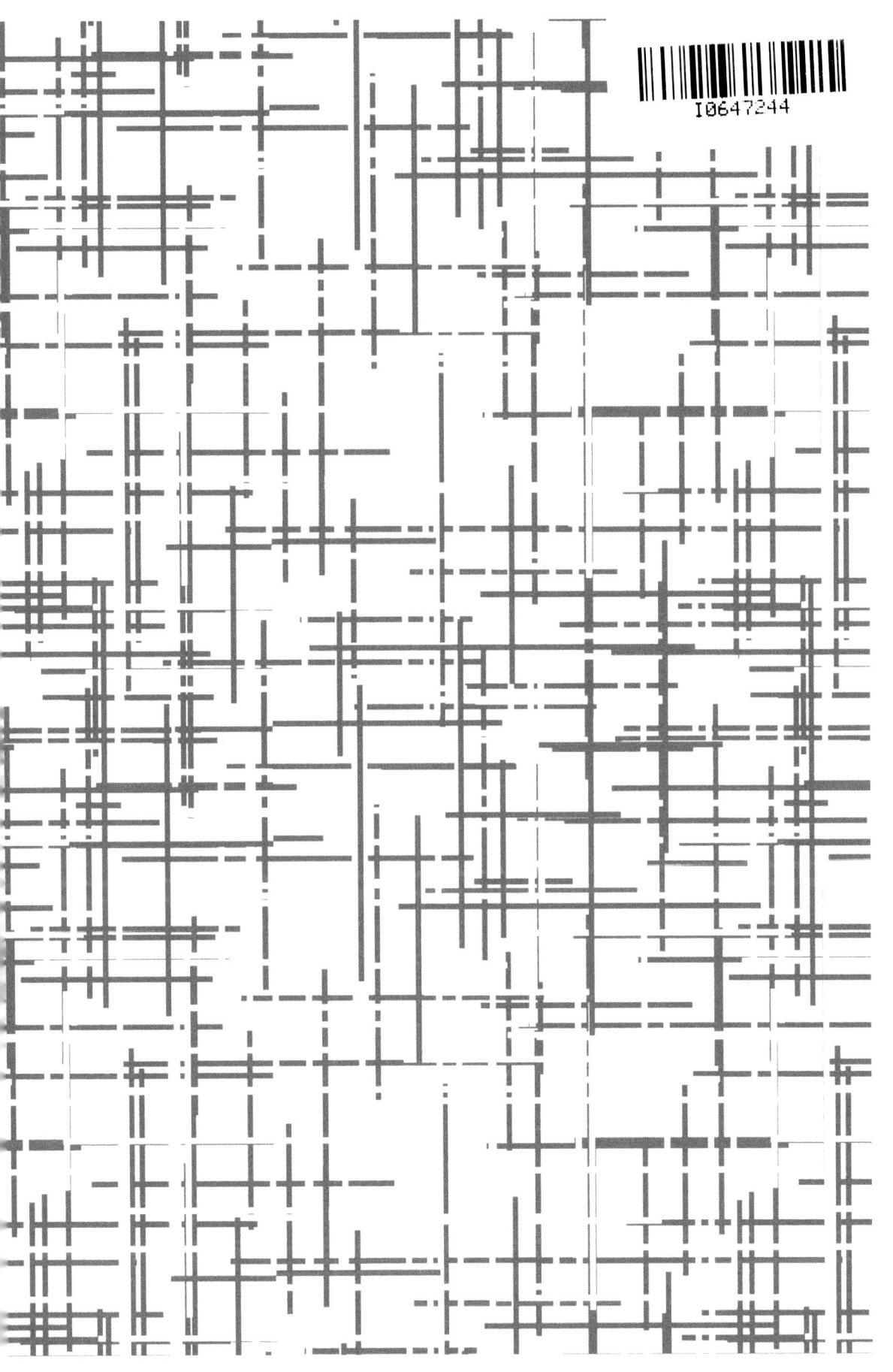

I0647244

Macarena López-Roberts Derqui

La cara oculta del poliedro

Primera Edición: Noviembre 2015

LA CARA OCULTA DEL POLIEDRO
Macarena López-Roberts Derqui

Editado por:

PENTIAN
info@pentian.com

LANTIA PUBLISHING, S.L.
info@lantia.com

Cuesta del Rosario, 8
Sevilla 41004
España

Impreso en España
ISBN: 9781635030297

Maquetación, diseño y producción:
© 2015 Pentian, de esta edición

Diseño de cubierta:
© 2015 Neil Becerra

Mecenas que han hecho posible la edición
de este libro en Pentian.com

Gracias por participar
en la revolución de la edición

Alberto Del Río

Alberto Delgado Gavela

Alejandro Melgar H. Sampelayo

Alejandro Florit Robles

Alma Niembro

Almudena Palacios Derqui

Álvaro Melgar Oliver

Antonio Risueño

Borja Artiñano Pocheville

Carlos Cortón Martínez

Carlos Derqui Martínez

Carlos López

Cesar Derqui León

Daniel Zuber

Daniela Rubio L.Roberts

Encarna Largo Martínez

Eva Stanton Ramírez

Fermín López-Roberts

Harold Heckle

Hazel Gormley-Leahy

Iñigo Rodríguez Sastre

Itziar Dosil Pardo

Jaime Fúster

José Luis Ripoll

Juan Melgar

Juan José López

Lucía Torres

Luis Fernández-Pita

Luis Palacios

Luis Usera Rodríguez

Manuel Álvarez García

Mara Derqui Barranco

María José Niembro Prieto

María Jofre Gómez

María José Mirón

María Yolanda Chesa

Mario García Canfrán

Marta Roberts Derqui

Mercedes Cabeza Gómez

Marta Melgar H. Sampelayo

Marta Solano de Juan

Miguel Ángel F. Ferreiro

Pedro Alonso

Pedro Pérez-Solero

Pedro Melendo Derqui

Pelayo Fernández Armero

Peter G. Tapia

Pío López-Roberts

Raúl Romojaro

Rafael Bustamante

Ricardo Machado

Santiago Fernández-Pita

Sebastián Muller

Sofía Rueda Niembro

Tita Kahan

Agradecimientos

A Neil Becerra, por su gran sensibilidad.

A Manuel Bravo, por ser mi primer crítico y ayudarme a mejorar como escritora.

A José Gabriel Díaz Hernández, por compartir conmigo su pasión por el campo.

A Harold Heckel, por su sabiduría sobre el mundo del vino.

A Pentian y a los mecenas, por hacer realidad el sueño de publicar.

A María Jesús Pérez, la mejor correctora de estilo con la que hc tcnido el placer de trabajar.

A mi familia y mis amigos del alma, por vuestras infinitas muestras de cariño y apoyo en estos meses de creación. Sin vosotros, no habría sido posible llegar hasta el final.

*A mi padre, el gran ausente
en este momento dulce de mi vida.*

A mi madre, Maritha.

*A mis hijos, Darío y Daniela,
y a mi marido, Luis.*

El valor de las cosas no está en el tiempo que duran,
sino en la intensidad con que suceden.
Por eso existen momentos inolvidables,
cosas inexplicables y personas incomparables.

Fernando Pessoa

Índice

Aquella mañana, al girar la llave dentro de la cerradura, fui consciente de lo que había significado abandonar mi casa. Empujé suavemente la puerta, que sonó reumática, y entré tras muchas jornadas lejos de todo. Las primeras luces del día perfilaban las siluetas de la estancia, al tiempo que alumbraban el camino de vuelta al que siempre consideré mi hogar y que ahora, sin embargo, comenzaba a ser tan solo el recuerdo de un pasado presente. Abandoné mi equipaje en un rincón junto a la puerta y me senté a la mesa del comedor mientras observaba los muebles y respiraba el silencio plúmbeo que me circundaba.

Abrí mi portátil y calculé la distancia que había entre La Umbría y la tierra roja de Brasil, dos puntos separados por 8000 kilómetros que cosían ahora mi vida y me hacían sentir como un alpinista que vislumbra el ascenso a una montaña desconocida, la más alta de su vida. Un viaje de ida y vuelta a dos mundos separados por los silencios y las mentiras, y unidos por las traiciones y las muertes que cimentaron el edificio insondable que fue mi familia.

Había vuelto a lo que fue la realidad de mi existencia, pero con la mente clara y el corazón herido por las huellas profundas que marcan a quien se atreve a asomarse al balcón de la vida.

La imagen que me mostraba la pantalla y que unía esos dos puntos me hizo pensar si no había regresado para volver a partir de nuevo. Como si estuviera situada en la posición de salida de un tablero viejo, pero esta vez, con piezas nuevas y unas reglas de juego recién establecidas.

Fue justo en ese instante, tras pasar unos minutos absorta en la línea de la pantalla que unía La Umbría y Brasil, cuando miré mi maleta y sonreí. Supe que el final de aquel viaje era solo el principio de otro. Una segunda oportunidad para lo que no pudo ser y debería haber sido. El inicio de todo.

1
Encuentro en La Umbría

Hemos organizado una comida familiar para celebrar el decimotercer cumpleaños de Tristán, coincidiendo con el 21 de junio, día en el que acaba la primavera, cuando el cambio de estación. Gonzalo, como buen padrino, se ha ocupado de los detalles. Es una tradición familiar dar la bienvenida al verano en la dehesa de La Umbría, una extensión de más de doscientas hectáreas de encina, alcornoque y chaparral, en la que no hace mucho tiempo se criaba ganado bravo, además de caballos, cochinos, gallinas, ocas y conejos. Tierra salmantina rica en fauna y generosa en flora. Hogar natural de perdices, liebres y jabalíes, el disfrute máximo del cazador cuando se abre la veda de octubre a diciembre. Sin dejar de lado la tradicional y popular matanza del cerdo, un acontecimiento familiar y en ocasiones público, cuyo ritual comienza una vez celebrada la festividad de San Martín, para abastecer de carne las despensas de los más pobres mientras los señores disfrutan de grandes comilonas y veladas junto a la chimenea hasta bien entrada la primavera. Orgullo y refugio de mi padre, cobijo para sus amigos y, a veces, también para nosotros, sus hijos.

La dehesa es lo único que ha sobrevivido del patrimonio familiar que él aportó a su matrimonio. Conservado no por méritos propios, sino por la buena mano en los negocios y la generosidad de mi hermano mayor, Gonzalo. Es una suerte que podamos coincidir todos a excepción de mi madre, que desde que se separó de mi padre estando embarazada de mí, no ha vuelto a pisar el campo de Castilla.

Mi padre es un ser extraño. A veces me llama la atención lo poco que tenemos en común. Nunca sabes a qué atenerte, sufre cambios de humor constantes y no siempre le gusta tenernos cerca. Agradece la compañía, pero con cuentagotas y a su manera. Mario, Tristán y yo hemos salido muy temprano de Madrid. Tenemos un fin de semana por delante muy apetecible, lejos de la tensión habitual, de los problemas en el trabajo, de la rutina diaria de casa. Nos va a venir bien relajarnos. Tristán está loco de contento, hace más de un mes que no ve a su primo Íñigo. No sé si vendrán mi hermana Beatriz y su hija Marina; con Bea nunca se sabe. Ella, simplemente, aparece cuando quiere. Gonzalo me ha llamado esta mañana para decirme que aparecerá a la hora del aperitivo; llegó anoche muy tarde de París. Sonsoles, Jacobo e Íñigo, como siempre, se nos han adelantado: llegaron ayer por la tarde a la dehesa.

Hemos dejado la carretera y cogido el camino de tierra que nos lleva hasta la casa. Tristán le pide a Mario que lo deje conducir y yo me paso al asiento de atrás. Mientras recorremos los tres kilómetros de camino que nos separan de la casa, bajo la ventanilla para sentir el aire fresco en la cara. Inspiro profundamente para oxigenar al máximo mis pulmones.

El tono morado de las matas de espliego se mezcla con el amarillo de las escobas y el verde de las encinas y los pastos. Todo el campo está en flor. Me encanta este paisaje. Una abubilla de vuelo errático se ha posado sobre una piedra. Tiene las alas y la cola listadas en blanco y negro. Se queda inmóvil y despliega el elegante penacho de plumas eréctiles de colores canela, blanco y negro. Ya estamos llegando a casa. A lo lejos se oye el canto intermitente del cuco y la escandalera que organizan los gorriones en las copas de los chopos que flanquean el invernadero. Junto a las caballerizas y el guadarnés, está el huerto que cultiva Ramón. La tierra es fértil y se dan bien los árboles frutales, como membrillos, perales, manzanos e higueras. En el invernadero de techos retráctiles, se cultivan patatas, tomates, calabacines, guisantes, cebollas, zanahorias, ajos, *ciboulettes,* espárragos, judías, lechugas, rabanitos, fresas y frambuesas.

Entramos en el último tramo del camino. Tristán detiene el coche para que Mario abra el portón de acceso a casa. Un camino empedrado flanqueado por cipreses nos conduce hasta la entrada. Aparcamos el coche en el zaguán junto al todoterreno de Sonsoles y el Mehari rojo que usa mi padre para hacer recados en el pueblo. Salgo del coche y me estiro como un gato. Echo una mirada a los macizos de flores del jardín: lirios, petunias, margaritas, clavelinas y jacintos. Ramón nos saluda con la mano desde el seto que encuadra la piscina. Está terminando de podarlo. Deja sus herramientas y viene a nuestro encuentro. Está todo precioso, las rosas blancas y rosas están exultantes. Cuando nos vamos, suelo llevarme un par de ramos, uno para casa y otro para mi despacho. Adoro el aroma que desprenden las rosas de color rosa; son las más auténticas, las que más huelen a rosa. La hierba está recién segada. Una hilera de vincas rodea la casa como si fuera un camino vegetal. El color verde de la hiedra que trepa por las paredes del edificio contrasta con el gris blanquecino de la piedra rústica de granito de la fachada. La parra y el jazmín cubren las columnas del cenador situado junto a la piscina, aún cubierta por la lona *beige* que la protege hasta que haga más calor. Huele a una mezcla de espliego y tomillo envueltos en ráfagas intermitentes de jazmín. Respiro hondo y pienso en la suerte que tenemos. Mario me mira y sonríe tiernamente. Le devuelvo la sonrisa. Tristán me guiña un ojo y sonríe también. No sé qué se le estará pasando por la cabeza, pero tampoco lo voy a averiguar. Hemos venido a celebrar su cumpleaños y a disfrutar, no tengo tiempo de cavilar. Hoy me tomo el día libre.

Marcelina nos recibe vestida con su delantal blanco inmaculado en la escalera principal de acceso a la casa.

—Señorita Alejandra, qué alegría verlos.

—Ay, Marcelina, qué manía de llamarme *señorita*. Si me conoces hace quinientos años…

—Qué cosas tiene, señorita; venga para acá que le dé un beso. Y el señorito Tristán, ¡Virgen Santísima, pero si está hecho un hombre!

Tristán se acerca a ella y la abraza con fuerza. La cabeza de Marcelina le llega a la altura del pecho. Marcelina se sonroja y se deja achuchar por mi hijo, que la retiene entre sus brazos y la besa en la frente mientras las mejillas de la mujer se sonrojan. Después se separa de él y le acaricia la cara con suavidad. Me acerco a ella, me da dos sonoros besos y me pellizca la mejilla, como hacía cuando era pequeña.

—¡Ay, madre, qué criatura más hermosa! —exclama. Me vuelve a pellizcar y sonríe.

Mario la saluda dándole la mano y Marcelina le da la bienvenida, cercana y cariñosa, como siempre. Ramón se pone al lado de su mujer y nos recibe inclinando ligeramente la cabeza hacia abajo en un gesto de respeto. Es un hombre reservado y trabajador. Rápidamente se acerca a Mario para ayudarlo con las bolsas que traemos.

Íñigo sale de casa trotando escaleras abajo, saltando los peldaños de tres en tres, y se abalanza sobre Tristán. *Ringo* y *Rango,* los dos perros bodegueros andaluces de la casa, lo adelantan ágiles y nerviosos. Se acercan para saludarnos, nos olisquean y nos dedican una de esas miradas chispeantes de perro listo. Parece que hablaran. Las manchas negras que enmarcan uno de sus ojos, en *Ringo* el izquierdo y en *Rango* el derecho, hacen de ellos una pareja de aspecto muy cómico.

—Felicidades, tío, tienes que ver lo que el abuelo y yo tenemos para ti. Es la caña.

—Joder, tío, qué bruto eres; casi me rompes el cuello.

—Anda, no seas nenaza. Estoy emocionado, hace la tira que no nos vemos.

—¿Nena yo? Vamos ver quién de los dos lo es.

—Hola, tía Álex; hola, Mario. Mamá y papá están en las caballerizas con el abuelo. Vamos todos para allá. ¡Lo vais a flipar!

Tristán e Íñigo desaparecen corriendo uno detrás del otro hacia las caballerizas. Mario y yo entramos en casa en procesión detrás de Ramón y Marcelina. Mi cara adopta una expresión interrogante, pensando qué será lo que el abuelo tiene preparado esta vez. Dejamos las cosas en nuestros cuartos y salimos de nuevo rumbo a la cuadra. Veo a Sonsoles hablando con mi padre sobre algo que no alcanzo a oír. Están discutiendo frente a la puerta medio entornada del guadarnés, manteniendo una distancia prudencial respecto a los demás. Sonsoles, contenida como suele ser, y mi padre, haciendo aspavientos sin querer razonar.

Jacobo nos saluda con la mano desde una de las cuadras, al margen de las conversaciones entre su mujer y su suegro. Está cepillando a uno de los caballos. Es un apasionado de la doma clásica y un consumado jinete. En casa todos montamos a caballo y, afortunadamente, Jacobo comparte la misma afición con la familia. Es una delicia tener entre nosotros a un hombre tan equilibrado, templado e inteligente como Jacobo. Es natural que le vaya tan bien en el bufete. En casa, sentimos adoración por él. Mi hermana y él están enamorados desde que se conocieron en el club de tenis de San Sebastián, hace tantos veranos que la memoria no me alcanza. Es como si siempre hubieran estado juntos. Nos acercamos hasta él y nos saludamos.

—¿Cómo estás, querido cuñado? Te he echado de menos.

—Qué gusto verte, Álex, estás radiante. Me alegra mucho que podamos reunirnos otro año más para celebrar el cumpleaños de Tristán. ¿Qué tal, Mario, cómo va todo? A lo mejor esta tarde podemos jugar un partido, si Íñigo y Tristán se animan. Viejas glorias contra jóvenes promesas.

—Hola, Jacobo, me apunto encantado a darles una paliza a ese par de imberbes hormonados.

—Jacobo, ¿qué pasa con papá? ¿De qué se trata esta vez? Veo muy seria a Sonsoles.

—Nada grave. Me temo que tu padre se ha fundido la asignación mensual en el regalo de cumpleaños de Tristán.

—¿Será una broma, no?

—Espera y verás, no quiero destriparle la sorpresa, ya sabes lo celoso que es tu padre de sus cosas. ¡La verdad es que es una auténtica maravilla! Vamos a tener lío con Gonzalo; no creo que esté dispuesto a darle ni un centavo extra, ni a hacerle ningún préstamo a cuenta de los caballos, los cerdos, las ocas, las gallinas, los pavos y demás zarandajas que para colmo tiene que mantener para tenerlo entretenido. Nada nuevo bajo el sol, querida Álex. No te preocupes, ya está Sonsoles lidiando con él. Es una más de las suyas.

—Espero que tengamos el cumpleaños y el resto del fin de semana en paz, no tengo ganas de líos. Cada vez que nos juntamos la monta y, francamente, estoy cansada de presenciar escenas desagradables. No sé cómo Sonsoles sigue teniendo tanta paciencia con él; la admiro.

Agarro a Jacobo del brazo y paseamos por las cuadras pasando revista a los caballos, que, como de costumbre, están colocados por orden alfabético. *Acuarela, Cartuche, Chaparrito, Guajira, Lagartijo, Malafacha, Piropo, Solera, Tragabuches y Zamarrita.* Mi favorita es *Guajira*, una yegua portuguesa de nueve años del hierro de Lima, de capa color negro peceño, porte elegante y bien proporcionada, de pecho ancho y cuartos traseros fuertes. Con crines y cola también negras que da gusto cepillar. Es un hembra valiente, vigorosa, dócil y noble.

Cartuche es otro magnífico caballo. Solo lo monta mi padre, está hecho a su mano. Es un caballo lusitano, tordo rodado, de la yeguada Veiga. Un animal complicado, subido de sangre, con mucho carácter. Muy territorial, y al mismo tiempo, noble y valiente. Lo monta con una silla portuguesa de ajuste, apta solo para caballistas experimentados.

Piropo es un caballo anglohispanoárabe, tordo picazo. Cansado de acosar y derribar por los campos de Andalucía, fue comprado por mi padre a un gitano tuerto del ojo derecho en la Feria de Zafra. Un caballo muy bien puesto, ideal para pasear entre el ganado, aunque ahora ya no tengamos vacas entre las que pasearnos.

Me gusta también *Solera*, una yegua anglohispana colina, castaña, careta, cordón corrido y cuatralba. *Acuarela* es otra yegua lusitana, de cabeza acarnerada, alazana, bebe en el superior. Y *Tragabuches* un anglo-árabe con mucho temperamento, difícil de entender. Un misterio de animal, excepto para Jacobo. Es su favorito y el que suele montar. Está hecho a su mano, conoce sus rutinas. Caballo colín, con las crines entresacadas a la vaquera. No apto para todos los públicos. Finalmente *Zamarrita,* un caballo abretonado, castaño, muy bajo en sangre. Más viejecito que los demás, de unos quince años de edad. Bien colocado y facilón. Ideal para los invitados que vienen a la dehesa dándoselas de experimentados jinetes de picadero, ataviados con sus novísimos e impolutos equipos de caballista novel.

Las cuadras están como siempre, impecables. Ramón tiene como ayudantes a tres chavalitos del pueblo que le echan una mano en el huerto y en las caballerizas. No se les permite montar los caballos, solo se ocupan de mantenerlos limpios. «Los caballos no se montan, a no ser que lo diga don Beltrán», les advirtió Ramón el primer día que llegaron a La Umbría. Para esos menesteres están Eugenio y Fabián, dos expertos caballistas que suben todas las semanas, de lunes a viernes sin faltar un solo día, a excepción de las fiestas de guardar. Son ellos quienes se ocupan de montarlos y mantenerlos en plena forma. Y aunque vivieron tiempos mejores y ya no tienen que hacer su trabajo apartando y deshijando vacas ni se requiere su presencia en las tientas, mi padre los sigue teniendo a su cargo para que los caballos continúen en perfecto estado de revista. «Nunca se sabe cuándo cambiarán las tornas», suele decir. En la dehesa no se mueve una mosca sin la autorización del patrón.

Ramón y Marcelina llevan más de cuarenta años viviendo en casa y son la extensión de mi padre en todo lo que se refiere a la intendencia de la casa, las caballerizas, el huerto y el tentadero, ahora sin público ni actividad. La lealtad y el cariño que sienten

Marcelina y Ramón por mi padre está fuera de toda discusión. «Si el señor lo manda, así debe ser», suele sentenciar Ramón.

Pasados unos minutos, Sonsoles y papá se acercan al resto del grupo. Nos saludamos y nos abrazamos. Parece que se han calmado los ánimos. Sonsoles me guiña un ojo, como quitándole importancia a lo que quiera que estuvieran hablando. Sabe que me preocupo cuando siento tensión en la familia.

—Hola, jóvenes, ¿qué tal el viaje?

—Muy bien, papá, con ganas de llegar. ¿Qué tal tú?

—Pues aquí, cambiando impresiones con tu hermana y esperado a que lleguéis todos de una puñetera vez, que venís con cuentagotas. Mario, chato, cada día estás más fuerte, tienes un aspecto envidiable.

—¿Qué tal, Beltrán? Tú sí que tienes buen aspecto. Me alegro mucho de verte.

—A ver, ¿dónde están mis nietos? Quiero que Tristán vea su regalo de cumpleaños. Cuando yo cumplí trece años, mi padre me llevó de excursión durante una semana por la Sierra de Alcaraz hasta el pico Almenara. Él y yo mano a mano, montando nuestros caballos, de pueblo en pueblo. Con un par de alforjas, algunos embutidos, una buena navaja y una cantimplora, durmiendo al raso, al calor de la hoguera, conviviendo con la naturaleza, haciéndome un hombre. Nada enseña más en la vida que el campo, pero vosotros no sabéis nada de eso, os habéis criado en la ciudad, y por mucho que disimuléis, se os nota que sois unos aficionados. ¡Que venga Tristán!

—Abuelo, aquí estoy.

—¿Estás preparado? Abre la puerta de la última cuadra y mira a ver si encuentras algo en ella.

Todos caminamos detrás de Tristán hasta la última cuadra y nos quedamos callados esperando a que abra la puerta. Ramón y Marcelina aguardan también unos pasos por detrás de nosotros. Tristán mira a su abuelo con los ojos chispeantes de emoción y abre el pestillo de la puerta con sumo cuidado, temiendo que algo pueda saltar sobre él. Puede ser cualquier tipo de animal salvaje y él lo sabe. El interior está oscuro. A medida que la puerta se abre lentamente y deja pasar la luz, la silueta de un caballo va tomando cuerpo.

—¡Abuelo! ¿Este caballo es para mí? ¿Para mí solo?

—Por supuesto, chato. De lo bueno, lo mejor para mis nietos —contesta con un tono socarrón—. Ahora, Íñigo, tú y yo nos vamos a ir a dar un paseo hasta que lleguen tus tíos, los rezagados. ¡Lo llamaremos *Arcano!* Ramón, que ensillen los caballos. El caballo de Tristán, con su silla portuguesa, a ver cuánto han crecido esas piernas. Encarga a uno de tus chicos que pongan el nombre en la puerta y que muevan a todos los demás una cuadra a la derecha. Será el segundo, un puesto por delante de su abuelo. Jacobo, tú puedes venir con nosotros; los demás que esperen.

Tristán está tan emocionado que no deja de sonreírnos a todos, orgulloso, sintiéndose reconocido y premiado por su abuelo, el hueso más duro de roer de todos los posibles e imaginables. Lo abraza con todas sus fuerzas y se va corriendo al guadarnés a por sus botas de montar. Íñigo lo sigue como una exhalación. Mi padre sonríe ufano mientras va detrás de los pasos de sus nietos rodeando con su brazo el hombro de Jacobo. Mario y yo nos quedamos boquiabiertos, el resto ya ha tenido tiempo de asimilar la sorpresa. *Arcano* es un caballo lusitano de cuatro años color gris perla. Ahora entiendo la discusión entre mi hermana y mi padre. Un ejemplar como este, con carta de origen, muy domado, vestido con los mejores aparejos, y su transporte hasta la dehesa debe de haber costado una fortuna que solo mi padre sabe y quizá Sonsoles. En casa no se habla nunca de dinero, a mi padre le parece una ordinariez y desprecia a la gente que lo hace en su presencia. Mi padre ni habla de dinero, ni calcula lo que gasta ni aprovisiona. Para él, el dinero está para gastarlo y punto. Ha comprado el caballo hace una semana, en la yeguada de José Fontes de la Quinta das Arribas, en Portugal, a unos 300 kilómetros de La Umbría, camino de Castelo Branco, cerca de Fátima. Por suerte, no se le ha antojado comprar uno de la yeguada de Alter Real de Lisboa. Gonzalo se lo agradecerá.

Mi hermano ha llegado al aperitivo, como había prometido. Sonsoles y yo aprovechamos para anticiparle el «pequeño detalle» del regalo de Tristán. Como ya sabíamos que ocurriría, Gonzalo se ha disgustado y ha despotricado en francés hasta que se ha quedado a gusto.

Para la hora de la comida, los ánimos están calmados, y los caballistas, recién llegados de su paseo. La comida ha sido muy agradable y tranquila. Disfrutamos de un día de primavera sin viento, con una temperatura deliciosa. Una brisa suave nos trae un olor con mezcla de aromas y matices de mayor o menor intensidad según sopla. Gonzalo mira de reojo a mi padre de cuando en cuando y se sonríe con esa mueca tan suya de incredulidad, moviendo ligeramente la cabeza como diciendo: «El tipo no tiene solución». Bea ha llegado a los postres con la pequeña Marina, que cumplió cuatro años el fin de semana pasado y ha querido ayudar a su primo mayor a apagar las velas de una magnífica tarta Saint Honoré, hecha por Marcelina al gusto de mi padre y en honor a su nieto. Después de disfrutar de la tarta, hemos dado los regalos a Tristán. Una bicicleta de montaña último modelo por parte de Gonzalo; una PlayStation 2 de Íñigo; unas zapatillas de deporte de Bea, quien, a su vez, ha recibido varios paquetes con ropa y juguetes para la benjamina de la casa; un canario de parte de Marcelina y Ramón para tener en la dehesa; un par de palas de pádel de Mario y un fin de semana en Londres para cuatro personas de mi parte. La elección de los acompañantes queda a cargo de Tristán.

Mientras las chicas ayudamos a Marcelina a recoger la mesa, los hombres se quedan en la biblioteca tomando una copa de Armagnac y fumando unos puros que Jacobo ha traído para la ocasión: Davidoff número 2. De todos es sabida la admiración que mi padre siente por su creador, Zino Davidoff, un gran empresario y *bon vivant* que desarrolló precozmente y mantuvo durante toda su existencia un finísimo sentido del disfrute de los placeres de la vida. Afortunadamente, el ambiente es distendido, incluso se oyen algunas risas. El fin de semana transcurre tranquilo, sin grandes sobresaltos.

Los cuatro hermanos aprovechamos el rato de siesta de mi padre, quien nunca la perdona, para charlar tranquilamente, mientras Jacobo se ocupa de instalar la consola a los dos niños mayores. Marcelina, siempre al quite, se lleva a Marina al corral para que vea las ocas y las gallinas.

Una vez solos, Gonzalo nos pone al día de cómo marchan las cosas en el restaurante. Se ha hecho cargo de un negocio ruinoso y decadente en la calle Libertad que hace años que solo daba pérdidas. Con una enorme inversión, y después de quitarse de en medio al encargado previo pago de una jugosa indemnización de dinero en metálico, se ha puesto al día con las deudas, ha cambiado de proveedores, se ha ocupado de tirarlo abajo y de transformar lo que se había convertido por desidia y abandono en una cueva de ladrones, en un espacio que respira sofisticación y buen gusto, diáfano, moderno, elegante y muy personal. Ha contratado a un chef francés y a una joven promesa vasca recién salida de la escuela Le Cordón Bleu, animándolos a compartir experiencias culinarias y a crear juntos. Ha apostado por un *bistró* con una carta innovadora y por una excelente bodega de vinos. Lo ha dividido en varios ambientes: una zona de mesas, una barra rectangular de coctelería y mesas altas de velador con una capacidad para doscientas cincuenta personas, que ha complementado con una zona reservada para organizar encuentros especiales a los que se accede por rigurosa invitación. Cada lunes, cuando la actividad del restaurante cesa, el espacio privado se transforma, reinventándose cada semana tanto por su contenido rabiosamente innovador como por los perfiles de los invitados. Actores, pintores, modelos, artistas, escritores, arquitectos, músicos y gente variopinta le dan un toque de plasticidad, colorido y glamur. Se llama L'Enfant Terrible, pero es conocido por todos como Terryble. Gracias a la habilidad de Gonzalo, a su buen ojo para los negocios, a su exquisito y refinado gusto y a su ilimitada generosidad, los negocios que mi padre había conseguido arruinar, él los mantiene a flote, y en algunos casos, ha logrado hacerlos rentables.

Afortunadamente, mi hermano Gonzalo no solo se dedica a reflotar lo que nuestro padre hunde o desprecia. Maneja otros negocios que le dan muchos menos quebraderos de cabeza y alguna que otra alegría extra para compensar los desaires y la falta de visión empresarial de su progenitor. Terryble brilla con luz propia. Gonzalo ha conseguido tener un equipo fiel liderado por Marcel, un francés de Lyon hijo de una familia de bodegueros, íntimo amigo y leal hasta la muerte. Las cosas le van bien. Va y viene con bastante frecuencia a París, donde tiene un apartamento en el barrio de Saint Germain al que solo invita a mi madre, quien tiene su propio cuarto. Desde hace algún tiempo, mantiene una relación sentimental con Philippe Mimieux, diez años menor que él, al que no conocemos ninguno, a excepción de mi madre. Es diseñador de vestidos de novia para bodas civiles, auténticas obras de arte de ensueño, trajes exclusivos hechos a medida y nada convencionales. Les va muy bien en su relación y en los negocios. Tienen una tienda en el barrio de Le Marais y un pequeño *atelier* contiguo en el que diseñan y confeccionan piezas únicas. Gonzalo es muy reservado respecto a su vida privada, en especial en la reuniones familiares. Se cuida de no comentar cualquier cosa que pueda provocar desagradables tensiones. Todos caminamos con cautela alrededor de mi padre, como si sostuviéramos en nuestras manos bombas capaces de hacer desencadenar al más mínimo contacto una batalla campal.

Hoy domingo después de comer, cuando nos disponíamos a cargar el coche con el equipaje y algunos cajones con productos de la huerta, he sorprendido a Tristán hablando con Marcelina en la cocina, su lugar preferido, quizá porque ha vivido su infancia entre sus faldas y los fogones. Me he detenido a pocos metros, tras la puerta contigua que da al cuarto de plancha sin atreverme a interrumpir la conversación, con los pies inmóviles y la cara apoyada entre el marco y la rendija que deja la puerta medio entornada, por la que puedo escuchar la conversación sin ninguna dificultad.

—Marcelina, quiero contarte un secreto. Creo que mi madre se quiere separar de Mario. Los oí hablar la otra noche; mamá dice que está decidida y que no hay vuelta atrás. Yo no quiero que se vaya Mario, es un tío guay. ¿Tú sabes lo que es ser guay?

—Pues claro que sé lo que es ser guay, como tú dices. Y tú, hijo mío, ¿por qué escuchas las conversaciones de los mayores? A tu madre tienes que respetarla y quererla mucho, corazón. Como ella no hay otra en el mundo. Ya verás como las cosas se arreglan y es solo una riña de enamorados. Tú tienes que ocuparte de cosas de chicos y dejar que los mayores resuelvan sus asuntos.

—Ellos no están enamorados, Marcelina. Esas cosas se notan. Si lo estuvieran, se besarían todo el tiempo y se dirían cursiladas como en las películas. A mí me parece que fingen delante de mí para que no me dé cuenta, pero se les nota. No creas que me chupo el dedo, Marce.

—¿Y qué sabes tú de esas cosas, Tristán? ¿A ti te parece que el Ramón y yo estamos enamoraos? Hay muchas maneras de quererse y todas son buenas. Cada edad tiene sus momentos y no siempre se está igual. Me parece que tienes que ver menos la tele, hijo.

—Cómo te echaba de menos, Marce, me tienen castigado y no me dejan venir a ver al abuelo tanto como antes. Lo único que les importa son las notas y lo que dice la psicóloga, que tampoco entiende nada.

—No me llames Marce, Tristán, sabes que no me gusta. Por lo que dice tu abuelo, estás portándote fatal en el colegio. Han estado a punto de expulsarte y las notas son muy malas. Yo sé que si tú quisieras, sacarías unas notas buenísimas. Eres un chico listo. Cuando yo iba a la escuela valía con saber leer y escribir, pero ya no es así, hijo mío. Ya has cumplido trece años y tienes que hacerte un hombre de verdad. Fíjate en tu tío Gonzalo y en tu abuelo.

—Vale, no me des la charla como mamá; ya sé lo guay que es el tío Gonzalo, pero no lo será tanto cuando se lleva tan mal con el abuelo. ¿No te has dado cuenta de que apenas si se hablan?

—Yo me doy cuenta de todo, Tristán, pero esta vieja lo mismo que oye, calla. Así que aplícate el cuento y haz lo que te corresponde, sé bueno y estudia para ser un hombre de provecho. Mientras tanto, cuidaremos de tu pájaro y de tu abuelo. Espero que vuelvas pronto a visitarnos, y avísame para que me dé tiempo a hacerte el arroz con leche que tanto te gusta.

—¿Con mucha canela?

—Con toda la que quieras, Tristán.

Nos despedimos de todos excepto de mi padre, que continúa disfrutando de su siesta. Ramón ha cortado algunas rosas del jardín y ha hecho dos ramos y ha juntado los tallos húmedos con hilo de bramante de la cocina y una envoltura de papel de aluminio. Marcelina se despide santiguándose y haciendo sobre la frente de Tristán la señal de la cruz. Íñigo sujeta a los perros para que no salgan corriendo detrás del coche mientras Tristán saluda con la mano desde el asiento de atrás, hasta que nos perdemos entre los árboles del camino de vuelta, en silencio, sintiendo los últimos rayos del sol de primavera a través del cristal.

2
Me quiero separar

Reniego de volver a casa. Reniego como el toro de la plaza. Pataleo, me resisto y no me resigno a permanecer por mucho más tiempo en esta situación. Es la última vez que jugamos a ser la familia feliz.

Tristán ya lo sabe. Yo lo sé. Mario también, aunque no quiera reconocer y enfrentar esta situación. Tenemos que terminar con esta ficción. Ya no deseo compartir mi vida ni a los míos con él. He pasado todo el día en la agencia, trabajando con el equipo creativo en el próximo lanzamiento de un ron de caña guatemalteco, y lo último que me apetece es cenar con míster tableta de chocolate para contarnos al final del día lo bien que nos va y lo afortunados que somos. Me resulta insoportable, casi repugnante. Se repiten los momentos en los que uno pone con demasiada frecuencia cara de Peter Sellers en *El último guateque*. Esa sonrisa permanente, perfilada en una cara de circunstancias que parece decir que todo va estupendamente aunque bajo tus pies la tierra abra su boca de sumidero y se esté tragando tu vida. Todo por la causa, con los ojos irritados por la tensión y una mueca impertérrita de boba para que la fiesta continúe en paz. Eso somos nosotros, dos malos actores que interpretan sus papeles en una película de esperpento con medias sonrisas desdibujadas que solo provocan lástima.

Entro en el garaje de casa y veo aparcada su inmaculada moto Harley Davidson. Paro mi Vespa, apoyo los pies en el suelo y durante unos segundos pienso en darme la media vuelta. Mascullo entre dientes y sopeso si hacer tiempo antes de subir a casa. Me altera verme en esta situación y no me gusto a mí misma queriendo escapar de mi propia vida. Lo que realmente me pide el cuerpo es huir, largarme a la francesa sin dar ningún tipo de explicación. Viajar sin parar hasta no recordar de dónde vengo. Armarme de valor y decirle a Mario por fin: hasta aquí hemos llegado. Sin dramas. Sin acritud.

Cada vez alargo más las horas en la oficina y estoy menos tiempo en casa, una estrategia muy masculina que cada vez adoptamos más mujeres. Los dos sabemos que no tenemos mucho en común y nos queda poco o nada de que hablar, más allá del juego que da comentar las noticias de actualidad, los avances de los alumnos de las clases de pádel, los nuevos proyectos de la agencia, lo que nos habrá preparando Linda para cenar o lo callado que está Tristán últimamente. Los silencios se hacen insoportables y las ausencias hablan por sí mismas. No sería la primera vez que le planteo abiertamente una separación. Hace tiempo que sé que es lo mejor para nosotros dos. Mario no es estúpido y sabe perfectamente que no estoy enamorada de él. No es que lo intuya, es que tiene la certeza. Y él tampoco lo está de mí. Somos una pareja de vejetes prematuros a los que aún les aguanta la dentadura intacta y tienen un perfecto control de sus esfínteres. «El amor no dura para siempre», suele decirme cada vez que afirmo que se nos ha ido la chispa.

El número de cenas y de viajes profesionales son un óptimo catalizador del estado de nuestra pareja; estado vegetativo paralizante, irremediable, sin vuelta atrás. Por no mencionar la cama, de la que salto como un gato a las siete de la mañana y en la que no entro hasta las doce de la noche, cuando me acuesto con sigilo para no despertar a la bestia y sus instintos sexuales. Algunos días me quedo trabajando en el despacho con tal de no pasar por taquilla, y eso que antes disfrutaba del sexo con él, pero ya no lo quiero, y para mí, no es solo una cuestión de satisfacción física. Necesito admirar a la persona con la que me acuesto, y Mario no está precisamente en mi catálogo de ejemplares deslumbrantes. Si tuviera que dibujar lo que me sugiere nuestra relación, sería una fina línea recta, simple y llana, sin apenas fluctuaciones ascendentes ni descendentes. Una línea vital desdibujada, adormecida por el paso del tiempo. La última vez que le dije que quería que se buscase un apartamento fue en el mes de enero. Mario no se esperaba el revés y se le cayó el mundo encima.

—¿Qué va a pasar con Tristán? —me preguntó. Supo cómo tocar la única tecla que cortocircuita mi mecanismo interno.

—Tendrá que acostumbrarse, lo haremos de una forma amigable y progresiva —le respondí.

El chantaje emocional está servido. Han pasado tres meses largos y seguimos sin afrontar la situación. Mario no quiere escuchar los argumentos que pongo sobre la mesa, se niega a reconocer que el desamor se ha instalado en nuestras vidas pobres y de afectos descafeinados. Suele colocar a Tristán como una red de protección tras la que esconde su miedo a ser rechazado por mí. Pone a prueba mi equilibrio y consigue que se tambaleen mis inseguros cimientos emocionales. Negamos la realidad y ponemos a Tristán como excusa para no tomar decisiones dolorosas, a la espera de ese momento mejor que nunca acaba de llegar. Sigo prisionera en esta relación que está en vía muerta porque no me atrevo a dar el paso.

Quiero dejarlo, pero me echo atrás cuando me habla de mi hijo. Me toca el punto débil, me hace sentir insegura porque sabe que no deseo abrir un foco de conflicto y desequilibrar a Tristán. Mario sabe las teclas que debe tocar. Lo que parece ignorar es que cuando tocas en exceso un punto sensible, el dolor se mitiga y llega un momento en el que comienzas a no sentir. Mario ha cumplido su papel en esta obra de poca ciencia y mucha ficción.

Cuando lo conocí pensé: «Este es el tipo de hombre que me conviene, equilibrado, tranquilo, deportista, niñero, buen tío, sin más aspiración en la vida que el día a día de sus clases de pádel, sus paseos en moto por la sierra de Madrid y su colección de revistas de motociclismo apiladas en una esquina del cuarto de baño». Y vuelvo a mentirme una y otra vez, y pienso que, al fin y al cabo, Tristán está a gusto con Mario, y lo perdono por no ser mi hombre y me castigo por no sentir amor por él y lo coloco en un pedestal y le concedo el mérito de ser el único referente masculino que ha tenido mi hijo en los últimos cinco años. Y me enredo en mis miedos y negaciones y cierro las puertas de mi propia libertad amordazando mis sentimientos y dando la espalda a mis certezas, tan endebles a veces.

Tristán parece que no pero se da cuenta de que no hay amor entre nosotros, y como tenemos un trato cordial, disimula y no se da por enterado, como si no fuera con él. Lo de mirar para otro lado y contemporizar se nos da bastante bien en esta familia. Hay un mar de fondo que puedo oler, tocar y oír. Con Tristán no se puede bajar la guardia, es un niño extremadamente sensible que necesita estabilidad. El hecho de que no haya tenido relación con su padre desde que nació me ha obligado a representar el doble papel de padre y madre, y no tengo nada claro si habré interpretado bien alguno de los dos, o ninguno. Tristán es un adolescente rebelde y hormonado. Está en el momento ideal para salir corriendo y no volver a verlo hasta que haya madurado y cumplido los veintiún años. Pero también es un chico listo.

A veces lo sorprendo observando nuestros movimientos, calibrando estados de ánimo, tomando la temperatura al ambiente familiar, con un ligero toque de desafío en su mirada. Como ocurrió anoche, nada más terminar de cenar, calculando el momento de actuar para que me dé cuenta de que es consciente de que pisamos un campo minado. Retira su plato de la mesa, se sienta junto a Mario y le pasa el brazo por encima de los hombros, se apoya en él con un gesto solidario mientras Mario le devuelve el ademán acariciando su mano agradecido. Noto en sus ojos que me reta en silencio y me habla sin pronunciar una sola palabra: «Mario me gusta y aquí se queda».

¡Y tanto que se queda: ahí os quedáis! Es entonces cuando me desarma, las ganas de luchar me abandonan y me siento un ser diminuto a punto de ser aplastado bajo la suela de un zapato cualquiera. No puedo luchar contra los dos a la vez. Me supera la tensión y me vuelvo una mujer cobarde. Me doy la espalda a mí misma y vuelvo sobre mis pasos, caminando por un lugar ya conocido que me disgusta y me hace sentir atrapada. Y me desgasto en un soliloquio de preguntas sin respuesta y de promesas a futuro que no acaban de cumplirse. Y me castigo porque reconozco mis fallas y me niego hasta tres veces a mí misma, como una Judas desleal y pusilánime.

****

Camino junto a Alma hacia un pequeño restaurante vegetariano que hay a dos calles de la oficina. Hemos vuelto a tocar el tema de Mario y he tenido la sensación de estar repitiéndome como un bucle de anuncios de televisión. Me doy una pereza infinita y le confieso a mi amiga que me encuentro en un callejón sin salida. Estoy más que harta de llegar día tras día a mi casa, en la que me siento extraña, incómoda y atrapada. Alma me ha hablado de un psiquiatra muy reconocido que se llama Hugo Rivera. Bromeo con Alma y le digo que tiene nombre de patrón de rancho de telenovela, mientras elegimos nuestros platos de verduras al wok. Alma me sonríe y me anima a concertar una cita con él. Le he dicho que no quiero que sea un psiquiatra porque no voy a permitir que me medique y que no se moleste en sugerírmelo siquiera. Ella se extraña y me pregunta si he estado antes en tratamiento. Durante unos segundos, las imágenes de un pasado enterrado se suceden a una velocidad vertiginosa. Alma me pregunta si me encuentro bien al observar como mis mejillas han perdido el color con su pregunta. Creo que nunca le he contado cómo fue mi primera terapia ni por qué llegué a ella. Me pregunta de nuevo por qué soy tan reacia a dejarme ayudar por un profesional y decido compartir con mi socia los primeros años de mi vida con Tristán.

Escogemos una mesa un poco apartada del resto y nos sentamos a comer. Bebo un trago largo de agua, he perdido el apetito con la conversación. Alma coloca en silencio los cubiertos a ambos lados del plato y percibo la impaciencia contenida que desprenden sus ojos.

—Estuve medicada y no me gustó la sensación de estar ida de la mañana a la noche, Alma. La dependencia de los medicamentos que te ayudan a dormir y a despertar. Que contienen la angustia y el llanto y refuerzan las ganas de vivir, aplicados con rigor y religiosa cadencia.

»Tengo grabada una imagen mía sentada sobre una banqueta de madera con asiento de felpa blanco en una esquina del cuarto de baño de mi casa, con mi hijo en brazos, tratando de colocar los frascos y las recetas de los medicamentos en la repisa situada sobre el lavabo, en la que en otro tiempo colocaba las muñecas con las que jugaba. Aquel día, me miré al espejo con los ojos bañados en lágrimas y no me gustó lo que vi. Estaba sola, triste, profundamente triste, extremadamente delgada, con los ojos hundidos en unas cuencas demasiado oscuras para mis pocos años de edad. Oía el llanto de mi hijo como un eco que retumbaba lejano y ajeno a mí. No podía soportar el dolor y me mediqué como me dijeron quienes sabían lo que yo necesitaba y me olvidé de quién era durante algún tiempo.

»Tenía ganas de morirme. Un sueño recurrente me colocaba en el último vagón de un tren sin pasajeros y gritaba para que alguien lo detuviese y me dejase bajar. Pero no había nadie en aquel tren. Solo angustia, vértigo y una niña aterrorizada. Sentí dentro de mí todo el dolor del mundo y toqué fondo. Pensaba en ese tren y en lo que significaba. El deseo imperioso de bajarme de una vida que me hacía sangrar. Y sentí durante incontables días que no era más que una sombra errante, un ser desvitalizado sin presente y sin futuro. Por eso no me gustan las medicinas ni las dependencias de ningún tipo. Más allá del Valium 5 que tomo a veces para dormir, puedo asegurar que no he tenido muchas adicciones en mi vida.

Alma me mira con ternura sin atreverse a intervenir para no interrumpir el relato. Ninguna de las dos hemos probado bocado. Me obligo a hacer arqueología emocional y pienso lo lejos que queda aquel año de psicoterapia, cuando Tristán era un bebé de ocho meses. Alma me guiña un ojo y me dedica una sonrisa tierna a la vez que acaricia mi mano y me anima a no detenerme. Y le abro las ventanas de mi corazón de par en par.

—Bosco acababa de dejarnos. Se marchó una mañana de un martes cualquiera sin previo aviso, sin hacer un solo aspaviento, sin una pelea, sin una queja ni un reproche. Sin despedirse de su hijo casi recién nacido ni de mí. Se fue en silencio, sin hacer ruido, de puntillas por la puerta de atrás, aprovechando el paseo matinal de Tristán con su niñera, la dulce y jovencísima Amanda, una niña de diecinueve años, alta y morena que estudiaba criminología y venía a casa cada día para cuidar a Tristán.

»Aquella mañana, Bosco cogió su guitarra, su sempiterna chaqueta de ante marrón caramelo y lo que le cupo en una mochila de cuero de vacuno desgastada y mugrienta que llevaba a todas partes. Compró un billete de ida a Ibiza y tomó prestado todo el dinero que guardábamos en el sobre de los imprevistos. Y este lo era. No dijo dónde encontrarlo y yo no lo busqué. Dentro de mí albergaba la esperanza de volver a verlo entrar por la puerta de nuestra casa, pero él nunca volvió. Pasamos de trío a tándem en un abrir y cerrar de ojos, sin previo aviso, sin anestesia.

»Me quedé sola, aturdida, sin entender nada de lo que había ocurrido entre nosotros. Me sentí pequeña, vacía, rechazada por el que no era el amor de mi vida pero sí un eje vital sobre el que construir una historia bonita en torno a un hijo que acababa de llegar. Me culpé en silencio por su partida. Amordacé mi corazón herido y me puse la máscara de carnaval tratando de convencerme de que todo iría bien. Traté de asumir mi situación, encajándola como pude, enarbolando la bandera de la madre coraje recién estrenada, bordada con el hilo de oro de la responsabilidad sobre el color negro del dolor que me envolvía y haciendo mía la frase todopoderosa del «Yo puedo con todo», sin saber conjugar bien el verbo y desconociendo ese todo inmenso al que me debía enfrentar. Enterré en cal viva mis sentimientos escondiendo la tristeza y mi tierna vulnerabilidad a los ojos de los míos. Pensar en Bosco era como ponerme una soga al cuello con nudo marinero.

»Bosco era un niño normal, hijo único de un matrimonio de padres un tanto mayores. Su padre tenía una tienda pequeñita de artesanía africana de importación en el barrio de Malasaña, y su madre era profesora de yoga en una escuela de danza en la calle Divino Pastor, a dos manzanas del negocio del padre. Había sido un estudiante mediocre en el instituto de su barrio pero tenía un don para la música. Era autodidacta y tocaba varios instrumentos de oído. No había querido estudiar una carrera ni trabajar en el negocio familiar. Tenía una educación liberal, era independiente y no parecía tener ni problemas ni ataduras. Su vida era sencilla, hacía lo que mejor sabía, y sobre todo, lo que lo hacía feliz. Despreocupado, apasionado y libre. Ese halo de felicidad fue lo que me llamó la atención la noche que lo conocí en la sala de conciertos Galileo Galilei de Madrid. Había ido con unas amigas a ver la actuación de un grupo nuevo de música pop, Los Mary Juana. El nombre del grupo hablaba por sí mismo.

»Nos presentaron, nos gustamos, tomamos unas cervezas, fumamos unos canutos y quedamos al día siguiente para ir al Retiro a pasear. No era alto ni bajo, medía un metro setenta. Tenía el pelo trigueño, largo, cortado a trasquilones y siempre alborotado. Su piel era clara, suave y pecosa. Vestía un tanto desaliñado pero no sucio. Sus ojos eran de color miel y tenía una mirada tierna, dulce y profunda que enamoraba y te hacía sentir alguien especial.

»Bosco vivió a su manera la llegada de Tristán. Durante los nueve meses de embarazo, apenas convivimos. Pasaba por casa, hacíamos el amor, tocaba su guitarra, parecía estar contento yendo y viniendo, de actuación en actuación, durmiendo donde podía, sin participar demasiado de la nueva vida que le tocaba vivir. Era desinhibido en general, un ser libre sin etiquetar, sin muchas ganas de compartir ni de pertenecer. Sin planes a medio plazo, sin exigencias para con los demás. Él vivía a su manera y yo lo había conocido así; no me cuestionaba si debía ser de otro modo. Sin embargo, conforme se iba acercando la fecha del nacimiento de su hijo, empecé a notar más sus ausencias y un cierto rechazo a la vida familiar.

»Nuestro hijo estaba a punto de nacer y nuestros padres no se conocían. Bosco decía que no era el momento de unir familias, que era mejor esperar a que las cosas se dieran de forma natural. Incluso llegué a dudar de si sus padres tendrían conocimiento de que iban a ser abuelos. Bosco no pudo asumir la responsabilidad que conllevaba la paternidad. Sabía desde el principio que yo no abortaría bajo ninguna circunstancia. No lo sugirió, pero sé que lo pensó. Sus ojos lo decían todo, no hacía falta hablar. Teníamos veinticuatro años y ni siquiera éramos novios formales. Veníamos de dos mundos muy diferentes. El embarazo nos pilló por sorpresa, solo habíamos estado juntos media docena de veces. Aquellas esponjas anticonceptivas impregnadas de espermicida que usábamos dejaron su autógrafo en las sábanas con tinta indeleble. Ser padres nos cogió desprevenidos, no estábamos preparados.

»Bosco salió de nuestras vidas y no volvió a llamar. No volvimos a saber de él durante años, fue como si se lo hubiera tragado la tierra. Se despidió de mí a su manera. Dejó un sobre con una telegráfica nota de despedida, apoyada en la enorme tripa del Budha de terracota que mi madre nos había regalado al estrenar el nido en el que criar a nuestro hijo en la calle Padilla. Decía: «Perdóname, Álex, no estoy preparado. Esta vida no es para mí. Te llevaré siempre conmigo. Te quiero. Bosco». Era un hombre de pocas palabras, y aquellas cuatro frases martillearon mi cerebro con una cadencia insoportable durante meses. Poco tiempo después descubrí que Bosco había inscrito a Tristán en el registro civil con el apellido Terry en primer lugar y no con el suyo, García. Le faltó una nota a pie de página que dijera: ¡Todo tuyo, querida! Nunca sabré si el padre de mi hijo alguna vez me quiso.

»Mi madre se enteró de su marcha diez días más tarde. Yo temía que la noticia llegase a mi padre y enviase a algún esbirro para hacerlo volver o para aplicarle un correctivo, como si fuera un animal de la dehesa, como tantas veces lo oí decirle a Ramón. No era la primera vez que una cosa así ocurría en nuestra familia. Que un pelagatos hubiera dejado embarazada a su hija pequeña era un sapo difícil de tragar para Beltrán Terry, pero que hubiese abandonado a su nieto recién nacido era un acto imperdonable de cobardía, propio de un hombre sin principios ni educación. Mi padre odió a Bosco por todos nosotros.

»Bautizamos a Tristán con cuatro meses y en la más estricta intimidad. Mi madre fue la madrina, y mi hermano Gonzalo, el padrino. De aquella tarde recuerdo la inmensidad de la parroquia de la Virgen Peregrina de Fátima, conocida en nuestra familia como Los Oblatos, en el número 36 de la calle Diego de León. Un templo frío, lúgubre, con ese característico olor a incienso que me provocaba náuseas, y unas luces tétricas que hacían aún más siniestra la ceremonia, compensada por la expresión amorosa de mi madre que sostenía firme entre los brazos a Tristán, quien iluminaba con su inocencia la estancia, vestido con el faldón *beige* de cristianar que, como manda la tradición familiar, habíamos vestido todos sus hijos y también sus hermanos. No hubo una sola foto que delatase al padre ausente y fugitivo. No hubo felicitaciones ni celebración social. Nunca vieron los tiempos un bautizo más triste, secreto e inédito que aquel. Jamás olvidaré esa tarde del 21 de octubre del año 1993, sola y con un hermoso bebé con toda una vida por delante bajo mi única responsabilidad. Toda la familia cerró filas en torno a Tristán y durante un tiempo no se volvió a mencionar el nombre de Bosco. Nos trasladamos a vivir a casa de mi madre, mi casa, en Núñez de Balboa número 4, donde Tristán se crio en un matriarcado hasta que cumplió cinco años.

»Pasamos el primer verano de Tristán en San Sebastián, y al volver en septiembre a Madrid, comencé a encontrarme mal. Un cuadro de ansiedad se hizo patente y notorio. La fuga de Bosco no estaba encajada, ni mucho menos, superada. Llevaba varias semanas sin poder dormir con dolores de cabeza muy fuertes.

»No tenía la sensación de haber descansado aquel verano, aunque había transcurrido tranquilo. Me enfrentaba al mes de septiembre como si me hubiera pasado por encima un tren de mercancías. El sueño del tren fantasma se repetía noche tras noche. Estaba agotada antes de empezar. Tenía que afrontar un nuevo reto en la agencia de publicidad, pasando de asistente en el departamento de cuentas de clientes a responsable de proyectos, con un nuevo jefe italiano recién llegado de Milán, al que aun no conocía. Por primera vez desde que Bosco se había ido, se me saltaban las lágrimas por cualquier cosa. Lloraba Tristán y lloraba yo. Mi madre, abrumada por mi paulatino derrumbamiento, hizo que viniera a verme a casa Isidro García de Castro, el médico de la familia, que me conocía desde niña.

»Alejandra, mi amor, creo que tienes una depresión enmascarada. Has vivido muchas cosas en este último año que están sin superar. Para sacar el dolor afuera hay que llorar, Alejandra, y tú te tienes que dar permiso. Ya sabes que a nosotras, el mes de septiembre nos pasa factura. Somos muy sensibles a los cambios estacionales. He estado hablando con Isidro y me ha sugerido que vayamos a ver al doctor Galarraga.

—Mamá, agradezco tu preocupación, pero no exageremos. Te reconozco que estoy un poco baja de ánimo pero no tiene importancia. Ya se me pasará. Últimamente no pego ojo y eso no ayuda.

—No quiero verte sufrir. La vida es demasiado corta como para desperdiciarla. Hay que curar las viejas heridas para poder seguir adelante. Haz caso a tu madre. La cita es a las nueve y media. Iremos dando un paseo desde casa, nos vendrá bien.

—No puedo, mamá. Mañana cambio de departamento y me presentan a mi nuevo jefe.

—Se trata de una prioridad Alejandra, avísalos de que llegarás un poco más tarde.

—De acuerdo, pero intenta adelantarla a las ocho y media. Tienes confianza, ¿no?

»El doctor Galarraga fue desde el principio directo conmigo. Me hizo cuatro preguntas. Me diagnosticó un cuadro de estrés y nos derivó a la consulta de psiquiatría de un centro de salud mental al otro lado de la calle Francisco Silvela, en el barrio de la Guindalera. Mi madre estaba espantada: una cosa era tener que pasar por el médico de cabecera de la Seguridad Social para obtener una baja médica y otra muy distinta renunciar a la medicina privada con todo lo que implicaba. Sin embargo, el doctor Galarraga insistió y recalcó la preparación y profesionalidad de la doctora Sol Márquez. Me firmó un parte de baja médica y me dijo: «Hija mía, ahora tienes que pensar en ti. Cuando a uno le duele el alma, tiene que tomárselo muy en serio». Mi madre y yo salimos de la consulta en silencio, cada una rumiando sus pensamientos. Ella pensando en cómo llevarme a una consulta privada y yo en cómo encajaría la agencia mis próximos tres meses de baja.

»La doctora Márquez, Sol, era una mujer cubana, negra, menuda, regordeta y con muy pocas ganas de que la hicieran perder el tiempo. En la primera cita de toma de contacto, una enfermera me hizo rellenar una ficha de cuatro folios con mis datos personales que incluía un cuestionario sobre drogas que más bien parecía una lista de estupefacientes de la policía nacional. Recuadré las casillas correspondientes, sorprendida de la cantidad de drogas que consumía la gente y de las que yo no había oído hablar siquiera. «Actualmente no tomo nada», mentí. Por aquella época, a veces me fumaba algún canuto de marihuana que solía sentarme como un tiro. Salía a pasear al parque del Retiro, daba unas caladas y volvía con los ojos enrojecidos y el estómago revuelto. No estaba acostumbrada. Consumía los restos que Bosco guardaba en casa, en una bolsa llena que tenía escondida en el hueco del rodapié, debajo del radiador del salón. Nunca supe de quién o para quién era. Y cuando me trasladé a vivir a casa, me la llevé conmigo. La bolsa estaba sin tocar, a falta de algunos pocos pellizcos que cogía de tanto en tanto. Aquel anestésico emocional en mis manos podía durarme una eternidad. Nadie lo reclamó. Estaba claro que Bosco no pudo llevársela consigo y tampoco tuvo tiempo de venderla antes de marcharse. Era lo único que me quedaba de él; por eso, inconscientemente, la fumaba, para tener algo que me acercase a algún recuerdo feliz.

»Sol comenzó con la entrevista en un despacho anodino del que no recuerdo nada en particular. Me sugirió que iniciase una terapia de grupo con citas de control individuales una vez al mes y un tratamiento farmacológico basado en Prozac y ansiolíticos. Le dije que sí a todo.

»Presenté la baja en el trabajo, me recluí en casa y seguí a rajatabla las indicaciones de Sol. Amanda siguió con nosotros hasta que Tristán cumplió dos años. Mi hijo seguía con su orden infantil y yo me forraba de pastillas mañana tarde y noche. Durante varias semanas fui un zombi. Los días transcurrían sin sobresaltos bajo la supervisión de mi madre, que no me quitaba el ojo de encima. Estaba verdaderamente preocupada por mí. Dentro de mi rutina, acudía los miércoles a las doce de la mañana a la sesión de dos horas de terapia de grupo. Y una vez al mes me reunía con Sol en una sesión rápida en la que seguíamos el protocolo de control y ajuste de la dosis correspondiente de la medicación.

»Las semanas transcurrían sin sobresaltos y yo compraba religiosamente las pastillas en la farmacia, hasta que un día decidí no tomármelas más. Continué un tiempo con el ritual, pero en vez de ingerirlas, las guardaba en un frasco de cristal sin levantar sospecha. No estaba dispuesta a seguir medicándome. Mi padre estaba indignado. «Mi hija pequeña yendo al loquero, con una depresión, forrada de pastillas y todo por culpa de tu madre, que no ha sabido educarte, y por ese mierda de hippie, que como me lo cruce, le pego un tiro», solía decirme cada vez que hablábamos por teléfono y se postulaba para llevarme al centro de terapia. Lo que mi padre no contemplaba era que él también tenía que ver con mis dolores del alma. Si bien no era la causa de todos ellos, sí le correspondía una buena cuota. No sabía hasta qué punto su manera de ser había marcado mi vida y mi relación con el entorno, aun sin haber convivido conmigo ni haber sido un padre convencional.

»Me gustaba ir a las sesiones de terapia de grupo. Salía de casa con tiempo e iba paseando hasta el centro de salud. Éramos ocho mujeres, cada una con un tipo de dolencia diferente. Sol era el eje sobre el cual todas girábamos. Cada una contaba lo que quería o podía. Hablábamos de nuestros hijos, maridos, miedos, rabia, frustración, angustia, celos. Pero también de nosotras como mujeres al margen de las vidas de los otros, recuperando gota a gota la fortaleza, la confianza y las ganas de vivir perdidas. Había momentos de tristeza extrema y llanto desconsolado, otros, de risas nerviosas y carcajadas desinhibidas. Nunca todas y no siempre las mismas, pero solíamos salir reforzadas de aquellos encuentros solidarios. Seguíamos sintiéndonos solas y extrañas en la vida real, pero éramos dueñas de una pequeña parcela de nuestro tiempo en el que podíamos ser nosotras mismas, sin miedo a un marido, a un hijo, a un jefe o al qué dirán.

»Transcurrió otro mes y pedí el alta voluntaria al doctor Galarraga en el ambulatorio de la Seguridad Social. Quería volver a trabajar. Llamé por teléfono a Wilma, la secretaria del departamento y le pedí que me pasara con mi nuevo y aún desconocido jefe, Luca Maronne.

»—Luca, soy Alejandra Terry.

»—Hola, Alessandra, ¿cómo estás?

»—Mucho mejor, gracias. Me gustaría hablar contigo. Ya estoy preparada para incorporarme al equipo.

»—Me parece fantástico. ¿Te importa si te llamo Alessandra? Las jotas españolas se me enredan en la garganta.

»—Como prefieras. También puedes llamarme Álex, si te resulta más cómodo.

»—Muy bien, Álex, ¿qué te parece si nos tomamos un café mañana cuando llegues a la oficina?

»—Por mí, perfecto. ¿Te parece bien hacia las nueve?

»—Sí, nos vemos en la *croisanterie* de la esquina, tienen un café excelente.

»—Gracias, Luca.

»—*Ci vediamo domani,* querida.

»Estaba un poco inquieta cuando llegué a la cafetería; aún quedaban veinte minutos para la cita y quería acomodarme antes de que Luca llegara. Entré, eché un vistazo para asegurarme de que no había nadie de la agencia y lo reconocí. No podía ser otra persona, destacaba entre los demás clientes como un hayedo en un pinar en otoño. Luca brillaba con luz propia.

»Estaba sentado al fondo, en una mesa cerca de la ventana. Leía el periódico y fumaba un cigarrillo rubio. Se había tomado un café *ristretto* y un par de vasos de agua. Me acerqué a él mientras se restregaba un ojo con el extremo de su corbata de rayas verticales rojas y azules, tratado de limpiarlo del humo del cigarrillo, que lo estaba incomodando. Me recibió con una sonrisa franca y una mirada profunda y curiosa. Había una gran calidez detrás de la luz que proyectaban sus enormes ojos verdes. Se levantó muy educado, me dio dos besos y me invitó a sentarme frente a él. Tomamos ese café prometido que duró más de una hora.

»Luca era un hombre alto, moreno, de facciones bien marcadas y tremendamente atractivo. Franco y directo en sus expresiones, pero al mismo tiempo, cercano y dulce en el trato. Nos gustamos al instante. Conversamos un rato largo sobre la vida. Me sinceré con él y le conté el motivo por el que había estado tres meses de baja. Tras el nerviosismo inicial, me relajé y sentí que podía confiar en él. Era de esas pocas veces en la vida en las que percibes una conexión con otro ser humano más allá de lo normal. Tenía la sensación de haberlo conocido antes, en otro momento, en otro tiempo, en otra vida quizá. Establecimos unos códigos sin necesidad de escribirlos, y desde aquel primer encuentro, su apoyo, su fuerza y su protección me acompañaron durante los años que estuvimos juntos. Aquella mañana pude ver con claridad que crecería a su lado y conseguiría ser una profesional mejor estructurada, más valiosa, más atractiva, más competente. Y así fue. Con el tiempo nos hicimos muy amigos. Fue un jefe extraordinario y un apoyo esencial en aquella época vertiginosa de mi vida. Mi padre me aconsejaba por aquellos días que debía ser fuerte como un roble y flexible como un junco. Gran enseñanza que él nunca aprendió. Le gustaba dar doctrina, eso sí. Por el contrario, Luca poseía aquellos dos atributos de forma natural; era un hombre brillante, empático y justo.

»Continué con la terapia durante un año hasta que Sol fue reduciendo las dosis de medicamentos que, como siempre, se acumulaban en el frasco de cristal que guardaba en el fondo de un armario de mi cuarto de baño. Luca no ponía ninguna objeción a que me ausentara de la oficina cada miércoles a la misma hora. Las sesiones comenzaron a ser menos nutritivas, y una mañana, al terminar una de ellas, Sol me cogió aparte y me dijo: «Alejandra, tú ya no tienes que estar aquí». Me sonrió y me abrazó con ternura mientras las demás nos observaban a cierta distancia con curiosidad y una pizca de celos. Esa misma mañana me despedí de ella y de mis compañeras y nunca más volvimos a encontrarnos. No tuve la oportunidad de hablarle de mi familia, ni de mis miedos, ni mis inseguridades. «De aquí, para adelante, Alejandra», me solía decir. No tuve la sensación de haber resuelto ningún conflicto interno, pero salí reforzada sintiendo que el abandono de Bosco pronto pasaría a ser una anécdota. Una gota más en el océano de mi vida.

—Yo era una privilegiada comparada con mis compañeras, supervivientes del mal trato y la humillación constantes. Mujeres maduras condenadas a vivir con maridos borrachos y agresivos. Jefes maltratadores. Hijos drogadictos. Vejaciones, angustia, estrecheces económicas y depresiones arrastradas durante años. Muchas de ellas acudían a las sesiones de terapia en secreto. Adela, la pianista depresiva. Pilar, la farmacéutica violada por su jefe y sometida al chantaje diario. María, madre de dos hijas y abandonada por su marido. Teresa, madre soltera de un hijo con parálisis cerebral. Carolina, homofóbica, maltratada durante años por un padre alcohólico. Lourdes, con un marido torturador que le pegaba y la violaba cuando volvía cada noche a casa, ebrio de miseria y frustración vital. Amelia, rechazada por sus hijos al conocer su homosexualidad.

—El sufrimiento no entendía de edades ni de categorías. De carreras exitosas o altas cunas. Cada una pertenecíamos a un universo diferente, probablemente con orígenes y entornos dispares. Las cárceles en las que nos encontrábamos no eran tan diferentes las unas de las otras. Compartíamos dolor, pero también esperanza. Sol solía decirnos que el sol siempre está aunque no podamos verlo. Había un denominador común en la terapia y era ayudarnos a ser conscientes de que teníamos la oportunidad de cambiar las cosas. Algunas de mis compañeras no podían o pensaban que era demasiado tarde para tener otra vida, otro futuro.

—Yo quería salir de mi angustia, abrazar a mi hijo, agradecerle a mi madre su apoyo incondicional y decirle lo mucho que la quería y lo que significaba para mí. Pensaba en mis hermanos, en mi nuevo reto profesional, que me haría crecer. La terapia cumplió los objetivos. Me alivió y me dio fuerza para continuar. Le envié a Sol unas flores de despedida y una carta de agradecimiento a la que se sumó mi madre, doblemente agradecida.

»Luca también jugó un papel estratégico en aquel momento sin él saberlo. Me dio la confianza y el apoyo que necesitaba para salir completamente del agujero emocional en el que había estado metida durante meses. No fue un padre para mí, no hizo falta porque yo no buscaba esa figura en él. Fue un amigo, una fuente inagotable de agua clara en la que yo bebía cada día con un enorme placer. Sabíamos que podíamos contar el uno con el otro. Hicimos un buen tándem durante años. Compartimos, proyectos, charlas, vuelos, éxitos, almuerzos, una exposición de Frida Kalho en Lisboa y algunas tardes de piscina y lectura.

Alma continúa atenta, sin desviar la mirada a ninguna parte, sin atreverse a interrumpirme, con el rostro serio y los ojos chispeantes por lo que acabo de relatarle. Ahora sí tiene información suficiente y de primera mano para entender por qué me cuesta empezar una nueva terapia. Hay ciertos cajones del armario emocional de las personas que una vez cerrados, es mejor no volver a abrir. Alma quiere el detalle para poder comprenderme mejor. Le disgustan los titulares, la ponen de mal humor, prefiere llegar hasta el fondo de los temas. Es buena espectadora.

Remover el pasado me resulta desagradable, me trae recuerdos dolorosos, y sin embargo, sé que mi amiga está en lo cierto. Tengo heridas profundas en el corazón y siento que no he resuelto algunos conflictos internos. Me he convencido de que no voy a encontrar nunca un amor a mi medida. Los fantasmas del pasado me impiden valorarme a mí misma. En mi fuero interno siento que no me toca ganar en el amor, una asignatura pendiente que arrastro de junio a septiembre, año tras año, aún sin aprobar. ¿Acaso no es Mario una víctima de mi dolor? El único camino acertado para salir adelante es ponerme en manos de un profesional que de verdad me ayude y me dé la vuelta como un guante. Hugo Rivera puede ayudarme a ser feliz.

3
Exposición en la galería de arte

He quedado con mi madre en recogerla en casa. Llamo al timbre y huelo el aroma a café recién hecho que emana de la puerta de servicio, contigua a la principal. Llamo por segunda vez y acerco la cara a la puerta para escuchar los pasos lentos de Angelita, que se acerca por el pasillo mientras pienso que se está haciendo mayor.

Angelita tiene una edad indefinida. Por algunas fotografías que guarda en su cuarto, se ve que alguna vez fue joven pero parece como si en un momento determinado de su vida, su físico se hubiera detenido y el paso del tiempo trascurriera ajeno a ella, sin tenerla en cuenta. Angelita me sonríe y se deja abrazar como suele, con cierta rigidez, como si no le correspondiera mostrar afecto. Contenida, sin atreverse a responder como a mí me gustaría. Ese es un privilegio del que solo disfruta mi sobrina Marina. Los abrazos de Angelita, los baños de espuma y juguetes, las friegas en la espalda acurrucados en las mantas de baño y el tarareo de las nanas de su pueblo a la hora de dormir, son solo un recuerdo tierno de la infancia que uno desearía no perder nunca.

Angelita me sonríe cuando me aparto de ella y se atusa el delantal que lleva puesto sobre el vestido negro. Me acompaña hasta la salita mientras avisa a mi madre de que he llegado. Cuando gira hacia el pasillo, veo como se retoca con la mano el moño en forma de media luna. Me ofrece un té, se lo agradezco pero le digo que no vamos a tener tiempo de tomárnoslo.

El olor a jazmín de casa me traslada a la infancia. Entro en mi cuarto, que está al lado de la salita. Ahora es un cuarto que hace las veces de almacén en el que se guardan muebles viejos y cuadros. En él no queda nada reconocible pero me gusta abrirlo y entrar de cuando en cuando. Entorno la puerta y vuelvo a la sala. No me siento y recorro con la mirada los marcos de fotos que hay sobre la gaveta de la abuela, admirándolos, como si estuviera en casa ajena. Me llama la atención una imagen de mi padre en la que se muestra orgulloso sujetando la cabeza de un muflón en los Pirineos. Es extraño. Por muchos años que pasen, este retrato continúa entre sus recuerdos, semiescondido pero no olvidado, colocado estratégicamente entre las fotos de todos nosotros y nuestros hijos, y algunas de mi madre tomadas en blanco y negro con la firma del fotógrafo Amer. Siempre me gustó que las fotos familiares estuvieran en un solo lugar de la casa, como en una zona de culto espiritual a los vivos y a los antepasados.

Mi madre abre las puertas correderas que dan al salón y entra vestida y maquillada como una actriz de cine. Es su gran noche. Lleva unos zapatos de charol verde oliva con un chal de seda natural a juego y un bolso de Hermès crudo que es la envidia de sus hermanas. Nos besamos sin achucharnos para que no se nos estropee el maquillaje. Decimos adiós a Angelita y nos marchamos a la velocidad que nos permiten nuestros tacones, dando pequeños pasitos de *geisha* para no tropezar. Salimos por la puerta principal e inmediatamente abrimos la de servicio para llamar al ascensor que da acceso al garaje y poder llegar a su coche. Prefiere que conduzca yo y me da las llaves y un sobre dirigido a Tristán con sus iniciales en el reverso. «Es por su cumpleaños», me dice. Le sonrío, nos subimos al coche, arrancamos y enfilamos la rampa del garaje mientras esperamos a que la puerta se abra por completo para evitar sobresaltos. No siempre el mecanismo está afinado. Al llegar arriba nos encontramos con Mariano, el portero, quien, como si fuera un paso a nivel humano, nos hace una señal para que nos detengamos. Nos saluda amablemente y nos da un paquete que acaba de llegar. Le damos las gracias y le pedimos que lo coloque en el asiento trasero.

—¿Qué hay en ese paquete, mamá?

—El retrato de Tristán que empecé hace tres años.

—¿Crees que se reconocerá?

—No seas irónica, Alejandra, estoy segura de que le va a encantar.

—La ironía es la ternura de la inteligencia, mamá.

—Eso lo dirás tú.

—No, parafraseo a un escritor.

—Los artistas somos así, manejamos tiempos creativos diferentes. No se nos puede reprochar la tardanza; no está en nuestras manos cumplir los plazos exigidos por los demás.

—Eso es exactamente lo que dice tu nieto. ¿A quién se lo habrá oído decir?

Llegamos a la puerta de la galería y dejamos el coche a Claudio, el portero, quien abre la puerta de mi madre solícito y espera a que le dé las llaves para aparcarlo en el garaje ubicado a dos manzanas. Llegar a la calle Alameda, detrás del Paseo del Prado, un viernes a las ocho de la tarde es un infierno, pero aparcar es un acto de heroicidad. Nos recibe Romina, la hija menor de Simón y Lidia, un matrimonio de judíos argentinos íntimos amigos de mi madre.

Romina tiene veintiocho años, es alta (mide un metro setenta y cinco), sus ojos son verdes esmeralda y luce una media melena lisa en un tono negro azulado como el ala de un cuervo que le da un toque de sofisticación que mi madre encuentra fascinante. Además de ser una belleza, es licenciada en Bellas Artes por el Pratt Institute de Nueva York. Es la mano derecha y sombra de mi madre, pues se ocupa de que todo esté en el sitio justo en el momento exacto.

Al entrar en la galería, Romina nos da la bienvenida, evita besarnos, coge del brazo a la anfitriona y se la lleva a pasar revista a todas las obras que se van a exponer. Hacen la ronda, comentan los detalles y se dirigen al despacho como dos viejas amigas, charlando desinhibidas y ocupando sus sitios para repasar la lista de los invitados confirmados a la inauguración. Mientras ellas hablan de sus asuntos, me quedo en la sala disfrutando de un momento de paz. Al fondo, veo moverse en silencio las figuras de cuatro camareros perfectamente uniformados preparando unas mesas alargadas en forma de ele, vestidas con manteles blancos sobre azul celeste y adornadas con girasoles naturales dentro de grandes jarrones transparentes. Un guiño a la bandera argentina que no me pasa desapercibido. A un lado, los vinos, y al otro, un jamón para ofrecer algo de picar a los invitados.

La galería ha conseguido presentar en Madrid una exposición titulada Mirada sobre los 70, una representación de los cuadros que fueron pintados por los que eran jóvenes promesas en el mundo de las artes plásticas argentinas. Hoy en día, ya consolidados, planean en lo más alto del panorama artístico internacional. Artistas que vivieron la represión militar y la convulsión social del país, el machismo o la contaminación debida al avance industrial. Más de setenta obras entre óleos, aguafuertes, grabados y dibujos realizados entre 1973 y 1978 por Silvina Benguria, Miguel Ángel Bengochea, Pablo Suárez, Hugo de Marziani, Juan Pablo Renzi, Héctor Giuffré, Norberto Gómez, Alicia Carletti, Jorge Álvaro, Remo Bianchedi, Diana Dowek, Mildred Burton, Hugo Sbernini y Américo Castilla.

Según las confirmaciones que Romina ha recibido a lo largo de la semana, se espera a más de cien personas, entre personalidades, clientes, amigos y medios de comunicación. Es la primera vez que una exposición de este nivel aterriza en España y es albergada fuera de un museo. Ha sido mi madre con su influencia y su categoría profesional quien ha conseguido acogerla en su galería. La exposición está amadrinada por Silvina Benguria, a quien mi madre admira desde hace muchos años por su particular representación de la mujer, liberada de arquetipos, sensual, desinhibida, llena de erotismo y fantasía.

Mi madre se siente feliz por la participación de todos los artistas y orgullosa de haber conseguido juntar a tantos y de tantísimo nivel artístico. Son los que están y están los que son. «No todo el mundo puede unir a tantos ni tan grandes», le dice a Romina intercambiando con ella una mirada sincera de reconocimiento. Y cuando Blanca se siente triunfadora, sus ojos brillan como dos luceros incandescentes en una noche de agosto. La dedicación de Romina y su incansable optimismo han hecho buenas migas con la experiencia y los contactos de mi madre. Esperan obtener unas jugosas ventas, dado el nivel de invitados que van a asistir a la inauguración. Por mi parte, yo también pienso hacer algunos contactos interesantes para la agencia, apoyándome en el poder de convocatoria de la prestigiosa galerista Blanca Muguiro.

Las dos horas y media han transcurrido en un suspiro, y mi madre, como buena anfitriona, no se ha perdido una sola conversación. Romina, inseparable como si fuera una segunda piel, va tomando buena nota de los gustos e intereses de los invitados, intercambiando tarjetas y anotando en el reverso de los catálogos detalles sobre sus opiniones. Dos ayudantes atienden las demandas de los medios de comunicación, mientras Romina maneja los tiempos con una habilidad inusual. Ha organizado una agenda milimétrica para sacar el máximo partido a las entrevistas y no agotar ni a los artistas ni a los invitados. El arte de Silvina y la inteligencia de Blanca acaparan todas las miradas. Dos primeras damas del mundo del arte, dos mujeres de éxito, dos almas comprometidas con el placer de tener un sexto sentido para extraer la belleza y ser capaces de ofrecerla a los demás. A sus pies, más de veinte fotógrafos no dejan una imagen sin tomar.

Romina ha señalado un cuadro de Silvina Benguria con un distintivo rojo. El único cuadro que desde el principio ha quedado reservado, y por lo tanto, retirado de la venta, pero no de la exposición. Es un retrato de Ernesto Sábato, uno de los autores más notables de la literatura argentina, reconocido novelista y ensayista versado en la condición humana. Es una obra antigua que nunca ha sido puesta a la venta, pintada en acrílico sobre tela en el año 1969. Mi madre es una gran admiradora de Sábato; recuerdo haber visto sus obras alineadas en la biblioteca de casa. Al reservarse el cuadro, mi madre rinde homenaje al artista con la delicadeza de otro artista. Yo entiendo por qué mi madre ha querido comprarlo sin haberme dicho nada. A mí me fascina el cuadro de Silvina titulado *Después del tango*, que preside el cuarto de estar, ahora transformado en estudio, uno de los espacios más especiales de la casa, un lugar de retiro íntimo, de introspección, donde mi madre pasa muchas horas a solas consigo misma y sus pensamientos. Silvina y Sábato reunidos. ¿Qué más se puede pedir?

Mi madre ha destacado desde muy niña como una artista precoz. Desde los seis años, se ha presentado a todos los certámenes y concursos de su edad, en los que ha quedado finalista en ocasiones y ganadora en la mayoría. Se consolidó a la edad de dieciocho años como ilustradora de cuentos infantiles y ha tenido como clientes a editores en España y Francia. También ha ganado numerosos concursos y premios de pintura juvenil con sus técnicas favoritas, acuarela y *gouache,* y ha expuesto en diferentes galerías de Madrid y París. Guarda numerosos recortes de periódicos y revistas, bien de la sección de cultura, bien de la de ecos de sociedad. En todas las casas de la familia hay pinturas de Blanca Muguiro y Apesteguía, la niña pintora, la joven promesa. Y no solo pinta sobre lienzos, también lo hace sobre seda, papel vegetal, paredes, cristal o madera, como el cuadro del niño Jesús que había en el cuarto de Bea y que ha heredado su hija Marina al nacer, un niño sonrosado y dulce con sandalias en los pies del que cuando yo tenía la edad de Marina comentaba al verlo: «El Niño Jesús es pobre porque no tiene calcetines y no tiene pesetas», todo dicho de carrerilla y pronunciando las eses como si fueran zetas. Mi madre lo cuenta siempre que alguien hace alusión a ese cuadro. Resulta muy cómico escucharla imitar mis palabras de lengua de trapo.

En su casa almacena más de cuatrocientas obras, algunas de importantes dimensiones. Es tan prolija que sus regalos habituales suelen ser cuadros. Le disgusta tener que almacenarlos, los siente como obras vivas y sufre si no le queda más remedio que arrinconarlos. «La muerte de un cuadro es no poder contemplarlo», suele decir, por lo que el cuarto de casa donde se almacenan es como la fosa común de su creatividad. Angelita tiene el encargo de quitarles el polvo con un plumero uno por uno una vez al mes y dejar siempre entornada la persiana para que sufran lo mínimo con el sol. Algunos de ellos han cumplido largas condenas de más de cuarenta años en semipenumbra, esperando el indulto y un futuro mejor que nunca acaba de llegar. En alguna ocasión, Sonsoles le ha propuesto donar algunos de ellos a la fundación para niñas que dirige en México, pero por unos motivos o por otros, la idea nunca acaba de cuajar. Mi madre es una persona muy profunda y tremendamente sentimental a quien le cuestan los cambios, y más aún, pensar en deshacerse de sus centenares de hijos artísticos, a los que parece querer por igual.

A las once de la noche salimos de la galería. Romina se queda organizando las cosas para la apertura del día siguiente. Es una máquina de trabajar, siempre alerta, siempre dispuesta, aportando ideas, descargando trabajo y asumiendo responsabilidades. Claudio nos acerca el coche hasta la puerta y llevo a mi madre a casa. Está agotada pero feliz. A sus setenta años largos, vive cada inauguración como si fuera la primera, con la misma alegría y la misma chispa que cuando ganaba los concursos de pintura siendo adolescente. «Espero que cuando estire la pata, alguno de vosotros tenga ganas de continuar con la galería», suele decir para tantearnos y ver si puede contar con alguno. El único que podría seguir su estela sería Gonzalo, pero ella ya sabe que ninguno de sus hijos lleva en las venas una dosis de arte lo suficientemente concentrada como para dedicarse en cuerpo y alma a continuar un negocio que, aunque rentable, exige una pasión y una entrega que ninguno de nosotros somos capaces de sentir, y mucho menos, de expresar.

—Buenas noches, mamá, estoy muy feliz por ti. La inauguración ha sido todo un éxito. ¿Quieres que te acompañe a tu cuarto?

—No, por Dios, estoy vieja pero no tanto. Si no hubiera sido por Romina, no habría podido llegar hasta aquí. Es una chica estupenda. Vamos a ver mañana qué dice la prensa y cuántos cuadros hemos vendido. Los precios son altos pero la obra es irrepetible.

—Ya lo creo. Por cierto, el embajador es un encanto. Hemos quedado la semana que viene para tomar un café, quiero hablarle de la agencia en detalle.

—Es encantador y está muy bien relacionado. Es un empresario inteligente y astuto, habla con él sin ambages, le gustan las mujeres directas que van al grano. ¡Ay! lo que daría por irme una temporada a Buenos Aires...

—Cuando quieras vamos, mamá. Solo tienes que decírmelo y nos organizamos.

—Buenas noches, preciosa y gracias por todo lo que haces por mí. No olvides decirle a Tristán que el domingo lo espero para que me ayude a pasear a la perra. Hace días que no corre y ya sabes que lo necesita más que comer. Por cierto, me ha mordisqueado una pata del tresillo isabelino de mi madre y cuesta una fortuna restaurarlo. A veces pienso que estaría mejor con tu padre en La Umbría corriendo libre, pero en un segundo me arrepiento de haberlo pensado siquiera. A esta pobre criatura sensible, el carácter de tu padre la volvería loca.

—Buenas noches, mamá. Descansa.

4
El colegio de Tristán

La mañana se ha esfumado a una velocidad vertiginosa. Casi sin darnos cuenta hemos llegado a las tres de la tarde en una jornada trepidante de trabajo. Aterrizo en la silla de mi despacho con la satisfacción de quien se siente orgulloso del resultado de un trabajo bien rematado. Hemos hecho un alto en el camino para relajar la mente y nutrir nuestros cuerpos. Abro la puerta de la nevera en miniatura que tengo a mi derecha y saco un tentempié frugal que guardo desde primera hora. Despejo la mesa de las decenas de cosas que están sobre ella sin prestar demasiada atención a las torres de objetos superpuestos que se van formando. Parpadea la luz de la línea dos en el teléfono que permanece en silencio desde hace días. Alguien llama. Alguien que ya ha comido. El mismo que va a impedir que yo aproveche mis quince minutos de asueto y haga lo propio. Descuelgo y me acomodo para atender a quienquiera que sea.

—Hola, Álex, perdona que te moleste.

—No te preocupes, Estrella, dime, ¿quién me llama a estas horas?

—Es del colegio de tu hijo.

—Gracias, pásame la llamada.

Una voz ronca de mujer me habla al otro lado de la línea. Me pide que no me alarme y me pregunta cómo se encuentra Tristán. Me sorprende la pregunta pero al instante me doy cuenta de lo que está pasando. «Alejandra, su hijo Tristán hace dos días que no viene a clase. Como hoy es el tercero y no hemos tenido noticias suyas, hemos decidido llamarla para interesarnos por él. Su sorpresa y desconocimiento nos confirma que su hijo está haciendo novillos. Lo mejor es que venga usted al colegio esta misma tarde y hablemos del asunto con la dirección», me dice de corrido y dando por hecho que mi respuesta no puede ser otra que un sí. Cuelgo el teléfono mientras mi cerebro procesa la información recibida y encajo el desagrado que me ha provocado el tono frío, seco y monocorde de la tutora de Tristán.

No pierdo un segundo, agarro el bolso y vuelvo a meter en la nevera el sándwich de pavo y vegetales aún sin desenvolver. Saco un frasco de zumo de uvas negras, lo agito, lo desenrosco y me lo bebo de cuatro tragos, sin apenas pararme a respirar. Me acerco a la mesa de Estrella y le digo que volveré dentro de una hora. Como suele ocurrir, la llamada me ha cogido por sorpresa y me obliga a retrasar el trabajo de mi equipo en el momento menos conveniente. Tenemos una presentación a primera hora de la mañana y necesitamos hacer los últimos ajustes. Concursamos para ganar la campaña de verano de una plataforma de telefonía móvil, con una batería de propuestas innovadoras y un tanto arriesgadas. Nos lo vamos a jugar todo a una de las tres líneas que vamos a presentarles Juanjo, el director creativo, Manuel, el director de cuentas, y yo.

Bajo las escaleras de acceso al garaje de la oficina, me ajusto el casco y salgo motorizada hacia el colegio San Agustín en la calle Padre Damián, número 20. Llego en menos de diez minutos, aparco en la zona autorizada para las visitas y dejo el casco atado junto a la moto. Subo las escaleras y me dirijo a recepción. Pregunto por la profesora de Tristán y, acto seguido, por el cuarto de baño. Me indican la puerta que es, entro y me cepillo el pelo, me lavo las manos y respiro tres veces profundamente mirándome al espejo en miniatura que tengo delante. Salgo igualmente inquieta y doblemente disgustada. El chico joven que me ha atendido en la recepción y que parece un aspirante a sacerdote me acompaña escaleras arriba hasta el primer piso y me escolta hasta el despacho del director. Le doy las gracias y toco la puerta con suavidad. Una voz al otro lado me invita a entrar y me encuentro con el director y la tutora de mi hijo, ambos de pie, con las manos recogidas a la espalda y cara de pocos amigos.

La estancia no puede ser más sobria, y la decoración, menos confortable. Los muebles de tipo castellano recio, al más puro estilo remordimiento español, el crucifijo y la sotana negra abotonada hasta los pies del religioso, me provocan una desagradable sensación de ahogo. Sus caras me inquietan y temo que quizá haya algo más serio que aún no me han empezado a contar. Me invitan a tomar asiento frente a ellos en una de las sillas fraileras, mientras la tutora abre sobre su regazo una carpeta de color verde baldosín de hospital que contiene el expediente de Tristán. El padre Cayetano toma la iniciativa entretanto se acomoda en su sillón al otro lado del escritorio.

—Buenas tardes, Señora Terry.

—Buenas tardes, padre Cayetano; llámeme Alejandra, por favor.

—No me andaré por las ramas, Alejandra. Sabrá usted por Julia, la tutora de Tristán, que su hijo falta a clase intermitentemente poniendo diferentes excusas, algunas veces ingeniosas, y otras, peregrinas. Esto constituye una falta grave, ya que no hemos recibido justificante alguno que explique los motivos de las ausencias. Como me temía, usted no tenía conocimiento alguno de lo que está ocurriendo…

—Así es, padre Cayetano, ha sido Julia quien me ha informado hace un rato.

—No es la primera vez en los años que llevo como director que una cosa así ocurre en nuestro colegio, como podrá usted suponer. Sin embargo, tengo que decirle que habiendo hablado en repetidas ocasiones con el gabinete psicológico del colegio y con su tutora, tenemos la obligación de informarle de que Tristán tiene un posible déficit de atención, y no consideramos que sea un alumno para este colegio ni que este colegio sea el adecuado para él. Quizá su hijo necesite de tratamiento y medicación adecuados a su patología.

El padre Cayetano mira a Julia y le hace un gesto con la cabeza para que sea ella quien continúe poniéndome al día de la situación. Me dan unos segundos para que digiera como pueda lo que me acaban de revelar y toma el testigo la tutora.

—Alejandra, sabemos que Tristán es un chico inteligente y capaz, pero es inmaduro y está descentrado. Las calificaciones de este trimestre son muy similares a las del anterior. Mucho me temo que no va a aprobar el curso. Están pendientes de corregir los exámenes globales que han realizado estos días, aunque tengo que decirle que tampoco ha recuperado las asignaturas que tenía pendientes del trimestre pasado. A excepción de ciencias naturales, inglés, plástica y gimnasia, en las que destaca, el resto están suspendidas. No quiero anticiparme, pero es posible que tenga que repetir curso en otro colegio. En los próximos días podremos confirmarle si es así o no.

Julia cede con la mirada la palabra al sacerdote, quien vuelve a clavar sus oscuros ojos en mí con la nada sana intención de asestarme la última estocada.

—Además de lo que Julia ha expuesto, es la actitud de Tristán la que no parece que esté mejorando. Ha transgredido las normas aun a sabiendas de la gravedad que conlleva el hacerlo. El hecho de haber terminado los exámenes no lo exime de seguir comportándose con la disciplina y el respeto que el colegio exige a sus alumnos. Su comportamiento es inadmisible en esta institución.

—Muy bien (hago una pausa para buscar con la lengua la saliva que me falta. Estoy seca). Me queda clara la situación y no veo que haya mucho más de que hablar. Es evidente que ustedes ya han tomado una decisión aun sin saber las calificaciones de los exámenes finales de mi hijo. Está sentenciado y en este colegio no va a dar más de sí. Les agradezco la franqueza y la paciencia, pero no estoy de acuerdo en medicar a mi hijo. Han tenido todo el año para hacerme partícipe de lo que ustedes consideran que es una patología y que ningún otro profesional ha diagnosticado hasta este momento.

—Pero no vamos a entrar en detalles ni en una guerra de opiniones. La psicóloga particular que atiende a mi hijo nunca ha hecho alusión a ningún trastorno de este tipo, y no creo que el gabinete de este colegio haya tratado lo suficiente a Tristán como para sacar estas conclusiones que me trasladan a cuatro días de finalizar el año escolar, por lo que me parece que estamos frivolizando sobre este tema. Permítanme que les diga que el fracaso de mi hijo es un fracaso de todos nosotros, incluidos ustedes.

—Alejandra, usted sabe que hemos hecho todo lo que hemos podido como educadores para que su hijo se adaptase a las normas y al nivel de exigencia del colegio, pero, por desgracia, no lo hemos conseguido. Es nuestro deber informarle de la situación y de la decisión firme que ha tomado el colegio.

—No, padre Cayetano, no lo sé. Se lo digo como lo siento. No pueden ustedes venir a estas alturas del año a decirme que han detectado un problema y que lo resuelva por mis propios medios. Todo lo contrario, me parece una irresponsabilidad por su parte. Ustedes no quieren responsabilizarse de la educación de mi hijo y yo tampoco quiero que continúe bajo su influencia. Este final es amargo para todos nosotros, en especial para mí. Espero que me comuniquen lo antes posible cuáles son los resultados finales a fin de poder valorar las opciones que tenemos para que Tristán no tenga que repetir curso. Confío en su buen criterio. No los entretengo más. Gracias por su tiempo y muy buenas tardes.

Me he levantado de la silla frailera del despacho del director como un resorte, les he dado la mano y he escapado escaleras abajo como alma que lleva el diablo. He cerrado la puerta del colegio sin decir ni buenas tardes y he salido a la calle en busca de un poco de aire. La rabia que tengo me impide llorar, pero conforme voy avanzando hacia la moto, me siento menos rabiosa y más triste. ¡Qué desastre! No es que esperase que Tristán terminara el curso sin ningún suspenso, con el año que lleva, pero que nos inviten a irnos y sugieran medicarlo es otra cuestión.

Unas lágrimas traicioneras resbalan por mis mejillas. Me las enjugo con el puño de mi blusa blanca dando pequeños toquecitos sobre las cuencas de los ojos para que no se me corra el rímel. Me pongo el casco, respiro, giro la llave en el contacto y acelero. Vuelvo a la oficina y me encierro en el despacho. Aún me quedan quince minutos para que empiece la reunión, me acuerdo de mi sándwich, pero he perdido el apetito. Me sereno en la intimidad de mi despacho y decido no llamar a nadie. Alma pasa por la puerta de cristal de mi cubículo, ve mi cara y entra. No hace preguntas, solo me mira. Le propongo que cenemos y acepta sin pensarlo dos veces. Necesito a mi amiga, no puedo llegar a casa esta noche sin antes desahogarme. No tengo ganas de ver a ninguno de los dos. No llamo a Mario ni a Tristán. Me supera la situación. Le escribo un mensaje a Mario diciéndole que llegaré tarde, que no me esperen para cenar. Me pregunta si va todo bien y le digo que sí. Ahora solo quiero pensar en la presentación y centrarme en la estrategia que vamos a seguir.

Llega la hora. Vuelvo a rehacerme la coleta, cojo el portátil y me dirijo a la sala de reuniones. Estrella me acompaña y me pone una infusión sin que yo se lo pida, gesto que le agradezco. Prepara las luces de la sala y la bandeja con agua, vasos, servilletas y unos caramelos. A veces, un poco de azúcar viene bien para estimular nuestros cerebros. En otro tiempo se puso de moda tomar bebidas estimulantes a base de taurina como si fuera agua, con el fin de aportar un plus de productividad a los ejecutivos y fluidez en las reuniones, que lejos de ser más provechosas, se volvían desquiciantes y se alargaban durante horas. Por suerte, en la oficina no sucumbimos a la moda de los bebedizos sobreestimulantes. Las reuniones han de ser ágiles y concisas. Tanto Alma como yo aborrecemos un fenómeno al que llamamos coloquialmente *reunionitis,* que tanto abunda en nuestro sector.

Alma pasa por la sala mientras preparamos los documentos, se me acerca silenciosa y me susurra al oído que su teléfono está descargado y que tiene que salir. Le sugiero que concretemos y que nos veamos en Terryble a las 21.30. Me guiña un ojo y se va sin hacer ruido. Sacamos nuestros guiones y nos ponemos a trabajar sin perder un segundo.

****

Entro por la puerta de Terryble y sale a recibirme Marcel. Me saluda, toma con dulzura mi mano derecha y me la besa con delicadeza.

—Querida Alejandra, dichosos los ojos. Hace un lustro que no te vemos por aquí. Adelante, Alma te espera.

—Marcel, qué amoroso y educado eres, da gusto. Perdona que no hayamos reservado mesa, pero hemos tenido un día muy movido y nos hemos animado a última hora.

—Tú no necesitas reservar, ya lo sabes.

—¿Cómo van las cosas por aquí?

—Afortunadamente, estamos llenos, querida. No paramos de trabajar. Tu hermano Gonzalo es un rey Midas. Tiene una gran visión para los negocios. Pero pasa, por favor, no te quedes en la puerta. Tenerte aquí nos alegra la vista y el corazón. ¿Va todo bien? Te noto algo cansada. Me lo dicen tus ojos.

Marcel respeta mi silencio, me rodea con sus brazos y me abraza sin decir nada. Se da perfecta cuenta de que algo está pasando. Los ojos no mienten, no están diseñados para disimular la tristeza.

Su aroma a Dior me impregna ligeramente la mejilla derecha y el cuello. Da gusto verlo a sus cincuenta años. Bronceado, perfectamente afeitado, impecablemente vestido con su camisa blanca inmaculada de cuello italiano y las iniciales bordadas a mano en color tabaco sobre su pecho izquierdo: M.M., Marcel Moreau. Hay que saber poner la boquita de piñón para poder pronunciar correctamente su apellido, juntando bien los labios, como si fueras a besar. Le agradezco su discreción y su cálida bienvenida. Me acompaña hasta la mesa rectangular del fondo. Como de costumbre, nos acomoda en una mesa de cuatro comensales para que nos sintamos más a gusto. Alma siempre se adelanta a los demás en las citas. No sé cómo lo hace pero siempre es la primera. Me encanta llegar a cualquier lugar y verla sonreír.

—Señoras, como intuyo que la velada de esta noche va a ser íntima y para conversar, vamos a tratar de no importunarlas. Me permito sugerirles una cena ligera pero sabrosa a elección de nuestro chef.

—Lo que tú digas, Marcel, no se te escapa una.

Comenzamos con un par de copas de champagne Ruinart Rose y un aperitivo de raya a la mantequilla negra con romero y alcaparras, para continuar con unos cubos en miniatura de *steak tartar* pintados con yema de huevo, *escargots bourgignon* y ensalada de mollejas regadas con un reserva de Pago de los Capellanes.

—Álex, ¿qué ha pasado esta tarde? No me atrevía a preguntarte.

—Han expulsado a Tristán del colegio. Ha estado dos días sin aparecer por clase, justo después de los exámenes finales. No es que haya sido el peor momento para hacerlo, pero ha sido la excusa perfecta para que se lo quiten de en medio. No es un niño San Agustín. Ese es el resumen de la conversación que he tenido con el padre Cayetano, el director del colegio, y su tutora.

—¿Y las notas finales? ¿Puede pasar de curso?

—No, eso habría sido estupendo, pero tiene suspendidas todas las asignaturas importantes menos inglés y ciencias. El punto fuerte de la conversación ha sido cuando me han dicho que tenía déficit de atención según su gabinete psicológico y que debía medicarlo.

—Si lo tuviera, lo sabríamos por Patricia, ¿no? Después de dos años yendo a terapia, te habría informado de algo así.

—Sin duda, Alma, pero lo que está claro es que no está centrado. Es un momento tremendo. La adolescencia es una de las épocas más complicadas de la vida de los chavales. Ahora tenemos que pensar en un nuevo colegio y decidir si lo llevo interno a un cole de verano para que saque las asignaturas o si repite curso. Me agota tener que seguir con estos numeritos cada año por estas fechas. No me acostumbro.

—Yo no sé cómo voy a lidiar ese toro cuando me toque. Perderé mi carnet de madre, seguro. Ya lo verás. ¿Y cómo están las cosas con Mario?

—Pues no sé qué decirte. Por mi parte, todo sigue igual. No tenemos nada que hacer juntos, más allá de estar cordialmente en torno a Tristán. No tenemos mucho de que hablar. Las cosas no cambian, Alma. Estuvimos en La Umbría celebrando el cumple de Tristán muy tranquilos, pero es lo típico: sales de la rutina del día a día y te parece que hay algo, pero lo miro y siento que no es así. He perdido el interés.

—Álex, corazón, llevamos mucho tiempo dándole vueltas a este tema. El hecho de que Mario sea un amor con Tristán es la única razón que te tiene enganchada en esta relación. Como diría mi abuela: «Usted mi consejo no siga, pero...» Tienes que coger las riendas de tu vida, y a ti, que eres una consumada amazona, te viene al pelo el símil. ¿Cuánto tiempo más vas a estar aguantando una relación que no te llena? ¿No crees que estáis poniendo a Tristán como excusa?

—Creo que es el momento de enfrentar tus miedos, Álex; esta situación te resta energía y ahora vas a necesitarla toda. A tu hijo le quedan unos cuantos años por delante en los que vas a ser su *sparring*. Tienes que fortalecerte y soltar lastre. Mario es un encanto, pero ¿qué tenéis en común? ¿Os seguís acostando o tampoco?

—Pues no, y seguramente Mario tampoco sea la figura masculina ideal para Tristán. Todos nos estamos engañando.

—Vamos a brindar por los próximos pasos que vas a dar. Sabes que cuentas conmigo para todo lo que necesites. Solo te hace falta un empujón, y yo te lo voy a dar.

—Pues ya puedes darme uno bueno porque te debe de estar dando una pereza atroz el tema. Odio repetirme y es lo único que hago últimamente. Hasta Marcel ha notado que algo me pasa. No sabía que se me notara tanto la mala onda.

—¡Qué exagerada eres! ¿Quieres que te recuerde las noches que te he dado el rollo con mis problemas estos últimos años? Lo que pasa es que tú te guardas las cosas y sigues adelante como puedes. Eres dura y corajuda. Yo me paso el día cacareándolas y con la lágrima floja.

—Será por eso por lo que nos llevamos tan bien. La ostra y la gallina, un buen título para una fábula infantil.

Las dos reímos a gusto con mi ocurrencia. Marcel, que nos observa como una lechuza desde una distancia prudencial, se acerca y nos sugiere que tomemos algo dulce.

—Señoras, como veo que estamos de celebración (guiñándonos un ojo, cómplice) voy a traerles algo realmente exquisito: una trilogía de chocolate con guindas maceradas en orujo. ¡Una delicia!

Marcel desaparece y ordena a nuestro camarero que retire los platos y prepare la mesa para el postre. El equipo de sala de Marcel es un ejército silencioso y perfectamente entrenado para actuar con sigilo, destreza y excelencia. No se puede estar más a gusto en este lugar.

Terminamos la cena entre risas. A las dos se nos sube el vino, sobre todo cuando estamos de buen humor. Y con Alma no puedes estar de otra manera. Su positivismo y su manera de ver la vida son un bálsamo para el corazón. Pedimos la cuenta y pagamos con la tarjeta de la empresa. Marcel no insiste en invitarnos a una última copa porque ya sabe que no la aceptamos. Alma guarda la factura y saca la tarjeta de visita de Hugo Rivera. Alarga el brazo sujetándola entre dos dedos y sonríe socarrona diciéndome:

—Es el momento, Álex, no pierdas la oportunidad.

Gracias, Alma, mañana lo llamo, te lo prometo.

Marcel nos ayuda a retirar los comodísimas butacas en las que hemos estado casi tres horas sentadas y nos acompaña hasta la puerta. Otro camarero nos trae dos calas envueltas en papel pinocho color burdeos y nos desea buenas noches. No hay ocasión en la que no salgamos con un detalle del restaurante. Marcel tiene un nivel de atención y de sensibilidad extraordinarios. El chef sale a saludar y le agrademos las exquisiteces que nos ha preparado. Marcel nos besa la mano y nos invita a volver el lunes que viene a un encuentro privado con el fotógrafo brasileño Sebastião Salgado. Es otro de los amigos de mi hermano Gonzalo. Solo se codea con gente del mundo artístico, sea cual sea su disciplina, procedencia o edad. Al parecer, se conocieron en París.

Alma y yo nos vamos caminando cogidas del brazo hacia el parking, comentando como tantas veces la rabia que nos da que Marcel sea homosexual.

—Qué ejemplar hemos perdido, reina. Es una pena que no tengamos ningún atractivo para él más allá del amistoso y fraterno cariño que nos tiene por ser la hermana de su socio y la amiga de la hermana, que es aún peor.

5
Toma de contacto con Hugo Rivera

Estoy frente a la puerta de la consulta del doctor Rivera. No hay felpudo. Miro a la cámara que hay a mi derecha, más o menos a la altura de un sombrero, si lo llevara. Me pregunto si me estará observando. Lo dudo porque pienso que estará pasando consulta. Estoy un poco nerviosa. Respiro y me coloco la chaqueta estirándola por las solapas. Abrocho y desabrocho el único botón que tiene. Decido dejarlo desabrochado y no toquetearlo más. Llamo al timbre de latón alineado con la cámara y la puerta se abre automáticamente con un sonido tipo din-don, como en la típica ferretería o tienda de ultramarinos de cualquier ciudad de provincias.

Me encuentro en una salita de espera pequeña pero bien aprovechada. El suelo es de madera de casa buena, con listones alargados y gruesos en tono cobrizo oscuro, recién acuchillado. Hay dos sofás unidos por una mesita cuadrada y blanca. Huele bien, no es un ambientador común y corriente, huele a una esencia suave de azahar, un toque que se me antoja bastante femenino. Respiro de nuevo y me sonrío. Me gusta la gente que cuida los detalles. Me abrocho de nuevo el botón de la chaqueta. A la derecha, a escasos metros de donde me encuentro, hay una puerta que parece ser la de un cuarto de baño. Frente a la puerta de entrada hay otra que debe de dar a la consulta. Sobre la mesa, un cuenco con caramelos de diferentes gustos. Los muevo con el dedo y no veo ninguno que me apetezca. Los de miel son demasiado empalagosos, y los de menta, demasiado fuertes. Encuentro uno de esos dobles con envoltorio dorado brillante de sabor a piña y me lo guardo en un bolsillo para tomármelo después.

Unas luces indirectas iluminan los dos cuadros que hay en las paredes. Son láminas con dibujos de siluetas de personas a la orilla del mar, una temática neutra de trazos suaves y colores tenues que no destacan ni son molestos; podríamos decir que son equilibrados, no creo que pudieran disgustar a nadie. Miro el reloj, veo que me quedan ocho minutos para entrar, ahora siete. Tiempo más que suficiente para hacer un pis, ponerme un poco de brillo en los labios y esperar mi turno. Entro en el cuarto de baño, me lavo las manos y me cepillo el pelo con un cepillo en miniatura con mango de carey que me regaló mi madre en mi treinta cumpleaños y que había sido de su abuela, aunque, obviamente, no conserva las cerdas de entonces; mi madre se encargó de ir a la Plaza Mayor a una tienda donde aún las cambian.

Dudo si recogerme o no el pelo en una coleta. A los hombres les suele gustar más el pelo suelto que recogido, y mejor largo que corto. El atractivo de una melena de mujer es algo muy especial. Decido hacerme una coleta. Hace calor. Me pone nerviosa este encuentro. No tengo problema en presentar a mis clientes proyectos que después discutimos durante días, pero desnudarme íntimamente delante de un desconocido me azora. Me siento en uno de los sofás de tres plazas color crema sin acomodarme demasiado. Saco mi revista *Esquire* del bolso. Es una revista para hombres muy interesante que me gusta leer. Las llamadas *femeninas* suelen ser espeluznantemente aburridas y repetitivas. De las del corazón, como dicen algunos periodistas abducidos por la jerga populachera, ni hablamos. La abro por el artículo que había dejado a medias y sigo leyéndolo. No me concentro. Hurgo en mi bolso. Busco de nuevo el brillo de labios. Me retoco y lo guardo. Vuelvo a echar un vistazo a mi alrededor. Al otro lado de la puerta que tengo frente a mí, se oye un murmullo, pero no se entiende lo que hablan. Está muy bien insonorizada esta consulta; la privacidad de nuestras miserias está a salvo entre estas cuatro paredes. Sigo haciendo como que leo porque, en realidad, no leo. Planeo sobre las letras. Sigo estando nerviosa. Queda un minuto para que la puerta que tengo frente a mí se abra. Aún me quedan unos treinta segundos para salir huyendo a paso de carga escaleras abajo. Respiro profundamente una última vez.

Se abre la puerta y aparecen dos siluetas a contraluz. Dos hombres de estatura similar, uno de ellos es un chico rubio de unos veinticinco años. Viste unos vaqueros desgastados, rotos y largos que parece que arrastra, y una camiseta blanca con la cara de Nelson Mandela impresa y descolorida. Tiene el pelo largo y ralo. El que debe de ser el doctor y no lleva la típica bata blanca de médico de consultorio, lo coge por un hombro, le da la mano y le desea una buena semana. En paralelo, guardo mi revista, apago el teléfono, me pongo de pie, y mientras el chico rubio se dirige a la puerta para salir, doy los cuatro pasos que me separan de la puerta del matadero. Así voy, como una res al encuentro con su matarife.

El doctor me da la bienvenida saludándome con un apretón de manos tan fuerte que me hace ver las estrellas. Casi prefiero que me la estrechen con ganas en vez de la típica mano de pescado blanda y sudorosa de algunos hombres. Me invita a sentarme en una de las dos sillas que hay frente a su escritorio. La consulta es muy luminosa. Un ventanal que ocupa todo el frontal llena de luz la estancia. Me siento y coloco mi bolso en la silla de al lado. Echo un vistazo rápido a la consulta.

Todos los muebles son de maderas nobles, clásicos y bien cuidados. A mi derecha hay dos sillones grandes de piel negros que parecen cómodos. A su espalda, una estantería llena de libros, algunos de ellos encuadernados en piel. Los típicos cuadros enmarcando los títulos y su formación académica como Licenciado en Medicina y Cirugía, Doctor en Psiquiatría por la Universidad Autónoma de Madrid, Postdoctorado en Yale University School of Medicine y algunos más que no alcanzo a leer, todos en perfecto orden y alineamiento en la pared contigua. «El *psico* es una lumbrerita», pienso para mí. Sobre la mesa tiene abierto un ordenador personal, la figura de un *buldog* inglés de color negro, un tintero, una pluma estilográfica y una lámpara de mesa. A la izquierda de sus innumerables logros académicos, me llama la atención un cuadro. Es una marina en la que se ve a una niña de perfil vestida de blanco, mirando pensativa la arena que tiene a sus pies, rodeada de otras niñas que juegan con sus niñeras, ataviadas con vestidos amplios y largos por debajo de la rodilla. Sus cabellos, recogidos en pequeños moños de los que se escapan algunos mechones infantiles abandonados al capricho del viento, que los hace ondear como banderas. A lo lejos, en un segundo plano, algunos niños desnudos juegan con las olas. Casi se oye una mezcla de sonidos lejanos de risas que se lleva el viento al jugar con el eco de las olas que rompen suavemente al llegar a la orilla. El cuadro tiene una luz tan bonita y unos tonos pastel tan delicadamente difuminados que me recuerda a las pinturas de Sorolla. Detrás de mí, cerca del ventanal, está el mítico diván y un sillón al lado. Otra estantería con más libros al lado de la puerta, un par de mesitas auxiliares con lámparas que están apagadas y una talla africana sobre la mesa a medio camino entre su sillón y el mío. Los visillos perfectamente plisados dejan pasar la luz justa. La sala es agradable e íntima. No hay flores ni plantas, y pienso si aceptará más adelante que le regale una, por ejemplo, una orquídea de color morado casulla de sacerdote en Semana Santa. Me lo imagino vestido de nazareno en una cofradía de penitentes y no puedo evitar sonreírme viéndolo con un capirote.

El brillante doctor es un hombre moreno de media estatura, con escaso pelo, facciones proporcionadas y mirada profunda. A primera vista, y por cómo me mira, parece un tipo serio e inteligente. Sus gestos denotan que es un hombre equilibrado y seguro de sí mismo. Aunque estemos obligados a guardar las distancias, atisbo que puede ser cercano y cariñoso. Su voz es grave pero no dura ni desagradable.

Recuerdo que Alma me dijo entre risas que me iba a enamorar de su forma de ser. Seguro que la muy ladina tiene razón. Va vestido con un traje de chaqueta gris, camisa de tono indefinido, crudo, crema, simplemente pálido, no lo distingo, y corbata oscura, de color azul, demasiado seria para mi gusto. Me sonrío y me digo a mí misma que a nadie le importa lo que yo opine sobre el atuendo del señor Rivera.

—¿Cómo estás, Alejandra?

—Estoy bien, gracias.

—Si quieres, puedes llamarme Hugo y, por supuesto, tutearme.

—Estupendo, Hugo, mucho mejor. Tú puedes llamarme Alejandra. La opción de Álex la podemos dejar para más adelante.

Los dos sonreímos mirándonos a los ojos. Esto promete: si tiene sentido del humor, tiene ganada una gran parte de mi confianza. Empiezo a sentirme mejor, más relajada, aunque la silla me parecen un potro de tortura. Me siento recta, sin apoyarme en el respaldo, como si estuviera sometiéndome a un examen que llevara prendido con alfileres.

—Si te parece, vamos a rellenar una ficha con tus datos, solo tengo tu nombre y una recomendación. Después, voy a hacerte algunas preguntas sencillas que quiero que me respondas de forma directa, como si jugáramos al *ping-pong*. Ya tendremos tiempo de profundizar cuando empecemos con las sesiones.

Al segundo, me acuerdo de la ficha que tuve que rellenar en la Seguridad Social años atrás y espero que, al menos, se hayan modernizado un poco. Me sentiría ridícula.

—Por supuesto. Empezamos cuando quieras.

—Nombre: Alejandra Terry Muguiro. ¿Qué edad tienes?

—Treinta y seis años.

—¿Tienes padres y hermanos?

—Tengo padre y madre, separados desde hace años, y tres hermanos. Yo soy la pequeña de los cuatro.

—¿Estás casada?

—No, soltera.

—¿Tienes hijos?

—Sí, un varón, se llama Tristán.

—¿Tiene padre?

—Técnicamente sí. Un padre biológico a secas, podríamos decir. Salió huyendo cuando su hijo tenía pocos meses. Mi hijo no conoce a su padre.

—¿Qué estudios tienes?

—Estudios superiores, sin terminar. Estudié Dirección de Arte Publicitario.

—¿Por qué razón no los terminaste?

—Tenía otras prioridades. Siempre he trabajo sin dificultad a pesar de no haberlos terminado.

—¿Hablas otros idiomas?

—Sí, inglés y francés. Y chapurreo italiano y portugués.

—¿Actualmente tienes pareja?

—Sí, en este momento, dos. Una en posición de jaque mate y otra en plena eclosión. Tengo un novio y un amante, para ser más precisa. Mi novio se llama Mario, llevamos juntos siete años. Lo quiero dejar pero no me atrevo. Tenemos lo que podríamos llamar una relación cómoda que está empezando a ser francamente incómoda.

—¿Y la relación con tu amante?

—Hace pocos meses que lo conozco. Está soltero. Es productor de cine y completamente opuesto a Mario. Se llama Jimmy y me alegra la vida.

—¿Has tenido problemas de alcohol o drogas?

—¿Problemas? No. He tomado diferentes sustancias en distintos momentos de mi vida, pero nunca han sido un problema. No tengo adicciones, si es eso a lo que te refieres.

—¿Tienes una vida sexual activa y satisfactoria? ¿Tienes orgasmos?

Noto que me sonrojo ligeramente y él lo nota también. La pregunta me ha pillado por sorpresa.

—Sí y sí.

—¿Con qué frecuencia?

—De una manera u otra, cada vez que hago el amor.

—¿Has estado en terapia alguna vez?

—Sí, hace años. Tuve un cuadro de estrés. Estuve medicada con Prozac y ansiolíticos. Quizá fuera una depresión. Mi madre padece algunos episodios depresivos. Pero no sé si lo mío fue una depresión. No lo tengo claro.

—¿Cuánto tiempo estuviste medicada?

—Unas semanas. Tomé la medicación durante un tiempo y luego la dejé, no me sentía bien.

—¿La dejaste por tu cuenta y riesgo?

—Sí, no me sentía bien tomándola.

—¿No te sentías bien o no te sentaba bien?

—No me sentía bien.

—¿Cuánto tiempo duró la terapia?

—Fui a terapia de grupo semanal durante unos nueve meses.

—¿Tomabas alcohol o alguna otra cosa?

—Fumaba marihuana.

—Me has dicho que tu madre sufre depresiones. ¿Se medica?

—Sí, toma varias pastillas. Como ella suele decir: las que te ayudan a levantarte y sonreír y las de no llorar. Mi madre es pintora, es una gran artista. Tiene una galería de arte especializada en artistas latinoamericanos.

—¿Y tu padre?

—Mi padre es un hombre difícil que vive retirado en el campo. Él no se medica. Solo bebe.

—¿Por qué has venido a verme?

—Porque quiero poner en orden mi vida y necesito que me ayudes.

Hugo sigue anotando datos en mi ficha durante algunos minutos más y me pregunta cómo estoy de tiempo. Le digo que puedo a cualquier hora, pero que prefiero mañanas o mediodías. Por las noches prefiero no remover mucho mis cosas, que luego no pego ojo. Me pide por último mi *email* para enviarme sus datos, honorarios y forma de pago.

—Vamos a trabajar todos los lunes durante algunas semanas para ver cómo estás, y en función de lo que descubramos, nuestro objetivo va a ser identificar las causas que te producen dolor o angustia. Vas a enfrentar los problemas y a sopesar las posibles soluciones. Aprenderás a enfocar tu forma de vivir de una manera global, positiva, estable y duradera. Vas a estar mejor contigo misma y a manejarte con mayor habilidad en las relaciones humanas. Este es mi cometido y quiero que te sientas libre para poder hablar de cualquier tema que quieras. Podrás preguntarme todo lo que necesites saber, sin ningún tipo de reparo o vergüenza. Estás aquí para no repetir patrones, para no recrearte en lo que eras y ya no eres, para hacer con tu vida lo que quieras y no lo que los demás esperan de ti. Para dejar de castigarte si no alcanzas lo esperado, para liberarte del miedo, para darte la oportunidad de ser feliz y de aprender a mantener y cuidar tu estabilidad emocional.

—Tal y como lo dices parece una tarea fácil. Y no creo que lo sea en absoluto. Profundizar en uno mismo no solo no es agradable. Resulta, cuando menos, doloroso.

—Yo no he dicho que vaya a ser fácil pero sí creo que puedes conseguirlo. Te voy a enseñar a manejar tus propias herramientas. No tienes que buscar nada afuera. Todo lo que necesitas está en ti.

—¿Eres una especie de guardián del alma?

—Si quieres verlo así... Resulta una imagen muy reconfortante y poética. ¿A las dos te viene bien? Recuerda que las sesiones serán de cuarenta y cinco minutos.

—A las dos es perfecto. Seré puntual.

—Entonces nada más por hoy, Alejandra. Esta no ha sido una sesión, así que mi enfermera no te enviará ninguna factura. Tu primera sesión comenzará el próximo lunes.

—No faltaré.

Asiento con un ligero movimiento de cabeza. Nos levantamos cada uno de su silla, cojo el bolso y Hugo me acompaña a la salida. Me vuelve a dar la mano, esta vez con menos fuerza, y nos despedimos deseándonos una buena semana. Gracias, gracias, adiós, adiós. Tengo las manos y los pies como carámbanos de hielo. No quiero ni pensar a qué temperatura estaremos en un par de meses. Serán sesiones de crionización en vez de psicoterapia. El aire acondicionado está alto para mí. El próximo día iré más abrigada o le pediré que lo baje.

Cierro la puerta de la consulta y llamo al ascensor. Tarda en subir, es un noveno piso. Me miro en el espejo al entrar y respiro contenta y, a la vez, aliviada. No ha sido para tanto, me dice la mitad de mí. Al instante, la otra mitad, cien veces más lista que su par, me dice que no sea ilusa e infantil y que no venda la piel del oso antes de cazarlo, no hemos hecho más que empezar. Salgo del portal y giro a la derecha por la calle Hilarión Eslava. Cojo la moto, que está a veinte metros, y enfilo hacia el restaurante José Luis de la calle San Francisco de Sales para tomarme un buen pincho de tortilla poco cuajada y una caña fría bien tirada antes de volver a mi jaula de grillos diaria.

Esto de empezar las sesiones los lunes va a ser toda una experiencia. Pueden alegrarme toda la semana o romperme en dos y arruinármela. Aparco la moto y me siento en la terraza; hace un día espléndido y tengo ganas de sol. Un camarero de unos sesenta años se me acerca y me dice que mi cara le recuerda a alguien. Debo de tener una cara muy vulgar porque me ocurre cada dos por tres. Me dice que le recuerdo a una actriz de cine americana de los años cincuenta. No sé a quién se refiere pero renuncio a jugar a las películas con el camarero; lo tomo como un cumplido, me quito las gafas de sol y le sonrío con picardía. Me acerca la carta y le digo que lo tengo claro: caña doble y pincho de tortilla. Son las tres de la tarde y estoy desfallecida de hambre. La cañita a mediodía me pone un punto de relax que me gusta. Saco el teléfono del bolso y lo activo. Ocho llamadas perdidas y un sinfín de *emails*. ¡Pero si solo he estado una hora desconectada! ¿La gente en este país no come o qué?, me pregunto como siempre que recibo llamadas entre las dos y las cuatro de la tarde. Antes de silenciar este aparato del demonio le pongo un mensaje a Alma que dice: «Enamorarme de él no lo creo, pero de su coco, sin lugar a dudas». Guardo el teléfono, saco de nuevo mi *Esquire* y la leo mientras doy buena cuenta del pincho.

Tortilla recién hecha y poco cuajada, como a mí me gusta. El camarero, que no me quita ojo desde una esquina, se acerca para ofrecerme una tarta de limón y acepto encantada. Me la como relamiendo el merengue que queda pegado en el tenedor de postre y aplasto las miguitas de la masa quebrada contra el plato. Pido la cuenta y pago. Me despido del camarero y le pregunto su nombre, se llama Remigio pero todos lo llaman Remi. Intuyo que nos vamos a ver mucho por aquí, así que le dejo una buena propina. Me pongo el casco, arranco la moto y vuelvo a la oficina a apagar un incendio. Pienso en el doctor Rivera. Me gusta. Tengo la sensación de que va a ser clave en este momento de mi vida.

6
Primera sesión con Hugo Rivera

Vengo pensando en la frase: «El pueblo que olvida su historia está condenado a repetirla». Sí, yo he olvidado muchas veces mi historia y por eso vuelvo a caer en los mismos errores una y otra vez. Hoy es mi primera sesión con el ilustre doctor después de un fin de semana anodino. Estaba deseando que empezase de nuevo la semana para volver a sentarme frente a él.

Repito el mismo ritual que el primer día al llegar a la puerta de la consulta. Hoy ha vuelto a salir el mismo paciente a la misma hora, con el mismo pelo, los mismos vaqueros y un niki negro con la imagen de Corto Maltés impresa en blanco, un tanto descolorido y viejo. Idéntica mirada recelosa, idéntico gesto a modo de saludo, idénticos hola y adiós. Cabizbajo, taciturno, con todo el peso del mundo sobre los hombros. No parece que las sesiones lo alivien. «Habría que verlo también al entrar», pienso. Me pregunto cómo harán los psiquiatras para cambiar el chip de un paciente a otro y cómo serán las técnicas que aplican a cada uno. ¿Se tratarán también ellos con otros terapeutas? Me parece una profesión fascinante, probablemente dura, y en ocasiones, satisfactoria.

Hugo me invita a entrar y sentarme en los sillones negros de piel, en la zona del cara a cara. Hemos pasado del escritorio a lo que podríamos llamar la sala de estar. Me llama la atención la tercera zona de la consulta, donde está el diván. Seguramente estará reservado para un tipo de paciente muy concreto, ya que por cómo están dispuestos ambos lugares, el paciente no tiene una interacción visual con el terapeuta. Seguro que tendrán nombres de manual: el efecto liana, la negadora compulsiva, la histérica... Tengo que preguntárselo en otro momento. Mientras voy acomodándome me froto la mano derecha, ha vuelto a apretarme la mano con la misma fuerza que el primer día y me duele un poco. Es un hombre enérgico, de eso no hay duda. Me siento y acomodo el bolso en el suelo. Inmediatamente me acuerdo de Angelita, que dice que los bolsos no se deben dejar en el suelo. Se escapa el dinero, suele repetirme una y otra vez. Aun así, lo dejo. No tenemos un minuto que perder.

—Hola, Alejandra, bienvenida.

—Hola Hugo, qué fuerza tienes en las manos, me la has estrujado (le digo con una sonrisa cómplice y exagerando un poco el dolor).

—Perdóname, intentaré ser más delicado la próxima vez.

—No sé si me arriesgaré una tercera vez.

—Espero que me dejes intentarlo al menos.

—¿Puedo pedirte que bajes un poco el aire acondicionado? Soy un poco friolera.

—Claro que sí. Bajado. Si estás cómoda, podemos empezar.

Nos sentamos uno frente al otro, a un metro y medio de distancia, mirándonos a los ojos. Nos quedamos en silencio durante unos segundos, sin apartar la mirada el uno del otro. No tengo la menor idea de por dónde empezar y hago alusión a la frase que venía rumiando por el camino. Él me escucha pero no dice nada. O le ha parecido irrelevante o una confesión en toda regla. De nuevo, un silencio. Debo tomar la iniciativa y lanzarme de una vez. Él ni se inmuta. Me da tiempo. Imagino que querrá entender mi entorno y decido empezar por hablarle de mis padres destapando mi propia caja de Pandora.

—Siempre he vivido bajo el yugo opresor de lo que es correcto y, por ende, de lo que no lo es. Lo bien hecho, lo correcto para mi padre, mi madre, mis hermanos, mi hijo, los compañeros del trabajo, mis amigos, mis parejas. Llevo el peso de la buena educación tatuado en la piel. He intentado ser la mejor en todo hasta los diecinueve años. Número uno en el colegio, número uno en equitación, en francés, en ballet. La hija dulce y cariñosa, la que siempre estaba contenta, la que no daba un solo problema.

—Hasta que un día caí en la cuenta de que siempre hacía lo que esperaban, y de un día para otro, cambié y me empezó a dar todo lo mismo. Sin embargo, aunque mi naturaleza se rebeló y empecé a ir a contracorriente, lo hacía de una manera oculta, con cautela, para que nadie se enterase, para que no se preocuparan por mí. Me sentía prisionera de lo aprendido, de lo que había que hacer en cada momento, de la imposibilidad de defraudar, y esto ha pesado en mí durante todos estos años y ha coartado mi libertad.

—En casa las cosas siempre fueron mal. Quizá a mí me tocó vivir la peor parte por ser la hija menor, pero la tensión se mascaba desde que tengo memoria. Cada uno de mis progenitores tenía un adjetivo para definir al otro. Él era un tirano y ella una consentidora. Dos polos opuestos incapaces de encontrar un punto de encuentro común. Él era tremendamente exigente y conservador y ella más permisiva y liberal. Él, amante de la caza y las monterías y ella, miembro activo de Adena y asidua a las partidas de bridge en el Club de Campo. Él, hombre de campo, de toros y de caballos, de pocos y buenos amigos, de lealtades en los negocios, de derechas, de siesta y de mus. De copas, muchas copas, y tabaco, de tradiciones, de los suyos y de Dios, en realidad de su propia interpretación de Dios, al que suele describir como la energía madre de la cual todos procedemos y a la que todos hemos de volver al morir para seguir transformándonos en energía renovada y mejorar nuestro aprendizaje una y otra vez hasta salirnos de la rueda de la reencarnación. Ella, poseedora de todas las virtudes propias de un ser más evolucionado, pulido y con mayor inteligencia emocional, aunque tocada por cierta inestabilidad. Emocional, sensible, conciliadora, amante de las artes y de los animales. La mejor amiga y confidente. Una artista abonada a la temporada de otoño del Teatro Real. Ratón de estudio de pintura y biblioteca. Ave diurna siempre presta para el vuelo. Amante de los viajes, de los atardeceres, de largos paseos, de poesía y de mar.

—Mi madre se llama Blanca, y mi padre, Beltrán. Ella es como una ninfa y él, como un *Tyrannosaurus rex* ilustrado. Mis padres, Hugo, nunca deberían haberse casado. Pero en los años sesenta, las niñas de las familias bien de Madrid tenían que pasar por la vicaría o se quedaban para vestir santos. En el caso de mi padre, el hecho de ser otro niño bien de Madrid, terrateniente y hombre de negocios, lo convertían en un buen partido, algo que no se podía ni se debía rechazar. En aquellos años, tener una profesión y poder ser autosuficiente siendo mujer no estaba bien visto, no se aceptaba en ciertas familias y entornos sociales. Se casaron o los casaron, para el caso es lo mismo. Un desastre de matrimonio descompensado, escaso de cariño, menguado de respeto y bajo mínimos de amor. Mis padres nunca han estado enamorados. Al menos, es lo que siempre he creído. Nunca he visto a mis padres besarse.

—¿Cuál de los dos caracteres crees que te ha influenciado más?

—El de mi madre. De ella he bebido como de un manantial. He aprendido a ser y a estar, a contemporizar, a ser sutil y observadora, a estar alerta, a mirar para otro lado, a sonreír cuando lo que quiero es llorar, a aparentar fortaleza cuando lo que siento es debilidad, a respetar aunque no te sientas respetado y esperar a que las cosas cambien sin actuar, a fingir, a callar. Pero también, a valorar las cosas bellas que hay en la vida. A ser independiente, generosa y a tratar a todos con amor, sea cual sea su origen o su condición social, a luchar por mí misma. Mi madre es una bellísima persona, un ser frágil, pero a la vez, una mujer valiente, comprometida, solidaria, sensible y cariñosa. Es una mujer culta y apasionada. En casa no se habla de miserias: se asumen los fracasos y se levanta uno cada mañana con dignidad. Mi madre está muy presente en mi vida, Hugo.

—¿Cómo crees que influye la figura masculina de tu padre en tus relaciones afectivas?

—Creo que negativamente. Busco los patrones opuestos, los hombres que no se parezcan en nada a él. Trato de llevar una vida tranquila, sin pretensiones ni sobresaltos. Me dejo querer. Al mismo tiempo les cojo manía porque me doy cuenta de su escaso atractivo vital y porque no tienen nada que ver conmigo ni con él. Supongo que proyecto en ellos todas mis carencias, y cuando me doy cuenta, quiero salir corriendo. Es como si les faltara casta, temperamento, vitalidad. Pocos hombres de hoy en día son útiles. Es una constante en las conversaciones entre mujeres. No sé si ellos opinarán lo mismo de nosotras. Suelo darme cuenta pronto de mis errores pero tardo siglos en salir de ellos. La puerta de entrada de mi vida es enorme y ancha, y la de salida, estrecha y mal señalizada. No lo gestiono con habilidad, para qué vamos a engañarnos a estas alturas.

—Mi padre es un ser apegado a la tierra, de hechos, de tangibles, de realidades. Un hombre con luces y sombras muy marcadas. Es un hombre cultivado. Intolerante con la pereza y la abulia. Buen conversador. Exigente, habilidoso, buen cocinero y anfitrión. Un hombre que no necesita hacer nada por sí mismo porque tiene quien se lo haga pero al que le gusta hacer de todo. Con un carácter muy complejo, a veces odioso, pero un tipo con cualidades a priori valiosas para una vida en común. En casa de mi padre no se rechista, ni se cambian las cosas, ni las costumbres ni las opiniones. Se puede tener derecho de réplica y pataleo, pero lo mejor es que te los guardes. En su casa, las cosas son como él quiere que sean. Impera la ley del más fuerte, del señor feudal, del macho alfa, del rey de la casa, del amo y señor.

—Mi abuela Ángeles, la madre de mi madre, me dijo en una ocasión: «Alejandra, pochola, no te cases nunca con alguien que no sepa comer como tú». Y qué razón tenía. En la época de mis padres, esas cosas no sucedían. Cada uno con su par. No se emparentaba con personas que no tuvieran que ver con tu misma clase social. Lo tenían clarísimo. Vivían en círculos cerrados, prácticamente blindados, en los que se les conocía por quienes eran, no necesariamente por lo que hacían. El mérito estaba en nacer, ser y tener. Un apellido que te avale, una familia que te acompañe, un entorno adecuado y un entretenimiento o trabajo en el que ocupar tu tiempo, por salud mental, que no necesidad económica.

—¿Qué relación tienes con tu hijo?

—Tristán es un buen niño al que le falta un padre. Nos queremos mucho. Ahora está atravesando un momento crítico, técnicamente lo han echado del colegio, y lo más probable es que tenga que repetir curso. Estamos pensando opciones para el año que viene, posiblemente fuera de España.

—Va a terapia una vez cada quince días. Está en un momento de cambio. Acaba de cumplir trece años y está viviendo su particular revolución hormonal. Adora a sus abuelos. Sabe cómo ser con cada uno de ellos. Se muestra tal y como es, no tiene doblez. No necesita actuar ni contemporizar, aún no tiene malicia. Su rol es muy diferente al nuestro. Es hábil en las relaciones humanas. Tiene muchos y buenos amigos. Es risueño, cariñoso y noble. Pasamos mucho tiempo con mi familia en el campo. También tiene a Mario, mi novio, como aliado en casa. Se llevan de maravilla, comparten aficiones y charlas, digamos, de tíos. Es algo que yo ya no puedo hacer con él. Soy su madre y hay cosas a esta edad que no le cuentas a tu madre por muy bien que te caiga. Y dudo que sea el caso. También tengo que admitir que es un niño inmaduro y poco amigo de los libros. Es al único que mi padre no tortura por no ir bien en los estudios, y eso que no soporta la mediocridad. Una de las razones, probablemente la de mayor peso y calado, por la que no me separo de Mario, es porque están muy unidos y no quiero quitarle quien hace las veces de padre. Se quieren, y eso ha bastado para mantenerlo cerca. No sé si es justo.

—Antes has definido muy claramente cómo la figura de tu madre interfiere en tu vida actual.

—¿Lo dices porque digo sí cuando quiero decir no? Quizá...

—No, quizá, no. Estoy segura de que antepongo el bienestar de los demás al mío propio. Lo he hecho durante mucho tiempo, es cierto. Tristán es una excusa para no dejar a Mario. Mario es otra excusa para no enfrentar una nueva vida en solitario con Tristán. Me agoto con tanta excusa. Es un laberinto hecho a la medida de mi indecisión.

Ambos nos quedamos callados durante unos segundos. Hugo me deja a solas con mis pensamientos, no se pronuncia. Mira sin disimulo la hora en su reloj de pulsera. Me sorprende comprobar que es un Rolex, y no uno cualquiera, sino el mítico modelo Submariner, idéntico al que llevaba el actor Sean Connery cuando interpretó el papel de James Bond en la película *Doctor No*. Lo que me divierte es ver que él también ha sustituido la correa de acero original por una correa militar de nylon de color negro, con una raya gris que cruza de extremo a extremo y dos anillas de metal, probablemente fabricada en Gales para el ejército británico en la década de los años sesenta. «Tiene buen gusto el doctor», pienso mientras interrumpe mi silencio y me propone que continuemos el próximo lunes.

Han pasado los cuarenta y cinco minutos como si fueran treinta segundos. Siento que estoy algo revuelta por dentro. No siento náuseas, tan solo un vacío interior. Me invade el silencio. Mi corazón late lentamente, no se inmuta. Hablar de mis padres y de sus desencuentros siempre me resulta doloroso, por eso no suelo hacerlo. Pero lo que me ha parecido más difícil en esta primera sesión es oírme hablar. Hugo apenas ha interrumpido este soliloquio. Pocas veces hablo de mí, siempre soy la última de la fila en este tipo de cuestiones. Soy buena receptora de mensajes, me siento más cómoda escuchando. Me ocurre desde pequeña. Desde que recuerdo, son los mayores los que hablan y los que deciden cuándo deben hablar los niños. Quietecitos, bien educados y mudos, pero no sordos. Este debe ser un buen momento para aligerar peso, soltar lastre, avanzar unos puestos, tomar posiciones.

Continúo con mi parloteo mental y le sonrío. Le doy las gracias y nos despedimos con un apretón de manos mucho más suave. Salgo por la puerta como si me hubiera pasado por encima un tren. Trato de mantenerme erguida, subo la cabeza, elevo el mentón ligeramente, como si fuera a iniciar el paso en un desfile, miro hacia el final del pasillo, me yergo, estiro la espalda, la arqueo ligeramente a la altura de las vértebras lumbares. No me gusta la sensación de estar cabizbaja, con los hombros caídos, la cabeza gacha. Esa no es la actitud. Me insuflo una dosis de *arriba el ánimo;* cualquier cosa menos parecer una perdedora. Me dirijo como un autómata al ascensor. Lo llamo. Tarda. No tengo prisa. Abro la puerta envejecida por el uso y me subo. Aprieto la tecla que pone B. Desciendo. Llego. Abro. Salgo. Respiro. Estoy agotada. Trato de sonreír por aquello de salir del portal con la cabeza bien alta, con cierta altivez. Reminiscencias de mi educación —que no parezca que salgo hecha unos zorros—. Disimulo. El portero me mira. Especulo sobre lo que debe de estar pensando. Otra neurótica más para el doctor Rivera. Lo miro sin verlo. Puede ser cualquiera, metido dentro de ese mono azul tan propio de los trabajos físicos. Articulo un «adiós, buenos días» que me sale de corrido y de forma automática. Me siento más liviana. No me ha quedado una gota de litio tras el primer *round* con el doctor. No me envidio ni me compadezco. La sesión de arqueología familiar me ha dejado extenuada. Arranco mi moto y me transporto con el cerebro en modo automático a mi mundo real. La rueda sigue girando, y yo, dentro de ella.

7
Fin de semana disparatado en Cerdeña

He quedado a comer con Jimmy, hace una par de semanas que no nos vemos. Yo no he estado muy comunicativa desde que echaron a Tristán del colegio, pero no parece que él le haya dado importancia. Sabe que he empezado con las sesiones de psicoterapia y que mi casa no está siendo precisamente un lugar de paz para mí. Me pasa a recoger por la agencia en su Jaguar color verde botella. Es tan puntual como yo. Nada más salir del portal, lo veo aparcado. Se baja del coche, me saluda dándome un beso en la mejilla y me abre la puerta servicial. «Estás guapísima», me dice. Los ojos le brillan. Parece contento. Su aspecto es extraordinario, está moreno, va impecablemente vestido y, como siempre, huele a ropa limpia lavada con un buen suavizante, de los que permanecen en la ropa. Su aroma a Aqua di Parma lo dice todo de él. Es un tipo de mundo, con clase y experimentado.

Ya en el coche me dice lo estupenda que estoy, las ganas que tenía de verme y lo bien que me sientan las sesiones con mi doctor Freud. Me sonríe con cariño y complicidad y me agarra la mano con fuerza cada vez que cambia de marcha. Alterna con mi pierna izquierda. Me gusta cómo me acaricia. Sus manos están cargadas de delicadeza y sensualidad. Estoy convencida de que aprueba lo que hago y segura de que se está haciendo una idea bastante acertada de lo que debe de estar siendo para mí hurgar en el baúl de los recuerdos. Charlamos de nuestros trabajos durante el trayecto que nos lleva al restaurante. Ha estado dos semanas en Asturias, localizando exteriores para empezar con el rodaje de una serie que produce su compañía, Morgana Films.

Aparcamos en el parking de la plaza de Santa Ana y bajamos andando las dos calles hasta llegar al restaurante. Llegamos cogidos del brazo hasta la puerta, como dos adolescentes, ajenos al resto del mundo, absortos en nuestra conversación. Salir con Jimmy, aunque sea a dar una vuelta a la manzana, es siempre algo especial. «Me gusta este tipo», pienso para mí. Entramos en el restaurante y enseguida sale a nuestro encuentro el *maître*.

—Buenas tardes, ¿tienen reserva?

—Hola, qué tal. Sí, a nombre de Cap, Jimmy Cap.

—Por supuesto. Si me acompañan… Es la mesita de al lado de la ventana.

—Estupendo, gracias, es la que me gusta.

Nos acomodamos en nuestro rincón y nos damos unos minutos para leer la carta y pedir. *Burrata* para compartir y un plato de pasta para cada uno. *Penne all'arrabiata* para él y *ravioli capelli d'angelo* con calabaza para mí. Una botella Pinot Griglio, un vino blanco ligero ideal para la pasta y el mediodía.

Nos ponemos rápidamente al día. Me da dos pinceladas de las últimas dos semanas y me pide que le cuente novedades. Siento que su interés hacia mí es sincero.

—¿Cómo va todo, corazón?

—Pues como un nido de monas, para qué vamos a andarnos por las ramas.

Reímos de buena gana por la naturalidad y la complicidad que hay entre nosotros. Tenemos buena sintonía.

—Tengo la sensación de que dentro de muy poquito, una Alejandra fortalecida y renovada va a empezar a poner los puntos sobre las íes en su vida. ¿Me equivoco, Álex?

—No, no te equivocas, pero no sé si voy a conseguir armarme de valor para llevarlo a cabo. Tengo muchas cosas en la cabeza. Necesito ordenarlas y priorizar.

—No quiero que te sientas presionada por mí. Maneja los tiempos como mejor te convenga. Yo no te pido nada. No es mi momento. Me tienes como un fiel aliado, no quiero ser un punto de inestabilidad más. Mi papel es otro en estos días, me quedo en la retaguardia, cubriéndote las espaldas. Confía en ti misma. Piensa en ti y solo en ti. Te darás cuenta de que la energía que inviertes en los demás ahora la vas a necesitar íntegramente para ti. Si tú estás bien, todo va a fluir de forma natural. Como dicen en mi casa: sé fuerte como un roble y flexible como un junco.

—Qué gracia, en mi casa también utilizan mucho esa frase, es muy gráfica. Te lo agradezco, Jimmy. Necesito quitar tensión, no añadir más. Sé que lo entiendes.

Jimmy es un seductor nato, no hay mujer que se le resista. Tiene una manera muy particular de hacer que una mujer se sienta fuerte, querida, valorada. No es un hombre especialmente guapo, pero tiene un enorme atractivo. Es culto, rápido e ingenioso. Tiene un gran sentido del humor, y aunque al principio me pareció un tipo un poco frívolo, voy descubriendo que es profundo, sensible y apasionado. Todo lo que hace, lo hace porque cree en ello. Si hay algo que no le cuadra en los negocios, lo descarta de inmediato y se dedica a otra cosa. Le disgusta sobremanera que le hagan perder el tiempo y no juega con el de los demás. Jimmy tiene una habilidad natural para conquistar, independientemente del género. Me pregunto por qué se habrá fijado en mí y si tendrá alguna otra conquista en paralelo. Ese pensamiento ensombrece durante unos instantes mi corazón. Él me lo nota pero no me pregunta nada. Se lo agradezco porque no quiero tener que mentirle inventándome una excusa y tampoco deseo exponerme compartiendo mis inseguridades. Apuro mi copa de vino y espanto los fantasmas que me acechan. Jimmy no me quita ojo. Me observa con una mirada entre tierna y curiosa. Respeta mis silencios. Empiezo a pensar que le importo de veras.

—Álex, me gustaría que vinieras conmigo a pasar este fin de semana en Cerdeña. Sé que te va a complicar la vida, pero te va a fascinar. Voy a cerrar un negocio con un amigo y me encantaría que me acompañaras. Desde que estuvimos en Lisboa hace casi un mes, no hemos vuelto a estar juntos y te echo de menos. Quiero hacer el amor contigo. Quiero disfrutarte. Quiero que te relajes y que dejes a un lado las preocupaciones. Que te apoyes en mí y me dejes cuidarte. No voy a aceptar un no, y si vas a ponerme alguna excusa, que sea creíble, o al menos, original.

—No voy a inventar ninguna, Jimmy. Acepto tu invitación.

—¡Esta es mi chica! No tenía duda de que aceptarías, salvo causa de fuerza mayor. Yo me ocupo de los detalles. Solo necesitas ropa para ir en barco y un par de vestidos de noche. Saldremos el viernes a mediodía. ¿Tienes tiempo de organizar tus temas en la agencia?

—Sí a todo. Eres un hombre muy persuasivo, Jimmy. ¿Adónde iremos exactamente?

—A Porto Cervo, querida mía. Mi amigo se llama Felice Di Salvo, es un tipo muy simpático de origen siciliano. Muy listo y hábil en los negocios. Es riquísimo y un gran anfitrión. Está divorciado y tiene dos hijos de veintitantos años. Vive en Milán. Tiene un barco espectacular con el que recorreremos parte de la isla. Probablemente navegaremos con más gente. Nos vamos a divertir. ¿Tienes la información que necesitabas o quieres más detalles?

No pongo ni una sola pega, pagamos la cuenta y salimos como flechas hacia el parking. En la oscuridad de la segunda planta nos abrazamos y nos besamos. La clandestinidad empieza a incomodarnos; ninguno de los dos somos de ese tipo de personas que pasean alegremente su amor pudiendo herir a otros. Al menos, yo. Me gusta que Jimmy sea respetuoso, aunque su paciencia, como la de todos, será finita. Debo darme prisa en resolver mi situación; si no, es probable que Jimmy vuele lejos de mí. De nuevo siento la punzada de la inseguridad planeando en círculos sobre mi cabeza como los buitres en torno al cadáver de una vaca muerta. Si Jimmy me quiere, sabrá manejar los tiempos y las situaciones. Un parte de mi cerebro se rebela contra los pensamientos negativos. Me recompongo. Jimmy vuelve a mirarme con ternura, comprendiendo que pasar el fin de semana en Cerdeña implica mentir. Es obvio que los dos lo sabemos. No es necesario comentar nada al respecto. Esos detalles forman parte de mi negociado particular. Pensaré en lo que voy a decirle a Mario.

Aprovecho que Tristán se va unos días a La Umbría con su primo Íñigo para comentarle a Mario que tengo que trabajar el fin de semana. Le cuento que un productor catalán nos ha invitado a Alma y a mí a pasar el fin de semana en Cerdeña. Están armando un equipo de producción y necesitan un director de arte y varios guionistas. Puede ser un proyecto muy interesante para la agencia. Mario recibe la noticia sin inmutarse y me anima a aprovechar al máximo el viaje. Él estará todo el fin de semana en el club para celebrar el final del curso. Ha organizado un campeonato infantil con todos sus alumnos. Me sugiere llevarme al aeropuerto, pero le digo que no hace falta. Saldremos directamente desde la agencia. No me hace más preguntas y yo no le doy más explicaciones.

Los días siguientes transcurren en la misma calma chicha de los últimos tiempos. No se mueve ni una hoja. No sopla el viento. Estamos al pairo, montados en nuestro barco con las velas arriadas sin saber cuándo podremos navegar. A la una y media en punto, Jimmy me recoge en el portal de la agencia para irnos directamente al aeropuerto. Me siento como una colegiala, ilusionada, desinhibida y casi feliz.

Llegamos a Cerdeña a la hora prevista. Después de recoger el coche de alquiler, Jimmy me cuenta el plan que vamos a seguir como si estuviera repasando el orden del día de una reunión de negocios. Está atardeciendo y nos dirigimos al hotel. Porto Cervo es el sitio más pijo de toda la isla. Es un puerto natural, llamado así porque tiene una forma que recuerda a la cabeza de un ciervo. Me acuerdo de los trofeos que cuelgan de las paredes de La Umbría. Aparto la visión como si fuera una mosca invisible. Quiero alejarme mentalmente de mi familia durante las próximas cuarenta y ocho horas. Jimmy sigue pautando cada hora de nuestro fin de semana con voz de locutor de radio.

Cuando lleguemos al hotel nos cambiaremos e iremos a cenar con Felice y unas amigas. Después daremos un paseo y tomaremos una copa en La Piazzetta. El sábado, la idea es desayunar con ellos en el barco y salir a navegar. Cenaremos en el Yatch Club, y luego Jimmy quiere que conozca el club de Flavio Briatore. Si nos queda cuerpo de jota, iremos a bailar a Ritual, la discoteca de moda.

Hay un punto en el que desconecto. Todo lo que propone me parece bien. Paso mi mano izquierda por la nuca de Jimmy. Lo acaricio y lo masajeo suavemente mientras miro relajada el paisaje. Él deja de hablar. Se pone nervioso, incluso se excita y me lo hace saber. Me mira con los ojos incandescentes y me dice que está loco por acostarse conmigo. Devuelve mi mano a su nuca y pisa el acelerador. Llegamos al hotel en un abrir y cerrar de ojos. Jimmy ha reservado una *suite* en Ramazzino, un hotel de ensueño. Nos registramos como Alejandra Terry y Joaquín Capdevila, que es el verdadero nombre de Jimmy aunque todo el mundo lo conoce por Jimmy Cap. Nada más llegar a la impresionante *suite*, Jimmy recibe una llamada de Felice. En quince minutos nos esperan en la terraza *lounge*. La llamada no dura más de un minuto. Hablan en italiano con gestos y tonos grandilocuentes. Si Jimmy tenía otros planes para aquel momento, no me lo dice y se reserva.

—Tienes diez minutos para arreglarte, Álex; nos esperan para cenar.

—¿Diez minutos? Será una broma, ¿no?

—No, máximo quince. Yo me cambio de camisa y voy bajando para dejarte espacio y que puedas arreglarte tranquila.

No hay tiempo de discutir. Jimmy se cambia de camisa a la velocidad del rayo, se lava la cara y los dientes y se perfuma. Me da un beso en el cuello, me guiña un ojo y sale por la puerta sin hacer ruido. Saco de la maleta un vestido negro, unos zapatos de tacón de charol burdeos y un bolso de Jimmy Choo a juego, un chal de seda natural y unos pendientes largos de plata. Me hago un lavado de gato, por partes, al estilo de los pueblos donde a veces escasea el agua, me cepillo el pelo y me lo recojo. Me desmaquillo y me vuelvo a maquillar, me lavo los dientes, hago unas gárgaras, me perfumo y bajo hasta la terraza del hotel, que está iluminada con luces minúsculas, como de verbena. No sé dónde ha quedado la parte del fin de semana de relax.

Me sonrío y me deslizo sin prisa sobre la sutil arrogancia de mis tacones hasta la mesa donde están sentados los cuatro tomando una copa de champán. Jimmy se levanta y acude a mi encuentro. Me coge por la cintura y me susurra al oído: «Gracias, Álex, estás espectacular». Nos acercamos a Felice, quien se levanta también y me saluda estrechando mi mano y dándome la bienvenida en italiano. Jimmy habla perfectamente el idioma y yo lo entiendo bastante bien. Felice se disculpa por no hablar una palabra de español y yo le digo que será un placer continuar en italiano. Felice me presenta a Carla, su novia rusa, y a una amiga de Kazajistán llamada Irina, una belleza de piel morena y rasgos mongoles nacida en Irkutsk, al sur de Rusia, casi en la frontera con Mongolia. Nos damos la mano. Carla me da la bienvenida en italiano e Irina en inglés. Entre ellas hablan en ruso. Me sirven una copa de champán y brindamos muy sonrientes por el fin de semana que tenemos por delante.

Mientras me bebo mi copa, observo a Felice. Es un hombre de unos sesenta años. Más bien bajito, debe de medir un metro sesenta. Parece estar en forma. Sus ojos son de color castaño, muy vivarachos. Tiene la tez morena, de ese tono acaramelado que solo te da la mezcla del sol, la brisa y el mar. Sus manos son fuertes y pequeñas, las lleva muy cuidadas, como pocos hombres que haya visto antes, con la manicura recién hecha. Su gestualidad denota que es un hombre refinado y educado. Va impecablemente vestido con camisa y pantalón de lino blanco, cinturón de piel de potro color canela, chaqueta azul marino con botonadura de plata, y sobresaliendo del bolsillo, un pañuelo de lino en un tono violeta ligeramente desdoblado. Sonríe permanentemente y se deshace en halagos hacia nosotras. Jimmy se suma a los cumplidos mientras pide que le anoten el champán en la cuenta del hotel.

Felice está divorciado hace muchos años de la madre de sus dos hijos y se dedica a disfrutar de la vida con chicas guapas que no le den problemas. Carla y él llevan un año viviendo juntos; parece estar enamorado de ella. Se conocieron en una discoteca de alterne en Milán cuando ella celebraba su diecinueve cumpleaños. La primera noche se la llevó a la cama por el «módico» precio de mil quinientos euros, además de la promesa de arreglarle las tetas para aumentarlas dos tallas, una tarifa que me hace pensar seriamente si no debería cambiar de profesión. Felice había retirado a Carla del circuito de las luciérnagas y la había inscrito en un curso en la Escuela de Moda de Milán, obviamente pagando lo necesario para que hicieran la vista gorda con sus escasos e inacabados estudios básicos.

Carla viste como una modelo de pasarela, luce unos generosos pechos de la talla ciento diez recién estrenados y acompaña a Felice a todas partes como un maniquí multimarca, altiva y reservada. Ni habla ni sonríe. Adopta una pose como de esfinge de cabello negro, liso y largo, con los ojos muy abiertos perdidos en algún punto en ninguna parte, el rictus serio y una cierta parálisis facial que le pone años y rigidez de más a sus facciones, de por sí angulosas. Parece una esposa resignada más que una amante apasionada.

Los amigos de Felice están estupefactos. A Jimmy, sin embargo, la dispar relación le parece de lo más normal. Considera que su amigo es un tipo afortunado. Tiene dinero, le va bien en los negocios, vive como quiere y con quien le apetece, y sus hijos ya son mayores, aunque los siga manteniendo. Su mujer se ha quedado a vivir en la casa familiar y no necesita trabajar porque Felice se ha preocupado de dejarla en unas óptimas condiciones económicas.

Una cosa es que se haya ido no con una, sino con varias mujeres, a cada cual más joven, y otra muy diferente, abandonar a la madre de sus hijos sin estilo ni categoría. Y de esto último, tiene para dar y regalar. Jimmy no lo juzga y siente por él un cariño sincero. Se relacionan con tal naturalidad que parece como si fueran íntimos amigos desde la infancia.

La ex mujer de Felice, Paola, curada de espanto porque no es la primera chica de ese perfil que su ex pasea en el ambiente social que ambos han compartido durante veinticinco años de matrimonio, contempla divertida las reacciones de su entorno. Lejos de adoptar una actitud de mujer despechada y corneada hasta la extenuación, Paola ha sabido recomponerse y sacar el máximo partido a su separación.

Sus hijos, dos veinteañeros con pocas ganas de trabajar en los negocios paternos, se muestran por el contrario, tremendamente ofendidos por la esperpéntica relación que su disoluto padre mantiene con Carla, a quien no se han dignado conocer. No le dirigen la palabra más que para pedirle dinero y no participan de los múltiples privilegios que ofrece la vida paterna. Sin embargo, y a pesar de los desplantes, Felice se siente medio metro más alto y veinte años más joven, fuerte y vigoroso, como un jugador de rugby. Está feliz con su *caríssima Carla,* en el más amplio sentido de la palabra.

Hemos terminado nuestras copas de champán y nos vamos a cenar dando un paseo. Las tres mujeres, como aves zancudas subidas en nuestros zapatos imposibles, sorteando con habilidad los huecos entre los adoquines del camino que separa el hotel del restaurante. Yo voy midiendo mis pasos para no tropezar, agarrada del brazo de Jimmy, divertida con la escena, caminando despacito, con la mirada al frente y con cara de «este fin de semana promete». El restaurante es el típico italiano. Decorado con fotografías de todos los personajes famosos que han pasado por allí y una gran variedad de objetos colgantes, pucheros, cazuelas, sartenes, cubiertos de madera y flores secas de diferentes colores.

Es un restaurante especializado en productos del mar. El chef es español, del Puerto de Santamaría, y nos recibe con todos los honores en una mezcla de italiano y español con grandes aspavientos y gestos sobreactuados. Felice lo saluda muy cariñoso con un abrazo y unas sonoras palmadas en la espalda. Se conocen desde hace tiempo. Charlan unos minutos sobre fútbol mientras nos vamos acomodando y nos sugiere que cenemos marisco y unas tapas ligeras para empezar. Decimos a todo que sí, sin mirar la carta. Felice propone seguir con champán y todos asentimos. Está acostumbrado a mandar y a que no lo contradigan.

Felice y Jimmy charlan de negocios mientras nosotras empezamos a conocernos. Carla me habla en italiano e Irina en inglés. Con las copas que vamos bebiendo, se empiezan a oír nuestras risas. Por alguna extraña razón que nos suele ocurrir a las mujeres, intimamos y nos contamos la vida desde el minuto uno. Comienzan ellas, alborotadas como adolescentes por el trío que acabamos de formar. Las dos son modelos de carrera, en otras palabras, putas.

Carla llegó a Milán hace dos años, y rápidamente, gracias a Felice, ha podido retirarse en un tiempo récord. Nos muestra orgullosa un llavero en forma de corazón del que cuelga una sola llave de seguridad que mueve coqueta entre sus dedos, mirando a su amiga como queriendo provocarla. Su novio le acaba de regalar un apartamento de doscientos metros cuadrados en Vía Solferino, en una quinta y última planta de un edificio antiguo, completamente rehabilitado y amueblado. La vida de Carla ha sido dura antes y después de dejar su pueblo con quince años. Irina y Carla se conocieron en un *casting* de lencería.

Irina es un poco mayor que su amiga, tiene veintiún años y un hijo de cuatro, fruto de la violación de un ganadero de su pueblo que quería formalizar la relación llegando a un acuerdo económico con su familia, a lo que ella, por supuesto, se negó. El hijo de Irina vive con su madre en el pueblo mongol del que salió huyendo de la miseria. Nos enseña una foto para que lo veamos. Es un muñeco de pelo moreno y ojos rasgados, vestido de la cabeza a los pies como un leñador en miniatura. Las cosas no han sido fáciles para ninguna de las dos, pero para Carla, Felice es como un ángel caído del cielo. Sin embargo, Irina sigue teniendo que ejercer su carrera en solitario, envidiando la suerte de su amiga y anhelando un futuro mejor. «Ya sabes que nosotras tenemos un imán en el clítoris, detectamos el dinero ipso facto. Es un radar que rastrea petrodólares», comenta Irina con tal naturalidad y coquetería que me es imposible no estallar en una carcajada.

Hemos terminado de cenar. Felice no da opción a Jimmy a invitarnos. Volvemos paseando de nuevo hacia la Piazzeta, el punto de encuentro nocturno más chic de toda la zona, rodeado por las boutiques de ropa más exclusivas, abiertas hasta altas horas de la madrugada y sin un solo cartel o etiqueta que haga referencia a un precio. Nos paramos en una tienda de joyas de plata de diseño de la firma Liza Minelli y Carla le sugiere a Felice que tenga un detalle con las féminas. Es la primera vez que la veo sonreír. Debe de reservar las sonrisas solo para él y en momentos estratégicos. Felice nos dice que vayamos eligiendo algo. A mí me divierte la escena, es como un padre que compra lo que se les antoja a sus caprichosas hijas. Al cabo de un rato, Felice entra en la tienda y se dirige directamente a la caja. Esta vez, Jimmy se lo impide y saca su American Express. Le dice un par de cosas a la dependienta, que podría ser la doble de Naomi Campbell, quien le acepta la tarjeta con una sonrisa seductora. Jimmy me mira y me pregunta con los ojos si he visto algo que me guste. Le digo que sí con un gesto de cabeza y seguimos jugando al juego de «escoge lo que quieras, que papá todopoderoso saca la tarjeta para complacer a sus niñitas». Salimos los cinco de la tienda en fila india. Ellos guardándose sus carteras, y nosotras, con nuestros respectivos paquetes. Carla con unos pendientes de plata y plumas, Irina con una pulsera de plata y turquesas, y yo con unos pendientes de plata y piedras azules con vetas negras y grises muy atrevidos, un diseño sofisticado. Son realmente espectaculares. No quiero ni pensar en el precio de las tres fruslerías que nos acaban de regalar.

Felice y las dos damas nocturnas nos acompañan al hotel y nos despedimos hasta mañana. Hemos quedado en vernos para desayunar en su barco a segunda hora de la mañana. Ni temprano ni tarde: hacia las nueve. Nos damos las gracias y nos deseamos un buen descanso. Jimmy y yo subimos a nuestro cuarto de la mano y comentamos la velada. No he tenido tiempo de agradecerle el precioso ramo de rosas blancas que había en la habitación cuando hemos llegado y la amorosa nota que lo acompañaba. Estamos cansados pero no tenemos ninguna intención de irnos a dormir. Me dice lo agradecido que está de tener una compañera de vida tan generosa. Una señora de los pies a la cabeza y no una niñata, como tantas que conoce. Le agradezco el cumplido y atenúo las luces del cuarto.

Le doy al *play* de mi inseparable Ipod y enciendo un par de velas de té. Suena el tema *Kiss of Life,* de Sade, y Jimmy me extiende su mano para invitarme a bailar con él. Nos movemos en silencio, acompasados con la música, y comenzamos a desnudarnos despacio, impregnados por la sensualidad del momento. Nos besamos suavemente, mirándonos a los ojos en silencio, protegidos por la luz de las velas y el aroma dulce que desprenden, y nos amamos, lenta, intensa y apasionadamente.

Me despierta la luz que entra por la ventana. Deben de ser las ocho. Jimmy no está. Descubro sobre mi mesilla de noche una nota y una de las rosas del ramo sobre ella. «Tienes la espalda más sensual que he visto en mi vida. Estaré abajo, leyendo el periódico. Si te apetece, baja. Te quiero».

Recuerdo que hemos quedado a las nueve y media. Me meto directamente en la ducha y disfruto del tiempo que tengo, me resisto a volver al formato de los quince minutos. Hago una bolsa con un par de trajes de baño, sombrero, pareo, camisola, crema, gafas de sol y un libro. Termino de arreglarme y Jimmy me llama desde recepción. Me ha pedido un té, fruta, tostadas y zumo. Es un tipo increíble, siempre me sorprende. Tiene una enorme capacidad para anticiparse y agradar a una mujer; no sé cómo no se ha casado nunca. Él ya está preparado para salir en cuanto termine de desayunar. Bajo a la terraza y lo encuentro leyendo tranquilamente mientras disfruta de un Bellini. Según me ve llegar se levanta y viene hacia mí. Me da un beso de buenos días largo y sentido, me abraza durante unos segundos y me pregunta qué tal he dormido. Me separa la silla de la mesa para que me siente; me acomodo y él hace lo propio. Después aparta de la mesa el periódico y lo dobla en tres partes con delicadeza parsimoniosa. Me mira fijamente, como si quisiera decirme algo importante. Se pone serio y me suelta:

—Anoche estuviste espectacular, Álex. En todos los sentidos, y no hablo solo de la cama, donde sabes que me gustas a rabiar. Es por tu forma de ser, de relacionarte con la gente, de adaptarte al entorno. Por lo culta que eres, por cómo sigues las conversaciones. Por cómo respetas los silencios en el momento adecuado. Por la complicidad de tu mirada y de tus gestos. Querida mía, tú representas todo lo que admiro en una mujer. Siento una profunda admiración por ti y un amor que nunca había sentido antes por nadie. Estoy atrapado y rendido a tus pies.

Me quedo de una pieza mientras un camarero vestido de blanco inmaculado me coloca delante un *carpaccio* de frutas laminadas y me sirve un té de frutos rojos. Jimmy no espera una respuesta por mi parte, solo desea que sepa lo que siente. Termino de desayunar, subimos a lavarnos los dientes, cogemos las bolsas y nos dirigimos hacia el muelle contentos, muy contentos, cogidos de la mano, ajenos a todo y a todos, disfrutando de nuestro amor, sin ocultarnos, sin peros, sin miedos, sin más.

Caminamos unos minutos y llegamos al barco de Felice. Unos marineros al estilo modelo del perfume Le Male, de Jean Paul Gaultier, nos dan la bienvenida y nos invitan a subir. Felice está dentro, hablado por teléfono. No veo a las chicas, deben de estar en sus camarotes. Una mesa de desayuno está preparada en cubierta. No nos va a quedar más remedio que desayunar por segunda vez esta mañana. La mesa está perfectamente vestida con mantel y servilletas de hilo de color blanco. Platos de porcelana, cubiertos de plata y copas de colores venecianas de cristal de Murano. Un centro de flores blancas y rosas decorando el bufet, en el que hay varios tipos de frutas, yogur natural, mermeladas, mantequilla, tomate triturado con aceite de oliva, embutidos y panes tostados de diferentes clases, además de zumo de naranja, café con leche, agua y champán en una cubitera de cristal helada.

Felice nos hace un gesto con la mano pidiéndonos disculpas por estar hablando por teléfono. Nos sentamos alrededor de la mesa y aceptamos un Bellini que nos ofrece uno de los marineros modelo. A los pocos minutos aparecen Carla e Irina vestidas para matar, con unos caftanes de lino blanco transparentes, unas sandalias de tacón en tono oro viejo, unos minúsculos bikinis, uno blanco y otro negro, con enormes hebillas doradas, y unas gafas de sol de pasta que les tapan media cara; ambas van perfectamente maquilladas, como si fueran dos gatas siamesas. Se nos acercan y nos dan un par de besos. Rápidamente Felice se une al grupo, nos da la bienvenida, nos abraza y empezamos a desayunar. Hace un día espectacular y el mar está tranquilo.

Nuestro anfitrión nos invita a recorrer la Costa Esmeralda, quiere mostrarnos Capriccioli, Playa del Príncipe, Romazzino y Razza hasta alcanzar el Golfo de Aranci. Comeremos en un chiringuito en Marinella, dormiremos una siesta en el *fly* del barco y al atardecer iremos de compras al puerto y de nuevo a cenar. Está todo previsto por el capitán, solo tenemos que relajarnos y disfrutar.

Estamos pasando un día de barco maravilloso. Jimmy, aunque no está conmigo todo el tiempo que me gustaría, no deja de tener detalles cómplices durante la travesía. Está claro que yo le doy juego; necesita que entretenga a las chicas del patrón para que ellos puedan hablar de negocios con tranquilidad. Ellas parecen estar molestas por algo, se comportan de una manera diferente a la noche anterior. Irina, que prefiere que la llamemos Nina, en cuanto prueba una gota de alcohol se muestra espontánea y extravertida, quizá un poco demasiado cariñosa, algo que Carla desaprueba.

Finalmente no bajamos del barco para comer. Vamos a tomar un aperitivo en cubierta a base de jamón, *bresaola,* mortadela, tomates secos en aceite, quesos y *foie.* Para acompañar los quesos, un vino dulce de Marsala de la bodega Marco Bartoli; para todo lo demás, el anfitrión nos ofrece un vino espectacular, fresco y afrutado, típico de la zona del Etna. Las chicas no prueban el vino, prefieren beber champán, costumbre muy arraigada en su sector, difícil de cambiar. En el barco de nuestro amigo Felice no falta detalle. Hombre viajado y vivido, orgulloso de sus orígenes y gran conocedor de su tierra, disfruta agasajando y sorprendiendo a sus invitados.

Llegamos a puerto al atardecer, después de un día de navegación extraordinario. Sin duda, Cerdeña es una isla muy bella, de ricos y para ricos. Jimmy y yo hemos disfrutado como enanos. Incluso hemos podido bajarnos en el *dinghy* a una cala y pasar un buen rato nadando y tomando el sol a nuestro aire. Las chicas modelo no han puesto un pie en el agua. Comprendo perfectamente que su *look* y su *atrezzo* estético están reñidos con el disfrute y la naturalidad.

El sol empieza a ponerse. Felice sugiere que demos un paseo por las tiendas del muelle antes de arreglarnos para ir a cenar. Como la noche anterior, Jimmy había tenido un detalle con las chicas y Felice quería corresponderle. Nos paramos frente a la tienda Malo, la firma de ropa de *cashmere* italiana por excelencia. Entramos Jimmy y yo. Felice se ha quedado un momento fuera hablando con Carla. Algo anda mal entre las dos amigas y Felice no está dispuesto a que sus niñerías afecten a sus invitados. Jimmy ha elegido un jersey de un tono gris azulado con una discreta cremallera que va del pecho al cuello. Yo he escogido una chaqueta de color rosa palo muy tenue con un *body* a juego. No me atrevo a mirar la etiqueta pero lo hago inmediatamente al entrar de nuevo en el probador para desvestirme. No salgo de mi asombro. En esta tienda tampoco hay un precio de referencia. Los clientes de esta isla no necesitan saber lo que cuestan las cosas. Yo tampoco.

Después de leerles la cartilla a las chicas, Felice entra en la tienda con esa eterna sonrisa de triunfador que deja al descubierto su dentadura blanca impecable y luminosa. Le da un abrazo a Jimmy y le pide que le permita hacernos un regalo. Jimmy consiente y los dos le damos las gracias, besándolo y abrazándolo de nuevo. Las dos gatitas, aparentemente más relajadas, ronronean junto al maniquí de una tienda de trajes de baño, a escasos metros de aquella en la que hemos comprado los jerséis. «Un traje de baño para cada una», les grita Felice a sus chicas. Entramos los cinco. «Te regalo el que más te guste, pero me gustaría vértelo puesto», me susurra Jimmy al oído, mientras me mordisquea el lóbulo de la oreja. A continuación, se sienta junto a Felice en un sofá de piel blanco de diseño para disfrutar del pase privado. Buena pesca, niñas: tres bikinis, dos trikinis y un traje de baño rojo para mí. La tarjeta American Express Platinum de Felice se desliza por los datáfonos con elegancia y firmeza. «Arrivederci», nos despide la dependienta abriendo amablemente la puerta de la tienda. «Arrivederci, bella», le contesta Felice flirteando descaradamente con ella. Carla se da cuenta pero no dice nada. Su mirada gélida taladra a Felice por la espalda.

Nos vamos cada mochuelo a su olivo y quedamos en encontrarnos una hora más tarde para cenar e ir a tomar una copa a El Billionaire, el local de Briatore. A la hora acordada nos encontramos de nuevo. Carla y Nina han llegado muy serias. Felice le comenta a Jimmy que Carla está celosa de Nina porque dice que está ligando con él. Nada más llegar al barco ha tenido que separarlas para que no se mataran. Han montado un escándalo y han salido los dueños de los barcos contiguos alarmados por los gritos. Carla le ha destrozado a Nina el minivestido que iba a ponerse para cenar para que no pueda provocarlo. Ha tenido que encerrar a cada chica en un camarote y ha puesto a dos de sus marineros a vigilarlas para poder ducharse. Felice no da crédito a los celos absurdos de su novia y con amenazas la disuade de montar otro numerito de circo de variedades. Las ha obligado a pedirse disculpas y las dos se han resistido, enrocadas sobre sus atalayas vestidas de dignidad mal entendida. «Son unas auténticas perras en celo. Mujeres de cabellos largos e ideas cortas», le comenta a Jimmy con sorna.

Nos sentamos a cenar con un hilo de tensión suspendido en el ambiente. Pedimos algunos platos ligeros y deliciosos. Carla y Nina apenas se dirigen la palabra. Nina está muy dicharachera con la clara intención de provocar a su amiga. Cada tanto pide al camarero que le rellene su copa de champán sin ningún tipo de pudor ni contención. Carla no abre prácticamente la boca en toda la cena y Nina aprovecha para tomar un protagonismo exagerado, acabando cada frase con un afectado *amazing* y lanzándole pullas a Carla en su lengua materna, a las que ella contesta agresiva, con los ojos brillantes como centellas. Transpira rabia por todos los poros de su piel. Jimmy y yo procuramos suavizar la tensión introduciendo otros temas de conversación. Felice le lanza miradas desaprobatorias a Nina y regaña a Carla por no haber resuelto la riña en el barco. Me doy cuenta de que Felice le retuerce la mano a su novia por debajo de la mesa, aprieta sus mandíbulas con un gesto de marioneta cogida por el cuello y le da el último aviso sin pronunciar una sola palabra. Carla aguanta el dolor y se limpia una lágrima de rabia contenida que resbala por su mejilla. Tiene el gesto demudado pero aguanta estoica el castigo físico. Carla no llora, se contiene, espera su momento. Es fría como un témpano de hielo.

El camarero, a quien no se le escapa un detalle, interrumpe la escena. Nina, completamente desatada, monopoliza la conversación en inglés para fastidiar a su amiga, que no domina la lengua, e intercala palabras en ruso con toda su mala baba. Terminamos de cenar y nos invitan a una copa de grapa y *limoncello*. En décimas de segundo, Carla se levanta de su silla y le tira a Nina a la cara la copa de vino que no había probado en toda la cena, quizá reservándola para un fin superior. La derrama con acierto, tiñe de rojo el precioso vestido blanco de Nina y arruina su maquillaje de mujer fatal. «Dos vestidos destrozados en menos de dos horas; no es un mal ratio —pienso—, todo un récord para la luciérnaga mutada en pantera». Felice, Jimmy y yo, atónitos e inmóviles, valoramos el momento de actuar. Nina se levanta sin inmutarse y empieza a secarse con parsimonia fingida la cara y el escote, dejando casi al descubierto sus pechos. Felice se levanta, agarra del brazo a Carla y se la lleva aparte, a unos veinte metros de la mesa. El maître, estupefacto, se acerca a nosotros y Jimmy le pide la cuenta. Pagamos, nos levantamos y nos vamos a una de las terracitas de la Piazzeta para cambiar de escenario, buscando un ambiente más relajado para las chicas, lejos de la cubertería y la cristalería del restaurante.

Nina sigue hablando y gesticulando sin ningún control. Se desplaza sobre sus zapatos de Gucci sin importarle el bochornoso y ridículo espectáculo que protagoniza. Jimmy la sujeta suavemente del brazo y le pide que se relaje. Nos sentamos y pedimos algo para beber. Nina insiste en pedir otra copa pero Jimmy no se lo permite. Tónica para todos. A pocos metros, en una esquina, Carla llora y Felice no para de gesticular, gritar e insultarla en italiano. Unos minutos después, parece que las aguas vuelven a su cauce y se acercan hacia nosotros. Felice mira a su amigo recomponiendo su cara desencajada, y en el instante en que se sientan, Carla, como alma que lleva el diablo, se abalanza sobre Nina, la tira al suelo con silla incluida, la abofetea y trata de estrangularla completamente fuera de sí. Jimmy y Felice intentan separarlas. Nina está muy borracha y apenas acierta a protegerse de la ira de su amiga, que le clava las uñas de porcelana en el cuello con una fuerza descomunal. Los bolsos vuelan por los aires y yo corro a recogerlos y a recuperar sus cosas desparramadas por el suelo de la plaza. Consiguen separarlas. Felice le pide ayuda a un camarero, se despide de Jimmy y se las lleva al barco prácticamente a rastras. Otro camarero se me acerca y me ayuda a recoger lo que queda para llevárselo al barco. Jimmy también se acerca a mí y me dice muy serio: «Lo siento mucho, Álex». Volvemos caminando en silencio hasta el hotel. Ninguno de los dos tenemos ganas de copas. Llegamos a nuestro cuarto y salimos a la maravillosa terraza que tiene la *suite*. Nos abrazamos en silencio. El teléfono de Jimmy suena, es Felice quien llama. Nos ruega que lo disculpemos por el bochornoso espectáculo y por habernos arruinado la noche. Jimmy y Felice quedan para desayunar en el barco. Jimmy apaga el teléfono y nos preparamos para irnos a la cama.

Estamos agotados de todo el día de barco y del *show* nocturno. Pongo música suave para compensar la tensión que aún tenemos dentro de nosotros. Jimmy sale del cuarto de baño en albornoz, recién afeitado, muy atractivo y perfumado. Le digo que me dé un minuto y salto de la cama. Me meto en el cuarto de baño y oigo que suena el teléfono del cuarto. «Buenas noches, sí soy yo. ¿Quién? Sí, por supuesto que la conozco. Bajo ahora mismo».

Termino de arreglarme con la intención de recuperar nuestra armonía. Por nada del mundo voy a perderme una noche de amor con Jimmy. Me perfumo, cepillo mi pelo hacia abajo unas cuantas veces para que se airee y coja volumen, y me visto con un minicamisón de seda negra transparente que he traído para seducir al señor Cap. Apago la luz y espero a que suba. Jimmy entra en nuestro cuarto y encuentra mi silueta de espaldas, apoyada en la barandilla de la terraza sobre el jardín aún iluminado. Se acerca despacio hacia mí y desliza sus manos por mi cintura, me estrecha entre sus brazos excitado y besa mi cuello mientras me susurra al oído algo sobre la *pin-up* más sexy del universo. Me gira para mirarme de frente y le pregunto si no es un poco tarde para que suene el teléfono. «Es tarde para todo, menos para ti», me responde mientras me besa apasionado antes de preguntarme si adivino quién está en el *lobby* del hotel. Al instante deduzco que es Nina y la magia del momento se esfuma entre nuestros dedos.

—Nina está esperando a que baje a buscarla, pero primero quería preguntarte si te parece bien que se quede aquí con nosotros. El hotel está lleno y no hay ningún cuarto libre.

—¿Y qué otra opción hay? ¿Qué ha pasado?

—No lo sé, bajo a por ella y que nos cuente si quiere. Me va a buscar un lío con Felice.

Mientras Jimmy baja a buscar a Nina, me cambio de ropa y espero sentada en una de las butacas blancas que hay en la zona de estar. No me extraña nada que haya habido otra pelea o que Carla la haya echado del barco a patadas. Jimmy entra por la puerta acompañando a Nina, que aparece en un estado lamentable, con el rímel corrido por toda la cara, vestida aún de blanco sucio y roto, su pelo negro enmarañado como un nido de pájaros y los zapatos de Gucci en la mano. Jimmy arrastra su maleta hasta una esquina y la invita a sentarse y a tomar algo caliente. No se encuentra bien, no quiere beber ni agua y nos cuenta entre sollozos que, al llegar al barco, Carla ha aprovechado un momento en el que Felice estaba hablando con el capitán y la ha obligado a salir de su camarote con lo poco que ha conseguido meter en una minúscula maleta. Le ha jurado que la matará si la vuelve a ver, y Nina, por su cara de terror, parece segura de que lo dice en serio. La pobre se ha desmoronado y, aún medio borracha, divaga, llora y nos pide perdón una y otra vez. Lleva un billete de avión que saca y mete como una posesa dentro de su bolso. La abrazo para tranquilizarla y le sugiero que se dé una ducha. Abrimos su maleta entre las dos y veo que realmente no le ha dado tiempo a meter muchas cosas. Todo está revuelto, se nota que ha tenido que salir precipitadamente. Le ofrezco una camisola para dormir y productos varios para que pueda ducharse y arreglarse un poco. Jimmy me pregunta qué vamos a hacer para dormir; le parece mal dejarla en el sofá pero peor me parece a mí dormir con ella. Mientras Nina se mete en el cuarto de baño, Jimmy me coge de la mano y me lleva con cierto misterio hasta el balcón en el que había empezado nuestra escena de seducción.

—Álex, ¿qué te parece si le proponemos a la señorita *Amazing* hacer un trío?

—¿Tú crees que es el momento de hablar de tus fantasías sexuales? A mí me parece que la tercera en discordia no nos va a dar mucho juego esta noche. Está destrozada anímicamente, por no hablar del alcohol.

—¿Así que te meterías en la cama conmigo y con otra mujer? Esto sí que es una sorpresa.

—Quizá sí o quizá no, depende de la mujer que elijamos. Es una fantasía que podríamos hacer realidad juntos.

—Me gusta la naturalidad con la que me sigues el juego.

—Me gusta sorprenderte, Jimmy. Pero hay algo mucho más importante aún, y es que contigo soy más yo que nunca y eso me hace muy feliz. No he tenido la ocasión de darte las gracias por este fin de semana y por lo generoso que eres. A pesar de que desde el principio me ha parecido un poco disparatada la compañía, estoy disfrutando mucho contigo y de ti.

—¿Y ahora qué hacemos?

—Nada, me temo.

Los dos nos quedamos callados. Nina ha salido del cuarto de baño con el aspecto de un perrillo mojado y abandonado. La verdad es que da lástima verla transformada en tan poquita cosa. La diva de rasgos asiáticos de ayer es una niña asustada en busca de cobijo y consuelo. Miro a Jimmy con cara de «no hay nada que hacer», saco una manta y una almohada del armario y la ayudo a acomodarse en el sofá. Nina me vuelve a dar las gracias entre lágrimas. Se tumba como un bicho palo a lo largo del sofá y se tapa con la manta hasta el cuello. Me pide que le alcance su bolso y vuelve a comprobar que su billete de avión sigue donde debe estar. Lo acomoda sobre su pecho y vuelve a taparse con la manta. Jimmy se acerca también a ella y le da las buenas noches. Nina se incorpora y lo abraza. Nos pide que le dejemos la luz encendida. Entornamos las puertas que separan el saloncito y nuestro cuarto. Quedan cinco horas para que amanezca, no será una noche larga. Jimmy y yo nos acostamos en nuestra cama y hacemos el amor en silencio, mientras David Bowie canta *This is not América* y Jimmy me la tararea bajito, susurrándome al oído, sensual, seductor y apasionado como nunca. Me derrito en sus brazos. No tengo la más mínima duda de que la posibilidad de haber podido acostarse con las dos lo ha agitado.

Con Jimmy me animo y me doy permiso para explorar territorios prohibidos.

Nos hemos despertado temprano. Nina y yo hemos bajado a desayunar. Tiene mucha mejor cara, se siente más tranquila bajo nuestra protección. Jimmy vuelve de su desayuno con Felice, se acerca a la terraza, nos saluda cariñoso y nos cuenta que los ánimos están tranquilos en el muelle. Le ha dicho que Nina está con nosotros y Felice nos agradece que nos ocupemos de ella hasta que coja el avión a Milán. Jimmy trae una pequeña bolsa con el resto de las cosas de Nina y se las da. Parece que Carla no quiere volver a saber nada de ella. Aquí acaba su amistad, si es que algún día la hubo. «Es mejor despedirnos así, sin decir adiós», comenta Nina con un gesto sombrío.

En el aeropuerto, acompañamos a Nina hasta la puerta de embarque de su vuelo, nos despedimos de ella sin intercambiarnos números de teléfono ni direcciones que jamás usaremos. Jimmy la abraza después de mí y le da un sobre doblado que Nina recoge con las dos manos y se lo lleva al pecho con los ojos llenos de lágrimas.

Tengo una sensación extraña. Se acabó el recreo. Regresar a casa implica volver a todo lo que no me hace feliz. Siento miedo al pensar que quizá Mario se acerque al aeropuerto para sorprenderme. Creo que no le he dicho a qué hora volvería y tampoco es su estilo, pero me cercioro llamándolo por teléfono. Está en el club, en la fiesta de su maratón deportivo de fin de curso. No llegará a casa hasta la hora de cenar. Me relajo y espanto pensamientos feos que mi conciencia emite como si fueran mensajes en forma de teletipo.

8
Segunda sesión con Hugo Rivera

Llego a la puerta de la consulta echando el bofe. Justo cuando voy a llamar se abre la puerta en mis narices. Me topo con una señora oronda de pelo rojizo, brillante, recién teñido, que aparenta unos cincuenta años. Lleva los labios pintados de rojo y oculta sus ojos detrás de unas gafas de carey que le ocupan media cara. Nos saludamos, le cedo el paso y entro directamente a la consulta. Estoy un poco sofocada, el ascensor estaba averiado y he subido trotando los nueve pisos. Por alguna extraña razón, soy incapaz de subir las escaleras despacio, como hace la mayoría de la gente. Debo de tener la cara en llamas. Hugo me pregunta si vengo de correr algún maratón y le digo que no exactamente. Me alegra que a la paciente anterior le toquen los nueve pisos de bajada. Con semejante volumen podría darle un síncope, y a ver quién es el alma caritativa que se anima a descender con semejante peso pesado. Me pregunto qué habrá pasado con el chico rubio de los lunes. Quizá le haya dado el alta o quizá haya cambiado su cita a otro día. Me sorprendo a mi misma preocupándome tanto por la mujer cetáceo como por el *hippie* que me preceden. El hecho de compartir psico parece que nos hermana en algún punto. Supongo que se me pasará.

—Hola, el ascensor está averiado. Hay un cartelito pegado con celo en la puerta que dice ABERIA, escrito con cera de color amarillo.

—¡Vaya novedad!, la semana pasada también se averió. Es viejo. Tendrán que pensar en cambiarlo. Aquí vive mucha gente mayor y solo hay uno, aparte del montacargas. Espero que lo resuelvan. ¿Cómo estás?

—Sin aliento, gracias. ¿Y tú?

—Un poco molesto con el cuello, tengo una pequeña contractura. ¿Quieres un poco de agua?

—No, gracias, llevo una botellita en el bolso. Ya he bebido.

Suena inoportuno mi teléfono, no me he dado cuenta de silenciarlo durante el ascenso a la consulta. Compruebo que es el número de centralita de la oficina, pero no lo atiendo. No creo que haya nada que no pueda esperar cuarenta y cinco minutos. Desconecto y me disculpo. El reloj corre y no puedo perder ni un segundo en bajar a los infiernos en mi segunda sesión. Hugo me observa paciente esperando a que empiece a hablar. Recupero el aliento. Me acomodo. Bebo otro trago de agua, coloco la botella entre mis muslos y en un nanosegundo cambio de opinión; temo parecer una Lolita de largas trenzas pelirrojas, cara pecosa, faldita escocesa y medias blancas de perlé a punto de resbalar sobre zapatos Merceditas. El lateral de la butaca es sin duda una mejor opción. Hugo me mira las piernas y no lo disimula. Estoy segura de que ha pensado lo mismo que yo. Me muero por retroceder tres viñetas y eliminar la botella de agua traidora. Me recompongo. Lo miro, me mira, le sonrío, me devuelve la sonrisa. Un pensamiento se cruza entre nuestras miradas y me pregunto cómo será Hugo en la cama. Aparto la imagen que me sugiere el pensamiento infiltrado y me sorprendo a mí misma entrando en una intimidad restringida entre paciente y terapeuta. Agradezco a todos los dioses del universo que Hugo no me pregunte qué estoy pensando y empezamos la sesión. No me da pie ni me hace ninguna pregunta, solo espera, por lo que tomo las riendas y decido empezar por donde me parece.

—He estado pensando esta semana en por qué me busco hombres tranquilos y anodinos. Y es porque representan exactamente lo contrario de lo que rechazo. Para empezar, el conflicto, la tensión, la agresividad. He lidiado con ello desde mi infancia y lo rechazo. Me crea confusión, me deprime, me aturde, me incapacita para relacionarme y comunicarme. Lo he vivido en mi propia piel y, por extensión, en mis hermanos y en mi madre, como una onda expansiva que te alcanza por la magnitud de su potencia, que te marca para siempre, dejando una herida que tiene memoria y que nunca se cura por completo. Mi madre vivió algunos episodios desagradables a lo largo de todo su matrimonio y nosotros también fuimos víctimas del mal carácter de mi padre.

»Para que te hagas una idea, me gustaría contarte uno de los momentos más vergonzosos que mi familia ha tenido que padecer por el desequilibrio delirante de mi padre, y aunque no lo sufrí en primera persona, soy consciente de que nos ha marcado profundamente. Por suerte, yo no lo recuerdo porque aún estaba en el vientre de mi madre, pero me consta por lo que me han contado, y seguro que me han ocultado detalles escabrosos, que fue traumático para todos, y sobre todo, para ella. Me pregunto si un bebé puede sentir la tensión, el miedo, la angustia y el estrés que esté padeciendo la madre cuando está dentro de ella. Quizá yo llegara a sentirlo aunque no lo recuerde conscientemente.

»En aquellos años, mis padres vivían separados físicamente, aunque no de forma legal. Él seguía ostentando su carnet de marido burgués en las distancias cortas. Mi madre y mis tres hermanos vivían en la casa familiar de la calle Núñez de Balboa, y mi padre, en la dehesa que tenemos cerca de Béjar, en la provincia de Salamanca. Mi madre dirigía su galería de arte y mi padre gestionaba su patrimonio familiar, tratando de mantener a flote la ganadería de toros bravos y negocios relacionados con la restauración. La galería de mi madre está especializada en hacer exposiciones de pintura y escultura de artistas sudamericanos, sobre todo mexicanos, chilenos, argentinos, peruanos y colombianos, aunque ocasionalmente también ha traído muestras de artistas cubanos y norteamericanos. Mi madre es una relaciones públicas maravillosa, y como artista que es, tiene amistad como todo tipo de personas dentro del mundo del arte, no solo de las artes plásticas, también con escritores, poetas, bailarines y actores a los que ella adora y, por el contrario, mi padre siempre ha aborrecido porque dice que son una panda de vagos y de maricones.

»Pues bien, una noche, mi madre salía de un concierto en el Teatro Real con uno de estos amigos artistas, Patricio Vergara. Patricio es argentino y vive a caballo entre Madrid y Buenos Aires, es pianista profesional y compositor, de la escuela de Astor Piazzolla. Cada vez que Patricio pasaba por Madrid, solía invitar a mi madre a salir. En aquellos años, la relación entre mis padres era tensa e intermitente, cada uno procuraba hacer su vida sin interferir en la del otro. Mi padre iba y venía del campo a ver a mi madre y a mis hermanos, pero cada vez lo hacía con menos frecuencia. Mi madre estaba en su mejor momento profesional y viajaba a menudo fuera de España. Mi padre, sin embargo, atravesaba un mal momento que arrastraba desde hacía algunos años. Sus negocios, lejos de ir bien, le hacían perder mucho dinero. Era un pésimo gestor y un manirroto exagerado. Podríamos decir que estaban en dos puntos completamente opuestos, viviendo en dos mundos paralelos lejos de la lucha por una causa común. Mi madre se ocupaba de mis hermanos, de la intendencia de la casa, de su negocio y de mantenerse emocionalmente fuerte.

»Aquella noche después del recital, Patricio acompañó a mi madre hasta el portal de casa, charlaron unos minutos y se despidieron. No serían más de las doce de la noche. No solían volver tarde, a ninguno de los dos les gustaba trasnochar en exceso. Mi madre subió a casa y se fue a dormir. A la mañana siguiente, mientras ojeaba la sección de cultura del periódico ABC, Angelita le anunció que tenía una visita: la policía quería hablar con ella. Mi madre, sobresaltada, se fue a su cuarto, se vistió y recibió a los policías en el salón. Le contaron que unos vecinos habían encontrado muy temprano a Patricio malherido en el portal de su casa. Alguien le había propinado una paliza de muerte. Lo habían ingresado en el hospital de La Paz con varias fracturas, algunas de ellas muy graves. Patricio les había dado el nombre de mi madre cuando los policías le preguntaron con quién había estado la noche anterior. Al parecer, Patricio no sabía quién lo había atacado. A la policía le extrañó que no le hubieran robado ni el reloj ni la cartera, por lo que sospecharon que la víctima no estaba diciendo la verdad. Debieron de pensar que podría ser un ajuste de cuentas, pero tampoco les encajaba que alguien tuviera cuentas pendientes con un artista, un pianista extranjero recién llegado a Madrid y que, al parecer, viajaba con cierta frecuencia a la capital. Era un artista. Un compositor de éxito. Nadie ajusta cuentas a un hombre pacífico como lo era él. Mi madre tampoco entendía qué había podido pasar.

»Cuando los policías se marcharon, Angelita, nerviosa, le dijo a mi madre que mi padre había llamado la noche anterior preguntando por ella. Estaba fuera de sí, apenas articulaba bien las palabras. Se notaba que había bebido y Angelita no podía entenderlo mientras profería todo tipo de insultos y amenazas. Angelita le había dicho que mi madre había salido al teatro con don Patricio Vergara y que volvería después de cenar. Al parecer, mi padre le había colgado el teléfono a Angelita diciéndole: «Esa desgraciada se va a enterar de quién soy yo». Mi madre le suplicó a Angelita que por Dios no dijese a nadie lo que acababa de contarle, y mucho menos, a la policía.

»Ni que decir tiene que la lealtad y el cariño de Angelita por mi madre y por todos nosotros estaba fuera de toda discusión; sin embargo, no sentía el mismo afecto por mi padre, a quien simplemente servía y obedecía.

»Mi madre terminó de arreglarse imaginándose lo peor, cogió un taxi y se fue nerviosa al hospital de La Paz, donde los policías le habían dicho que estaba ingresado Patricio. El cuadro que se encontró al entrar en la habitación compartida de la planta número seis era inenarrable. Era tan brutal la paliza que había recibido que apenas se le distinguía entre los vendajes de la cabeza, las escayolas y las poleas que le sujetaban el brazo derecho y las dos piernas. Mi madre se acercó a él y con lágrimas en los ojos le dijo: «Patricio, no me digas nada, sé quién te ha hecho esto y te juro por lo más sagrado que va a pagar por ello». Nunca antes mi madre había soñado siquiera con amenazar a nadie en voz alta, pero en esta ocasión no pudo contener la rabia, el dolor y la frustración que le produjo ver a su amigo del alma apaleado como un perro y medio muerto. La mirada de Patricio lo decía todo. Los dos lloraron en silencio mientras mi madre le besaba con ternura la única mano que tenía intacta.

»Patricio fue recuperándose poco a poco. Después de cuatro semanas, le dieron el alta y mi madre lo trasladó a casa, donde vivió durante ocho meses más. Contrató al mejor fisioterapeuta de Madrid y a una enfermera día y noche hasta que pudo valerse por sí mismo. Patricio daba gracias al cielo por no haber sufrido ninguna fractura en sus manos. De haber sido así, su carrera habría tocado a su fin. Tanto Patricio como mi madre tuvieron mucho tiempo para reflexionar y tomar decisiones juntos. Ambos convinieron que en cuanto estuviera recuperado física y psicológicamente, contratarían al mejor abogado y pondrían una denuncia a mi padre para que sobre él cayera todo el peso de la ley. Y así lo hicieron. El caso fue un escándalo en aquella época, y no solo por la gravedad de la agresión, sino por la crítica social y mediática que ambos tuvieron que soportar. Mi padre fue condenado a seis meses de prisión y a indemnizar a Patricio con ciento veinticinco mil pesetas. Ese fue el principio del fin de la ganadería, que tuvo que ser vendida para pagar a su víctima, y de la ya casi inexistente relación entre mis padres. Mi madre, embarazada de mí, vivió junto a su amigo la mayor parte del embarazo.

»A partir de aquel incidente, no volvió a ser la misma. Se separó de mi padre definitiva y legalmente. No regresó a la dehesa de La Umbría. Mandó trasladar todas las cosas que quedaban de él en casa, cambió la cerradura de la puerta y se encargó de que el mismo abogado que había representado a Patricio le dejara muy claros los límites entre ambos. No permitió que mi padre volviese a poner un pie en su casa, ni siquiera para ver a sus hijos. Se negó a seguir ayudándolo económicamente, aun siendo consciente de las deudas que iba acumulando, y renunció a recibir pensión alguna para la manutención de sus cuatro hijos. Comenzó una terapia de apoyo con un psiquiatra amigo de la familia y se guardó para sí la vergüenza y la pena. Para mi madre, fue como si mi padre hubiera muerto. Nunca lo perdonó y siguió con su vida con la cabeza bien alta y una profunda herida en el alma.

»Mis hermanos y yo fuimos criados y educados en un matriarcado. Visitábamos a mi padre con relativa frecuencia, pasábamos con él temporadas en el campo en vacaciones, siempre acompañados por una tata, hasta que fuimos lo suficientemente mayores para ir solos. En Navidad nos dividíamos: Nochebuena, Navidad y Reyes con mi madre, y Fin de Año con mi padre. Aprendimos a movernos entre dos mundos muy diferentes, queriéndolos como eran y procurando no entrar en conflicto, sobre todo con mi padre. Nos acostumbramos a oírlo hablar mal de mi madre, la tachaba de loca y de traidora, de frívola y de soberbia. Para nosotros, nuestra madre era luz, protección, estímulo y calidez. Era una madre muy diferente a las demás. Tenía vida propia. No tenía marido y era autosuficiente.

—Creo que nos hemos desviado del tema, ¿no?

»En absoluto, lo que es importante para ti a mí me ayuda a entender y a componer los retales que visten el traje de tu vida. ¿Tu padre fue siempre así?

—Sí. Por lo que cuentan, solía tener cambios repentinos de humor, era muy exigente con todos y duro en sus opiniones. No trataba bien al servicio. Se le llenaba la boca de promesas que nunca cumplía. Todos le teníamos miedo, nunca sabíamos cómo iba a reaccionar. No nos permitía ni un desliz en la mesa o una calificación inferior a un notable.

»La mediocridad en mis hijos no tiene cabida», solía decir. Saber montar a caballo y entender el espíritu la naturaleza no eran una opción sino una obligación. La televisión estaba prohibida. Leer antes de acostarse era obligatorio. No podíamos saltarnos la misa del domingo aunque él nunca pusiera un solo pie en sagrado. Seguro que tenía alguna cuenta que saldar con el de arriba. Cuando tuve edad para preguntar y entender, mi madre me contaba que cuando mis hermanos eran muy pequeños, desaparecía durante días y nadie sabía nada de él. Cuando regresaba no daba ninguna explicación y continuaba con su rutina como si nada hubiese pasado colmándola de regalos y de atenciones que duraban lo que tardaba en aburrirse de nuevo de su propia vida. Ella temía que pudieran encontrarlo tirado en alguna cuneta. Sin embargo, sus amigos lo adoraban. Era una especie de Jekill y Hyde impredecible y borracho de sí mismo. Pero no todo era negativo en él. También era un hombre jovial y divertido con sus amigos. Generoso en extremo. Buen conversador, con una personalidad atractiva. Lo malo es que sus virtudes las exhibía fuera de su casa. Para mi madre acabó siendo un completo desconocido.

—¿Qué relación tienes con tus hermanos?

—Buena en general.

»Con Gonzalo, que es ocho años mayor que yo, me llevo muy bien. Es un hombre sensible y cercano, culto e inteligente. Opuesto a mi padre en lo que a sensibilidad se refiere. Es físicamente parecido a la familia de mi madre, delgado, alto y de facciones afiladas. Mi padre decía de él que era un melindroso malcriado, pero es un tipo fuerte y sensato. Sabe escuchar, es empático y resolutivo. Siempre puedes contar con él. Dirige un restaurante y tiene negocios de moda en París. Es homosexual; todos lo sabemos menos mi padre. Si lo supiera, lo mataría. Puede que lo sospeche o incluso que tenga la certeza, pero si así fuera, se cuida de no exteriorizarlo. Es el que más ha vivido la inestabilidad familiar, y sin embargo, siempre tiene un detalle, una sonrisa, un gesto tierno para regalar.

»Sonsoles es la segunda, nos llevamos seis años. Es amorosa y equilibrada. Es la única de los cuatro que sabe llevar bien a mi padre. No discute con él, es pragmática y paciente. Siempre dispuesta a escuchar y a hacer algo por los demás. Estudió psicología y sociología. Es una lectora empedernida. Dirige una fundación para niñas que provienen de hogares desestructurados en México. Su hijo y el mío son inseparables. Tiene un finísimo sentido del humor y un marido como para clonarlo. Sonsoles adora el campo y todos adoramos a Sonsoles; es mi hermana especial.

»Mi tercera hermana se llama Beatriz, es la más cercana en edad. Nos llevamos dos años. Solo se trata con Sonsoles, al resto nos ignora habitualmente. A mi padre apenas lo ve y a mi madre la quiere y la odia a tiempo parcial. Es bailarina y da clases a niñas en un estudio de danza. No tenemos nada que ver, es como si estuviéramos en frecuencias diferentes y ni pudiéramos comunicarnos al no sintonizarnos con claridad. Tiene cierta ciclotimia, no sé si diagnosticada o no, pero se nota que algo no le funciona bien. Sonsoles siempre dice que hay que tener paciencia con ella. Casi no tenemos trato con su hija Marina, una muñeca rubia de cuatro años de padre desconocido, hecha por encargo en una clínica de inseminación artificial. Bea vive en un mundo aparte, no puedes contar con ella. Es distante y reservada. Es vegetariana y solo se alimenta de productos naturales, cosa que mi padre no puede soportar viniendo de una familia en la que se ha criado ganado bravo durante generaciones en una finca en la que se come todo lo que da la tierra, animal o vegetal. Es menuda y delgada como un alfiler. De adolescente padeció bulimia y anorexia. Paradójicamente es licenciada en dietética y nutrición y no se pierde una sola conferencia que tenga que ver con medicinas alternativas. Bea es un bicho de sombra, como las salamandras.

Ahora Hugo tiene una foto más completa de mi familia y de nuestras peculiaridades. Cambia de postura en su sillón y deduzco por sus gestos que los cuarenta y cinco minutos se han volatilizado de nuevo. La próxima semana entramos en el mes de julio y me pregunta por mis planes de vacaciones. Aún no tengo nada decidido. Pasaré unos días en La Umbría y en agosto estamos invitados en casa de Sonsoles, en San Sebastián.

Hugo me confirma que hasta mediados de agosto no se irá de vacaciones y que podemos continuar con las sesiones unas semanas más. Me alegra saberlo. Confirmamos la siguiente cita.

9
Álex y Mario cenan a solas

El hecho de que Tristán esté en La Umbría con su abuelo hace que no quiera pisar mi casa ni por casualidad. Sin embargo, hoy he llegado pronto y me apetece cocinar. Linda tiene la tarde libre, como todos los jueves, y le he pedido que no deje nada preparado para cenar. Mario me ha llamado para preguntarme si llegaría a casa pronto y le ha sorprendido comprobar que ya estoy aquí. Quizá sea un buen momento para charlar, aprovechando la ausencia de Tristán.

Me pongo cómoda y conecto el equipo de música, que se oye también en la cocina. Suena la voz de Alberto Cortez interpretando la canción *En un rincón del alma,* del que somos fans mi madre y yo. Me ajusto el delantal a la cintura y me retiro el pelo de la cara con una diadema. Preparo un zumo de tomate con limón, pimienta, sal, una ramita de apio, un toque de tabasco y una lágrima de tequila. Respiro el aroma de casa, cierro los ojos y me siento relajada como hace tiempo que no me sentía. Voy a preparar para cenar una lasaña de verduras, y un gazpacho de fresas y arenque migado como aperitivo. Para acompañarlo abriré una botella de Chablis de 2005. Es un vino blanco aromático de Borgoña, de sabor intenso, que nos va estupendamente a la lasaña y a mí.

Mario llega a casa a las nueve en punto y me pregunta si estamos celebrando algo. Le digo que siempre hay algo que celebrar y le ofrezco una cerveza helada para que me acompañe mientras cocino. Me mira curioso sin saber muy bien a qué se debe mi presencia en casa y mi buen humor. Nos hemos acostumbrado a vivir cada uno a su aire y la cocina no suele ser un territorio común. Mario acerca un taburete a la mesa central en la que estoy trabajando, se sienta y me cuenta cómo ha transcurrido el día y lo contento que está con los alumnos que ha tenido este año. El curso ya ha terminado y se siente un poco huérfano por la falta de actividad hasta que comiencen los cursillos de verano. Los niños se han ido, unos de campamento, otros a la playa, y la mayoría descansan en las piscinas de sus casas. Los menos, rumbo a algún internado estival de altos muros de piedra y dudosos resultados académicos. Mientras voy preparando la cena, Mario me da conversación.

—Este fin de semana voy a salir a montar en moto con otros profesores del club; a lo mejor te apetece venir. Vamos a comer en algún restaurante de la sierra, y si nos cuadra, nos quedaremos a dormir en alguna casa rural.

—Gracias, pero no lo sé. Había pensado en ir a ver a Tristán a La Umbría.

—Si quieres, lo dejo para otro fin de semana y te acompaño a verlo. Podríamos ir tranquilamente en la moto.

—Hace un tiempo espectacular para ir en moto, pero una cosa es ir a la sierra, y otra, a doscientos y pico kilómetros. Creo que no, Mario.

—Te has vuelto muy perezosa, Álex.

—Sí, y no solo para la moto. También hay otras cosas que prefiero hacer con más comodidad si puedo permitírmelo.

—Pues claro que sí, Álex. Sin embargo, hay una cosa que yo siempre he querido hacer y que, francamente, cómoda no es, pero estoy seguro de que sería una experiencia increíble para hacerla contigo.

—¡Sorpréndeme! Soy toda oídos...

—Me gustaría hacer el Camino de Santiago en bici.

—Ja, ja, ja, ja, ja, ¿en bici? Yo, de hacerlo, lo haría andando o a caballo, pero en bici, ni muerta. Desde Roncesvalles a Santiago, serán por lo menos 750 kilómetros. ¡De ninguna manera!

—¿Ves como te has vuelto muy comodona?

—Mira, Mario, para hacer el Camino de Santiago, aparte de cómo hacerlo, está el porqué hacerlo, y yo no tengo una razón de peso ni un sentimiento especial que me esté llamando desde lo más profundo de mi ser, ni siquiera siento una mínima punzada de deseo ni de interés. No, lo siento; no lo necesito y no lo quiero.

Como Pedro, niego tres veces. Para mí es un tema espiritual y solo uno sabe en su fuero interno en qué momento vital está. Hablar solo de comodidad es una frivolidad en la que me abstengo de profundizar por el momento.

—Desde luego, claramente, no es tu momento. Te haré una pregunta mucho más sencilla de responder. ¿Qué te apetece hacer en agosto?

Me quedo de una pieza con el cambio de tercio que hace Mario sin mover un solo músculo. Queda demostrada de forma patente y notoria la máxima de que dos no se pelean si uno no quiere. Tengo la sensación de que no escucha mis respuestas, de que no es capaz de leer entre líneas. No lo capta. Lo que realmente estoy diciéndole es que por mí puede irse a recorrer todos los caminos de Dios con su puñetera madre. Es como predicar en el desierto, como hablarle a un sordo. ¡Sería tan delicioso parar y olvidarme de mí tan solo unos instantes! Pero no es posible aún, no habrá paz para mí hasta que no consiga deshacer este nudo gordiano que me tiene atrapada. A falta de una solución ingeniosa, tendré que cortarlo de un tajo seco y certero.

—Aún no lo he pensado. Quizá podamos hacerle una visita a Sonsoles y pasar unos días en La Umbría. ¿Qué te parece si lo hablamos más adelante? Soy incapaz de planificar nada hoy.

—Me gustaría concretarlo cuanto antes. Si no cuento contigo, yo me iré un par de semanas a hacer el Camino. En agosto, Carol y Jaime nos han invitado a pasar unos días en su casa de Guadalmina. A lo mejor, a Tristán le apetece venir también.

—¿A casa de Carol con sus cinco hijos? ¡Ni loca, Mario!, que ya me lo conozco: tú y Jaime a jugar al pádel y a navegar, y yo haciendo compañía a Carol, que no para de hablar. Me encantan los planes que tienes pensados para mí estas vacaciones, veo que los has escogido cuidadosamente para irte solo. Si te soy sincera, no tengo muchas ganas de estar con nadie fuera de la familia. Y si tú quieres ir haciendo tus planes, me parece estupendo, te animo a ello. No quiero que dependas de mí ni que me esperes. Haz tu vida, Mario, lo que para ti puede ser un gran plan a mí me pone los pelos como escarpias. Y supongo que a la inversa te pasará igual, aunque no me lo digas.

—Bueno, ya lo hablaremos, aún es pronto para decidir.

—Insisto por lo menos en que te animes a hacer el Camino. Para eso no necesitas que yo concrete nada.

—Me apena que no podamos hacerlo juntos. Sería una experiencia increíble compartirlo contigo.

—Lo que es increíble es que hayas pensado que podría apetecerme. ¿Cenamos?

—Sí, voy a abrir el vino. ¿Dónde hay un sacacorchos?

—En el cajón de la derecha, Mario, donde siempre.

Me acerco al salón para cambiar el CD de Cortez por la voz de Amelita Baltar, que comienza declamando el inicio de la *Balada para un loco*, que aprendí a recitar de memoria como salve rociera. Doy unos pasos de baile aprendidos también en la infancia. Subo el volumen, hago una reverencia al respetable invisible que está sentado en el sofá. Escucho los primeros acordes y tarareo con los mismos gestos aprendidos de mi madre, como si de Amelita misma se tratase, con ese toque melancólico, esa feminidad superlativa y ese deje de lunfardo argentino tan sensual y romántico como ninguno:

Las tardecitas de Buenos Aires tienen ese qué sé yo,
¿viste?
Salís de tu casa por Arenales.
Lo de siempre, en la calle y en vos.
Cuando, de repente, de atrás de un árbol, me aparezco yo.
Mezcla rara de penúltimo linyera
y de primer polizón en el viaje a Venus:
medio melón en la cabeza,
las rayas de la camisa pintadas en la piel,
dos medias suelas clavadas en los pies
y una banderita de taxi libre levantada en cada mano...

En algún momento, la felicidad que sentía al estar en casa se ha esfumado. No sé si es por la conversación, por la sobredosis de planes irrealizables, por la falta de interés que tengo respecto a todo lo concerniente a Mario o porque me doy cuenta de que ya no tenemos nada que hacer juntos. Por todo y por nada, porque nada queda y nada somos.

Suenan los acordes del bandoneón. Quiero unirme a su lamento. Me siento atrapada y me faltan ganas para volver a enfrentar el tema de la separación por enésima vez. Lo mejor es que pasemos el verano cada uno por su lado y veamos qué hacemos en septiembre. Me siento desgastada, harta, aburrida, extenuada, desilusionada. Mi cerebro no lo piensa, mis manos no lo acarician, mi corazón ni se alegra ni palpita al verlo. Estoy desorientada. Me abruma tener la certeza de saberme fracasada. Nos prodigamos en gestos fraternos, asistiendo al funeral de los amantes. Mi corazón en venta emigra a tierras más cálidas para volver a intentarlo en primavera. Este tema me consume enormes cantidades de energía que no me sobra. Me canso de él y me canso de mí. Del no poder, del no saber, del no afrontar, del no conseguir cambiar. Vuelvo a posponer la conversación. Debería enfrentarlo ahora mismo, después de terminar la lasaña y antes de la última copa de vino, abiertamente y a bocajarro. No te quiero. No te amo. No deseo tu compañía. No cuento contigo. *Auf Wiedersehen. Tchau. Au revoir. Arrivederci. Goodbye. Sayonara. Aloha.* Adiós. Ahora entiendo por qué muchas personas cenan en compañía de la madre del cordero, la irreemplazable televisión. No existe comunicación, y el acto cotidiano de sentarse a cenar en lo que debería ser un punto de encuentro entre dos personas puede convertirse en un auténtico campo de batalla. Sentarte frente a otro que ya no es tu media mandarina puede resultar, cuando menos, arriesgado. Caminamos por terreno pantanoso, hundiéndonos hasta la cintura en arenas movedizas, sorteando obstáculos por campos minados de desesperanza. Apartando la mirada. Sintiendo el dolor del desamor cuya voz acallamos llenándonos la boca de monosílabos empobrecidos por la falta de ilusión. Con terror a ser pillados in fraganti en la traición de los pensamientos y las palabras contenidas. No te digo lo que pienso porque si te lo digo como lo siento, habré emprendido el camino de no retorno al país de nunca jamás. Calladita estás más guapa, me digo. Posponerlo a septiembre significa que llegaremos a Navidad en un tira y afloja con escasa elasticidad, y quien dice Navidad dice primavera, y así sucesivamente de una estación a otra. Un año tras otro. Un fracaso que resta valor y suma miseria. Creo que no. Mi cabeza se mueve sola, acorde a mis pensamientos. Me delata y me expone.

Mario me pregunta en qué estoy pensando y por qué muevo la cabeza diciendo no. Su pregunta me invita a salir a escena. Me armo de valor por enésima vez, y aunque el corazón me late con fuerza, le echo coraje, y sin más preámbulos ni anestesia, apuro el resto del vino que hay en mi copa, lo miro a los ojos y me lanzo. No aguanto más esta mentira *sottovoce* que me corroe por dentro. Arrecia temporal, y cuanto antes salgamos de él, mejor para todos.

—Mira, Mario, yo creo que deberíamos hablar de cosas más importantes que de las vacaciones de verano.

—¿Por ejemplo?

—No me lo pones nada fácil, parece como si estuvieras ajeno a lo que pasa entre nosotros. Mejor dicho, lo que ya no pasa.

—A mí no me pasa nada, Álex. Yo estoy bien y creo que tenemos muchas cosas buenas entre nosotros.

—¿De verdad lo crees? ¡Mario, por Dios! Los dos sabemos que nuestra relación está en vía muerta y que el único vínculo que nos mantiene unidos, además del cariño que nos tenemos, es Tristán. Y yo no quiero que sigamos escudándonos en él para no tomar decisiones. Decisiones duras y dolorosas que tenemos que afrontar.

—¿Y por qué tenemos que tomar decisiones drásticas? Cada uno hacemos nuestra vida y Tristán es feliz viviendo con los dos. Yo soy feliz viviendo con vosotros. Tenemos que ser consecuentes con Tristán, es como un hijo para mí.

—Pues yo no soy feliz viviendo contigo, Mario. No estoy enamorada de ti. Lo siento, pero creo que deberíamos separarnos un tiempo para ver las cosas con mayor perspectiva. Ya hemos hablado de esto hace unos meses y las cosas no mejoran. Es cierto que nos llevamos bien y que nos queremos, pero para mí no es suficiente y deberíamos dejar a Tristán fuera de la conversación por una vez. Tenemos que ser consecuentes con nosotros mismos y con nuestros sentimientos. Estamos usando a Tristán como excusa para no enfrentar la realidad.

—Sí me amas, lo que ocurre es que estás en un momento de fragilidad. Estás agotada por el trabajo, y los constantes problemas con Tristán te consumen mucha energía. Quizá nos venga bien charlar con un psicólogo de pareja. Nosotros no tenemos problemas profundos, Álex, somos la envidia de todos nuestros amigos. Y yo me siento muy orgulloso de ti, de cómo eres como madre y como mujer. Yo te quiero y no me quiero separar de ti. Déjame ayudarte.

Mario se levanta de la mesa, se acerca a mí, me rodea con sus brazos por la espalda y me besa en el cuello. No doy crédito. Se acerca a la nevera y me pregunta si me apetece algo de postre. Sabe perfectamente que no tomo postre, y mucho menos después de una lasaña, por muy vegetariana que esta sea. Me termino la tercera copa de vino y sigo sin salir de mi asombro. Mario se acerca a la mesa de nuevo y retira los dos platos de la cena, los cestillos del pan y la fuente con los restos de lasaña.

—¿Te apetece una copita de Pedro Ximénez?

—Sí, gracias, y acércame un cenicero, por favor.

—¿Has vuelto a fumar?

—Sí, en este momento empiezo.

—No deberías.

—Ni eso ni muchas otras cosas.

Me levanto de la mesa y abro el tercer cajón del mueble de la cocina, en donde guardo una cajetilla de Marlboro *light* para cuando vienen invitados a casa. No hay nada más pesado que tener que salir a buscar tabaco. De hecho, es una estupenda excusa para salir por la puerta de casa y no volver. Me sonrío pensando en esta opción y vuelvo a la mesa verificando que los cigarrillos aún no están demasiados secos. Está claro que este tema va a ser mucho más complicado de lo que parece. Mario no me lo va a poner fácil, y si es cierto que aún me quiere, debería dejarme libre.

Mario se acerca a la mesa con la botella de vino dulce y dos copas pequeñas de cristal labrado de color burdeos. Las lleva cogidas entre los dedos de una mano, un gesto que él sabe que me disgusta porque son delicadas y se pueden romper. Me abstengo de comentar. Es una causa perdida. Compruebo para mi sorpresa que ya nada de lo que haga Mario me importa. Sería fantástico poder encajar los tiempos y los sentimientos en las relaciones personales. Si pudiéramos ser sinceros, nos daríamos cuenta de los meses y años que tardamos en rematar las cuestiones de pareja. Una tarde para enamorarnos. Tres meses para caernos del guindo. Dos años para enmarañarlo todo y cinco años para finiquitarlo. Tremendo desajuste entre la realidad y la ficción.

—Creo que deberíamos brindar por la suerte que tenemos de tener esta familia y por el futuro, que estoy seguro de que va a traernos sorpresas agradables. Álex, confía en mí, las cosas van a mejorar, solo tienes que relajarte y poner de tu parte.

—Brindamos por lo que quieras, pero lo que yo siento por ti no va a cambiar, Mario. Eres un tío estupendo y no quiero que nos engañemos. Hace tiempo que las cosas no van y nunca van a ir.

—Bueno, por hoy ya está bien. Hablaremos de ello con más calma. Vamos a hacer lo que tú siempre dices que hay que hacer.

—¿A qué te refieres exactamente?

—A que por la noche ni se dan malas noticias ni se habla de temas desagradables.

—¿Te apetece ver una película?

—Me encantaría, pero tengo que trabajar un rato.

Mario se da una ducha mientras yo recojo el resto de la cena. Me sirvo otra copa de Pedro Ximénez y me llevo conmigo la botella al salón. Enciendo mi portátil y me pongo a trabajar. Mario entra con una toalla en la cintura y el pelo revuelto, aún mojado. Se acerca a la mesa, apoya sus manos sobre ella como si fuera a hacer unas flexiones y me pregunta mirándome a los ojos si me apetece acompañarlo a la cama. Me quedo de una pieza mirándolo con sorpresa por encima de la pantalla del ordenador. Tiene el torso como una escultura griega pero no consigue en mí el efecto deseado. Le sonrío desarmada con cara de «no tienes remedio».

—¿A la cama? ¿Ahora? Acabamos de cenar y tengo trabajo, Mario.

—Sí, ahora. El vino me ha dado un puntito muy rico. Me apetece darte un masaje con aceite a ver si consigo que te relajes y disfrutes un poco. Nos vendrá bien, cariño.

¿Cariño? Nunca me había llamado así. ¿Estará con otra mujer a la que sí llama *cariño* en la intimidad? Este tío no tiene remedio. ¿Qué parte de «no quiero nada contigo» no ha entendido todavía? Y esta escenita de macho seductor recién salido de la ducha afeitado y perfumado para seducir a la hembra parece sacada de un culebrón venezolano. Le digo que no y se da media vuelta sonriendo y diciéndome que me espera en la cama. No solo no voy a ir en este momento, sino que puede que me quede a dormir en el sofá. De pronto se me cruza una imagen de Jimmy haciéndome el amor en nuestra *suite* de Cerdeña. Tengo ganas de salir corriendo de mi propia casa. Me siento intimidada. Acabo de decirle que me quiero separar, que ya no lo quiero y me dice que nos relajemos. La tensión que hay en el aire en este momento me aturde el cerebro y me quedo como una estatua de sal, inmóvil, impertérrita, con los ojos fuera de las cuencas a imagen y semejanza del gran Marty Feldman, mirando sin ver la foto de Tristán que aparece en el salvapantallas del ordenador. Me alegro por unos segundos de que no esté estos días en casa y me doy cuenta de que no puedo volver a acostarme con Mario. Estoy fuera de esta relación, física, emocional y psicológicamente. Definitivamente, esta noche dormiré en el sofá. Estoy segura de que si piso mi cuarto, entraré en territorio comanche y Mario va a intentar seducirme a toda costa. Y solo tengo dos opciones: entregarme o rechazarlo y Mario no es de los que se rinden a la primera de cambio.

Me traslado de la mesa del comedor al sofá con mi copita de vino dulce mientras me acomodo y enciendo otro cigarrillo. Pongo música suave y descargo los últimos correos electrónicos de la tarde.

10
Alma y el Santo Daime

Hemos concursando como agencia creativa para la campaña anual del Plan Nacional contra las Drogas y hemos ganado. Tenemos que presentar para el otoño una campaña multimedia de concienciación para jóvenes que se difundirá a bombo y platillo antes de Navidad. Alma y yo nos preguntamos tomando un café qué sabemos del mundo de las drogas. Como siempre, cuando ganamos una nueva cuenta, salimos de la oficina para autoexaminarnos antes de ponernos a trabajar con el cliente y el equipo. Solo yo tengo un hijo adolescente. Alma tiene dos hijas, Sofía y Noemí, de siete años. Las dos niñas son chinas adoptadas, y hasta la fecha no han dado ningún tipo de problema ni en el colegio ni en casa. Aún son muy pequeñas. Bien es cierto que Alma juega con ventaja; las niñas son una dulzura y tiene a Gaspar, su marido, que está loco por ella y por sus hijas. Gaspar es quien se ocupa de la intendencia. Alma lleva el peso profesional, y Gaspar, el familiar. Es una familia perfectamente compensada en la que los roles están invertidos según los cánones de la sociedad clásica. Gaspar es un hombre inteligente y pacífico, es hogareño y disfruta cocinando. Es escritor de cuentos infantiles y se ocupa de sus hijas como si fuera una madre, más bien dos. No conduce y va a todas partes acompañado de Willy, su ayudante filipino de edad indefinida y aspecto impecable. Ambos se ocupan de gobernar la casa. Gaspar dirige y Willy ejecuta. Willy no habla una palabra de español y se comunica con ellos en inglés. Nadie se explica cómo es posible que lleve tantos años en España y no le hayan oído decir ni *hola* en castellano. Alma está segura de que sí lo habla pero por alguna extraña razón no quiere utilizarlo. Nunca he visto unas niñas más cuidadas y una casa mejor llevada que la que dirigen mano a mano estos dos hombres; hacen una pareja muy cómica al estilo de Stan Laurel y Oliver Hardy. Las niñas viven en un ambiente relajado y Alma se dedica a la agencia con toda su energía y sin el estrés emocional que tenemos muchas mujeres cuando hacemos malabarismos para conciliar la vida profesional y la familiar. Alma no tiene ningún problema y ningún complejo. Habla con amor y con profunda admiración de su marido, y siempre que tiene ocasión, le demuestra su agradecimiento por ser el mástil sobre el que despliegan todas las velas de su barco. Gaspar y Alma son un ejemplo a seguir como pareja, además de unas bellísimas personas. No escatiman en sus muestras de cariño, ni entre ellos ni con las niñas. Siempre pienso que están más evolucionados como seres humanos que la media, y su nivel cultural hace que las veladas sean interminables cada vez que nos abren las puertas de su casa. Me siento orgullosa de tenerlos como amigos. Son especiales y hacen que uno se sienta muy a gusto en su compañía. Pero dado que nuestros hijos no son una muestra representativa para hacer averiguaciones básicas sobre el mundo de las drogas, decidimos experimentar por nosotras mismas.

Alma y yo, con la complicidad que nos une, nos sinceramos y hacemos memoria para poner sobre la mesa cómo nos sentíamos cuando coqueteábamos con las drogas. El proyecto que tenemos por delante nos obliga a profundizar en la propia experiencia y en la de nuestro entorno. Tenemos que ahondar en los jóvenes de nuestra sociedad, sus anhelos, sus frustraciones, sus hábitos, sus motivaciones. Hablamos de nuestros hijos, que están en una edad tierna y podrían estar siendo tentados por compañeros del colegio para iniciarse en el consumo de drogas y alcohol. Alma sugiere que reunamos a un grupo de jóvenes que puedan ser una muestra representativa de la sociedad, chavales anónimos que representen diferentes entornos sociales y diferentes realidades que quieran contarnos sus experiencias y ver cuál es el nexo que los impulsa a consumir drogas y por qué, y averiguar cómo tiene que ayudarlos la sociedad para que no caigan en el hábito y minimizar la destrucción del entorno familiar y profesional que conlleva.

Nuestros recuerdos adolescentes son vagos. Para hablar de drogas con conocimiento de causa hay que haberlas consumido, y nosotras hace mucho tiempo que no vamos mucho más a allá de una botella y media de vino compartida. Hablamos de un amigo de Alma que es alquimista: se llama Jon Ugarte, es botánico y ha dedicado su vida a estudiar plantas y a experimentar con ellas. Nunca ha tomado una medicina que no sea natural. Ha vivido los últimos cuatro años en Brasil, en un poblado en el corazón del Amazonas, y acaba de llegar a Madrid para dar unos cursos de medicina natural en una finca de Guadalajara que impartirá durante el fin de semana. El viernes por la noche, un grupo de cien personas entre hombres y mujeres participarán en lo que llaman «trabajos» con plantas de poder. Son sesiones dirigidas por un chamán en las que cada persona trabaja a nivel espiritual. Alma me mira con los ojos centelleantes y se ríe de mí a mandíbula batiente. Mi cara lo dice todo.

Por un lado estoy sorprendida por lo que me está contando, y por otro, tengo la sensación de que me va a decir que vayamos y experimentemos. Por suerte, hay cosas que no necesitamos decirnos en voz alta, nos basta con mirarnos. Las dos nos reímos a carcajadas como si fuéramos niñas pequeñas. Nos ponemos nerviosas. Le pido que me cuente más detalles sobre las sesiones y me dice que estas cosas hay que conocerlas de primera mano. Por lo visto, los que experimentan con estas plantas nunca cuentan lo que sienten o lo que han vivido a otras personas. La experiencia es personal e intransferible. Cada uno aprende lo que necesita aprender. O cura lo que necesita curar. O ve lo que necesita ver. Las personas que participan dejan sus identidades fuera del salón donde se reúnen. Dentro del salón son hermanos. Afuera, son padres y madres de familia, profesionales y gente normal en el mundo de las responsabilidades y del pie a tierra. Ni siquiera sus familias tienen conocimiento de lo que hacen y por qué lo hacen. Alma no me deja opción a decir que no y decidimos ir a experimentar a la finca de Guadalajara. Somos dos mujeres adultas que pueden permitirse improvisar fuera de guion.

Han pasado dos días. Alma toca la puerta de mi despacho y me hace un gesto para que nos vayamos. He cogido una maletita de mano con las cuatro cosas que me ha sugerido que lleve, entre ellas un vestido blanco, una chaqueta también blanca por si hace frío y un neceser. Al parecer, el color blanco forma parte del protocolo del ritual. Nos encontramos en el garaje de la oficina como dos furtivas, nos subimos en su coche y enfilamos hacia la carretera. Alma introduce la dirección en el GPS, nos dirigimos hacia el pueblo de Sacedón, en el embalse de Entrepeñas. En el camino hacia la finca, Alma me va contando cómo tenemos que comportarnos cuando lleguemos, como si se tratase de una formalidad. Jon le ha dado instrucciones para que nos sintamos lo más cómodas posible, unas líneas básicas a seguir, como vestir de blanco, no haber comido nada un par de horas antes ni haber consumido bebidas alcohólicas. Nos uniremos al grupo de las mujeres donde nos corresponda según nos indique la responsable del grupo. Cantaremos las canciones de unos pequeños libritos que nos entregarán al entrar en el salón. Las canciones son como un mantra que nos ayudará a tener la mente clara y tranquila para poder hacer bien el trabajo y favorecerán la energía del grupo para que tenga mayor fuerza. El contenido de las canciones, que están en portugués, tiene como protagonistas a la Virgen María y a San José. Se rezará un Padrenuestro con ciertas variaciones en la letra, que podremos leer también en el librito. Nos pondremos en fila para beber un líquido marrón oscuro casi negro de sabor amargo como si fuera una comunión. El líquido se llama *daime* y está elaborado a base de *rainha* y *jagube,* dos plantas de la Amazonía brasileña que no están en ninguna lista internacional de drogas. Debe de ser algo parecido al LSD, pero esto no nos lo dicen. Y lo más importante de todo, debemos ser respetuosas, estar relajadas y dejarnos llevar. Para la mayoría de las personas que van a participar de la sesión de trabajo, es un encuentro con su parte espiritual, con su yo superior, con sus seres queridos que están en otra dimensión, incluso, con Dios.

Llegamos a la entrada de la finca a la hora prevista. Son las ocho de la tarde, aún no se ha puesto el sol. Aparcamos en una zona que está llena de coches, la mayoría de ellos de alta gama. Nos bajamos con nuestros bolsos de mano y nos dirigimos a la entrada. Es una casa grande de piedra, antigua, sin ningún lujo, más bien modesta. Parece como si estuviera adaptada para recibir gente por la cantidad de sillas y mesas camilla que hay en el jardín. Se ven varios grupos de personas vestidas de blanco que charlan animadamente en un enorme salón que hay a la entrada. Un hombre fuerte, no muy alto, moreno de piel y pelo rubio oscuro y rizado sale a nuestro encuentro. Deduzco que es Jon. Nos saluda muy cariñoso abrazándonos primero a Alma y después a mí. Tiene los ojos de color verde esmeralda, extremadamente brillantes, y una mirada que parece que haya vivido mil vidas. No es solo por el color de sus ojos ni por la fosforescencia de su mirada, es como si tuviera una aurora boreal dentro de ellos y me llama la atención poderosamente. Nos quedamos mirándonos durante unos segundos después del abrazo y me dice: «Tú y yo nos conocemos, Alejandra». Me sonríe cómplice y me coge las manos. Alma se queda de piedra. Nos miramos entre nosotras y no decimos ni una palabra. Acabamos de llegar y ya empiezan a pasar cosas extrañas. Jon nos presenta a Marco, el comandante del grupo, que nos da la bienvenida estrechándonos la mano con suavidad y nos presenta a Milena, una mujer alta, vestida con una túnica de lino blanco larga hasta los pies. Su figura es esbelta y delgada. Lleva el pelo muy corto y cano, con un corte muy masculino que le agudiza sus marcadas facciones. No está maquillada. Unas ojeras oscuras y profundas forman una media luna bajo sus ojos grises. Parece una religiosa. Sus gestos son sobrios y reservados. Nos pide que la acompañemos al cuarto de las mujeres.

La seguimos obedientes tras el rastro suave de aroma a violetas que va dejando mientras camina erguida delante de nosotras. Ni Marco ni Milena parecen personas corrientes. Hay una energía especial que se nota y que los hace especiales. Me siento un poco extraña. Alma y yo estamos expectantes y un poco agitadas. Aunque tenemos un guion de cómo discurrirá el acto, generosamente anticipado por Jon, no deja de inquietarnos lo que pueda ocurrir. No comentamos nada, nos lo decimos todo con la mirada. Atravesamos un pasillo de suelo de barro cocido de color rojizo mate y llegamos al cuarto de las mujeres. Milena entra primero y nosotras la seguimos como si fuera la madre superiora y nosotras unas jóvenes novicias. Es un cuarto enorme, más bien un salón con butacas y bancos como de gimnasio. Hay varias mesas donde están puestos los bolsos de las demás, y sobre ellas, algunos espejos de distintos tamaños, como traídos de diferentes anticuarios. Unos con marcos de madera barrocos, otros con un simple ribete o con finos listones de maderas de colores. Debemos de ser unas cuarenta mujeres.

Al ver entrar a Milena todas se callan y la miran respetuosas. Debe de ser la máxima autoridad femenina. Milena nos presenta a las demás por nuestros nombres pero no nos dice cuáles son los suyos. Nos recuerda que en diez minutos debemos pasar al salón. Alma y yo saludamos a las demás con un «hola» y buscamos un sitio para dejar los bolsos. Hay un cuarto de baño grande con seis duchas y dos inodoros. Alma me sugiere que aprovechemos para utilizarlos, no sabemos cuándo podremos volver a salir del salón. Todas las demás mujeres siguen con sus conversaciones mientras nosotras, como dos colegialas, nos metemos cada una en un cuarto de baño. Nos cambiamos, nos refrescamos y nos recogemos el pelo. La temperatura es agradable pero cogemos nuestras chaquetas. Las dos odiamos pasar frío.

Dejamos nuestra ropa en una esquina y vamos detrás de las demás recorriendo varias estancias. Los hombres ya están dentro del salón preparándose para el trabajo. Nos miran curiosos, somos la novedad. Las mujeres también hacen comentarios sobre nosotras. Nos miran y cuchichean. Damos por hecho que saben que venimos invitadas por Jon. Ya están abiertas las puertas de otro salón donde empiezan a colocarse las mujeres a un lado y los hombres a otro. Este espacio es mucho mayor que los anteriores. Hay dos chicos con guitarras y otros dos con djembés, unos tambores africanos como los que vendía el padre de Bosco en su tienda de Malasaña. ¿Qué será de él? Es curioso que me acuerde del padre de mi hijo en un momento como este. Alma me coge de la mano y me pregunta si estoy bien; debe de haberme cambiado la expresión de la cara al pensar en él.

Una chica morena y bajita nos indica que debemos ocupar nuestros lugares en la segunda fila de las mujeres, de las tres que se han formado, con Milena en el extremo de la primera fila. En frente, están las tres filas de hombres, liderados por Marco en el medio y Hugo en el extremo derecho, en diagonal con Milena. El salón está iluminado con lámparas de luz indirecta, velas e incienso y una imagen de la Virgen María rodeada de cintas de colores y flores blancas. A la derecha de Hugo, sentado en una silla de mimbre, hay un hombre muy mayor que por sus rasgos parece un indígena recién salido de la selva. Todos tenemos unas sillas de plástico blancas típicas de los merenderos de la Casa de Campo para sentarnos pero debemos permanecer de pie hasta que no nos digan lo contrario. La opción de sentarse cada uno cuando quiera o donde quiera no está en el guion. Esto también nos lo ha avisado Jon.

Serias y disciplinadas, procuramos seguir sus instrucciones al pie de la letra. Cada uno hemos cogido un librito de cánticos que estaba sobre las sillas por indicación del comandante, que espera a que estemos preparados para comenzar con la sesión. Me vuelvo a encontrar con la mirada de Jon, menos impresionante en la distancia, quien me sonríe discreto como deseándome silenciosamente que tenga un buen trabajo, o eso es lo que yo interpreto por sus gestos contenidos. Por un momento pienso que nos hemos metido en la ceremonia iniciática de una secta. Estoy segura de que Alma está pensando lo mismo. Si no fuera por el cariño que le tiene a Jon, en la vida se le habría ocurrido venir a una cosa a así. La conozco hace más de ocho años y no deja de sorprenderme. También yo estoy sorprendida de mí misma.

Empiezan a sonar los primeros acordes de las guitarras y arrancan los cánticos acompañados por los percusionistas. Al principio, Alma y yo leemos como autómatas las letras tratando de acompasarnos con el resto de las mujeres, que se las saben de memoria. Miramos a los demás y los vemos concentrados en sus libritos. Todos saben lo que tienen que hacer. Nadie se distrae. Están concentrados en mover la energía y en prepararse para su viaje astral. Las letras son muy parecidas entre sí y poco a poco vamos cogiendo el tranquillo. No sé si en parte es autosugestión, pero noto que empieza a haber una intensidad especial en la sala. Me siento menos tensa. Voy entrando por el aro. No está permitido hablar entre nosotras y obedezco escrupulosamente las normas, aunque el cuerpo me pide hacerle algún comentario a Alma.

Rezamos el Padrenuestro, que cambia justo en la parte en la que dice «Venga a nosotros tu reino» por «Vamos nosotros a tu reino». Los cánticos son cada vez más potentes, y las voces se elevan con fuerza acompañadas de un movimiento rítmico de balanceo a izquierda y derecha, al contrario que el de los hombres, que va de derecha a izquierda. Es el *yin* y el *yang* en una danza equilibrada, perfectamente armonizada. Al cabo de un rato, no sabría decir cuánto, puede que sea una hora o quizá dos, empiezan a formarse dos filas en un estricto orden militar frente al anciano de tez oscura y manos huesudas, que ha cogido su silla y se ha colocado detrás de una mesa vestida con un mantel de un color claro. Debajo de la mesa tiene el poderoso elixir, que va volcando en unas jarras de cristal ayudado por un chico muy joven. Nadie puede ver si el líquido sale de una cuba o de unas garrafas. Solo se ve cómo el chaval lo va rellenando sentado en una especie de banqueta, bajo las sábanas que visten la mesa para la comunión. Nos toca el turno. Alma va delante de mí. Se vuelve unos segundos para mirarme y me guiña un ojo. Vuelve la mirada al frente y se encuentra con el hombre, lo mira a los ojos, coge con cuidado el vasito de plástico del tamaño de los de las máquinas del café. Bebe de un solo trago el líquido y le devuelve el vaso al anciano, quien lo tira a una papelera improvisada que tiene a su derecha. Sigo con la mirada a Alma, que vuelve despacio a la fila donde se van recolocando las mujeres que ya han bebido. Me toca el turno. Miro a los ojos al anciano que son aún más profundos y oscuros que los de Jon, Marco y Milena juntos, y sin saber por qué le digo «amén». Bebo el trago amargo y le devuelvo el vaso. Sabe tan amargo que es un milagro que no lo haya escupido o no haya puesto involuntariamente cara de asco.

Vuelvo a mi sitio y miro a Alma, que me mira con la misma cara de horror con la que la miro yo a ella. Milena vigila cada uno de nuestros movimientos y nos mira con actitud seria pero con un toque de complicidad. No sonríe pero tampoco frunce el ceño. Nos hace una señal para que nos sentemos en nuestras sillas mientras todos acaban de beber. Nos volvemos a poner en pie cuando todos están preparados para continuar. Ahora tenemos que volver a conseguir conectarnos entre nosotros con el fin de crear la atmósfera propicia para nuestro viaje espiritual. Los cánticos comienzan de nuevo con una energía renovada. El bebedizo sagrado, la pócima secreta, comienza a hacer su efecto. Me noto ligera, un poco aturdida. Mis labios sonríen por mí, no los controlo. Cantamos y bailamos, bailamos y cantamos. Ahora entramos en un momento de introspección y ocupamos nuestras sillas. Los sentidos se agudizan. El incienso multiplica su olor y se entremezcla con otros que no puedo identificar. Serán nuestros propios olores de sudores perfumados. Se oye el sonido de los colgantes tubulares tintineando en el jardín. Ya no suenan las guitarras y tampoco se oye el eco de los tambores. Ya no cantamos. Hemos pasado a la fase de meditación. Hay unas colchonetas extendidas en el suelo a escasos metros del grupo. También en la zona de los hombres, pero no mezcladas entre sí. Una mujer se levanta, sale de la fila y se tumba en una de ellas con evidente parsimonia. Se cierran filas para evitar que haya un hueco entre nosotras y para que la energía siga fluyendo. Todo está previsto, todo parece estar bajo control. La mujer de mi derecha se retuerce sobre sí misma, como si estuviera poseída por algo o por alguien. Algo le está pasando, quiero ayudarla pero me encuentro con la mirada de Milena que me dice que no intervenga y que siga con lo mío. ¿Y qué es lo mío? Espero que no sea nada parecido a este padecimiento que veo en mi vecina. Tiene los ojos en blanco, parece la protagonista de *El Exorcista*. Es como si estuviera sufriendo un ataque epiléptico. Temo que pueda hacerme algo, que se ponga a vomitar o que se me caiga encima. Me asusto aún más y busco de nuevo a Milena, que está en las colchonetas atendiendo a otra mujer. Me mira con esos ojos grises brillantes de maga y me tranquilizo. Alma está sentada en su silla con la cabeza hacia abajo; la chica de su izquierda se la levanta. Alma está en trance, ya no se mueve. No la molesto. Me relajo yo también y cierro los ojos ajena a lo que ocurre a mi alrededor por primera vez. Respiro y procuro dejar la mente en blanco. No es una opción. Mi mente se ha convertido en un caleidoscopio, y mis ojos, en unos prismáticos que juegan con formas y colores como si estuviera viajando dentro de un túnel de estimulación sensorial. Ya no tengo miedo de encontrarme mal, de descontrolarme, de no saber quién soy, de hacer cosas raras, de sentir dolor. Estoy entregada. He entrado en un estado de conciencia alterado. Respiro más profunda y serenamente. Es una sensación muy intensa que trasciende lo físico, dejando lugar solo a mi mente, que lo ocupa todo. Entro en una dimensión más profunda y me dejo llevar. Ahora los colores que percibo son anaranjados, que se difuminan hasta convertirse en un blanco brillante. Viajo por un tobogán deslizándome hacia alguna parte, me dejo ir, ya no me resisto. He llegado a un lugar diferente, como una cueva ligeramente iluminada desde abajo, con luces azules y verdes muy suaves que no permiten ver nada alrededor. Me encuentro dentro de un líquido acuoso, denso y tibio.

No es agua, parece una gelatina sin cuajar. Oigo a lo lejos los sonidos de los tubos de metal al chocar y voces de mujer que no alcanzo a entender. Ahora las luces se han desvanecido por completo. Estoy a oscuras. Miro a mi alrededor y empiezo a ver de nuevo, reconozco este espacio. No es una cueva, es el vientre de mi madre. Estoy dentro del útero de mi madre. Mi cerebro procesa a toda velocidad, no cuestiona nada. Puedo verme, soy un bebé que no ha nacido aún, estoy viva, me muevo en el líquido amniótico, estoy calentita, estoy viviendo dentro de una burbuja elástica en su cuerpo. La siento a ella. Siento su presencia, su protección, puedo oír su latido, su voz amortiguada. Me emociono al reconocerme. Sé que soy yo y sé que es ella. Mi memoria me lo dice, ella sabe que he estado aquí. Le digo a mi cerebro que abra los ojos. Del útero vuelvo a toda velocidad al túnel de colores, que poco a poco se van tornando amarillos, naranjas y rojos. Entro en otra estancia de azules, verdes y morados y abro los ojos. Tomo conciencia de donde estoy, sigo en el salón, sentada en mi silla. Vuelvo a cerrarlos. Siento como una voz me susurra al oído: es Tito, un amigo que murió hace años en un accidente de tráfico. No lo veo pero puedo sentir su presencia. Está bien, junto a mí. Me acaricia el brazo y me susurra algo al oído en una lengua que no entiendo. Vuelvo a oír las campanillas tubulares del jardín. Una brisa suave me recorre el cuello. Vuelve la calma, mi respiración es tranquila, noto una serenidad abrumadora. Abro de nuevo los ojos y miro en cámara lenta a mi derecha. La chica que se retorcía ya no está, hay otra en su lugar. Miro hacia las colchonetas y la veo tumbada. Ya no sufre, parece que quienquiera que sea la ha dejado en paz. Hay varias mujeres tendidas. Giro la cabeza hacia mi amiga. Alma sigue sentada, no parece que se haya movido de su sitio. Tiene la cabeza recta y sonríe con los ojos cerrados. De pronto siento que tengo algo dentro de mí. Noto una presencia. Algo está entrando por mi cabeza, justo por la coronilla, por donde los monjes tienen la tonsura, baja por mis cervicales y se expande por mis hombros, ocupa lentamente mi pecho y los brazos, continúa por las caderas y se desliza por los muslos hacia los pies. Noto que tengo atonía muscular. Tengo la sensación de que me estoy escurriendo por la silla como si fuera una lengua de lava deslizándose por la ladera de una montaña. Trato mentalmente de incorporarme enviando señales a mi cerebro para que los músculos me obedezcan. No lo consigo pero tampoco caigo al suelo. Sigo sentada en la silla aunque mi siento desfondada, invadida por un ser extraño, aunque no malo. Siento calor y una gran excitación, no me resisto, abro los ojos y los vuelvo a cerrar, me entrego a lo que sea que me está poseyendo. Siento un placer extraordinario, un orgasmo intenso, largo y placentero, como nunca antes había experimentado. Sonrío de placer. Lo disfruto. Vuelvo a abrir los ojos y siento que tengo que levantarme e ir al encuentro de Milena. Me levanto y dejo mi sitio. No siento que pise el suelo. Mis músculos funcionan de nuevo. Parece que van solos, algo los teledirige. Me dejo llevar por control remoto. Al ponerme de pie empiezo a marearme, siento náuseas. Camino hacia Milena extendiendo mis brazos, quiero abrazarla. Ella me recibe y me ayuda a tumbarme en una colchoneta. La temperatura de mi cuerpo ha bajado drásticamente. Estoy helada. Siento escalofríos. Busco mi chaqueta, que debía estar anudada a mi cintura. Me palpo a cámara lenta pero no la encuentro. Miro hacia mi silla y tampoco la veo. Me doy cuenta de que la llevo puesta. Me tumbo al lado de Milena, estoy tiritando y de pronto tengo miedo. Mi boca está pastosa y la lengua parece haber engordado. Siento vértigo. Algo me está atrayendo hacia algún lugar. Una fuerza extraña tira de mí, otro ser, uno más oscuro se me ha alojado dentro. Mi cuerpo tiembla asustado. Milena me ayuda a tumbarme boca arriba, me coge las manos, extiende mis brazos a lo largo de mi cuerpo y me susurra: «No te resistas, entrégate a la fuerza». Obedezco y me dejo llevar sin oponer resistencia. Cierro los ojos y me dejo arrastrar por una fuerza que me lleva a toda velocidad hacia algún lugar hasta que dejo de ser consciente de todo y me fundo con la negrura de un mal viaje a ninguna parte.

Me despierto sobresaltada. Sigo tumbada en la colchoneta en la misma posición. Ya no siento frío. Tampoco recuerdo dónde he estado. He debido de perder el conocimiento en algún momento. Me levanto con la sensación de haber corrido los cien metros vallas femenino y vuelvo a mi sitio por indicación de Milena, quien me sonríe con un gesto de aprobación como si hubiera salido airosa de alguna prueba para iniciados. Me pongo al lado de Alma, que me mira sonriente y me da la mano. Voy recuperando mi propio yo. Los cánticos se reanudan con menos intensidad pero con una especie de alegría renovada. Debemos de estar en el momento de volver poco a poco cada uno a su ser. Las caras de los hombres que tenemos enfrente están sonrosadas, como si acabaran de hacer ejercicio. Solo veo a un hombre que sigue en la colchoneta, pero el resto está en sus puestos. Jon me mira y me hace un gesto con la cabeza como mostrando respeto. Inclino ligeramente la cabeza y le devuelvo una sonrisa.

Hay algo entre nosotros. Una química especial que puede que sea de otra vida o de otro mundo, pero sé que existe porque lo noto dentro de mí. Miro mi reloj y veo que son las dos de la madrugada. No puedo creer que llevemos aquí cinco horas. ¿Cuánto tiempo habré estado dormida en esa colchoneta? ¿Qué habrán hecho los demás en todo este tiempo? ¿Habrán experimentado todos las luces y las sombras de su alma?

El trabajo termina con un gesto del comandante y todos empiezan a abrazarse entre sonrisas, palmadas en la espalda, apretones de manos y silencios. Nadie habla de lo que ha visto ni de lo que ha sentido. Como le dijo Jon a Alma, esta experiencia es personal, intransferible, y tan increíble que no se puede contar. Es un regalo. Cada persona recibe el que le corresponde. Alma y yo nos abrazamos preguntándonos la una a la otra si estamos bien. Las dos asentimos con cierto pudor. Dejamos nuestras impresiones para comentar después. Lo que no sé es el tipo de regalo que habrá recibido la chica de mi derecha. A mí me ha parecido una verdadera tortura. Todas las mujeres se acercan a abrazarla, oigo que se llama Trini. Yo también me acerco y la abrazo, parece veinte años más vieja de lo que era al principio de la sesión. Me sonríe y me da las gracias mirándome con una intensidad turbadora, no sé por qué. Me acerco a Milena y la abrazo también. Me felicita por mi trabajo, tampoco sé la razón. Las mujeres se dirigen poco a poco hacia el cuarto para cambiarse. Algunas están fumando marihuana, debe de ser para que las ayude a relajarse. Una de ellas se acerca a nosotras y nos ofrece. Alma acepta y fuma una calada. Me lo pasa y hago lo propio. Algunos de los hombres se mezclan con las mujeres que quedan en el salón y se saludan. Hay un grupo de tres que están hablando con Jon mirando hacia mí. Algo están comentando, y por las caras de sorpresa, no parece muy bueno. Alma y yo miramos para otro lado y nos vamos discretamente hacia el jardín esperando que se despeje un poco el vestuario de mujeres para cambiarnos. Nos sentamos en una mesa y nos quedamos calladas contemplando las estrellas. Las campanas tubulares se mecen con la brisa que nos trae la noche. La temperatura es muy agradable. Es una noche clara, con la luna en fase creciente. Jon se acerca a nosotras y nos pregunta si puede sentarse y acompañarnos. Viene fumando lo que llaman *un pito de Santamaría,* es decir, un canuto de marihuana como el que nos acaban de ofrecer.

—¿Cómo están mis guerreras favoritas?

—Hola, Jon, pues aún estoy aterrizando. Tengo sentimientos encontrados. Creo que hace falta tiempo para descomprimir esta increíble experiencia.

—¿Y tú, Álex?

—Yo todavía estoy en fase de asimilación.

—Tu presencia ha sido muy intensa en el lado de los hombres. Tres de ellos han sentido la presencia de la Virgen María dentro de ellos. Y la Virgen tenía tu rostro. Nunca antes había pasado algo así.

—Pero ¿no se supone que no se debe comentar la experiencia vivida con los demás?

—Algunos lo hacen, es una cuestión de cada cual. Pero es algo bello lo que han experimentado contigo, ¿no te parece?

—Pues no lo sé; a mí me parece un poco irreverente, ¿no? Ya sabes, la educación judeocristiana, que me sale por las orejas.

—Además de guapa e inteligente, eres divertida.

—No creas, tengo mis días. Pero te agradezco el cumplido; si ellos lo han vivido como algo bello, es un honor. Es curioso, porque en el colegio nunca me daban el papel de Virgen en el portal de Belén. Alguna vez me tocó el de mula.

Los tres reímos y continuamos contemplando la luna y las estrellas. Jon me mira en silencio de cuando en cuando. Es un hombre de pocas palabras y muchas miradas. Lejos de incomodarme, me siento acariciada por la luz de sus ojos. Algo inquietante hay detrás de aquellos dos faros en medio de la oscuridad.

Después de un rato nos vamos al cuarto comunitario para vestirnos. Algunas mujeres charlan de sus hijos o de sus trabajos. Todo ha vuelto a la normalidad de sus vidas terrenales. Pasamos a otro salón en el que hay una mesa con un tentempié a base de medias noches de jamón y queso y vegetales, varios termos de café con leche y unos baldes de plástico con hielo con diferentes refrescos. Charlamos un poco con Marco, que está muy contento por el trabajo que ha comandado. Nos presenta al anciano que ha llegado con Jon de Brasil. Es la primera vez que sale de su aldea. Habla un dialecto indígena que solo entiende Jon; sin embargo, el abuelo asiente con la cabeza como si pudiese seguir nuestra conversación. No sabemos cuál es su nombre porque lo llaman *padrino*. Es el jefe de su aldea. Tiene tres esposas y veintidós hijos vivos. El señor del Daime ha recorrido miles de kilómetros para participar en nuestro trabajo. Un verdadero hombre de la selva amazónica en el corazón de La Alcarria.

Se nos está haciendo tarde y queremos irnos a casa. Nos despedimos de Marco y de Milena. Al padrino no lo hemos vuelto a ver y le pedimos a Marco que le dé las gracias y nos despida de él. Jon nos acompaña al coche e insiste en que nos quedemos un rato más. Son las cuatro y media de la mañana y ninguna de las dos tenemos sueño, pero no nos parece que debamos quedarnos más tiempo. Hemos cumplido con creces nuestro objetivo. Jon se despide de nosotras y se va a su cuarto a preparar el curso de medicina natural que empezará a impartir dentro de cinco horas. Me acuerdo de mi hermana Bea y pienso si a lo mejor es una de sus alumnas. Prefiero no comentarle nada, tampoco es cuestión de dar más pistas de las debidas. Le deseamos suerte y nos marchamos.

Alma me pide que conduzca, no se encuentra del todo bien. Se ha quedado dormida al poco rato y yo conduzco hasta la puerta de su casa, en el parque del Conde Orgaz. Gaspar, que ya está despierto, nos recibe como siempre, encantador. Acompaña a Alma a su cuarto y la ayuda a meterse en la cama. Me invita a un café con leche y una tostada que me obliga a comer, aunque no puedo ni tragarla. Él también ha experimentado hace años con otro tipo de plantas mexicanas y sabe perfectamente lo desgastante que puede llegar a ser una sesión de este tipo. Charlamos un rato e insiste en acompañarme a casa.

—¡Pero, Gaspar, si no conduces!...

—Es verdad, a veces se me olvida. Si quieres, le digo a Willy que te acerque.

—No, por favor, ¡cómo vas a despertarlo! Prefiero coger un taxi.

Gaspar me mira curioso pero a mí no me apetece comentar nada de lo ocurrido. Prefiero que sea su mujer la que le cuente su experiencia. Él se da cuenta y pide un taxi por teléfono. Llego a casa en veinte minutos. La casa está tranquila y en silencio, no hay nadie a quien tener que contarle mi aventura nocturna. Estoy como para explicar que vengo de hacer un viaje astral en el que he vuelto a la tripa de mi madre, he hablado con el espíritu de un amigo difunto y he tenido el mayor y más placentero orgasmo que vieron los tiempos. Tan inenarrable como increíble. Me voy desnudando por el pasillo camino de la ducha. Pulso el *play* del equipo de música. La voz de Freddie Mercury cantando *Under pressure* no puede ser más acertada. Salgo de la ducha y rehago la bolsa de viaje. Dejo una nota a Linda diciéndole que estaré de vuelta el domingo por la mañana para que prepare algo de comer. Mario está pasando el fin de semana con unos amigos en Cercedilla. Pongo rumbo a La Umbría mientras pienso que ha sido una noche intensa pero que, curiosamente, estoy completamente despejada y me siento increíblemente bien. Aún puedo sentir la penetrante luz que proyectan los ojos de Jon mientras cavilo.

El lunes, cuando llegue a la oficina, tengo que preguntarle a Alma de dónde ha salido Jon. Me gustaría saber algo más de él. Me ha llamado la atención como personaje dentro de este cuento medio esotérico y quisiera conocer algo sobre la persona. Como experiencia extrasensorial, la sesión ha sido fantástica, pero me pregunto cuál es el momento en el que una persona pierde el norte y dinamita su vida para colgarse de sensaciones difusas, a menudo recurrentes, que acaban por no aportar mucho más allá que un simple efecto placebo, corriendo el riesgo de aventurarse al pozo profundo y oscuro de una crisis de identidad. Reconozco que no tengo adicciones, no soportaría depender de nada ni de nadie. ¿Por qué dejar de ser uno mismo si es lo más original a lo que podemos aspirar? Tengo que comentarlo con Alma, creo que puede ser una buena línea argumental para presentar a nuestro cliente.

11
Descenso a las profundidades

Vengo rumiando por el camino hasta la consulta si contarle o no a Hugo la experiencia del Daime. Me entra un punto de inseguridad y de vergüenza. No sé qué pensará de mí. Salvo el momento de duda y decido contárselo. No es un juez, ni un confesor, ni parte interesada, ni un amigo, ni mi padre. Es una figura neutra que siento cercana, afín a mí, y en ocasiones, hasta un poco cómplice. Un día de estos tengo que preguntarle si sería posible que fuéramos amigos después de que termine la terapia. Me gustaría saber cómo es fuera de la consulta. Sé que está casado y tiene dos hijos. Me pregunto cómo se comportan los psicoanalistas cuando están en su entorno íntimo y familiar. ¿Tendrán la capacidad de desconectar su procesador analítico de la mente humana y serán como los demás? ¿Tendrán la deformación profesional de analizarlo todo y a todos? ¿Serán objeto de consultas constantes cada vez que vayan a una cena entre amigos? ¿Tendrán catalogados a sus amigos y familiares sabiendo de qué pie cojea cada uno? ¿Necesitarán una terapia especial para que el sufrimiento ajeno no les afecte? Me gustaría saber más de él. ¿Le gustará el cine? ¿Cómo hará el amor con su mujer? ¿Será cariñoso y empático con sus hijos? ¿Por qué decidiría especializarse en psiquiatría? Supongo que tendrán técnicas, tanto para separar las historias de sus pacientes de su propia vida como para ser simples seres humanos cuando no ejercen. Siento que durante estos días lo he echado de menos. Probablemente, cuando acabemos con la terapia, Hugo sepa más de mí que mi propia familia. Hugo es como un espejo que hace que no tengas más remedio que mirarte en él. Puedes darle la vuelta, puedes cubrirlo con una toalla o castigarlo contra la pared, pero cuando consigues ponerte frente a él, lo que no puedes hacer es no mirarte. No puedes esconderte. El pasado lunes tuve que anular la cita sobre la marcha y no pudimos marcar otra hora que nos viniese bien a los dos. Sentí la necesidad de hablar con él después de la conversación con Mario. Cuarenta y cinco minutos de sesión pueden ser una eternidad o transcurrir en un suspiro. Hoy vuelvo a llegar a la hora en punto. Disfruto administrando bien mi tiempo. Valoro mucho la puntualidad, aunque sé que está claramente en desuso; es una virtud que reconozco y agradezco a los pocos amigos que la tienen.

Aparco la moto en el mismo sitio de siempre, a la izquierda del portal según entras. Saludo al portero, subo en el ascensor, que parece estar en perfectas condiciones. Llamo a la puerta, que se abre automáticamente, me siento en el mismo lado del sofá de siempre y espero. Ni me molesto en ojear una revista de las nuevas que veo que han traído. Estoy como en casa, me siento cómoda. A los pocos minutos, Hugo sale acompañando de nuevo al paciente rubio que, por lo que se ve, ha vuelto a recuperar su hora habitual. Tiene la misma actitud cabizbaja, viste con idéntico atuendo y lleva idéntico flequillo caído por la cara. Me dice el mismo hola y le respondo con el mismo adiós. La escena no solo no varía, sino que se ha convertido en un ritual. Entro en la consulta y estrecho la mano de Hugo. El doctor está siempre igual, es un hombre que viste de una manera sobria y neutra, sin estridencias. Me siento en mi sillón, dejo el bolso a un lado y comenzamos. Me pregunta si la blusa que llevo es mexicana y le digo que no. Se nota que le gusta. Es un blusón de seda natural, con mucha caída en un *degradé* de tonos rosados, cortado al bies. Tengo muchas cosas que contarle. Hugo me lo pone muy fácil, disfruto de su compañía. De cuando en cuando me pone ejemplos que tienen que ver con lo que comentamos o me cuenta alguna anécdota o un chiste que viene a colación o que simplemente quiere introducir en la conversación porque considera que puede aportarme luz. Le cuento que he vuelto a hablar con Mario, quien se resiste a enfrentar el tema de la separación. Hablamos de la incomodidad que siento en mi propia casa, de la escena de Mario saliendo de la ducha en plan Adonis para proponerme un masaje relajante y, si se tercia, un polvazo de esos que hacen historia. También, de la sesión de Daime para terminar la semana, provocada por el trabajo que tenemos que hacer en la agencia.

—No se te puede dejar sola. Cuéntame qué conclusiones sacas de tu experiencia.

—Lo que he visto es que la parte de búsqueda espiritual que envuelven los trabajos del Daime, aportan una perspectiva diferente al porqué experimentar con ello. No es lo mismo que cuando tomas una droga de diseño como, por ejemplo, el éxtasis.

»Al final, es un viaje en un tiovivo de luces y psicodelia que dura un rato más o menos largo y del cual no obtienes ningún beneficio, más allá de la pura diversión. Lo mismo ocurre con otras drogas que podríamos llamar básicas y que provocan euforia, risa, sueño, hambre. Efectos esperados y simples. No sé qué tipo de componente tendrán la hoja y la raíz que se mezclan y fermentan hasta conseguir el *daime*. No es el qué sino el para qué lo que me llama la atención.

»Cuando conocí al padre de mi hijo, no íbamos más allá de la marihuana y la cerveza. También era la época del LSD; lo probamos un par de veces, pero a mí no me gustó. Mis amigas y yo, algunos años después, tuvimos una época en la que no salíamos sin éxtasis. Nos divertíamos bailando hasta el amanecer y para de contar. Acabó siendo algo repetitivo que me aburrió en muy poco tiempo. Decían que eran geniales para hacer el amor, pero a mí no me lo pareció. La cocaína la he probado, pero no me gusta, te ataca los nervios, no le encuentro el disfrute por ningún lado, y estar pasado de alcohol no solo no me va sino que me disgusta cuando lo veo. Tengo claro que son reminiscencias de escenas que he vivido en casa de mi padre.

»Sin embargo, comentándolo con mi amiga Alma, la inductora de este experimento con el fin de sentirnos parte del proyecto en el que estamos involucradas para hacernos profundizar, como hacemos tú y yo ahora, me contó esta mañana, después de haberlo posado durante el fin de semana, que ella sintió y vio cosas que no tienen nada que ver con las que yo vi y sentí, lo que quiere decir que cada uno experimenta un viaje diferente que proyecta desde dentro hacia fuera. Gaspar, el marido de Alma, participó en varios trabajos hace años y también le contó a Alma sensaciones diferentes. Incluso hay personas que sufren, como si purgasen algo interior. Seguramente, si repitiésemos, viviríamos algún mal trago, de eso no tengo la más mínima duda. El hecho de que se denominen *trabajos* y que sean personas y profesionales vinculados al mundo de la psiquiatría, la psicología y la medicina alternativa en su mayoría las que se reúnen para experimentar me da una pauta de que lo que hacemos es vivir un estado alterado de la mente, en el que se pueden percibir cosas a las que no tendríamos acceso de ninguna otra manera en nuestro estado natural. Quizá la meditación continuada sí pueda llegar a conseguir ese nivel de estado mental, como en el caso de Santa Teresa de Jesús o de los monjes budistas del Tíbet. Es algo que me llama poderosamente la atención.

»No sé si te he dicho que a mí me habría gustado ejercer tu profesión, pero probablemente no tenga ni el carácter adecuado ni la madera que hacen falta para desempeñarlo. Sin embargo, me dedico a algo que no es precisamente opuesto. Lanzo estímulos para provocar respuestas. Es una enorme responsabilidad acometer este proyecto porque las personas a las que nos vamos a dirigir son vulnerables. Hay que profundizar en los porqués, en las realidades de las familias, en los hogares desestructurados, en las relaciones entre padres e hijos, en los entornos sociales hostiles, en la falta de valores, en los problemas económicos. No solo podemos lanzar el mensaje básico de «no te drogues»: hay que llamar la atención de los más jóvenes para que ellos mismos se pregunten ¿Para qué? ¿Qué pierdo? ¿Qué gano? ¿Dónde quiero estar? ¿Quiero perderme mi vida? Aún no sé las líneas argumentales sobre las que vamos a trabajar la campaña, lo que sí sé es que el mensaje tiene que ser esperanzador. Tenemos mucho trabajo por delante, tan apasionante como complejo. El hecho de que tenga repercusión social y pueda ayudar a miles de personas es un plus para mí. No es lo mismo vender las bondades de un chocolate, de un banco o de un mayorista de viajes que apoyar este tipo de iniciativas en las que el valor radica básicamente en lo humano. En fin, no quiero darte una clase magistral de *marketing* para iniciados. Creo que no es lo que toca, aunque veo por tu cara que te interesa.

—Me interesa todo de tu persona. Cuanto más me cuentas, más nítida se hace la imagen que tengo de ti.

Me quedo mirando los diplomas enmarcados que hay en la pared y le digo a Hugo que lo admiro. Él sonríe y volvemos al tema.

—Entonces, este experimento es para profundizar en el mundo de las drogas, aunque parece que esta bebida no está considerada como tal, ¿cierto?

—Cierto. No es una droga de consumo masivo, para entendernos. No creo tampoco que sea para todos los públicos. Y desde luego, no está catalogada como tal. Pero tú eres especialista en adicciones, seguro que sabes más que yo, aunque no me

136

corresponde preguntarte si has experimentado con este tipo de plantas u otras parecidas.

Nos miramos y nos sonreímos de nuevo. Por supuesto, no me responde. No debe hacerlo. Esta sesión no tiene que derivar en si Hugo ha experimentado o no con drogas o sustancias que alteran la mente con fines lúdicos más o menos terrenales. Volvemos de nuevo a ponernos en situación, cambio el tercio y continúo.

—Sentí perderme la sesión de la semana pasada, se me ha hecho eterno todo este tiempo. Pasé el fin de semana en Cerdeña con Jimmy. Fue como un soplo de aire fresco en medio del desierto que supone para mí seguir conviviendo con Mario. Por eso no quise acostarme con él el otro día, y es un hombre tremendamente atractivo físicamente, pero esta situación no hay cama que la salve.

»Me pregunto cuántas mujeres consienten que sus parejas las posean sin quererlo ellas. Es atávico. El hombre es poseedor y la mujer es poseída. Yo me he sentido algunas veces así. Sin embargo, las cosas están cambiando, porque para nosotras no es un acto exclusivamente físico. La mujer se mete en la cama con su psique, sus hormonas y su emocionalidad además de con su cuerpo. Si una mujer dice que no quiere, es que no quiere, aunque algunos hombres lo interpreten como un sí y se comporten igual que si hubiera barra libre en el bar.

»Pienso en mi madre, por ejemplo, y en la mayoría de las mujeres de su generación. En el silencio, en la soledad de su intimidad, en su resignación, en sus miedos, en sus pasiones. Pienso en ellas y me parece que debió de existir un sometimiento atroz abanderado por un amor mal entendido hacia sus esposos. Seguramente, algunos de ellos fueran hombres respetuosos y apasionados, sensibles a sus necesidades y a su sentir. Pero algo me dice que fueron pocas las afortunadas. Cuántas veces habrá mirado mi madre para otro lado, y en ese consentir, porque así le enseñaron, fue olvidándose de ella, teniendo un embarazo tras otro, sometida a un marido despótico y machista, caprichoso y manirroto. Si no fuera porque mi madre tenía independencia económica de mi padre, no se habría podido separar y se habría vuelto loca o se habría muerto de pena en vida. O por el contrario, si pienso con cierto optimismo, más forzado que natural, puede que no fuera un acto desagradable y quizá el amor y la entrega entre ellos, en ese aspecto de su matrimonio, fuera no solo deseado, sino incluso placentero. Aunque si lo pienso dos veces, con menos romanticismo y un poco más de objetividad, enfrentando sus personalidades, vuelvo de forma natural a pensar y a sentir que no debió de ser bonito. No sé por qué tengo esa sensación, pero la tengo, y apostaría a que no me equivoco mucho. Es una lástima que mi madre no haya encontrado un hombre que la haya hecho realmente feliz como mujer. Sé que ella como madre se siente plena y que siendo una artista desde niña ha podido desarrollarse como persona mucho más allá que la mayoría de las mujeres de su entorno gracias al apoyo de sus padres, que siempre comprendieron que era diferente a sus hermanos y que debían potenciar su talento, independientemente de lo que la sociedad esperase de ella. Quizá nunca debió casarse, al menos no con una persona con un carácter como el de mi padre. Pero siempre quiso ser madre, y eso es algo que no podía hacerse al margen de un matrimonio y de una familia. Pero en el amor, no tuvo suerte.

»Yo he sido afortunada por no tener que convivir con los dos bajo el mismo techo, así me he evitado leer en sus ojos, pero sí he vivido en dos hogares en paralelo y he podido apreciar la diferencia de sus caracteres, sus formas de ser, sus maneras de ver la vida y de querer. Tengo la sensación de que él no la quiso ni la respetó como se merecía. Parece como si mi padre no quisiera a nadie, aunque eso no lo veo posible porque no se puede vivir sin amor. Una cosa es que él sea un bruto y que quiera a su manera y otra muy diferente que no tenga sentimientos. Lo veo en cómo se relaciona con los animales, por ejemplo. O con mi hijo Tristán. Sé que lo quiere, que se quieren. Sin embargo, aunque yo siento que también le tengo cariño, hay algo dentro de mí bloqueado. Es como si sintiera que debo quererlo por ser mi padre aunque no se lo gane, aunque a veces nos trate a puntapiés o tengamos la sensación de que le estorbamos. Creo que esta sensación es común a todos mis hermanos. Por el contrario, el amor que siento por mi madre está a años luz del que le tengo a mi padre. Estoy segura de que mi madre, en algún rincón de su generoso corazón, también le tiene cariño o se lo tuvo. Es el padre de sus hijos. En algún momento debió de ser importante para ella, aunque ese tiempo fuera efímero y tan solo quede un vago recuerdo en la memoria de un tiempo pasado, tan lejano que ya no se sepa si realmente algún día lo fue. Me llama la atención que no haya fotografías de mi padre en casa. Ni una sola familiar, ni de bautizos, comuniones o bodas. El tema de los recuerdos de los eventos familiares en casa deja bastante que desear. Véase el bautizo de mi hijo Tristán, que fue tan amargo que también pasó sin pena ni gloria.

Hablamos unos minutos sobre las escenas del vodevil sardo que protagonizamos en Cerdeña Jimmy, Felice, las gatitas en celo y yo. Hugo ríe con ganas divertido con las escenas que le cuento y que le parece que desafían los límites entre la realidad y la ficción. No hace falta aderezarlas lo más mínimo, ya vienen de la cocina perfectamente salpimentadas. Como colofón para la segunda sesión de terapia no está nada mal. Me siento muy cómoda con Hugo, puedo hablarle de lo humano y de lo divino, pero sobre todo, puedo hablarle de mí.

Noto que verbalizar mis pensamientos y mis emociones ayuda a curar las heridas que guardo en mi alma. Heridas viejas, arañazos profundos, cicatrices endurecidas que poco a poco van ablandándose. No sé lo que es tener un padre. Me he criado desde niña sin su presencia y sin su influencia. Siempre lo he echado de menos y fantaseé en mi más tierna infancia con un padre idealizado, un hombre fuerte y elegante que venía a recogerme al colegio montado en un caballo blanco y que me colmaba de regalos y de besos. Nunca he tenido un padre como tal y eso es algo que me pesa. Soy consciente de ello y así se lo transmito a Hugo, con toda la sinceridad, el dolor y la humildad de que soy capaz. Con Hugo puedo abrirme, llamar a las cosas por su nombre, despejar incógnitas, ahuyentar fantasmas, reforzar mi personalidad. Hugo es un bálsamo para mi corazón y un estímulo para mi mente inquieta.

De nuevo el tiempo se ha agotado. El tiempo siempre es el mismo pero tengo la sensación de que soy yo quien pasa más rápido por él y no al revés. Apalabramos una tercera cita, nos despedimos y vuelvo a sumergirme en las profundidades de la oficina como un pez abisal, inmersa en investigar todo lo posible sobre el tenebroso mundo de las drogas y sus protagonistas.

12
La muerte inesperada de Blanca

Son las siete de la mañana. Conecto mi teléfono móvil y veo dos llamadas perdidas del número de casa de mi madre. No me extraña de ella porque es una mujer muy activa y madrugadora. Suele dar largos paseos matutinos por el parque del Retiro junto con *Perla*, su inseparable perra afgana. Escucho el mensaje de voz grabado en el contestador y me sorprendo porque es la voz angustiada de Angelita, quien me dice que la llame urgentemente.

—Alejandra, ¿eres tú? gracias a Dios que has llamado, tu madre no se despierta.

—¿Cómo que no se despierta? ¿Has entrado en su cuarto?

—Sí, y no se mueve.

—Tranquila, Angelita, ahora mismo voy para allá.

—Alejandra, siento decírtelo pero estoy segura de que tu madre ha muerto.

—No puede ser, Angelita. No puede ser.

Angelita se deshace en sollozos y cuelga el teléfono sin dejarme decir una palabra más.

Me visto a toda velocidad con la ropa que he dejado preparada en la butaca del vestidor. Paso como una exhalación por el cuarto de baño. Me lavo la cara y los dientes, me recojo el pelo con una pinza, cojo el bolso y salgo disparada. Saco la moto del garaje y llego en menos de diez minutos a casa de mi madre, que está a pocas manzanas de mi casa. El ascensor no funciona. Subo de dos en dos los escalones hasta el sexto piso y toco el timbre. El corazón se me sale por la boca. Intento respirar más despacio para calmarme. Angelita me abre la puerta en un mar de lágrimas y me acompaña al cuarto de mi madre sin soltarse de mi brazo.

—Ha debido de ser un paro cardiaco —sugiere tímidamente con voz de ultratumba.

Ni le contesto. Mi cerebro niega toda opción que sugiera que mi madre ha muerto. Abro con cuidado la puerta entornada de su dormitorio. El corazón se me sale del pecho. El cuarto está en penumbra. Apenas pasan unos rayos de luz entre las rendijas de la persiana de madera a medio cerrar. Angelita se separa de mí, se queda en la puerta como una esfinge, tapándose la boca con sus pequeñas y huesudas manos una encima de la otra. Me acerco despacio a la cama. Tengo miedo de que Angelita tenga razón y me resisto a enfrentar la realidad. No se puede haber muerto así como así. Tiene que ser un error. Estará cansada. No habrá dormido bien. Me voy acercando a ella. Apenas hay luz. La palidez de su rostro y la inmovilidad de su cuerpo son señales inequívocas de que ya no está aquí. Me siento con cuidado a su lado, como temiendo despertarla. Las lágrimas resbalan por mis mejillas y no me dejan verla con claridad. Parpadeo varias veces y me seco las lágrimas con la manga de la blusa, como hacen los niños. Acaricio su cara con suavidad y aparto un mechón de pelo que le cae por la frente en forma de caracol. Admiro unos segundos la belleza de su rostro de porcelana y cojo su mano izquierda entre las mías. Aún no está fría del todo, parece como si le quedara un rescoldo que le diera calor, que poco a poco se apaga también porque tampoco a él lo alimenta ninguna llama.

Se me cruza por la mente un pensamiento terrible. ¿Se habrá suicidado? Niego con la cabeza y lo descarto inmediatamente. ¡Qué estupidez! Me reprendo a mí misma en silencio por haber pensado en algo que para mi madre sería impensable. Miro a Angelita, que sigue inmóvil, apoyada ligeramente en el marco de la puerta, con un pañuelo blanco en las manos y mirándome fijamente con una pena infinita. Le pido que por favor suba un poco la persiana para que entre más luz y así poder ver mejor a mi madre. En una esquina del cuarto, junto a la ventana, sobre su mantita de mohair desgastada por el uso está *Perla,* con los ojos hundidos, opacos, sin brillo ni expresión. Con la mirada perdida en el infinito, inmóvil, como queriendo pasar desapercibida. Me levanto y ayudo a Angelita a subir la persiana, siempre fueron muy pesadas de levantar. Acaricio a *Perla* al pasar. Apenas me dedica un leve movimiento con su cola, a modo de saludo casi imperceptible. Está sufriendo. Sufrimos las tres. Abrazo a

Angelita. Lloramos juntas en silencio. Después de unos minutos nos serenamos y le pregunto si ha pasado algo durante estos días que yo no sepa. Me dice que no, que anoche se acostó como todos los días, tomó sus medicinas y leyó hasta la medianoche. La luz de su lamparita de noche está apagada, y el libro, cerrado con el marcapáginas, como cualquier otro día.

Esta mañana tenía que ir al médico de cabecera para hacerse unos análisis rutinarios y después iba a pasar por la galería para aprovechar la mañana y despachar con Romina. Gonzalo la recogería allí a la una y media y vendrían los dos a comer a casa.

—Al ir a despertarla, he tocado la puerta, ya sabes que tiene el sueño muy ligero y con nada se despierta, pero no la he sentido moverse. Me he acercado despacio para subir la persiana pero no lo he hecho por si había pasado una mala noche. Al mirarla más de cerca, me he dado cuenta de que ya no estaba con nosotros. Dios la tenga en su gloria. Te he llamado corriendo, no sabía qué hacer.

Angelita llora de nuevo y me abraza. La consuelo y nos vamos cogidas del brazo hasta la cocina. Son las ocho de la mañana y tengo que llamar a mis hermanos. Saco mi teléfono del bolso y me siento en la mesa aturdida. Angelita está calentando el café que era para mi madre y me lo ofrece con unas gotitas de leche, como le gusta tomarlo a ella. A mí me gusta más el té, pero en este momento realmente no prefiero nada y me lo bebo a sorbitos. Respiro y me sereno. Siento que me he roto por dentro. Marco el teléfono de Sonsoles, que lo coge rápidamente sin que apenas haya empezado a dar el tono.

—Hola, Álex, buenos días. ¿No es muy temprano? ¿Va todo bien?

No puedo hablarle a mi hermana. Tengo un nudo en la garganta que no me deja pronunciar ni una sola palabra. Respiro e intento aguantarme las ganas de llorar.

—Álex, ¿estás bien?

—Sonsoles, mamá ha muerto. Angelita se la ha encontrado en su cama hace una hora.

Un silencio se hace a ambos lados del teléfono. Sonsoles intenta consolarme diciéndome que estemos tranquilas que viene para acá. Va a avisar al médico. Colgamos el teléfono. Me quedo inmóvil, llorando en silencio. Decido esperar a que llegue mi hermana para empezar a llamar a los demás. Me tomo el resto del café y vuelvo al cuarto con mi madre. No quiero dejarla sola. Pobrecita mamá, qué pena me da verla así, sin vida. Me siento a su lado y le cojo de nuevo la mano. Ahora ya no está templada, está casi fría. Siento la tersura de la piel de sus manos delgadas, tan largas y bonitas, tan bien cuidadas. Angelita me deja a solas con ella, y como si aún pudiera oírme, le hablo.

—Mamá, ¡cómo te voy a echar de menos! Es muy pronto para que te vayas. Te necesito, mamá. Tristán y yo te necesitamos. ¿Qué vamos a hacer sin ti?

No puedo continuar hablándole a su cuerpo. Cojo uno de los pañuelos que hay en el cajón de la mesilla de noche y me seco las lágrimas con él. Veo sus iniciales bordadas, B. M., y se me cae el mundo encima. Lloro largo rato en silencio, aprovechando inconscientemente quizá el único momento de intimidad que tendré en todo el día. Trato de serenarme y miro alrededor, como si quisiera inmortalizar este momento. El buró donde solía escribir y abrir su correspondencia. El tocador junto a la ventana, con el juego de frascos de cristal con tapones de plata labrada, el cepillo del pelo que acaricia, porque sus cerdas son demasiado suaves para ese cometido, y el espejo con peana cuyo cristal hace un juego de sombras, envejecido por el paso del tiempo, heredados de mi bisabuela, que conforman el set perfecto de las niñas de las familias bien. Los cajones entreabiertos, con pinceles para maquillar de diferentes grosores. Los estuches de sombras, los coloretes y los botes de maquillaje, los tónicos de agua de rosas y de agua termal de avena. Los lápices de labios y los ramilletes de flores secas entre retratos suyos de diferentes épocas. Los perfumeros árabes antiguos que le gustaba coleccionar, de todos los colores y tamaños, alegres y llamativos.

La luz que entra por la ventana a través de los visillos llena el cuarto de un aura especial. Siento que todavía está presente. Su cuerpo yace inmóvil, pero ella sigue aquí, con *Perla* y conmigo. Si es cierto que son trece gramos lo que pesa el alma, se notan entre estas cuatro paredes como si fueran tres mil. La siento, la percibo. Ojalá pudiera hablarme. Ojalá pudiera decirle lo mucho que la quiero. Ojalá pudiera detener el tiempo y robársela a la muerte para que no pudiera separarnos nunca. Me acuerdo de mi viaje dentro de ella, en la generosa intimidad de su cuerpo. En el cálido líquido en el que me mecía. La protección de sus entrañas. La serenidad de su voz. Lloro en silencio. Siento no haber tenido tiempo de contárselo; se habría reído con ganas y seguro que habría hecho algún comentario mordaz.

Miro su cama antigua de madera de caoba, tamaño *king size,* siempre dispuesta a admitir visitas nocturnas, en la que hoy volvemos a estar juntas una vez más, compartiendo este rato de silencio, como solíamos hacer cuando leíamos juntas en esta cama o en la salita de estar cuando yo era una niña. No puedo haber tenido una madre mejor. Ella lo es todo para mí. Padre y madre, guía, consejera, amiga, confidente.

Acaricio con las yemas de los dedos el cabecero de la cama, tapizado de terciopelo color azul cielo. Nunca le gustó tener madera cerca de la cabeza, solía golpearse en sueños. Las mesillas de noche, siempre sobrecargadas a modo de pequeñas bibliotecas con libros y revistas apilados como una torre de Babel, repletas de marcas y anotaciones. Las sábanas blancas inmaculadas, bordadas con sus iniciales, y su vieja e inseparable colcha con motivos asiáticos bordados en seda amarilla, verde y azul. Y ese olor a mamá. Ese aroma a jazmín que impregna toda la casa y su cuarto en especial. «Cómo te voy a echar de menos», le digo en un susurro acercándome a su cara y besándola mientras le acaricio el pelo.

En la butaca, a mi derecha, junto al espejo veneciano de cuerpo entero apoyado en la pared y el galán de noche, descansa la ropa preparada que debió de escoger ayer para ponerse hoy. Un conjunto de dos piezas de pantalón y chaqueta color marfil y blusa de seda en un tono caramelo con botones en ámbar y doble lazada en el cuello. Siempre de punta en blanco, elegante y estilosa. Una diva. Una diosa. Una señora de los pies a la cabeza.

Su bata de seda, estirada a los pies de la cama, resbala por la colcha llamando mi atención. Me agacho y la recojo despacio, con delicadeza, apretándola contra mi pecho, inspirando profundamente su delicada fragancia. Huele a ella. Todo huele a ella. Me fijo en las sempiternas alfombras persas acostadas sobre el suelo de madera. Se conservan impecables. Siempre han estado ahí, forman parte de mis recuerdos, de mis juegos infantiles, de los ratos de mis primeras lecturas, de mis pies descalzos, de casi toda mi vida. Qué triste me siento, y sin embargo soy consciente de lo afortunada que soy al poder disfrutar de este rato, a solas con ella. La última hija en llegar a su vida y la primera en despedirse de ella. La vida es caprichosa e inesperada. No sabes lo que te vas a encontrar a la vuelta de cualquier esquina. Hoy me encuentro a mi madre sin vida y una parte de mí se va con ella. Hoy es el primer día del resto de mi vida en la que no habrá un minuto en el que no la extrañe.

Suena el timbre. *Perla* ni se inmuta, sigue con la cabeza apoyada sobre sus dos patas delanteras, esperando un imposible. Tu dueña no se va a levantar. No podrá pasearte más. Oigo a lo lejos la voz de Sonsoles hablando con Angelita. La casa está en silencio. Sonsoles toca la puerta con delicadeza. Me doy la vuelta, la miro y me levanto. Entra tratando de contener las lágrimas sin conseguirlo y nos abrazamos llorando en silencio. Me coge la cara ente sus manos con dulzura y me mira a los ojos con vidriosa ternura.

—Llora, mi niña, no te guardes ni una sola lágrima. A mamá le habría gustado que no dejaras de ser tú misma. Mucho menos en un momento como este.

Nos abrazamos de nuevo. Sonsoles se enjuga las lágrimas en su pañuelo. Todos en casa usamos pañuelo; es una de las buenas costumbres heredadas de mi madre. Nos serenamos y las dos juntas nos acercamos a la cama. Sonsoles besa a mamá en la frente y, al igual que yo, le coge la mano izquierda guardándola entre las suyas. Las dejo a solas y me voy con Angelita a la cocina. Habrá que preparar café y algo para desayunar.

Sonsoles se ha encargado de llamar a Bea y a Gonzalo, que vienen de camino. Jacobo está hablando con Isidro García de Castro, el médico de la familia e íntimo amigo de mamá, quien tiene que certificar su muerte. Habrá que empezar a hacer llamadas, organizar el velatorio, el entierro, su vestido y unas flores que no sean coronas de muerto. No puedo creer que estemos pasando por esto. Pienso en Tristán y en mi padre, habrá que acomodarlo en alguna casa. Voy a aprovechar para llamar a Mario y a Alma.

Suena el timbre de nuevo. Angelita abre la puerta y recibe al doctor y a Jacobo, los invita a pasar a la salita y responde a todas las preguntas que le hace don Isidro. Los saludo y aprovecho para coger a *Perla* y llevármela a dar un paseo al parque.

Pobrecita, sigue inmóvil en su rincón, triste y melancólica. Creo que a mi madre le habría gustado que, en su ausencia, la cuidara Tristán. Me la llevaré a casa si estamos todos de acuerdo. Bajamos las dos en el ascensor. Al llegar al portal, Mariano, el portero, me agarra de un brazo y se echa a llorar desconsoladamente. Me dice entre sollozos lo mucho que quería a mi madre. Se sabía desde pequeña que era una mujer especial. Me da dos besos y yo le doy las gracias. Me pongo las gafas de sol y salimos a respirar. *Perla* camina con la cabeza ligeramente caída. No es la imagen digna, majestuosa y alegre de costumbre. Doblamos la esquina de Núñez de Balboa y cruzamos la calle Alcalá rumbo al parque. Damos un paseo de media hora en silencio y le suelto la correa para que corra un rato. No parece que le apetezca. Se queda quieta, inmóvil, observando algo que ocurre a muchos metros de distancia, algo que solo ella alcanza a ver. Me mira de cuando en cuando, como preguntándome cómo estoy, con una complicidad que parece humana. *Perla* es un ser especial.

En el parque no hay mucha gente, algunos deportistas mañaneros haciendo *footing* y estiramientos. La verdad es que los miro sin verlos. Solo veo a mi madre; mire donde mire la veo a ella. Su cara, sus ojos, su sonrisa. Dicen que nos parecemos mucho, y cuando lo oigo, me siento halagada y orgullosa. Descanso un rato en uno de los bancos de madera y acaricio a *Perla,* que se siente tan huérfana como yo. Los ojos se me llenan de lágrimas. Mi corazón está desbordado de dolor. Aprovecho para llamar a Alma, que ya está en la agencia dirigiendo al personal. Me dice que me despreocupe de todo y que le concrete lo que necesito. Le digo que aún no lo sé, que estoy en estado de *shock,* y quedamos en hablar a lo largo de la mañana. Acto seguido, marco el número de Mario. Nos encontraremos en veinte minutos en casa de mi madre. Le pido que traiga el coche para poder trasladar las cosas de *Perla.*

Nos damos la vuelta y subimos de nuevo a casa. Entramos directamente por la puerta de servicio. Angelita nos abre. Su cara de tristeza es un poema, tiene el gesto demudado. Temo que vaya a desmayarse de un momento a otro. La acompaño a su cuarto y le sugiero que se quede descansando un rato hasta que sepamos cuándo podemos empezar a organizar las cosas. A Angelita se le ha ido una hermana. Mario llega casi al tiempo por el ascensor que sube desde el garaje. Mariano le ha debido de abrir la puerta. Me abraza y se me saltan de nuevo las lágrimas. Nos sentamos en la mesa de la cocina y nos servimos un café.

—Lo siento mucho, mi amor. Blanca era una mujer extraordinaria.

—Sí, lo es. Para mí, aún lo es. Me resisto a hablar de ella en pasado.

—Si te parece, puedo ir a recoger a Tristán, a Íñigo y a tu padre a la dehesa. Supongo que querrás quedarte aquí con tus hermanos para organizarlo todo.

—Me parece muy bien. Háblalo con Jacobo, por favor. No sé qué tienen pensado para Íñigo. Voy a llamar a Linda para que prepare el cuarto de invitados para mi padre. Se quedará en casa con nosotros.

—Álex, mírame. Estoy contigo. Cuentas conmigo para todo lo que necesites. Apóyate en mí.

Mario me coge la mano mientras removemos el azúcar de nuestras tazas de café. En ese momento entran Sonsoles y Jacobo en la cocina. Don Isidro está reconociendo a mi madre. Sonsoles me pregunta por Angelita y le digo que está descansando en su cuarto. Todos vuelven a la salita a esperar el diagnóstico. Angelita está en su habitación, sentada en una silla, arreglándose el moño frente al espejo. Le digo que quiero que esté con nosotros cuando salga el doctor. Se levanta, se atusa el vestido negro, sin ponerse el delantal blanco que siempre lleva y sale conmigo de su cuarto. Se la ve entera. Triste pero entera.

Don Isidro sale del cuarto de mi madre con los ojos enrojecidos. Durante décadas fue el único médico que entraba en casa. Nos ha visto nacer a todos y sentía un profundo cariño por la familia, en especial por mi madre. Según su examen, todo parece indicar que ha sufrido un derrame cerebral. Con la seguridad que dan tantos años de profesión, certifica que la muerte ha sido por causas naturales y nos da el pésame uno por uno. No va a ser necesario hacerle pruebas ni trasladarla al anatómico forense.

Podemos velarla en casa, como a ella le habría gustado, y enterrarla en el panteón familiar, en el cementerio de San Isidro. Mario y Jacobo despiden y acompañan a don Isidro hasta el portal. Beatriz y Gonzalo se cruzan con Jacobo, se abrazan y suben a casa. Nos encontramos los cuatro hermanos y Angelita en la salita de estar. Nos abrazamos y pasamos juntos al cuarto de mamá. Gonzalo llora lágrimas de sangre. Se siente morir y lo dice. Está hundido de dolor. ¿Y quién de nosotros no lo está? Es una muerte tan repentina que no es fácil de encajar. Todo resulta efímero. Un día estás y al siguiente ya no. Siento una enorme fragilidad. Dejamos a mamá en su cuarto en compañía de Gonzalo, que apenas se tiene en pie. Sonsoles y Angelita se van a ocupar de arreglar y vestir a mamá. Gonzalo, de organizar el velatorio y el entierro, y Beatriz, de llamar al resto de la familia. Yo me voy a encargar de llamar a los amigos de mamá y de escribir la esquela para publicarla en el *ABC*. Mario y Jacobo van a ir a buscar a mi padre y a los niños. Antes de que Mario se vaya llamo a Tristán para decírselo personalmente. Sonsoles también llama a Íñigo y después a mi padre. Antes de que salgan hacia La

Umbría, les pido a Mario y a Jacobo que me dejen con *Perla* en casa. Jacobo carga las cosas de *Perla* en el coche y Mario coge mi moto para que no se quede en la calle. Me despido de Angelita y de mis hermanos y me subo con Jacobo para que me acerque a casa. Prefiero hacer las llamadas desde la intimidad de mi salón, mientras organizo las cosas con Linda y me arreglo para el velatorio.

Hoy es jueves, día 2 de julio, una fecha triste para no olvidar. Alma se ha acercado a casa para darme un abrazo. Se lo he agradecido mucho, siempre está cuando la necesito. Comentamos un par de temas que hay que resolver en el día de hoy y se hace cargo de las reuniones que tenemos previstas. No quiero que las suspenda, pueden hacerlo solos. No soy imprescindible, confío plenamente en mi equipo. Jimmy me ha enviado un mensaje muy cariñoso desde Montecarlo. Me pregunta cómo está la mujer de su vida y le respondo que más triste que nunca. Inmediatamente me llama y le doy dos pinceladas lo que ha ocurrido. Me dice que va a coger el primer vuelo a Madrid. Le contesto que es mejor que no lo haga. Cualquiera podría darse cuenta de lo que hay entre nosotros. Jimmy insiste, argumentado que en un momento así lo único importante soy yo. Me despido sin tener claro qué hará. Colgamos el teléfono y recibo un mensaje de la secretaria del doctor Rivera, que me pregunta si podemos cambiar la sesión del lunes; al doctor le ha surgido un imprevisto. «Por supuesto que podemos, ya son dos imprevistos», le digo. Esa es la respuesta que habría dado mi madre con su característico humor inglés, y por unos segundos, noto que mis labios sonríen como lo hacen los payasos tristes. Me da la opción de cambiar la cita al viernes a última hora de la tarde y le digo que se lo agradezco pero que mi madre ha fallecido y no será posible. La secretaria me da el pésame y me dice que se lo dirá al doctor. No cerramos ninguna cita. Quedamos en que yo contactaré con ellos de nuevo en cuanto pueda.

El teléfono de casa no para de sonar. La noticia del fallecimiento de mi madre se difunde por su entorno más allegado a través de nuestras voces rotas por el dolor. Llamo a Romina para que sepa la noticia por mí, sé del profundo cariño y admiración que siente por mi madre. Romina ni siquiera puede responderme, solo se oye un quejido de dolor al otro lado de la línea. Gonzalo me llama para que repasemos el texto de la esquela y me pongo a redactarla. Las llamadas se suceden una tras otra. Aprovecho un segundo en el que no suenan los timbres y llamo al director del diario *ABC*. Le pido que me haga un hueco en la edición del viernes. No se lo piensa ni un segundo y me ofrece todo lo que pueda necesitar. Es un buen amigo de mi madre. «La quería con todo mi corazón. Era mi amiga», me dice con la voz quebrada por la emoción.

Mario me ha enviado un mensaje. Ya han llegado a La Umbría. Íñigo y Tristán estaban esperándolos en la escalera con sus equipajes a los pies y un hermoso ramo de flores para llevarle a su abuela. Nadie sabe dónde está mi padre. Ramón lo ha visto coger su caballo y salir montado en él sin ensillar. No tenía la más mínima duda de que a mi padre le iba a afectar la muerte de mi madre. Solo espero que vuelva a tiempo para que los demás puedan regresar a casa. Su corazón de piedra es más poroso de lo que quiere aparentar. La muerte de Blanca es un mazazo para todos nosotros, incluso para él.

Pongo a cargar el teléfono unos minutos y aprovecho para darme una buena ducha. Voy a arreglarme con tiempo y en su honor para recibir a todos los amigos de corazón y gente querida de mi madre. Quiero estar a la altura de lo que ella esperaría de mí. Quiero estar fuerte y representar su memoria con dignidad. Ya no tengo tantas ganas de llorar. ¡Mentira negra! Es todo una impostura. Me muero de pena. Solo aspiro a estar fuerte cuando llegue Tristán.

Perla está tumbada en un rincón del salón, junto a una de las fotos en la que estamos mi madre y yo hace quince años en el peine de los vientos en San Sebastián, corriendo detrás de su sombrero que se escapa volando hacia el mar. Es el momento de recopilar todos los buenos recuerdos. De ponerlos en fila uno a uno y construir una barrera contra la tristeza y la ausencia. Recordar todo lo bueno que siempre hemos recibido de ella. Su alegría natural, su positivismo, su coraje, su sentido del humor, su sensibilidad extraordinaria, su generosidad ilimitada y su ternura. Y por encima de todo y de sus muchas virtudes, la dulzura de sus gestos y la calidez de su mirada cada día de su vida.

Hemos decidido que es mejor que mi padre y los niños se queden en mi casa. No hay ninguna necesidad de que asistan al velatorio. Tampoco queremos que mi padre tenga que pasar por el trance de tener que volver, en un momento tan delicado, a la que un día también fue su casa. Sus reacciones pueden ser imprevisibles en estos momentos de dolor extremo. Lo vamos a recibir en un punto neutral para hacérselo más fácil. Mis hermanos han venido a casa y estamos esperando a mi padre y a los niños, que están a punto de llegar. Llaman a la puerta y Linda acude a abrir. Tristán irrumpe en el salón nervioso, corre hacia mí y me abraza con fuerza. Se nos saltan las lágrimas. Íñigo abraza a su madre y saluda a sus tíos. *Perla* se acerca a Tristán, lo mira y se queda de pie a su lado esperando sus caricias. Él se arrodilla junto a ella y la abraza por el cuello. «Tú también estás triste, bonita», le dice. Linda susurra algo al oído de Tristán y se lleva a los niños a la cocina, seguidos por *Perla*.

Mi padre nos abraza uno por uno sin decir una sola palabra. Su gesto es de consternación. Tiene los ojos enrojecidos, a punto de echarse a llorar, pero aguanta estoico sin derramar una sola lágrima. Aprieta los labios para impedir que un solo lamento salga de su boca. Los dos primos se van a dar un paseo con *Perla*, que parece haber revivido al verlos. Aprovechamos que los niños salen de la escena para observar el estado de ánimo de mi padre. Está contrariado. Le pide a Mario que le sirva un *whisky*. Mario me mira y yo asiento con un gesto de cabeza afirmativo. Al fin y al cabo, se va a quedar en casa y no hay posibilidad de que vaya a montar un numerito de los suyos. Le preguntamos si quiere acompañarnos al velatorio y nos dice que no. Ya sabíamos la respuesta, pero estábamos obligados a preguntárselo. No tiene ganas de reencontrarse con la que ya no es su familia, ni con los amigos que hace años que no trata y que, según él, siempre tomaron injustamente partido por mi madre. Hace más de tres décadas que se separaron y sigue teniendo presente su famoso libro de las afrentas, donde anota mentalmente cada jugada, cada desplante y cada traición de los que él considera que ha sido víctima. Resulta curioso ver cómo una persona tan mayor, en vez de evolucionar y soltar lastre, acumula viejos rencores como si se tratase de un Diógenes emocional. Todos nos damos cuenta de que ya viene con alguna copa de más. Sonsoles mira a Jacobo, quien le confirma con la mirada que efectivamente ha estado bebiendo antes de salir de La Umbría. De pronto, mi padre nos repasa a los cuatro con la mirada y nos dice: «Vuestra madre os ha dejado tirados. Siempre ha hecho lo que ha querido, sobre todo desde que se liberó de mí. Se ha ido a la francesa, sin despedirse de vosotros. Espero que ninguno tengáis temas pendientes con ella, porque os arrepentiréis de no haber solucionado vuestras diferencias por el resto de vuestras vidas». Nos quedamos de una pieza, intercambiando miradas de sorpresa. Ninguno le contestamos. Sonsoles cambia el tercio hábilmente y le pregunta si le gustaría descansar un rato en su cuarto.

No he acabado de digerir la frase de mi padre cuando Linda se me acerca y me susurra al oído que han llegado unas flores. La discreción de Linda es impagable en estos momentos. Aprovecho el quite de Sonsoles, me disculpo y me voy a la cocina. Es un ramo de rosas de color rosa que huelen maravillosamente bien. Le pido a Linda que las ponga en agua y que las lleve a la mesa del salón, junto a las fotos familiares. Mientras tanto, abro la tarjeta que las acompaña, sé perfectamente que es Jimmy quien me las envía. «Querida mía, en estos momentos tristes, quiero que sientas mi cercanía y mi amor». De nuevo las lágrimas resbalan por mis mejillas. Me sereno y guardo la tarjeta en el bolsillo trasero de mi pantalón. Vuelvo al salón con el alma hecha jirones. Linda nos trae una bandeja con café y unas pastas de té. Ninguno podemos probar bocado pero nos tomamos los cafés. Los niños vuelven del paseo y le quitan la correa a la perra, que se vuelve a tumbar en su mantita al lado del retrato de mamá. Se nota que está más animada desde que han llegado. Me alegra que podamos tenerla en casa y que Tristán quiera cuidarla, como ya venía haciendo cuando acompañaba a su abuela a pasearla por el Retiro. Ahora es suya. Él es el único responsable. Estoy segura de que la cuidará tan bien como ella.

Jacobo no se separa de Sonsoles. Gonzalo está cerca de Bea, que permanece muy callada. Apenas ha llorado, es una criatura hermética y reservada. Le pregunta a Gonzalo si sabía si mamá estaba enferma del sistema circulatorio y Gonzalo le dice que no. Por la cara de Bea y el tono de la pregunta, me doy cuenta de que está pensando exactamente lo mismo que he pensado yo esta mañana. Estaba especulando con la posibilidad de que mi madre se hubiera quitado la vida, una teoría absurda a estas alturas y dadas las circunstancias, máxime habiendo certificado don Isidro un derrame cerebral como causa natural de su muerte. En algún momento de su rumiar, Bea decide no guardarse lo que está pensando y dice en voz alta: «¿No será que mamá se ha suicidado?». Gonzalo salta como un resorte y le dice que no diga estupideces, que parece mentira lo torpe y lo absurda que puede llegar a ser. La reacción de Gonzalo es completamente desmesurada, está dolido y no mide sus palabras. La mira con odio y se lleva las manos a la cabeza mascullando entre dientes cómo puede ser tan estúpida. Bea vuelve a quedarse callada. La pobre tiene el don de la inoportunidad. No se da cuenta de que abundar sobre una hipótesis tan peregrina en un momento como este no solo no aporta nada, sino que es hiriente y de muy mal gusto siquiera plantearlo. Sonsoles le coge la mano y se la lleva a la cocina para hablar con ella. El hecho de que mi madre hubiese estado en tratamiento con antidepresivos y ansiolíticos en algunos momentos de su vida no significa necesariamente que fuera proclive al suicidio.

Santa Sonsoles razona con ella, la tranquiliza y le pide que no tenga pensamientos negativos.

—Ya es suficientemente doloroso que nuestra madre nos haya dejado tan repentinamente como para hacer conjeturas completamente fuera de la realidad. Bea, corazón, mamá estaba muy contenta y feliz. Se encontraba en un momento dulce de su vida. Serena, arropada, querida, disfrutando de la galería, de su familia. No tiene ningún sentido lo que planteas, y hacerlo te hace daño y nos lo hace a los demás.

—Tienes razón, pero es todo tan extraño, tan repentino… He estado un poco distante los últimos tiempos, pero ya me conoces, yo soy así. No tenía mucho que ver con mamá. Desde que nació mi hija Marina, me he distanciado mucho de todos vosotros, porque tengo la sensación de que no aceptáis cómo vino al mundo.

—Bea, el cómo haces las cosas es una decisión tuya. Todos queremos a la niña, y si has decidido que no tenga padre desde el principio, lo único que podemos hacer es respetarlo. No sientas que te rechazamos porque no es verdad. Es algo que te has montado en tu cerebro, no es una realidad.

»Si no participas de los encuentros familiares, es muy difícil que te sientas en familia. Quizá sea bueno que te acerques un poco más a nosotros. Hemos hablado muchas veces de esto y no parece que nos necesites. No pasa nada, pero cuando sientas de verdad que quieres compartir tu tiempo con tu familia, hazlo de manera generosa y sincera; si no, no sirve para nadie.

—Tengo que pensar en ello. Gracias, Sonsoles, tú siempre me entiendes. No sé por qué Gonzalo se pone así conmigo. Tiene mucho carácter debajo de esa careta de tipo suave y conciliador.

—Bea, Gonzalo está roto por dentro. Y has de reconocerme que no ha sido un comentario muy afortunado. Piensa un poco más las cosas antes de decirlas, por favor.

—Vaya, ¿tú también estás contra mí?

—No, Bea, es que ya eres mayorcita para saber lo que hay que decir y lo que no, cómo decirlo y elegir el momento adecuado. Es una habilidad en la que deberías trabajar. Soltar todo lo que se te pasa por la cabeza es una actitud infantil e irreflexiva que te expone constantemente, como has podido comprobar hace un momento. Un poco de autocontrol no te vendría mal. Por cierto, ¿sigues yendo al psicólogo?

—Sí, aunque ahora voy a descansar los meses de verano. Pero yo sé que todos mis problemas son por culpa de nuestros padres. Por eso, cuanto más lejos estén, mejor. Me lo dice mi psicóloga. No me hacen bien. Me eché las cartas de tarot la semana pasada y no salió nada sobre la muerte de mamá. Es extraño, ¿no crees?

Sonsoles no da crédito al comentario de Bea y lo deja correr.

—Te animo a que sigas con tu terapia. Tenemos que aprender a vivir con nuestras experiencias y nuestros dolores, con nuestros miedos y decepciones.

»Espero que poco a poco te des cuenta de que lo más importante que tienes que hacer es perdonarlos por el daño que te hayan podido causar y serás libre para vivir tu propia vida. Perdónalos y perdónate. No hagas como papá, no agrandes la lista de los errores de los demás y no te la eches sobre las espaldas y los saques a cada momento para recordarle a tu entorno lo imperfecto que es. Mira a tu alrededor, tienes algunos espejos donde mirarte si lo haces con el corazón. Y no precisamente muy lejos de esta casa.

Bea y Sonsoles vuelven al salón. Sonsoles le guiña un ojo a Gonzalo, se le acerca por detrás y lo besa en la mejilla rodeándole con sus brazos los hombros y el pecho. Gonzalo le coge las manos y le agradece el gesto besándoselas. Ella sabe mejor que nadie la pérdida que supone para Gonzalo. Es el más sensible de todos. De los cuatro hermanos, el más apegado a ella. Gonzalo ha perdido mucho más que a una madre. Ha perdido a una amiga, una consejera, un ejemplo de vida. Ha perdido a la mujer de su vida.

Mario se queda en casa. Yo estoy más tranquila si él vigila a mi padre. Nunca se sabe por dónde puede salir, y los niños son muy pequeños como para detenerlo si hiciera alguna tontería. Linda no se enfrentaría a él por nada del mundo. Su carácter no se lo permitiría. El viejo es duro de pelar. Su cuarto está preparado para que pueda descansar tranquilo, Mario lo acompaña para que se ponga cómodo y Linda le coloca en el armario la ropa que ha traído en su maleta, saca el traje de chaqueta que vestirá en el entierro y se lo lleva a la cocina para darle un toque con la plancha de vapor. Lo mismo hace con las chaquetas de los niños y el traje de Mario. Sonsoles y Jacobo también prefieren que Íñigo se quede en casa con Tristán. Mi padre se levanta, coge una de las fotos enmarcadas de mi madre que hay en el salón y se la lleva a su cuarto. Como de costumbre, no pide permiso, se la lleva sin más. Se sienta en la cama, coloca la foto sobre la mesilla de noche y le pide otro *whisky* a Mario, quien le dice que no, que ya se tomarán una copa juntos después de cenar, y se despide de él, entornándole la puerta del cuarto para que pueda descansar. Le pido a Mario que de cuando en cuando se asome al cuarto de mi padre y eche un vistazo, y que cierre la puerta de casa, no vaya a ser que decida largarse sin decir nada a nadie y tengamos un disgusto. Con él nunca se sabe.

Ponemos de nuevo rumbo a la que fue nuestra casa. Salimos en silencio, caminando en procesión las seis manzanas que separan ambas viviendas. Mi hermano y yo somos los últimos en salir. Él es el hijo mayor y yo la pequeña. Estamos muy unidos, siempre hemos sabido que hay algo especial entre nosotros. Le doy la mano y él toma la mía con ternura. Hacemos un esfuerzo, el enésimo esfuerzo por tratar de contener las lágrimas, pero no lo conseguimos. No recuerdo haber visto llorar a mi hermano tanto como ahora. Está roto de dolor. Las lágrimas descienden por sus mejillas a escape libre. Sus ojos son esferas de luz, como dos estrellas fulgurantes de color miel. Sonsoles rodea a Bea por los hombros. Parece estar ida. Absorta en sus pensamientos. No se comunica demasiado con nadie y tampoco expresa lo que siente. Jacobo no suelta la mano de su mujer.

Llegamos con tiempo suficiente. Subimos en el ascensor en dos grupos. A ninguno le apetece subir andando por las escaleras. Angelita nos abre la puerta y nos besa uno por uno. Nos comunica en un tono solemne que aún no ha llegado nadie pero que el teléfono no ha parado de sonar. Me alarga la mano y me entrega una pequeña lista en la que ha ido anotando los nombres de todas las personas que han llamado para dar el pésame. Gonzalo y yo nos sentamos juntos en el sofá. Vistos desde fuera parecemos estar listos para afrontar este momento. Pero no es cierto. Nunca se está preparado para soportar un dolor tan agudo e intenso. Gonzalo se inclina hacia mí apoyando su codo sobre uno de los cojines de seda del sofá y me susurra al oído bajito. «No te separes de mí esta tarde, Álex, temo no estar a la altura». Lo miro emocionada, me encojo de hombros y trato de decirle con gestos y sin hablar que yo tampoco estoy segura de poder estar a la altura. Cada uno ha elegido a su par. Sonsoles protegerá a Bea y yo arroparé a Gonzalo.

Las horas van pasando y vamos encajando la situación. Estamos tristes pero serenos. Son las cuatro y media de la tarde, todo está preparado en el salón de casa. Nuestra madre descansa en su féretro, vestida de color marfil, peinada y maquillada. Incluso en estos momentos, su rostro refleja una serena belleza. Me siento en una silla cerca de ella y la miro en silencio. No quiero que llegue el momento en el que no pueda volver a verla, cuando sean los recuerdos los que suplan su presencia.

Ya no tendremos una cotidianeidad, un día a día, nuestras llamadas del domingo, las tardes de teatro, los paseos por el parque, las cenas de Navidad, las comidas de los jueves. Sus consejos de belleza, nuestras conversaciones sobre la vida y el amor, su calor, su ternura. Ya la extraño. Me siento muy pequeña sentada en este salón que se ha vuelto inmenso. La puerta está entreabierta y puedo ver desde aquí a Gonzalo entretenido, organizando hasta el más pequeño detalle para escapar del momento. En el comedor contiguo, separado por una puerta corredera de madera, se ha preparado la mesa a modo de bufet para ofrecer un tentempié a las visitas. Las coronas de flores que van llegando están repartidas estratégicamente en el *hall* de casa y en la salita de estar. A mi madre no le habría gustado compartir su espacio con ellas. De hecho, las detestaba. En su lugar, y presidiendo su féretro, hay unos hermosos ramos de flores de diferentes tipos y colores y dos pies de bronce con sus respectivos velones, como centinelas velando por el alma de una mujer amada y respetada por tantos y desde hace tanto. Gonzalo los ha encargado especialmente para ella en Camelia, la floristería del barrio, un negocio familiar. Miguel, el dueño, un hombre de casi ochenta años, no paraba de llorar cuando Gonzalo le ha dado la noticia esta mañana. Ha dicho que se encargará de prepararlos personalmente y de acercarlos a casa para despedirse de su querida amiga Blanca. Miguel sentía un cariño muy especial por mi madre. Cada semana, sin faltar una, él o su hijo César se encargaban de llevar a casa varios ramos de flores frescas. Uno de ellos para mi madre, especial y diferente a los demás, casi siempre rosas blancas combinadas con alguna flor menuda de otro color, un segundo para poner en la salita, otro para el comedor, y el cuarto, para el salón. Siempre especiales, siempre diferentes, según las flores de temporada que hubiera.

Dejo descansar a mi madre y vuelvo a la cocina para preguntarle a Angelita si se encuentra bien y si necesita mi ayuda. Está despidiendo a Casilda, la mujer de Mariano, el portero. Me cuenta todas las visitas que han pasado por casa esta mañana. Mariano se ha encargado de que la noticia haya llegado a todos los rincones del barrio. Nines, la costurera, ha enviado un ramo de flores. María, la dueña de la tienda de comestibles de la esquina, se ha acercado para dar el pésame a Angelita, pero no ha querido pasar al salón. Marta y Alicia, las empleadas de la tintorería, también han venido a mediodía. Urbano, el dueño del taller de coches, ha subido a casa y ha hablado con Angelita. Teresa, la dueña de la pastelería, ha enviado unas frutas glaseadas y unas lenguas de gato de chocolate para subirnos el ánimo. Angelita se esfuerza en que no se le olvide un solo nombre. Aurora, la farmacéutica; Úrsula, la masajista; Braulio, el zapatero; Carlos, el encargado del herbolario; Christian, de la vinoteca; Raúl, el fontanero, y su socio Armandito, el electricista; Carola, la de la mercería; Susana, la peluquera, quien se ha encargado de prepararla en su último día. Todo el barrio ha desfilado por esta casa para presentar sus respetos. La semana que viene me ocuparé personalmente de agradecerles a todos sus muestras de cariño. Poco a poco van llegando amigos y conocidos. Gonzalo, en un alarde de valentía y entereza, como cabeza visible de la familia es quien va recibiendo a los clientes de la galería, amigos, pintores, artistas, periodistas, haciendo las presentaciones oportunas a cada uno de nosotros. El tío Alfonso y la tía Irene, los hermanos trillizos de mamá, acaban de llegar. Alfonso vive retirado en San Sebastián, e Irene, en Fuenterrabía. Están deshechos y a duras penas consiguen contener las lágrimas. Los dos son viudos, y aunque se les notan los años, su aspecto es inmejorable, a pesar de la tristeza que reflejan sus ojos. A lo largo de la tarde, la casa se ha llenado de gente. Somos más de doscientas personas. Gonzalo, que había previsto la cantidad de gente que vendría, ha contratado a unas camareras que están a las órdenes de Angelita para poder atendernos a todos. Los hermanos de mi padre también han llegado. Son prudentes y extremadamente respetuosos. Ninguno pregunta si mi padre va a venir. Apenas tienen relación entre ellos. Están seguros de que estaremos gestionándolo con habilidad. Agradecemos su cariño y su discreción. No quiero ni pensar lo emotivo y multitudinario que va a ser el funeral. Seguro que ahora mi madre está viéndonos desde otra esfera, en otra dimensión, recreándose en el poder de convocatoria que sigue teniendo, orgullosa del cariño sincero que todos le profesan. «Algo habremos hecho bien», solía decirnos cuando alguien anónimo la paraba por la calle y la saludaba o le agradecía su ayuda. Nunca nos decía qué hacía, ni a quién ayudaba, ni porqué. Hacía y deshacía a su antojo sin dar ninguna explicación. Obviamente el porqué era un asunto que solo competía a su conciencia, orquestado por su extrema generosidad. Si hay algo que sus admiradores ensalzaban de su carácter era la capacidad que tenía de demostrar su afecto y el respeto con el que trataba a todo el mundo, independientemente de su raza o condición. «Hay bichos de todo pelaje por el mundo, pero detrás de las capas de piel que nos diferencian, somos todos iguales, como ratones desnudos», acostumbraba a decir.

Para mi madre, todo el mundo tenía algo positivo que aportar, incluso cuando no lo hacían, los justificaba sin juzgarlos. Tenía un punto *naïf,* una perspectiva sobre el ser humano carente de todo prejuicio, como las escenas bucólicas que recreaba en sus acuarelas, con personajes orondos, llenos de alegría, rebosantes de felicidad. Recreaba la belleza dentro y fuera de sus cuadros con una habilidad inusual.

A las doce en punto de la noche, la hora de Cenicienta, hemos dejado de recibir gente. Tampoco pensamos que tenga ningún sentido pasar la noche en vela junto a su cuerpo inerte. Hemos pasado los cuatro hermanos a despedirnos de ella y hemos cerrado la tapa de su ataúd. De madrugada habrán pasado veinticuatro horas de su muerte. Es el momento de despedirnos de su cuerpo porque su espíritu ya no vive en él. Ella ya no está aquí y no le habría gustado que nos quedásemos ni un segundo más de lo estrictamente necesario. «Hay que saber cuándo retirarse», solía decirnos. Querrá que estemos presentables, con la mejor cara posible para el entierro. Decidimos marcharnos dejando a Angelita a cargo de todo lo que queda por recoger junto con las chicas de apoyo, que son como un ejército de termitas. Nos marchamos tranquilos sabiendo que ella queda al mando. La abrazamos uno por uno, con el agradecimiento y el cariño de siempre. Angelita ha sido desde nuestra infancia como una segunda madre.

Una vez en la calle, llamo a Mario para preguntarle cómo ha ido todo. Está terminando de ver una película con los niños. Mi padre no ha querido cenar. No ha salido de su cuarto pero parece que se encuentra bien. Eso sí, no ha perdonado la copa de *whisky* prometido por Mario, que no ha sido uno, sino tres. Bea se va a su casa en un taxi, no quiere que la acerquemos. Jacobo y Sonsoles se van a la suya en coche. Gonzalo se queda conmigo y me propone tomar una copa de vino en Terryble en honor a nuestra madre. No quiero que mi hermano esté solo en una noche como esta y acepto su invitación. Ninguno de los dos queremos estar solos cuando amanezca. Mañana será otro día, quizá no tan doloroso como este, pero igualmente triste. Siento que he envejecido cinco años de golpe, me miro en el espejito que llevo en el bolso. La imagen que devuelve es una fotografía en blanco y negro. Gonzalo me mira y me dice sonriendo: «No te mires, Álex, estás hecha un desastre». Los dos sonreímos con un gesto ambiguo que se queda a medio camino entre un intento de sonrisa frustrada y una mueca taciturna. Al llegar a Terryble, Marcel sale a nuestro encuentro. Abraza a Gonzalo en una esquina de la entrada, un lugar discreto e íntimo tapado por unas enormes cortinas de terciopelo rojo. Gonzalo se deshace en un mar de lágrimas. Parece como si al llegar a su territorio, al entrar en su guarida, toda su fuerza, toda su hombría, se hubieran roto en mil pedazos. Sin coraza, sin la obligación de parecer entero, llora desconsolado en los brazos de su mejor amigo. Marcel me mira por encima del hombro de Gonzalo, compungido por la pena, conteniendo con un esfuerzo titánico su emocionalidad para darnos soporte a mí y a mi hermano.

Pasados unos minutos, se separa de él, se seca las lágrimas de espaldas a nosotros, se acerca a mí y me abraza con ternura infinita. Después de ofrecerme su pañuelo y cerciorarse de que ya no moqueamos y podemos pasar a la sala con cierta dignidad, nos acompaña a la mesa de Gonzalo, la más discreta de todo el local, el lugar donde siempre cenaba con mi madre y donde cierra sus negocios. Siempre ha dicho que le da suerte y nunca la utiliza para los clientes. Marcel nos acomoda y vuelve con una botella de champán y tres copas. Acerca una silla y se sienta junto a nosotros, llena nuestra copas, y tomando la iniciativa, dice: «Por ti, Blanca. Eres una mujer divina y te mereces la mejor de nuestras sonrisas. Por vosotros, mis amigos, y por la vida. Vivámosla como ella. Sigamos su ejemplo». Las palabras de Marcel nos dejan boquiabiertos y nos insuflan la dosis de alegría y esperanza que necesitamos para no dejarnos arrastrar por la pena. Marcel es el mejor amigo posible para Gonzalo. Conocía muy bien a mi madre y tiene fama de ser una gran persona, honesta y leal. En ese instante, comienza a sonar la canción

Lágrimas negras, interpretada por Compay Segundo. La escuchamos en silencio, esta vez sin derramar una sola lágrima. Conseguimos relajarnos recordando anécdotas de nuestra madre. Algunas nos hacen reír, y otras, llorar, cara a cara, en un mano a mano agridulce que nos ayuda a rebajar la tensión acumulada durante todo el día.

Al llegar a casa, después de comprobar cuarto por cuarto que todos duermen, me acerco al de Tristán y lo beso en la mejilla. No está dormido del todo. Me estaba esperando. «Lo siento mucho, mamá, por ti y por todos nosotros. Era mi única abuela y la mejor que uno podría soñar», me dice mientras solloza como un niño pequeño, hasta que se queda dormido entre mis brazos y yo con él, hasta que las primeras luces del amanecer me devuelven a la realidad de un nuevo día que hay que afrontar.

13
El consuelo de Hugo

Vuelve a ser lunes, han pasado dos semanas desde nuestro último encuentro y unos cuantos días tristes desde la muerte de mamá. Hugo me recibe, como siempre, con un apretón de manos. Es muy profesional, entiendo que no puede traspasar la barrera que hay entre médico y paciente. Me habría gustado que hubiera hecho una excepción pero debo recordarme a mí misma que no somos amigos. Hemos compartidos menos de cien minutos y ya me creo con derecho a intimar. He venido a la consulta por disciplina, no porque tenga ganas de hablar de nada con él. Ni con él ni con nadie. He ido a la agencia por pura responsabilidad y por higiene mental, pero no por gusto.

Me siento como una cámara de fotos desenfocada. Soy una muñeca de trapo a la que le han arrancado el corazón de fieltro cosido con un cabo de lana color rojo, prendido al pecho con grandes puntadas desiguales por las que se escapa el relleno de algodón que conforma su interior. Siento un pesar profundo y hueco, un desánimo que no va con mi carácter y que no logro sacarme de dentro. Voy al tran como una mulilla que había en la dehesa, *Sultana*, una mula vieja, fuerte y resistente a pesar de sus finas pezuñas y los miles de trabajos a los que fue sometida durante más de veinte años. La mula que tiraba del carro en el que se cargaban las ramas más finas de encina recién podada, los sacos de patatas, las herramientas, los arreos de los caballos, las garrafas de aceite y miel. La mula que seguía su ritmo, terca como corresponde a las de su condición, huesuda, mal encarada y de poco fiar, ajena a las voces y los varazos de su amo, acostumbrada al castigo físico y resignada a su vida de bestia utilitaria.

Así me siento yo, tirando de un carro de grandes ruedas, hecho de maderas viejas remachadas una y otra vez con clavos de quinta mano. Tirando con mucho esfuerzo de una carga demasiado pesada para estas viejas patas. Un enano interior me espolea haciendo restallar su látigo contra mi lomo malherido, que se resiente. Sigo como la mulilla que soy. Voy tirando como puedo, hago mi camino con la vista puesta al frente, sin bajar del todo la guardia, no vaya a ser que me despiste y me vuelvan a arrear.

—Hola, Alejandra, me alegra que hayas venido. Siento mucho la muerte de tu madre. ¿Cómo te encuentras?

—Como un trapo, Hugo, qué quieres que te diga. No sé cómo he venido, estoy triste y desanimada. Lo he hecho por pura disciplina, no te voy a engañar.

—Te lo agradezco y me pongo en tu lugar.

En esta ocasión es Hugo quien lidera la conversación. Me cuenta lo que ya sé. Me habla del proceso de duelo, que tiene una duración indefinida según los casos. En principio, el primer trago tarda en pasar unos tres meses. Después vienen dos años duros y luego empieza la recuperación. En cada persona es diferente, depende de varios factores: la unión con el ser querido, que en mi caso es total; de si la muerte ha sido repentina, en mi caso, brutalmente repentina; de la capacidad de adaptación a la ausencia... Lo escucho y siento que me queda todo por hacer. Y todo ello aderezado con un cóctel de sentimientos entremezclados. Impotencia, culpa, fatiga, confusión. Se olvida mencionar la rabia, que en mi caso también es intensa. Y la pena. Por lo que deduzco, y no hay que ser Einstein para darse cuenta, es que lo que me queda por delante es ni más ni menos que la travesía del desierto, hasta que pueda encontrar un poco de paz. Y no sé bien qué desierto será, uno bien grande, el más grande que haya conocido hasta ahora. Uno como para entrar y no salir vivo de él, enorme, árido, extenso, arenoso, caluroso, seco, despoblado, con escasa fauna y flora reducidas a la mínima expresión. Un desierto abrasador. O por el contrario, un desierto frío, un pasar por la Antártida en el polo Sur con agua, mucha agua, de lo que carece el primer desierto, cambiando calor por frío, un frío gélido y matador. Sin fauna, sin flora, gris, extenso, solitario y triste. Cualquiera de las dos opciones me resulta desoladora. Eso sí, pasarlo, lo tengo que pasar.

Hugo abunda en otras variables menos genéricas, creo que quiere ir enfocando el tema: lo escucho pero no me animo a intervenir aún. Ahora hablamos de las armas que se necesitan para atravesar tanto las tierras de fuego como las llanuras de hielo. La fuerza interior de cada persona, la capacidad de asumir la pérdida, de interiorizar la muerte como un proceso natural de la vida al que todos irremediablemente tenemos que llegar. La valentía para encarar la vida de nuevo. La inteligencia para diferenciar lo que no se puede cambiar de lo que sí se puede. Todo está muy bien. El repaso del índice del libro del duelo es correctísimo, pero me siento como un lobo acosado y me rebelo contra mi realidad.

No es solo una pérdida al uso, es un caso sin cerrar, una herida que sangra, una luz encendida en un cuarto cerrado con llave. La amargura y la furia no son buenas compañeras de camino. ¡Y yo que decía que no tenía motivos para hacer el Camino de Santiago! Basta que digas de esta agua no beberé para que te lluevan jarros.

—Sí, sé cómo va. He leído sobre ello. La teoría me la sé. Y aunque mi madre no era precisamente una mujer joven, el agravante de haber sido una muerte repentina me ha pillado fuera de juego.

—Todo eso ya lo sé, Hugo, pero lo que a mí me queda es un abismo negro y oscuro sin fin que me corroe por dentro. Lo noto físicamente, se me seca la garganta, tengo trastornos de sueño, no tengo ganas de hacer nada de lo que hacía antes. Estoy siendo un espectador enfermo de mi propia vida y no me gusta. No me gusto yo y tampoco lo que está sucediendo. No me gusta lo que tengo ni lo que está por llegar. Me he tirado por un precipicio y estoy cayendo al vacío. Soy en mí misma una especie de pena líquida que se siente cómo cae. (Paro de hablarle y respiro. No quiero llorar).Tengo que llenar el vacío, pero ¿con qué? Porque por encima de todo, a una madre no se la sustituye así como así. La necesito en este momento de mi vida. La necesito cerca, la quiero viva. Y me frustra no poder tenerla. Estoy enfadada con la vida, con ese Dios que se supone que existe. He olvidado porqué empecé a venir a estas sesiones. Todo lo que sentía hace unas semanas es tan etéreo comparado con lo que me ocurre ahora... Me doy cuenta de que aquellos problemas, hoy no tienen la más mínima urgencia o relevancia para mí. Ella lo ocupa todo. Se me puede sintonizar en el canal UHF, en blanco y negro, casi gris. La echo mucho de menos, Hugo, me duele su muerte.

Se me saltan las lágrimas. Acerco el bolso que está en el lado de siempre, a mi derecha, lo pongo sobre mis piernas y rebusco entre las cosas que llevo para coger un pañuelo. Es un pañuelo rosa de lino, ribeteado en blanco con mis iniciales bordadas, A.T. Los tengo en varios tonos diferentes. Son un regalo de mi madre por el día de mi santo. En casa nos gusta celebrar los santos, otra buena costumbre familiar. Me seco las lágrimas y respiro apartándome un mechón de pelo de la cara. Me sueno lo más discretamente que puedo, me echo el pelo hacia atrás y me recompongo en el sillón. Hugo espera pacientemente y me ofrece un vaso de agua. Se lo agradezco pero no me apetece beber nada. Acomodo de nuevo el bolso a un lado del sillón.

—Lo siento, Hugo, podemos continuar. No tenía que haber venido hoy, estoy hecha polvo.

—No tienes porqué disculparte, Alejandra, aquí puedes estar como te pida el cuerpo. No tienes que forzar nada. Llorar es muy sano, y más en estos momentos. No eres mejor ni más fuerte por no hacerlo. Cuéntame cómo están tu hijo y tu familia.

Respiro hondo. Vuelvo a tener ganas de llorar pero me controlo; no me da la gana de pasarme la sesión llorando a moco tendido. Me sale la vena Terry.

—Si te digo la verdad, nadie se hace a la idea. Estamos tristes. Cada uno lo lleva como puede.

»Mi hermano Gonzalo es el que peor está. Ahora se ha ido a París para cambiar un poco de aires. Necesita a Philippe más que nunca en estos momentos. Volverán juntos el jueves que viene para asistir al funeral y regresarán a París tan pronto como puedan. Hemos decidido que se celebre lo más pronto posible para no tener que posponerlo hasta septiembre. Te parecerá una broma pero mi madre siempre decía que la muerte nunca viene bien a nadie, excepto para el que se va, y mucho menos si te pilla en verano. Siempre tuvo un gran sentido del humor. Mi hermana Sonsoles es la más fuerte, tiene recursos, por algo es psicóloga. Jacobo es un ejemplo de entereza y un gran apoyo para ella y para todos. Mi hermana Bea parece que está bien. Según me cuenta Sonsoles, está volcada en su hija Marina y en sus clases de ballet. Tan impenetrable y poco comunicativa como suele.

»Tristán está bien, es un niño que ha demostrado ser, emocionalmente, más fuerte de lo que yo creía. Me ha sorprendido su entereza y su inteligencia a la hora de gestionar las emociones. Hablamos mucho de su abuela, y para él, ser el responsable y dueño de *Perla* no es solo un honor, sino una manera de continuar haciendo lo que antes hacían juntos. Al final, queramos o no, todas estas cosas te curten y te hacen madurar. Lo veo mejor estas últimas semanas, más cercano, más cariñoso, incluso, más ordenado. Tiene la cabeza en el próximo curso fuera de España y en el verano con su primo Íñigo. Al final vamos a pasar un par de semanas en casa de mi hermana. Estar juntos en familia nos vendrá bien a todos. Gonzalo quizá nos haga una visita. Bea, no lo creo; va por libre, prefiere el calor del Sur.

»Mi padre estará en La Umbría, dice que no quiere ir a casa de mi hermana. La muerte de mi madre le ha afectado más de lo que habíamos imaginado. Los niños dicen que el abuelo pasa mucho rato en la biblioteca y que no está muy hablador. Estaré también unos días con él cuando volvamos de San Sebastián. Quizá intente convencerlo para que nos acompañe, pero es muy testarudo: cuando dice que no es no y cuando dice sí es un tal vez. Aunque por otra parte, no creo que sea muy conveniente que venga y nos oiga hablar de mi madre. Tristán me ha dicho que ha sacado las fotos de la abuela de un viejo álbum de cuando eran jóvenes y las ha puesto sobre su mesa de escritorio en la biblioteca. Nunca he visto una fotografía de mi madre o de los dos en la dehesa. Es como si ella no hubiese existido desde que se separaron, y mira que ha llovido desde entonces.

»No me cabe la menor duda de que a mi padre le han quedado temas sin resolver respecto a su relación con mi madre. Han quedado cosas por decir, perdones que pedir, heridas que cerrar. Ahora ya es tarde y debe de estar arrepintiéndose de algo o de todo. Desde que pasó lo de Patricio, los pocos puentes tendidos que les quedaban fueron dinamitados. Él los hizo saltar por los aires provocando un daño irreparable y un profundo dolor en mi madre que no solo no ha podido ser curado, sino que se ha llevado intacto a la tumba. Es una pena pero es un tema tabú que no se puede ni mencionar. Sonsoles es la única persona de la familia con quien se ha sincerado. Pero eso queda entre ellos; ella es muy respetuosa y no nos ha comentado nada al respecto. Debe de estar arrepentido y avergonzado, o eso me gustaría creer. Es difícil convivir con la certeza de que tu padre es un animal que se comporta como tal hasta el punto de ser capaz de herir a otros e incluso de llegar a matar. Eso es algo que siempre he tenido claro. Pocas bromas con Beltrán Terry, es un tipo de armas tomar.

»Y de Mario, no sabría decirte. Se ha portado muy bien con todo este tema, no ha podido estar más atento y discreto. Supongo que este verano se irá a Marbella a casa de unos amigos, como tenía pensado hacer, y de paso, visitará a sus padres, que viven en Málaga. Quizá nos haga una visita en algún momento. Si te soy sincera, no creo que lleguemos mucho más allá de diciembre; estoy decidida a acabar con esta pantomima en cuanto recupere mi equilibrio. Este momento nuestro es como la vida útil de los yogures; los compras en perfecto estado, sabes que tienes tiempo para disfrutarlos, miras la fecha de caducidad y piensas: qué bien, todavía aguantan, tengo tiempo de sobra para comérmelos. Un día te das cuenta de que han caducado pero no los tiras, los dejas en la nevera de nuevo mientras el tiempo va pasando. Los vas cambiando de sitio y te los guardas para ti, no se los das a nadie para que se los coma, el riesgo lo asumes solo tú. Y ahí se quedan, te los reservas ordenados en un rincón del segundo estante de la nevera, ligeramente separados del resto. El tiempo sigue pasando y te los vas comiendo por no tirarlos, plenamente consciente de que están fuera de fecha. Hasta que llega un día en el que tienes que deshacerte de ellos porque están fermentados, se han agriado de tal manera que solamente el olor que despiden te tira para atrás, te asquea. Eres consciente del proceso de caducidad de los yogures desde que los compras pero hasta que no se han podrido del todo, no eres capaz de tirarlos. Eso somos Mario y yo: un *pack* de dos yogures caducados.

Hugo se sonríe y anota algo en su agenda. Pocas veces lo hace, pero cuando esto ocurre, pienso que me puntúa y tengo la sensación de que voy avanzando. No me divierte ser objeto de observación pero sé que va en el lote. Tiene todo el derecho del mundo a anotar lo que considere, para eso estamos aquí. Seguro que lo que yo creo que él piensa no tiene nada que ver con la realidad. Me sorprendo metiéndome en la mente del superpsiquiatra y me río de mí misma por dentro por intentar picar tan alto. Sigo pensando que me gustaría conocerlo de verdad. Creo que llegaríamos a ser buenos amigos.

—Buena metáfora, Alejandra. Estás haciendo que las piezas del rompecabezas vayan encajando en los huecos que les corresponde sin forzarlas.

Por un instante me he sonreído yo también. Si no fuera por el sentido del humor que he heredado de mi madre, no podría afrontar este momento de mi vida. Me pesa. Me vuelve a pesar vivir como cuando me encontré sola con Tristán, teniendo que hacer de tripas corazón, obligándome a sacarlo adelante por mí misma, con toda la ayuda del mundo pero sintiéndome sola, sin lamentos, sin rencores, sin echar la vista atrás. La muerte de mi madre revuelve los fantasmas de mi vida. He vuelto a soñar con

Bosco. He tenido pesadillas con Tristán. Creía que lo tenía superado. Supongo que se me pasará y todo volverá a estar en el lugar que le corresponde.

Y lo voy a conseguir, voy a poner en orden mi vida. No pasa nada, y como siempre decía mamá: «Por mucho que pase, y mira que pasan cosas, por mucho que pase, Alejandra, no pasa nada. La vida te va poniendo obstáculos y tu obligación con la vida es ir saltándolos. A veces te pararás, otras te caerás, pero al final, lo que importa es que los vayas saltando y puedas llegar hasta el final». Mi madre solía decir cosas como esta. No nos daba soluciones, que habría sido lo más fácil para ella. Nos hacía reflexionar sobre las cosas importantes de la vida, era una artista en poner ejemplos aunque a veces su fórmula no funcionase del todo para sí misma.

Le pregunto a Hugo cuánto rato nos queda para que termine la sesión. Me confirma que quedan más o menos cuatro minutos. Me sonrío y pienso de qué podríamos hablar en este rato. Me sorprende haciéndome dos preguntas en una. No suele hacerlo y me gusta su iniciativa. A veces tengo la sensación de ser una especie de papagayo que vomita sus miserias en una escupidera profesional.

—¿Puedes decirme qué amas y qué odias?

—¡Vaya momento que has elegido! —le digo. Me quedo en silencio unos segundos y respondo lo primero que me viene a la mente.

—Amo la luz del sol. El sonido de las olas. El olor a jazmín, a azahar y a hierbabuena. Las rosas blancas, los magnolios en flor y los tamarindos. Amo a la gente franca que va de frente. Los paseos a caballo al atardecer. Una copa de buen vino y el queso con anchoas. Ir al cine, aplaudir en el teatro, la danza contemporánea y el ballet clásico. Las cartas de amor, aunque nadie me las escribe. Las conversaciones con mi madre. La creatividad. La risa de Tristán. Las personas ingeniosas. La lealtad. Un buen masaje en los pies. La naturalidad. Amo mi profesión. Las noches de luna llena. El duende del flamenco. El silencio. Una tarde de lectura debajo de una manta. El crepitar de la leña en la chimenea. Amo a mis amigos. El olor que desprenden las matas de tomates. El sonido de las sábanas de hilo. El trabajo bien hecho. Las *suites* para violonchelo de Bach. El sentido del humor. La ropa bien planchada. El olor de la tierra mojada después de una tormenta. El ulular de las lechuzas. Una taza de té. Y...

—Odio la mentira y las medias verdades. La falta de educación. La dependencia de cosas o personas. La falta de delicadeza. Odio la agresividad y la apatía. Una mesa mal puesta. La pereza. El desorden. Las apariencias. Que me examinen. Odio a la gente que grita. A los maltratadores. Odio que decidan por mí. Trasnochar. Odio mi lado cobarde. La vulgaridad de la televisión... Realmente no siento que odie de veras, Hugo, solo siento disgusto y rechazo.

—¡Excelente! Hemos terminado por hoy. Si te parece, nos vemos la próxima semana.

—Sí, claro. Me da la sensación de que estos son los cuatro minutos mejor aprovechados de mi vida.

Le sonrío, nos damos la mano de nuevo y nos deseamos una buena semana. Hugo tiene algo en la mirada que reconforta. No es una mirada especialmente cálida pero es tan directa y serena que transmite fuerza y ánimo. Nunca le estaré a Alma lo suficientemente agradecida por insistirme para que me tratase con él. Me voy rumiando sobre mis filias y mis fobias mientras espero el ascensor. Salgo a la calle y camino hacia la moto, creo que voy a tomarme el pincho de tortilla y la caña de rigor antes de regresar a la oficina. Respiro profundamente. Me siento mejor. Miro al cielo, que está completamente despejado, y pido un deseo. Cierro los ojos con fuerza y le pido a mi madre que nos proteja desde dondequiera que esté. La siento dentro de mí. Sé que no se ha ido del todo. Sí físicamente, pero su alma y su energía siguen conmigo. De pronto oigo el sonido de un claxon. Es Alma. Me ha estado llamando para decirme que se encontraba por la zona por si al salir me apetecía picar algo. Qué bien, me alegro tanto de verla... Es lo que más podría apetecerme: charlar con ella después de la sesión con Hugo. Alma encuentra un hueco donde aparcar en la misma calle y decidimos ir caminando hasta José Luis. Creo que voy a cambiar la caña por una copa de vino para brindar por mi psico. Es un gran tipo, tengo mucho que agradecerle. Alma se baja del coche, quita del parabrisas una multa que le han puesto y la deja en el salpicadero sobre un montón de multas viejas.

—¿A qué viene esa cara de chiste? ¿Sabes por qué las pongo unas encima de otras?

—Sí, para que los policías municipales las vean y se apiaden de ti.

—¡*Ten points*! ¡Chica lista!

—¿Y te funciona?

—Estoy convencida. ¿Cómo van a multar a una persona que tiene más de veinte? Seguro que alguno se habrá apiadado de mí, y sino, por lo menos me divierto.

Alma pertenece a la tribu de las mujeres que piensan que con una sonrisa, empatía y buena voluntad todo es posible. Yo soy la presidenta de su club de fans. Ella hace que las cosas fluyan porque cree en ellas y les infunde enormes dosis de energía positiva que es tremendamente contagiosa. Tiene sorprendentes efectos multiplicadores. Contar con Alma en estos momentos duros es un bálsamo para mí.

Se nos acerca una niña gitana a la mesa para echarnos la buena ventura. Alma la corta en seco y le da dinero para que nos deje sobre la mesa dos ramitas de romero y nos deje en paz. Esta vez no ha utilizado su empatía. Ha preferido atajar la situación de raíz, seguramente porque quería evitarme el trago de que la niña pudiera decir algo inconveniente sobre mi familia, del mal de ojo, de las envidias del entorno, de la muerte, de las enfermedades que nos acechan y todas esas zarandajas que sueltan las de su raza para conseguir unas monedas. Me siento protegida por ella. Es una buena persona y una gran amiga. Charlamos de temas de la agencia, comemos y volvemos a la oficina, ella en su coche y yo en mi moto. En los semáforos toca el claxon para llamar mi atención y me saluda con la mano, como si hiciera tiempo que no nos vemos, como si fuera una niña pequeña. Alma tiene esa parte infantil que la hace especial.

14
La carta

Volver a casa es siempre volver a la infancia. La luz del sol de la mañana entrando por las rendijas de las persianas medio entornadas, el olor a tostadas, las carreras por el pasillo, el crujir del suelo de madera, la música sonando a todas horas, el murmullo de la radio con las noticias de la cadena Ser. El olor a jazmín, a café recién hecho y a ropa limpia. Las meriendas en la sala de estar. El innegociable beso de buenas noches. Hoy más que nunca, se agolpan los recuerdos. Se suceden unos detrás de otros, montados en los infinitos vagones de mi propia montaña rusa emocional. Son recuerdos felices. La familia menos uno. Nos hemos quedado solos. Esta sensación de orfandad no tiene edad ni fecha de caducidad. Me resulta difícil volver a esta casa. Me cuesta subir en el ascensor de madera antiguo y volver a sentarme en el pequeño banco de terciopelo burdeos, pulsar el botón negro y dorado del número seis y escuchar el chirrido de la puerta de hierro corredera, que nunca terminan de engrasar. Me cuesta llamar a la puerta; se me hace cuesta arriba entrar en casa.

Por unos instantes no llamo al timbre. Me quedo quieta, hipnotizada, mirando fijamente la mirilla de la puerta, sabiendo que ella no estará mirándome desde el otro lado. Tampoco nadie preguntará quién soy. Se ha apagado la luz del descansillo. Me quedo a oscuras y en silencio. La luz matizada del patio interior entra por las vidrieras de colores de la escalera. No se oye nada, no huele a café recién hecho. No me atrevo a llamar. Soy parte de este silencio mudo. Temo la omnipresencia de su ausencia; debería estar prohibido quedarse huérfano. Me viene a la memoria la voz de mi madre declamando la última parte del poema de Rafael de León: «A mi madre del alma, la quiero desde la cuna. Por Dios, no me la avasalles, que madre no hay más que una y a ti te encontré en la calle». Nunca oí a nadie faltarle al respeto a mi madre. No era una opción. Había que emplearse muy a fondo para poder discutir con ella. Otra cosa muy diferente era que ella estuviera de acuerdo contigo, pero nunca se expresaba con violencia. Tenía un autocontrol férreo y una generosidad incomparable en el trato. El tono de voz en casa no se elevaba bajo ningún concepto. Mi madre era muy sensible a los tonos y a los gestos, y no permitía en su presencia las discusiones entre hermanos. «Si os vais a despellejar como unos arrabaleros cualquiera, ya sabéis dónde hay que hacerlo. A ladrar a un cerro», solía decir.

Llamo. El sonido largo y agudo de los timbres de las casas de antes resuena por toda la casa. Oigo los pasos lentos de Angelita acercándose por el pasillo que lleva hasta la entrada. La saludo y la abrazo. Me alegra mucho verla. Está vestida con una falda negra larga y una blusa de jaretas plisadas de color crudo. No la había vuelto a ver desde el funeral. La casa está exactamente igual que el día en que murió mi madre. Sigue oliendo a ella. Inspiro profunda y lentamente su aroma, que entra por mis alveolos agitando el ritmo de la sangre que bombea mi corazón excitado. Angelita me ha citado para hablar conmigo. Me ofrece un té y unos sándwiches de berros que sabe que me encantan. Nos sentamos en la sala de estar y hablamos de sus planes para el verano. Me cuenta que va a volver a su pueblo a mediados de agosto, y en cuanto decidamos qué hacer con las cosas personales de mi madre, se irá a vivir allí definitivamente. Le digo que no creo que hagamos nada antes de septiembre y se ofrece para ayudarnos en todo lo que necesitemos. Después de más de cincuenta años viviendo con nosotros, Angelita vuelve al pueblo que la vio nacer. A su casa en Brihuega, en la provincia de Guadalajara, con apenas dos mil vecinos, la mayoría como ella, ya mayores. Vuelve con la misma maleta con la que llegó a casa de mi madre y una vida entera entregada a una familia que siempre la ha querido y respetado. Angelita, a la que llamábamos cariñosamente *Tita* cuando éramos pequeños, ha sido una segunda madre para nosotros, incluso para Tristán, que disfrutó de ella durante sus primeros cinco años. La sombra del ciprés Angelita siempre fue alargada. Recuerdo que con mis doce años bien cumplidos, seguía aleccionándome, arrodillada delante de la bañera, sobre cómo había que lavarse bien detrás de las orejas, mientras me frotaba suavemente la espalda y los brazos con la esponja amarilla natural y una pastilla de jabón Lux, que no le gustaba demasiado a mi piel. Angelita fue siempre discreta, observadora y comprensiva. Sin opinión sobre las cosas importantes de la vida pero con la sabiduría natural de la gente criada en el campo. Ella fue parte indivisible de nuestra infancia, una más de la familia. Algunas veces tarareo las nanas que solo ella sabía cantarnos antes de dormir y que yo he cantado a Tristán tantas y tantas veces al acunarlo de bebé. Angelita ha sido consuelo y refugio de todos nosotros en los momentos más difíciles de nuestras vidas. Estuvo casada, pero con dieciocho años cogió las maletas y se fue de su casa. Al parecer, su marido le había sido infiel con una de sus hermanas; los había pillado infraganti y desapareció.

Su marido hizo lo imposible por hacerla volver. Se disculpó, se arrastró, se humilló, se postró a sus pies en el portal de casa, e incluso escribió varias cartas a mi madre implorándole su ayuda. Sin embargo, Angelita ni se ablandó ni lo perdonó. Nunca volvió con su marido. Se llamaba Armando Reyes y tenía un negocio textil que atendía a varios comercios en Guadalajara. Armando murió unos años atrás y Angelita heredó la casa familiar y un buen dinero. No hubo otra mujer en la vida de Armando y no tuvo hijos.

Ahora, Angelita ha decidido volver a su casa de piedra al lado de la Iglesia de San Felipe y pasar el resto de sus días cerca de los suyos. Le queda una hermana viva de las dos que tenía, la hermana desleal con la que no tiene apenas relación, y varios sobrinos que aunque ya no viven en el pueblo, suelen ir con frecuencia a pasar los fines de semana. Ahora que Angelita vuelve a su casa, y mientras esperamos la lectura del testamento para decidir qué hacer y cómo repartirnos la herencia de mi madre, volver a esta casa sin estar ella se me hace muy cuesta arriba.

La casa ha quedado en una especie de estado de hibernación, esperando aletargada su desmembramiento físico y definitivo. Angelita me ha llamado para hablar conmigo de su marcha, no tiene ningún sentido que prolongue por más tiempo su estancia en casa. Nos ha visto abandonar el nido uno por uno, ya no queda nadie a quien cuidar, ni siquiera *Perla*, que ya se ha adaptado a vivir con nosotros en una octava parte del espacio al que está acostumbrada.

En un momento dado de la conversación, Angelita me agarra la mano con fuerza, con los ojos llenos de lágrimas, la voz temblorosa y me dice:

—Alejandra, hay algo que quería decirte antes de que decidáis qué hacer con las cosas de tu madre. Sé que los temas de las herencias llevan su tiempo pero hay otras cosas que no pueden esperar.

—Angelita, ¿te encuentras bien?

—Sí, corazón mío, es que la vida es muy revoltosa y a veces juega con nosotros.

—Tú dirás. No tengas miedo de decirme lo que sea. A estas alturas de nuestras vidas, no creo que haya nada de lo que tú y yo no podamos hablar. ¿Por qué te has puesto triste? ¿Es por mamá?

—Sí, es por ella y también por ti. La vida no ha sido fácil para tu madre, Alejandra. Ha tenido que beber muchos tragos amargos, y bien sabe Dios el enorme sacrificio que fue vivir con tu padre cuando tus hermanos eran pequeños. Y perdóname que te hable así, mi niña; tú sabes que lo respeto, pero las cosas pasan porque tienen que pasar, y tu madre tuvo que superar algunas pruebas.

—Angelita, lo sé. Mi padre ha sido una fuente de sufrimiento constante para mi madre y para todos nosotros. Por fin se ha liberado de su sombra, y ahora que él ya está en horas bajas, para nosotros, tratarlo resulta más llevadero que antes.

—Alejandra, en la cómoda del cuarto de tu madre, en el segundo cajón, en el lado derecho, debajo de los camisones de seda, hay un joyero de terciopelo negro cerrado con llave. Todo lo que contiene es para ti y la llave es esta. Tu madre quería habértelo dado en vida pero no le dio tiempo. Coge la llave y ábrelo. No la juzgues y quiérela como siempre la has querido, con toda tu alma. Yo estaré en la cocina por si me necesitas.

Angelita me entrega la diminuta llave plateada en forma de corazón, al más puro estilo Tiffany y la aprieto con fuerza dentro de la palma de mi mano. Se levanta del sofá, pone las tazas y las servilletas de hilo en la bandeja y se va caminando hacia la cocina. Yo no entiendo muy bien lo que está pasando y me desconcierta la solemnidad del momento. Los ojos acuosos de Angelita me inquietan, y la profundidad de sus palabras me hace sospechar que lo que voy a encontrar en ese joyero puede no ser precisamente agradable para mí. Me quedo durante unos segundos desconcertada mirándola marcharse, erguida y a paso lento. En la salita se ha hecho el silencio. Echo un vistazo rápido a mi alrededor, concediéndome unos minutos más antes de ir al cuarto de mi madre, en el que no he vuelto a entrar desde aquella mañana de primeros de julio. Dejo mis cosas sobre el sofá y voy por el pasillo hasta su habitación.

Agarro suavemente el pomo de la puerta y la abro. El sol entra por la ventana iluminando la estancia con delicadeza. Todo está en su sitio. Angelita lo ha dejado como si mi madre fuese a volver esta misma tarde. Sobre el tocador, el jarrón de cristal de Bohemia con un hermoso ramo de rosas, siempre trece y siempre blancas, símbolo de la inocencia y el amor en estado puro. Me dirijo a la cómoda y abro con sumo cuidado el segundo cajón. Debajo de los camisones está el joyero, como Angelita me ha dicho. Lo cojo con las dos manos y lo dejo sobre el buró *art déco* de madera de cerezo y tiradores de marfil, donde a mi madre le gustaba sentarse a escribir. En la intimidad de su cuarto y arrimando la silla victoriana de caoba tapizada en seda y lana en tonos grises y azul aguamarina, me dispongo a abrir el misterioso cofrecillo. Abro el puño y miro la llave unos segundos antes de introducirla en la cerradura, la giro y abro la tapa suavemente con las dos manos. Sobre el fondo tapizado del mismo color negro, encuentro un sobre cerrado con mi nombre caligrafiado y la pluma estilográfica Montblanc de mi madre, una joya de mediados del siglo veinte, de celuloide marmolizado crema y café, con plumín de oro. En el reverso del sobre de papel verjurado, las iniciales B.M. y un sello de lacre color vino burdeos con una flor de lis. Cojo la pluma, la dejo sobre el buró y saco la carta con cuidado, como si fuera a deshacerse entre mis dedos. Abro el primer cajoncito del buró, saco el abrecartas de plata con empuñadura de granate rojo y lo deslizo por la parte de arriba del sobre para no romper el lacre. Saco la carta y la abro con el corazón excitado, galopándome por dentro como un purasangre desbocado. No sé lo que me voy a encontrar, y en vez de abrir la carta con nerviosismo y ansiedad, lo hago como si de un ceremonial se tratase, paso a paso, con respeto, con calma, delicadamente. Al desdoblar las hojas y ver su letra elegante y sofisticada, las lágrimas comienzan a rodar silenciosas por mis mejillas y me detengo para secármelas con uno de los pañuelos que hay en una de las mesillas de noche. Me armo de valor y continúo leyendo sin detenerme hasta el final.

Querida Alejandra, luz de mi vida.

Si estás leyendo estas líneas es porque yo ya no estoy en este mundo. Quiero que sepas cuánto te he querido y lo feliz que me has hecho todos estos años que hemos compartido. He amado mucho a mis hijos pero a ti te he querido de una forma diferente, con el corazón y el alma abiertos de par en par. Eres fruto del amor, Alejandra, niña de mis ojos, alegría de mi vida. No puedo expresarte en toda su intensidad el gozo, la inmensa felicidad que ha sido para mí tenerte y disfrutarte. Siempre quise transmitirte la importancia que tiene amar y ser correspondido. Espero haber estado a la altura y haber sabido demostrártelo como te mereces. Es lo único realmente valioso en esta vida y debes luchar contra viento y marea por conseguirlo.

Como bien sabes, la relación con Beltrán siempre fue dolorosa, nuestros caracteres eran opuestos. Hicimos lo que pudimos en una relación de conveniencia condenada al fracaso desde el principio. Puedo decirte que lo quise pero te mentiría si te dijera que lo amé.

Me habría gustado sincerarme contigo pero no tuve el valor necesario. Infligir dolor a alguien a quien adoro extralimita mi capacidad. No he sido valiente, lo sé y te lo reconozco. No supe cómo hacerlo. Y te preguntarás de qué estoy hablando, querida mía.

No lo alargaré en exceso…

Quiero que sepas que una vez amé con todo mi ser a un hombre con el que no pude tener una vida completa. Era una relación condenada a ser vivida en la clandestinidad y ambos decidimos que, por el bien de todos, debíamos renunciar a nuestro amor. Un amor como el nuestro solo podía ser vivido en libertad y en toda su plenitud. Ese hombre, Alejandra, se llama Marcelo Barbosa Guimaraes y es tu padre.

Sé que en este momento la figura de tu madre se habrá roto en mil pedazos. Por favor, no me odies. Soy consciente de que lo que te acabo de revelar cambiará tu vida para siempre. Te pido perdón por no haberte confiado mi secreto, que ahora es tuyo, y por abrir dentro de ti una brecha de dolor y desasosiego que no te mereces.

Quiero que sepas que te adoro, Alejandra, y que mi última voluntad es que conozcas a Marcelo. Lo que ocurra después solo está en manos de Dios.

Me despido de ti con profundo amor e infinita admiración. Tu madre, que te adora.

Blanca.

P.D. En el buró encontrarás, dentro del compartimento secreto, detrás del cajón de arriba a la izquierda, un sobre que contiene una llave y una autorización para acceder a la caja de seguridad del Banco Popular, que está a mi nombre. En ella figuras como única autorizada. Allí encontrarás la correspondencia entre Marcelo y yo y algunas joyas que me gustaría que conservases.

Termino de leer la carta y me quedo en estado de *shock,* inmóvil, con la mirada clavada en los cajones que tengo frente a mí. Mi vida acaba de estallar en mil pedazos, como una bomba de neutrones de máxima potencia abrasiva. Un millón de preguntas sin respuesta se superponen en mi mente a toda velocidad. ¡Qué hija de mil perras! Ahora que empezaba a encajar su ausencia. No le ha bastado con morirse sin avisar. ¿Por qué no me lo dijo? ¿Dónde ha quedado nuestra confianza mutua? Maldita sea, ¿por qué no se ha llevado su secreto a la tumba? De pronto, los padres crecen como setas en otoño. A falta de uno, tengo dos: el señor tarado y el señor incógnita. ¿Intuirá el tarado que no soy su hija? ¿Sabrá el señor incógnita que existo? Y si es así ¿por qué no se ha puesto en contacto conmigo? Vaya con la mosquita muerta, doña Blanca Muguiro, la artista internacional, la galerista envidiada, la madre modélica, la mujer de éxito, la filántropa, la conciliadora, la valiente y corajuda. ¡La madre que la parió! Se me saltan las lágrimas de nuevo, pero esta vez no es de añoranza ni de pena, sino de rabia.

Meto la carta en el sobre, cojo la pluma y saco de su escondite el sobre con la llave y la autorización del banco, y lo guardo todo dentro del joyero. Lo cierro con llave y me lo pongo debajo del brazo. Salgo del cuarto y voy hacia la cocina en busca de Angelita. Allí está, sentada en la mesa blanca, en semipenumbra, secando las tazas de porcelana inglesa en las que hemos tomado nuestro té. Me dan ganas de estrellarlas contra la pared de un manotazo, con la tetera, el cuenco de los azucarillos y toda la parafernalia. Angelita me mira directamente a los ojos sin decir una sola palabra. Debe de haberse preparado para este momento y no tiene ninguna intención de discutir conmigo. Se limita a observar mis gestos con cautela. La lealtad hacia mi madre está por encima de todo y de todos, eso está claro para mí. Por lo tanto, ella se encuentra en el bando enemigo. Angelita nota mi rabia y no se atreve a pronunciar una sola palabra. Espera paciente a que yo lo haga. Es mucho mejor este silencio que cualquier palabra de consuelo. No hay alivio posible para mí en este momento. Pero la rabia que siento puede más que la educación de alta escuela que he recibido y cargo toda mi furia contra ella.

—Tú sabías lo de mi padre, ese padre enviado por carta. Eres igual que ella. Una traidora.

—Sí, Alejandra, lo he sabido desde siempre. Por favor, no seas dura con tu madre. No ha tenido una vida fácil.

—No me hables de mi madre, Angelita, te lo pido por favor. Deja a un lado tu devoción y bájala del altar, me parece que le queda un poco grande ese trono de santurrona. Acabo de descubrir la cara oculta de mi madre pero, claro, tú ya sabías que mi padre no es mi padre y que hay otro padre, y que mi madre es una hipócrita que ha jugado conmigo todo este tiempo. ¿Qué te parece? No, no lo digas, ya sé cuál es tu respuesta. Al abrir el joyero, pensaba que iba a recibir algo especial de su parte. Algo para mí y solo para mí. Sin embargo, he recibido un penoso y macabro regalo post mórtem. ¿Por qué no me lo dijo? ¿A qué estaba esperando? Por Dios, Angelita, ¿de qué va todo esto? Deberías contarme todo lo que sabes, o más bien, guardártelo para siempre, como ha hecho ella. Las dos con vuestro secretito, creyéndoos dueñas de la vida de los demás. ¡Cómo la odio!

—No te hagas mala sangre, mi niña. Estas cosas pasan. La vida te da sorpresas a la vuelta de cualquier esquina.

—¿Mala sangre? Y una mierda. Esto es una putada, Angelita, y perdona que sea tan ordinaria. Si mi madre levantara la cabeza, estaría horrorizada de oírme. Pues que me oiga, que se horrorice como lo estoy yo. Al carajo con las formas y la compostura. Al Infierno ella y todos sus ancestros. Ahora debe de estar revolviéndose en su tumba. A lo mejor le hago una visita en el cementerio y le digo cuatro cosas, para que no se ponga demasiado cómoda ahí dentro.

—No seas irrespetuosa, Alejandra. A los muertos hay que dejarlos en paz.

—¿Y a los vivos? ¿Qué hay que hacer con ellos, Angelita? ¿Dejarlos con la vida vuelta del revés? ¿Incidir en sus vidas a toro pasado? ¿Contarles todas las verdades de todas sus mentiras? ¿Y cómo te parece que lo llamemos? ¿Un arrebato de sinceridad? ¿Un conato de arrepentimiento? Han pasado treinta y seis años, Angelita. Ha tenido mucho tiempo para pensar en el cómo y en el cuándo, pero no, prefirió no hacerlo. Se me ocurre que a lo mejor podemos invocarla en una sesión de espiritismo para que me vaya dando los detalles de esta historia que no es mía, sino suya. No quiero saber nada de esto. Ella y su amante por mí se pueden pudrir. La muy zorra, mira qué calladito se lo tenía. Además es una cobarde, una traidora, una Judas desleal, hipócrita y mentirosa. La odio, Angelita. La odio a muerte. Nunca la voy a perdonar. Tendría que haber enterrado sus fantasmas en su inconsciente y habría tenido una vejez feliz, negándolo todo hasta el final.

—Por Dios, Alejandra, tranquilízate, estás fuera de ti. No hables así de tu madre. Has sido la niña de sus ojos. Y nunca dudes de...

—¡Para, Angelita! No te molestes. No tiene sentido seguir hablando de esto, y perdona, tú no tienes culpa de nada. Me largo. No puedo seguir con esta farsa ni en esta casa por más tiempo. Necesito respirar. No hace falta que me acompañes, conozco la salida.

Me voy andando sola por el pasillo hasta la salita. Cojo mi bolso y salgo por la puerta con la caja negra debajo del brazo. Bajo andando por la escalera cruzando los dedos para no encontrarme con Mariano en el portal. No estoy preparada para que me hable de las bondades de doña Blanca por enésima vez. «Pobre Angelita», pienso mientras bajo trotando los seis pisos. Al llegar al portal me pongo las gafas de sol y salgo a la calle a paso ligero, mirando a derecha e izquierda como una fugitiva. Paro un taxi que pasa en este justo momento y le indico la dirección de casa. El taxista tuerce el gesto por lo corto de la carrera desde la calle Núñez de Balboa. Voy en el taxi sin mediar palabra, mirando por la ventanilla absorta en mis pensamientos, componiendo los trozos de mi pequeño mundo hecho trizas, con ganas de desaparecer una temporada. En quince minutos estoy en el portal de casa con la caja negra y mi cara de funeral.

Al llegar a casa, *Perla* sale a mi encuentro y acaricio el sedoso pelo de su cabeza. También está Linda, quien se da cuenta por mi aspecto de que algo grave me está pasando. Le quito importancia a mi cara desencajada achacándola a un día duro de trabajo y me voy directamente al cuarto de baño.

Debajo de una fina lluvia de agua tibia, la rabia casi ha desaparecido por completo. Tan solo el rumor de un llanto quedo que mana junto al líquido elemento, fluyendo libre. Allí permanezco largo rato hasta que un toque en la puerta del cuarto de baño me hace salir del trance acuoso. Es Mario, la última persona a la que quiero ver en este momento.

15
Ganas de vacaciones

El peso y el cansancio de todo el año empiezan a hacer sus estragos. Alma, que es una mala bestia todopoderosa e incombustible, está tan cansada como yo, pero nunca lo manifiesta delante de los demás. Es otra de sus peculiaridades. Donde no llegamos ninguno, ella llega con cierto margen de maniobra. La admiro y la quiero como a una hermana, pero a veces me resulta incómodo ese rasgo de masculinidad del que hace alarde, como si el resto fuéramos blandos y menos competentes que ella. Bien es cierto que yo acarreo un desgaste emocional en los últimos meses que me hace tener la sensación de ir con la lengua afuera. Necesito unas vacaciones como ningún otro año, y como colofón, hemos trabajado duro para presentar una campaña de calidad.

Somos una especie de David entre Goliats, pero a pesar de que podamos parecer más débiles por ser una empresa mediana, nuestro nivel creativo y nuestra capacidad de ejecución están fuera de toda duda. Estoy orgullosa de mi equipo. Alma dirige las cuentas pero mi departamento es un auténtico laboratorio de neuronas en plena ebullición. Somos ocho personas con perfiles heterogéneos. Todos tienen un nivel profesional de primeras figuras y nos regimos por nuestras propias reglas y horarios. En los últimos meses hemos incorporado a Roger Castells, un chico de veintidós años que nos instruye sobre las novedades del mundo digital. Desde que apareció Google en nuestras vidas, dimos un salto cualitativo respecto al orden y la disponibilidad de la información mundial de cualquier disciplina. Somos conscientes de que en el recién estrenado siglo XXI, las nuevas tecnologías van a revolucionar el mundo de las telecomunicaciones y el de nuestros clientes. Estamos trabajando la manera en la que nuestros clientes deben comunicarse con los suyos. Nacen nuevas comunidades, nuevos soportes, nuevos lenguajes, nuevas actitudes. No queremos perder la ola y tratamos de estar al día de todo lo que ocurre en el mundo. Roger es nuestra ventana al futuro que empieza a escribirse hoy, un soplo de aire fresco. Representa un mundo de oportunidades por descubrir. Como no podemos quedarnos atrás en este aspecto, hemos decidido anticiparnos y profundizar en este nuevo universo, tan apasionante como desconocido. Defendemos nuestros criterios y peleamos por lo que creemos como los trescientos guerreros de Esparta en el paso de las Termópilas, con sangre, sudor y lágrimas. Ni somos parte de un grupo ni giramos trescientos sesenta grados. No somos integrales y tampoco *light*. Clandestino es una agencia de tamaño medio compuesta por un equipo de veintiocho personas que manejamos cuentas de todos los niveles y perfiles. Todos nuestros clientes son especiales y nos dedicamos a ellos en cuerpo y alma. Nuestra máxima es poner en nuestro trabajo método, inteligencia y corazón, independientemente del puesto que ocupemos. A nosotros, lo que nos gusta y por lo que se nos reconoce es por la capacidad que tenemos de contar historias que llegan al corazón. De arrancar una sonrisa con cada anuncio. De hacer humor inteligente. De cuidar al máximo la estética de lo que producimos.

Solemos poner el ejemplo de Miren, la peluquera de la esquina, que pasó de tener una peluquería de barrio en horas bajas a ser un lugar de referencia. No es una cuestión de estética ni de precio, sino de calidad humana, y eso es lo único en lo que enfatizamos cuando lanzamos una pequeña campaña para impulsar su negocio. Como carecía de recursos económicos, llegamos a un acuerdo de intercambio del que hacemos uso todas las chicas de la agencia y alguno de los chicos. Esa es la parte humana que yo personalmente protejo e impulso. Es como una pequeña sección ONG de la que nos sentimos muy orgullosos. Si puedes ayudar, es un pecado no hacerlo. Un par de horas en Miren ahuyenta los fantasmas, te sube la autoestima, aumenta la producción de endorfinas y te alegra la vida. Ese rato no hay dinero que lo pague.

Nos sentimos muy orgullosos de haber ganado algunos prestigiosos premios y de tener un gran número de menciones, como el premio a la eficacia, en el que se miden la efectividad y los resultados de una campaña de publicidad en España. O el hecho de haber sido finalistas en el festival internacional de publicidad de Cannes, que no es baladí. O el Festival Iberoamericano de la Comunicación Publicitaria que se celebra en San Sebastián, doble motivo de orgullo para mí, en el que hemos ganado un sol de plata y otro de bronce. Nuestra agencia tiene un alma grande contenida en un cuerpo pequeño. Estamos orgullosos de poder decir sí y, algunas veces, también no. Afortunadamente hemos hechos buenos amigos en estos años y también hemos sufrido algunos dolores de cabeza. Para hacer una buena propuesta, primero necesitamos identificar y comprender el problema de un producto, marca o empresa. Invertimos tiempo y recursos en observar e identificar las oportunidades. El premio gordo es ser capaces de interpretar lo que parece obvio desde una perspectiva diferente. Es entonces cuando el proceso creativo alcanza su máximo esplendor. No es solo hacer algo bonito: la marca debe permanecer en la memoria de la gente y el producto no puede permitirse el lujo de defraudar. Por encima de las ventas está el cliente; eso es algo que nunca olvidamos.

El cliente ha pasado de ser estático y obediente a opinar, comparar, exigir y decidir por sí mismo. La lealtad de un cliente y la fidelidad a un producto son cosas muy serias. Un cliente engañado o defraudado es un cliente perdido e irrecuperable. Debemos saber qué hay detrás e identificarnos con ello, no es simplemente una cuestión de presupuesto, como muchas veces suelen utilizar los clientes como argumento. Siempre que esto ocurre, me acuerdo de la peluquería de Miren y la pongo como ejemplo. ¿Cuál es el valor de las cosas? Depende de lo que quieras hacer con ellas y con quién quieras compartirlas.

Salimos a picar algo antes de la reunión de la tarde. Hace calor pero nos apetece airearnos un rato; llevamos en la agencia desde las siete y media de la mañana, como la mayoría de los días. Nos vamos dando un paseo hasta una terraza a dos manzanas en la que hacen unos bocatas de pan de chapata deliciosos que te arañan el paladar por la dureza de la corteza pero te dejan el estómago satisfecho. Pedimos una par de cañas y dos BLT, una delicia de beicon, lechuga y tomate, un capricho que nos damos de vez en cuando con sumo gusto. Charlamos de la presentación de la campaña sin entrar en temas personales; necesito tomarme un tiempo muerto y apartar de mí temporalmente los fantasmas que me atormentan. Alma me mira de reojo porque estoy muy poco habladora y un poco seria. Como para no estarlo. Aún estoy tratando de digerir la carta bomba de mi madre y su puesta en escena que, como es normal, se me ha atragantado y no acaba de pasar. Me pregunta cómo lo llevo, refiriéndose a la muerte de mi madre y le digo que mejor, que voy despacio pero con ganas de estar bien. Alma es consciente de lo unida que estaba a mi madre y del *shock* emocional que me ha supuesto su muerte repentina. ¡Como para contarle lo demás! De Mario, ni comentamos, es un tema tan manido y con tan poca gracia que ni lo tocamos.

He pensado en ir a ver a Tristán a La Umbría el fin de semana y le propongo que demos el día libre en la agencia el viernes, ya que con la sobrecarga de las últimas semanas, no hemos hecho la jornada reducida de verano. Alma está de acuerdo y pone especial énfasis en la respuesta de mi equipo, que, como siempre, ha dado el do de pecho, y como dice Alma riéndose cada vez que utilizo esta frase: «El do de pecho y fa de culo». No podemos pedirles más. Le sugiero que la última semana de julio respetemos el horario de verano y que procuremos también nosotras bajar el ritmo. Un día de estos una de las dos va a reventar. Alma asiente con la cabeza mientras le hinca el diente al bocata, que, como de costumbre, está buenísimo. Hablamos de sus vacaciones. Cada año se va con toda su familia a un destino diferente. Este año, Gaspar está organizando un viaje de tres semanas por La Toscana con el máximo nivel de detalle, como a él le gusta hacer las cosas, pensando en ella y en sus hijas, y como Alma espera, que se lo den hecho. Ha alquilado un monovolumen familiar de siete plazas para viajar con comodidad que conducirá su impagable Willy. Harán una ruta visitando Massa, Lucca, Pisa, Livorno, Grosseto, Siena, Arezzo y Florencia, y de allí a Ibiza en avión, mientras Willy se vuelve con el coche y las maletas a Madrid. Como de costumbre, Alma me dice que su casa es mi casa y que seremos muy bien recibidos los que queramos ir a visitarlos. Le pregunto si este año va a ser capaz de desconectar y me responde con un lacónico sí.

Nos quedamos calladas unos minutos, mordisqueando los últimos trozos del bocata. Consigo zafarme de su mirada escudriñadora parapetándome detrás de mis gafas de sol. Es muy lista y sabe que hay algo que me ronda fuera de lo habitual. Me propone que cenemos el viernes y se lo agradezco, pero le digo que no: prefiero salir a mediodía hacia Salamanca. No insiste y saca de su bolso un regalo para mí. Lo desenvuelvo. Es un libro de Maitena, la emperatriz del tebeo argentino. Feminista, inteligente y mordaz como pocas. Alma sabe que me encanta. Le agradezco el detalle y le cojo la mano con complicidad. Ni se me ocurre quitarme las gafas para que no note que estoy triste. Apuramos las dos cervezas, pedimos la cuenta y nos vamos caminando hacia la oficina. Sé lo que piensa y sabe lo que siento. Un statu quo silencioso a la espera de movimiento por alguna de las dos partes. El corte del verano me viene de perlas para poder posar los últimos acontecimientos y no cedo a la tentación de abrirle mi corazón de par en par. No quiero que se preocupe y no quiero contarlo, me resulta doloroso. Este nuevo capítulo de mi vida tiene tintes demasiado dramáticos, casi irreales, y me reafirmo en mi decisión de no soltar prenda. Al menos, por ahora. Tampoco tengo la certeza de querer contárselo a Hugo en la próxima y última sesión antes de las vacaciones. No es justo que se lo oculte, ni sano para mí, pero ¿qué es justo? Lo que desde luego no estoy siendo es coherente, pero a la mierda con la coherencia. Estoy tan ensimismada en mis pensamientos que no me doy cuenta de que Alma me ha hecho una pregunta. La estaba oyendo hablar como si fuera un rumor que viene de lejos. De pronto se para en seco y me pregunta si he escuchado algo de lo que me acaba de decir; le digo que no. Se planta en mitad del paso de cebra por el que estamos cruzando y con los brazos en jarras me dice que le estoy ocultando algo y que la estoy empezando a preocupar. Le digo que no, que me había distraído. No consigo convencerla, y bajándose las gafas de sol que le tapan media cara, me dice que la mire a los ojos y repita la última frase con verdadera convicción, que no se cree nada de lo que le digo.

El conductor del primero de una fila de coches toca el claxon para que nos apartemos del paso de cebra. Ella se da la vuelta y le dice que no se piensa mover y que ni se le ocurra achucharla con esa bocina de utilitario de tres al cuarto. El tipo se ríe y se arma de paciencia, no así los otros coches que ya forman una larga fila. Me bajo las gafas, la miro fijamente a los ojos y le repito la frase con énfasis tratando de parecer convincente. Lejos de convencerla, la inquieto más aún. Alma me reprende con vehemencia, entrando en una espiral en la que solo habla ella a gritos, sin ningún tipo de pudor ni contención. Me coge por los hombros zarandeándome como si fuera una colegiala y hablándome de lo peligroso que es guardarse los sentimientos. «Te vas a enfermar», me repite una vez tras otra. Me reprende como si fuera una niña. Los conductores de los coches presencian la escena atónitos. Ninguno se atreve a molestar a la fiera en su alocución.

—¿Tú sabías que la gente que miente repite la misma frase sin ningún tipo de variación porque tienen las mentiras aprendidas e interiorizadas? No me respondas. Has quedado en evidencia.

—Pero si me has dicho que repitiera la frase… Estás como loca, Alma. Tranquilízate, por favor.

—No, reina, no trates de llevar la pelota a tu tejado, que no cuela. Lo he dicho para ver qué hacías. ¿No recuerdas la escena de la película *La vida de los otros,* en la que un oficial de la Stasi, del servicio secreto alemán, interroga a un sospechoso durante horas, haciéndole la misma pregunta una y otra vez hasta hacerle confesar?

—¿Y qué estás haciendo? ¿Interrogándome? No puedo creerlo, Alma. Has perdido los papeles. Esto no es una película. Estás montando un escándalo sin sentido en medio de la calle.

Los conductores, cansados de la escena, comienzan a dar pequeños toques de claxon para sacarnos de nuestro particular rifirrafe. Alma me coge del brazo y me hace cruzar casi a rastras hasta ponernos a salvo sobre la acera. Yo no doy crédito al numerito que acabamos de protagonizar. Algunas personas, ante el guirigay de los cláxones, salen a las puertas de sus comercios. Alma les dice a grito pelado que se metan en sus tiendas, que no pasa nada. Está desatada. Parece una especie de Cruella de Vil. Hasta el pelo se le ha encrespado. Alma sabe que esta no es la mejor manera de que yo me abra. Una vez más deja a un lado su mano izquierda y sale esa parte de dragona que, además de aterrorizarme a mí, ha puesto en jaque a toda la manzana. Lo que Alma siente es una frustración enorme porque intuye que oculto algo serio y no me dejo ayudar, y así me lo transmite mientras va calmándose poco a poco.

—Tú y yo, además de socias, somos íntimas amigas y por eso me preocupo por ti; parece mentira que tenga que recordártelo. Estás rarísima desde hace algunos días, Álex. No creas que no me he dado cuenta.

—Sí, pero eso no te da derecho a montar este numerito de madrastra histérica delante de todo el mundo, en medio de la calle y a grito pelado como una pescadera.

—Sí, quizá me haya pasado un poco, lo siento. Anoche vi la película en casa y de pronto me he puesto en el papel del protagonista. Perdona, sé que no es un buen momento y no he estado muy allá que digamos. Pero sé que te está pasando algo que no me cuentas.

—Cuando quiera charlar, iré a verte a tu despacho o saldremos a cenar, como hacemos siempre. Mientras tanto, respeta que quiera estar un poco a solas con mis pensamientos y no me avasalles de esta manera porque me asustas y me incomodas. Parecías una loca peligrosa ahí en medio de la calle. Podríamos haber tenido un lío con el tipo del coche o con cualquiera de los otros. Me has hecho pasar mucha tensión, y es lo último que necesito en este momento.

—¿Ves? Tenía razón. A ti te pasa algo gordo, pero ya me lo contarás cuando te sientas mejor. Y recuerda que no estás sola, Álex.

16
El regreso

Vuelvo a casa de mi padre con ganas de abrazar a mi hijo. Se me han hecho largas estas semanas y cortos los kilómetros hasta llegar a la dehesa. Voy a intentar no darle demasiadas vueltas a nada durante el fin de semana. La presentación interna del proyecto del Plan Nacional de Drogas ha sido un éxito rotundo. Estoy muy satisfecha pero he consumido la última gota de energía que me quedaba. Ahora solo tenemos que dejar descansar nuestras mentes para volver a finales de agosto con energía renovada con el fin de hacer la primera presentación al cliente, marcada para el día 2 de septiembre. Estoy convencida de que vamos a pasar el corte, después, habrá que ver si somos finalistas o ganadores. Vengo por el camino pensando en la revolución emocional que llevo por dentro. Necesito desconectar de mí misma y no seguir dándole vueltas al coco. Las cosas son como son, no como nos gustaría que fueran, aunque esta frase siempre me ha repateado porque para mí tiene un fondo de conformismo que me subleva. Sigo rebelándome contra esta realidad y no tengo ninguna intención de dejar que los acontecimientos me superen.

Tengo muchas ganas de llegar a La Umbría, de dar un paseo a caballo, de respirar ese aire limpio, y de escuchar el ulular nocturno de la lechuza que vive en el desván, justo encima de mi cuarto, y la risa de las tórtolas al atardecer. De estar en silencio, nutriéndome de la energía de las encinas, tomar el sol desnuda sobre una piedra y pasear entre el pasto que empieza a amarillear. De dormir a pierna suelta con la ventana entornada. De no pensar en la madre que me parió y de no tener ganas de llorar. De estar con los míos y, sobre todo, de disfrutar de la compañía de Tristán.

No sé cómo me voy a sentir cuando me encuentre de nuevo con mi padre. No lo he vuelto a ver desde el día del entierro. El funeral decidió saltárselo a la torera. Muy típico de él: hipocresías, las justas y necesarias. Yo, en su lugar, habría hecho lo mismo. Lo he llamado varias veces, pero por una razón u otra, no he conseguido dar con él. Sé por Tristán que está muy entretenido con lo que él denomina *las cosas del abuelo*. Parece que pasa mucho tiempo a solas en la biblioteca. Íñigo y Tristán campan a sus anchas por la finca haciendo de todo un poco. Organizan pequeñas fiestas de despedida día sí y día también, montan a caballo, ayudan en las cuadras y en la huerta. Se bañan en la piscina, juegan al tenis y al fútbol con los otros dos chavales del pueblo que trabajan con Ramón. Cazan lagartos y ratones. Pescan ranas con mosca y anzuelo y se las dan a Marcelina para que cocine las ancas rebozadas, que son una auténtica delicia. Por las noches ven sesiones dobles de cine de terror y de acción. El abuelo tiene un acuerdo con el dueño del videoclub de Béjar, quien les deja llevárselas de catorce en catorce, a razón de dos por día. Cada semana bajan los tres a tomar el aperitivo y a alquilar otra tanda de películas. Cuanto más terroríficas, mejor; disfrutan de lo lindo pasando miedo. Menos leer, cualquier cosa. Los niños de hoy en día no suelen tener la lectura entre sus prioridades ni entre sus aficiones. Mi padre no parece tenérselo en cuenta y no los obliga a leer. Debe de parecerle que ya cumplió con nosotros; los nietos son harina de otro costal. Sin embargo, nunca los he visto aburrirse ni molestar a los mayores, pueden estar con su abuelo sin necesidad de supervisión, porque están muy bien educados, son muy respetuosos, autónomos y no dan quehacer. Marcelina está feliz de tenerlos y los mima las veinticuatro horas del día.

El sol aún está alto, son casi las siete de la tarde. He llamado a Marcelina para decirle a qué hora llego pero no me ha contestado. Subo despacio el último tramo del camino hasta llegar al zaguán. Aparco y me bajo del coche, estiro los brazos hacia el cielo y siento como el aire puro penetra en mis pulmones y oxigena mi cabeza. Me noto muy agarrotada después del viaje; es todo el peso que llevo encima lo que hace que mis hombros estén tensos como varas. No sale nadie a recibirme. Normal, no me gusta ser de los que anuncian su llegada con pitidos de claxon. Los perros tampoco han venido a saludar, estarán cazando por ahí. Cojo del asiento trasero del coche mi bolsa de mano y una bandeja de cruasanes rellenos de dulce de leche que he comprado al lado de la oficina, en Con las manos en la masa, un local multidisciplinar, moderno, decorado con muy buen gusto con fotografías en blanco y negro de parejas que bailan tango, en el que se organizan tertulias literarias y se dan clases de tango los martes y jueves por la noche. La dueña se llama Gabriela. Se cansó de ejercer como psicoanalista en Buenos Aires y se vino a España con su marido, un conocido bailarín, hartos de la inestabilidad del país. Tienen una excelente selección de tés y cafés y una exquisita bollería, ideal para los desayunos de trabajo que organizamos en la agencia. Pero lo que es fuera de serie es la música que ponen a cualquier hora del día. Auténticas joyas de la música argentina del siglo XX, que por mucho tiempo que pase me siguen emocionando y estremeciendo. Piezas de Astor Piazzola, Amelita Baltar, Carlos Gardel, Roberto Goyeneche o Julio Sosa, que son parte de mi vida y de mi recuerdo. Joyas guardadas, dardos certeros, disparadores de mi añoranza.

Entro en casa y llamo a mi padre y a Tristán en voz alta. Nadie responde. Solo se oye el trino del *señor Gómez*, el canario de Tristán, que parece estar contento y más grande de lo que yo recordaba. Voy caminando hacia la cocina buscando a Marcelina. La llamo pero no contesta. Siento una sensación extraña. No recuerdo una sola vez en la que la casa haya estado completamente vacía. ¿Habrá pasado algo? La eterna preocupación que invade a esta familia. Aparto de mi cabeza ese pensamiento. Me voy hacia mi habitación y coloco mis cosas en el armario. Al abrirlo, un aroma suave a membrillo impregna la estancia. Abro la puerta del cuarto de baño contiguo y apoyo el neceser en la mesita que hay junto a la butaca de cuadros rosa. Huele a jabón y a alcohol de romero. Mis toallas, de cuatro tamaños diferentes, reposan sobre los brazos del toallero de madera dobladas en cuatro, doble pliegue al centro y otro sobre sí misma, dejando a la vista mis iniciales color teja, a juego con la tela bordada que remata los extremos. Blancas, inmaculadas y perfumadas. La alfombrilla, también blanca y mullida, está apoyada en uno de los laterales de la bañera, de porcelana y patas en forma de garra y grifería de latón. Repaso con la mirada el papel pintado con motivos bucólicos en color chocolate que contrastan con el mueble de madera que soporta el lavabo. A la derecha de este, sobre la superficie de mármol rosa, los frascos de aceites y espumas de baño, una bandeja con jabones en miniatura y una esponja auténtica sobre una caja entreabierta de madera de palisandro. Sobre el suelo de madera oscura de grandes listones, dos piezas de sisal rematadas en color canela.

Por un instante me miro en el espejo. No tengo buena cara. Quizá sea buena idea aprovechar que no hay nadie para darme un baño y relajarme. Me acerco a la minicadena que está colocada sobre la repisa de madera, al lado de la ventana, y abro la tapa del CD. Para mi sorpresa descubro que es un recopilatorio de Caetano Veloso; lo daba por perdido, pero solo estaba olvidado. ¿Hace cuánto que no pongo música aquí? Me sonrío, le doy al *play,* subo el volumen y me animo. Pongo el tapón de goma blanca y florecitas verdes en la bañera, abro un frasco de sales de vainilla, una pizca de gel neutro, agrego dos bolitas de aceite de jojoba y dejo correr el agua. Voy a la cocina a por un poco de té frío, tan típico en los veranos de la dehesa. Todo está ordenado y limpio. Vuelvo a mi cuarto, cierro la puerta, me desnudo, cojo los cigarrillos y me encierro en el cuarto de baño entre la música y el vapor. Me vuelvo a mirar en el espejo y me veo mucho más delgada. Inmersión. Es la mejor manera de empezar el fin de semana. Cuando salga, iré al cenador, que está junto a la piscina, para que mi pelo se seque al aire mientras disfruto de la puesta de sol. No hay momento del día que tenga más magia que ese. Por muchas veces que vea el sol ponerse no dejará de parecerme un instante mágico, como la luna llena o el cielo plagado de estrellas de agosto. Echo de menos a mi madre cuando suena la canción *Vuelvo al Sur,* pero no la quito, intento acostumbrarme a su ausencia.

Salgo de la intimidad del cuarto de baño envuelta en toallas y vapor con aroma de vainilla entremezclado. Agarro el pomo de la puerta para entrar en mi cuarto y choco de frente con Marcelina, que lleva un rato en casa sin querer molestar. Ya me extrañaba que no estuviera en la cocina preparando la cena.

—Señorita Alejandra, qué gusto verla.

—Marcelina, no te he oído llamar. ¿Cómo estás? No sabía dónde estabais y me ha apetecido relajarme tomando un baño. Qué delicia, me siento como nueva, lo necesitaba.

La cara de Marcelina lo dice todo. Le es imposible disimular su preocupación. Alguna mala noticia está al caer.

—Nos ha llamado la Guardia Civil y hemos tenido que bajar al pueblo para buscar a los chicos y a don Beltrán. Menos mal que el señor ha dicho que conducía él. Se conoce que estaba enseñando a conducir a Tristán y han rodado por un terraplén al salirse en una curva. Pero no les ha pasado nada, están todos bien. Salvo el susto, eso sí. Virgen Santísima, señorita, el susto nos lo hemos llevado mi Ramón y yo; aún me tiemblan las piernas.

—¿Cómo se le ocurre enseñarle a conducir por carretera? ¿Y con qué coche? No será con el Mehari, que no tiene protección ninguna. Pero ¿qué disparate es este?

—Sí, señorita, ha sido con el coche rojo. Han llamado a una grúa para que venga a sacarlo. Los niños y don Beltrán están en la cochera, quieren coger uno de los coches antiguos para seguir practicando con él.

—No me cuentes más, Marcelina, déjame sola, por favor, voy a vestirme.

Al carajo el relax del baño. ¿Es que no hay manera de poder tener un minuto de paz en esta maldita vida? Marcelina no se va, parece que no me lo ha contado todo, así que espero pacientemente a que se arranque y suelte el resto.

—Hay otra cosa de la que le quiero advertir, señorita Alejandra. Don Beltrán lleva un tiempo muy raro, ya sabe usted lo que le quiero decir.

—No, Marcelina, explícate, por favor, me espantan los acertijos, y más, los relacionados con esta familia.

—La biblioteca… Verá, no sé cómo explicarle, es como, cómo le diría yo, señorita, es como… como un museo. Don Beltrán ha sacado la mayoría de las cosas de doña Blanca que estaban guardadas hacía treinta años en los galpones y en el desván, y las ha mandado limpiar y colocar una a una en la biblioteca. Lo mejor es que vaya usted a verlo antes de nada, ya le digo que los chicos están bien, no se apure por ellos. Ha sido un milagro del Señor porque no tienen ni un rasguño. El médico del pueblo los ha reconocido y nos ha dicho que podíamos marchar con toda confianza para casa. Estese tranquila.

—Está bien, Marcelina, me voy a tranquilizar. Me pongo cualquier cosa y salgo, dame cinco minutos.

Me visto sin demasiada prisa, me cepillo el pelo y me doy crema en la cara. Sigo a Marcelina hacia la biblioteca, que está cerrada con llave. Marcelina saca la llave maestra de su faltriquera, la mete en la cerradura, y haciendo un gesto con el dedo índice pidiéndome silencio, gira la llave y empuja el pomo de la puerta hacia adentro. Justo en ese instante, oímos las voces de los niños, que vienen trotando por el pasillo llamándonos.

—Marcelina, vuelve a cerrar con llave, no vaya a ser que mi padre nos sorprenda entrando furtivamente y tengamos que darle explicaciones. Ya buscaremos otro momento para entrar y entender qué está pasando por su cabeza.

—Ya le he dicho que don Beltrán está muy raro. Se encierra durante horas y no permite pasar a nadie, ni siquiera a mí.

—Muy bien, muy bien. Luego vemos de qué se trata. Ahora es mejor que no nos vean cuchicheando.

La alegría de ver a Tristán y a Íñigo disipa por completo el susto que me he llevado. Marcelina nos sirve té y limonada junto con los cruasanes que ha traído en el cuarto de estar, mientras los niños, que parecen estar bien, se ríen contándome sus correrías con pelos y señales. Gracias a Dios que no ha pasado nada. Al cabo de un rato, entra mi padre, que, como me temía, viene con cara de haber bebido algunas copas de más. Para no provocar una discusión que no estoy preparada para tener, me levanto como si no pasara nada para saludarlo.

—Ya te habrán contado los niños que nos hemos salido de la carretera, pero como ves, estamos vivitos y coleando. Es esa castaña de coche, que no hay quien le meta las marchas, y como Tristán está aún muy tierno, no tiene fuerza para meterlas a capón.

—Los perros han salido volando unos metros por delante de nosotros. Y menos mal que había un depósito de cemento, que ha sido lo que ha parado la caída libre; eso y unos chaparros que nos han ido frenando. La grúa lo sacará mañana y veremos si se le ha roto alguna tripa. Tú aprendiste a conducir en ese coche, ¿lo recuerdas?

—Sí, papá, claro que me acuerdo. Pero casi que es mejor que los niños practiquen por el camino. No quiero que salgáis a la carretera, y menos, con ese coche. De todas formas, mañana hablamos tú y yo tranquilamente.

—Me voy a la cama. No me esperéis para cenar. Buenas noches, chata.

Constato con ironía que las costumbres en esta casa no cambian. ¿Para qué hacerlo cuando él es el amo y señor de todo lo que la vista alcanza? Aquí lo único que viene siendo costumbre es hacer su voluntad, caiga quien caiga. Hay que aprovechar los momentos de vigilia entre sueño y sueño para poder tener una conversación mínimamente coherente con mi padre. Entre que el señor se levanta al alba y duerme la siesta del carnero, antes de comer, después de comerse echa la siesta de rigor, de padrenuestro, pijama y orinal, y vuelve a la cama para conciliar el sueño a las ocho de la tarde, la disponibilidad del personaje se reduce considerablemente. Si a esto le añadimos que después del descanso vespertino nos tomamos una, dos o tres copas de whisky, el nivel cognitivo se reduce paulatinamente y uno opta por mirar para otro lado y cambiar de estrategia. La única opción que queda es la de madrugar al máximo para poder tener audiencia muy de mañana con el patrón, como todos los demás, y despachar lo que haya que despachar al alba. Pensar que este señor tan complicado no es mi padre me hace verlo todo desde otra perspectiva. Me estoy volviendo un espectador de mi propia vida. Me pregunto qué es lo que conforma la personalidad de las personas y en qué medida. ¿La predisposición genética? ¿El temperamento? ¿Las aptitudes? ¿La educación? ¿Los afectos y el trato recibidos? ¿El entorno? ¿Me pareceré yo a mi padre natural? Lo que sí está claro es que en mi ADN, este padre que no es mi padre no ha podido dejar huella, ni para bien ni para mal. Serán otras huellas, las culturales y emocionales, las que vayan conmigo durante toda mi vida y viceversa. Por el contrario, al no haber tratado a mi otro padre, solo comparto con él la mitad de mi código genético. ¿Qué pensará Hugo de este nuevo episodio del folletín Terry? No tengo claro cómo comenzar la sesión del lunes. Incluso estoy pensando en no ir, dejar que el tiempo transcurra sin más, descansar en vacaciones y retomar las sesiones en septiembre. Me entretengo con este soliloquio mudo mientras recojo la bandeja de la merienda para llevarla a la cocina y esperar el momento de entrar en la biblioteca, una vez que toda la casa se quede tranquila y en silencio y los niños estén en su sesión de cine o se hayan ido a dormir. Tengo que elegir el momento oportuno, no quiero más escenitas: tengo el cupo completo para las próximas dos reencarnaciones.

Acompaño a los niños a las caballerizas perseguidos por los perros, que no dejan de dar vueltas en torno a nosotros y de olisquearme las piernas. Me siento muy feliz de poder estar a solas con ellos. Veo muy bien a Tristán. Está cariñoso y relajado, y muy motivado con el nuevo curso en el colegio de Edmonton en Alberta, en la región de las praderas canadienses, y también, agradecido con su colegio en España, porque al final solo tendrá que recuperar dos asignaturas de este curso y no tiene que repetir. Cualquier cosa con tal de perdernos de vista. Y nosotros, muy agradecidos.

Recorremos las doce cuadras una por una pasando revista a los hermosos ejemplares que aún conservamos. Saludo a

Ramón, que está guardando algunos aperos de labranza en el galpón que hay al lado de la huerta. Se acerca a nosotros, me da el pésame muy educado y me pregunta si saldré mañana a montar. Le digo que sí, que lo haré temprano y que montaré a *Guajira* con silla portuguesa. Les pregunto a los niños si se animan a salir conmigo y, para mi sorpresa, me dicen que sí. Me confiesan que el abuelo no ha salido mucho con ellos. «Está muy ocupado con sus cosas», me dice Íñigo. No les pregunto nada más sobre su abuelo y nos vamos a dar un paseo los tres para ver la puesta de sol.

Después de cenar una deliciosa gallina en pepitoria y un gazpacho al más puro estilo Marcelina, fuerte de cominos, los niños se han ido al cuarto de estar con sus dos películas de terror de bajo presupuesto, *The evil dead* y *La noche de los muertos vivientes*. Ha sido un día intenso para ellos y están agotados, pero no perdonan la sesión doble de miedo y risas. Les doy las buenas noches y quedamos en vernos para desayunar a las ocho. Con un poco de suerte, podremos desayunar también con mi padre y hacer un poco de vida en familia. Me acerco a la cocina y le pido a Marcelina que me haga una infusión de hierbas de las suyas para dormir bien. Me sonríe y me pide que me quede mientras la prepara. Veo que tiene ganas de contarme algo y espero a que se decida a arrancar sin sacar yo ningún otro tema de conversión para no distraerla. En ese momento suena mi teléfono móvil. Lo sacó del bolsillo trasero de mi pantalón y lo cojo. Es Jimmy. Cruzamos cuatro frases y quedamos en conversar tranquilamente por la mañana. Cuelgo y lo silencio para poder hablar con Marcelina, que me da recuerdos para el señorito Mario, dando por hecho que es quien acaba de llamar.

—Don Beltrán no está bien, señorita. Come poco y duerme mucho. Apenas habla con los chicos y está todas las tardes encerrado en la biblioteca a cal y canto. No quiere que nadie lo moleste. No contesta las llamadas de su hermana ni las de nadie. Desde que volvió de Madrid del entierro de doña Blanca, está, como diría yo, señorita. Está triste.

—Don Beltrán, que es como una roca... Cómo decirle... Mi Ramón y yo estamos muy preocupados. El accidente se veía venir. La otra tarde se cayó del caballo. Menos mal que estaban los dos chavalines que ayudan a Ramón, porque se había quedado estribado. Y tenemos que agradecer que los caballos de esta casa, son nobles, como su padre de usted, que si no, solo el Señor sabe lo que podría haber pasado si echa a correr ese animal.

—Marcelina, hoy estaba muy bebido cuando ha llegado. ¿Es así todos los días?

—Bueno, ya sabe usted que su padre es de buen comer y mejor beber. El martes mandó a Ramón a Béjar con una lista de bebidas para reponer en el mueble bar de la biblioteca. Ha acabado con todo lo que había en la casa. Tengo escondido el jerez para que no me lo beba, que luego no me queda para cocinar. Y el licor francés de nombre raro también está en su sitio; ese mueble no suele abrirlo.

—Marcelina, todo esto es por mi madre. Su muerte le ha afectado más de lo que podríamos habernos imaginado. Nos ha cogido a todos desprevenidos, la verdad. Tampoco Tristán me ha comentado nada las veces que hemos hablado por teléfono.

—Ya sabe cómo son los chicos. Ellos aquí están felices. Vienen conmigo a la cocina y me cuentan de su abuelo. Procuran no hacerse notar. Los dos saben el genio que gasta don Beltrán e intentan no molestarlo. Su hijo y su sobrino están muy bien educados. Nos ayudan mucho a Ramón y a mí. Los tenemos muy entretenidos para que no noten demasiado que su abuelo no puede estar ahora con ellos.

—Marcelina, antes comentaste que mi padre ha mandado sacar todas las cosas de mi madre. ¿Qué cosas son esas? No sabía que hubiera nada de ella guardado aquí.

—Véalo usted misma en la biblioteca mañana, pero tenga cuidado de que su padre no la vea curiosear. Ha prohibido la entrada a todos menos a mí.

—Mañana voy a hablar con Sonsoles para preguntarle si quiere que me lleve a Íñigo a Madrid el domingo o prefiere dejarlo unos días más aquí. A finales de la semana que viene nos iremos a San Sebastián, así que el jueves los niños tienen que estar en mi casa. No creo que pueda venir a buscarlos, de modo que le voy a pedir a Ramón que los acerque a Béjar para que vayan en el tren.

—Don Beltrán no va a consentir que los lleve nadie. Querrá acercarlos él.

—Si mi padre puede y tú ves que se encuentra bien, que los lleve. Sino, que lo haga Ramón; no quiero que los niños corran más riesgos en la carretera. Mi padre no está bien. Te lo pido por favor, Marcelina. Ya tenemos el cupo completo de disgustos para una temporada.

—Su padre no está en su cuarto, señorita, ha ido a la biblioteca. Me he acercado para ver si estaba bien y me he encontrado la cama vacía y la puerta de la biblioteca cerrada por dentro. Las cortinas están echadas, así que no se puede ver nada desde el jardín. Seguro que se quedó dormido en el sofá, como muchas noches. No quería preocuparla, por eso no le he dicho nada.

—Tranquila, Marcelina. Bastante hacéis, y desde hace mucho tiempo. No sé qué haríamos sin ti y sin Ramón. Esperaré a mañana para poder entrar y ver qué está haciendo mi padre ahí dentro. Gracias por todo. Me voy a la cama con mi infusión. Yo también estoy agotada y necesito dormir. ¿Sabes que te quiero mucho, verdad? Y no me gusta que me llames *señorita*. ¿Crees que algún día lo conseguiremos?

—¿Dejar de llamarla *señorita*? ¿Pero cómo quiere que la llame? ¿Solo por su nombre? ¡Ay no! No podría hacerlo, una tiene su educación y sus modales, no vaya a creer usted que le faltó al respeto. Faltaría más. Usted siempre será mi señorita, aunque no le guste. Mi querida señorita Alejandra. Y también quiero decirle otra cosa de parte de mi marido y de una servidora: hemos sentido mucho la muerte de doña Blanca. Es una pena que don Beltrán haya vivido solo todos estos años. Cuando estaban juntos, él era otra persona. Usted no lo sabe porque era muy pequeña pero si me permite decirlo, parecían felices.

—Seguramente, Marcelina. Es una pena, pero pasaron muchas cosas que solo ellos saben. Hay veces que es mejor estar separados y tranquilos que juntos y desdichados. Yo no tengo ningún recuerdo de ellos juntos pero sí he visto algunas fotos, y sí, puede que en algún momento fueran felices. Quién sabe. Buenas noches, Marcelina, descansa.

—Buenas noches, señorita. Hasta mañana si Dios quiere.

Hemos dado un paseo a caballo de dos horas, con galope incluido. Al llegar a donde abreva el ganado, la fuente del roble, que ya no corre como antes pero que sigue teniendo su cañito de agua fresca y rica para beber, hemos desmontado para que los niños estiren las piernas y los caballos beban. Tristán saca un par de bocadillos de jamón de Guijuelo con tomate de sus alforjas de cuero y los dos primos se sientan a comérselos bajo la sombra de una encina centenaria. «Es jamón del bueno», comentan mientras dan buena cuenta. No tienen mal paladar estos niños. Los miro y me sonrío al verlos tan felices juntos.

Los niños me cuentan que hace unos días, el abuelo los tuvo montando y desmontando del caballo durante una hora entera. Por lo que se ve, al abuelo le parecía que no lo estaban haciendo de una manera muy ortodoxa. Nada de montar directamente en plan *cowboy* del Lejano Oeste. No. Les ha enseñado a subirse dándole la espalda a la cabeza del caballo, lo que exige girar el estribo y el cuerpo ciento ochenta grados. Es el mejor método por si un caballo se asusta y sale corriendo. Yo también fui instruida en su momento, y con el paso del tiempo nunca me encontré con nadie que se montase así. Tampoco nos hemos librado de las interminables sesiones de tanda en el picadero. Bien es cierto que la mayoría de la gente que conozco monta a la inglesa, y en casa, como manda la tradición, se monta al más puro estilo vaquero. Esta lección no se les va a olvidar en la vida.

Me sigue pareciendo un privilegio poder estar aquí, disfrutando de mi hijo y de mi sobrino. Es el único momento en muchos días en el que me siento casi en paz. Montamos de nuevo y volvemos a casa. Los niños llegan un poco enfadados: dicen que soy una aguafiestas porque no los dejo llegar a galope tendido hasta casa. Es otra de las lecciones que hay que aprender. Ni se sale ni se vuelve a galope, que luego los caballos se acostumbran. Tristán está loco por darse un baño en la piscina. Desensillamos primero los caballos, les quitamos las cabezadas y se los dejamos a Ramón para que les dé de beber, los cepille y refresque con agua de la manguera. Ha sido un paseo delicioso. Le doy las gracias a Ramón y me voy caminando tranquilamente hasta el guadarnés. Abro la puerta, entro y me quito las botas y el sombrero sentada sobre el banquito de madera que hay al fondo. Huele a cuero y a campo. Siempre está fresco y en silencio, salvo algunas moscas que revolotean buscando la salida a las cuadras. Me sorprendo gratamente al ver que los niños han dejado sus cosas perfectamente colocadas en los espacios donde están grabados sus nombres y sus años de nacimiento. No tengo la menor duda de que el mérito es de su abuelo, que es un maniático del orden y del cuidado de las cosas que de verdad le importan. Y los caballos son una de ellas. Después los felicitaré.

Hace un calor tremendo. No corre una gota de aire. Entro en casa y voy a la cocina para preguntarle a Marcelina si necesita que la ayude. Me dice que está todo organizado y me presenta a Inés, su sobrina nieta, que ha venido a verla y le está echando una mano en la cocina. Es una muñeca rubia de ojos azules, de unos catorce años, con la cara llena de pecas, que se presenta muy educada y me da un beso. Le pregunto a Marcelina dónde está mi padre y me dice que ha bajado un momento al pueblo y que ha dejado dicho que sirva la comida a las dos y media en punto en el cenador. Como para contradecirlo. Decido no seguir preguntando y voy a darme un baño. Qué delicia. El agua está fresca y limpia. No tiene apenas cloro, cosa que agradezco. En casa somos alérgicos al cloro, a la lejía y a la naftalina. Son tres olores que nos desagradan sobremanera, manías probablemente heredadas de mi madre.

Marcelina envía a Inés a la piscina para darme un recado. Le pregunto si no le apetece darse un baño con los niños y me dice tímidamente que no ha traído bañador pero que otro día le gustaría y quedamos en que no se olvide de traerlo mañana. Los niños se dan codazos debajo del agua, la verdad es que Inés es una preciosidad. Me dice que cuando pueda vaya a la cocina, le pregunto qué hora es y me dice que son casi las dos. Salgo del agua, me ducho y me pongo el albornoz que hay en la carpa, que hace las veces de cuarto en la piscina, también con mis iniciales bordadas en el lado izquierdo, a la altura del pecho. Esta es otra de las peculiaridades de esta casa. Las toallas y la ropa de cama no son intercambiables. Cada uno tiene sus juegos, siempre impecables. Inés me espera y entra conmigo en la casa. Su tía la manda a la huerta para que traiga un poco de *ciboulette* para la *vichyssoise,* espera a que la niña salga por la puerta de la cocina y me dice que han llamado del cuartelillo hace cinco minutos. Mi padre está retenido por haberse enzarzado en una pelea en medio de una partida de mus. ¡Este hombre es incorregible!

—Marcelina, que los niños vayan comiendo, voy a bajar a buscarlo. Que Inés coma con ellos, así están más entretenidos. No quites nuestros platos, comeré con mi padre cuando vuelva.

—Sí, señorita. Espero que don Beltrán esté bien. Ha bajado muy temprano con Francisco, el del secadero de jamones, que lo vino a buscar no sé para qué. Ya sabe que don Beltrán no suele dar explicaciones.

—Sí, ya sé quién es, recuerdo haberlo visto en alguna matanza hace años.

Bajo como una exhalación por el camino que lleva al pueblo, levantando una enorme polvareda y hablando en voz alta. Aparco al lado de un Nissan Patrol verde caza, el típico coche que usa la Guardia Civil, y entro en el cuartel por la puerta principal, que está entreabierta. Dos guardias civiles más o menos de mi edad se levantan de sus mesas y me saludan.

—Soy Alejandra Terry, creo que mi padre está aquí.

—Hola, Alejandra, soy Samuel, el hijo del panadero. ¿Te acuerdas de mí?

—Samuel, sí, cómo no. Hace siglos que no te veo. ¡Cómo ha pasado el tiempo!

—Sí, mucho. Tú estás igual, yo diría que mejor. ¿Sigues montando a caballo?

—Gracias, eres muy amable, pero el tiempo pasa para todos, y sí, sigo montando, aunque solo cuando vengo a la dehesa. Ya no es como antes, me dedico a otras cosas, hay que ganarse la vida.

—Este es el sargento Sergio García, es de Salamanca.

—Hola, ¿qué tal? Creo que no nos conocemos.

Samuel es alto, lleva un corte de pelo estilo *marine,* extremadamente corto por la nuca y los lados. Su piel es cetrina, y los rasgos de su cara, muy marcados y angulosos. Tiene unos enormes y expresivos ojos castaños y un ligero tic nervioso en el derecho. Mide más de un metro ochenta y luce una colección de pulseras hippies en su muñeca izquierda, además de varios tatuajes de estilo japonés. Lleva remangadas al máximo las mangas de su camisa, casi hasta el hombro, mostrando una definida musculatura de gimnasio. Parece más un bombero que un guardia civil. Nada que ver con el físico de los predecesores que conocí en otras épocas, más bien pequeños y, desde luego, más rudos. Sergio es el contrapunto de Samuel, más al estilo tradicional, un poco más bajo y muy ancho, pasado de peso, de piel y ojos claros, y completamente calvo. Me resultan cómicos por el contraste.

—Tu padre no está detenido, pero lo hemos encerrado en la celda para que se relajara y se acostara un rato. Le ha roto una botella en la cabeza a Florencio, el farmacéutico. Se ha organizado una pelea en el bar mientras jugaban al mus, y mira que los dos están mayores, pero se han enzarzado de lo lindo. Tu padre sigue como siempre, genio y figura. No es la primera vez que se cascan, aunque esta vez se han pasado de la raya.

—¿Ha presentado Florencio una denuncia contra mi padre?

—No. Ha hecho una declaración pero no ha presentado denuncia. Lo han llevado al ambulatorio de Béjar; parece que hay que darle puntos. Aquí, en Palomares y en sábado, poca cosa se podía hacer. La cuestión es que tu padre ha bebido demasiado y no se podía marchar solo.

—¿Puedo llevarlo a casa?

—Sí, solo tienes que firmar estos papeles. Si quieres, te ayudamos a subirlo al coche, o si lo prefieres, podemos subir contigo.

—No, gracias, Samuel, arriba están mi hijo y mi sobrino, y no quiero que se preocupen más de la cuenta. Por cierto, ¿puedes decirme qué pasó ayer?

—Según la versión de tu padre, se salió de la carretera porque se bloqueó la caja de cambios del coche. Entre nosotros, creo que conducía uno de sus nietos, pero como no les ha pasado nada, salieron por su propio pie y vinieron a dar parte, no ha habido más que hacer.

—Sí, eso me han contado. Podríamos decir que esa es su versión oficial. ¿Puedes darme el teléfono de Florencio o de su mujer? Quiero disculparme y saber si necesitan algo.

—Claro, aquí lo tengo. Si necesitas algo, ya sabes dónde estamos. Te dejo también mi número y el del cuartelillo.

—Gracias, Samuel. Mi padre no se encuentra muy bien últimamente. No sé si sabes que mi madre murió hace poco más de un mes.

—Sí, lo sabía y lo siento mucho. Espero que tu padre se mejore. Ya sabes que en este pueblo, todos lo queremos mucho.

—Lo sabemos. Gracias otra vez.

Entre Samuel y Sergio ayudan a mi padre a levantarse del lecho en el que se ha quedado dormido. Se despierta aturdido y un poco molesto porque han interrumpido su sueño. Samuel le pone los zapatos, coge el brazo derecho de mi padre y lo pasa por detrás de su cuello, le rodea la estrecha cintura con su brazo izquierdo de superhéroe y lo ayuda a ponerse de pie sin prisas. Lo lleva casi en volandas hasta nuestro coche, mientras Sergio va abriendo las puertas y retirando objetos que puedan entorpecer la salida: una silla, un paragüero, unas cajas apiladas al pie de la escalera, en la entrada del cuartel.

Como ya me imaginaba, una vez en la calle, mi padre no consiente en que lo ayuden a subir al coche y lo hace solo y por su propio pie sin mirarme siquiera. No parece estar muy borracho, pero sí le han dado un buen revolcón y se nota la huella de un puñetazo en el ojo derecho. Tiene arrancados un par de botones de la camisa y roto el bolsillo de la chaqueta. Los zapatos están llenos de polvo, como si hubieran corrido los sanfermines, y el pantalón *beige*, lleno de tiznones. Subimos en silencio hacia casa y lo acompaño hasta su cuarto con la ayuda de Ramón, que estaba esperando al final del camino intuyendo que lo podía necesitar. No nos permite entrar en su cuarto y se acuesta solo. Marcelina ya había entornado las contraventanas y preparado la cama para que pudiera descansar. Los niños están jugando con Inés a las cartas en la mesa del cenador, ajenos a todo. Marcelina ha recogido la mesa y me ha preparado una bandeja por si quiero comer en el comedor. Ya sabía que yo no querría comer sola, pero siempre espera a que sea yo quien lo diga.

El comedor es un espacio increíble cuando hay invitados pero se convierte en un lugar incómodo y hostil cuando no tiene vida. La mesa es de roble macizo y está formada por piezas que se unen por debajo con unos herrajes especiales que hacen de ella una superficie continua, sin juntas ni holguras. Veintidós sillas de roble isabelinas tapizadas en color amarillo ámbar se alinean en dos filas enfrentadas, como un ejército en formación. En las cabeceras, dos butacones a juego del mismo estilo, mismo tapizado, mismas tachuelas doradas, misma solemnidad. Sobre la mesa, cuatro candelabros de plata, dos gallos de pelea y dos pavos reales con las colas sin desplegar, también de plata. En la pared entelada en tonos tostados con formas geométricas y flores de lis, frente al gran ventanal, la colección de trofeos de caza de mi padre: corzos, gamos, venados, rebecos, macho montés, muflones; la quintaesencia de la fauna cornúpeta nacional. Al fondo, las dos alacenas contiguas donde se guardan las mantelerías de hilo bordadas, las vajillas de porcelana, la cubertería de plata y las cristalerías, todo lo indispensable para vestir una mesa como mandan los cánones y la tradición familiar. Mi madre siempre decía: «Como diría tu abuela, no te cases con alguien que no tenga tu misma educación». De niña, la simpleza de la frase y la complejidad que encierra me hacían pensar. Qué razón tenía.

El comedor no es agradable para un solo comensal. Marcelina lo sabe y por eso se ha anticipado, lo que es de agradecer.

—¿Comerá la señorita en el comedor?

—No, gracias, Marcelina. Si no te importa, tomaré una taza de *vichissoise*, un poco de jamón y una copa de vino. Quiero hablar con mi hermana, esto se nos está yendo de las manos. Por favor, dame la llave de la biblioteca, voy a aprovechar que mi padre está descansando para ver qué tiene montado allí antes de llamar a Sonsoles.

—Ahora mismo se la doy. Si necesita algo, apriete el botón para llamar a la cocina. Yo estaré por aquí por si a don Beltrán se le ofrece alguna cosa, aunque lo mejor es que duerma.

Me voy al cuarto de estar y me quedo inmóvil mirando la pared que tengo delante con las piernas estiradas y cruzadas una encima de la otra, y las manos entrelazadas sobre mi regazo. No habrá paz para esta familia. Niego con la cabeza y en silencio, y espero a que Marcelina me traiga mi tentempié. No se oye ningún ruido. Esta casa es tan grande y tiene las paredes tan gruesas que se puede oír el silencio. Marcelina toca la puerta que he dejado entreabierta y me deja una bandeja con un plato de jamón recién cortado, unas tostadas de pan de hogaza con aceite y tomate de la huerta, y una copa de champán. Sale por la puerta antes de que le diga nada por haberme cambiado el vino por champán y vuelve con una botella de cava de Sabaté i Coca, de Castellroig.

—Pero, Marcelina, ¿tenemos algo que celebrar hoy? Si es así, tráete una copa para brindar conmigo.

—No, señorita, me he acordado de que el señorito Gonzalo trajo varias botellas el día del cumpleaños de Tristán. Me dijo que van muy bien con el jamón, mejor que el vino, porque ayuda a descubrir mejor los matices del jamón. Yo eso de los matices no lo entendí bien, pero dice que esta botella es de lo mejorcito que él ha probado. Ustedes sabrán, que son los que han viajado por esos mundos de Dios.

—Pues claro que sí, Marcelina; dame la botella para que la abra. ¿Y qué dice mi padre de esto?

—Que son mariconadas del señorito y que no quiere ver ninguna botella por aquí. Por eso se las estoy dando a usted, señorita. Es una pena tener que tirarlas, y además es un pecado, con el hambre que hay por el mundo, Virgen Santísima.

—Pues si lo dice mi hermano, habrá que hacerle caso. Y tráeme, por favor, una cubitera con hielo para que no tengas que andar de la ceca a la meca.

Alabo el gusto de mi hermano. Me bebo tres copas del excelente espumoso y doy buena cuenta del jamón. Si no fuera por los disgustos que me da mi padre, estaría en la gloria. Adoro esta tierra, me siento más cerca de mi lado espiritual cuando estoy aquí. Por otra parte, y gracias a mi padre, todas las preocupaciones que traía conmigo han pasado a un estadio de importancia de grado dos, así que, al final, hasta voy a tener que agradecérselo. En la intimidad de estas cuatro paredes, noto que mi sentido del humor aflora tímidamente por una rendija y me sonrío al ser consciente de ello.

Me preparo para ir de nuevo a la biblioteca y ver qué está pasando. En una segunda tentativa, mirando a un lado y a otro del pasillo, giro la llave dentro de la cerradura y empujo suavemente el pomo de la puerta. La luz de la tarde entra por el enorme ventanal semicircular iluminando suavemente la estancia. Los enormes cortinones de terciopelo verde están recogidos a ambos lados.

La biblioteca está irreconocible: es cierto que parece un museo. Apenas se ven algunos de los libros que hay repartidos en los dos muebles de madera hechos a medida y simétricos que dividen la biblioteca en dos partes idénticas. Cincuenta metros de superficie ocupada al centímetro por un arsenal de objetos que no había visto en mi vida y que ahora llenan la estancia como si de un anticuario se tratase. Más de cuatro mil libros arrinconados por un sinfín de recuerdos recién liberados de un destierro de más de tres décadas. No puedo creer lo que estoy viendo. Voy de sobresalto en sobresalto, de disgusto en disgusto, de sorpresa en sorpresa.

Más que un museo, es una especie de santuario. Me quedo de pie durante un rato largo recorriendo con la mirada todo lo que veo. Me voy moviendo sigilosamente entre los muebles y los cuadros tratando de entender qué hace todo esto aquí y por qué. Me acerco hasta la mesa de escritorio de estilo victoriano de roble macizo y piel burdeos que mira al ventanal. Su superficie es un *collage* gigante de fotografías de mi madre, algunas viejas, otras rotas en pedazos, muchas de ellas, enmohecidas. Álbumes de fotos deteriorados por la humedad y el paso del tiempo se superponen a las fotos sueltas. Cartas, sobres mugrientos, recortes de periódicos y revistas. Flanqueando la mesa, dos tibores de porcelana china en tonos rosas y verdes con escenas costumbristas, cuatro platos también de porcelana apilados, y sobre ellos y medio envueltas, una colección de figuras orientales de diferentes tamaños talladas en marfil, algunas de ellas, decapitadas.

Sobre la silla inglesa de capitán de barco, de madera y piel color verde botella oscuro y cuatro patas con ruedas, cuelgan un bolso de flecos de ante marrón con las iniciales B.M. y un pañuelo con motivos de caza en tonos verdes, crema y ocre, comido por las polillas. A su lado, un par de chinelas azules antiguas sin estrenar, bordadas en seda, con lentejuelas y pompones en las puntas. En el respaldo de la silla, unas mantas de *mohair* de Ezcaray de diferentes colores, y sobre el asiento, un cesto de rafia con los bordes rematados en tela de lunares azules que debió de conocer épocas mejores. Encima del sofá inglés Chesterfield modelo St. James de haya maciza y cuero color canela, acolchado *capitoné* y rematado con tachuelas, un impresionante mantón de manila de color rojo oscuro y flores bordadas en plata, extendido a lo largo del respaldo con los flecos perfectamente peinados, como si alguien acabara de colocarlos. También, dos cojines con las caras de dos *beagles,* la raza de perro favorita de mi padre. Sobre la mesa de centro, una colección de más de cien ejemplares de la revista *Luna y Sol,* dedicada a los acontecimientos sociales más relevantes del momento, que costaba veinticinco pesetas. A su lado, pero en el suelo, otra montaña de ejemplares atrasados del diario *ABC.* Un tocadiscos Soundmaster alemán de los años sesenta de acabado en madera bien conservado. Sobre los altavoces del tocadiscos, una colección de discos de los años 50, auténticas joyas de la música francesa, italiana, americana y española. Más de quinientos discos en perfecto estado de revista a pesar de haber permanecido en la sombra durante más de tres décadas. Probablemente, Marcelina se habría ocupado de limpiarlos uno a uno por orden de mi padre. Miles Davis, ThePlatters, Elvis Presley, Edith Piaf, Alberto Cortez, Enrico Caruso, Gilbert Becaud, OrnellaVanoni, Gino Paoli, Little Richard, Cecilia, Rafaella Carrá, Antonio Machín, Lucho Gatica, Lucio Dalla, Paco de Lucía, Yves Montand, Delibes, Schubert, Bach, Handel, Chopin, Carlos Gardel, Antonio Molina, María Callas, Astor Piazzolla, Pepe Marchena y cómo no, Frank Sinatra.

Sobre la chimenea, un retrato de mi madre con veinte y pocos años que nunca había visto hasta este momento, al más puro estilo Lauren Bacall años cuarenta, belleza y glamur en estado puro. El cuadro, de gran tamaño, está apoyado y superpuesto al óleo abstracto del rejoneador, una pintura que respira una fuerza descomunal. Pintado en tonos rojos, naranjas, negros y ocres, cargado de belleza y plasticidad, una pieza única que por alguna razón que se me escapa, mi padre no retiró de su vista, como hizo con todo lo demás. Quizá fuera un regalo que él le hizo a ella o quizá no. Algo tiene este cuadro que a nadie deja indiferente. Había que esforzarse para encontrar tanto al toro como al caballo. Mi madre solía decir que el espíritu de una pintura no siempre se muestra de forma explícita. A mí me encanta esta pintura. Dos lámparas Tiffany, estilo *art nouveau* a la derecha del cuadro, cada una de un tamaño diferente.

A ambos lados de la chimenea, una pareja de butacas Queen Anne Chesterfield de piel burdeos, en cuyos brazos reposan dos abrigos de piel y dos capas de alpaca argentinas en colores marfil y gris marengo con boinas a juego. A la derecha de una de ellas, un arcón de madera de cedro, de formas redondeadas, con herrajes deteriorados por la herrumbre y la humedad. Al abrirlo descubro que atesora un sinfín de pequeñas cajas y pastilleros de plata, alpaca y estaño de diferentes tamaños, colores y estilos. Debe de haber cientos de ellos. Recuerdo que mi madre los coleccionaba, pero la versión que teníamos era que se perdieron en un traslado antes de que yo naciera. A escasos centímetros, un baúl de madera pintado a mano por mi madre y forrado por dentro en seda blanca. En su interior, varios conjuntos de camisones y batas de seda y encaje de diferentes tonos claros, envueltos en papel también de seda y aparentemente intactos; mañanitas tejidas en lana fina; algunos pañuelos de hilo, y unos chales bordados. Detrás de la butaca de mi derecha, dos arcones de madera y hierro enormes, apoyados sobre la librería, con manteles, vajilla, cristalería y una cubertería de plata con las iniciales C de M, Casa de Muguiro. Detrás del sofá, más de cincuenta cuadros de diferentes tamaños y estilos, unos pintados por mi madre y otros no, puestos unos encima de los otros, y dos espejos venecianos de gran altura. Un biombo de tres cuerpos de madera y tela pintado a mano. Dos maletas de piel de cocodrilo marrón oscuro, cerradas y sin llave, que aún conservan el nombre de mi madre en sus etiquetas, amarillas por el paso de los años. Sobre el suelo de madera, varias alfombras persas de lana y seda, y dos tapices enrollados apoyados en una esquina. Un caballete, varios lienzos de color *beige* envejecidos, algunas cajas de madera con óleos, acuarelas y pinceles. Una fotografía del día de la boda de mis padres en un marco de plata con el cristal roto por la mitad y un proyector de Super-8 con varias cajas de películas. A su lado, una pequeña pantalla enrollada en una funda, dos botellas de whisky de malta

Glenfiddich 12 años vacías y sin tapones, y varios vasos de cristal de Baccarat hechos pedazos. Puede que no haya quedado uno vivo, visto lo visto.

Curiosamente, los libros de la biblioteca están intactos, alineados en sus entrepaños, ajenos al paso del tiempo y al desembarco de los demás enseres. Nada se ha movido de su sitio, al menos, tengo esa impresión. Mi padre adora leer, y dudo mucho que hiciera sacar los libros de mi madre de sus huecos. Era una de las aficiones que tenían en común. Esos libros han permanecido estoicos en su sitio, mudos, estáticos, alerta, como yo, sin moverse, siendo acariciados de cuando en cuando por el plumero de Marcelina y a la espera de otro momento mejor, añorando ser abiertos y disfrutados. En la esquina, al lado de la puerta, la escalera de madera de doce peldaños para acceder a los estantes más altos ahora hace las veces de soporte para las mantas. Las aparto con cuidado y deslizo la escalera hasta el último estante de la izquierda, donde está la sección de libros de novela histórica. Escojo uno al azar sin leer el título en el lomo. Coincide que es una edición con encuadernación de lujo de *El siglo de las luces,* de Alejo Carpentier. Está firmado por mi madre con sus iniciales, B.M. La Umbría,1975. Lo huelo y hojeo sus páginas. Enseguida aparecen recuerdos de mi madre. Le gustaba coleccionar flores dentro de los libros. Todos sus libros tienen un legado vegetal o pictórico que refleja el lugar donde fueron leídas las obras, razón por la que no solía prestarlos. Había que tener mucho cuidado con las flores y las hojas para que no se cayesen, así como las cintas, los retales o los dibujos que contenían. Paso las hojas con cuidado y aparece una entrada del Teatro Alcalá Palace de Madrid, de la ópera rock *Jesucristo Superstar*, con fecha 6 de noviembre de 1975. Muy osado por parte de mi madre ir a ver este espectáculo, estando aún vivo El Generalísimo. Seguramente no fue acompañada de mi padre, quien se lo habría impedido si lo hubiera sabido.

Me siento unos minutos en el sofá para digerir la ingesta de recuerdos que no me pertenecen pero que ahora van a engrosar la lista de los míos. Intuyo que estoy sentada en el mismo lugar y haciendo lo mismo que hace mi padre en esta biblioteca. Me acomodo en el sofá que tantas veces me dio asiento. Mis ojos están exhaustos después del escáner al que los he sometido. No sé de qué tiempo dispongo ni si seré descubierta. No conozco nada de lo que acabo de ver: ni una sola pieza forma parte de mis recuerdos infantiles, de mi adolescencia, de mi vida. El toque femenino que La Umbría tuvo en otro tiempo fue arrancado, prohibido, confinado, desterrado a un cuarto oscuro por los siglos de los siglos. Contemplo el retrato de mi madre y me pregunto qué hará él durante todas las horas en las que se encierra entre estas cuatro paredes, en este improvisado santuario abarrotado de recuerdos y dolores antiguos. El espacio se ha hecho más grande. Se nota que la biblioteca se ha cargado de una energía diferente. Huele a humedad, a moho, a viejo, a polvo, a tristeza, a silencio y a soledad.

Me pregunto si él se acurrucará aquí, justo donde yo estoy ahora, en su viejo y querido Chester, con un whisky en la mano izquierda y apretando la derecha contra su viejo corazón. ¿Se sentará aquí, hundido en la piel que tantas horas le diera cobijo, a admirarte, a extrañarte, a desearte, a añorarte, a pensarte, a recordarte. O por el contrario, a mirarte con dureza, con esos ojos con los que mira el alma cuando está herida de muerte. A cuestionarte, a mortificarse por tu falta de amor, por tu deslealtad, por tu abandono y tu negación? Quizá tu retrato lo haga viajar a tiempos pasados que fueron mejores o que solo fueron el preludio de una larga, tediosa y desgastante guerra fría. Quizá no los recuerde como maravillosos, pero sí mejores. Puede que te esté mitificando, o que te odie y tenga guardado un reproche por cada uno de tus días de ausencia. O tal vez sea un *por favor, vuelve, no me dejes, no quiero vivir solo.* En algún recoveco interior, agazapado entre sus múltiples angustias puede que haya un sentimiento olvidado de arrepentimiento por no haber sabido quererte como tú querías y como prometió ante Dios y ante los hombres que haría. Promesas rotas. Vanas intenciones encorsetadas en una realidad imposible de cambiar.

Yo creo que papá sufre a causa del dolor que siente por tantos años de soledad no elegida y de rencores enraizados, por tantas meteduras de pata y alardes de hombría mal entendida, tantos fantasmas trasnochados, tantas madrugadas vacías. Este santuario que hay aquí montado, mamá, es un homenaje a ti, la manifestación más triste de un hombre vencido que he visto en mi vida. Papá se ha desmoronado, ha perdido el gusto por la vida, se está haciendo daño y nos lo hace a los demás. Ayer, un accidente de coche, y hoy, una pelea en un bar. Sí, mamá, tu marido, porque de eso, y permíteme la broma, estamos seguras, ¿verdad? Como te decía, tu marido, el padre de tus hijos, ha mantenido encerrados tus recuerdos durante más de once mil seiscientos días, y ahora los libera y los reúne para poder estar cerca de ti. Yo estoy aquí, sentada entre tus cosas como si las fuéramos a catalogar, a subastar o puede que a quemar, con este hombre todo es posible. Como si estuviera en el escenario de una tragedia griega.

Me pregunto por qué no te las devolvió. Por qué las retuvo y no se deshizo de ellas quemándolas en una hoguera. Y tú, ¿por qué no las reclamaste? Pensaste que querría conservarlas. Le pudo más el amor que el odio, o eso quiero pensar. Nada más lejos de la realidad, mamá. Las hizo emparedar para no sufrir tu ausencia. Miro a la derecha de tu cuadro y descubro algo que no había visto hasta ahora. Parece un perchero. Está tapado con una manta gris de rayas rojas. Me levanto y me acerco para descubrir lo que está cubriendo. Es una jaula de algún metal corroído por la humedad. Me fijo en la base y veo debajo de un columpio, unos pequeños huesecillos esparcidos entre pelusas y plumas viejas. Descubro que son los restos de algún infeliz pájaro que fue desterrado sin ser visto con el resto de tus pertenencias, un pájaro muerto en su jaula de oro, probablemente un canario o un ruiseñor. Creo que alguna vez oí hablar de uno que una vez tuviste. Esto es lo que le hizo tu marido. Sencillamente, lo olvidó, como tú te olvidaste de él, encerrándolo con todo, condenándolo al silencio de los oídos sordos. ¡Ay, mamá! Tu marido y yo andamos como pollos sin cabeza, cada uno a su estilo y por motivos diferentes.

Esta sí que es una muerte sentida, tanto por lo que te llevas como por lo que has dejado. Esta puesta en escena de papá es una manera de decirte que te quiere, que siempre te quiso, que en el fondo de su corazón, siempre esperó que volvieras. Ya sé que tú también lo quisiste, me lo decías en tu carta, en esa carta que guardo solo para mí, como tú querías, esa carta que he leído unas cuantas veces y que podría repetir con puntos y comas. Pero no lo amaste, no pudiste, no supiste o simplemente no te salió de las tripas. Lo quisiste pero no lo amaste. No es un matiz cualquiera, no es una sutileza. Querer, podemos querer a muchos y de formas muy diferentes pero amar, amar no se ama de cualquier modo. Cuando amas y lo haces de veras, no hay vuelta atrás. Por eso, mamá, aunque no te lo parezca, empiezo a comprenderte.

Yo no amo a Mario. No lo he amado nunca y pensé que podría continuar viviendo en una vida sin amor. Esa es la gran mentira. Es la muerte cerebral. La más grande que vieron los tiempos. Miro tu retrato y me doy cuenta de que te quiero aunque ahora un velo de rabia empañe el más puro de todos los sentimientos. Ojalá hubieras tenido el valor de contármelo en vida, mamá. Las cosas habrían sido de otra manera. Habríamos podido hablar de ellos, de todo lo que pasó y porqué. Habría conocido a mi verdadera madre. Porque tú para mí ya eres otra madre, eres parte de otra historia, una que a día de hoy me viene grande y que sigo rechazando. Quisiera haber sido parte de esa otra vida en la que ninguno hemos podido entrar, de esa parcela íntima que no has querido compartir ni siquiera conmigo. Me lo debías, mamá. Me lo debías. Y mira que había venido a La Umbría con el firme propósito de descansar y de no pensar en ti, pero papá no me ha dado un respiro desde que he llegado. Estoy preocupada por él, creo que ha perdido la chaveta. El alcohol y la pena no son buenos compañeros de viaje.

Y nosotras, mamá, pues ya hablaremos, o más bien, ya te iré hablando yo, en este soliloquio que precisa ser escuchado aunque nunca sea respondido. No te niego que me voy serenando, pero hay algo entre tú y yo que se ha roto para siempre. Quiero olvidarme de tu carta y de lo que me revelas en ella. Quiero seguir con mi vida y poder dormir por las noches sin sobresaltos. Quiero disfrutar de Tristán y empezar una nueva vida sin lastres, sin miedos, sin convencionalismos, sin mentiras. Buenas noches, mamá, por hoy ya hemos terminado. No te niego, al mirar tu retrato, que sigues pareciéndome la mujer más bella que he visto en mi vida.

Mi padre no se ha levantado de la cama. Le ha dicho a Marcelina, que es la única a la que le permite entrar en su cuarto, que se despida de mí cuando me vaya. He hablado con Sonsoles y hemos decidido que es mejor que los niños se vuelvan conmigo a Madrid. Desoyendo las instrucciones del patriarca, me cuelo en su cuarto para despedirme. Huele a tabaco de pipa, a encina y a romero. El cuarto está en semipenumbra. Entra luz por unas rendijas de las viejas persianas de madera, que están completamente bajadas, cosa rara en él, que es capaz de dormir con el sol dándole en la cara. Me acerco sigilosamente y me siento en la silla que hay al lado de su cama. Tiene los ojos cerrados, parece tranquilo. Le toco ligeramente el brazo para que no se asuste y le hablo bajito, casi en un susurro.

—Papá, me voy a Madrid con los niños, vengo a despedirme.

No responde, ni se mueve. Parece dormir plácidamente y opto por no molestarlo. Seguramente no quiera decir adiós a los niños, se disgusta cuando se marchan. Me levanto con cuidado y vuelvo sobre mis pasos. Miro una vez más en dirección a su cama y cierro despacio la puerta, sin hacer ruido. Por suerte, estas puertas de madera macizas, no suenan demasiado, sus goznes están bien encajados y engrasados. Siento tener que marcharme sin despedirme, nunca se sabe cuándo volveremos a vernos y me cuesta dejarlo así, tan alicaído, sabiendo lo que sé, entendiendo lo que siente. Sin poder decirle una palabra de lo que llevo dentro.

Dejo a Marcelina al frente de la casa y le insisto en que nos llame por teléfono si nota más cambios de humor en mi padre o si duerme demasiado y no come. No puedo pedirle que lo vigile o que me informe de cada paso que da, pero sí de que me tenga al tanto si se encontrase más desanimado o enfermase. Los niños se despiden de Ramón y de Marcelina. Tristán no volverá hasta el año que viene y seguramente será otro: deja aquí parte del niño que es para empezar a encontrarse con el hombre que todos esperamos que sea.

17
El sueño de mi inconsciente

No me quito a mi padre de la cabeza, al titular quiero decir. Me preocupa la espiral de abandono y tristeza en la que está sumido. Poco podemos hacer por él, más allá de estar cerca y alerta por si ocurriese lo peor. Tampoco dejo de pensar en mi otro padre, el desconocido, y mucho menos aún, en mi reverenda madre. Son un trinca que nunca pensé que pudiera darse. Mi madre y mi padre, ya de entrada, nunca fueron una pareja al uso. Este trío de ases me recuerda a una película que vi hace tiempo, un famoso *western* titulado *Forajidos de leyenda,* interpretado por Paul Newman, Robert Redford y Katherine Ross. Las escenas se desarrollaban en el *far west*, entre bailes, trifulcas de cantina, tragos cortos de puros machos, tiroteos en calles polvorientas, gabardinas de cuellos subidos de cazarrecompensas, partidas de póker, putas a quince pavos, despojos de guerra con nombres de seres humanos, galopadas no aptas para cardíacos y sombreros de ala ancha. Igual que en el cine, nosotros tampoco reparamos en gastos. Mi propio triunvirato recién estrenado me acompaña de la mañana a la noche, de lunes a domingo y fiestas de guardar.

Ya se me está empezando a notar el desgaste emocional que llevo encima. Estoy agotada, distraída e inquieta. Cuento los días para que lleguen las vacaciones. Me falta fuelle, estoy perdiendo la energía, y por mucho empeño que ponga en disimularlo, esto ya no es una obra de teatro para *amateurs*. Y lo peor es que por la noche tampoco descanso. Tardo en conciliar el sueño o me desvelo de madrugada. Tengo sueños muy movidos y no siempre agradables. Pensaba que podría salir airosa de este trance sin necesidad de recurrir a la farmacología típica en estas circunstancias, cuando ya no controlas la angustia. No quiero perder el control, ni que mi cabeza vaya por libre y me deje de lado. Quiero dominarla y dominarme, racionalizar lo que me está pasando y domesticar este parloteo mental que me agota.

Hoy he tenido un sueño recurrente. He soñado que volvía a estar en mi cuarto de La Umbría. Es de noche, la estancia está apenas iluminada con la luz de un candil. Cojo con cuidado la lámpara de aceite que está sobre la cómoda, abro la puerta de mi cuarto y salgo despacio, cerrándola tras de mí con mucho cuidado para que no suene. Me encuentro en un pasillo muy largo y poco iluminado que tiene puertas a un lado y a otro. Todas ellas son de color blanco y tienen pomos dorados y cerraduras en las que hay metidas unas llaves también doradas, una llave por cada puerta, aparentemente, todas iguales. En cada puerta, hay un pequeño punto de luz y una placa de cerámica con números. A mi izquierda, los números impares, y a mi derecha, los pares. Dejo a un lado mi lamparita con mucho cuidado y me doy cuenta de que estoy descalza. Miro hacia atrás pero ya no veo la puerta de mi cuarto. Voy caminando casi de puntillas mientras miro a derecha e izquierda, como pasando revista. Unas voces de mujer me llaman por mi nombre y me invitan a seguir avanzando: «Ve hasta la puerta número dieciséis», me dicen. Mientras avanzo por el pasillo, los números de las puertas empiezan a moverse como si tuvieran vida propia. Todas quieren ser la puerta dieciséis, y de cada una de ellas salen unos brazos femeninos largos y delgados con guantes blancos enfundados hasta el codo que me invitan a acercarme moviéndose con sensualidad. Siento que el corazón me late con fuerza. No tengo miedo de las manos porque no pueden alcanzarme, pero las voces me asustan. Sigo andando por el pasillo, que se hace más y más largo ante mí. Las puertas se van desdibujando conforme voy avanzando. Me paro en la número quince. Miro a mi izquierda y veo que ya no quedan más puertas por descubrir. Me pregunto dónde estará la maldita puerta dieciséis.

El pasillo se ensancha, las luces se apagan y me encuentro frente a una puerta doble de madera con un arco en forma de herradura en la que hay una concha como llamador. La cojo, la separo de la madera en la que se apoya y llamo tres veces. Doy un paso hacia atrás y espero a ver qué ocurre. Las dos hojas se abren y ante mis ojos aparece un patio de naranjos dispuestos en hileras cuya cálida luz transmite una sensación de paz que me invita a entrar. En el centro del patio hay una fuente de piedra con agua que discurre juguetona y un asiento de hierro forjado y cuero en forma de S. Es un confidente, una especie de silla doble para que quienes la usen puedan mirarse de frente, cara a cara, una pieza única que invita a sentarse con alguien a conversar.

Me acerco a la silla y ocupo uno de los lugares, que tiene forma de media luna. Echo una ojeada a mi alrededor, admirando la belleza que me envuelve. El patio está rodeado por arcos que se soportan sobre columnas de mármol. El suelo es de mosaicos de color caldero con dibujos de cadenetas que contrastan con el tono marfil de las paredes que rodean el patio. El aire colorista de las paredes se complementa con unas lámparas grandes de hierro y cristales de colores que proporcionan una atmósfera cálida y romántica a todo el pasillo que lo rodea. Escucho el sonido del agua y me siento en paz en este lugar.

Más allá de los arcos que circundan el patio no veo ninguna puerta o ventana que me pueda dar acceso a otro lugar. No estoy en una casa y no veo la puerta por la que he entrado. Solo estamos el patio, su magia y yo. Me levanto de mi silla y paseo entre los naranjos. Acaricio sus frutos y rozo sus hojas con la punta de mis dedos. Me parece una especie de jardín del Edén al más puro estilo andalusí.

Doy una vuelta entera alrededor de la fuente y me siento en el borde. Descubro unos tiestos con unas flores que no sé identificar, parecen enormes brochas de afeitar de color crema, exuberantes y delicadas. Muevo suavemente el agua con las manos y me refresco la cara y los brazos. El agua es cristalina, tiene un tono azulado y su temperatura es agradable. Unos peces de colores violáceos nadan curiosos acercándose hasta tocar mis dedos, dando pequeños toques a modo de saludo. Me recojo el camisón a la altura de los muslos y meto los pies en el agua. Me siento parte de este entorno. Unas golondrinas planean sobre el patio con vuelo rasante. Vuelvo a mirar hacia la silla para dos y veo que hay alguien que ha ocupado el lugar vacío frente al mío. Saco los pies del agua y me muevo a hurtadillas entre los árboles para intentar observarlo sin que me descubra. Vislumbro la silueta de un hombre alto vestido con un traje de lino color *beige*. Es moreno, pero desde el lugar donde estoy, solo puedo verlo de perfil y no me atrevo a llamar su atención. Quizá vaya a encontrarse con alguien y le incomode mi presencia.

Él parece esperar pacientemente. Se ha acomodado en su asiento, tiene las piernas cruzadas y la espalda apoyada sobre el respaldo. Su codo izquierdo está relajado sobre el reposabrazos y su mano derecha sujeta un sombrero panamá que descansa sobre su pierna. Quiero moverme de detrás del árbol que me protege pero decido seguir escondida mientras descubro quién es y qué hace allí. Reconozco el patio, me muevo con agilidad entre los árboles; sé que he estado aquí antes, quizá de pequeña, en otro tiempo. El hombre, que espera tranquilo, saca un encendedor del bolsillo de su chaqueta y prende un cigarrillo. Una fina columna de humo se eleva de entre sus dedos. Salgo de mi escondite y me pongo a andar con cuidado por los caminos de cantos redondeados que me llevan hacia él. Ahora el camino por el que estoy yendo a su encuentro se estrecha, y los naranjos empiezan a combarse y a dejar caer sus frutos, que me impiden seguir caminando. Consigo llegar hasta la silla como si saliera de una avalancha frutal pero el hombre misterioso ha desaparecido. No he podido reconocerlo; no he visto su rostro. Se ha dejado su sombrero y su encendedor sobre el confidente.

Los cojo y los miro curiosa. El encendedor es un Dupont de oro que tienen una letra y un número grabados: B16. Agarro el sombrero, miro hacia arriba, cojo impulso y lo lanzo hacia el cielo como si fuera un bumerán. Se va volando y se pierde en el horizonte, más allá de los muros que guardan este patio. Vuelvo a sentarme en mi lugar y espero a que vuelva mientras sujeto el encendedor con dos dedos moviéndolo como si fuera un péndulo. Las golondrinas vuelven a sobrevolar el patio, esta vez con un vuelo errático que no augura nada bueno. El cielo, que lucía limpio y azul hace tan solo unos instantes, se ha vuelto de color gris marengo. Amenaza tormenta. Unas fuertes ráfagas de viento zarandean con violencia las copas de los árboles, un remolino de hojas envuelve la silla, empieza a llover con mucha fuerza. Quiero refugiarme bajo los soportales del patio pero este empieza a derrumbarse como si fuera un decorado efímero de cartón piedra. La lluvia y el viento han formado un tornado que lo engulle todo y lo lanza hacia arriba a una velocidad de vértigo. Todos damos vueltas dentro de él. La silla, las columnas, los arcos, las piedras, los cristales de colores, los mosaicos destrozados en mil pedazos, las naranjas, los árboles con sus raíces, los peces, las brochas de afeitar y yo.

Caemos todos por un agujero negro que desemboca en mi cuarto de la dehesa. La hojarasca cubre mi cama como una colcha natural y los peces dan sus últimos coletazos sobre el suelo de madera, mientras las naranjas ruedan hasta una esquina apilándose en un montón gigante junto a la puerta. Sobre la cabecera de mi cama, un cuadro con la imagen de mi madre al más puro estilo de *La Chiquita Piconera,* de Julio Romero de Torres. Mi madre está sentada sobre una silla de madera y enea, típicas de los pueblos y de las casas humildes. Está inclinada, con los antebrazos apoyados sobre sus piernas. Lleva el pelo recogido con raya a un lado. Su piel es de un tono verde aceituna.

Va vestida con una blusa de algodón de color crudo y una falda de tubo con medias a media altura. Su hombro izquierdo queda al descubierto. Con su mano derecha recoge el sombrero del hombre sin rostro. Su mirada es fuerte, dura y penetrante, como si estuviera disgustada por algo. Detrás de ella, en un plano lejano, veo una bahía y una barandilla blanca que no puede ser otra que la de la playa de la Concha. Me encojo por dentro.

No reconozco la fría mirada de la mujer del cuadro; es mi madre, pero sin una gota de dulzura. Tengo frío. Me asusto y me despierto sobresaltada empapada en sudor y con el corazón latiendo con fuerza. Mario se despierta y me pregunta si me encuentro bien. Le digo que sí, que vuelva a dormirse, y me voy a la cocina a prepararme un té. Pongo la radio, me bebo un vaso de agua y me quedo dándole vueltas a los símbolos del sueño. Cojo un papel del cajón y anoto: fuente, peces, naranjas, sombrero, sensualidad, oscuridad, manos, San Sebastián, B16. Miro el reloj y veo que son las 6,06 de la mañana. Imposible volver a conciliar el sueño, y mucho menos, si es otro de este estilo. Decido quedarme en la cocina y tomarme la mañana con calma hasta que llegue la hora de acudir a mi última cita con el doctor Rivera antes de las vacaciones de verano. Salgo a pasear con *Perla*. Hoy daremos un largo paseo por el parque, leeremos el periódico, compraremos flores en la floristería de Miguel y hablaremos de mi madre.

****

Vuelve a ser lunes y vuelvo a reproducir el mismo ritual de cada semana, esta vez habiéndome permitido la licencia de parar el carro de mi vida y bajarme de él por unas horas para pensar cómo afrontar la situación. Siento que he llegado al límite de mis posibilidades, temo estar obsesionándome. Me acomodo en la butaca de la consulta y decido de qué quiero hablar. Voy a diseñar un plan para buscar a Marcelo Barbosa, pero aún no tengo muy claro cómo perfilarlo y por dónde empezar. Tampoco sé en este momento si me apetece compartirlo con Hugo. Me reservo y empezamos la sesión.

Comentamos cómo ha ido mi fin de semana y le doy todos los detalles de las peripecias de mi padre y de los niños en la dehesa. La escena del cuartelillo, el descubrimiento de la biblioteca convertida en santuario, la tortura emocional y la evidente tristeza que siente mi padre por la muerte de mi madre. Hugo me mira con verdadera atención, y no es que otras veces yo haya dejado de sentir su interés, sino que en esta ocasión lo noto especialmente. Me pregunta cómo llevo la muerte de mi madre y le digo que tengo días mejores que otros. Él no sabe nada de la carta. Deshojo mentalmente la margarita del «le cuento, no le cuento». El último pétalo me da el sí y decido contárselo sin pensármelo ni un segundo más. No tiene sentido ocultarle información y no sería justo para ninguno de los dos. Hugo es la única persona que puede ayudarme a controlar el nivel de ansiedad y de inquietud añadida que me está provocando esta nueva situación.

Con el sentido del humor que me caracteriza, a veces un poco ácido y otras más bien tiznado de negro, le digo que somos uno más en la familia y espero su reacción, recreándome en su cara de sorpresa y disfrutando de mi momento de superioridad. Al cabo de unos segundos lo saco de su estado de perplejidad. Descartamos un embarazo y le espeto a bocajarro que tengo un padre nuevo que he recibido por carta. Sus enormes ojos negros se abren más de lo normal al escucharme y yo me sonrío viendo su reacción natural. No creo que a muchos de sus pacientes les aparezca un padre de un momento para otro. O sí. Le explico de corrido lo que la carta de mi madre revela y que hay una caja de seguridad esperando a ser abierta por mí en cuanto me decida a hacerlo. Le hablo de mis sentimientos encontrados, de la rabia y la frustración contenidas, de los insultos a mi madre en presencia de Angelita, de mi sueño y del peso que me estoy quitando de encima hoy al poder compartirlo con él. Me dice que entiende perfectamente que haya necesitado despotricar a pleno pulmón y a la vez posarlo dentro de mí antes de poder hablar de ello. Anota algunas cosas en su agenda y, contra todo pronóstico, profundizamos en la figura de mi padre.

Le cuento lo que siento al verlo tan abatido. Nunca fue fácil de llevar, pero ahora es un fantasma errante, una sombra de sí mismo, una réplica mala que ya ni se le parece. Todos sufrimos, cada uno a su manera, pero en el caso de mi padre es como todo en su vida: a lo vivo, a lo bestia, sin orden ni concierto, con él o en su contra, nunca o siempre. No tiene la menor idea de las tonalidades de gris que hay del blanco al negro. No sabe de medias verdades ni de medias tintas. No puede contemporizar ni esconder sus sentimientos. No se lleva bien con la ambigüedad. No tiene un centro. Al Norte o al Sur. Al Este o al Oeste. Creo que tampoco se lleva muy allá consigo mismo.

Me pregunto cómo habría sido mi vida si no hubiera estado cerca de él. Nací huérfana de padre estando vivo. Tampoco sé lo que es disfrutar de dos padres juntos ni del calor de un hogar compartido que a veces extraño aún sin haberlo tenido. O con uno, o con otro. Nunca en el mismo lugar, ni bajo el mismo techo, ni sentados en la misma mesa, ni en mis cumpleaños ni por Navidad. Nos hemos criado entre dos mundos completamente opuestos, dos mundos tan antagónicos que cuesta trabajo pensar que algún día pudieron estar unidos.

El *yin* y el *yang* desencajados. Adiós a la complementariedad, a la igualdad, a la interacción de las energías, al equilibrio, a la magia, al crecimiento. El día y la noche. No sé quién pudo ser el genio que hizo de nexo entre las dos familias, aquel que pensó que mis padres podrían tener algo en común. Desde luego, se lució.

Hugo me mira sin interrumpirme mientras le hablo de Tiranosaurio Rex. No hay un alias que pueda definirlo mejor. Nos sonreímos y continúo profundizando en sus orígenes para que Hugo pueda tener una idea más detallada de quiénes somos y porqué estamos aquí.

Mi padre era ganadero, hijo de ganaderos, nieto de ganaderos, un legado que fue pasando de padres a hijos desde 1882, orgullo de la familia, fuente de riqueza y alegría inagotables. Su abuelo fue uno de los fundadores de los Doce Ganaderos Románticos, la unión entre la ganadería y el romanticismo como un todo único e indivisible, infinitamente menos mercantilizado en otro tiempo que hoy en día. Los ganaderos de antes tenían que estar en el campo, gozaban viviendo en él. Si se moría una vaca, también moría una parte del ganadero. Cada vez que un ganadero iba en tren hasta su finca, el mayoral lo esperaba a pie de andén montado en su caballo y con otro cogido de las riendas para volver cabalgando y entrar por la puerta grande de sus dominios como un señor. Ganadero y campo se mimetizaban durante meses así lloviese o tronase. Tenían diez o doce fincas, de aproximadamente quinientas hectáreas cada una, en las que se repartían unas dos mil reses, dependiendo de las épocas de cría.

Poseían, además de un negocio de confección y venta de mantones de Manila y varios comercios repartidos por la mitad de la provincia de Madrid, un cine en la calle Doctor Cortezo, al lado de la plaza de Jacinto Benavente, uno de los cines más antiguos de Madrid, inaugurado en 1916. Tenían fincas de verano y de invierno en las que el ganado pasaba las temporadas propias de la trashumancia. Su padre, don Gabriel Terry, que había heredado y multiplicado los negocios de su abuelo, murió a los cuarenta y cinco años de edad al partirse el hígado en dos en una fatídica caída de un caballo. El animal se llamaba *Tamboril* y fue sacrificado la misma tarde en que su dueño murió. Don Gabriel se fue al otro barrio dejando viuda, cinco hijos y un considerable patrimonio, para mayor gloria de las generaciones venideras.

Su madre se volvió a casar con el médico de la plaza de Las Ventas, quien crio y educó a los niños como a sus propios hijos. Desde pequeños se habían codeado en su casa con toreros, ganaderos, caballistas, rejoneadores, flamencos y cantaoras. Joselito, Belmonte, Conchita Cintrón y otros asiduos a la fiesta taurina y a las tertulias familiares entraban y salían de la casa con total confianza y naturalidad. Cuando estalló la guerra, en julio de 1936, los milicianos del bando republicano mataron a todas las vacas de la ganadería reunidas en la finca La Algarabía con la justificación de que debían servir para alimentar al pueblo. Obviamente, el pueblo ni las cató. Solo una vaca y un toro fueron indultados en aquella matanza.

Mi padre vivió junto con su familia hasta su mayoría de edad en la calle Barquillo número 9. Estudió una carrera al igual que todos sus hermanos, heredó en vida de sus padres y se dedicó desde muy jovencito a administrar su propio patrimonio. No necesitaba trabajar, su abuelo y su padre lo habían hecho por él y por sus hermanos. Solo se les pedía que administrasen su patrimonio con inteligencia y mesura. Mi padre era ingeniero agrónomo, y el que llevaba en la sangre, más que ninguno de sus hermanos, el amor por el campo. Era un hombre atractivo, con muy buena facha, un cascabel, risueño y extrovertido, pero también con mucho carácter, con una personalidad arrebatadora. Y un gran relaciones públicas. Extremadamente generoso y amigo de sus amigos. Solía hacer referencia a la primera regla de agronomía: «Una finca es mejorable hasta la completa ruina de su dueño», una máxima que llevó a gala y que acabó convirtiéndose en su propia realidad. Había estado prometido con Nenuca Soler, una dama de distinguida condición, bella y elegante. Era hija única de un magistrado del Tribunal Supremo de Madrid, una niña que no gozaba de muy buena salud y a la que el paso de los años le iba consumiendo la vida a marchas forzadas. Había sido de las pocas mujeres de su época que había estudiado una carrera universitaria, se había licenciado en Filosofía y Letras, igual que mi madre en Bellas Artes. Versada en equitación y danza, aunque no las practicaba desde su más tierna infancia. Hablaba perfectamente inglés, francés y latín. Pero el destino les tenía reservado un final inesperado: Nenuca murió a la edad de veinticinco años, cuatro meses antes de que tuviera lugar la que todos llamaban la boda del año.

Poco tiempo después, conoció a mi madre en casa de unos amigos comunes y se enamoró perdidamente de ella. Se casaron tras un noviazgo exprés ante la sorpresa general de las familias y el entorno. Estaba acostumbrado a conseguir lo que quería, y mi madre no fue una excepción.

Siguiendo la tradición familiar y llevando en la sangre los toros, recuperó a golpe de talonario y dedicación personal una ganadería que fue su alegría y orgullo durante muchos años, una época dorada de la que disfrutó sin escatimar el más mínimo detalle. Vivía la mayor parte del tiempo entre La Umbría y La Algarabía, dos de las fincas ganaderas que había heredado, con su cuadrilla de fieles trabajadores. Vicente, el mayoral, hombre de campo, hijo, nieto y bisnieto de mayorales. Los garroteros, Silverio y Román, vaqueros de a pie. Los Paulinos, garroteros de a caballo, y las familias de estos. Los caballistas, Agustín, Sabino y Eusebio, y los aprendices, que se ocupaban de los perros, los presa castellanos, duros como piedras y los *boxer* lanzados, menos duros pero más listos. Y la reala de perros de caza, un *pointer*, dos bracos alemanes y dos bretones. Más de treinta personas con sus familias, repartidas entre la finca de invierno en Salamanca y la de verano en Olivenza, entre Badajoz y Portugal, a la que llevaban el ganado a pie, siguiendo la Ruta de la Plata para el aprovechamiento de los pastos.

Los braceros cultivaban el campo, sobre todo, alfalfa y remolacha para alimentar a los animales. Además, tenían pequeñas huertas de autoabastecimiento y el permiso para poder tener un animal por familia. En La Umbría, la finca de Salamanca, también se ocupaban de cuidar y alimentar a la piara de cerdos ibéricos. Como cada año en la última fase de cría, antes de la matanza, a algunos de ellos se les dejaba pastar a placer por la dehesa, entre encinas y alcornoques, aprovechando la montanera, en la que los animales se cebaban de bellotas durante varias semanas antes de que llegara su San Martín. Para mi padre, las personas que trabajaban para él no eran como de su familia, eran su familia. Reconocido por todos como un buen patrón, se preocupaba por el bienestar de todos ellos, siempre pendiente de sus familias y sus necesidades. Era duro y exigente, pero a la vez, justo y generoso, y se ocupaba de que todos vivieran con dignidad. Ellos, leales hasta la muerte, sentían orgullo de pertenencia. Se sentían privilegiados por estar al servicio de mi padre, de su casa y de su apellido, y a menudo llegaban trabajadores de otras fincas pidiendo trabajo y en ocasiones cobijo. Mi padre solía decirles a todos que en esta vida solo se podía ser bueno o malo, nunca mediocre. Podía perdonarles un acto de villanía pero nunca de ingratitud.

Llegó a tener más de mil quinientas vacas bravas. Madres escogidas, de las buenas, las mejores, hembras jóvenes dispuestas a entrar en la plaza de tientas para demostrar su nobleza, su alegría, su reacción ante el castigo, poniendo a prueba su personalidad y su casta de ganado bravo frente al torero, al caballo y al picador, mostrando su temperamento, su arranque, su forma de embestir. Y para ello, en el tentadero se pasaba revista a más de setenta vacas, de las cuales se seleccionaban solo tres. El desecho de tienta pasaba a mejor vida previa visita al matadero. A las tres vacas elegidas se les buscaban sementales que estuvieran al mismo nivel, que tuviesen un carácter y rasgos similares para asegurarse una descendencia selecta de auténticos toros de lidia, algunos de los cuales hicieron las delicias de ciertas tardes de toros en la Plaza de las Ventas de Madrid, para goce supremo de mi padre y de todos los suyos.

Mi madre se acompasó a esa vida del campo como buenamente pudo. Una joven artista cultivada, universitaria, viajada, inteligente que disfrutaba del campo más bien de una forma contemplativa, hedonista. Aprendiendo su papel de señora de la gran casa, organizando cenas y comidas, participando de las monterías y cacerías en un segundo plano, recibiendo amigos de mi padre sin descanso. Fuera de su ambiente natural, aprendiendo a ser esposa y, rápidamente, madre.

Los hijos fueron llegando con la cadencia clásica: uno cada dos años. La vida de los niños comenzó a exigir un cambio de vida, un orden, una rutina, una educación, una escolarización. La vida en el campo pasó de ser la única opción a una alternativa de recreo por temporadas y fines de semana. Cuando mi hermano

Gonzalo cumplió cinco años, mi madre se instaló definitivamente en su casa de Madrid en contra de la voluntad de mi padre. Sonsoles tenía dos años y Beatriz estaba en camino. A Gonzalo lo escolarizaron en un colegio de monjas del Parque del Conde de Orgaz para socializarlo y que fuera perdiendo poco a poco el pelo de la dehesa, que mantenía intacto en su más tierna infancia, a pesar de los desvelos de mi madre para que hablara con corrección y no a grito pelado, como los arrieros de la dehesa. La cría de cachorros humanos en una finca no era precisamente lo que mi madre tenía pensado para sus hijos, y con Gonzalo como muestra, le fue más que suficiente para tomar posiciones al respecto.

La ausencia de mi madre en la vida diaria de mi padre lo hizo enloquecer de celos y de frustración. De forma natural, mi madre siguió con la vida que tenía antes de casarse con mi padre, con lo que la distancia entre ellos se hizo aún mayor. Abrió una galería de arte donde exponía sus propias obras, al tiempo que empezaba a recibir los trabajos de artistas de cierto prestigio. Hacía trabajos de ilustración por encargo: libros, calendarios, programas teatrales y de conciertos.

Mi padre se dejaba caer por Madrid de vez en cuando, siempre sin avisar, esperando ser recibido como el terrateniente al que había que rendir pleitesía.

Afortunadamente para ella y para todos nosotros, mi madre tenía dinero de su familia para mantenernos, por lo que no estaba sometida al yugo económico del hombre de aquella época, y eso era algo que mi padre no llevaba bien. Al poco tiempo de nacer Beatriz, mi padre quiso obligar a mi madre a trasladarse a La Umbría con mis hermanos. Al negarse en rotundo y carecer él de argumentos para convencerla y recursos para chantajearla, se le fue agriando el carácter, de por sí colérico. Empezó a descuidar el ganado, las fincas, los negocios. Bebía en exceso y derrochaba su patrimonio a manos llenas, invirtió en negocios ruinosos, se asoció con gente que se aprovechó de él, iba de montería en montería, de casino en casino, de juerga en juerga. De cuando en cuando se dejaba caer por Madrid. Probablemente necesitaba estar cerca de los suyos, sentirse parte de la familia que había formado. Entraba y salía sin una rutina fija, apenas participaba en la vida cotidiana de la ciudad y tampoco tenía una relación muy estrecha con sus hermanos. Solía pasar por casa buscando a mi madre, traía algunos regalos, se sentaba a esperarla, pasaba revista a sus hijos, se bebía un jerez y volvía a desaparecer con menos esperanzas de recuperarla cada vez y más rabia acumulada en el corazón.

Los niños no le gustaban y no los entendía. Con el beso de buenas noches y dos o tres gracias infantiles, tenía más que suficiente. Soñaba con que creciéramos para enviarnos a todos a un internado a Suiza o a Londres, lo más lejos posible de su vida y de su mujer. Sentía unos celos espantosos de sus propios hijos, algo que mi madre detectó desde el primer momento. Sus erráticas apariciones venían marcadas por la extravagancia de sus costumbres, tan celebradas y cacareadas en ciertos círculos sociales. Desayunaba en Embassy, comía en Jockey, cenaba en Horcher y dormía en la *suite de luxe* del hotel Ritz con vistas a la Plaza de la Lealtad.

Algunas noches veía amanecer en el casino de Torrelodones rodeado de falsos nuevos mejores amigos que surgían como adláteres de debajo de las piedras. Cuanto más salía de su entorno, peor le iban las cosas. No reparaba en gastos ni reflexionaba sobre el disparate de vida que llevaba. Se multiplicaban los posibles socios que le proponían negocios muy lucrativos en los que invertía dinero sin pestañear. Tampoco le faltaban una suerte de amigas íntimas con las que se paseaba por Madrid, todas ellas con rasgos muy parecidos a los de mi madre, pero con diez años menos y sin ninguna clase, a las que colmaba de regalos extraordinariamente caros. Mi madre, que no tenía un pelo de tonta, hacía la vista gorda y se protegía de las habladurías, no daba pábulo a las malas lenguas y obviaba cualquier comentario fuera de lugar que dejase mal a su marido. En aquellos años, él disfrutaba de muy buena salud y su cuerpo no parecía acusar los excesos y la autodestrucción a los que se sometía día tras día. No consentía que nadie le dijese lo que hacía mal o bien, y algunos de sus mejores amigos le dieron la espalda, escandalizados por la vida disoluta que llevaba.

Pasaron los meses, y gracias a la influencia y los sabios consejos de su mejor amigo, Diego León, ingeniero agrónomo también como él y amante del campo, inteligente y sutil como ningún otro que tuviera a su lado, trató de corregir su vida a la deriva haciéndose el firme propósito de dejar el alcohol y la vida de crápula en la que se había embarcado. Trató de reconquistar a su esposa, se instaló en la casa familiar y dejó sus negocios, las fincas y la ganadería en manos de terceros. Mi madre le dio y se dio una nueva oportunidad. Al fin y al cabo, era su marido y el padre de sus hijos. Durante un tiempo muy breve, mi padre interpretó su papel e hizo de padre amoroso y marido fiel. Se involucró en el tipo de vida ordenada y familiar de la ciudad, asistiendo a conciertos, exposiciones, cenas y puestas de largo, tratando una vez más de ser el hombre que no era, intentando formar parte de una vida y de una familia que no le gustaban. Él quería tener cerca a mi madre, aunque fuera muerta en vida; se había hecho el firme propósito de desarraigarla de la ciudad, de sus admiradores, de su vida rica, de sus pinturas, de sus éxitos; arrancarla de su papel de madre, de amiga, de hermana, de hija. La quería para él solo, la consideraba de su propiedad, como si la hubiera comprado, y no estaba dispuesto a perderla. Planeaba quitarle a sus hijos en cuanto le fuera posible y enviarlos lejos de su protección.

Nunca habían compartido aficiones. Las aficiones que importaban eran las de mi padre; las de ella las consideraba frivolidades de niña rica. Eran dos extraños haciendo verdaderos esfuerzos por seguir un camino marcado, no queriendo reconocer lo que desde el principio había sido un error. Como la cabra tira al monte, mi padre volvió a las andadas, no soportaba a los amigos artistas de mi madre y se comportaba mal con ella en público, protagonizando escenas de celos con las que mi madre sufría enormemente.

Después vino la cárcel, el principio del fin del matrimonio. Un año a la sombra que lo libró de su propia ruina personal. Mi padre era su peor enemigo. Mi madre cada vez era más ella y él no lo podía soportar.

Quería una mujer tradicional. Alguien hecha a su medida, cortada por el mismo patrón, dedicada a sus necesidades en cuerpo y alma. Mujer, esposa y amante a su entera disposición. Mi padre no se casó con la mujer que tenía ante sus ojos. Hizo suya a la que pretendía que fuera, una vez despojada de su propia identidad y moldeada a su antojo, pero le salió el tiro por la culata. Lo que nunca sabremos es cómo se sentía ella durante todos aquellos años en los que tuvo que tomar las riendas de su propia vida al margen de él, estando aún juntos y sin estarlo. Imagino las infinitas situaciones de vergüenza y tensión que debió de padecer. Las crisis de ansiedad y la soledad que debió de sentir. Me estremezco solo de pensarlo.

Me pregunto: ¿dónde conocería a Marcelo Barbosa? Está claro que debieron de conocerse poco tiempo antes de que mi padre volviera a las andadas con sus nuevas idas y venidas, antes de ser juzgado y encarcelado.

—Como ves, Hugo, no debió de ser nada fácil para ninguno manejar la situación, y ahora, mi padre vive rodeado de fantasmas que lo atormentan en su particular museo de los horrores, apartado de todo y de todos, pero probablemente no de la culpa, ni de la pena, ni de la vergüenza.

—Lo importante ahora es que tú sepas cómo manejar tus sentimientos para que no te jueguen malas pasadas. La influencia de tus padres y de tu entorno han condicionado muchas de tus decisiones, consciente e inconscientemente. Tú eres lo único que importa en toda esta historia, que, por cierto, estás manejando con gran habilidad. Dentro de tu complejidad, eres una mujer sana. No estás herida de muerte y puedes hacer del resto de tu vida lo que quieras.

—¿Eso piensas? Me anima que me lo digas. A ratos no tengo las cosas tan claras y me vengo abajo. Me dan ganas de salir corriendo y tirarme en marcha del tren de mi propia vida. No quiero decir que quiera acabar con mi vida, sino salir de ella y poder verla desde otro ángulo.

—Objetivo, enfoque y actitud. Son los tres mimbres sobre los que hay que trabajar de ahora en adelante.

—Y yo que vine aquí para que me ayudaras a reforzarme para romper con mi novio y ahora es como si me hubiera convertido en otra persona. Me siento un poco más vieja. Noto que estoy cambiando. Me noto diferente.

—¿Has pensado qué vas a hacer al respecto?

—Si te refieres a si tengo un plan definido para llegar hasta Marcelo Barbosa, la verdad es que no. Tengo que dar algunos pasos previos, como por ejemplo, ver qué hay en la caja de seguridad del banco. Últimamente no paro de recibir sorpresas, y no son precisamente agradables. Las cosas se suceden a un ritmo vertiginoso y me siento incómoda. No me gusta que los acontecimientos me superen, creo que voy a pensarlo con tranquilidad durante estas vacaciones. No tengo prisa, aunque te confieso que me invade una enorme curiosidad. Quiero dedicarle tiempo a Tristán hasta que se vaya a Canadá, calidad de tiempo, quiero decir. No quiero estar con la cabeza en otra parte. Los niños se dan perfecta cuenta de estas cosas.

—Esta es la última sesión hasta septiembre. Quiero decirte que estoy impresionado por la madurez con la que estás enfrentando los últimos acontecimientos. Si necesitas algo, podemos hablar por Skype, pero estoy seguro de que sabrás

226

aprovechar estas semanas para pensar serenamente. ¿Quieres que marquemos la cita para la segunda semana de septiembre o prefieres llamarme tú?

—Marquémosla ya. ¿A la misma hora?

—Por supuesto. Es tu hora.

—Gracias, Hugo. Te estoy muy agradecida. Creo que sin ti no hubiera podido soportar tanta presión. Siempre me pareció un imposible superar la prueba de los cien metros vallas. Y estos meses han sido prácticamente eso: un salto tras otro y a una velocidad vertiginosa. No sé cuál es tu técnica pero consigues que me sienta mejor y que piense con mayor claridad.

Nos quedamos mirándonos durante unos segundos. Le sonrío y me sonríe. Ambos tenemos mucha fuerza en los ojos y podemos ver más allá. No es una simple mirada. Nos comunicamos en silencio. Me transmite serenidad y sabiduría, es un ser especial. En estos momentos, él es el guardián de mi alma y sé que no ha llegado a mi vida por casualidad. Me viene a la mente un antiguo proverbio zen que dice: «Cuando el alumno está preparado, aparece el maestro».

18
La caja de seguridad

Estoy técnicamente de vacaciones, pero me he despertado temprano, como todas las mañanas. *Perla* y yo hemos salido a la calle para dar un paseo por el parque de El Retiro. Me encanta verla correr; vamos a oxigenarnos y a disfrutar de la estupenda mañana de verano que hace. Los niños todavía duermen. Linda los supervisará cuando se despierten y les hará la comida mientras bajan a darse un baño en la piscina. Mientras tanto, yo dedico la mañana a hacer unas compras que quiero llevarme a San Sebastián. Pienso en un par de detalles para regalarles a Sonsoles y a Jacobo. Voy caminando hacia Ortega y Gasset con la intención de pasar por el Banco Popular y recoger lo que quiera que contenga la caja de seguridad que me ha dejado mi madre en prenda. Miro a *Perla* y le digo que va a ser la única testigo del inicio de mis pesquisas.

Como no está permitida la entrada a los perros en el banco, dejo a *Perla* con Marcial, el dueño del puesto de periódicos de la esquina, al que conozco desde que era pequeña. Le digo que tardaré unos veinte minutos, media hora máximo, acaricio a *Perla* y me dirijo hacia la puerta del banco. Entro y deposito los objetos metálicos en un cajetín. Me guardo en un bolsillo el documento de identidad y la llave de la caja de seguridad, y voy hacia el despacho del director, a quien he avisado a primera hora de la mañana de mi visita. Me recibe muy correcto y me da el pésame. Me invita a sentarme en su despacho, y tras una breve conversación, me acompaña hasta el piso de abajo, donde guardan las cajas de seguridad. Coge la otra llave de la caja de seguridad, que tenía ya preparada, y bajamos por un ascensor contiguo a su despacho hasta la planta inferior. Entramos en un cuarto con varios cajetines empotrados en la pared y me indica dónde debo meter mi llave. Él hace lo propio con la suya en la ranura correspondiente y las hacemos girar. La puerta del cajetín se abre y me deja a solas para que pueda revisar el contenido. En la habitación hay una mesa y un par de sillas que no invitan a ser utilizadas; a mí lo que me pide el cuerpo es coger todo lo que haya y revisarlo después en algún lugar tranquilo y a solas.

Meto la mano y saco un sobre de color crudo sin cerrar. Lo abro y extraigo de él otro sobre, este cerrado, que tiene anotada una sustanciosa cifra en la parte inferior derecha, unas cartas que están sujetas con una cinta de raso rosa y varios estuches de terciopelo de diferentes tamaños y colores, cuyo contenido desconozco. El sobre pesa. Lo cierro y subo en el ascensor hasta el piso superior. Entro de nuevo en el despacho del director, quien me da unos papeles para que firme una vez retirado el contenido de la caja. Me pregunta si la voy a querer seguir utilizando y le contesto que es posible. No concretamos nada, le digo que lo llamaré cuando lo haya decidido. Terminamos el papeleo, me devuelve mi DNI y me acompaña muy cortés hasta la puerta de seguridad, cojo mi bolso, meto en él el sobre y me voy a paso ligero a buscar a mi perra. Le doy las gracias a Marcial y compro el periódico, dos revistas y un paquete de chicles de clorofila y otro de fresa ácida. Desengancho la correa y nos vamos las dos hacia el parque. Miro de nuevo a *Perla* y le digo que ya tenemos nuestro botín mientras agarro fuertemente el bolso como si acabara de robar el banco. Bajamos por la calle Lagasca hasta la calle Alcalá. Cruzamos y entramos en el parque por la Puerta de Madrid y caminamos por el Paseo de Fernán Núñez hasta llegar al Palacio de Cristal. Después continuamos hacia el paseo de Venezuela. Libero a *Perla* de la correa y seguimos nuestro paseo. No parece que le apetezca correr; camina a mi lado tranquila, parándose cada tanto para husmear entre las plantas. Llegamos al lago y nos sentamos en una de las terrazas de toda la vida a tomar un té. Acaricio el fino pelo de la cabeza de *Perla,* poso mi bolso sobre los muslos y lo abro para poder coger el sobre y descubrir su contenido. No es el lugar ni el momento de abrir los estuches, pero sí el de leer las cartas que contiene. Saco el paquete de cartas y desato la cinta que las une. También hay varias fotografías en blanco y negro. Cierro el bolso y me lo coloco por dentro en el lado izquierdo de la silla, no vaya a ser que venga algún espabilado y nunca llegue a saber lo que custodiaba la caja de seguridad. Las huelo: tienen un olor sutil, casi imperceptible, que me recuerda al del cuarto de mi madre. Las aprieto contra mi pecho antes de decidirme a leerlas. Aguardo unos segundos saboreando este instante justo antes de abrirlas, antes de conocer su contenido, antes de que ya no haya vuelta atrás, porque una vez leídas ya no será lo mismo. Yo no seré la misma.

El camarero me trae el té con hielo en un vaso largo y me pregunta si quiero algo más. Se lo pago y le doy las gracias. Deshago el nudo que las mantiene unidas y cojo la primera carta. Está dirigida a mi madre y su caligrafía es elegante y cuidada. En el reverso, las iniciales M.B.G, Marcelo Barbosa Guimaraes. Miro la fecha que figura en el matasellos, la abro, desdoblo el papel casi transparente que hay en el interior y empiezo a leerla.

En São Paulo a 30 de julio de 1974

Mi queridísima Blanca:

Perdóname que no haya respondido a tu carta con la presteza esperada. Al recibirla y leerte sentí la alegría más grande de mi vida y a la vez la punzada más dolorosa que mi corazón haya soportado hasta el día de hoy. Alegría infinita al saber que esperas un hijo mío y tristeza contenida por la petición que me haces, a la que por el amor que te tengo, no voy a negarme.

No te oculto que me invade la pena al verme excluido de algo tan maravilloso como es la paternidad. Pero sobre todo, lo que me duele es verme fuera de tu vida, que es la mía. Siento rabia y frustración por no poder luchar contra la realidad con todas mis fuerzas y darte la paz y el amor que os merecéis tú y tus hijos.

Si bien en parte me tranquiliza saber que tu marido irá seguro a la cárcel y que es más que probable que su estancia allí aplaque su temperamento, me inquieta que puedas estar necesitándome y no poder estar a tu lado. Eres una mujer fuerte pero tu sensibilidad puede traicionarte y hacerte flaquear.

Blanca, tú sabes mejor que nadie que te amo con toda mi alma, y que si tú quisieras, yo daría todo lo que tengo porque me permitieras ser el hombre de tu vida. Sé que podríamos ser muy felices juntos y que no has amado a nadie como me amas a mí. Lo sé y así lo siento.

Me dices que, por tus cálculos, estás embarazada de unos tres meses, con lo cual el feliz alumbramiento será para otoño.

Permíteme sugerirte que si es un varón se llame Salvador, como mi padre, y si fuera una niña, Alejandra, como mi abuela.

Quisiera pedirte una cosa ya que estoy renunciando a la paternidad de mi hijo: prométeme que no vas a permitir nunca más que tu marido te cause dolor, que nunca más vivirá bajo el mismo techo que tú, que te separarás de él y que jamás volverá a formar parte de tu vida, más allá del trato indispensable que estimes tener por el bien de tus hijos. Que protegerás y educarás a nuestro hijo y lo mantendrás al margen de su influencia siempre que puedas, y que le enseñarás por mí a luchar por sus ideales y a vivir con libertad.

Prométeme también que si algún día cambias de opinión, me lo harás saber. Esté donde esté, de mí siempre tendrás un sí rotundo e incondicional.

Lo que más me cuesta es tener que renunciar a ti. Pasarán mil años y seguiré admirándote y añorándote hasta que vuelva a tenerte. Pido al cielo que sea pronto y que la vida nos brinde la oportunidad que ahora nos niega. Dios escribe derecho con renglones torcidos.

Entiendo tus razones y las circunstancias por las que has tomado esta decisión. Pero no creas que voy a consentir que nadie te vuelva a hacer sufrir, sea quien sea.

Sé que algún día llegará mi momento, nuestro momento. Hasta entonces, dueña de mi alma, que Dios te guarde.

Con todo mi amor.

Tuyo siempre.

Marcelo.

Me estremezco al leer la carta y dos lágrimas tibias ruedan por mis mejillas. Ahora sé que fui concebida con amor, con el amor más puro que vieron los tiempos. Qué carta tan maravillosa, cómo me gustaría que alguien me amara así. Tengo que conocer al hombre que amó a mi madre hasta el punto de renunciar a su hijo. No conozco ninguna historia como esta. ¿A qué puede un ser humano estar dispuesto a renunciar por amor? ¿A su propia vida? Vuelvo a leer la carta y de nuevo me emociono. Miro a *Perla*, que me escudriña con esos ojos oscuros como si supiera qué está ocurriendo. Es una emoción contenida demasiado grande como para no poder compartirla y tener que encerrarla dentro de mí. Qué palabras tan bellas. Qué serenidad. Qué fuerza. Qué dignidad encierran estas pocas líneas. No se puede decir más con menos. Un hombre que escribe así no puede ser un mal tipo.

Guardo la carta que acabo de leer en su sobre y cojo la siguiente. El hielo se ha derretido en el té aguándolo por completo. Llamo al camarero antes de comenzar a leerla y le pido que me traiga una botella de agua de Vichy con hielo y limón exprimido. Me dice que hielo sí, que el limón va a ser imposible. Le digo que no se preocupe y espero pacientemente el agua para que no me interrumpa. Me la trae y le pago para que no tenga que volver. Respiro y miro las demás cartas, todas ellas tienen matasellos de Brasil. Todas son cartas de amor maravillosamente escritas, bellas, delicadas, elegantes, sentidas, de amor en estado puro, amor de cinco estrellas, amor mayúsculo, amor libre a pesar de las circunstancias.

Se enamoraron. No pudieron hacer nada para impedirlo. Se encontraron en el camino de la vida y se reconocieron. Una de las fotos, en la que aparecen los dos sentados en torno a una mesa, está tomada en uno de los restaurantes más castizos de Madrid, Casa Lucio, el local de moda entre políticos y hombres de negocios que se inauguró ese mismo año. Otra está tomada en alguna parte de la sierra de Madrid. Mi madre está apoyada en un Morgan de tono oscuro. Se la ve solo de perfil, a un lado de la carretera, con un abrigo largo de un color claro y un pañuelo que sobresale de su cuello. Cuál es mi sorpresa cuando al darle la vuelta a la foto, en la parte inferior derecha encuentro escrito: Blanca, 16 de febrero de 1974. B16, de nuevo la letra y los números de mi último sueño. Como yo pensaba, no es una coincidencia, quizá sea el día en que se conocieron o una fecha importante para ellos. También me resulta cuando menos llamativo que las siglas de sus nombres sean las mismas colocadas a la inversa: B.M. y M.B.

La tercera foto está tomada en el restaurante Horcher de Madrid. Parece una cena de amigos. Todos están muy elegantes y sonrientes. Mi madre luce unos pendientes de perlas a conjunto con un collar largo, también de perlas. Nunca se las vi puestas; quizá estén dentro de alguno de los estuches que custodio. Marcelo está a su derecha vestido de esmoquin, como los demás señores. La fecha de la fotografía es de abril del mismo año. Por las fotos, se puede seguir una pequeña cronología: febrero, abril y mayo. Puede que se conocieran en febrero. La última carta es de julio. Si nací en enero, quiere decir que me concibieron en primavera, probablemente en el mes de abril. En la última fotografía, mi madre ya debía de estar embarazada de mí.

Cuánta información en tan poco tiempo. Bebo un poco del agua que he pedido aprovechando que aún no se han derretido los hielos del todo. Miro a *Perla,* que está acostada tranquilamente a mis pies; levanta su cabeza como si pudiera entender lo que está pasando y emite una especie de gemido a medio camino entre aullido y lamento. Algunas preguntas sin respuesta se agolpan en mi cabeza. ¿Qué hacía mi madre en la carretera junto a un coche inglés, probablemente de competición automovilística? ¿Quiénes son las personas con las que estaba mi madre cenando en Horcher? ¿Dónde estarán las joyas que lucía esa noche? ¿Cuánto tiempo duró su romance? Seguramente era un secreto para todos, mi madre siempre fue una mujer muy discreta. Todos pensamos que después de mi padre no tuvo ningún amante, al menos, que se sepa, porque a estas alturas, estoy redescubriendo a una mujer sorprendente. Diferente. Valiente. Incluso, más completa. Me habría gustado mucho haberme encontrado con ella, con esta otra parte íntima, oculta, secreta, prohibida. Pero el tiempo no se detiene, no vuelve nunca atrás. Esa lección hace tiempo que la he aprendido.

Aparto las preguntas de mi mente y agarro las asas del bolso, que sigue junto a mi regazo sobre mis rodillas. No es el momento de hacerlo, pero he podido ver que uno de los estuches es de mayor tamaño que los demás y quiero saber si están ahí esas maravillosas perlas, y si así fuera, quiere decir que fue él quien se las regaló.

Saco con cuidado el estuche grande, que es de terciopelo de color rojo, lo oculto dentro del bolso y presiono el cierre. Se abre sin dificultad y allí están los pendientes y el collar sobre un fondo de seda blanco nacarado. Son impresionantes. No tiene nada que ver con lo que se aprecia en la fotografía en blanco y negro.

Cierro el estuche y lo meto dentro del sobre. Ha llegado el momento de seguir mi camino. Le pongo la correa a *Perla* y vamos caminando tranquilas por el Paseo de Paraguay hasta llegar a la Puerta de Felipe IV. Salimos a la calle Alfonso XII y me concentro en hacer las compras que tengo pendientes. *Perla* espera pacientemente en la entrada de las tiendas como si fuera una escultura, mientras yo sigo rumiando las novedades de una historia que ya es parte de mi propia historia y que me esfuerzo por entender. Cuando llegue a casa, me encerraré en mi cuarto para poder hacer un inventario completo de mi herencia secreta.

19
San Sebastián

San Sebastián, ciudad infinita. Amor de mis amores. A la que siempre vuelvo como la misma ilusión y el mismo agradecimiento. ¡Cuánto te he echado de menos! Eres la única ciudad en la que añoro mi infancia. Te llevo conmigo desde siempre y contigo vuelvo siempre. Te cuelas por los poros de mi piel, tu brisa enreda mi cabello. Te dejas querer como una diva que se sabe deseada e inalcanzable. Formas parte de mi código genético y yo formo parte de tu gente y de tus callejuelas, de tu mar bravo, de tus edificios hermanos, de tus tamarindos y tus magnolios en flor. Del olor a humedad de tus portales, de tu jamón, de tu sidra, de tu carne y de tu vino. De tus peces, de tu acuario, de tu historia, de tu rompeolas. Del viento y su peine, del olor a mar que respira vida. De la arena fina de tus mareas. De los barquillos en sus cestas de mimbre, de los toldos rayados en blanco y azul, de las nanas y los sombreros. Del funicular que se abre paso por tu falda como una cremallera subiendo y bajando por su vertiginosa verticalidad. Lo viejo, lo antiguo, lo moderno, las gentes de siempre y los ojos atentos de los recién llegados. Eres luz, eres magia que derrochas allá por donde la vista alcanza. Me dejo atrapar por tu séptimo arte tarareando las piezas que resuenan en el interior de tus edificios de la Belle Époque, bautizados con nombres de mujeres ilustres. Se mezclan con las estrellas las luces de los fuegos artificiales, entretenimiento de la luna de agosto. Risas infantiles de carrusel centenario. Magnolios y tamarindos reciben la brisa que los jalea y estimula. Traineras y remeros se preparan para hablarle de tú a tú a la bravura de tu mar inquieto. Barcas, redes y pescadores, musgo y maromas haciéndose a la mar. Un pañuelo blanco se agita desde la ventana de una casa corroída por el salitre: vuelve amor, te espero.

Cucuruchos de quisquillas. Alfileres de punta redonda y bígaros. Soplidos de galerna temida en las tardes de verano sacuden la playa y a sus regios veraneantes, que huyen despavoridos alertados por los más viejos del lugar.

Del Kursaal a los puentes, paseo siguiendo el cauce del Urumea. Aromas de café de artistas y reinas en las tardes de lluvia fina. Cocó, Mata Hari, Audrey, el orondo mago del suspense y los rockeros de las piedras rodantes se rinden a tus pies, María Cristina. Recuerdos de Igueldo, de su olor a algodón dulce, a neumáticos quemados y a tierra húmeda de montaña. No eres solo la postal de una bahía hermosa ni el hierro forjado de una barandilla que la enmarca y la contiene. No eres solo un monte y una isla frente a tu costa. No eres una pequeña iglesia ni tampoco catedral. Eres mucho más grande, más profunda, más rica, más serena, más señora, más tú, y mucho más yo. Tienes ese porte afrancesado de ciudad cosmopolita. Por mucho tiempo que pase y muchos pies que te caminen, por muchas miradas que te admiren, tú sigues impasible al paso del tiempo, asombrosa y eterna. Eres lo que enseñas pero también lo que escondes. Resurgiste como el Ave Fénix de tus cenizas y aquí sigues, pisando fuerte, firme, elegante y esbelta. Vuelvo a ti para disfrutarte como se vuelve al hogar, como se vuelve siempre al amor. Al lugar donde fui feliz.

Llegamos pasadas las doce del mediodía a casa de Sonsoles y Jacobo. *Perla* nos acompaña con su pose altiva y observadora de figura de porcelana de Lladró. Mi madre solía decir que era el único ser verdaderamente inteligente de la familia. Me sonrío al recordarlo. Los galgos afganos son así, bellos, esbeltos, inteligentes, observadores, alegres y ágiles. Cuando *Perla* corre es como si se transformase, como si fuera poseída por algún ser de otro mundo. Recuerdo la leyenda beduina introductoria de uno de los libros de caballos que tiene mi padre en La Umbría, que dice así: «Y tomó Dios un puñado de viento del Sur, y prestándole su aliento, creó al caballo». *Perla* tiene algo de caballo cuando corre casi sin rozar el suelo. Altanera, distante y libre. *Perla* ya ha estado aquí otras veces. Si esta tarde sigue haciendo mal tiempo, la bajaré a la playa para que pueda desquitarse de todas estas semanas de tristeza e inactividad. Es un espectáculo verla correr por la playa cuando apenas hay gente. A veces me mira y tengo la sensación de que sufre. A ratos sus gestos dejan traslucir cierta melancolía.

Llamamos al timbre de la casa. Nos recibe Nerea, la señora que cuida de la familia. Es muy seria y un poco seca. Sonsoles dice que es por pura timidez y suele rematar la frase recordándonos lo buena persona que es y lo mucho que ha sufrido. Nerea perdió a su marido y a sus tres hijos en el mar. Eran pescadores y tenían un puesto en la lonja del puerto que había ido pasando de generación en generación. Cada día salían a faenar si la mar lo permitía. Una tarde, no regresaron. Su barca se hundió a pocas millas del Golfo de Vizcaya una tarde de marzo de hace ya quince años, y nunca más se supo de ellos. Ni siquiera aparecieron sus cuerpos, sí los restos de las maderas de una embarcación que pudo haber sido la suya o la de cualquiera.

Nos saluda con un gesto de cabeza y nos dice que los señores nos esperan a las dos y media en Akelarre. Me encanta el plan. Me muero de ganas de disfrutar de un pescado y un buen vino. Estoy loca por abrazar a mi hermana. He decidido que no voy a contarle nada aún; no quiero amargarle el verano ni que se preocupe por mí; bastante tiene con el resto de la familia. No me gusta ser portadora de malas noticias, estamos de vacaciones y quiero disfrutar de ellas, de este momento de paz.

La casa está preciosa, como siempre, está en el número cuatro de la calle Princesa Beatriz, a escasos metros del paseo de Ondarreta. Un sueño de casa. La construcción es típicamente vasca, de piedra y madera, heredada de una tía abuela soltera, hermana del padre de Jacobo, la tía Carmentxu Arriaga, una señora de las que ya no se ven por la calle, de esas vascas menudas, impecablemente arregladas, sin pelos en la lengua, de voz ronca y buenas maneras, con opinión sobre todo, y poco aficionada a hablar de política con ignorantes e indocumentados. Coleccionista de antigüedades y principal benefactora del hospital de San Antonio Abad de San Sebastián hasta su desaparición, hace ya cincuenta años.

Doy una vuelta por el jardín antes de subir a deshacer nuestros equipajes. Cojo la correa de *Perla* y me la pongo alrededor del cuello mientras los niños hablan con Iker, el jardinero, que también lleva muchos años trabajando en la casa. Cambio de opinión y dejo las maletas para más tarde. Una de las cosas que ocurren cuando llegas a San Sebastián es que parece que nunca te hubieras ido. Todo sigue exactamente igual. Las casas, las farolas, las aceras, las tiendas, los autobuses, los carteles, las plazas, los jardines y la gente de siempre. Aquí sigue todo, ajeno al paso del tiempo. La que se siente cambiada por dentro soy yo, pero no voy a permitir que ninguna sombra del alma empañe mi estancia aquí; he venido a disfrutar y no voy a perder ni un segundo. Doy una vuelta con *Perla* por la calle Matía. Me paro un segundo y veo pasar el autobús que va a los bulevares. Es el número cinco, el famoso BentaBerri, que cojo cuando estoy en casa de mi hermana. Es una tradición. Entro en la panadería de siempre y pido unas bombas de crema, que son las favoritas de Íñigo y de Tristán, un par de barras de pan y unas pastas de té para comer cualquier tarde. Miro el cesto lleno de colines que está al lado de la caja registradora: son exactamente iguales en tamaño y forma a los que le regalaban a Tristán cuando era un enano con dos dientes. Qué recuerdos y cómo pasa el tiempo. Parece que fuera ayer cuando lo paseábamos mamá y yo por esta misma calle, en su sillita de bebé inglesa azul marino de la marca Arrue, mordisqueando los colines que le regalaban y pringándolo todo. Cuántos paseos habremos dado desde casa hasta el puerto, desde la calle Zumalacárregui número diecisiete, por la calle Matía, empezando por Ondarreta hasta llegar al final de la playa de La Concha. Es una lástima que se vendiera esa casa; me habría gustado venirme aquí una temporada.

Perla espera sentada en la acera sin quitarme los ojos de encima, seria y erguida como si le fueran a pasar revista. Es genuina y elegantísima. Salgo de la panadería y empieza a chispear. Nos hemos olvidado el paraguas pero no me importa, es la mejor bienvenida posible. Ese chirimiri que te cala hasta los huesos y te obliga a regresar a casa trotando para jugar una partida de *bridge*. Volvemos a casa, dejo a *Perla* con Iker, recojo a los niños y nos vamos a comer. Íñigo está deseando ver a sus padres después de pasar mes y medio en el campo. Me fascina esta ciudad, la recorro con los ojos del corazón, escudriñando los detalles con el afán de hacerlos de nuevo míos y retenerlos en mi memoria una vez más.

He hablado con Jimmy antes de salir de viaje esta mañana y hemos quedado en vernos aquí. Estará unos días alojado en el hotel Londres; viene a ver a un amigo productor que vive en la ciudad. A Jimmy no le gusta quedarse en casa de nadie, siempre dice que es un error que se comete con demasiada frecuencia. Va a ser un sueño hecho realidad pasear con él por esta ciudad, presentárselo a Sonsoles y a Jacobo, ir de bar en bar, tomar unos zuritos y unos pinchos, cenar juntos, caminar por la playa con *Perla*. Pasear cada calle agarrada de su brazo, comer unas quisquillas en el puerto. El ritual de siempre pero con el hombre al que quiero.

Pienso en Jimmy y automáticamente se entremezcla furtivamente la imagen de Mario, como si fuera un personaje que se ha colado en una película por error. En algún momento tendrá que claudicar y dejarme libre. En el ínterin, yo tengo que fortalecerme para mantenerme firme. No tenemos nada por lo que luchar juntos, nada por lo que seguir en esta relación que ya no es otra que la estela del vacío que provocan el desamor y la falta de admiración. Me gustaría poder decirle que me he enamorado de otro hombre. Eso es lo único que lo haría salir de casa pero no quiero hacerle más daño. Siempre recuerdo la famosa frase de un amigo que decía: «Lo que no suma en el amor resta, nunca empata». Y qué razón tenía. Hace tanto tiempo que no sumamos que a estas alturas, más que restar, dividimos. Aparto de mí la imagen de su cara y vuelvo a darle entrada a Jimmy.

Tengo muchas cosas que contarle y que compartir con él. Últimamente nos hemos comunicado solo por teléfono. Entre unas cosas y otras no hemos coincidido en Madrid y lo echo de menos. Sobre todo, añoro su compañía, su conversación, su sentido del humor, sus manos suaves y templadas. Su olor rico y su mirada franca. Su estilo. Su manera de ver la vida. Lo apasionado que es. Quiero disfrutarlo antes de que empiece con su maratón de festivales. Empieza a finales de agosto con la Muestra de Venecia. Se suele saltar la de Montreal pero no perdona venir a San Sebastián en septiembre y tampoco el New York Film Festival a finales del mismo mes o a principios de octubre. Suele pasar por alto los festivales de Tokio y El Cairo porque prefiere acudir al de São Paulo. Después va directamente al Festival de Cine de Mar del Plata, en noviembre. Se queda tranquilo durante un par de meses y se organiza para estar en España en los Premios Goya, en el mes de febrero. A continuación, el Festival Internacional de Cine de Berlín, los Óscar en marzo y el Tribeca Film Festival en Nueva York en abril. Por último, asiste al Festival Internacional de Cine de Cannes en mayo.

Es un apasionado del cine y un currante nato. Es de los que disfruta de su profesión veinticuatro horas al día durante siete días a la semana. Su productora se llama Morgana Films en honor al hada Morgana, hermana del rey Arturo y discípula del Mago Merlín. Jimmy es un líder indiscutible en el sector de la distribución audiovisual. Es la empresa española número uno en gestión de contenidos audiovisuales, la marca de referencia del cine independiente y de autor, nacional e internacional. Forma parte de una asociación a la que pertenecen las empresas más destacadas de su sector en un mercado saturado en el cual todos los géneros están cubiertos. Morgana Films está especializada en el cine de autor, destinado a pequeñas grandes minorías, con una sensibilidad cinéfila especial. Fue la primera compañía de la historia en distribuir en formato DVD las películas premiadas en los Festivales de San Sebastián, Berlín, Cannes, Sitges, Venecia, muchos de los títulos premiados en los Goya y algunos galardonados con el Óscar en la categoría de mejor película extranjera. Tienen un amplio catálogo de más de tres mil títulos en los que se encuentran representados todos los géneros cinematográficos. Hoy en día, Morgana Films está inmersa en el desarrollo de una plataforma digital de contenidos audiovisuales, un videoclub virtual en el que Jimmy ha puesto gran parte de su energía, aprovechando las nuevas tecnologías y los cambios de hábitos de consumo de los usuarios y tratando de capear la crisis y la vulnerabilidad de su sector, permanentemente violado por las descargas ilegales y la piratería.

Jimmy es un acérrimo defensor de la propiedad intelectual por dos razones, una pragmática y otra moral, ya que todo su negocio pivota sobre los autores y sus obras y ha de protegerlos y protegerse. «Se lo debemos todo a ellos. Si no protegemos la propiedad intelectual, no habrá películas, ni música, ni obras de teatro ni libros. España está a la cabeza de la piratería mundial. Es vergonzoso vivir en un país donde no se respeta nada. Yo vivo de esto, y mi misión es protegerlo aunque acabe yendo solo y a contracorriente», suele decir con orgullo y vehemencia cada vez que sale el tema. Jimmy tiene en su equipo a los mejores profesionales especializados liderando los diferentes departamentos de su empresa: comercial, financiero, legal, distribución, producción, *marketing* y administración. Algunas veces me comenta que le gusta mucho trabajar con mujeres; dice que somos más ordenadas y productivas porque tenemos muchos frentes que atender, por eso somos capaces de administrar mejor el tiempo y la calidad de nuestro trabajo. Ni que decir tiene que estoy de acuerdo con su apreciación, y lejos de hacer comparaciones entre hombres y mujeres, es cierto que la mujer hace malabarismos en el siglo XXI.

Jimmy es muy paternal con sus empleados; tiene un trato directo y cariñoso con todos. Es el primero en llegar y siempre está a pie de obra en los lanzamientos de las películas o en el manipulado de los productos cuando producen acciones especiales. Es especialmente creativo y tiene una cabeza prodigiosa para ver la oportunidad en los negocios. Es cercano y generoso en extremo con su equipo, al que considera de su propia familia. Nunca cierra la puerta de su despacho y siempre está abierto a escuchar y a echar una mano a la gente. Premia constantemente el trabajo bien hecho y todos los años da un bono a los empleados por Navidad. Tiene a su cargo a más de ciento cincuenta empleados y se enorgullece de ello. Tiene amigos allá donde va y la agenda repleta de planes en diferentes ciudades y latitudes. Cuida mucho a sus amigos y se cuida de los que son simplemente conocidos. Habla cinco idiomas y ha vivido en varios países. Fue un niño precoz e inquieto. Estudió Ciencias Políticas y Administración de Empresas. «Una carrera para el alma y otra para el bolsillo», solía decir. Yo admiro sus valores y su capacidad de compromiso. Jimmy es un tipo del que te puedes fiar. La gente lo adora por quien es, no por lo que tiene o lo que representa.

Una tarde en la que habíamos quedado para tomar un café en la pastelería argentina de las clases de tango, vi que Jimmy venía con peor aspecto que de costumbre. Lo noté algo contrariado. Llegó con el gesto demudado, haciendo esfuerzos para que no me diera cuenta. Cuando comprobó que su disgusto era imposible de disimular, me contó lo que le ocurría: acababa de morir el que había sido su socio y amigo más íntimo. Al principio no me dijo lo que le había sucedido pero sí lo que le había llevado a distanciarse de él. Se llamaba Marc Villoch. Habían sido amigos desde la infancia y lo quería como al hermano que nunca tuvo. Después de varios años en los que los negocios les iban razonablemente bien, Marc tocó fondo sin que nadie lo advirtiera. Jimmy descubrió un importante desfase en las cuentas de la empresa. Marc llevaba tiempo gastándose en drogas y fiestas con prostitutas el dinero que recibía de los clientes que pagaban con talones al portador. Jimmy le perdonó el dinero pero no la traición y lo echó de la empresa sin hacer aspavientos. No era una cuestión económica, sino de principios: para Jimmy, la amistad estaba para por encima de todo, no había nada que justificase la deslealtad. Jimmy empezó a sospechar que algo andaba mal cuando una noche, después de una cena con clientes amigos, Marc mostró signos claros de estar muy pasado de alcohol y de cocaína. Jimmy se dio cuenta de que su amigo empezaba a desvariar haciéndose el gracioso con la novia de un actor porno italiano que no tenía demasiado sentido del humor.

El coqueteo de la amiguita del actor hizo creer a Marc que podía tener alguna chance. Antes de que fuera demasiado tarde y la escena arruinase la noche, Jimmy llevó a Marc a su casa y le hizo prometer que se quedaría tranquilo. Quedaron en que Jimmy pasaría a recogerlo en taxi a la mañana siguiente para ir juntos al aeropuerto; tenían que viajar a Cannes con motivo del festival de cine y quería que estuviese en condiciones. Jimmy se fue muy preocupado a su casa porque no veía nada bien a su amigo y se acostó inquieto bien entrada la madrugada.

Hacia las cuatro recibió una llamada de auxilio desde el teléfono de casa de Marc. Se vistió, cogió su maleta y se presentó de nuevo en el apartamento de su amigo en la calle Paseo de la Habana. Marc, en condiciones deplorables, le abrió la puerta del portal y dejó ligeramente entornada la de la vivienda para que Jimmy pudiera pasar. Después, Marc se dejó caer de nuevo sobre las sábanas de su propia escena macabra. Al entrar, Jimmy se encontró a su amigo tendido sobre la cama, desnudo y ensangrentado. Se sentó con cuidado en el borde, y cuando le hizo darse la vuelta agarrándolo del hombro para verle la cara, comprobó que el rostro de su amigo estaba tan desfigurado que casi no podía reconocerlo. La sangre seca y oscura pegada en la cara apenas dejaba ver sus rasgos. El cuarto estaba desordenado, olía a alcohol y a sexo. El galán de noche tirado junto a la ventana entreabierta había sido testigo mudo y sordo de una escena de terror. Los armarios estaban revueltos y abiertos de par en par. Los cajones, empantanados, algunos sacados de sus rieles. Los trajes, medio caídos en sus perchas. Las corbatas de seda, tiradas sobre la butaca del rincón. La mesilla del lado izquierdo de la cama apenas sostenía la lámpara de noche, volcada sobre su propia pantalla desarmada y sacada de sus bastidores. Dos frascos de Popper vacíos daban una pista de lo que había estado haciendo su amigo las últimas horas. Sobre la mesilla de noche del lado derecho, una papelina de cocaína esparcida, una tarjeta Visa, un billete a medio enrollar y una cajetilla de tabaco. Por el suelo, cerca de la pared, una botella de Jack Daniels desparramada junto a los restos de cristales de vasos rotos. En la pared, junto al cabecero de la cama, varias hendiduras, como si alguien la hubiese golpeado con algún objeto contundente. Las sábanas, hechas un gurruño, llenas de sangre, no dejaban lugar a dudas: Marc había recibido una brutal paliza y a saber qué otro tipo de atrocidades. Jimmy no descartaba nada, ni siquiera que su amigo hubiera sido violado. Después de una rápida valoración de la situación, Jimmy llamó inmediatamente a una ambulancia y acompañó a su amigo hasta el hospital. En el trayecto hasta la sala de urgencias de La Paz, Marc le contó a grandes rasgos lo que había sucedido.

Al llegar a casa se había sentido atrapado. Se había servido una copa mientras apuraba el último medio gramo de coca que le quedaba. La soledad y la euforia le hicieron volver a las andadas. Había tirado de agenda y localizado a un travesti que había conocido en una fiesta años atrás. Un tío-tía mulato que solía trabajar en la zona de la calle Marqués de Riscal y al que hacía tiempo que había perdido la pista. Le había pagado un taxi hasta su apartamento e invitado a unas copas y unos tiros. Después de acordar un precio y de suministrarle Popper para que se relajara, el travesti le dio lo que estaba buscando: una sesión de sexo sórdido para recordar el resto de su vida. Para completar la noche, el travesti había estado haciéndole fotos con una cámara que también se había llevado consigo, mientras hacía su trabajo a conciencia, asegurándose de inmortalizar los mejores planos. Entre las copas, la cocaína y la sesión de sexo duro, el travesti le exigió una cifra desorbitada por su servicio. Marc no disponía de la cantidad en efectivo y el travesti decidió robarle y pegarle una paliza, además de chantajearle diciéndole que iba a encargarse de que todo el mundo viera esas fotos.

Marc, en un alarde de valentía o de enajenación, había intentado evitar que se quedase con la cámara y el travesti lo golpeó una y otra vez en la cara hasta dejarlo inconsciente. Después debió de robarle todo lo que pudo llevarse consigo y desapareció escaleras abajo, asegurándose de haber cogido, además de la cámara, su teléfono móvil con todos los contactos profesionales. Se había llevado una maleta de mano de Loewe, en la que debió de guardar su botín; varios jerséis de cachemir; tres relojes, un Rolex, un Patek Philippe heredado de su padre y un Hublot; varios pares de gemelos; su cartera de Hermès con el dinero, y todas las tarjetas de crédito, menos la que quedó en la mesilla de noche con los restos de coca pegados a la banda magnética. Una noche imborrable de la que Marc había logrado salir vivo de milagro. En el mismo trayecto, Marc también le confesó a Jimmy que había estado utilizando la tarjeta de crédito de la productora para pagar juergas con putas y comprar drogas, además de no haber ingresado algún talón de algunos de sus clientes. Había estado cruzando facturas falsas y llevando una doble contabilidad para que cuadraran los gastos.

Jimmy no daba crédito. Su amigo había perdido la cabeza, y como socio, los papeles. Jimmy era consciente de que Marc no estaba atravesando el mejor momento de su vida después de su separación, pero no podía imaginar que hubiera perdido la cabeza hasta tal punto. Silvana, su ex mujer, había puesto tierra de por medio volviendo a Buenos Aires con sus dos hijas. De aquello hacía más de un año. Él viajaba todos los meses para ver a las niñas y cada vez que volvía se sentía más hundido.

Ahora Marc estaba horrorizado de pensar que las imágenes de aquella noche pudieran llegar a Silvana, a sus padres y a los clientes de la productora. El terror lo atenazaba. No podía hablar con claridad. Mezclaba unas escenas con otras, como si aún estuviera viviendo aquella pesadilla. Lloró amargamente suplicándole a Jimmy que lo perdonara. Jimmy intentó tranquilizarlo e hizo una llamada para anular y bloquear el teléfono de su amigo, que afortunadamente tenía clave de acceso, por lo que no parecía probable que aquella mala bestia pudiera utilizarlo para arruinar la vida de su amigo, que bastante desolada estaba ya. Una vez que Marc fue atendido por los médicos, Jimmy llamó a Mariana, la hermana de Marc, con la que mantenía una gran amistad, para contarle que había sufrido un accidente y se fue al aeropuerto preocupado, profundamente triste y meditabundo.

Unos días más tarde, volvió a ver a Marc en su casa, bastante más recuperado y sereno. Tuvieron una breve conversación en la que Jimmy le dijo que no quería volver a verlo hasta que no se rehabilitase y que desde ese día su relación profesional se había terminado. Guardaría su secreto y no contaría a nadie su traición. Además le prometió a su amigo que lo ayudaría económicamente hasta que se recuperase, pero que fuera pensando en cambiar de trabajo y de sector.

Marc causó baja en la sociedad compartida y se distanciaron hasta perder el contacto casi por completo. No denunció al travesti y contó a la policía que había sufrido un robo en la calle y que no había visto la cara de su atacante. Tenía miedo de que el travesti volviera a buscarlo para seguir chantajeándole con las fotos o de alguna otra manera. Era un hombre herido, una pieza vulnerable para un depredador sin alma como aquel hombre lobo. Jimmy le pidió que le hiciera una descripción del tipo para ir buscarlo y ajustar cuentas, pero Marc no lo dejó; el pánico y la vergüenza que sentía podían más que él. Jimmy no volvió a insistir y se distanció por completo de su amigo; de hecho, no volvió a verlo. Seis meses más tarde, supo a través de unos amigos comunes que había conseguido un trabajo en una agencia de publicidad como director de cuentas y se había ido a vivir a Buenos Aires. Se había instalado en un piso en el barrio de la Recoleta, muy cerca de sus hijas. Jimmy sintió profundamente la pérdida de su amigo pero se alegró por él al saber que había empezado una nueva vida y aunque nunca olvidó su traición, lo perdonó de todo corazón. Jimmy no volvió a tener socios en su empresa.

Jimmy había recibido una llamada de la mujer de Marc pocos minutos antes de encontrarse conmigo. Silvana le había contado que había muerto de una sobredosis de heroína adulterada. Tenía el alma rota y no había conseguido encontrar su camino aun estando cerca de sus hijas. Jimmy sintió profundamente la muerte de su amigo al que no había dejado de querer a pesar de los tropiezos y las circunstancias que habían marcado su vida y mutilado su esperanza y sus ganas de vivir.

****

Los días de verano transcurren tranquilos. Estoy relajada y me siento casi en paz, salvo por el secreto que guardo dentro de mí, que no me deja sentir la plenitud en nada de lo que hago. Tengo la imagen de mi madre presente, las cartas de amor, la tristeza de mi padre, la silueta del hombre de mi sueño. No duermo ni tanto ni tan bien como querría, pero sigo sin tomar pastillas. A cambio, voy probando todo tipo de infusiones y remedios naturales.

Salgo muy temprano a correr por la playa con *Perla*. Compro el periódico, el pan y algunos dulces en la pastelería. Despierto a los niños y desayunamos todos juntos. Sonsoles y Jacobo salen también a dar su paseo matinal diario pero a su ritmo, charlando tranquilos. *Perla* y yo nos los cruzamos cada mañana a la vuelta de nuestra deliciosa rutina. Me encanta verlos caminar de la mano, tan enamorados como siempre, cómplices y tiernos haciéndose mimos y carantoñas. Cada día hacemos un plan diferente. Por las mañanas vamos a la playa o a pescar. Por la tarde, lo que los niños elijan: paseo en bici, cine, partido de tenis, subida a Igueldo... Por la noche, teatro o algún concierto, cena de pinchos por lo Viejo o nos quedamos tranquilamente en casa, casi siempre con algún amigo de la familia o con primos de Íñigo. Mario y yo hablamos cada cuatro o cinco días y hemos acordado que no vendrá de visita; nos encontraremos en Madrid unos días antes de que Tristán se vaya a Canadá para despedirlo juntos, no hay porqué inquietarlo con problemas de mayores. Mario ya se ha dado cuenta de que no hay vuelta atrás para nosotros. Por fin ha claudicado, ya no puede enrocarse detrás de Tristán para no enfrentar el fin de nuestra historia.

Los días pasan veloces y yo disfruto a cada instante de mi familia. Sonsoles y Jacobo nos dejan a Jimmy y a mí solos en la ciudad. Generosos, como siempre, se han ido un par de días con los niños a Fuenterrabía, a casa de un primo hermano de Jacobo, y aprovechan las tardes para jugar unos hoyos en el campo de golf. Los dos días siguientes, han estado de ruta gastronómica por la costa para que los niños practiquen francés, acompañados por Irene, la hermana mayor de nuestra madre. Han recorrido Hendaya, San Juan de Luz y Biarritz, con la parada obligatoria en el Hotel du Palais.

Jimmy y yo, sin embargo, no nos hemos movido de la ciudad. Me he trasladado a su hotel con una maletita de fin de semana y todas las ganas del mundo de disfrutar de él en la ciudad de mi vida. Reservó una *suite* con vistas espectaculares a la playa de La Concha. Nos amamos apasionadamente con una pasión renovada, casi adolescente; paseamos con *Perla* por la playa; charlamos de la vida y del futuro. Jimmy conoce la ciudad como si hubiera vivido siempre en ella. Descubro de su mano restaurantes que no conocía, vinos especiales y rincones olvidados. Recorremos las calles de la mano. Nos besamos en las esquinas como dos veinteañeros. Nos confiamos secretos inconfesables. Hacemos planes de presente y de futuro. Nos emborrachamos bajo la lluvia. Corremos descalzos por la arena y nos prometemos amor eterno sentados frente al mar. Las nubes de mi vida empiezan a despejarse. Él es como el sol, me ilumina el camino, alienta mis pasos, calienta mi alma y sosiega mi angustia.

Los días trascurren más serenos desde la visita de Jimmy. Me siento más fuerte, más relajada. Compartir con él mi secreto me ha liberado de una gran tensión. Me siento apoyada. Ya tengo un aliado y un protector, Jimmy y Hugo. Ha llegado el momento de empezar a buscar a Marcelo Barbosa, mi padre.

20
Vuelo IB-6827

—Yo soy un hombre honesto y fiel, muy fiel. *¿You know?* —me dice.

—Mejor quitas el *muy* y nos centramos en la esencia de la cuestión —le respondo sonriéndole con cierta ironía y una pizca de complicidad recién estrenada—. Es como ser muy leal o muy puntual. O se es al completo o no se es —le apunto.

—Estoy aquí para cumplir todos tus deseos. Para empezar, te dejaré tranquila y me cambiaré de asiento con el fin de no invadir tu *body space*. Me retiro unos metros para así poder contemplar tu belleza desde una distancia prudencial. No estaré lejos, por si te despiertas y echas de menos tu casa y a los tuyos y te apetece conversar con un inglés que ya no volverá a ser él mismo después de este viaje —me dice con toda la parsimonia de la que es capaz.

Tiene sesenta años y su alma de niño no ha sufrido con el paso del tiempo. Se expresa en un correctísimo español y disfruta de las pausas y de los silencios recreándose en el efecto que sus palabras provocan en mí. Se llama Julio César Collingwood, descendiente del almirante Cuthbert Collingwood, primer barón de Collingwood, un almirante de la Royal Navy que participó activamente en las guerras napoleónicas y consiguió algunas victorias para la corona británica. Se nota que está orgulloso de sus orígenes y de sus gloriosos antepasados. A mí me cuesta contener la risa cuando repite el nombre de su ilustre apellido recreándose en su culto y perfecto inglés como si fuera un personaje sacado de una novela épica. El nombre compuesto fue un capricho de su madre. Julio César, en honor a la obra trágica de William Shakespeare. Sin embargo, él prefiere que lo llamen

Juls. Juls Collingwood, así figura en la tarjeta de visita que me ha entregado antes de abandonar su asiento junto al mío para dejarme el suficiente y agradecido *body space.*

El padre de Juls fue ingeniero y espía británico durante la Segunda Guerra Mundial, y su madre, también aristócrata, una mujer bella y elegante, una virtuosa del violonchelo. Ambos fallecieron hace pocos años. Me ha mostrado una fotografía de ellos paseando por la orilla del Sena, en el París de los años sesenta. Es un retrato antiguo y bien conservado ad hoc, con el aspecto distinguido y elegante del señor Collingwood y su encantadora esposa. Se nota que Juls siente una tremenda añoranza, a pesar del tiempo transcurrido.

Es fotógrafo *freelance,* licenciado en Física y Química y entregado en cuerpo y alma a disfrutar de la vida. Es un enamorado de las artes escénicas, los viajes, la naturaleza, la lectura y el vino. Aparenta tener diez años menos de lo que dice y se nota que es pulcro y cuidadoso con su aspecto y sus maneras. Su sonrisa es franca y amable y tiene una mirada directa, profunda e inteligente, resguardada tras sus gafas negras y redondas, al más puro estilo John Lennon.

Me da unas pinceladas escogidas de su vida y yo contesto a todas sus preguntas sobre la mía. Me he convertido en cuestión de horas en Alma Sotomayor, conforme al guion estudiado y predefinido en los dos últimos meses de ensayo. Juls nunca sabrá que no está conociendo a una persona, sino a un personaje en busca de su autor. Alma me lo ha repetido hasta la saciedad como si fuera la tortura de la gota malaya. Me ha prohibido hablar con nadie durante el vuelo IB-6829 Madrid-São Paulo. «Nunca sabes quién puede estar escuchándote, Álex», me ha recordado por última vez en el mostrador de facturación.

Juls ha sido un buen compañero de vuelo, me ha dejado dormir a placer y me ha dado conversación una vez he descansado lo suficiente como para prestarle la atención que merece. Me invita a probar un té que siempre lleva en una minúscula bolsita, en una especie de faldriquera de tela de colores llamativos. Es un *english breakfast* auténtico, *¿you know?* —me dice mientras da instrucciones a la azafata para que nos sirva agua hervida en dos tazas de tamaño considerable.

Tiene tal capacidad de descripción que parece como si estuviera viendo pasar su vida en fotogramas. Me habla de su infancia en Perú. De su adolescencia a caballo entre Bristol y Londres. De sus escapadas a España. De sus estudios en

Granada y Coimbra. De sus novias. De los hijos que no tuvo. De su colección de coches antiguos. De Julio Cortázar, autor de *Rayuela,* lectura que, por cierto, se me atragantó y no pude terminar. De lo agradecido que está a su padre por haber hecho de él un hombre de verdad. Me habla del amor que siente por Maggie, la mujer de su vida, a la que dejó escapar hace muchos años. De la larga enfermedad y la muerte de su padre en un hospital para enfermos de alzheimer. De su etapa como director de arte en un grupo de teatro británico llamado Kiss. De sus años como fotógrafo en activo cubriendo conflictos bélicos. «Vive peligrosamente todo aquel que intenta escapar a las normas establecidas», sentencia con rotundidad. De las flores de su terraza en primavera. Del queso Stilton y de sus preferencias sobre vinos españoles.

De mí solo tiene unas cuantas viñetas prestadas de una historieta hilvanada con personajes aprendidos, una historia de ficción en la realidad de la vida que me toca vivir. Por un instante siento el dolor de la soledad profunda y punzante. Me pregunto qué pasaría si en algún momento Juls quisiera ponerse en contacto conmigo dentro de un tiempo. Tendría que seguir con esta pantomima, o bien desvelarla y exponer los motivos de mi identidad suplantada. Esta reflexión me hace recordar un libro que he leído este verano, titulado *Mi vida sin mí.*

Ha llegado el momento de desembarcar y despedirnos. Quedamos en escribirnos y ver la posibilidad de coincidir en São Paulo. Nos damos la mano y Juls me la besa caballeroso sin apartar su mirada de la mía. Debe de estar notando cierta tristeza en mí. Él no tiene la menor idea del Hiroshima emocional por el que estoy pasando. Me pide mi tarjeta de visita por segunda vez y no tengo más remedio que dársela. No quería y no debía, pero lo hago y me voy con cierta rapidez hasta el control de pasaportes.

—No se puede vivir con los ojos vueltos hacia adentro —dice al despedirse de mí.

—Lo sé —le respondo lacónica.

Mientras espero mi turno en la cola del control de pasaportes busco la agenda con todas las pautas y direcciones importantes. Alma me ha sugerido que lo mejor sería coger un taxi que me llevase directamente al apartamento que nos ha prestado Amador, un arquitecto íntimo amigo de Alma que está pasando una temporada larga en New York. Nos hemos dado un tiempo máximo de tres meses para conseguir nuestro objetivo.

Esperando la salida de mi maleta me llama la atención lo pequeña que es la sala en la que nos encontramos. Para ser un aeropuerto internacional en una ciudad de más de veintidós millones de habitantes, las instalaciones dejan bastante que desear. Una vez que he dejado atrás la cinta circular de los equipajes, salgo hacia la parada de taxis, sin mirar demasiado a mi alrededor para evitar encontrarme con los ojos curiosos de Juls. Son las ocho de la mañana y el termómetro instalado en la salida marca ya los veintidós grados. Comparado con el grado y medio de la noche anterior en Barajas, me parece un regalo poder disfrutar del sol y del buen tiempo. No es así: el sol que brillaba majestuoso por encima de la capa de nubes que hemos atravesado antes de aterrizar no ha podido abrirse paso entre ellas, y sobre la ciudad pesa una enorme capa de una nube única, uniforme, extensa, sin fisuras, impenetrable. Salimos a la carretera pocos minutos después de tomar el taxi. «Tardaremos una hora y media, señorita», me advierte el conductor mirándome a través del espejo retrovisor.

Enfilamos por una larga y transitada carretera de varios carriles, flanqueada por dos hileras de árboles de diferentes tipos: algunos frondosos; otros altos, de los que solo reconozco los eucaliptus; otros cargados de flores, unas amarillas, otras moradas, rosas y rojas; luego árboles y arbustos más pequeños, y una gran extensión de hierba tras de sí. Pienso en cómo sería esta tierra generosa antes de ser construido el aeropuerto, antes de nada, cuando el hombre blanco no había dejado aún su huella en el paraíso. Cada ciertos metros aparece una valla publicitaria anunciando productos tecnológicos, televisiones y ordenadores ultramodernos. Frente a un edificio gris de estructura rectangular, emerge un cartel vertical con la silueta de una modelo en ropa interior. Le pregunto al taxista de qué construcción se trata y me responde que es una cárcel para hombres. Vaya cartel que les han colocado enfrente a esos pobres infelices, pienso sin atreverme a preguntarle más.

A cierta distancia, a ambos lados de la carretera, se extiende un manto de casitas bajas de diferentes formas y colores. Cuando vamos acercándonos a ellas, veo que no se trata precisamente de unas casas de pueblo, ni siquiera de un barrio bajo. Es, ni más ni menos, que el cinturón de favelas que circunda la ciudad, un anillo de miseria humana a las puertas de un titán de hierro que afianza su paso, tratando de despojarse sin conseguirlo de lo que le es accesorio e inútil. Ondean las banderas del pueblo que permanece unido a pesar de sus grandes diferencias sociales, que grita orgulloso a los cuatro vientos su consigna: orden y progreso. Verde de la selva amazónica, amarillo real de las casas de Braganza y Habsburgo bajo el cielo azul en el que brillan con luz propia las veintisiete estrellas que forman los estados de Brasil.

Seguimos avanzando y mis ojos van haciendo inventario de todo lo que veo. Al lado de una churrasquería, hay un almacén de repuestos, una fábrica de Caterpillar de segunda mano y otra de accesorios de jardinería. Almacenes y naves. Al fondo, mucho más allá, se alzan como centinelas los edificios de la ciudad, que comienza a mostrarse tal como es, una obra maestra de planimetría, arquitectura a gran escala y aprovechamiento máximo del suelo. En los márgenes de la carretera, se ven diversas empresas de logística y transportes, algunos hoteles, un centro de convenciones, más fábricas y empresas de productos industriales.

Un río con un caudal medio al que cada pocos metros vierten sus miserias ciertas aguas de dudosa procedencia bien cargadas de una espuma sospechosa por la que navegan alegremente todo tipo de residuos y plásticos flotantes.

Poco a poco la ciudad se hace más visible. Camiones, motos y furgonetas forman junto a los coches largas e interminables filas en los dos sentidos de la marcha. Por la actitud tranquila del conductor, deduzco que debe de ser el pan nuestro de cada día. Progresivamente vamos adentrándonos en la ciudad, cambiando de vías entre los pitidos de aviso intermitente de los motoristas, subiendo puentes, cruzando túneles, penetrando en una jungla metálica moviéndose en una especie de vaivén, de danza lenta y sincronizada.

La ciudad se va mostrando tal como es: hostil, sucia y bullanguera. Fachadas pintarrajeadas con grafitis básicos y poco o nada artísticos. Una colección de edificios completamente diferentes entre ellos que parecen metidos a capón en su propio espacio, algunos de grandes dimensiones, otros estrechos, unos altos, otros feos. Orgullo de pertenencia en los estandartes que cuelgan de cualquier muro o sobresalen de las azoteas. Casas bajas sin jardines donde no faltan las banderas. Alambradas de campo de concentración en forma de bucle. Pintadas en las paredes y paredes sin pintar desconchadas por el paso del tiempo, la contaminación y el abandono de sus dueños. Alguna muestra estética fuera de contexto sobre una pared de gresite propio de los materiales de construcción empleados en los años sesenta, resistentes al agua y al paso del tiempo. Edificios en forma de colmena con la ropa tendida. Mucha ropa para unas ventanas tan pequeñas donde no faltan enseñas.

Pasamos por debajo de otro puente y otro y otro más y debajo de cada uno de ellos, colchones, ropa sucia, carritos de supermercado llenos de plásticos y huellas humanas de desesperación en grado máximo. Rostros sin vida, miradas sin alma, pies descalzos sobre el asfalto sin huellas que seguir. Mugre en las calles, en las fachadas, en las aceras, en las caras. Percibo la oscuridad silenciosa en las esquinas que la luz del día disimula. La ciudad está tejida de cables aéreos que llevan electricidad y confort a los modernos edificios residenciales y también a las favelas. En algunos edificios se aprecian unos pocos metros de hierba y algunos árboles obstinados creciendo en medio metro cuadrado, buscando la luz, cubiertos de una capa de enredadera que parece formar parte de un mismo ser, sobreviviendo en perfecta simbiosis. Hedor a orines en los pilares sobre los que se yergue el puente, hermano del otro y del siguiente. A la miseria no se le mueve un músculo, todos conviven, nadie se altera.

Salimos del infierno y nos quedamos atascados en otra arteria de la ciudad, llamada Santos Dumont. Los helicópteros sobrevuelan como moscardones el espacio aéreo por encima de nuestras cabezas, alternándose con los aviones que despegan desde el segundo aeropuerto de la ciudad. Seguimos por Tiradentes, el dentista, el hombre ilustrado, el héroe, el mártir de la revolución, el líder de la inconfidencia minera, que sembró en Brasil el germen de la autodeterminación, rebelándose contra el imperio portugués y adelantándose más de ciento cincuenta años a la época en la que probablemente habría despertado Brasil de no haber intervenido él para cambiar la historia de este país. Continuamos avanzando a trompicones mientras observo a los chavales que venden todo tipo de cachivaches entre semáforo y semáforo. El taxista me previene contra ellos y me sugiere que coloque a mis pies el bolso de mano. Lo obedezco sin comentar nada mientras sigo mirando a través de la ventana. Pasamos por el edificio de la Pinacoteca Nacional y por delante de la estación de trenes de La Luz. De puente a puente y sigo porque me lleva la corriente. Muchos más grafitis, más alambradas, más cartones, más suciedad, más edificios dispares, mucho ruido, más rejas y más verjas. Algunos árboles y flores ponen una nota de color en la naturaleza muerta y gris de la ciudad.

El tráfico es infernal. Los motoristas hacen giros y requiebros entre los coches, jugándose las piernas y la vida. Los conductores de autobuses articulados manejan con habilidad sus gusanos de doble cuerpo, rugiendo y descargando su dosis de monóxido de carbono con total impunidad. Pasamos por debajo de un puente de hierro de color amarillo, el llamado viaducto de Santa Efigenia. Dos chicos jóvenes con aspecto de ejecutivos recién estrenados compran unos vasos de café a una señora que ha improvisado un set de desayuno, ofreciendo bollos para mojar que muestra levantando las tapas de unos *tuperware* transparentes. Me fijo en el hospital sirio-libanés, que según Amador le ha transmitido a Alma, es el mejor de la ciudad por si tenemos que hacer uso de él. El mejor y el más caro.

Enfilamos la avenida 9 de Julio flanqueada por árboles de copas frondosas y flores amarillas. Pasamos otro túnel y giramos en la *rua* Lorena. Las casas están más cuidadas, la gente tiene otro aspecto. Seguimos por Alameda Blanca hasta llegar a Canadá. Poco a poco vamos adentrándonos en otros espacios menos agresivos, lugares diferentes donde viven otros seres humanos, protagonistas de otras historias, otras realidades a escasos metros del terror. Más allá de los setos cuidados, de algunos árboles podados con formas geométricas, están las mansiones, las casas familiares y los consulados. Nada se ve a través de los muros que las contienen y las preservan del exterior y sus gentes. Las grandes casas escondidas tras las barreras dejan espacio a la imaginación de quienes las observamos desde fuera. Las cámaras y las garitas de seguridad se mimetizan con el paisaje recién lustrado de cada mañana.

Disfruto del nuevo paisaje y del contraste con todo lo anterior desde la salida del aeropuerto. Hemos pasado de las calles con números de cuatro y cinco cifras a las de números de solo tres y dos. Giramos por la plaza de Simón Bolívar ocupada por un enorme ficus de tronco centenario y edad indefinida y continuamos por las calles California y Francia. En el número 381, un hombre mayor lee tranquilamente el periódico en su jardín, sentado en una mecedora de madera color teja, ajeno al pulso de la ciudad. Sonrío al verlo inmerso en la parsimonia de su vida bien aprovechada y sigo admirando la belleza de las casas de *rua* Alemania. Paramos en un semáforo y me fijo en el cartel que hay enganchado con un cordel en una farola. *Amarracão amorosa garantida,* y un teléfono. Vuelvo a sonreírme pensando en la desesperación de algunas personas por conseguir retener a sus seres queridos contra su voluntad con conjuros, pócimas, filtros y artificios de magia callejera a precio de ganga. Giramos de nuevo y me encuentro en la avenida de Europa. El corazón me da un vuelco al leer el nombre y el pulso se me acelera a ritmo de taquicardia. Miro a derecha e izquierda, como si supiera adónde mirar, tratando de identificar la que podría ser la residencia Barbosa. Pero solo veo concesionarios de coches, tiendas de decoración, una exposición de coches blindados y la sede de una inmobiliaria local. El conductor me distrae advirtiéndome de que estamos llegando a nuestro destino. Cruzamos la *rua* Vaticano y llegamos a la inmensa avenida de Faria Lima.

Por fin nos hemos detenido frente al portal del edificio Peruibe en la *rua* Peruibe número 25, en el barrio de Itaim Bibi. Pago al taxista agradeciéndole inconscientemente su parca conversación y le pido que me ayude a subir la maleta hasta el ascensor. Recuerdo que Alma me ha advertido, como si fuera una madre, del peligro de los atracos. Cierro con llave las dos puertas que separan la calle del ascensor y aprieto el botón número siete. Subo la escalera que lleva al octavo piso arrastrando con las dos manos la maleta, que pesa como un muerto, peldaño a peldaño hasta llegar a un rellano. Me detengo frente a la puerta de madera blanca con tres cerraduras básicas que tengo ante mí. El suelo del descansillo está cubierto con una moqueta de color negro y un cuadro en la pared con un poema de Pablo Neruda escrito en portugués. Saco el llavero de bola de billar roja con el número dos y comienzo a abrir los cerrojos de arriba abajo, según el orden que nos ha indicado Amador, teniendo cuidado de seguir la indicación de la flecha de cada llave, que marca la posición correcta de apertura de las cerraduras.

Son las diez y pico de la mañana y ya se notan algunos grados más en el ambiente. Alma me ha advertido que no me espere muchos lujos en el apartamento pero que este será lo suficientemente cómodo y amplio como para que pueda sentirme a gusto. Es importante estar en una buena zona de la ciudad para poder moverme con tranquilidad, y teníamos la impresión de que tanto el barrio como la casa de Amador nos podrían dar todo el juego que necesitásemos. La opción de haber escogido un hotel nos resultaba menos adecuada para pasar una temporada, mucho más fría e impersonal, y a todas luces, infinitamente más cara, y aunque dispongo de una buena cantidad de dinero para llevar a buen término mi misión por cortesía de la siempre generosa Blanca Muguiro, debo administrarlo bien. No teníamos la menor idea de con qué nos íbamos a encontrar y aunque finalmente podamos hacer un buen negocio que revierta en la agencia, tengo que andarme con mucha cautela. Yo necesitaba un hogar y Alma me ha conseguido uno, así que no puedo estar más agradecida a mi socia. Estoy muy lejos de casa y de todos a los que quiero de verdad. De mi hermana Sonsoles, con la que no he podido compartir los verdaderos motivos de mi viaje a Brasil y a la que siento que estoy traicionando de alguna manera. De Alma, con la que siempre estaré en deuda por su tesón, su cariño y su apoyo. También de Jimmy, quien se ha vuelto alguien imprescindible en mi vida. Y de Hugo, el guardián de mi alma, el que vela más que ninguno por mi integridad mental y emocional. Pero en especial, siento la ausencia de Tristán, a quien no he visto en Navidad: ha preferido quedarse con su familia anfitriona en Canadá. Todos mis puntos de apoyo están a muchos miles de kilómetros, y el día a día me va a tocar manejarlo en la más absoluta soledad. Tengo todo lo que me hace falta pero siento un vértigo tremendo.

Durante unos segundos me quedo mirando la puerta que tengo delante. Un punto de ansiedad me devora por dentro. Es el momento de dar otro paso al frente, mantenerme firme e ir hacia el encuentro con Marcelo. Y no voy a volver a España hasta conseguirlo. Los tiempos y el resultado no están claros pero sí la estrategia y el objetivo. Como si de un proyecto más se tratase, Alma y yo hemos definido los objetivos, la estrategia, los antecedentes, la información adicional y las acciones. Marcelo no se va a ir de rositas y yo no voy a volver sin conseguir estar frente a frente con él.

Me quito el bolso, que me molesta en el hombro, y abro la puerta del apartamento sin más preámbulos en mi charloteo especulativo. Ahora entiendo más que nunca a las personas que van hablando solas por la calle. Yo he comenzado a hacerlo con bastante frecuencia y empiezo a tener la sensación de que algo está cambiando dentro de mí.

La luz del sol ilumina la estancia del apartamento. Parece como si me hubiera trasladado a una casa ibicenca. Las paredes son de ladrillo visto pintado de blanco. Un gran ventilador de techo también blanco decora el salón de escasos cuatro metros por seis. Un sofá blanco con almohadones de colores tierra con dibujos de libélulas. Dos estanterías llenas de libros y CD. Láminas enmarcadas de diferentes artistas repartidas por las paredes y un gran espejo circular de más de un metro de diámetro. Dos butacas y dos mesas supletorias también de color blanco y metal. Varias plantas de diferentes tamaños en perfecta armonía con el entorno. Una gran pantalla de televisión con *home cinema* y una chimenea aparentemente en buenas condiciones, con morillos y troncos de madera de eucalipto. Varias lámparas de pie y de mesa sobre un suelo de kilims de colores vivos, superpuestos unos encima de otros, lo que me produce una sensación extraña. Me pregunto qué tipo de suelo habrá debajo de ellos. Mejor no comprobarlo.

El dormitorio es pequeño, con armarios empotrados y una cama de matrimonio que deja el espacio justo para pasar por los lados, y una sola mesilla de noche improvisada con diferentes piezas formando una torre. Dos armarios amplios, uno de ellos vacío y a mi entera disposición.

La cocina, también con alfombras superpuestas en el suelo, está equipada con nevera y microondas y tiene todo lo necesario para cocinar, aunque no parece que nadie lo haga. En una zona contigua, un pequeño espacio con la lavadora y un tendedero. El cuarto de baño es pequeño pero bien distribuido, con espacio suficiente en la ducha y un armarito con un par de baldas de madera limpias y preparadas para mí, al igual que en el dormitorio. La casa en sí debe de haber sido una gran terraza cubierta en algún momento, y es una bombonera ideal para una pareja o una persona soltera. Todo está impecable y me ha parecido muy agradable según he echado el primer vistazo.

A continuación meto la maleta y los dos bolsos que he dejado en el suelo del descansillo, coloco las llaves por dentro de la cerradura, como Alma me ha dicho que le había sugerido Amador que hiciera, y me descalzo. Abro la ventana corredera que da a la terraza y salgo a contemplar las vistas. Ya tenía una impresión bastante acertada de lo que era la ciudad desde el avión, y después, desde la ventanilla del taxi que me ha traído hasta casa. Ahora sí puedo llamar *casa* al apartamento y por fin tengo una tercera perspectiva desde una altura considerable, como es el octavo piso de este anodino edificio en pleno corazón de la ciudad. Comparado con Nueva York, me parece que no le llega ni a la suela del zapato. Delante de mí solo tengo decenas de edificios de gran altura, unos más cerca, otros más alejados, unos de cristal, otros con estructura metálica, cada uno de un tamaño y arquitectura diferentes. En la calle se aprecia un tráfico fluido que provoca un ruido ensordecedor. Motos, coches, autobuses, camiones y un detalle diferenciador de esta ciudad del que ya me habían advertido: el tráfico aéreo de helicópteros.

El calor cada vez se hace más patente y el sol calienta con fuerza. Acabo de darme cuenta de que la casa no tiene aire acondicionado y de que las ventanas son de aluminio barato que cierran deslizándose sobre rieles sin el más básico de los hermetismos esperados. El ruido de la calle sube como una planta trepadora hasta el apartamento, especialmente el de los acelerones de los autobuses, que se oyen como si pasaran por el salón. Los aviones pasan con mayor frecuencia de la que me hubiera gustado, no en balde la vivienda se encuentra justo en la línea de aterrizajes del segundo aeropuerto de la ciudad, desde el cual se realizan todos los vuelos interiores; un aeropuerto instalado en pleno corazón de São Paulo.

La terraza tiene una sombrilla y una mesa redonda de cristal con cuatro sillas de plástico al más puro estilo de las del merendero de la casa de campo, una ducha con una alcachofa gigantesca y un seto de plantas y árboles rodeando la pared. He llegado a la ciudad de los rascacielos en época estival. Alma me ha advertido sobre la frecuencia de las tormentas tan típicas en los meses de verano. Me ha hecho todas las advertencias posibles, pero no hay nada como llegar al lugar de los hechos para comprobar de primera mano la barbaridad de contaminación acústica, visual y ambiental de la ciudad. Es infinitamente más espantoso de lo que me habían descrito y mucho más apabullante de lo que mi imaginación había sido capaz de proyectar.

Después de mirar la panorámica que se ve desde la terraza me meto dentro del apartamento manteniendo la puerta entreabierta. Empieza a hacer calor. Pongo en marcha el ventilador del salón en la posición dos: emite un ruidito bastante audible, pero comparado con el barullo general de a saber cuántos decibelios, es como un murmullo apenas perceptible.

Sobre la chimenea hay una tarjeta de bienvenida dirigida a Alma y la clave del *wifi* del apartamento. También, el teléfono de Aparecida, la mucama que vendrá dos días por semana, y una lista de lugares con teléfonos y direcciones para salir a comer o simplemente a tomar una cerveza. Como primer impacto no está nada mal. Me encuentro en un ligero estado de *shock*. Sabía que no iba a mudarme al Palace, pero llegar en viernes me está dando la pauta de la realidad que me toca. No me habría imaginado un lugar así para vivir ni en mil años. De pronto mi cerebro se va directo a mi casa de Madrid, a mi barrio, al silencio, a los paseos con *Perla* por el Retiro.

Resuelvo deshacer la maleta y darme una ducha antes de seguir mortificándome enumerando las diferencias entre esta ciudad con corazón de hierro y el pacífico barrio de Salamanca que me vio nacer. Ha llegado el momento de dar una vuelta por el barrio y comprar un teléfono brasileño para empezar a contactar con el objetivo marcado. Antes de abandonarme durante unos minutos bajo el agua de la ducha, que espero que esté a buena temperatura y tenga la presión adecuada, activo el *wifi* e introduzco la clave en los diferentes dispositivos. En un lateral del salón hay una balda en la pared, cerca de la puerta de la terraza, en la que puedo hacerme un miniescritorio para poder trabajar y estar conectada. Saco el ordenador portátil, las dos agendas de trabajo, la pluma de mi madre de la que no me he separado desde la mañana en la que me fue confiada, un pequeño marco con una foto de Tristán, cables varios y rotuladores de colores de punta fina para mis anotaciones. Un pequeño diccionario de portugués de Brasil para refrescar el idioma y el *dossier* impreso con toda la información y estrategia del proyecto, al que Alma ha bautizado como *El barón del café*. Me siento en la banqueta de piel blanca sin respaldo ni brazos para ajustar la altura. Abro mi portátil y coloco las manos sobre él para calcular la posición correcta. Está en el punto exacto para mí; Amador y yo debemos de tener la misma estatura. Durante unos segundos cierro los ojos y me pierdo en el murmullo del tráfico, que es como una jaula de grillos, como un hilo musical de instrumentos metálicos permanente dentro del apartamento. Es como estar en la Gran Vía en hora punta, sentada en la calle, en cualquiera de las aceras y en cualquiera de sus sentidos. El ruido es una barbaridad, no tiene nada que ver con aquel al que yo estoy acostumbrada. Obviamente, es impensable padecerlo en una oficina o en una casa normal en España. Procuro no darle la importancia que realmente tiene para no obsesionarme. Por un momento pienso en cómo será el ruido por la noche: intuyo que aviones y helicópteros habrá pocos o ninguno, pero de esos autobuses que parecen ir de *rally,* de ellos, mucho me temo que no me va a salvar nadie. Como sintonía de bienvenida, cuando menos, no me deja indiferente. Estoy deseando hablar con Alma para contarle los detalles.

Abro los ojos y saco del bolso que he dejado apoyado a mi derecha junto a la pared una cajita de plata en la que llevo las pastillas para dormir que me ha recomendado Alma. «Llévate un par de cajas, por las dudas», me dijo días antes de viajar. ¿Por las dudas? No tengo la más mínima duda de que las voy a necesitar todas como las noches sean tan acústicamente entretenidas como apuntan. Ha llegado el momento de tomarme todas las pastillas que no me he tomado todos los meses anteriores por razones más profundas y justificadas. Sin embargo, Alma, a menudo más pragmática y desde luego mucho más entregada que yo al universo químico, ha dado en el clavo. Seguramente tiene mucha más información de mano que yo.

La señal del *wifi* fluctúa, por lo que ya me temo que habrá que brujulear por la casa para encontrar las zonas con mejor señal. Me sonrío viéndome a mí misma moverme con el teléfono móvil por el salón buscando el máximo de cobertura, como se mueven los buscadores de agua con sus varillas de zahorí.

En la nevera, de puertas para adentro, hay unos víveres básicos; seguramente, Aparecida, la asistenta, los habrá comprado por encargo de Amador: dos botellas de litro y medio de agua con gas con sabor a limón, un *pack* de doce cervezas Skol, algunas piezas de fruta con un aspecto fantástico, cuatro yogures, media docena de huevos morenos y dos envases al vacío de jamón de York y queso Cheddar cortados en finísimas lonchas, casi transparentes. En la parte exterior, un rosario de pines magnéticos para pedir comida a domicilio, por lo que intuyo que Amador es más de llamar para comer que de comprar para cocinar. Abro los cuatro armarios que hay en la cocina, donde están en perfecto orden platos, cubiertos, fuentes y vasos. Nada resaltable. A mi izquierda, junto a la ventana, una lavadora básica de carga superior y un tendedero de poleas y cuerdas de nailon de los de toda la vida.

Voy desnudándome para tomar una ducha y salir a dar una vuelta por la zona. Dejo la ropa que he llevado durante el viaje sobre la tapa de la lavadora en la cocina y voy caminado con los pies descalzos sobre los kilims hasta el cuarto de baño, no sin antes poner música para ir haciendo ambiente en la que va a ser mi casa los próximos meses. «Acepto», me digo a mí misma en voz alta mientras empiezo a disfrutar del último CD de Miguel Poveda, titulado *Poemas del exilio de Rafael Alberti,* a la vez que me voy haciendo una lista mental de las cosas que tengo que comprar y poner en orden de cara al fin de semana, un fin de semana anónimo en la soledad de un apartamento prestado en alguna parte de una ciudad desconocida, sin la compañía de nadie que pueda susurrarme algunas palabras de ánimo al oído y con todas las batallas por ganar sabiendo que algunas las tendré que perder. Me siento fuerte y a la vez un poco asustada. No tengo la menor idea de lo que va a ser de mi vida pero tengo que arriesgarme a comprobarlo, porque nada me hace más profundamente infeliz que la sensación de incertidumbre que me proporciona la existencia de mi desconocido padre.

****

La temperatura va subiendo por momentos. He dejado que mi pelo se seque al aire, sin mascarillas reparadoras ni cepillos ni secador. No tengo ninguna intención de maquillarme, aunque el color de mi piel, blanco invernal, evidencia mi reciente llegada a la ciudad. «Enero en Brasil es como julio en España», pienso. Me visto con un pantalón de lino blanco, una blusa naranja ligera y unas sandalias de cuero marrón, y salgo a la calle para buscar un restaurante donde comer algo. Según salgo del portal, después de abrir las dos puertas de acceso, miro a izquierda y derecha. Parada sobre la acera, me llega el sonido de los aires acondicionados de los restaurantes de mi propia calle, una calle corta, fea y sucia que más que una calle en sí misma parece el callejón de cualquier arrabal. Supuestamente estoy en una de las mejores zonas de la ciudad, pero la primera impresión es del todo desastrosa. Decido ir hacia la derecha para luego buscar en las calles paralelas algún local mínimamente apetecible. La calle siguiente es completamente distinta, los restaurantes se suceden uno detrás de otro. Hay una tienda de ropa de cama haciendo esquina, con medidas bastante considerables y muy buen gusto. Camino el tramo de calle hasta cruzar a la siguiente y volver a girar a la derecha. Recto y derecha son mis coordenadas, lo ideal para tratar de no perderme.

El barrio va sorprendiéndome en cada esquina. Es una especie de micromundo dentro de la urbe de metal de dimensiones indescriptibles. Los porteros de las casas, todas ellas cerradas entre verjas y cámaras de seguridad, me dan los buenos días al pasar. Yo voy absorbiéndolo todo, relajada y divertida. De pronto, en una calle llamada *rua* de Jerónimo da Veiga, encuentro un sitio que me gusta, con una terraza espectacular bajo una carpa de una sola pieza, con mesas y sillas de madera, plantas, suelo de gravilla y antorchas. Un camarero mulato y jovencito me da las buenas tardes y me acompaña a una mesa. Me entrega una carta de dos hojas y espera pacientemente a escasos metros, atento a un gesto mío para ordenar. El lugar me parece estupendo. Echo la vista atrás para ver la parte cubierta del restaurante. El camarero, que capta mi interés, se acerca y me pregunta si prefiero entrar dentro por el calor y le digo que no, que estoy muy bien aquí. Pido un zumo de piña con hierbabuena y una pasta al pesto muy poco cocida. Me acomodo en mi silla, no muy cómoda por cierto y un poco dura para mi gusto, y echo un vistazo a mi alrededor.

La gente tiene muy buen aspecto, no cabe duda de que he elegido bien y de que el barrio es bueno. Suena uno de los CD de la colección de Cappuccino Gran Café Lounge. ¿Qué más puedo pedir? La ciudad está siendo amable después del sonoro y caluroso recibimiento. Por unos instantes me siento en paz, como en casa, casi feliz.

****

Después de disfrutar de la pasta, que estaba en su punto, y del riquísimo *smoothy*, me voy a recorrer la que parece ser la calle más comercial de la zona, la *rua* de João Cachoeira. Encuentro las cuatro cosas que quiero: la primera parada ha sido en un quiosco de prensa que hay a la vuelta de una esquina, donde he elegido unas revistas; después, una floristería en la que he comprado un ramo de flores. También me he detenido en una papelería, y por último, en una tienda de teléfonos móviles en la que he tenido que hacer una cola de más de veinte minutos para conseguir un terminal básico. Termino mi jornada de descubrimientos en una peluquería para hacerme la manicura. Brasil tiene fama de ser uno de los lugares donde mejor la hacen y así es. Me atiende Cris, una chica pelirroja de tez morena y mirada dulce que hace su trabajo con la delicadeza y la precisión de los maestros artesanos. Me invitan a un café corto y aguado servido en un vasito de plástico desechable que me da un punto de energía extra de media tarde. Un ejército de niñas de corta edad, peinan a las clientas a cuatro manos. Todas idénticas: pelo alisado o muy alisado, no hay muchas más alternativas. Me llama la atención que la mayoría de las mujeres que veo pasar tienen el pelo largo.

De vuelta a casa me pierdo tratando de hacer el camino inverso, recto y a la izquierda, lo que me sirve para conocer otros lugares, otros olores, otra gente, otras miradas, otros saludos y otros adoquinados. No es fácil caminar por estas calles de suelo desigual. Los árboles y las plantas salen por cualquier hueco que deja el asfalto, no en vano esta ciudad, como tantas otras de

América Latina, está edificada sobre la selva, que con su fuerza y su exuberancia en estas latitudes, nunca podrá ser destruida, por mucho que el hombre construya y sepulte sus raíces. Después de caminar un buen rato, el cielo se oscurece, tornándose las nubes blancas algodonosas en un color gris panzaburro que no augura nada bueno. En cuestión de minutos, una lluvia generosa lo empapa todo por completo. Llego a casa con la ropa chorreando como nunca antes en toda mi vida, admirándome de la tormenta eléctrica que se ha desatado de un momento para otro. «Aquí todo debe de ser a lo bestia», pienso. El sol, la lluvia, la ciudad, los edificios, las frutas. Debo de estar en el país de las maravillas, donde nada es contenido, donde los nombres y las vivencias son superlativas.

Al pasar por una de las calles que aún no reconozco, he visto una orquídea creciendo en el tronco de un árbol. Me ha parecido muy hermosa y me ha hecho sonreír. Me siento relajada y a gusto pensado en Marcelo. ¿Cómo habrá sido su infancia en esta ciudad? ¿Pasearemos alguna vez juntos por estas mismas calles que lo vieron nacer? Decenas de preguntas se agolpan en mi mente, todas ellas profundas y sentidas. Estoy empezando a sentirme más cerca del que puede ser, sin yo saberlo, el hombre de mi vida.

Subo a casa empapada. Me descalzo, pongo las flores en un moderno jarrón de plástico rojo y las llevo al salón comedor cuarto de estar despacho, todo en uno. Me doy cuenta de que no había visto lo que podría ser una pequeña mesa de comedor blanca, abatible, apoyada junto a la pared de entrada del cuarto de baño. La aparto del rincón y la despliego. Debe de tener unos 80 por 80 centímetros. Mesa para dos contando con traer un par de sillas del chiringuito de la terraza, pasadas por agua en ese momento.

«Menos es nada», pienso, y vuelvo a plegarla y a colocarla junto a la pared. Me desnudo por completo de nuevo en la cocina y me apresuro a cerrar las puertas correderas de la terraza. El ruido de la calle es amortiguado con la generosa lluvia que cae sin cesar. Las plantas de la terraza están en el mejor momento del día. Me seco el pelo con una toalla y me vuelvo a vestir. Qué manera de llover. Creo que no había visto una lluvia tan densa en toda mi vida. Ahora entiendo cuando se decía en La Umbría que llovía a cántaros. Aquí no llueve: jarrea, y con ganas.

Tengo un fin de semana por delante para aterrizar y descomprimirme antes de empezar a dar los pasos marcados en el guion. El tráfico se intensifica en la ciudad. Los ocho carriles de la avenida de Brigadeiro Faria Lima se han convertido en hileras de coches tratando de salir del colapso en busca del ansiado descanso del fin de semana. Otro detalle que me resulta curioso es que los coches no hacen uso de sus cláxones.

Solo se oyen los pitidos intermitentes de las motos a modo de aviso danzando entre los coches completamente parados a la espera del cambio de luces del semáforo más próximo. Salgo un momento a la terraza con la toalla aún en la cabeza a modo de turbante para observar el magnífico espectáculo desde mi altura. «Es un hormiguero, una ciudad de metal con el corazón de hierro», pienso.

Escribo un par de mensajes a Alma y a Mario para que sepan que he llegado bien. El día ha pasado a toda velocidad. Me pongo cómoda y abro una de las revistas que he comprado, una revista cultural con artículos interesantes y un apartado de ocio de fin de semana que me viene estupendamente para los dos próximos días. Leo de nuevo el listado de restaurantes y teléfonos de interés que me ha dejado Amador y veo que también me ha anotado el teléfono de una profesora de portugués por si me apetece contactar con ella para conversar. Se llama Helena. Me parece una excelente idea. Pongo en funcionamiento mi teléfono prepago paulistano de tarjeta dual e introduzco el número de Helena. «Llámala de mi parte, Alma, si te apetece hacer una inmersión lingüística», dice la nota de Amador.

****

Helena es encantadora y habla perfectamente español. Mi objetivo es tomar clases tres días por semana durante un par de horas para refrescar mi portugués y poder estar al máximo nivel dentro de mis posibilidades. Las clases son la punta de lanza para lograr mi objetivo. Concretamos los días, las horas, el precio y el lugar; en principio, lunes, miércoles y viernes en mi apartamento. Al colgar el teléfono y grabar su número en mi agenda virgen hasta ese momento, vuelvo a sentir una punzada en la boca del estómago. ¿De qué hablaré con Helena durante dos horas cada día, tres días por semana si no debo ser yo delante de nadie aun estando a miles de kilómetros de distancia? ¿Qué tipo de relación tienen Alma y Amador? ¿Cuánto se conocen? ¿Y respecto a Helena? Todas las preguntas sin respuesta se colocan en fila de a tres esperando ser respondidas. Simplemente tendré que evitar los temas en los que no esté cómoda y tratar de no profundizar en nada que me ponga en la tesitura de tener que inventar para no incurrir en contradicciones. No debo despertar ninguna sospecha en el entorno que estoy por construir. La consigna está clara: Alma me ha hecho repetirla hasta la saciedad, carcajeándose sin parar por lo ridículo de la escena: me llamo Alma Sotomayor, tengo dos hijas adoptadas en China, estoy casada y soy directora de una agencia de publicidad en Madrid, estoy en Brasil buscando nuevos clientes para la agencia. «Y de ahí no te mueves ni una sola coma», me decía entre risas. Yo repetía la frase cambiando de entonación con la mayor solemnidad de la que era capaz, hasta que las dos estallábamos en risas mirándonos la una a la otra como si estuviéramos en un interrogatorio policial al más puro estilo Santiago Segura. «Álex, no estamos haciendo nada malo, hay que interpretar el papel con naturalidad y convicción», me decía Alma con sorna.

Me entretengo un rato largo leyendo revistas. La lluvia sigue cayendo sin ningún pudor. La terraza está encharcada, y el pequeño toldo de plástico en el que no he reparado hasta este momento, haciendo una balsa de agua y a punto de reventar. Me acerco para verlo mejor y decido no hacer nada; por algún lado rebosará el agua. Estoy segura de que la terraza está más que preparada para las inclemencias del tiempo. De pronto siento un escalofrío y voy a por una chaqueta al cuarto. Son casi las diez de la noche y no he cenado. Voy a la cocina y preparo una bandeja con lo que encuentro. Me hago una tortilla a la francesa con cebollita, tomate, jamón y queso al más puro estilo *brunch* neoyorkino, y cojo una cerveza, un par de biscotes que están en un armario encima de la nevera, a falta de algo mejor, pongo una servilleta de papel en la bandeja y me preparo para encender la televisión, que, por cierto, excede los límites de cualquier aparato racional: una pantalla plana de más de dos metros de largo que ocupa la mitad de la pared. Como nunca he sido propietaria del mando a distancia, derecho reservado a la sección masculina en cualquier casa del mundo, no sé bien cómo manejarme con él. Y a falta de uno, son dos, por lo que cojo uno en cada mano y como si fuera una pistolera del ciberespacio, voy apretando botones hasta que sale una lista infinita de canales. Quiero ver cine en portugués. Encuentro una película sobre un circo ambulante en un canal puramente brasileño y me pongo a dar buena cuenta de mi primera comida en casa.

Son las cuatro de la mañana y las motos de gran cilindrada pasan como reactores por la avenida. «Esta debe de ser la versión nocturna de la contaminación acústica», pienso. Busco los tapones para los oídos que me he puesto para dormir y me los atornillo dentro de las orejas como si fuesen tapones de corcho.

Estoy completamente drogada por la pastilla que me he tomado siguiendo las instrucciones de Alma. La parte buena es que como no estoy acostumbrada a tomar nada para dormir, el efecto en mí es total. «Asegúrate de tener un sueño que no sea interrumpido, porque si no, estas pastillas no hacen el efecto que queremos conseguir», me apuntó Alma con cara de científica. ¿Asegurarme? Cómo se nota que mi socia no ha pisado esta tierra superlativa del *todo superlativo*. Vuelvo a dormirme hasta las ocho en una especie de duermevela en el que sueño que tiro los huevos que quedan en la nevera desde un punto estratégico de la terraza sin conseguir acertar en los cascos de los motoristas, que se multiplican como ratas acelerando con sus manos fuertes enfundadas en puños de piel negra. El sueño no ha podido ser menos apetecible, así que después de dar varias vueltas abrazada a las almohadas de Amador, decido levantarme y acercarme a la ventana de la terraza.

Hace un día espléndido. Las nubes algodonosas del cielo del día anterior han vuelto para cargarse de argumentos durante todo el día y volver a descargar con todas sus fuerzas en algún momento de la tarde. Sube un olor a café recién hecho de alguno de los restaurantes de la calle que me hace recordar el olor de casa. Dedico un pensamiento a Angelita deseando que esté bien en su pueblo y otro a mi madre, y me sonrío al imaginar su cara de complacencia por el hecho de estar yo en Brasil cumpliendo su última voluntad. «En menudo lío me has metido, querida», digo en voz alta, hablando conmigo misma y a la vez con ella.

21
Primer approach

Hemos creado una dirección de *email* compartida entre Alma y yo para poder comunicarnos con Horacio Simões, el secretario y mano derecha de Marcelo Barbosa, con quien ya habíamos contactado desde Madrid, y que espera nuestra visita a São Paulo con el fin de poder hablar del proyecto para el que nos estamos postulando como agencia internacional. Ahora que ya he llegado a la ciudad y empiezo a familiarizarme, me toca a mí establecer el contacto. Alma recibirá una copia de cada correo, pero seré yo quien mantendrá la comunicación.

Tengo que conseguir cerrar una cita para presentar credenciales en cuanto Horacio Simões me dé la oportunidad. El mes de enero en Brasil, en pleno verano, puede ser más propicio para encontrarme con Marcelo Barbosa. Hemos deducido que así será pero no tenemos ninguna certeza. Alma me ha insistido en viajar ella a Brasil para encontrarse conmigo en cuanto tengamos clara la fecha de presentación de la agencia. Le parece una barbaridad dejarme sola frente al barón del café y su equipo.

«Por mucha cara que le pongas, Álex, por muchas veces que mires la foto que tienes, una cosa es verlo en papel, y otra muy diferente, tenerlo frente a ti. Tus piernas van a temblar en cuanto sientas su presencia. El corazón se te va a salir del pecho. Cuando vuestras miradas se crucen y él estreche tu mano, cuando oigas el timbre de su voz e intercambiéis las primeras palabras de cortesía, cuando le digas tu nombre y escuches el suyo, va a haber una energía tan poderosa que ya veremos si salimos vivas de ahí. Por muy fuerte que creas que vas a poder estar, olvídate del tango, querida. El corazón te va a estallar en mil pedazos, y alguien tiene que estar ahí para controlar el desastre y distraer la atención. Si te responden las piernas y puedes articular una sola palabra, será un milagro, porque ni tú ni yo vamos a poder mover un solo músculo, y tenemos que estar preparadas.

»Primero hablaré yo, y después, si para entonces no estás hecha una auténtica papilla para lactantes, podrás desplegar tus enormes alas y enamorarlos a todos con tu ingenio y tu creatividad. Tu puesta en escena es imbatible, por eso te admiro, y reconozco que no hay nadie como tú para enamorar a los clientes, pero lo que ahora tenemos entre manos es un ejercicio psicológico en el que tu emocionalidad estará a prueba en todo momento. Escúchame bien, Álex: sola no puedes hacerlo, es un suicidio y no vamos a echarlo todo a perder en plan heroína cabalgando en pelota picada al más puro estilo Lady Godiva. Voy a ser yo quien te proteja de ti misma. Soy tu fiel escudera y tu mejor amiga, y ya sabes cómo me las gasto. Puedo ser más fría que un témpano de hielo, aunque yo tampoco me garantizo a mí misma en una escena como la del primer encuentro, las cosas como son. Pero hemos marcado un camino y definido una estrategia, y aquí no valen las improvisaciones. Es muy fuerte y no te voy a dejar sola, ni lo sueñes», decía Alma mientras me apretaba las manos con fuerza en una de nuestras últimas reuniones de planificación.

Desde Madrid hemos conseguido llamar lo suficientemente la atención de Horacio Simões como para que nuestro interés como agencia sea trasladado a Marcelo Barbosa. Horacio Simões nos ha comentado que el Señor Barbosa estaría implicado personalmente en todas las fases del proyecto si nuestra agencia resultaba elegida para liderar el lanzamiento del nuevo café *gourmet*. Toda la información profesional que tenemos sobre Marcelo Barbosa la hemos obtenido a partir de una entrevista publicada en el mes de mayo en la edición americana de la revista *Forbes*.

Sabemos que es un prestigioso abogado especializado en nuevas tecnologías que trabaja para gigantes de la economía mundial en Estados Unidos, China y Corea. También se hacía referencia a su posición económica, considerándolo como uno de los hombres más ricos y poderoso de Brasil, la quinta fortuna del país. Preside la fundación Meninos do Sol para la protección y escolarización de niños desfavorecidos de su país. Ha financiado la construcción de escuelas, hospitales y centros para personas con discapacidad mental. Además, en la entrevista se hacía mención de los numerosos premios y reconocimientos recibidos por su labor filantrópica.

Es coleccionista de obras de arte y posee la colección particular de pintura más importante de América Latina. Su amor por el arte va mucho más allá de la mera acumulación de un patrimonio artístico. Se le conoce como un benefactor, un mecenas del arte. Posee una *fazenda* familiar en la que continúa cultivando su propio café a pequeña escala.

Tiene un oído extraordinario. Es un virtuoso del piano desde los seis años, habla cinco idiomas con la misma perfección que su lengua materna y chapurrea otros tantos con gracia y desparpajo. Disfruta de las artes en general, de la música, el teatro y la danza contemporánea, una sus favoritas. Se define como un hombre enamorado de la alta gastronomía. Amante de los viajes, de la naturaleza y de los caballos en particular; le gusta ir a ver las carreras al hipódromo y apostar. Había sido jugador de polo y le encanta navegar.

Sin embargo, en la entrevista no se hablaba de ningún detalle personal que nos diera alguna pista sobre su vida privada, más allá del amor por mi madre que reflejaban sus cartas. Es un completo desconocido y, aparentemente, un hombre celoso de su intimidad. La foto que ilustraba la entrevista tenía una fuerza conmovedora para mí. Era una imagen en blanco y negro de medio cuerpo, sentado, mirando fijamente a la cámara con serenidad, con la mejilla apoyada ligeramente sobre los dedos de su mano izquierda; manicura perfecta, y una mirada penetrante y cálida a la vez. Sus ojos parecían claros pero la foto no dejaba verlos con nitidez. Llevaba un reloj de acero con esfera negra junto a lo que parecía ser una pulsera de semillas de huayruros, un árbol que crece en zonas tropicales de la Amazonía y Centroamérica, un talismán originario de los incas del Perú, utilizado para atraer la fortuna y ahuyentar las energías negativas. Aquel detalle me hizo sonreír.

Vestía una camisa blanca con los puños remangados con un solo doblez. Su pelo ligeramente ondulado y un poco largo le daba un toque desenfadado y juvenil. Era un hombre realmente atractivo a pesar de sus casi setenta años. «¡Por favor, es un cañón del Colorado!», me repetía Alma sin ninguna contención ni pudor. Por el contrario, ni ella ni yo nos habíamos atrevido a frivolizar con el tema del parecido físico. «¿Te has fijado en que es zurdo?», le dije. «Sí, igual que tú», me contestó Alma guiñándome un ojo. Yo no encontraba rasgos físicos parecidos a los míos y

Alma se abstenía de hacer comentarios al respecto. Sin embargo, me miraba de reojo a ratos como queriendo encontrar ese rasgo inequívoco que advirtiese el parentesco. «Eres el vivo retrato de tu madre, Álex», solía decirme desde que nos conocimos. Quizá ahora la misma afirmación no sonaría tan rotunda.

Había una frase en su entrevista que había captado nuestra atención. A la pregunta de ¿cómo un hombre como usted va a dedicar su valiosísimo tiempo a exportar y posicionar en el mercado una marca desconocida de café que, además, tiene una producción mínima?, él había respondido: «Cada grano de café que se cultiva en mi *fazenda* tiene el valor, la pasión y la fuerza del ADN Barbosa. Eso es algo extraordinario, sea cual sea su proporción, y quien sabe de café podrá apreciarlo y diferenciarlo. No será un producto de *marketing* más, sino una experiencia sensorial no apta para todos los públicos». Sus palabras me conquistaron desde que las leí, y la expresión *la fuerza del ADN Barbosa* retumbaba en mi cabeza con una cadencia lenta y pautada, como un mantra. ¡Qué tipazo! habíamos exclamado Alma y yo al unísono al releer e interiorizar su reflexión. Solo por esa fuerza y esa seguridad en sí mismo, merecía la pena conocerlo. «Bueno, por eso y por todo lo demás», decía Alma con cierto retintín.

Hemos planeado que la primera semana de estancia en la ciudad tengo que tomármela con calma. Para poder acometer mi misión con inteligencia, bajo ningún concepto debo alterar el cronograma marcado ni mostrarme ansiosa o insegura. «Mucha calma, Álex», solía repetirme Alma con cariño. Las clases de portugués han sido un acierto. Me siento muy a gusto con Helena. Hemos conectado desde el primer momento y su lengua fluye en mí con un gusto renovado. Soy consciente de que mi nivel de portugués no es lo suficientemente bueno como para hacer la presentación en otra lengua que no sea la mía, pero sí quiero alcanzar el nivel más alto posible para poder hablar con fluidez y con el máximo respeto hacia mis interlocutores. Quiero causar una buena impresión, sobre todo, a Marcelo Barbosa.

****

Helena me habla mucho de su familia. Yo procuro darle solo pinceladas de la mía. Es una mujer madura de unos cincuenta años, divorciada y madre de dos hijos con los que mantiene una estrecha relación. Da clases desde el amanecer hasta que se pone el sol. Va a terapia con una psicóloga una vez por semana, y a clase de Pilates, los martes y jueves a última hora de la tarde.

Atiende a su madre, que está enferma de alzheimer, con absoluta dedicación y cariño. Su padre falleció hace un año y aún se emociona al recordarlo; estaba muy unida a él, lo admiraba con devoción. Era polaco. Fue un empresario de éxito, de muy buena familia, culto y cosmopolita. Había emigrado a Brasil al principio de la Segunda Guerra Mundial después de haberlo perdido todo: su familia, su casa, su fábrica de materiales de construcción. Resurgió de sus cenizas y formó una familia con una mujer dulce y cariñosa que le dio cuatro hijos. Los fines de semana, Helena suele ir a relajarse al club Pinheiros, muy cerca de mi apartamento, donde come con sus hijos y juega al tenis. Su aspecto es siempre impecable, y bajo su apariencia de profesora seria y competente, está la mujer llena de vida y deseosa de compartir. Ella nota mi gusto y respeto por su cultura y su lengua, y yo percibo su empatía y sus ganas de ayudarme a mejorar. Me ha sugerido también algunos planes de ocio y recomendaciones gastronómicas fuera de lo que las guías muestran a los turistas. Yo quiero pasar por cualquier cosa menos por una turista española. Me ha recomendado dos libros de historia de Brasil y ha podido comprobar que yo llego con los deberes bastante al día; durante los meses de otoño en Madrid, he estado leyendo todo lo que caía en mis manos.

Hablamos sobre mi trabajo en España y sobre la aventura de salir de la *zona de confort* para afrontar la siempre compleja apertura de nuevos mercados. Me enseña giros y diferencias entre el portugués de Portugal y el de Brasil. Tiene un gran sentido del humor; las clases son distendidas y reímos con gusto, como dos viejas conocidas. Yo me siento muy cómoda en su compañía. Es la única persona con la que hablo en la ciudad, más allá de los intercambios de cuatro frases sueltas en el supermercado o en los restaurantes y bares de la zona.

La gente es muy amable y está agradecida de que te dirijas a ellos en su propia lengua. Me cuenta Helena que ha tenido varios alumnos desplazados por grandes empresas españolas a la ciudad que no hablan ni una palabra en portugués. Saben que los brasileños los entienden en español y no se esfuerzan lo más mínimo. Las empresas les pagan las clases particulares pero ellos no las aprovechan. Salvo honrosas excepciones, no tiene una buena impresión de este tipo de alumnos, que se reúnen en grupos de expatriados y no tienen mucho interés en la historia y la cultura local, más allá del ocio y el divertimento de las caipiriñas y las discotecas. Mis motivaciones son radicalmente opuestas y cada día que pasa me siento más a gusto. He rebautizado a São Paulo con el sobrenombre de *la ciudad de los espejos* porque en las superficies de los cientos de edificios se reflejan cada día las nubes y el cielo, un detalle visual que nunca antes había visto en ninguna otra parte del mundo y que relaja bastante la feroz inmensidad de la metrópoli vista desde la terraza de mi pequeño hogar prestado.

Después de la primera clase en el apartamento, decidimos encontrarnos en la terraza Santo Grão, que yo descubrí el primer día y a la que tengo un cariño especial. Tomamos un zumo, un café, un agua o las tres cosas a la vez, y charlamos animadamente como dos amigas más. Helena conoce perfectamente el barrio. Ella me hace sugerencias y yo voy probándolas para contrastar opiniones.

Una mañana, me enseñó unas fotos de sus hijos y de su madre, y yo correspondí a su gesto mostrándole unas fotos de las niñas. Le enseñé las fotos que me había prestado mi amiga con el mismo cariño que si hubieran sido mis propias hijas. Me pidió que le contara la odisea que supuso la adopción. Había sido tan emocionante escuchar el relato de Alma que no me costó ningún esfuerzo compartirlo con ella, e incluso, atreverme a contárselo en primera persona.

La tarde en la que Alma me contó su odisea, nos habíamos citado para tomar un café en una terraza acristalada en la plaza de la Independencia, muy cerca de casa de mi madre. El sol brillaba con la escasa intensidad del invierno pero podía sentir su calor a través de la ventana junto a la que estaba pegada nuestra mesa de dos. La claridad iluminaba nuestras caras a mitades opuestas. Recordaba la intensidad de los ojos de mi amiga al inicio de su relato, y como si pudiera meterme en su piel, en su memoria, en sus sentimientos, comencé a contarle a Helena la historia de la adopción.

—Siempre lo tuve claro, Helena. Sentí la llamada de un ser al que sabía que encontraría tarde o temprano—, dije iniciando mi relato mientras mi preceptora se acomodaba para prestarme toda su atención.

Una melodía de *cool jazz,* suave y elegante, sonaba como preludio de la historia prestada que estaba por narrar, invitándonos a entrar dentro de una burbuja sensorial en la que solo estábamos ella y yo, ajenas al resto del mundo.

Helena me miraba con sus enormes ojos azules, mientras me abría su corazón de par en par para compartir conmigo el milagro de la maternidad. Ella había parido hijos y Alma no, pero el amor que sienten como madres es el mismo, independientemente de la concepción física de hembra humana. Continué con mi historia prestada haciéndola mía, sintiéndola en lo más profundo de mi ser.

—Mi marido y yo estuvimos de acuerdo desde el principio en intentar la vía de la adopción. Gaspar no podía tener hijos y estaba dispuesto a todo por mí y por nuestra felicidad.

»Habíamos descartado la opción de una inseminación artificial porque no nos sentíamos cómodos al desconocer la identidad del padre, sus orígenes, su genética, y no queríamos jugárnosla con algo tan importante para nosotros. En cualquier caso, corríamos un riesgo respecto a los orígenes de la criatura que adoptaríamos, pero sorteamos con habilidad el escollo del desconocimiento para centrarnos en dar a nuestras hijas todo lo mejor de nosotros mismos.

»Yo sentía que había alguien que me llamaba y tenía sentimientos de amor profundos hacia ese alguien sin rostro, sin identidad, sin oportunidades. Alguien que necesitaba todo porque no tenía nada, tan solo la oportunidad de ser recibido, ni siquiera elegido. Llegué al día de mi boda sabiéndolo. El periplo comenzó cuando acudimos a la Consejería de Familia de la Comunidad de Madrid, una tarde de otoño cualquiera, de la mano de mi inseparable Gaspar. Él ya había empezado a escribir un cuento para nuestra hija, a la que llamaríamos Sofía, en el que recrearía cada momento de su llegada a nuestro hogar para poder contárselo en cuanto tuviera la edad suficiente para entenderlo. Gaspar tenía la convicción de que adoptaríamos una niña y desde el principio la creó. Le dio una identidad, una personalidad, una cara, un color de pelo, unos gestos y una historia que protagonizaríamos los tres. Después de hacer el papeleo inicial, esperamos a que nos llamaran para hacer un cursillo de tres meses. Una vez a la semana, nos daban pautas y nos enseñaban a encajar lo que estaba por venir. Nos ponían en antecedentes sobre la aridez del camino de la adopción, los problemas físicos y genéticos con los que nos íbamos a encontrar, las diferencias raciales y los problemas de adaptación de los niños, el desarraigo, la capacidad relativa de los adoptantes en muchos casos, la frustración de las expectativas, las crisis de pareja. Un baño de realidad y un rosario de bondades y contraindicaciones que ofrecía el producto solicitado. El objetivo del cursillo era eliminar con un *peeling* abrasivo la capa de emocionalidad e idealización que pudieran tener los padres. Tanto era así, que en muchos de ellos se instaló la incertidumbre y el terror a ver sus vidas vueltas del revés.

»Una vez superada la fase de "piénsenlo bien antes de continuar porque puede ser el mayor error de sus vidas. Una retirada a tiempo es siempre una victoria", llegaba el momento de analizar las diferentes canteras de adopción en un mapamundi virtual de Europa a América pasando por Asia y África: Rusia, Perú, India, China y Etiopía, donde las posibilidades eran infinitamente superiores a otros países. En nuestro caso, tuvimos claro desde el primer momento que nuestra hija sería china. Durante tres meses nos reunimos con otras catorce parejas de padres ilusionados en la calle Gran Vía; algunos venían a través de agencias especializadas, y otros, los menos, por libre. Una vez elegida la procedencia del hijo, comenzaba la exploración psicológica de los padres de la mano de un psicólogo por familia, apoyado por una trabajadora social, ambos especializados en adopciones, que nos planteaban preguntas complejas, y en ocasiones, difíciles de responder. ¿Cuáles son los recuerdos más importantes de tu vida escolar? ¿Por qué quieres adoptar? ¿Tienes miedo? ¿A qué tienes miedo? ¿Qué has hecho importante en tu vida? Trataban de encontrar los motivos de cada uno de los aspirantes a padres y animarnos a superar posibles frustraciones y falsas proyecciones. Yo no tenía recuerdos especialmente relevantes de mi vida en el colegio. Tenía miedo a la herencia genética de nuestra futura hija, a la influencia de alguno de los abuelos o de los dos. Temía la violencia, el rechazo, un comportamiento poco afectuoso, no tener capacidad, no estar a la altura. En cierto modo, me temía a mí misma. «Ustedes no necesitan a esos niños: son ellos quienes los necesitan a ustedes», solían repetir los psicólogos al comenzar cada sesión.

»Muchas parejas llegaban muy desgastadas emocionalmente al proceso de adopción debido a múltiples e infructuosos intentos de concepción biológica. Lo consideraban la última opción para ser padres, no la más deseada. Después de duros tratamientos y penosas decepciones, arrojaban sus pocas esperanzas a la ruleta de la buena suerte tratando de ponerle el máximo de energía dentro de la escasa que les quedaba. Por último, se investigaban temas más prosaicos: situación económica, nuestros ingresos, posibles deudas, inversiones y sociedades… A fin de cuentas, nuestro patrimonio actual y nuestra proyección de futuro.

»Tras la comprobación de la aptitud de la pareja, se certificaba nuestra idoneidad y se iniciaba el trámite con el país elegido. Por último se hacía una traducción jurada del expediente y se enviaba al gobierno chino a través de una agencia intermediadora con el Instituto de la Mujer chino, una paradoja, ya que es precisamente la niña, la mujer, la hembra, la que es non grata según su ley y su cultura.

»Después de seis meses, la primera etapa del proceso de adopción había concluido. Teníamos un año de espera por delante en el que nos propusimos hacer una vida normal con las ganas y la ilusión ligeramente contenidas. No teníamos claro que el proceso llegara hasta el final, y en algún momento, hasta flaqueamos. Yo había recibido una nota escrita a mano del psicólogo que me había valorado en la que decía: «Querida Alma, no solo doy fe de tu normalidad como persona, sino que me siento orgulloso de poder decir que tu personalidad luchadora, tu nobleza y tu afán de supervivencia hacen de ti una de las mujeres mejor preparadas para ser madre que he tenido la suerte de conocer. Fuerza y coraje. Lo mejor está por llegar. Con admiración. Andrés». Lo primero que pensé al recibir la nota fue: «Qué orgulloso estaría mi padre de mí», y lloré de emoción.

»La buena noticia llegó transcurridos once meses y tres días de espera a través de la agencia de adopción. Nos había sido adjudicada una niña de siete meses de nombre Meiling, que significa «bella, delicada». Aunque no esperábamos que fuera la reina infantil de la belleza asiática, la carita que aparecía en la foto que acompañaba al expediente era cualquier cosa menos bonita: tenía el pelo largo y pegado a un lado de la cabeza, y el resto de la cara que podía verse estaba plagada de heridas, como si tuviera varicela. Aun así, yo sentí que nosotros éramos para ella y que no la íbamos a defraudar. Iríamos en su busca, era solo cuestión de unas pocas semanas más. Había sido encontrada a las seis de la mañana dentro de una cesta en un mercado de frutas y verduras en la aldea de Chang, provincia de Hunan, al sureste del país, en las montañas de Zhangjiajie, donde se encuentra el bosque de piedra llamado *las Columnas del Cielo del Sur,* un lugar mágico declarado Patrimonio de la Humanidad por la Unesco. Adjuntaban un informe médico y evolutivo de los primeros meses del bebé, haciendo especial hincapié en su precocidad cognitiva y psicomotriz. No había información sobre el orfanato del que se supone procedía. Por fin teníamos noticias de nuestra hija, estábamos emocionados. Pero esta niña no estaba sola, tenía una hermana gemela. Las llamaban Xing-Xing, «estrellas gemelas», y en la nota que acompañaba a la carta del gobierno chino preguntaban si la familia adoptante aceptaría a las dos hermanas para evitar la separación forzosa de las niñas. La otra niña se llamaba Lixue, que significa «nieve». De ella no nos mostraban foto. Nuestra respuesta fue inmediata y rotunda: «Sí, queremos a las dos. La llamaremos Noemí», dijo Gaspar mientras proyectaba un nuevo personaje en su libro infantil.

»El viaje a China se retrasó más de lo que esperábamos por la coincidencia con el Año Nuevo Chino. Llegamos a Pekín un doce de enero a diez grados bajo cero, agotados por el viaje, pero con la ilusión y la adrenalina a flor de piel. Fuimos conducidos por una trabajadora social china del Instituto de la Mujer hasta el hotel Changsha, junto con los demás padres. Casi sin tiempo para dejar las maletas y asearnos un poco, fuimos directos a una sala donde estaban las niñas esperando renacer a una vida mejor. Había un ambiente enrarecido, olía mal. Las niñas y los recién estrenados padres no paraban de llorar. Las mujeres que organizaban las entregas apenas hablaban. Había traductores para poder hacer las preguntas básicas en medio del barullo y los sollozos. Los padres tratábamos de contener la emoción sin conseguirlo. Nosotros reconocimos a Sofía y a Noemí al instante, eran muy parecidas. Nos acercamos a ellas en cuanto nos lo permitieron. Curiosamente, eran las dos únicas niñas que no eran pelonas, pero sí tan poco agraciadas como habíamos visto en la foto que nos habían hecho llegar. Nos fueron entregadas por una chica joven a la que le costaba contener las lágrimas, un detalle que nos pareció curioso, ya que, supuestamente, las niñas venían directas del orfanato. A aquella mujer le estaba costando entregarnos a las niñas. Probablemente fueran sus propias hijas, quizá las de alguien de su entorno familiar. Había tenido la mala suerte de dar a luz no a una, sino a dos hembras. Doble mala suerte. Doble sufrimiento.

»Estaban embutidas en unos buzos sintéticos de color amarillo limón, junto con las respectivas cartillas de vacunación. La chica que nos las entregó me dijo sin mirarme a los ojos, casi en un susurro: «They like sweets».

La emoción que sentía al contarle a Helena aquel momento prestado, tan cierto y tan mío como si lo hubiera vivido, nos hizo enjugarnos las lágrimas que rodaban por nuestras mejillas y guardar unos segundos de silencio para poder continuar contándole la historia. Pedimos dos botellas de agua con gas, hielo y una lima exprimida, y continué con mi narración en perfecto *portuñol*. Helena parecía entenderlo todo, ni siquiera me corregía. Era más importante el contenido de la historia que la forma de narrarla.

—Unos minutos más tarde, fuimos conducidos a una sala contigua, donde Gaspar hizo entrega de dos sobres con tres mil dólares cada uno en concepto de donación, una ayuda al mantenimiento de los orfanatos en China.

»Subimos los cuatro por las escaleras mecánicas del enorme hotel hasta nuestro cuarto en la octava planta. Las niñas estaban sucias, olían a una mezcla de leche agria y orines reconcentrados bastante desagradable. Tenían la piel de la cara y las manos cubiertas de heridas y costras medio arrancadas de picaduras de insectos y de irritaciones. No paraban de llorar y se retorcían como alambres dentro de sus monos chillones. Habíamos llevado con nosotros todo lo que pensamos que podríamos necesitar: unas sillas Maxi-Cosi, pañales, ropa, leche, potitos, juguetes, cremas, aceites, un montón de productos inútiles en aquel momento porque nada de lo que teníamos nos ayudaba a calmar a las niñas. Intentamos darles de comer, pero no estaban acostumbradas a los sabores y las texturas de la comida que llevamos. Al quitarles los pijamas que tenían bajo los monos, descubrimos sus pequeños cuerpecitos escuálidos y las irritaciones de su piel infantil de color blanco, casi traslúcido. Pudimos comprobar que no tenían marcas de correas, algo muy común en las niñas que procedían de orfanatos chinos, lo cual nos supuso un gran alivio porque de haber sido atadas con correas, las heridas no solo les habrían dejado secuelas físicas. Las lavamos como pudimos y les cambiamos la ropa, pero los alaridos de aquellas dos criaturas retumbaban en las cuatro paredes de nuestro cuarto como si las estuviéramos torturando. Gaspar pensó con muy buen criterio que lo mejor sería dejarles sus pijamas mugrientos como si de un juguete se tratase para que no se sintieran desarraigadas. No parecía que las dos hermanas hubieran estado juntas, no encontraban consuelo la una en la otra.

»Al día siguiente, iniciamos el papeleo para poder volver a España. Fuimos al notario local y esperamos nuestro turno en una oficina oscura y lúgubre donde hacía un frío atroz. Aún estábamos recuperándonos de la noche anterior cuando firmamos un papel en el que nos comprometíamos a no devolver a las niñas, una especie de albarán de entrega del producto sin opción a reclamación ni cambio. Una de las parejas que habían llegado a recoger a su hija no había podido llevársela; no habían podido asumir que les hacían entrega de una niña que tenía graves malformaciones en el cráneo y en la cara, probablemente deficiente mental. No habían podido. Volvían en el primer vuelo a Madrid devastados emocionalmente, sintiéndose culpables por abandonar a esa criatura a los pocos minutos de haberla tenido en brazos y esperando que sus argumentos fueran trasladados por el traductor de turno, que no alcanzaba a comprender las razones que la pareja esgrimía con los ojos desorbitados y el corazón destrozado. Nosotros seguíamos sin hacernos con las niñas.

»Tardamos ocho días en gestionar todos los papeles. Las niñas viajarían como ciudadanas chinas con un visado de turistas. Después de varias noches sin dormir, con las niñas de acá para allá, yo me vine abajo, me fallaron las fuerzas, estaba física y emocionalmente agotada. Me arrodillé a los pies de la cama en la que estaban y rogué a Dios que me diera la fuerza que necesitaba para ser madre. Me sentía sola, con el mayor ataque de responsabilidad que había tenido en mi vida. Gaspar aguantaba como podía tratando de no desfallecer.

»Recordé que a los veinticinco años me habían regalado por mi cumpleaños un curso de paracaidismo. No me gustaba especialmente pero quería tener la experiencia de tirarme al vacío desde un avión. Tenía la certeza de que si conseguía pasar de la puerta del avión abierta para lanzarme al vacío, podría hacer cualquier cosa que me propusiese en la vida. Para mí, la adopción era como el paracaidismo: sentía el mismo vértigo y la misma emoción, el mismo miedo y la misma satisfacción de superación personal.

»Las niñas crecieron sin mayores complicaciones. Siguen siendo como dos gotas de agua pero en Sofía se nota un mayor y mejor desarrollo que en Noemí. Nunca sabremos cuál es la mayor de las dos, ni cómo vivieron sus primeros meses de vida, ni quienes fueros sus padres, ni sus orígenes ciertos.

»Mi marido publicó *Dime quién soy*, un libro infantil en el que narra e ilustra nuestra historia, un manual para ayudar a los padres a afrontar la adopción de una forma natural de cara a sus hijos, a la familia y al entorno social. Fue un éxito, sobre todo para nosotros. La sensibilidad y el apoyo que siempre he recibido de Gaspar son infinitos. Mi marido no es de este planeta, y gracias a él, a su riqueza como ser humano, a su apoyo incondicional, a sus ganas y a su valentía, conseguimos formar una familia feliz».

En aquellos momentos, agradecí sobremanera el cariño de Helena. Me sentía dentro de la piel de Alma en una especie de comunión, de simbiosis emocional. Había sido capaz de narrar la historia más íntima de mi amiga en primera persona. Sentía por primera vez que era posible interpretar el papel que me había propuesto. Había dejado de ser Álex durante dos horas. Alma estaría orgullosa de mí.

****

A ratos me siento sola y fuera de lugar. Me está costando acostumbrarme a los ruidos nocturnos más que a los diurnos; al fin y al cabo, son más fácilmente disimulables con el volumen de la música que tengo puesta a todas horas. No descanso bien. Sigo tomando pastillas para dormir pero no consigo hacerlo seguido. Tampoco es posible echarme una siesta: los motores de los camiones y de los autobuses me hacen despertar en cuanto me quedo adormilada en el sofá. Algunas noches, el vecino de al lado toca un instrumento de percusión o habla y habla en un soliloquio ininteligible.

Me despierto muy temprano, desayuno hacia las siete de la mañana y me voy a caminar a un parque que está a unos diez minutos de casa, el Parque do Povo, pequeño pero muy bien cuidado, un diminuto pulmón dentro de la ciudad de los espejos. Hay muy poca gente por las mañanas, a excepción de los domingos, que es el día de la familia. Me siento afortunada de tener cerca un parque para poder reproducir la misma rutina que tenía en Madrid, me ayuda a despejar la mente y a mantenerme en forma. Por sugerencia de Helena, nunca salgo a la misma hora. No llevo música ni objetos de valor, solo las llaves de casa, guardadas en un bolsillo al más puro estilo faltriquera, como tantas veces he visto usarlo a Marcelina, un billete de diez reales, una gorra negra y unas gafas de sol para pasar lo más desapercibida posible. A la vuelta de la caminata diaria, y después de estirarme sentada debajo de un jacarandá, un árbol con flores de un tono azul violáceo, camino otros diez minutos hasta una cafetería donde hacen zumos naturales y me bebo uno diferente cada día, sin azúcar y sin leche, antes de subir a casa para ducharme y conectarme con el más allá para seguir en tiempo real el día a día de la oficina en Madrid.

Todo transcurre con aparente normalidad tanto en Brasil como en España. Estoy convencida de que Alma ha dado la consigna a mi equipo de no trasladarme un solo problema, pero yo sé que llegarán, lo cual me provoca cierta inquietud por la distancia. Me he convertido en una auténtica especialista en apagar incendios y en encontrar soluciones rápidas e imaginativas en los momentos de incertidumbre de nuestros clientes.

No tengo noticias ni de Mario ni de Jimmy pero sí he podido comunicarme con Tristán. Está feliz con su familia y en su colegio. Hablamos por Skype una vez por semana, conversaciones breves y directas porque el ordenador que usan sus anfitriones está en el salón de la casa. De todas formas, a Tristán no le gusta demasiado charlar por teléfono, y menos aún, con una cámara delante. Echa de menos a Íñigo, a *Perla*, a su abuelo y los fines de semana en La Umbría. Está haciéndose mayor y se nota que el cambio de colegio le está sentando de maravilla. Me dice que se acuerda de todos pero lo hace sin una pizca de angustia; está aprendiendo a gestionar muy bien sus emociones. Yo me siento muy orgullosa de él y se lo digo cada vez que nos ponemos en contacto. Ha pasado las vacaciones de Navidad esquiando con sus dos nuevos «hermanos», como uno más, integrado en la familia. Las calificaciones del primer trimestre han sido muy buenas, se entiende perfectamente en inglés y no parece tener ninguna intención de volver a España hasta que llegue el verano, lo cual me reconforta.

Hemos tomado la decisión adecuada en el momento justo. No tengo que preocuparme de mi hijo, lo cual constituye una novedad para mí. Quedan atrás las persecuciones por los deberes, las reuniones con los profesores, las charlas manidas que no surtían ningún efecto en él, las sesiones de psicólogo y el desgaste de muchos años de ver la falta de interés y motivación de un chico normal e inteligente sin ganas de estudiar. Estoy feliz de ver a Tristán abriéndose al mundo y aprovechando su oportunidad.

22
Alma aterriza en Brasil

He recibido respuesta al *email* que he enviado a Horacio Simões. Llevo casi tres semanas en São Paulo y ha llegado el momento librar la primera gran batalla. Alma y yo estamos convencidas de que le hemos causado buena impresión por el tono cercano y colaborador de sus respuestas. Hemos rehusado enviarle información escrita, pero nos hemos ofrecido para hacerlo personalmente en el momento en que lo estime oportuno. Indudablemente, Horacio es la persona más próxima y de mayor confianza de Marcelo Barbosa, la puerta de entrada y una fuente inagotable de información por descubrir. Por lo que hemos podido averiguar, Horacio es licenciado en Ciencias Económicas por la USP, Universidad de São Paulo. Ha trabajado para varias empresas del sector industrial como director financiero. Habla varios idiomas y ha dedicado los últimos veinte años de su vida profesional al abogado y filántropo Marcelo Barbosa. Horacio es su secretario personal. Alumno aventajado en las clases de la vida, es su mano derecha, sus ojos y sus oídos. El catalizador del día a día, su punto de toque y el muro de contención, adalid de su ejército, baúl de sus secretos. No tenemos claro si, además, tendrá algún papel activo en la Fundación. Tampoco sabemos mucho más de Marcelo Barbosa, de sus orígenes, de su familia, de su realidad, un cliché sobre el que tendremos que profundizar. Nos enfrentamos al reto de ponernos delante de un reconocido desconocido, al que debemos enamorar con una puesta en escena singular, mirar a los ojos del rostro amable de una figura anónima. Tendremos que ser muy hábiles para captar su atención, para conseguir penetrar en su psique, para jugar nuestro papel de insectos inofensivos haciendo funambulismo sobre una fina tela de araña, corriendo el riesgo de caer humilladas e indefensas en nuestra propia trampa de hilo letal.

«Apreciada Alma:

Bienvenida a Brasil.

Me complace confirmarle la reunión que tendrá lugar el próximo jueves día 7 de febrero a las 9 de la mañana en la residencia del Sr. Barbosa, avenida de Europa nº 21.

Reciba un cordial saludo.

Horacio Simões.

S.P.».

«Estimado Horacio:

Gracias por su amable respuesta. A la reunión me acompañará mi colega Almudena Cienfuegos.

Até quinta feira.

Obrigada.

Alma Sotomayor».

El corazón me late a una velocidad supersónica. Grito de emoción. Corro por los escasos metros que separan mi banqueta de la pared del espejo. Salgo a la terraza y pego dos brincos con los brazos en alto y los puños cerrados y grito aún más fuerte. ¡Sí! ¡Sí! ¡Vamos! Siento que he marcado un primer tanto glorioso. Echo un vistazo a la panorámica de edificios que tengo delante. La excitación por el triunfo inunda todo mi cuerpo.

—Alma, te llamo para decirte que tenemos confirmada la reunión con Horacio.

—¿Cómo?

—Sí, me acaba de escribir un *email.*

(Risas nerviosas al otro lado del teléfono).

—Sabía que lo conseguiríamos. ¿Cuándo será?

—Dentro de una semana.

—Qué gran noticia, Álex. ¡Enorme!

—La idea es que pudieras llegar a São Paulo el martes, así tendríamos un día entero para prepararlo. Nos reuniremos con ellos el jueves y aprovecharemos para irnos a la playa el fin de semana. ¿Qué te parece? ¿Podrás organizarte en la agencia? Vas a tener que arreglártelas para poder irte casi una semana.

—Déjalo en mis manos: lo tengo medio hilvanado.

—Alma, tengo miedo. Cada día que pasa estoy más inquieta. No pego ojo. A ratos me dan ganas de agarrar los bártulos y volverme a Madrid.

—No lo estarás diciendo en serio, ¿no? Mira, ahora no puedo hablar. Estoy entrando en una reunión, te llamo más tarde. Tranquila, todo está saliendo dentro de lo previsto. Por cierto, ¿sabemos si ha confirmado el señor Barbosa su asistencia?

—Pues no me consta, pero supongo que sí. La reunión es en su casa.

—Esperemos que sí. No te pongas nerviosa. Ahora hay que tener más calma que nunca. No conviene preguntar ni mostrar un interés excesivo. Te llamo después por Skype.

—Sí, hablamos luego. Besos.

—Besos.

He colgado el teléfono con una sensación agridulce. No había contado con la posibilidad de que Marcelo no asistiese a una reunión organizada en su propia casa, una ausencia premeditada al más puro estilo Gran Gatsby. Alma me ha despachado dejándome a solas con mi incertidumbre. Tengo una enorme necesidad de comunicarme con ella pero no consigue encontrar un buen momento para dedicarme. Me doy cuenta de que ella no tiene por qué pensar ni sentir como yo. Ella no sufre como yo. Su despreocupación es tan natural como mi desasosiego ante la llegada de la hora de la verdad. Alma está convencida de que podremos afrontarlo y salir triunfadoras. Ella aporta la seguridad ficticia y temeraria del que no tiene nada que perder. Yo me encuentro justo en la otra orilla. Tengo una sensación de excesiva dependencia respecto a mi amiga y no me gusta sentirme así. Soy plenamente consciente de que la soledad en la que vivo en São Paulo me hace tirar de ella más de lo debido, empiezo a darle demasiadas vueltas a cosas nimias, tengo que recuperar la naturalidad y vaciar mi mente. He recordado un *koan* zen que me ha hecho sonreír y salir del círculo vicioso en el que me había metido:

—Maestro, ya no tengo nada en mi mente. ¿Qué debo hacer?

—Tíralo fuera.

—Pero si ya no tengo nada en la mente…

—Tíralo fuera.

De cara a nuestros interlocutores, yo seré Alma Sotomayor, y Alma será Almudena Cienfuegos, nuestra directora de cuentas. Hemos hecho una tirada pequeña de tarjetas de visita con las nuevas cuentas de correo que solo recibiremos Alma y yo, con nuestros números de teléfono reales y la dirección de la agencia en Madrid. En la mía, además, hemos añadido la dirección de São Paulo y mi número de teléfono local. También hemos intercambiado en la página web las fotografías de nuestros perfiles y nuestros cargos.

Yo tengo la cara de Alma y Alma la de Almudena. A Almudena, hemos decidido ponerle la cara de Silvia, una *copy* que trabajó con nosotros hasta el año pasado y que se fue a vivir a Caracas con su novio, también creativo de publicidad. Hemos decidido no implicar a Almudena; no necesita tener información sobre nuestras pesquisas, no queremos enredar más la madeja. A Helios, nuestro *webmaster* con nombre de dios griego, tampoco le hemos dado muchas explicaciones. Le hemos dicho que estamos trabajando en la campaña de una marca basada en el juego del Quién es quién. Se ha quedado tan fresco con nuestra explicación, y como es de los que habla poco o nada y cuestiona menos aún, ha ido ejecutando como un soldado las órdenes de su general. «La diferencia está en los detalles, mi rey», le dice Alma con cierta sorna y grandes dosis de autocomplacencia.

Alma, segura de sí misma y de haber armado concienzudamente nuestro plan durante semanas, insiste en que no tiene por qué haber ninguna complicación, siempre y cuando no nos salgamos del guion. Yo tengo claro mi rol y Alma el suyo. El objetivo está claro y definido. Primer paso: acceder a Marcelo. Segundo paso: captar su atención. Tercer paso: enamorarlo con el proyecto. Cuarto paso: pasar a la acción. Yo haré la introducción, Alma hablará sobre las cuentas más representativas y dará algunas pinceladas de cifras y resultados, para mi gusto, algo maquillados. Yo profundizaré en los casos de éxito haciendo especial hincapié en los productos afines al café que hemos manejado. Y por último, hablaremos de los premios y reconocimientos que ha recibido la agencia. Hemos compilado noticias de interés en un *dossier* de prensa en el que hemos resaltado nuestros éxitos, los concursos a los que nos hemos presentado y los premios conseguidos.

Hemos hecho un trabajo minucioso y muy bien presentado en el que Alejandra Terry ha sido eliminada de la faz de la Tierra. Queremos anticiparnos y salvaguardar nuestras identidades en la medida de lo posible. Cuanta más información les demos de mano, más confianza generaremos y, a su vez, ellos tendrán menos necesidad de contrastar la información recibida. Esperamos que con la presentación de credenciales que hemos preparado, nuestro nivel y experiencia como agencia estén fuera de toda discusión. Tenemos que jugárnosla y hacer lo imposible para llegar hasta el final. Otro detalle que pone las cosas más a nuestro favor aún es que para la reunión nos han citado en la casa de Marcelo Barbosa, por lo que no necesitaremos identificarnos en la entrada como en una oficina normal. No hará falta entregar a ningún guardia de seguridad nuestros delatores pasaportes españoles, donde cada quien es cada cual. Soplan vientos alisios. Tenemos que aprovechar las olas, agarrar con fuerza la botavara de nuestras velas de *windsurf,* encarar el viento y entregarnos al desafío.

****

Aún estaba releyendo el *email* de Horacio, cavilando si preguntarle por la asistencia a la reunión del Sr. Barbosa en su propia residencia cuando he recibido una llamada de mi hermana Sonsoles.

«—Hola, Álex, ¿cómo estás?

—Hola, Sonsoles, qué sorpresa. Me alegra que me llames.

—Quería saber qué tal estás. Hace casi dos semanas que nos sabemos nada de ti.

—Gonzalo me llamó anoche preocupado y papá me ha dicho lo mismo; por eso queríamos llamarte.

—Estoy muy bien, Sonsoles. ¿Cómo estáis vosotros?

—Todos bien, Álex, pero ¿seguro que estás bien? Sigo sorprendida con tu repentina marcha a Brasil. ¿Seguro que no hay nada que quieras contarme? Sabes que puedes apoyarte en mí, como siempre. Sé que echas de menos a mamá, que su falta no es fácil de llevar y que la ausencia de Tristán tampoco ayuda, así que si hay algo que pueda hacer por ti, dímelo porque tengo la sensación de que estás refugiándote en el trabajo. No sé si me equivoco pero son muchos cambios en tu vida, y la muerte de mamá nos ha vuelto a todos del revés. Pensaba que lo tenías más o menos encajado y que empezabas a levantar cabeza. No sé, Álex, estoy preocupada por ti. Huir no es una buena solución.

—No, Sonsoles, no es eso. Ya te conté los motivos por los que estoy aquí: tenemos una oportunidad de negocio muy buena. Alma y yo lo hablamos y pensamos que podría ser bueno para mí cambiar de aires, y para la agencia, explorar nuevos territorios. No te preocupes. Estoy bastante bien. Adaptándome a la ciudad, ya sabes...».

Por unos instantes he tenido que contenerme para que Sonsoles no note que la voz está a punto de quebrárseme. He tapado el auricular y he respirado para serenarme. No puedo contarle nada a mi hermana en este momento, y lo último que quiero es preocuparla aún más de lo que ya está. «¡Cálmate, Álex! ¡Mucha calma!», me repito para tranquilizarme.

—Dame un segundo, ¿quieres?

—Sí, te espero.

—Perdona, ya estoy aquí. Estoy muy bien, de veras. Te estás preocupando por nada. Es una experiencia estupenda poder estar aquí. Es una ciudad bestial, en algunos aspectos, indescriptible. Estoy recuperando mi portugués a marchas forzadas, camino por las mañanas, trabajo desde aquí sin problemas, y nuestro potencial cliente ya ha mostrado interés por nosotras. Las cosas van como tienen que ir. El ritmo es otro, pero como dice Alma, no tenemos que precipitarnos.

—Qué bien haberte llamado, me quedo más tranquila. Te noto ilusionada y con energía.

—Estoy ilusionada y es muy importante que confíes en mí y que estés tranquila.

—Te echo de menos, y no te quiero ni contar lo mucho que Íñigo se acuerda de Tristán. Se nota mucho vuestra ausencia, Álex. A lo mejor soy yo la que está más sensible.

—Gracias, Sonsoles, no sabes lo que me ha gustado que me hayas llamado. Dile por favor a Gonzalo que lo quiero y que le pondré unas líneas cuando tenga algo interesante que contaros. ¿Qué novedades hay de Bea?

—Lo de siempre. Con sus cursillos y sus seminarios alternativos. Más tranquila, afortunadamente.

—Dile a papá que lo llamaré pronto. Te quiero, Sonsoles, gracias por preocuparte por tu hermana pequeña. Estamos al tanto.

—Yo también a ti. Mucha suerte con el proyecto. Ya me contarás cuando vuelvas».

La conversación con mi hermana me ha recordado la inmensidad de la distancia que nos separa y ha aumentado exponencialmente mi añoranza. Pero no puedo recrearme en la *saudade* que me provoca estar tan lejos de mi casa. No. Tengo que apartar todos los pensamientos tristes y centrarme en mi objetivo. «Nada es más importante que lo que tienes ahora entre manos», me digo hablándome a mí misma como un entrenador personal. Tengo la autoestima abonada a los sube y baja de las atracciones del mejor parque temático que se pueda imaginar, un tobogán de sensaciones a medio controlar por un capataz mental que saca la fusta en cuanto la señora Melancolía llama a mi puerta con bastante más frecuencia de la deseada. Tal vez una dosis diaria de Prozac me ayudaría a sobrellevar mejor los incontables altibajos de mi vapuleada intimidad. Hugo no ha comentado nada sobre el particular, y a mí me parece que él confía en que voy a renacer de mis cenizas como el Ave Fénix.

Me siento como un trapecista preparándose para dar un doble salto mortal sin red en la actuación más importante y arriesgada de su vida. Ajustándome la malla, reforzando mis muñecas, siendo consciente del momento previo a subirme a la plataforma desde la cual me lanzaré arriesgándolo todo, llevando a cabo el rito del acróbata estrella que se reserva en las alturas unos minutos de introspección para calmar los nervios, a salvo de las miradas, en el anonimato de los focos aún fríos y el silencio que precede a los aplausos enfervorecidos que llegarán tras el triunfo efímero de la penúltima pirueta robada al miedo al fracaso, unos segundos para orar y ser consciente de que ese momento puede ser único y quizá el último. Pero no todo depende del gimnasta de pies de bailarina y ojos de halcón. Si no fuera por el portor, esa figura que recibe el ejercicio ensayado hasta la extenuación del que realmente vale, aquel hombre cuyos brazos hacen las veces de bisagra para alcanzar el éxito, el compañero sin nombre en el cartel de los éxitos ajenos, esa presencia que solo existe porque es una extensión de la primera, los remos de la ejecución firme y los movimientos precisos forjados en la experiencia de los años y la tensión de la altura, aquel a quien no está permitido poner en riesgo la vida de su compañero ni cometer el más mínimo fallo, la figura que acata la sentencia y ofrece la gloria. Sin él, efigie leal, esforzada y sabia, la magia de las piruetas no tendría lugar. Las dos caras son parte de un todo donde lo más importante es el equilibrio entre las almas.

Hugo me ha dado las herramientas necesarias para identificar esas dos figuras interiores, como un álter ego con una personalidad similar a la mía pero con una identidad y un carácter complementario que me ayuda a ser alguien más completo, más evolucionado, más inteligente, menos expuesto a los vaivenes de la vida. Alguien que sabiendo lo que sabe no puede permitirse hacerse la distraída.

He quedado con el doctor Rivera en tener una sesión, al menos, un par de veces al mes. Es martes y me toca despachar a la hora convenida con el guardián de mi cerebro efervescente. Es la primera vez que vamos a vernos las caras por este sistema. Abro el ordenador y le escribo un mensaje. Es la una de la tarde en España, la hora exacta a la que hemos quedado en conectarnos si la tecnología lo permite.

«—Maestro, estoy *ready*.

—*Ready 2*. Te llamo. Buenos días, Álex.

—¿Cómo estás?

—Estupendamente. ¿Cómo va la vida en Brasil?».

La cobertura no es muy buena y la voz se oye con cierto retardo. Nuestras caras parecen sacadas de alguna obra cubista de Juan Gris, hasta que nuestros rostros, confusos por la distorsión de las imágenes, se van recomponiendo. La cobertura es media, aunque no mala del todo. Fluctuará, sin la menor duda, pero, a priori, podremos tener una buena charla.

«—Siento no haber podido conectarme el martes pasado. El *wifi* no funcionó en toda la mañana.

—No te preocupes, recibí tu mensaje. Ya sabíamos que esto podía pasar ¿Cómo van las cosas?

—Van yendo algo más lentas de lo que esperaba, lo cual constituye un ejercicio de paciencia adicional. Estoy adaptándome a la *city*.

—¿Cómo estás de ánimo, Álex? Pareces cansada.

—Cansada sí, y asustada también. Cuanto más voy acercándome a mi objetivo, más vértigo me da, hasta el punto de que tengo tentaciones de salir corriendo, encerrarme a cal y canto en mi casa de Madrid como una ermitaña y acabar con este episodio delirante. Sé, además, que llegará un momento en el que no podré echarme atrás, y eso me da vértigo. Tengo la sensación de estar metiéndome en la boca de un lobo muy grande y muy fiero. No tengo la menor idea de lo que puede pasar, y afrontarlo completamente sola me provoca una tremenda ansiedad. No sé si quiero seguir. Quizá sea mejor recoger los bártulos y volver a mi vida. Tengo ratos mejores que otros. Vivo en una dualidad constante, Hugo.

—Siempre tienes la opción de ir de frente; presentarte ante tu padre y decirle quién eres y lo que quieres.

—Esa opción me aterroriza aún más. Estoy en el momento justo en el que subes peldaño a peldaño por la escalera de hierro que te lleva hasta el trampolín desde el que te vas a lanzar a la piscina, que está a más distancia de la que habías calculado. Son muy pocos los pasos que te separan del momento estelar. Ahora bien, recorrerlos es un triunfo, y lograr saltar al vacío, una heroicidad. ¡Maldita sea, con lo bien que estaba yo manejando mis pequeños problemas cotidianos! Es una lucha entre el miedo y yo, y de momento, lo tengo agarrado por el pescuezo. Nada más y nada menos.

—De la misma manera que hay una escala de valores, existe una escala de problemas. La habilidad está en manejarlos con inteligencia, procurando que no te alteren en exceso para poder afrontarlos sin perder la perspectiva.

—Yo lo que voy perdiendo son las plumas. Tengo algunas calvas, como los pollos de los gallineros que son picoteados por otros.

—Hay algo que te sigue ayudando mucho, Álex. ¿Sabes a qué me refiero?

—Supongo que a mi sentido del humor.

—Exactamente. El sentido del humor es primo hermano de la inteligencia. Tú lo tienes, y sin darte cuenta, actúa como catalizador y quita importancia y gravedad a tus miedos y frustraciones.

—Lo que no me quita es la ansiedad. Voy de la nevera al salón y del salón a la nevera; no sé si instalarme directamente en la cocina. ¿El grado de ansiedad no se mide por el número de veces que abre una persona la nevera en un tiempo determinado? Eso sí que es un termómetro. Me lo como todo a poquitos y luego me arrepiento y me enfado conmigo misma. Ahora un té, después un plátano, luego unas tostaditas, otro té… Y así ando de la ceca a la meca. Tengo doble personalidad, como Norman Bates en *Psicosis*. Soy Alma y soy Álex. Alma sale a escena cuando tengo clase de portugués, y Álex, cuando estoy en casa. Ambas amordazadas a tiempo parcial, cautivas en una mazmorra imaginaria a miles de kilómetros de una realidad menos hostil.

—¿Estás haciendo deporte?

—Sí, todos los días salgo a andar, pero el día se me hace eterno. Cada mañana me despierto por enésima y última vez hacia las seis o las siete de la mañana, depende de los motores de los autobuses articulados que rugen desde bien temprano. Los días se me hacen interminables. Sigo una rutina y procuro no tener demasiados espacios en blanco. Leo, escucho música, paseo por el barrio, veo películas, recibo clases de portugués y hablo sola en muchos momentos. Esto no será un síntoma de locura, ¿no?

—Una persona sana como tú, que habla sola, está comportándose de una manera muy cabal. Hablar con uno mismo es un modo de ayudarse a superar un momento de crisis. Es una herramienta tan válida como cualquier otra. Hablar en voz alta con uno mismo o hacerlo frente a un espejo es útil para pensar con mayor claridad y poder tomar decisiones. Hay personas que hablan muy a menudo con sus mascotas; es un desahogo, una forma de disminuir la intensidad emocional que se está viviendo. Míralo como una enorme ventaja, no como un inconveniente. El problema sería no ser capaz de expresar, de sacar tus dudas, de tratar de no aclararte en la confusión, de no atender a los motivos de tu debate interno.

—Bueno, me consuela lo que me dices. Últimamente no hago otra cosa que hablar conmigo misma. Además, lo hago en dos idiomas y frente al espejo, para mayor gloria de mi reverenda confusión. El cansancio y tensión acumulados estos días tampoco ayudan. Hace mucho calor en esta ciudad. Estoy sola y me siento sola, y cuando soy consciente de ello en un momento bajo, desciendo cientos de metros hacia un pozo interior en el que enmudezco por completo, donde todo está oscuro y me dan ganas de llorar. Supongo que a eso podríamos llamarlo miedo escénico. Seguro que tiene algún epígrafe en el índice del manual que manejas conmigo.

—Sin duda, es uno de los factores que más pueden alterar tu puesta en escena. Pero tener miedo de lo que está por llegar es gratuito. ¿Tienes la sensación de que te vas a bloquear cuando estés frente a tu padre?

—Desde luego que sí. Se me acelera el corazón solo de pensarlo. Es lo que peor llevo. No quiero parecer una conejilla asustada, no quiero fallar en la presentación, que la situación me sobrepase. Me da miedo quedarme bloqueada o que se note que estoy a punto de venirme abajo. Nunca he tenido problemas en hacer una presentación delante de ninguno de nuestros clientes, pero ahora tengo miedo de que no me salgan las palabras, de quedarme sin saliva, de quedarme en blanco, en un estado absurdo de *shock*, sin saber qué hacer o qué decir, con cara de Jerry Lewis. Ese momento está por llegar y lo estoy viviendo desde hace días con una inseguridad que nunca antes había sentido. He pasado por muchas cosas en mi vida. Estoy casi acostumbrada a manejarme en la tensión pero no sé qué me está pasando esta vez. Aún no ha llegado el momento y ya quiero arrojar la toalla.

—Álex, te encuentras en una espiral de terror que tú misma estás creando en tu mente. Eres brillante, eres inteligente, tienes habilidad en el manejo de situaciones de conflicto... Respóndeme a esto: ¿por qué estás ahí?

—Para conocer a mi padre biológico.

—Bien. ¿Qué quieres averiguar?

—Quiero saber qué pasó y cómo pasó.

—Excelente. ¿Para qué lo estás haciendo?

—Para saber la verdad.

—Impecable. Tienes más razones y más legitimidad que nadie para afrontarlo. Y lo haces porque quieres, nadie te obliga. Puedes, incluso, cambiar de opinión, porque eres tú quien maneja los hilos de la marioneta de tu vida, no lo olvides. Quieres y puedes saber la verdad. Ve a por ella, mírala de frente y no tengas miedo. Una vez que has visto la luz, no querrás seguir viviendo a oscuras. Eres más valiente de lo que piensas, te vas a sorprender de ti misma.

—Sí, tienes razón, pero también tengo miedo de que no me guste lo que me puedo encontrar.

—Ese es otro tema. Todo lo anterior son barreras y excusas que tu mente te va proporcionando; son resquicios, huecos que dejan entreabierta una puerta por la que podrías escapar. Pero, en realidad, tú no quieres escapar. Has tenido muchos meses para reflexionar y quieres llegar hasta el final. Hay que ser muy valiente para haber llegado hasta donde tú lo has hecho.

—Sí, así es, pero necesito que me lo recuerdes, porque a ratos me confundo y aflora mi lado cobarde. Muchas veces pienso en que debería haberte hecho caso y haber ido de frente, pero no quiero. ¿Y si es un monstruo, un enfermo, un maltratador? ¿O si, simplemente, si no quiere saber nada de mí? Ni siquiera luchó por mí. Acató la voluntad de mi madre con una mansedumbre que me resulta incomprensible.

—Tendrás que averiguarlo por ti misma. La mayoría de las veces que nos enfrentamos a cosas realmente importantes en la vida, lo hacemos solos; desde el momento en que nacemos hasta el segundo en que nos marchamos. Acuérdate de esto, Álex. Estamos solos, completamente solos. Por eso es imprescindible hacernos fuertes y encarar la vida como viene, aprendiendo a torearla, a saborearla, a disfrutarla. Salir airosa depende de ti. Tú mandas. Tú diriges. Tú decides. No permitas que nada ni nadie te aparte de tu camino».

Nos quedamos en silencio unos segundos. Hugo me sonríe. Respiro aliviada. La conversación con él me ayuda a liberarme de la turba de fantasmas que me acompañan estos días. Ha empezado la cuenta atrás. La suerte está echada.

«—¿Te parece si nos conectamos el martes que viene?

—¡Claro! Para entonces ya habré conocido a mi padre. Me han convocado para una reunión pasado mañana. Alma vendrá para apoyarme emocional y profesionalmente. Hemos quedado así, no quiere que me enfrente sola. Ya te he hablado de lo importante que ha sido para mí tener a Alma como cómplice, es una persona muy especial.

—Te deseo mucha suerte, Álex. Si me necesitas, hablamos.

—Gracias, Hugo. Pensaré en lo que hemos hablado hoy.

—Procura distraerte estos días. Sal de casa. Haz un poco de vida cultural que te alimente el espíritu y distraiga tu cabeza tamaño olla exprés. Prescripción médica.

—Tienes razón. Lo haré».

Mi maestro y yo nos despedimos. Me gusta hablar con él, me revuelve por dentro, me ayuda a desordenar las piezas confusas para reordenarlas de nuevo y poner las cosas en su lugar. Es el momento de airearme, de salir a picar algo. Las dos de la tarde y todo el día por delante. Dejo el ordenador encendido, cojo el bolso, las gafas de sol y las llaves, y me voy a tomar una cerveza y un sándwich club a dos manzanas de casa, a un lugar llamado La Maison est Tombée, un sitio muy mono, con estilo de *brasserie* francesa, decorada con azulejos en las paredes, techos de madera artesonada de imitación, más bien clásica, mesas y sillas de madera y bombillas anaranjadas de filamento. El restaurante está de bote en bote, muy animado, siempre lleno de gente del barrio con muy buena pinta, da igual la hora del día o de la noche.

Mi lugar favorito está en la esquina derecha de la barra. Me siento habitualmente en una banqueta de patas de hierro y respaldo de cuero, desgastado por el uso de los clientes, desde la que tengo la mejor perspectiva del lugar, diagonal a la entrada, desde donde veo desfilar a un público alegre y variopinto. De día la concurrencia es menos exótica y sofisticada que la de las noches. A mi derecha, una vitrina con tres estantes con varios juegos de café de porcelana. Al fondo, en el otro extremo de la barra, en dirección a los cuartos de baño, hay un cartel de luces de neón siempre encendido en el que se puede leer una frase que me pone de buen humor: *Great times are coming.* A escasos metros, una máquina de hacer palomitas de maíz.

Me he bajado con mi revista *Veja* para buscar un plan exento de comecocos, alguna exposición, un ballet, una obra de teatro... y mientras espero mi sándwich, charlo con Francis, un camarero mulato de sonrisa amable y mirada limpia que se esconde detrás de unas gruesas gafas de concha negra. Tiene el pelo afro, bien cardado y viste un uniforme de pantalones negros con tirantes de rayas rojas y negras, y camisa blanca impecable. Las gafas, por lo que me comenta, son para darle un toque chic a su estilo, no las necesita para ver. Por las noches, la nota de color la pone Zulú, el barman más sexy que he visto en mi vida, un ejemplar fascinante en su conjunto. Negro, alto, de ojos grandes y oscuros, penetrantes y traviesos; labios gruesos, carnosos y una nariz con personalidad, subrayada por un bigotito fino y cuidado al más puro estilo Errol Flynn. El adjetivo *irresistible* se queda corto para definir su sonrisa. Pocas veces tiene uno el placer de sentir una demostración tan generosa, simétrica, luminosa, franca, abierta y dulce, muy dulce. Es un ser delicado a pesar de su estructura, bello por dentro y perfecto en su envoltorio. Sobre su pelo cortado a máquina como el de un *marine,* se posa ligero un sombrero estilo borsalino de fieltro gris. Dos pendientes de brillantes dan luz a la piel de ébano de su rostro barbilampiño.

El primer día que lo vi, me quedé completamente eclipsada por la delicadeza y la habilidad de barman experimentado que demostraba en la preparación de cada combinado. Sus manos nada tienen que envidiar a las de un consumado prestidigitador. Es un genio de movimientos ensayados, finos y elegantes, un verdadero artista de la coctelería, de la combinación de colores, por la singularidad de sus mezclas y la fantasía de sus creaciones.

Sus manos son grandes; sus dedos, largos y de movimientos precisos; sus uñas, rosadas, cortas y bien cuidadas, capaces de agitar, exprimir, acariciar, desgranar y ofrecer con una sensualidad natural que te emociona. Es un hombre tremendamente atractivo, de maneras educadas y gestos estudiados. Pero lo que lo hace realmente irresistible es su sonrisa, tan seductora y luminosa que dan ganas de cerrar los ojos y dejarse seducir, abandonarse al placer máximo de su labios carnosos. Él sabe lo que me gusta desde que cruzamos nuestras miradas la primera noche que me animé a salir de casa. No tuve que pedir nada: solo me miró, me sonrió y creó para mí sin apenas dirigirme la palabra, tan solo un «buenas noches», un ligero movimiento de cabeza y una invitación a sentarme frente a él. El resultado fue increíblemente delicioso.

—¿Cómo se llama este cóctel?

—Aún no tiene nombre.

—¿Te acordarás de cómo prepararlo la próxima vez?

—Imposible olvidarlo.

Me he bebido dos cervezas, mientras espero la manduca, recordando el intercambio de frases con Zulú, un nombre demasiado étnico para un ser tan bello, y me pregunto con cuántas clientas se habrá acostado. Incontables, seguro. «En otros tiempos, habría coqueteado con él», pienso mientras hojeo mi revista cultural y echo un vistazo a la gente que entra y sale. Algunos, españoles. Otros argentinos, americanos y muchos locales. No me apetece ponerme a hablar con ninguno en mi propia lengua. Además, Alma me tiene prohibido relacionarme con ninguna persona que la hable. Me divierte intentar pasar desapercibida en la ciudad de los espejos.

He encontrado un plan interesante. Estoy leyendo una reseña sobre un espectáculo musical de una tal Bibi Ferreira que actúa en el teatro Frei Caneca. No tengo la menor idea de quién es la octogenaria señora ni dónde queda el teatro. Lo que sí me ha llamado la atención es que la llaman la Chavela Vargas de Brasil, una gran diva que lleva treinta años interpretando canciones de Edith Piaf, un estandarte viviente del mundo de la cultura que ha pisado fuerte en los escenarios de un país con dimensiones continentales. Estoy segura de que Helena podrá darme más detalles sobre esta venerable anciana.

23
La misiva de Mario

«Hola, Álex:

¿Cómo te van las cosas? Hace semanas que no sé nada de ti.

Había pensado en llamarte pero no parece que tú tengas muchas ganas de hablar conmigo, así que te mando este *email* para decirte que me voy de casa. Voy a recoger mis bártulos y a mudarme a un apartamento. La decisión está tomada.

Cuando vuelvas te darás cuenta de que no estoy, y a lo mejor empiezas a valorar al hombre que has tenido a tu lado todos estos años. Si es así, llámame, quizá todavía esté disponible. Aunque no lo creas, he tenido muchas oportunidades con mujeres que se me han acercado, pero a ti eso no parece importarte porque has estado muy segura de mí.

Ahora las cosas han cambiado porque yo no voy a seguir esperando a que vuelvas. Si no deseas mi compañía, me buscaré a otra que sí quiera disfrutar de mí. No sé lo que te está pasando, pero no soy tonto: tengo la sensación de que estás con alguien en Brasil. Te aseguro que no vas a encontrar a nadie que te conozca como yo y que sepa cómo hacerte disfrutar en la cama. Ya me echarás de menos.

Bueno, cariño, ya está dicho. Aquí lo dejamos: espero que encuentres lo que estás buscando.

Sin rencores.

Un beso.

Mario.

PD. Me gustaría que hablásemos con Tristán cuando vuelva de Canadá. Quizá podamos cenar los tres juntos».

El *email* de Mario me ha cogido por sorpresa pero al mismo tiempo ha aligerado la carga emocional que sentía: un frente menos en el que combatir. La razón por la que busqué ayuda profesional es un grano de arena en la inmensidad de mi desierto; cómo pueden cambiar las cosas y la relativa importancia que tenían, vistas en perspectiva. No podía ser de otra forma. Entre nosotros no pasaba nada de lo que tenía que pasar. Pero tampoco teníamos reproches que hacernos. Ninguno de los dos diría que el otro ha sido el mayor error de su vida. No haber tenido hijos en común hace más liviano el proceso de separación. Tampoco hemos puesto un especial interés en tenerlos. No manejamos cuentas en común, ni siquiera autorizadas. No hemos comprado una casa a tercias con el banco. No hemos invertido en obras de arte. No tenemos deudas con nadie. No hemos comprado muebles ni equipos de alta fidelidad en la semana de oro de ningún gran centro comercial. No vamos al mismo club ni leemos los mismos libros, ni siquiera hablamos el mismo idioma. No hemos apadrinado a un niño en ningún país africano. No tenemos afinidades políticas ni profesamos la misma religión. Tampoco tenemos los mismos temores ni las mismas esperanzas. Ni sueños compartidos.

Por no tener, no tenemos ni un solo papel firmado en el que figuren nuestros nombres.

Tampoco hemos tenido peleas ni ha habido cristales rotos, ni gritos, ni amenazas, ni maldiciones milenarias. No nos hemos mentado a la madre y hemos dejado tranquilos a nuestros ancestros. No nos hemos mirado con ira ni nos hemos asomado al balcón de nuestro lado oscuro. No hemos implicado a los amigos ni a nuestras familias. No ha habido un debe ni un haber, ni quejidos, ni lamentos. Tampoco, gestos de odio ni chantajes morales, y mucho menos, marcas en la piel o mechones de pelo arrancados entre los dedos. Ni una discusión por lo tuyo o lo mío, ni siquiera por lo de los dos. No hay un solo escombro porque nunca se ha llegado a construir, era terreno baldío. Ha habido síes y noes, pero ni un solo por qué tú o un por qué yo. No hay una lista de agravios escrita con sangre en el libro de las afrentas. Nada que echarse a la mochila emocional. Nada que arrastrar durante años. No quedan heridas abiertas ni enésimos intentos por reintentar.

Sin embargo, le agradezco de corazón lo que sí hubo, aunque en este momento de mi vida no sea capaz de verbalizarlo y solo quede una sensación difusa, una amalgama de imágenes superpuestas.

Mario es un hombre hecho para acompasar en las relaciones. Un comodín. Con mejor o peor tino, siempre ha estado cuando lo hemos necesitado, generoso y discreto. La cuestión es que realmente no lo necesito. Tristán ha sido el mayor beneficiado de esta relación anodina pero, y a la vez, pacífica y sincera. Hemos pasado sin pena ni gloria, sin hacer aspavientos, sin alharacas. Hemos salido por la puerta de atrás, cerrando con sumo cuidado y dándonos la mano, sin más.

Yo me he dejado querer por Mario, pero con el tiempo me he dado cuenta de que necesito amar a alguien con pasión, no tanto que me quieran. Estaba queriéndolo mal porque lo quería sin querer. Es muy difícil teorizar sobre el amor porque no hay fórmulas mágicas ni apuestas seguras y existen tantos tipos de amor como personas. Hay muchas relaciones aparentemente sólidas que hacen aguas por todos lados, y es que no se puede amar por obligación, por conveniencia o por despecho. Ahora sé que por Mario he sentido amor fraterno, amor agradecido, no el que se merecía y yo no supe ni quise darle. No seremos amigos, pero al menos, no nos mostraremos odiosos cuando coincidamos alguna vez en el largo paseo de nuestras vidas.

En mi fuero interno, yo tenía la sensación de que Mario salía con alguien. En ningún momento se me pasó por la cabeza curiosear en su teléfono o preguntar quién lo acompañaba a sus torneos cada vez que yo no lo hacía. No me importaba. Quizá los dos estuviéramos traicionándonos en silencio, pero esa no era la cuestión de fondo del deterioro de nuestra relación. En el fondo, deseaba tener razón por el bien de Mario; quería que se sintiese querido, valorado y deseado por esa mujer anónima que permanecía en la sombra. Lo imaginaba con una mujer joven, alegre, atlética y probablemente rubia, una hembra deseosa de placer que viera en él colmadas todas sus fantasías, una persona sana y sencilla que valorase sus muchas virtudes y sus escasos defectos. Que lo adorase como el adonis que era y que tuvieran hijos juntos y una vida tranquila y plena. Mario no era un hombre para tener en la nevera: semejante ejemplar debía pasar a la posteridad mejorando la raza humana. No había conocido en mi vida un hombre mejor moldeado físicamente y más hábil en cuestiones amatorias. Curiosamente, yo le cedía inconscientemente mi lugar junto a él a esa mujer imaginaria que supiera quererlo como se merecía. Esa mujer, a todas luces, no era yo. Quizá fuera Belinda, la profesora de aeróbic, o Vanesa, la recepcionista del club. O Fernanda, la otra profesora de pádel argentina.

Después de releer sus palabras me doy cuenta de que, por fin, nuestra historia ha terminado con un punto y final amistoso. Mario me lo ha puesto fácil. No siento pena ni tristeza, solo una profunda paz y un enorme agradecimiento por dejarme volar en libertad.

Pienso por un momento en llamarlo, aunque después de meditarlo unos segundos lo descarto, no tengo nada que decirle. Quiero agradecerle su marcha, pero esas cosas no se pueden decir aunque las sientas. Nadie llama a otro para darle las gracias por irse de casa. Resuelvo responder a su *email* dejando una puerta abierta para charlar tranquilamente cuando vuelva a Madrid. Capítulo cerrado.

«A Jimmy le gustará saberlo», pensé. Sin embargo, con Jimmy no solo tengo ganas de hablar: quiero estar a su lado, vibrar con él, compartir su esencia, descifrar sus enigmas, velar su sueño. Me he dado permiso para ser yo misma y él es el espejo en el que quiero mirarme. No me considero afortunada respecto a los hombres de mi vida. Me he sentido poco querida en mis relaciones, y sin embargo, creo que yo sí he amado, quizá en exceso. En cualquier caso, por una cosa u otra, los hombres no han sido prioritarios en mi vida, pero ahora siento que algo nuevo ha nacido dentro de mí. Lo amo, y mis labios se sonríen con naturalidad, abiertamente y sin esfuerzo al pensar en él.

Jimmy es un hombre que vive sin miedo, y esa actitud a mí me proporciona seguridad y me infunde valor. Se bebe la vida a tragos largos. Él es el tipo de hombre que quiero para mí. Es muy diferente a cualquiera que haya conocido. Me hace vibrar y sentirme única y especial.

Nos comunicamos con frecuencia, casi siempre a través de mensaje escritos. Jimmy tiene previsto viajar en febrero al Festival de Cine de Berlín. No sé en qué momento se animará a hacerme una visita pero me muero de ganas de pasear con él por la ciudad, de mostrarle mis recién estrenados lugares. Lo deseo, quiero sentirlo dentro de mí, oler su aroma, acariciar su piel, estremecerme entre sus brazos y no dejar de mirarlo. Me excita desearlo con tanta intensidad, algo que no había sentido antes por nadie.

Pensar en Jimmy como un compañero para toda la vida se me antoja temerario. La tendencia a la idealización, tan común al inicio de las relaciones, es la eterna enemiga de las parejas que empiezan. Conozco a Jimmy lo suficiente como para saber lo que me gusta de él. Tenemos más en común que la mayoría de las personas que conozco, y habernos encontrado en esta época de cambio y vulnerabilidad extrema nos ha dado la oportunidad de mostrarnos tal cual somos, sin publicidad engañosa ni caretas. Quién sabe si por fin he encontrado al compañero de viaje que necesitaba. Hoy que mi vida está patas arriba, en este instante en el que me he desnudado frente al espejo.

Ahora que conozco las verdades de todas las mentiras propias y algunas de las ajenas, es el momento de construir algo sólido y duradero, edificado sobre realidades, no sobre carencias proyectadas e idealizaciones efímeras. «Ojalá sea así», pienso mientras me preparo para mi clase de conversación con Helena.

24
Cara a cara con Marcelo Barbosa

Sobrevivo a otra noche toledana con la sensación de estar convirtiendo mi reposo en una rutina de sonidos y movimientos repetidos, casi cotidianos. Me he pasado la noche coceando a Alma y cambiando de postura. A pesar de que la cama es grande, no he parado de dar vueltas y abrazar almohadas. Ella no parece haberlo notado: ni se ha movido. Las pulgas, que campan a sus anchas a pesar de la fumigación vespertina, me han acribillado las pantorrillas. No sé de dónde salen, pero están. He vaciado varios botes de espray para insectos pero no he conseguido eliminarlas. Noto que les gustan mis piernas, son reincidentes.

Me levanto desorientada y con la cabeza algo embotada. Aún no ha amanecido, aunque, por los ruidos, deduzco que deben de ser alrededor de las cinco de la mañana. Me deslizo con cuidado por mi lado de la cama, cojo el teléfono que he dejado en la improvisada mesilla de noche, estratégicamente esquinada en el minúsculo espacio que ocupa y cuya base es un jarrón de vidrio rojo invertido, y la superficie, una suerte de libros de arte impresionista contrapeados: Degas, Cézanne, Sisley, Monet, Renoir, *El arte del color en la pintura contemporánea de Brasil,* un libro con todas las letras de las canciones de Gilberto Gil, una edición de *La mujer justa,* del escritor húngaro Sándor Márai, y como base de la columna, *La tentación italiana,* un perfil de los maestros del erotismo contemporáneo, con una ilustración del rey del cómic porno-erótico, Milo Manara. En la portada, el rostro de una mujer fatal, poderosa y seductora me recuerda que hoy es el gran día.

Me quito los tapones de los oídos, que no me sirven para mucho pero amortiguan los sonidos nocturnos, y salgo del cuarto de puntillas, sin hacer ruido, rumbo a la cocina. Tengo la boca seca. Abro la nevera y desenrosco el tapón de una botella verde de agua con gas con sabor a limón. Le doy un buen trago casi sin respirar. Está helada. La nevera es una máquina de hacer hielo; está coja y vieja pero tira como un cohete. La parte superior es una perfecta recreación de la Edad del Hielo. Los paquetes están tiesos y son inidentificables. Doy un segundo trago menos largo y la vuelvo a dejar en su sitio apretando bien la rosca para que no pierda las burbujas.

Quedan cuatro horas para nuestro encuentro. No sé qué hacer. No puedo volver a la cama y esperar a que el tiempo pase mientras fijo la mirada en el plafón del techo. Estoy inquieta. Alma parece estar profundamente dormida. No la quiero molestar. No sé cómo puede descansar, con este ruido y con el calor que hace. Parece una marmota que duerme a pierna suelta. Ha debido de tomarse doble ración de pastillas mágicas, como suele llamarlas. Tiene remedios para todo. Alma no escatima en ayudas para el sueño. Suele decir que el sueño es sagrado y está por encima de todo y de todos. Lleva varios pastilleros encima cuando viaja: uno en el bolso, otro en el bolsillo de una chaqueta, cuando es invierno, incluso en el abrigo, y otro en el bolsillo interior de la bolsa de su ordenador portátil. Algunas personas llevan pañuelos, peines, vaselina para los labios, caramelos, preservativos o cepillos de dientes de viaje. Ella no se mueve sin sus pastilleros. Me sonrío. Me recuesto en el sofá del salón mirando los edificios que hay en frente de casa, silueteados por la oscuridad del cielo atenuado por las luces de la calle, aún por despertar.

Hemos repasado el contenido de la presentación de principio a fin. He interpretado mi papel y he recibido los aplausos de mi socia. Nada puede fallar, a no ser que nos traicione el subconsciente. Además, tenemos otro inconveniente que debería ser una ventaja, y es que tanto Horacio Simões como Marcelo Barbosa hablan español, por lo que tendremos que tener aún más cuidado con nuestros comentarios. No sabemos si habrá más personas ni el tiempo que nos podrán dedicar. Una de las preguntas recurrentes al inicio de las reuniones es: ¿de cuánto tiempo disponemos? En el peor de los casos, contamos con media hora, por lo que solemos aplicar la regla de oro que aprendí de Guy Kawasaki, un gurú de origen hawaiano especialista en *marketing* y nuevas tecnologías: diez, veinte, treinta. Vamos a presentar un documento de diez páginas que contaremos en veinte minutos, escritas en un cuerpo de letra de treinta puntos. Creo que la tensión nos va a venir mejor que el relax. Es mucho más fácil que nos equivoquemos con nuestros nombres si estamos relajadas. El cerebro puede jugarnos una mala pasada, y no tengo la más mínima duda de que si ocurre, todo habrá terminado de la peor manera posible. Avergonzadas y ridiculizadas en extremo.

Cierro con cuidado la puerta del cuarto para no despertar al lirón de sueño inducido y me hago un litro de té. Abro el portátil para ver mi correo mientras le doy unos minutos al día para que empiece a pintar el horizonte con los tonos caprichosos de los colores de la mañana.

Sin querer, le doy a la tecla que agrupa los *emails* por orden alfabético y aparecen en la B algunos mensajes antiguos de mi madre que ni he borrado ni pienso borrar. Blanca Muguiro. Hay decenas de mensajes. Por desgracia, ninguno por abrir. Voy pasándolos con el cursor releyendo los títulos de la deliciosa cotidianidad que compartíamos: «Regalo para Tristán». «Cenamos en Terryble». «Inauguración exposición». «Buen viaje». «Enhorabuena por el premio». «Llámame, por favor». «Artículo de interés». «Te espero en el Retiro». «Nos vemos el jueves para comer». «Sin asunto». «Vayamos de compras». «Te echo de menos». «Soy tu madre». «Tengo entradas para Baryshnikov». «¿Sabes algo de tu hermana la descarriada?». «Me voy a París. Feliz Año Nuevo, mi vida».

Como nada ocurre por casualidad, me quedo unos minutos pensando en ella con todo el amor que soy capaz de sentir. Reencontrándome con su tono de voz, con su ternura, con su olor, con su mirada profunda, con sus gestos elegantes, con esa sonrisa permanente. Ella vive en mi recuerdo, inmensa, magnífica, imborrable. Le pido que me ayude y me proteja. Hoy es el día D. La hora H está por llegar.

«No me dejes sola, mamá», le digo en un susurro, traspasando la pantalla con una mirada que va mucho más allá de las letras que miro sin ver.

Reconfiguro la bandeja de entrada y empiezan a entrar los *email* por riguroso orden de llegada. Hoy es jueves, uno cualquiera, sin pretensiones en la vida de la gente normal que no va buscando padres por ahí. Casi todos los correos son de la agencia. No hay ninguno de Horacio Simões, por lo tanto no se prevén cambios de última hora. Dedico media hora a contestarlos mientras veo amanecer y el murmullo del tráfico va marcando con su sintonía habitual el tictac del reloj.

Tengo un *email* de mi hermana Sonsoles que dice:

«Álex, dime cuándo puedo llamarte. Tengo algo que contarte sobre papá. No es urgente ni grave, no te preocupes. Espero tus *news*. Besos. Sonsoles».

Respondo a mi hermana diciéndole:

«Hola, Sonsoles, ¿cómo estás? Tengo una reunión esta mañana que no sé cuánto tiempo me va a llevar. Si quieres, podemos hablar a mis seis, que serán tus nueve. ¿Quieres adelantarme algo? ¿Papá está bien? Besos. A».

No recibo respuesta de Sonsoles y dudo si llamarla en este mismo instante, quizá no sea buena idea hacerlo ahora. Ha dicho que no es grave ni urgente. No voy a preocuparme. Si mi hermana dice que puede esperar, mejor me espero. Seguro que papá ha tenido algún desencuentro con alguien, y no debe de ser una bobada, porque si no, no me diría nada.

Decido no darle demasiadas vueltas y centrarme en lo que tengo entre manos.

Es curioso cómo noto la presencia de mi padre y de mi madre esta mañana. «¡Café para todos!» pienso para mí.

Vuelvo a la cocina. Me pongo a pelar un par de mangos y los troceo. Exprimo una lima y rocío los pedazos de mango; la lima contrasta maravillosamente con el dulzor del mango. Lo coloco en dos cuencos junto con unas rodajas de plátano, frambuesas, moras y un yogur. Preparo dos vasos de zumo de uva negra natural. Me sirvo un poco de té con unas gotas de leche. Saco dos bandejas de uno de los armarios, coloco mi desayuno en una de ellas y me lo llevo al salón. Me siento en la mesa de trabajo. Aparto el ordenador en el que sigue abierto el correo por si recibo una respuesta de Sonsoles. Decido cerrarlo. Lo que quiera que sea puede y debe esperar. Desayuno en silencio. Tengo el cerebro alerta y despejado. Me siento fuerte.

Necesito darme una vuelta. Escucho el parloteo de una pareja de loritos verdes que se colocan cada mañana en el murete de la terraza. Siempre van juntos y parlotean animadamente hasta que el sol alcanza su cénit, entonces emigran a la copa de algún árbol para pasar las horas de calor. Me visto sin hacer ruido con la ropa de deporte que dejé preparada anoche, me calzo las zapatillas, cojo las llaves y le dejo una nota a Alma en un pósit rosa en la bandeja donde le he preparado el desayuno.

«Me voy a andar una hora. A las siete estaré de vuelta. Tienes el desayuno en la cocina. ¡Disfrútalo! Besos. A».

Creo que es lo mejor para liberarme de un posible ataque de nervios. Cierro la puerta con cuidado. Llamo al ascensor y salgo a la calle. Llego al parque. No huele a nada en especial, ni a flores ni a hierba recién regada. Es una gran extensión de tierra circular, rodeada por una selección de árboles numerados con anillas, una zona de juegos infantiles y una biblioteca al aire libre, junto a unos servicios impolutos. En ráfagas de viento racheado, me llegan efluvios del río que está a pocos metros, el río *Pinheiros,* un caudal kilométrico de agua contaminada con los desechos de cientos de miles de familias que viven en la miseria, condenadas por la historia a vivir en condiciones infrahumanas alrededor de las grandes ciudades, tratando de subirse al furgón de cola del tren de uno de los países más ricos del planeta. También me voy acostumbrando a ese hedor discontinuo de cada mañana.

Hay varios deportistas madrugadores pertrechados con sus pulsómetros y sus auriculares. Todos ellos corren, saltan o se estiran. Tienen cuerpos atléticos, dorados por el sol, sin vello, parecen profesionales del deporte o culturistas. Al igual que ellos, doy vueltas por el circuito marcado. Unos corren en el sentido de las agujas del reloj y otros, los menos, como yo, en sentido contrario. No sé por qué pero me pasa lo mismo al remover con la cucharilla el azúcar de una taza de té: inconscientemente, lo hago en sentido contrario a las agujas del reloj. Será porque soy zurda. Supuestamente, en este hemisferio, el agua de los desagües gira en sentido contrario a la rotación de la Tierra, un detalle curioso que no tengo claro si ocurre siempre del mismo modo. Supongo que tendra que ver con temas físicos de fuerzas, volúmenes y tamaños.

El barullo de la carretera que bordea uno de los lados del parque está a punto de alcanzar su hora punta matutina. Cientos de personas salen a paso ligero del tren que va paralelo al río y bajan por la pasarela que cruza los cuatro carriles de la avenida Cidade Jardim, entre la estación y el parque. Los puestos de desayuno callejeros ofrecen café, bollos y mazorcas de maíz hervido con margarina y sal, presentado en pequeñas cajas de policarbonato amarillas. La gente anda con agilidad rumbo a sus trabajos. Ha sonado el despertador en el hormiguero de São Paulo. Hago mi rutina diaria. Doy cuatro vueltas al parque y me estiro durante veinte minutos sentada sobre la grama perfectamente cortada de la pradera central, a un par de metros de uno de los árboles más grandes y frondosos, el número 877. Me relajo, respiro y miro al cielo azul sucio, que ya acusa un alto nivel de tráfico aéreo. Vuelvo a casa a un ritmo relajado, sin pasar esta vez por la cafetería donde compro a diario mi dosis de vitaminas extra: zumo natural de mango y frutas rojas, sin leche y sin azúcar, para llevar. Subo a casa y me encuentro a Alma en el sofá, desayunando con la bandeja que le he dejado preparada sobre sus rodillas y viendo las noticias en la televisión. Los olores de cada mañana van entrando por la ventana de nuestro cuarto; las cocinas de los restaurantes contiguos ya se han puesto en marcha. Alma me recibe con una sonrisa cómplice de las suyas y me invita a sentarme a su lado dando unas palmaditas sobre la base del sofá como si fuera una abuelita que quiere confiarle algún secreto a su candorosa nieta.

—Hola, ¿cómo estás?

—Sorprendentemente bien. Me he despertado temprano.

—¿Has descansado bien?

—No demasiado, he dormido muy inquieta.

—Pues yo he dormido como un cesto. Ya te dije que te tomaras una de mis pastillas, pero eres terca como una mula.

—Alma, si me tomase una de tus pastillas para caballos, no podría articular palabra en horas.

—Terca y exagerada.

—¿Te han picado las pulgas?

—¿Tenemos pulgas?

—Ya veo que no. De otro modo, lo sabrías. Me prefieren a mí, tú tienes más química en la sangre.

—Dejemos la zoología a un lado y hablemos de cosas más prosaicas. Vamos a quitarnos toda la presión que nos hemos metido en el cuerpo y hacer una presentación de diez y, como no tenemos nada que perder, nos va a salir de fábula. Álex, te lo digo muy en serio, seamos nosotras mismas, sin agobios. Tratemos de divertirnos haciendo lo que mejor sabemos hacer. Vamos a enamorarlos con el proyecto. Ese es nuestro objetivo de hoy. Vamos a salir a la plaza y vamos a torear. ¡Olé, olé y olé!

—¡Qué folclórica y optimista te has levantado hoy!

—Como siempre, querida. Yo soy así de natural.

—Me voy a la ducha mientras terminas de desayunar, estoy sudada y me estoy quedando fría.

—¿Fría? Mejor, mejor, porque vamos a sudar la gota gorda ahí dentro. Por cierto: tú, a partir de este momento, no te tomes ni un té más. Nada de estimulantes. No los necesitas. Te quiero tranquila. Cuanto más serena estés tú, menos nerviosa me pondré yo. Y por cierto, me llamo Almudena. Almudena Cienfuegos-artificiales.

Las dos nos reímos con sus ocurrencias antes de encerrarme en el cuarto de baño. Mientras tanto, Alma recoge el desayuno, ventila la casa y busca una emisora de radio de música de los ochenta. Cuando la encuentra, sube el volumen y se pone a bailar como una loca en el pequeño rellano de la entrada que hace las veces de minúsculo *hall,* ahora convertido en pista de baile. Alma se ha transformado en la vocal de *The weather girls* cantando a grito pelado la famosa canción *It's raining men,* aullando el estribillo con el mítico *aleluya* incluido. Salgo del cuarto de baño con la toalla enrollada al cuerpo y me la encuentro subida en la banqueta de la cocina, con el delantal puesto sobre su camisón y un cazo de servir a modo de micrófono.

—¿Esto también te sale así de natural?

—Afirmativo, muñeca, el *show* está a punto de comenzar.

Mientras espero a que Alma salga de la ducha, me maquillo frente al espejo redondo de la entrada del apartamento, en el mismo escenario ochentero de hace un rato. Cuando Alma sale del cuarto de baño y me ve vestida de negro y blanco, me dice:

—Oye, mi reina, ¿no crees que vas vestida un poco sobria? Estás elegantísima con esa falda de tubo negra, no te lo discuto, pero es un *look* más de inspectora de Hacienda que de directora de arte. Estamos en un país alegre, es verano, hace una calor de la madre y no vamos a ningún acto social. Así que vamos a darle un toque de color a la mañana. ¿No te parece?

—¿Y qué sugieres que me ponga, una blusa de faralaes de lunares al más puro estilo *typical spanish?* ¿Cómo vas a ir tú?

—Pues igual que tú, me he traído un pantalón negro y una blusa blanca de seda.

—Vamos a parecer dos frígidas reprimidas, o mejor aún, un par de lesbianas. Solo nos faltan un moño tirante y unas gafas negras de pasta.

—Mejor, me pongo una blusa roja; así no pareceremos dos Nancys vestidas de ejecutivas.

—Alma, aquí son muy sobrios vistiendo. No vayas a ponerte uno de tus escotes hasta el ombligo.

—De acuerdo, no daremos la nota. Pero un toque de color para contrarrestar tu sobriedad no irá mal.

—Déjate de rollos y de colores, que me estás poniendo nerviosa.

—Un poco más de carrete, mujer, que estamos en capilla. ¿Qué ha pasado con tu sentido del humor? ¿Has verificado que funciona el *pendrive* y que el archivo está perfecto para proyectarlo?

—¡Alma, por Dios! Que no tengo cinco años. Lo he comprobado esta mañana. Está todo como tiene que estar. El documento, el *dossier* y la madre que lo parió.

—Oye, oye, ¿cuántas tazas de té te has tomado?

—Dos, solo dos. No me des el rollo, estoy nerviosa y tú no me estás ayudando, Alma.

—Relajémonos. Vamos a respirar unos minutos para liberar tensión. Siéntate en la silla y cierra los ojos. Respira con el estómago y luego sube el aire a los pulmones. Aguántalo unos segundos y expúlsalo despacio. Repítelo tres veces, piensa en tu respiración y trata de vaciar tu mente. Yo me estaré callada para que puedas concentrarte. Es muy importante que lo hagas bien. Aún tenemos tiempo. ¿Estás mejor?

—Sí, mejor. Mucho mejor, gracias.

—Ahora hay que salivar. Eso estimula el cerebro y calma el nerviosismo.

—¿Desde cuándo sabes tú todas estas cosas? Me recuerdas a mi hermana Beatriz.

—Desde hace años, pero tú no parecías necesitar estas técnicas. Siempre te has mostrado serena y segura de ti misma con los clientes.

—¿Eso te parece? No lo creas, la procesión va por dentro. Siempre estoy tensa. Si no fuera así, sería preocupante.

—Tú eres la que manda en las presentaciones. ¿Y sabes qué te digo?

—¡Dispara!

—Estamos aquí para que te luzcas, Álex. Da lo mejor de ti y disfruta haciéndolo. Olvídate de quiénes son y lo que representan a nivel emocional. Hemos venido a vender nuestro trabajo y es lo que vamos a hacer. Del patriarca, nos ocuparemos más tarde. Esta es la puerta de entrada, y de nuestra actuación va a depender todo lo demás. Así que procura no cagarla, querida.

—Qué bruta eres y qué razón tienes.

—Pues no se hable más, y como diría un amigo mío, vayámonos ahora que aún nos estamos divirtiendo.

Antes de salir por la puerta, nos santiguamos y nos abrazamos. Sé que Alma tiene razón. Ha venido para darme el máximo apoyo, tratando de hacerme este vía crucis paternofilial lo más llevadero posible. Su técnica es muy sencilla: distraer mi atención, contener mi ansiedad, apoyar mis pasos, levantarme el ánimo, sacarme del pozo de los lamentos y hacerme sonreír. Entre chascarrillos me ayudará a abrir la puerta de esta otra parte de mi vida y después me dejará sola.

Cogemos nuestros bolsos, el portátil, el *dossier* de la presentación impreso junto con un par de copias del que contiene nuestros premios y menciones, y la dirección de la casa de Marcelo Barbosa, garabateada en uno de los pósit color fresa de Amadeo. Nos calzamos nuestros zapatos de tacón y salimos a la calle a parar el primer taxi que quiera llevarnos. Hay un antes y un después de esta escena que nos muestra esperando el coche que nos llevará hasta Marcelo Barbosa, un camino de no retorno que he decidido emprender sin saber muy bien hasta dónde me llevará. Estoy dispuesta a desbrozarlo de matas y arbustos para poder llegar hasta el corazón del bosque, como los conquistadores en el Nuevo Mundo. Eso sí, a golpe de ingenio e inteligencia, dejando a un lado el crucifijo y el chicote.

—Estás espectacular, Álex, quiero decir, Alma. Eres muy guapa y estás llena de luz. Los vas a volver locos. No lo dudes.

—Gracias Al-mu-de-na. No sabes cómo me chirría llamarte Almudena. No te pega nada.

—Lo bueno que tiene este nombre es que si por lo que sea te equivocas y me llamas por el mío, es muy fácil de disimular. Eso es un plus, mi reina. ¿A que no lo habías pensado?

—¡Claro que lo había pensado! ¿De qué jaula de grillos te has escapado?

—De la misma que tú; si no, de qué iba a estar yo aquí.

—Estás peor que yo, Alma.

—Sí, y por eso me quieres.

—No, no te quiero, te adoro.

—Bueno, dejémonos de declaraciones matinales de amor lésbico y vamos a lo nuestro. ¡Taxi!

—*Bom dia*. Vamos, por favor, *na* avenida de Europa número 21, esquina *rua* Groenlandia. No Jardim Europa. *Obrigada*.

Llegamos en menos de diez minutos a la dirección que nos ha indicado Horacio Simões. Alma y yo nos miramos sin decir nada, con nuestras manos entrelazadas en un gesto tierno y solidario, compartiendo nuestras energías e infundiéndonos ánimo y confianza. Vemos por la ventanilla una enorme puerta de hierro gris oscuro mate y una valla alta y blanca que rodea el perímetro que protege la casa. Pagamos al taxista y nos bajamos del coche. La valla parece dar la vuelta a la manzana. La puerta de entrada hace casi esquina con la calle Groenlandia.

Tocamos el timbre de la entrada frente a dos cámaras de seguridad de tamaño considerable y nos identificamos en portugués a través de un interfono. Un hombre vestido de uniforme nos abre la puerta, y otro, igualmente uniformado, nos acompaña hasta la casa atravesando un jardín magnífico lleno de plantas y árboles exuberantes. Caminamos en dirección a la casa, que va dejándose descubrir tímidamente a cada paso que damos. Ante nuestros ojos aparece una edificación rectangular de una sola planta, construida en una combinación de acero, madera, cemento y cristal, más de mil metros de superficie perfectamente mimetizada en un entorno natural amplio y equilibrado. Un ejemplo de discreción y buen gusto. Una fusión de elegancia y exclusividad. Una maravilla de la arquitectura moderna, sin visibilidad desde la calle, en un universo personal, contenido y afinado.

Casi al llegar al último tramo del camino, encontramos a nuestra derecha una escultura de bronce sencillamente majestuosa, una especie de guardián alado de más de dos metros y medio de altura por otros dos de ancho y metro y medio de fondo. Es la figura de un hombre arrodillado sobre la tierra, un ser fuerte, musculado y mutilado, con los brazos arrancados a la altura de los hombros. Sobre su espalda, unas alas plegadas mostrando el detalle de sus plumas perfectamente cinceladas. Está en una postura de semigenuflexión, apoyado sobre su rodilla derecha, como un corredor de fondo en posición de salida. Su cabeza solo muestra una parte de la cara, angulosa y bien definida, como si fuera una máscara veneciana de ojos huecos por los que pasa la luz de la mañana. Un híbrido de hombre y ángel caído. Un ser de luces y sombras. Un guerrero altivo esperando alerta en su quietud el momento de alzar el vuelo para entrar en combate. Su torso vigoroso y musculado, como el de un gladiador es de una belleza tal que no tiene nada que envidiar a las esculturas de Miguel Ángel o de Rodin. Un ser extraordinario, una imagen que transmite una fuerza descomunal y a la vez un contorno simétrico, armonioso, con un halo de misterio y de poder fascinante. Una escultura fuera de lo común. Un ser preparado para volar, para trascender lo físico y lo humano. Nos quedamos impactadas y seguimos en silencio los pasos de nuestro guía.

En vez de entrar por la puerta principal, atravesamos el jardín hasta el salón, resguardado bajo una fina viga de cemento sin pulir que hace las veces de techo y de porche, protegiéndolo del sol y la lluvia. Dos filas de puertas correderas de cristal deslizantes separan la casa del entorno vegetal o lo incorporan según el momento y el clima. En la parte trasera, el mismo sistema de puertas dan a un patio, una gran galería a modo de cenador decorado con enormes maceteros de flores de diferentes colores y tamaños. Las estancias pueden estar unidas o separadas por el juego de puertas, incorporando ambientes o preservando espacios.

Aún no hemos dado los últimos pasos en dirección al salón cuando Horacio sale a nuestro encuentro, presentándose y dándonos la bienvenida en un perfecto español con cierto acento. Lo acompaña una chica joven a quien nos presenta como su asistente. Se llama Celia y nos saluda correcta en su lengua. Alma y yo nos presentamos dándoles la mano y seguimos a Horacio, quien nos muestra el camino hacia una estancia contigua que está atravesando el salón. Alma y yo nos comunicamos con los ojos. Las dos estamos impactadas por el lugar.

Llegamos a la que se supone es la sala de reuniones. Horacio se disculpa por entrar primero y nos invita a seguirlo. Es otro salón en el que hay una enorme mesa de reuniones. La decoración es minimalista, con colores alegres, nada que ver con las habituales salas de oficinas de las grandes empresas, que a menudo abusan de los muebles clásicos y las maderas en tonos oscuros, vistiendo el entorno de una excesiva sobriedad. Este es un lugar muy confortable y luminoso, nada amenazador. Apoyada en una de las paredes hay una estantería de madera con libros de derecho y de arte. En una vitrina contigua, se exhibe una colección de pequeñas figuras de marfil tallado, y repartidas por la estancia, algunas esculturas estratégicamente colocadas sobre peanas de madera tallada. Los muebles son de estilo *art decó* y contrastan estupendamente con la estructura moderna y rectilínea de la casa. El suelo es de cemento pulido color gris claro, sobre el que descansan alfombras de diferentes colores y tejidos dando calidez al ambiente. Las puertas son de madera y de una altura considerable. Han jugado muy bien con los elementos y los espacios. La altura de los techos debe de superar los cuatro metros. Hay en la sala un enorme ramo de flores que parece recién puesto y varias orquídeas blancas, colocadas a diferentes alturas en una escalera de bambú lacada. El ambiente no puede ser más agradable y propicio para nuestros fines. Al fondo, presidiendo la cabecera de la mesa, en una pared solitaria, cuelga un cuadro iluminado con un punto de luz cenital. Es un autorretrato de Egon Schiele.

Horacio nos invita a sentarnos en la zona de los sofás y nos ofrece un café que aceptamos encantadas. Una señora de mediana edad, perfectamente uniformada de negro y blanco, nos saluda y se acerca a Horacio para recibir sus instrucciones. A los pocos minutos entran dos hombres más acompañados por otra mujer joven, también de uniforme, quien se disculpa y da paso a los recién llegados.

Son João Pedro Campos, especialista en logística y transporte, y Francisco Gomes, director financiero. Nos saludamos en portugués y en español. Tengo la impresión de que la mayoría de los brasileños que vamos a conocer o bien hablan español o bien lo entienden, lo cual es una enorme ventaja para nosotras. Mientras nos traen los cafés, se suceden las típicas preguntas de cortesía. Son muy amables y educados. Alma está encantada y muy relajada, yo no lo estoy tanto: espero con temor la llegada de Marcelo Barbosa. Miro el reloj y me doy cuenta de que son casi las nueve y media. Ya me habían avisado de que la puntualidad no es un rasgo característico de estas latitudes. Entran de nuevo las señoras del servicio con dos bandejas de plata con los esperados cafés y unos bollitos en miniatura que parecen hechos en casa. Un juego de café de porcelana inglesa con motivos de pájaros de colores vivos y unas servilletas de hilo de color vainilla.

Horacio recibe una llamada mientras apura su café, se disculpa y sale de la sala. Yo aprovecho para acercarme al cuadro y contemplarlo de cerca. Es una obra original de uno de los genios de la pintura expresionista, un pintor austriaco contemporáneo de Gustav Malher, Sigmund Freud, Oskar Kokoschka y Gustav Klimt, quien ejerció como padre artístico y espiritual. Yo conozco bien su obra porque estuve con mi madre visitando el museo

Albertina de Viena en una escapada furtiva. Habíamos leído su biografía y mi madre conservaba la edición de coleccionista de un libro que contiene la mayor parte de su obra y algunas postales que habíamos comprado a la salida del museo, en la típica zona de recuerdos para los visitantes. Schiele era uno de los pintores favoritos de mi madre. Pasaba horas mirando las láminas del libro, avanzando y retrocediendo, examinando cada detalle, buscando cambios sutiles, atisbos de alegría a través de los cuales entender las etapas pictóricas en función del crecimiento del artista y de su obra. Se entretenía tardes enteras, absorta en la contemplación de los trazos desesperados de sus cuadros, producto de su mente atormentada. Fue un ser angustiado, temeroso, degradado por el entorno íntimo y por la sociedad burguesa de la época. Sus obras reflejan tristeza, dolor y desesperación. Estaba obsesionado con la figura del padre, al que perdió siendo un adolescente de catorce años, víctima de la sífilis, consumido por la enfermedad en un estado de delirio atroz, al igual que su madre, también mutilada por la enfermedad, pariendo hijos muertos que el artista también plasmó en sus obras con toda la crudeza y la desesperanza que le provocaba la muerte. Schiele refleja en sus cuadros, y sobre todo en sus autorretratos, imágenes de sí mismo entre lo real, lo simbólico y lo imaginario. En sus cuadros se percibe una plasticidad melancólica, una distorsión permanente del cuerpo y de sus formas, de la sexualidad, del nacimiento, de la muerte. Vivía en una búsqueda atribulada permanente. Representaba la sexualidad en cualquiera de sus formas, al igual que Freud la estudiaba en todas sus representaciones como algo inherente al ser, a partir del descubrimiento del inconsciente humano.

Mi madre decía de él que más allá de su egolatría, de su carácter desinhibido e irreverente, de su visión particular de la figura humana y la sexualidad, de la dureza descarnada, casi pornográfica, de muchas de sus obras, era un ser en busca del amor con mayúsculas, un huérfano con el alma arañada por el drama de la vida que le había tocado vivir, un ser que gritaba y pedía auxilio para lograr salir de sí mismo y de su miseria. No es un artista para todos los públicos, y Marcelo Barbosa demuestra tener una sensibilidad especial, compleja y diferente. Quizá los tres compartamos una cierta obsesión por la figura del padre.

Ligeramente apartada del grupo, absorbo cada detalle que tenga que ver con él. Mis ojos recorren cada centímetro de la estancia mientras espero el momento en el que su presencia eclipse la naturaleza muerta de los elementos que conforman su espacio, su hogar. Quiero descubrir cada gesto, cada gota de su esencia. Inconscientemente, ansío reconocer algo de mí en él.

La señora mayor vuelve a entrar. En esta ocasión, trae una bandeja con vasos y una jarra de agua que pone sobre la mesa ovalada donde va a tener lugar la reunión. Abre uno de los armarios que hay cerca del ventanal y saca unos posavasos redondos bordados con una B en color azul marino. Celia se levanta y prepara unos cuadernos de notas y unos lápices, después baja la pantalla y enciende el proyector. Se acerca a mí y me pregunta si quiero presentar con mi portátil o si prefiero manejarme con el ordenador que está preparado. Le contesto que solo necesito un mando para poder pasar las páginas, y que quiero poner primero un vídeo y después haremos la presentación. «Habrá que bajar la luz», pienso mientras ajustamos los detalles técnicos, pero Celia ya lo ha previsto; coge uno de los mandos que están en perfecta formación y prueba las cortinas, que bajan automáticamente cubriendo los enormes ventanales.

Hemos terminado nuestros cafés y esperamos la vuelta de Horacio. Me acerco a la mesa para colocar mis cosas cuando vuelve a entrar acompañado de Marcelo. Mi corazón late con fuerza pero he tenido la suerte de estar en un lateral de la sala, por lo que puedo contar con unos segundos extras para tomar aire y respirar profundamente antes de comenzar con la formalidad de las presentaciones. Marcelo va saludando uno por uno a los presentes, yo quedo para el final. Es un hombre alto, debe de medir un metro ochenta y cinco. Es delgado y fuerte. Tiene la piel de un tono dorado y el pelo ondulado, ni demasiado corto ni demasiado largo y menos oscuro de lo que recordaba. Viste con un pantalón gris y una camisa blanca muy parecida a la de la foto que vimos en la revista *Forbes*. Mientras Alma habla con él con naturalidad, yo me acerco hacia ellos. Enseguida abren el círculo al ver que Horacio mira hacia mí para presentarnos.

—Don Marcelo, quiero presentarle a Alma Sotomayor.

—Alma, es un placer recibiros en mi casa. Habéis hecho un viaje muy largo para estar hoy aquí con nosotros. Espero que os sintáis cómodas y que merezca la pena el esfuerzo.

—Estoy segura de que así será. Le agradecemos la amabilidad de recibirnos en su casa.

—Por favor, tutéame.

—Gracias, Marcelo.

Nos damos la mano mirándonos a los ojos. Su mano es fuerte pero delicada al tiempo. Estrecha mi mano y me sonríe con una sonrisa franca y relajada. Me parece un hombre muy atractivo.

Yo no soy consciente de si estoy respirando o no, ya no siento los latidos de mi corazón precipitarse hacia mi garganta. Tras unos segundos, Marcelo nos invita a sentarnos alrededor de la mesa. Todos lo seguimos en silencio. Celia coloca los vasos sobre sus posavasos y nos sirve agua. Horacio se sitúa a la derecha de Marcelo y Alma a la derecha de Horacio. A continuación me coloco yo. En el lado izquierdo, frente a nosotros, se alinean João Pedro, Francisco y Celia. Marcelo deja su teléfono móvil sobre la mesa y lo silencia. Nos da las gracias a todos por participar de la reunión, en especial a mí y a Alma, y cede la palabra a Horacio, quien expone cómo hemos contactado con él y el interés que hemos mostrado en el proyecto del café. Pero antes de profundizar en sus intereses comerciales como productores, Marcelo toma de nuevo la palabra y dice:

—Ahora les toca el turno a las damas españolas, que han venido desde el viejo continente para participar de nuestro proyecto. Estamos deseando escucharlas.

Entonces, Alma toma la palabra resuelta, y conforme al guion marcado, comienza su introducción.

—Muchas gracias por esta cálida bienvenida y por la generosidad con la que nos han abierto las puertas de su casa.

—La razón fundamental por la que nos encontramos aquí es que estamos convencidas de que nuestra experiencia en mercados internacionales en el lanzamiento y posicionamiento de productos de consumo similares al suyo puede aportar a su iniciativa un gran valor añadido.

—Creemos en las actitudes que marcan la diferencia entre lo que es el trabajo realizado con pasión del que no lo es. Y los productos que nacen con atributos que forman parte de la esencia del ser humano adquieren la fuerza necesaria que los hace crecer y los catapulta al éxito.

—En Clandestino, mezclamos la pasión y el capital humano de un gran equipo de profesionales que trabaja con rigor y grandes dosis de frescura. Si esta mañana podemos estar con ustedes, es porque ellos lo han hecho posible. Sin compromiso, confianza y coherencia, nada de lo que vamos a mostrarles hoy habría sido posible.

—Nuestra agencia es un laboratorio en el que se crean la imagen y la voz de los productos, donde se definen y se refuerzan sus atributos antes de ser lanzados a un mercado competitivo y feroz. Compartimos con nuestros clientes la estrategia de su compañía y los objetivos de venta marcados, sin olvidarnos de las marcas que los representan, de los consumidores finales y de los entornos en permanente evolución donde se adquieren y se consumen los productos.

—Y ahora, como una imagen vale más que mil palabras, paso el testigo a Alma, nuestra directora.

—Gracias, Almudena. Como diría el prosista español del Siglo de Oro Baltasar Gracián, lo bueno, si breve, dos veces bueno.

—Así que vamos a proyectar un vídeo de un minuto y medio en el que haremos un recorrido por los casos de éxito que hemos logrado en estos ocho años de trayectoria, y les mentiría si dijera que ha sido un camino de rosas, pero aquí estamos, firmes, erguidos y con la mirada puesta en el futuro, que si bien es incierto, también constituye un desafío apasionante.

—Y sin más preámbulos, les adelanto que la pieza que les vamos a mostrar a continuación es la esencia de nuestro ADN.

Dos segundos después, Celia acciona el mando que baja las cortinas tras comprobar que el vídeo está parpadeando en la posición adecuada, y con un gesto de cabeza me indica que puedo pulsar el *play* de mi mando a distancia. Hemos preparado un cóctel visual, un concentrado de cuarenta y cinco imágenes. Una imagen cada dos segundos con el objetivo de llegar a la profundidad de las mentes de nuestros interlocutores, quienes están absortos en la proyección. Nada que explicar. Nada que comentar. Solo sentir y dejarse llevar. Un minuto y medio de margen antes de salir a escena. Lo justo para no cansar a nuestros oyentes ni pecar de vanidosos. Hemos hecho un picado de imágenes mostrando la oficina, el equipo en acción, fotografías con clientes y productos, algunos premios y una serie de mensajes que no dejan lugar a dudas del nivel profesional de la agencia. La música que acompaña a las imágenes es un corte de *bossa nova* y *jazz* con la letra interpretada en francés, lo que le da un aire moderno y cosmopolita. Un guiño al país y a la excelencia de artistas como Gilberto Gil, João Gilberto, Antonio Carlos Jobim, Sergio Mendes y Vinicius de Moraes, todos ellos archiconocidos y disfrutados en la intimidad de mi infancia con mi madre.

316

Ya hemos dado el primer paso, hemos accedido a Marcelo. El disparate inicial está adquiriendo un nuevo sentido. Mi momento ha llegado. Soy consciente del efecto que el vídeo provoca en quien lo ve. Alma me sonríe sin mirarme, pellizcándome el muslo y dándome palmaditas tratando de disimular su alegría y diciéndome con gestos de complicidad lo que no puede expresar con palabras.

Al finalizar la pieza audiovisual, las cortinas vuelven a elevarse devolviendo la calidez a la estancia y haciendo desaparecer el ambiente de intimidad que se había creado. Me pongo de pie retirando la silla con cuidado y me acerco casi al final de la mesa para tener una interlocución visual con todos, en especial con Horacio y Marcelo.

Los nervios iniciales han desaparecido por completo. Comienzo mi alocución dando las gracias a todos por su interés. Las palabras fluyen en mí con una energía renovada. Voy cambiando la mirada de unos a otros, observando el interés en sus ojos y en su lenguaje gestual.

Mi mensaje ha llegado a sus corazones, lo noto en sus miradas. Me siento fuerte y segura, el mal trago del primer impacto ha pasado. Disfruto del momento y estoy convencida de que, al margen de todo lo personal, tenemos una oportunidad real de ser una agencia más que preparada para liderar el proyecto.

La presentación es una pieza fundamental que apoya la muestra audiovisual; casos prácticos de productos similares al café: un agua mineral, un refresco, un aceite, un vino, una cerveza, un chocolate y una bebida energética. Todos atienden sin interrumpirme. Sobre la pantalla, cada página del documento proyecta la imagen de un producto y un eslogan, mientras de viva voz voy explicando cada caso desde sus orígenes, contando el qué, el cómo, el cuándo y el porqué. Nuestra experiencia nos ha enseñado que podemos estar más o menos acertadas en una estrategia o en la resolución creativa de una campaña, pero lo que no está permitido bajo ningún concepto es aburrir al interlocutor; en esto tenemos una ventaja competitiva respecto a otros colegas de profesión.

Después de veinte minutos exactos, doy por finalizada mi parte de la presentación y abro un espacio para el debate. Yo sigo de pie esperando poder contestar a alguna pregunta, preparada para responder a la que sin duda alguno hará.

No tenemos ninguna experiencia en el lanzamiento de un café. Podíamos habérnoslo inventado, plagiado la campaña de alguna otra agencia rival o armado un modelo ficticio para no mostrar ninguna debilidad, pero decidimos no hacerlo. Lo consideramos como un reto y resolvimos arriesgarnos sin cubrir ese flanco concreto. Alma toma el testigo y comienza a hablar de estrategias, clientes y resultados económicos con ritmo y fluidez. Marcelo escucha atentamente mientras su flanco izquierdo va tomando notas.

No llevamos más de media hora de presentación cuando, con un gesto natural, me recojo el pelo en una coleta mientras mi socia comparte datos de interés. En un instante, percibo en los ojos de Marcelo que algo no anda bien. Se me queda mirando fijamente con una expresión difícil de interpretar, a medio camino entre la extrañeza y el asombro. Le sonrío con una sonrisa algo asustada, casi prudente, y trato de fijar mi atención en Alma, dejando al descubierto mi perfil izquierdo, erguida, sintiéndome observada por él.

Cuando quedan escasos minutos para que Alma termine su parte, Marcelo le susurra algo a Horacio al oído, se levanta, se disculpa por la interrupción y pide a Alma que por favor no se detenga. Después sale de la sala con la mirada fija en alguna parte. No volvemos a cruzar nuestras miradas. Se ha marchado sin más. Horacio toma la palabra para disculpar a Marcelo diciendo que tiene unos asuntos urgentes que atender.

Antes de pasar a compartir el *dossier* de prensa, vamos contestando a las preguntas que tienen para nosotras. Está claro que hemos despertado un gran interés, no solo por las cosas que hacemos sino por cómo las hacemos. Intercambiamos opiniones y recibimos información muy valiosa del funcionamiento del mercado local, compartimos experiencias y puntos de vista, sin embargo nos ha faltado la involucración de Marcelo, la única que realmente esperábamos tener. No ha dicho una palabra. No se ha pronunciado. Una atención respetuosa y profesional seguida de un silencio atroz y una mirada turbada por algo difícilmente interpretable. El barón del café no se ha manifestado en ningún sentido. Ni a favor ni en contra, la neutralidad absoluta. El mensaje que nos ha transmitido Horacio está claro: «Nosotros tenemos un producto de calidad para comercializarlo en el mercado internacional y ustedes tienen la experiencia y el conocimiento de los canales adecuados para ello. España, Italia y Portugal como mercados objetivos».

—Queridas señoras, estamos muy satisfechos con su presentación. Nuestras más sinceras felicitaciones.

—Ha sido un placer, Horacio.

—No les vamos a ocultar que hay otras agencias a las que estamos recibiendo para que nos presenten sus credenciales. Ahora tenemos que tomar decisiones.

—Por supuesto. Para nosotras ya es un éxito haber podido estar al nivel esperado.

—En cuanto tomemos una decisión se lo haremos saber.

—Si necesitasen información adicional o un nuevo encuentro, estamos a su disposición.

—*Moito obrigado e um prazer.*

—*O prazer foi tudo meu, e eu que agradeço.*

—*Obrigada, Horacio.*

Nos despedimos de todos. Horacio nos acompaña hasta la puerta principal y el hombre de seguridad nos guía hasta la de salida. Dos horas y media después de haber llegado, estamos fuera de los dominios de Marcelo Barbosa, satisfechas con nuestra actuación e intrigadas por la repentina desaparición del anfitrión. A lo mejor tenía otros asuntos que atender o simplemente ha perdido el interés por lo que estábamos contando. Yo sigo intrigada con su mirada seria y penetrante antes de abandonar la sala de reuniones y con su no despedida. Quizá tuviera la intención de regresar o quizá no. Ya no podemos hacer nada más. Nuestro tiempo ha terminado y ha sido aprovechado al máximo. Alma ha estado tan elocuente y acertada como de costumbre, y yo he conseguido estar lo suficientemente relajada como para inspirar la confianza que pretendíamos.

—¿Tú crees que si te doy un achuchón, nos verán desde dentro?

—No tengo la más mínima duda.

—Entonces caminemos hacia la izquierda, así no estaremos a tiro de cámara.

—Sí, vamos hacia allá y cojamos un taxi. ¡Mi reino por una copa de vino!

—Vamos a celebrar lo bien que hemos hecho la presentación. Estoy muy orgullosa de ti. Eres un pedazo de tía de los pies a la cabeza. No creo que se pudiera haber manejado mejor una situación que como lo has hecho. Eres muy valiente, Álex.

—Creo que ha sido lo más difícil que he hecho en mi vida.

—Deja que te abrace. No puedo caminar ni un metro más.

Nos abrazamos con fuerza, como si hubiéramos sobrevivido a algún accidente. Nadie sabe mejor que Alma lo que me ha costado llegar hasta ahí. He vivido en una encrucijada de contradicciones y remordimientos muchas veces emocionalmente inmanejables.

—Gracias, amiga mía. Sin ti, nada de esto habría sido posible.

—No cantemos victoria, pero yo diría que, como primer paso, ha estado de cine mudo.

—¿Nos vamos a comer?

—¿Qué te *ape?*

—Cocina japonesa y ¿a ti?

—Un japonés es perfecto.

—Vamos a casa, dejamos los trastos, nos ponemos cómodas y a celebrarlo. Hay uno ideal que se llama Osaka a dos manzanas de casa, y después podemos ir a tomar un café mientras decidimos qué hacemos estos tres días que tenemos por delante.

—Me apetece ir a la playa. Podíamos alquilar un coche e ir a la aventura.

—¿Más aventura?

—Sí, claro. Si no, ¿de qué va la vida?

Después de pasar toda la tarde juntas y relajadas y de analizar los detalles de la reunión, decidimos irnos al cine que hay a unas cuantas manzanas del apartamento. Vemos una película brasileira de humor sin subtítulos y nos vamos a casa. Alma ha estado hablando con Amador de las maravillosas playas de la costa norte de São Paulo, en el Atlántico Sur. Él le ha dado varias sugerencias y direcciones para que podamos escoger en función del tiempo y de las ganas que tengamos de hacer turismo. Como Alma tiene ganas de aventura, nos acostamos temprano y ponemos el despertador para aprovechar los tres días que tenemos por delante. Hacemos un par de maletas con lo imprescindible, alquilamos un coche y enfilamos hacia una isla llamada Ilhabela. Nos hacemos con un mapa y Alma se ocupa de trazar una ruta hacia nuestro destino.

La primera parte del camino prefiero conducir yo mientras Alma hace las veces de copiloto, desplegando y plegando su enorme mapa para darme instrucciones. El tráfico es intenso. La gente conduce con brío, se notan las ganas de fin de semana.

Pasamos Cubatão, el puerto de Santos y la playa de Guarujá, y enfilamos hacia el Norte rumbo a San Sebastião. Más de 240 kilómetros hasta llegar a la isla. A medida que vamos dejando atrás la ciudad, el paisaje de hierro y cristal se transforma en una inmensa selva de mata atlántica, frondosa, inmensa, hermosa, llena de árboles y plantas de todo tipo y tamaño, árboles de cualquier tonalidad de verde y algunos con delicadas flores naranjas, rosadas, amarillas y blancas, una inmensidad generosa que nos da la bienvenida a medida que nos adentramos en este paraíso natural. En cada recoveco donde la carretera lo permite, estiramos nuestros cuellos cual jirafas para ver el mar desde los acantilados, una playa tras otra, cada una más exuberante que la anterior, pequeñas y recoletas, apenas accesibles, o largas y onduladas invitándonos a pasearlas. Alma lee los nombres de todas las poblaciones que vamos pasando con un acento que provoca risa y me pregunta en cuál de ellas me apetece parar a tomar algo.

—No tenemos prisa por llegar —me dice.

—Prefiero avanzar hasta estar más cerca de nuestro destino —le contesto yo.

—El destino es lo de menos —me replica ella—. Lo importante es lo que sentimos mientras tanto. ¿Quién es el que decía esto? —me pregunta dubitativa.

—Antonio Machado, pero no exactamente así —le contesto yo divertida mirándola de reojo.

—Bueno, lo que importa es la esencia de lo que te quiero transmitir —dice mofándose.

—Sí, sí, la esencia... —le contesto yo con un tono aún más burlón.

Alma se afana en leer y marcar en el mapa cada población que vamos dejando atrás, tratando de memorizarlas. Boracéia, Juqueí, Saí, Baleia, Camburí, Boiçucanga, Maresias, Paúba, Santiago, Toque-Toque Pequeno y Toque-Toque Grande, donde decidimos parar junto a una playa en la que solo hay un chiringuito minúsculo de cuatro mesas color amarillo chillón, atendido por una mulata y su hija adolescente. Pedimos unas cervezas, y para comer, unos camarones. Al cabo de más de media hora, llegan los esperados camarones: por lo menos hay unos cincuenta en una cajita de plástico *beige* con unas limas cortadas en el centro. Están fritos en algún aceite de dudosa procedencia, probablemente de soja, y cantidades industriales de ajo. «Detesto el ajo. Prepárate para el resto de viaje que te voy a dar hasta la isla, porque me sienta como un tiro», asegura Alma mientras trata de quitar los minúsculos trozos de ajo con una de las medias rodajas de lima sin conseguirlo y mascullando entre dientes algo parecido a una maldición.

La playa es como la imagen de una postal, de arena blanca y fina, palmeras cayendo sobre el agua, naturaleza por doquier y nosotras dos con un aspecto de turistas imposible de disimular, disfrutando como enanas de aquel momento irrepetible, acunadas por el sonido de las olas de un mar opaco que se manifiesta con fuerza y vigor en cada envite. Alma quiere bañarse mientras yo la espero bajo una escueta sombrilla también de color amarillo, a conjunto con el resto del mobiliario de plástico, con propaganda de una marca de cerveza. Según entra en el agua, el mar le pega un revolcón que casi le disloca el hombro derecho. «Muy bravo este mar», me dice asustada, haciendo movimientos en forma de aspa de molino.

Después de la experiencia gastronómica y el revolcón marino, Alma está medio dolorida, así que prefiero seguir conduciendo yo. Llegamos a Porto Grande, donde guardamos una cola de más de una hora para poder embarcar el coche en una balsa que nos transporta a la isla en menos de veinte minutos. Mientras esperamos el lento avance de los coches, vendedores ambulantes nos ofrecen todo tipo de dulces, bollos de coco, helados naturales de leche, sorbetes de frutas, agua fría, palomitas de maíz y hasta pájaros hechos de tiras de hojas de palmera. Compramos un agua y un par de helados a una señora de edad indefinida que nos asegura que no hemos probado nada igual en nuestra vida. Una vez en la balsa, salimos del coche para disfrutar de la travesía. El acercamiento paulatino a la isla visto desde la cubierta es una delicia. Nos sentimos como colonizadoras abordando una nueva tierra prometida desde el mar.

Ilhabela es una isla pequeña, verde y frondosa, trufada de casitas de no más de dos alturas en la falda de la montaña. Según llegamos nos damos cuenta de que nos falta algo básico para el fin de semana: crema solar. Paramos en una tienda entre farmacia y perfumería, como todas las que hay en Brasil, y pedimos una crema solar de protección alta. Escogemos una de la marca Banana Boat Ultra Defense FPS 99% con alta resistencia al agua. Cuando vamos a pagar, el dueño nos pregunta extrañado si no vamos a comprar repelente. Nosotras, sorprendidas, le respondemos: «¿Repelente de qué?», y el tipo, con un tono socarrón, nos pregunta si es nuestra primera vez en Brasil. Es tan obvio que nos limitamos a asentir con la cabeza como dos colegialas. «Entonces, lo necesitan. Es un repelente de insectos. Tienen que tener mucho cuidado con los *borrachudos*», dice en un tono más serio. Alma pregunta qué es eso de los *borrachudos* y él nos explica que son unos mosquitos muy agresivos que hay en las playas. Primero debemos embadurnarnos con esa loción y después ponernos la crema solar que queramos.

—Les aseguro que me lo van a agradecer. Las picaduras tardan muchas semanas en curar, incluso meses, y el mosquito no pica una, sino muchas veces —nos previene.

—Deme dos botes —dice Alma resuelta—. No vamos a andar escatimando. Si el bicho ese es como todo lo que voy conociendo de aquí, podemos perder una pierna. Será grande, enorme, con una trompa gigante, y probablemente vuelen en escuadrón.

—No te quepa la menor duda, Alma. Es mejor que hagamos caso a este señor —le digo.

Salimos de la tienda con nuestros botes bajo el brazo. Entonces, Alma saca uno de la bolsa y me dice:

—Fíjate en este dibujo de aquí abajo: lo que dice es que repele el mosquito del dengue. ¿No deberíamos habernos vacunado antes de venir?

—No seas hipocondriaca, Alma. Nos ponemos la loción y ya verás como no nos pica ninguno. Además, tenemos otro tipo de sangre y de alimentación, y seguro que prefieren a la víctima local.

—Si tú lo dices

Damos una primera vuelta a la isla. A Alma ya se le ha pasado el dolor en el hombro y quiere conducir. Vamos por una carretera de doble sentido que bordea gran parte de la isla a nivel del mar. Está lleno de posadas muy parecidas entre sí. Hace un día claro, de mucho calor. El cielo tiene cierta capa gris que atenúa su azul natural. Hace más de treinta grados, aunque la brisa que sopla disipa un poco la calima. Vamos avanzando por la carretera, pasando por pequeñas calitas con escasos metros de arena y pequeños chiringuitos que ocupan la mayor parte del espacio. La isla está en plena ebullición. Se nota que estamos empezando un fin de semana de temporada alta. Estamos contentas de haber decidido animarnos a salir en viernes, nos da la sensación de que doce horas más tarde, la cola de la balsa debe de ser como la del paso del Estrecho de Gibraltar en pleno mes de agosto. Por lo que Alma me ha comentado, la isla quintuplica sus habitantes con los turistas que acuden de todas partes, bien provenientes de la ciudad o de los cruceros que atracan de noviembre a abril. Es un lugar ideal para practicar submarinismo, senderismo y deportes náuticos, como el esquí acuático y las regatas de vela. Aparcamos el coche y nos tomamos un par de caipiriñas de frutos rojos en una terracita al borde del mar, por la que pasan las lanchas a motor más grandes que he visto en mi vida; es impresionante ver el nivel náutico de la pequeña isla. Mientras seguimos recorriendo el perímetro isleño, se me ocurre preguntarle a Alma algo que doy por hecho y que no hemos comentado hasta este momento.

—Tendremos reservada habitación, ¿no?

—Sí, reina. Amador me ha dado algunas referencias. Cuatro de ellas estaban completas y tenemos reservada la quinta, que está en la montaña.

—¿En la montaña?

—Sí, no había otra opción. Pero no te preocupes: me ha dicho Amador que es un poco *hippie,* pero que si es solo para dormir, estaremos bien. Ya me advirtió que sería complicado encontrar sitio. Aun así, hemos tenido suerte. Fíate de mí: para estas cosas, tengo buen ojo.

Miro a Alma con cierta desconfianza. Estoy segura de que no tiene la menor idea de cómo es la posada. Ahora entiendo por qué no lo había mencionado y lo de animarnos a ir a la aventura. Como no me queda otra opción, me entrego a la causa.

Mientras cocheamos, vemos un restaurante italiano con muy buena pinta, una casa completamente acristalada, con ventanas de madera pintadas de blanco y un porche en la terraza con mesas vestidas también de blanco preparadas para cenar. Me bajo para hacer una reserva pero me dicen que es por riguroso orden de llegada. Sugiero a Alma que nos dirijamos a la posada para darnos una ducha e ir a cenar. Aún tenemos un par de horas antes de que se ponga el sol, que más que ponerse, en Brasil el sol cae en segundos y desaparece ante nuestros ojos de manera instantánea. A vueltas con el mapa, algo desbaratado por el manoseo de Alma, le pregunto si sabe dónde está la posada. «Justo en sentido opuesto, creo», me dice. Damos la vuelta y seguimos las instrucciones que le ha dado la dueña y que Alma tiene anotadas en un papel medio arrugado. Después de más o menos media hora, llegamos a la señal que le han indicado. Una placa negra y blanca que cuelga de una barra sobresale del tejado de una tienda de artesanía local. «Janelas verdes a 500 metros», y una flecha que indica hacia dónde tenemos que seguir.

—La dueña me ha dicho que la llamemos en cuanto lleguemos a esta señal. Llámala tú, que yo no me entiendo muy bien.

—¿Quién dice que siendo español el portugués es muy fácil de entender? Este es otro de los mitos que se desmontan cuando viajas y compruebas por ti mismo que las cosas que te han contado o bien son solo la superficie, o bien suelen ser impresiones bastante subjetivas. Aquí, con lo poco que hemos visto hasta ahora, ni el cielo es azul, ni todo es selva y playa, ni el portugués de Brasil se entiende tan bien como pensábamos. Por cierto, y tú, ¿cómo te has entendido con la dueña? —le pregunto temiendo que podamos encontrarnos en la calle.

—Pues en español, ¿cómo quieres que me entienda? Yo le he dicho que queríamos un cuarto para dos personas y dos noches, a lo que me ha respondido: *¡Beleza!, ¡beleza!* Entiendo que debe de ser buena señal, ¿no?

Cojo mi teléfono y marco el número de una tal Ana Paula, mirando con incredulidad a Alma. No sé en qué momento ha hablado con la posada, seguramente mientras me duchaba o en alguna de las paradas del camino. En efecto, tenemos hecha una reserva para dos días y nos están esperando. Alma se ha entendido perfectamente a pesar de no hablar una palabra de portugués.

Ana nos ha pedido que aparquemos el coche y la esperemos, que acudirá a nuestro encuentro en menos de cinco minutos. Sacamos nuestras cosas y cerramos el coche. Un Jeep se nos acerca dándonos luces. Una mujer con una melena negra ensortijada asoma la cabeza por la ventanilla invitándonos a poner las maletas en la parte trasera mientras detiene el coche a nuestro lado armando una enorme polvareda. Nos subimos con ella y nos conduce hasta su casa. El sol casi se ha escondido tras las montañas en la zona continental y ella nos comenta que tienen el lugar más bonito de toda la isla para contemplar a diario las puestas del sol, naturalmente, desde su casa, pero que tendremos que esperar al día siguiente para verlo. Ascendemos por un camino de tierra y nos adentramos en la montaña como si estuviéramos en la mismísima selva. Un camino muy estrecho nos conduce hasta la posada después de varias maniobras imposibles. Nos hemos dado cuenta del porqué de dejar nuestro coche de alquiler bien aparcado. Habría sido imposible llegar, y muy fácil, habernos despeñado en cualquiera de las curvas y las pendientes de más cuarenta y cinco grados. Ana, con toda naturalidad, nos hace las típicas preguntas de rigor: de dónde somos, si nos gusta Brasil, si tenemos hijos y por qué estamos tan lejos de casa. Ella ha vivido en España, concretamente en Benidorm, nombre que pronuncia letra a letra y hasta el final, con absoluta corrección, no con el típico *Benidor* de cualquier español.

Llegamos a la puerta de su casa. Aparca el coche marcha atrás para dejar libre el camino, que continúa, para que suba otro coche. «Hay gente que vive más arriba», nos dice. ¿Más arriba? Yo solo pienso en cómo pueden subir aún más por ese camino entresacado de tierra, sobre todo cuando llueve, por mucho cuatro por cuatro que tengan. Bajamos las maletas y ella nos saluda dándonos un beso y un abrazo a cada una. Un hombre alto, calvo, de ojos claros y sonrisa abierta a la que le faltan varias piezas molares del lado derecho, abre la puerta de la casa para darnos la bienvenida. Es el marido de Ana, seguido de una perra de raza *schnauzer*. Él es de origen holandés, ha nacido y vivido en Ámsterdam y llevan casados veinte años. Detrás de él, asoma la cabeza el hijo de ambos, un chico mulato de ojos azules, como su padre, de unos doce años de edad, con el pelo largo, ensortijado y revuelto como su madre. Está descalzo y viste únicamente con unos pantalones de estilo surfero.

Ana nos lo presenta como Giovanni, quien muy cariñoso se acerca y nos da un beso. Entramos en la casa. Empieza a anochecer. Nos invitan a dejar las maletas en el salón, que es a la vez, salón, comedor y cocina, pintado de colores, tanto las paredes como el suelo, similar al cemento pulido que tenemos en nuestra oficina. Nos ofrecen agua y nos invitan a pasar a la terraza, una superficie de madera de unos doce metros en la que no hay barandilla ni protección alguna. Está suspendida directamente sobre alguna estructura perpendicular a la montaña. Sin más. Completamente integrada en la vegetación, como un elemento más de en la naturaleza. Da impresión acercarse a mirar y no lo hacemos. Nos sentamos en unas sillas blancas de plástico tipo merendero, arrimadas a dos pequeñas mesas con pies y bases de madera, bien pegadas a la fachada de la casa, y aceptamos sendos vasos de agua. A mi derecha, en un cojín en el suelo, hay tumbado un gato negro que no nos presta la más mínima atención y que después resulta ser gata. Unas telas de gasa semirrecogidas caen de distintos puntos del techo de la casa, sujetas por unas cuerdas finas parecidas al hilo de bramante que se usa para cocinar.

De pronto la noche cae y los sonidos de la naturaleza se apoderan de la estancia. Giovanni se queda en el salón viendo un documental de animales en la televisión. El marido de Ana se presenta como Albart, y sin perder la sonrisa, nos dice, al igual que Ana, que se sienten muy afortunados por poder compartir un lugar tan especial con nosotras. Estamos en mitad de la naturaleza, sentadas en una terraza de estructura dudosa, a más de 500 metros de altura, con tres desconocidos, dos vasos de agua y sin forma de salir sin pedir permiso. «Somos amigas de Amador», le comenta Alma a Albart. Este mira a Ana y los dos se encogen de hombros como diciendo «no conocemos a ningún Amador». «Es arquitecto y vive en São Paulo», insiste Alma. Segunda negativa, esta vez acompañada por un leve movimiento de cabeza. «Bueno, son muy bienvenidas», dice Albart hablando una especie de jerga híbrida de inglés y portugués, con acento holandés. Alma y yo nos miramos, sonriéndonos, al más puro estilo Sellers, y retomamos la conversación. Ana nos dice que tenemos mucha suerte de que otros clientes hayan cancelado su reserva porque la isla está llena de gente en estas fechas. Le sonreímos y asentimos con la cabeza. A Alma se le nota que no tiene muchas ganas de ponerse a charlar con nuestros posaderos y me dice en voz alta que le gustaría darse una ducha, una buena forma de poder irnos a nuestro cuarto y comentar la jugada. Albart nos dice que lo siente pero que hasta dentro de quince minutos no será posible porque tiene que poner en funcionamiento el gas. ¿Será de quita y pon? ¿Será que no lo usan? ¿Será que no viven aquí? Suponemos que es el termo de agua que, sencillamente, debe de estar desconectado.

Mientras Albart sale de la casa para poner a punto el gas, nos quedamos en la terraza con Ana y nos cuenta que se dedica a la estética. Nosotras le contamos que nuestra especialidad es la publicidad y ella nos dice con cierto tono irónico que espera que hablemos muy bien de su posada a nuestras amistades. Las dos asentimos con la cabeza tratando de encontrar una sonrisa que no parezca forzada y que acompañe tan falsa afirmación. «Este lugar es un privilegio —nos dice—, un edén al alcance de muy pocos». Le pregunto cuánto tiempo hace que viven aquí y me responde que tres años. Hace años vivían en Ámsterdam, Albart viajaba mucho por negocios, «demasiado», puntualiza, y nos dice que su casa fue asaltada. Ella tuvo el presentimiento unos días antes y le dijo a su marido que debían irse a vivir a Brasil. Vivieron un año en Londres y otro en España, pero era muy difícil trabajar en lo suyo. Estuvieron un tiempo en São Paulo, donde tampoco encajaron y donde siguen viviendo sus dos hijos mayores; pero ellos no soportaban la energía de la ciudad, el estrés, la contaminación y la falta de naturaleza. Se mudaron a Ilhabela en busca de un lugar con buena onda donde vivir de otra manera y seguir educando a su hijo menor, y sobre todo, lejos de la opresión de la megalópolis. «Nosotros no sabemos vivir de esa manera, la gran ciudad saca de nosotros el lado oscuro, los peores fantasmas. Tuvimos problemas con el alcohol y las drogas», comenta con total tranquilidad. Encontraron este pedazo de montaña y se construyeron la casa sobre una plataforma. Ana dice que no hay un sitio mejor en el mundo mientras hurga en un bolsito de ganchillo en miniatura y saca unos papelillos y tabaco de picadura para liar un par de cigarrillos. Se encuentra relajada, plena, y siente que ha sido la mejor decisión de su vida. Es una mujer muy bella, racial, con carácter, desinhibida y alegre. Albart vuelve a sentarse con nosotras, y mientras esperamos poder utilizar el agua, se sirve un café, se acomoda en la silla de mimbre en la que está durmiendo la gata, la coge en brazos, la acaricia con suavidad y empieza a contarnos en su jerga híbrida y sin perder la sonrisa que su bisabuelo por parte de padre había sido un rico comerciante que había hecho fortuna en Bahía.

—Holanda es tierra de navegantes. Quizá sepáis que nos llaman *los mendigos del mar* porque durante toda nuestra historia hemos vivido ganándole terreno al mar. Nuestros países lucharon en la guerra de Flandes. Fuimos aliados de Portugal hasta que fue invadido por los españoles hacia el año 1580, si no me falla la memoria. Entonces, los dos países fueron nuestros enemigos durante décadas, en el continente y también en ultramar.

»Además de buenos navegantes, teníamos la Compañía de las Indias Occidentales, que se mantenían con capital calvinista privado. Teníamos la concesión para explorar América y África durante dos décadas, pero a mis compatriotas no les bastaba y se fueron adentrando también en Brasil, que entonces formaba parte de la Corona de Portugal. La compañía no daba muchos beneficios pero los botines de los barcos piratas corsarios pagaban a los inversionistas. Entonces se pensaba en una invasión entrando por Pernambuco, y para sufragar la contienda, vendimos la isla de Manhattan a los ingleses. Conquistamos Indonesia y Sudáfrica y creamos un imperio europeo. Y fue en esta invasión, en la que se ocupó Pernambuco y Bahía, donde mi» bisabuelo participó. Pero la alegría no les duró mucho a los nuestros, porque los portugueses peninsulares y los brasileños opusieron una gran resistencia y perdimos casi la mitad de las capitanías. Entramos en guerras terribles e invasiones en la zona del Nordeste. El objetivo estratégico era hacernos con el monopolio del azúcar, enviarla a Holanda a refinar y transportarla de nuevo a Brasil a un precio mucho más elevado para venderla refinada a los pueblos. Pero no todo lo que mi país aportó a este fueron guerras y aprovechamiento de los recursos naturales. ¿Han oído hablar de Mauricio Nassau?

Alma y yo estamos hipnotizadas con la clase magistral de historia que nos está dando Albart. Negamos con la cabeza y él continúa con su exposición mientras el gas calienta el agua para nuestra ducha.

Nassau era de origen alemán, fue militar y se alistó voluntariamente en el ejército de Holanda. Participó en varias batallas de la Guerra de los Cien Años. Era conde y más tarde fue nombrado príncipe: se le conocía como el Príncipe de los Trópicos. Vivió en Brasil durante ocho años hasta que los holandeses fuimos expulsados.

—La Compañía de las Indias Occidentales lo nombró gobernador de sus posesiones en Brasil en los años de dominación y esplendor de la compañía. Pero lo que les va a sorprender es que su conquista más importante y su legado fue la creación de un imperio científico. Se hizo acompañar en su viaje de un arquitecto, un astrónomo, un pintor y un médico naturista, entre otros muchos estudiosos. Fue un hombre comprometido, erudito, educado y con buenas maneras, un tipo universal. Promovió las artes y las ciencias, abrió nuevas rutas de comercio, apoyó la libertad religiosa de los pueblos, limó asperezas, apaciguó las colonias, construyó pantanos, puentes y canales en los ríos. Amplió y modernizó la ciudad de Recife y fundó una ciudad a la que bautizó con el nombre de Mauricia. Creó un parque botánico para estudiar las plantas, se investigó sobre las enfermedades tropicales y se estudiaron las hierbas medicinales de los indígenas. También comerció con esclavos traídos de África por la escasez de mano de obra. Podríamos decir que fue un Medici en mitad del trópico.

»Fueron años muy prósperos para Holanda, hasta que Portugal se liberó del dominio español y comenzaron de nuevo las rebeliones de los portugueses en Brasil. Así como esta expedición trajo un mundo nuevo a Brasil, Europa recibió un legado artístico. Se empezó a pintar la exuberancia de una tierra nueva, la fauna, la flora, la luz del trópico, sus gentes; surgieron nuevos modelos de seres humanos cuyos rostros reflejaban gestos y miradas sorprendentes nunca vistas, como la altivez del pueblo africano y la dignidad de los indígenas. Cuando Mauricio Nassau abandonó Brasil, se marchitó este florecimiento cultural e intelectual. Los portugueses lucharon con todas sus fuerzas y recursos humanos y económicos para expulsar a los holandeses, aliándose con tribus indígenas y dando la libertad a muchos esclavos en la lucha por la causa común. Así se escribe la historia de mi pueblo —concluye ufano a la vez que nos recuerda que el agua ya debía de estar *ready*.

Alma y yo nos levantamos de nuestras sillas, sorprendidas aún por la historia tan amena que acabamos de escuchar, le damos las gracias, cogemos las maletas, que están en una esquina al lado del único sofá del salón, y seguimos a Ana hasta el que parece ser nuestro cuarto. Es tal el impacto visual al abrir la puerta que, sin soltar las maletas, Alma pregunta si hay alguna otra opción. Ana nos muestra dos cuartos más, a cada cual más pequeño y menos apetecible. Volvemos como corderos al primero, sonreímos, cerramos la puerta y nos quedamos atónitas.

—¿Qué es esto? —digo en un susurro.

—Y yo qué sé. Una casa de muy bajo presupuesto —me responde Alma en un tono aún más bajo para que no puedan oírnos.

—¿No se suponía que Amador lo había recomendado?

—Técnicamente no. De este último, me dijo que no tenía referencias, pero es el único en el que tenían una habitación doble y libre.

—No me extraña. ¿Quién puede venir a un sitio como este?

—Yo me pregunto dónde dormirán ellos.

—Mejor no te lo preguntes. Seguro que en alguno de esos dos cuartos que acabamos de ver.

El cuarto en cuestión tiene las paredes pintadas de colores diferentes, un mural continuo con dibujos de plantas y flores gigantes en tonos rosas, anaranjados, verdes, lilas, amarillos, rojos, toda la paleta de colores plasmada sobre las cuatro paredes, ni un solo espacio en blanco donde descansar la vista. Una pareja de tucanes enmarcados en una especie de enredadera tropical de más de medio metro, presiden la pared que está frente a nuestra cama. El mobiliario tampoco tiene desperdicio. Una sola cama de matrimonio soportada sobre cuatro troncos a modo de robustas patas, un somier hecho de maderas de diferentes tamaños y un colchón más bien duro y viejo. Una sábana bajera muy trabajada, dos almohadas estrechas con fundas y una manta atigrada en tonos grises que solo de pensar que tendremos que desdoblarla y usarla, nos entran picores por todo el cuerpo. Por supuesto, no hay cabecero, y las almohadas están bien pegadas a la pared por la que seguro que treparán bichos de todos los tamaños y colores en cuanto caiga la noche.

No recuerdo haber estado en un sitio peor en mi vida. Ana ha comentado que, además de la estética, le encantan el arte y la decoración. «Menos mal, porque si no le llegan a gustar…», rumio yo atónita mirando las paredes una y otra vez. A la derecha de la cama, en mitad del cuarto y dividiéndolo en dos, hay una estantería grande de madera vieja pintada con alguna anilina bien aguada en un tono parecido al caldero. Detrás de ella, una ventana cerrada con maderas superpuestas claveteadas y una silla muy vieja y medio coja donde dejar nuestras pocas cosas. Ningún armario, cómoda, mesilla de noche o algo en lo que apoyar o guardar nada. Sobre la cama, una mosquitera más bien escorada hacia un lado cuelga del techo. No está centrada, ni mucho menos, limpia. Está hecha un nudo sobre sí misma esperando ser desanudada por algún virtuoso del equilibrio, ya que no hay donde apoyarse. Nada más lejos de mi intención. Una especie de lámpara de techo de la que cuelga un manojo emperifollado de tules de colores ilumina el cuarto, complementado por una pequeña lámpara de luces de estilo verbena apoyada en una esquina, al lado de la venta principal, que también está cerrada. Frente a la cama, está la puerta que da al cuarto de baño, todavía por descubrir. La abro cuidadosamente. Una alegoría de baldosines de diferentes tamaños y colores lo visten de suelo a techo. Seguramente está hecho a propósito, visto lo visto. A la izquierda, hay una ventana grande desde la que se ve una esquina de la terraza y donde está suspendido el mismísimo paraíso, del que tan orgullosa está Ana. Naturaleza en estado puro.

Dos duchas alineadas con sus alcachofas emparejadas, dos lavabos sobre una superficie de madera estrecha y ondulada de la que cuelgan trozos de esterillas de playa con claros indicios de haber sido poseídas por el moho de la floresta, ganando espacio al tejido a diferentes alturas. Frente a la ventana que da al vergel, hay otra ventana, esta minúscula, que se topa a escaso medio metro con la mismísima montaña. Da a la parte trasera de la casa, en paralelo con la ventana de nuestro cuarto, y está tapada y bien atrancada con cuñas de madera. De su marco cuelgan telas, de nuevo con diferentes motivos florales, de tejidos variopintos: gasa, tul y antelina hechos jirones, probablemente claveteados a golpe de martillo de tapicero o con una simple piedra paradisiaca. Un retrete normal, que parece de segunda mano, una papelera de plástico llena de agujeros y una esterilla tejida con hilos gruesos para preservar los pies del frío y vil baldosín. Frente a los lavabos, un espejo de forma trapezoidal adornado con una tela de dibujos de reptiles marrones, naranjas, amarillos y blancos. Sobre la madera, metido dentro de una bolsa de plástico, hay un dentífrico de marca desconocida para nosotras. Al lado, y dobladas sin mucha gracia, dos toallas de ducha, color blanco roto, blanco viejo, blanco usado, blanco desposeído de brillo y luz. Toallas recias que rascan y no empapan, toallas a las que les han sido negados el mimo de un suavizante o el vapor de una plancha.

Alma asoma la cabeza por encima de mi hombro, echa un vistazo rápido al cuarto de baño «de diseño» y me pregunta por la sábana de arriba de la cama, pasando por alto el pequeño detalle de que tendremos que dormir juntas de nuevo. Seguramente ella tiene previsto sacar su arsenal de pastillas y dormirá de un tirón sin apenas moverse; le da exactamente lo mismo compartir que no. «¿Se la pides tú? Yo no me atrevo», me dice. Al salir del cuarto encuentro a Ana a escasos dos metros de mí. Estaba en un cuarto contiguo al nuestro que nos ha pasado desapercibido antes. No tiene puerta, está tapado simplemente por un biombo azul claro que lo mantiene apartado del salón. «Aquí trabajo, hago tatuajes», dice.

Aguantando el enésimo cigarrillo entre los labios y guiñando los ojos como un jugador de póker en medio de una timba, se arremanga el vestido palabra de honor que lleva puesto, se da la vuelta y me muestra orgullosa un tatuaje que se ha hecho recientemente en la cadera derecha. El dibujo, que al principio me ha parecido una bujía o alguna otra parte de un motor de coche, no es otra cosa que una pistola de tatuar negra que se mimetiza sobre su piel oscura y que contrasta con sus braguitas moradas semitransparentes de tejido y encaje sintéticos.

«A Albart no le gusta que me tatúe, pero a mí me gusta hacerlo», dice sin soltar el cigarrillo prendido entre sus labios con un gesto pícaro, con un punto entre masculino y aniñado, al más puro estilo James Dean. Le falta el sombrero vaquero. «No me extraña nada», pienso sin decir una sola palabra, mostrando una nueva variación de la sonrisa permanente que tengo dibujada en mi cara desde que hemos entrado por la puerta de aquella casa mini, cuasi *hippie,* de reciente construcción y dudosa higiene. El cuartito de apenas tres metros por dos está amueblado con una camilla de fisioterapeuta de polipiel roja, una estantería estrecha de baldas irregulares y un cubo de basura de pedal rectangular del que desborda una bolsa de basura negra que casi arrastra por el suelo. Sobre la pared, unos pósteres del cuerpo humano de un hombre y una mujer, como los que se estudian en el colegio, a los que les ha pintado bigote y cejas y dibujado vestidos con algún tipo de rotulador de punta gruesa, por lo que apenas se ve nada de su anatomía. Directamente sobre la pared, hay unos grafitis con un toque naíf de niños volando sus cometas en la playa y una frase enorme como en 3D que dice: «*Mais* amor, por favor», además del biombo de tres cuerpos que ahora está plegado sobre sí mismo. «A lo mejor os gustaría haceros un tatuaje», dice. Yo asiento con la cabeza dándole la razón como si fuera una loca y le pregunto: «¿Trabajas mucho aquí?». No parece que sea precisamente una consulta al uso con presencia, personal, asepsia y toda la pesca. Y a saber si tendrá algún tipo de formación más allá de la experiencia que dan la práctica y los años. Normalmente, quien tiene un título lo enmarca y lo exhibe para que sus pacientes vean y sepan a quién tienen delante. De licencias, ni hablamos. Ana afirma rotundamente que tiene muchos clientes, y que muchas de sus clientas son o han sido mujeres enfermas de cáncer a las que tras practicarles una mastectomía les han quedado unas espantosas cicatrices y que acuden a su consulta para disimularlas tatuándose sobre ellas. Ana matiza que solo acepta tatuar si la cicatriz tiene más de un año. No es solo un tema estético, es sobre todo, psicológico. «En esta consulta se tratan todos los ámbitos de la mujer», dice mirándome con firmeza a los ojos. Cuanto más me cuenta, más espeluznante me parece. Es un cruce entre maga, chamana y echadora de cartas. «Seguro que sabe hacer vudú, amarres y filtros de amor», pienso mientras le sostengo la mirada y siento que ha sintonizado mi frecuencia e interceptado mis pensamientos. Me sonríe poderosa, sabedora de sus capacidades paranormales.

Los tatuajes que ella luce son muy poco sofisticados, apenas mezcla colores, y los trazos, lejos de ser finos y estilizados, son burdos, muy poco pulidos. Me doy cuenta de que por los lugares donde los tiene, espalda, omoplato, cadera, antebrazo, debe de ser otro virtuoso de la pistola de tinta quien se los hace. Salimos de la consulta, coloca de nuevo el biombo y yo aprovecho para pedirle la sábana de arriba que nos falta. Me mira extrañada. No deben de usarlas, pero aun así, me da una de rayas rosas desdibujadas, casi imperceptibles, tan fina y llena de bolitas que no da ni para hacer trapos. Ideal para combinar con la sábana bajera de flores moradas pegada al colchón como una segunda piel, y las fundas de almohada gris rata cuyo relleno no nos hemos atrevido a mirar. Vuelvo al cuarto y me encuentro a Alma sentada al borde de la cama, con la maleta a sus pies completamente cerrada.

—Será mejor que no la deshagamos, que no nos duchemos, que no comamos, que no bebamos y que durmamos vestidas. Y de desdoblar esa manta, ni hablar. Me he acercado a tocarla y la he olido. Huele a perro. A perro viejo, a pelo sucio, a bicho muerto. Además, debe de ser un hotel cinco estrellas gran lujo para las pulgas locales, que aquí seguramente son como elefantes —dice Alma en una especie de soliloquio susurrado sin levantar la cabeza de su maleta.

—No tenemos muchas opciones. Así que si te da pereza ducharte, nos vamos a cenar y después decidimos.

—Lo siento mucho, Álex; no sabía que podíamos caer tan bajo, no imaginé tal cutrerío.

—Saquemos la parte positiva, tenemos donde quedarnos, hay agua corriente y son agradables.

—¿No te extraña que no haya nadie más en la casa?

—¿Y dónde quieres que estén? Hay tres cuartos, el de ellos, el del niño y el nuestro. ¡Ah! Y el salón de belleza que te has perdido.

—Deben de ser ilegales.

—Qué cosas dices, Alma, ilegales no son, ya que son brasileños, pero estoy segura de que esta casa no es una posada, de que el cartel que indica la posada de *Janelas verdes* debe de estar más arriba, subiendo por el camino de tierra, y que ellos aprovechan esa señalización como reclamo para la gente que llega. Esta es su casa, y alquilan este cuarto, que debe de ser el del matrimonio, para sacarse un dinero extra. Seguramente, cuando todas las demás posadas están a tope, sugieren esta opción más selvática y más familiar a los que vamos más… ¿Cómo dijiste que íbamos? ¿Más a la aventura?

Alma se rio y abandonó sus pensamientos negativos y de culpabilidad.

Vamos a coger una chaqueta y nos vamos a ir a cenar, así dejamos de hablar entre susurros, como fugitivas. Estoy segura de que se oye todo, no vayamos a meter la pata faltándoles al respeto sin querer. No nos conviene. Al fin y al cabo, es otra cultura.

Salimos del cuarto y le pedimos a Ana que nos baje hasta nuestro coche. Nos pregunta si desayunaremos mañana y le decimos que sí pero que no sabemos a qué hora nos vamos a levantar. Bajamos en su coche cuesta abajo con los ojos como platos. La pendiente es realmente espectacular, mucho más impactante que la subida. Le decimos que volveremos en un par de horas para que pueda organizar su tiempo. Dependemos de ella y de su Jeep para volver a nuestro cuarto. Nos despedimos con otro beso y un abrazo, nos montamos en nuestro coche y nos vamos tranquilamente al restaurante. Tardamos un rato en encontrar sitio donde aparcar. Una vez en él nos ubican en una mesa para dos pegada a una de las ventanas en la zona acristalada.

El restaurante es pequeño pero está muy bien distribuido. Muy poco decorado, ya que no tiene muchas paredes sobre las que colgar nada. Después de la decoración de la casa de Albart y Ana, el minimalismo del restaurante es como un colirio descongestionante para la vista. Varios muebles antiguos colocados estratégicamente sirven más bien como apoyo para los utensilios que manejan los camareros que como decoración. A nuestro lado haya una mesa con un bufet de quesos, fiambres, otros aperitivos, salsas y ensaladas al peso. Tiene una cocina vista y cerrada por un cristal en mitad de la estancia, justo frente a la puerta de entrada. Dos mesas grandes de ocho comensales y varias de dos y de cuatro personas. Las mesas están vestidas con manteles blancos a media altura, y sobre ellos, otros con flores menudas cruzados y superpuestos. Las servilletas son de tela color burdeos, lisas por un lado y con motas negras por el otro. Están enrolladas sobre los platos en unos servilleteros de rafia con enormes adornos de flores rojo bermellón que contrastan con los manteles. Nada combina pero todo guarda una cierta armonía. Los vasos y los platos son también de diferentes tipos. Los cubiertos, como es frecuente, normales, útiles, de diseño práctico. Todas las mesas están ocupadas, hemos tenido suerte de que quedara una libre.

—Habrá que tomarse un vino, ¿no? —sugiere Alma repasando la carta de vinos mientras yo echo una ojeada a los platos.

—Nos lo hemos ganado —le respondo.

A lo largo de la cena hablamos de lo surrealista de nuestros anfitriones y de nuestra ignorancia respecto al papel histórico de los holandeses.

—Por cierto, ¿sabe alguien que estamos aquí? —me pregunta de pronto Alma con voz alarmada.

—Salvo tu amigo el arquitecto, creo que no —le respondo mientras apuro mi segunda copa de vino.

—Pues si nos pasa algo, aquí no se entera ni Dios.

—No seas melodramática, Alma, ¿qué nos puede pasar? Además, ¿no era a ti a la que se le llenaba la boca de a-v-e-n-t-u-r-a hace unas horas?

Cenamos dos platos de pasta y picamos en el bufet varios tipos de quesos, fiambres, humus, tomates secos, tirabeques y unas berenjenas en vinagreta. Los aperitivos están ricos, la pasta no es gran cosa. Alma escoge una botella de Carménère del valle de Maipo, en el centro de Chile, una de las zonas de mayor raigambre vitícola. Un vino joven de color rojo violáceo, y según ella, que es una fanática de esta uva, con aromas a chocolate, frutos rojos y especias. Un vino delicioso a precio de oro. De postre, dos grapas para rematar la velada. Deshacemos el camino hasta llegar a la calle perpendicular a la avenida Princesa Isabel, en la que cuelga el cartel de nuestra posada, que, por lo que deducimos maliciosamente, no es realmente la nuestra, aquella que teníamos contratada pero que no llegaremos a conocer. Conduce Alma, bastante contenta y desinhibida, cantando y riendo.

—¿Qué te parece si intentamos subir con nuestro coche?

—¿Con este cuatro latas? Yo creo que es una locura.

—Pues para eso hemos venido, para vivir un poco de aventura.

—¿No te parece suficiente aventura ya?

—Venga, Álex, no seas aguafiestas, que no se diga que mi amiga no tiene sangre en las venas.

—Me parece un disparate subir con este Fiat Uno. No tiene tracción en las cuatro ruedas, pero dale si te hace ilusión, a ver hasta dónde llegamos con esta carraca.

Subimos el primer tramo con alegría sintiéndonos más listas y triunfadoras que nadie. Continuamos unos metros más bajando una marcha, a primera, la única que se puede bajar. A mitad de la última cuesta, el coche no puede más. Nos quedamos inmóviles pensando en el lío en que nos hemos metido. No nos queda más opción que dejar caer el coche cuesta abajo, tratando de no derrapar. El olor de los frenos no deja lugar a dudas, los estamos quemando.

—Nos vamos a despeñar, Alma.

—Joder, sí. ¿Y ahora qué hacemos?

—Lo primero, calmarnos y pensar cómo bajamos, y por lo que más quieras: no embragues ni sueltes el freno de mano.

—¿Es que tenemos la opción de no bajar?

—No, guapa, hay que ir bajando poco a poco, yo te voy a ir indicando, pero tienes que hacerme caso. Aunque tú no veas, tienes que confiar en mí. Te lo digo muy en serio. Es una cagada federal, Alma, no sé si lo conseguiremos. Podemos volcar a la mínima de cambio, no tenemos espacio para maniobrar ni para rectificar si te equivocas.

Bajamos muy lentamente, haciendo malabarismos para no despeñarnos montaña abajo. A Alma le tiemblan las piernas pero va alternando los pedales de freno y acelerador y el freno de mano con destreza de conductor consumado. Llegamos al punto del que no teníamos que habernos movido, sudando y con el corazón en la boca.

—¡Lo hemos conseguido! —grita Alma, soltando una enorme carcajada y levantando los brazos victoriosa.

«Es para matarnos. Si nos llegamos a caer, no sé cómo nos habrían encontrado», pienso.

Aparcamos el coche, que sigue echando humo, y llamamos a Ana para que baje a buscarnos. Nos apartamos del coche unos metros para no llamar la atención sobre él, pero el olor a caucho quemado se puede oler a larga distancia. Disimulando, vamos caminando al encuentro de Ana, quien ha llegado en menos de cinco minutos, la saludamos con la mano y nos subimos en el Jeep. Justo en el recodo que enfila el último tramo de la cuesta, donde nos hemos quedado paralizadas, Ana comenta, como el que no quiere la cosa, que algunos clientes habían intentado subir por su cuenta y riesgo desoyendo sus consejos y que habían sufrido aparatosos y graves accidentes.

—Algunos coches ni siquiera se han podido rescatar, la montaña se los tragó. Menos mal que vosotras no lo habéis intentado —comenta Ana con sorna.

—No se nos ha ocurrido —respondo mientras Alma se esconde entre las sombras de la noche, medio recostada en el asiento de atrás.

Nos despedimos y nos vamos directas a nuestra habitación. El cuarto contiguo a la sala de tatuar está entreabierto. Por una rendija asoman las piernas de Giovanni, que está acostado boca abajo sobre el colchón, mostrando las plantas de los pies, las sucias que he visto en mi vida.

Ya en nuestro cuarto, decidimos no ducharnos. Abrimos momentáneamente nuestras maletas, sacamos las bolsas de aseo, nos ponemos nuestros pijamas, nos lavamos los dientes y nos vamos a la cama casi sin hablar.

—¿Qué lado prefieres?

—Me da lo mismo, Alma. Elige tú.

—El izquierdo. ¿No vamos a cerrar el cuarto por dentro?

—Cierra si quieres.

Dormimos hasta bien entrado el día. El estrés de la subida, y sobre todo, de la bajada, nos había dejado agotadas. Muy de mañana, el sonido de un pájaro carpintero me despierta. Me levanto para ver el paisaje a través de la ventana del cuarto de baño. Es espectacular. Vuelvo a la cama compartida, me doy media vuelta sin molestar a Alma y me quedo dormida disfrutando de un segundo sueño. Son las once cuando salimos del cuarto. Seguimos sin ducharnos. En la terraza nos espera una mesa para dos con un hule de plástico azul. Ana nos da los buenos días y nos va acercando el desayuno en varios viajes. Zumo de naranja, pastel de chocolate, huevos revueltos, queso para untar, panes de diferentes tipos, dos manzanas rojas, cuatro plátanos diminutos y una papaya abierta en el centro. Empezamos a desayunar mientras ellos tres se sientan en una mesa circular contigua muy pequeña, beben café en vaso y admiran su pequeño paraíso particular de postal, con el añadido de una regata en la lejanía. Nos invitan a ir con ellos a conocer tres cascadas, a las que llamaban *cachoeiras* en portugués.

Nos parece bien y salimos los cinco junto con *Gala*, la perra que no ladra, dejando en casa tranquila a Molly, la gata que tampoco maúlla, según Ana, porque no tienen estrés ni necesitan defenderlos de nadie. Es de admirar la armonía vital que han conseguido tener. El buen humor se ha instalado en sus vidas de forma permanente.

Nos muestran las cascadas y nos llevan a conocer la última a través de la montaña por unas escaleras hechas de madera, hasta que el camino se acaba y hay que seguir por un sendero angosto para llegar a ella. «Aquí no suelen subir los turistas», nos comentan sin perder la sonrisa en ningún momento. La tercera cascada es una auténtica maravilla de la naturaleza. Nos descalzamos y metemos los pies el agua. Ana nos anima a que meditemos durante unos minutos y dejemos que el cauce del pequeño riachuelo que forma la cascada se lleve nuestros malos espíritus, los problemas y las posibles enfermedades que puedan estar acechándonos. Alma y yo cerramos los ojos y seguimos sus instrucciones, colocando las manos sobre nuestros muslos con las palmas hacia arriba. Mientras tanto, Albart y su hijo se bañan bajo el chorro de agua que se precipita desde la cima de la montaña. Ana nos pregunta abiertamente si somos lesbianas. Las dos nos reímos con ganas y le decimos que no. Ella nos cuenta que antes de casarse con Albart había tenido una relación con una mujer que murió a causa de las drogas en Ámsterdam. Tuvo varias relaciones de esas que ella llama *peor es nada*, de las que había salido muy dañada emocionalmente. Había estado ingresada en una clínica de desintoxicación en la que conoció a Albart. Los dos se ayudaron mutuamente, se enamoraron y salieron adelante. «Nos lo debemos todo», decía Ana mirando hacia la base de la cascada, desde donde Albart la saluda con el brazo, como si hiciera mucho tiempo que no se hubieran visto, con la emoción contenida en la mirada. «Viví en el infierno y salí de él, por eso ahora estoy en el cielo. Me lo he ganado y no tengo ninguna intención de salir de él», comenta Ana moviendo el agua con las manos mientras refresca sus muslos y sus brazos con el agua purificadora de la cascada.

El resto del día lo pasamos en la playa de Jabaquara, en el norte de la isla, la última playa a la que se puede acceder con el coche. Según dicen nuestros anfitriones, es una de las playas más bonitas y menos masificadas de la isla. Cuando nos vamos aproximando y la vemos, entendemos por qué. Paramos el coche y nos bajamos para admirar y fotografiar la vista panorámica desde lo alto. Bajamos emocionadas hasta el aparcamiento. La playa, de arena blanca y fina, mide unos 500 metros de largo, tiene el agua clara de color turquesa y está cortada por algunos riachuelos que bajan de la montaña. Está preservada de la contaminación de los cientos de barcos que recorren arriba y abajo el litoral oeste de la isla. En su extremo derecho, un río desemboca formando una laguna de agua dulce que se mezcla con el agua del mar.

Nos sentamos en el único restaurante que hay en la playa previo paso por los servicios, donde nos untamos a conciencia una dosis generosa y bien repartida del cacareado repelente *antiborrachudos* que llevamos cada una en nuestro bolso. Observamos que la mayoría de las personas que haya en la playa están picoteadas en diferentes partes del cuerpo; lo de la agresividad de esos bichos no es parte de una leyenda para turistas. Allí están hombres, mujeres y niños rascándose molestos, como perros sarnosos, por las más que evidentes picaduras, enmarcadas en enormes ronchas rojas que se cuentan por pares.

Después de todo el día de playa, antes de que se ponga el sol, volvemos hacia el Sur. Con la piel enrojecida por el sol del trópico de Capricornio, invictas, sin un solo picotazo, paramos en uno de los cientos de chiringuitos que siembran el litoral. Nos subimos a unas rocas con una caipiriña por barba, disfrutando de la puesta del sol, que se retira tras una de las cúspides de la Sierra del Mar, mientras escuchamos a lo lejos, acordes de alguna canción de Roberto Carlos y comentamos dónde cenar una buena carne con ensalada y vino. Cambiamos la carne por un guiso típico de pescado, una *moqueca*, una especie de cocido a base de pescado blanco, elaborado con cebolla, pimiento, ajo, tomate, hojas de cilantro, pimienta, aceite de palma y leche de coco. Es un plato de origen indígena al que no se le agrega agua y que se deja cocer lentamente en un recipiente de barro. Lo disfrutamos mucho.

A la mañana siguiente decidimos madrugar en previsión de lo que podría ser la fila de regreso para salir de la isla en la balsa. Repetimos el mismo desayuno del día anterior. Nos duchamos, arreglamos el cuarto, cerramos las maletas, pagamos a Ana y nos despedimos de toda la familia, mascotas incluidas. Los dos días de posada sin básicos ni extras nos ha costado la mitad que una noche por todo lo alto en el Ritz. Alma tenía razón: ha sido una aventura.

25
Días contados

«—Hola, hermanita, ¿cómo te trata São Paulo?

—Hola, Sonsoles, muy bien. Todo marcha como esperábamos. Con algún contratiempo, pero seguimos trabajando. Aquí los tiempos son diferentes, no nos queda otra que adaptarnos al medio.

—¿Qué pasaba con papá? Me dejaste preocupada.

—Las cosas de papá siempre tienen un trasfondo. Nunca sabes hasta qué punto son serias o serísimas. Tampoco quería asustarte, máxime, estando lejos. Papá ha tenido un accidente montando a caballo.

—¿Cómo ha sido? ¿Había bebido?

—Sí, había bebido, pero ¿cuándo no en los últimos meses? La muerte de mamá ha disparado su neurosis. Ha estado a punto de matarse. Si no fuera por Ramón, ahora mismo estaríamos hablando de otra cosa.

—Cuéntamelo despacio, por favor.

—Papá continúa muy nervioso. Las Navidades no le han sentado demasiado bien. A los pocos días de irte tú, empezó a tener un comportamiento más huraño que de costumbre.

»Se mostraba esquivo, meditabundo. Apenas consentía que Angelita le organizase sus cosas. Había dejado de comer y pasaba los días encerrado en la biblioteca y asaltando el mueble bar. Se negaba a comer, Marcelina me llamaba cada dos días para darme el parte, siempre el mismo.

»El viernes pasado fue a pasar revista a los caballos. Le había pedido a Ramón que ensillase a *Tragabuches* para salir a montar. Ramón, como buen conocedor de lo complicado y nervioso que es el caballo de Jacobo, le sugirió a papá ensillarle el suyo, pero él, enfurecido, le respondió que no le dijese lo que tenía que hacer y que le arrancaría la piel a tiras como le volviera a replicar. Ramón, como te puedes imaginar, hizo lo que le había ordenado. El caballo estaba incómodo. Debía de notar la agresividad contenida de papá. Ramón les abrió el portón que da al prado grande. Había nevado y hacía un frío de mil demonios. Era demasiado pronto para salir a cabalgar y, probablemente, papá tuviera una resaca espantosa. Marcelina me comentó que no había comido, ni cenado ni desayunado; ni siquiera se había acostado.

»Al rato de haber salido, el caballo volvió solo y al galope hasta las cuadras. Al verlo, Ramón se asustó, metió al caballo en la cija y salió con el Jeep a buscar a papá. No estaba muy lejos; se lo encontró inconsciente, con un golpe muy fuerte en la cabeza. Dudó si moverlo o no y le pareció que no debía dejarlo allí, tendido sobre unas piedras cuajadas de nieve tiñéndose de rojo por el hilo de sangre que brotaba de su cabeza. Tenía una brecha y no respondía a los zarandeos. Ramón cogió uno de los trapos que llevaba en el coche y le vendó la cabeza tratando de taponar la herida, que no paraba de sangrar. Pero no podía levantar solo a papá, y los chavales no habían subido por la mañana porque no había nada que hacer en esos días y él se apañaba con las tareas diarias de la dehesa. Así que lo arrastró hasta el coche como le fue posible y consiguió meterlo dentro como si fuera un fardo. Bajó lo más rápido que pudo hasta la casa y avisó a Marcelina, quien me llamó. Yo acababa de volver de México y, por suerte, me localizó cuando salía de Barajas. Como no sabíamos cómo se había golpeado, Marcelina llamó a una ambulancia, donde le hicieron una primera valoración y lo trasladaron de urgencia a Madrid.

»El golpe no ha sido gran cosa, pero al hacerle un TAC para poder valorar si había daños cerebrales, han descubierto que tiene un glioblastoma, un tumor cerebral muy agresivo. Se podría operar, pero este tipo de tumor promueve la formación de vasos sanguíneos que lo nutren por un lado, y por otro, libera sustancias que bloquean la respuesta inmunológica. Además tiene la peculiaridad de que se vuelve a reproducir después de operado. El tumor está en grado cuatro, el más avanzado. No sabemos cuánto tiempo va a vivir, pero la media en este tipo de casos es de entre tres y seis meses. Si lo operasen, podría duplicarse el tiempo, aunque nadie asegura que vivirá mucho más. El deterioro del cerebro en un caso tan avanzado como el de papá es inmediato, y los síntomas ya se han debido de manifestar sin que nos hayamos dado cuenta. Lo que nos queda por delante es un deterioro progresivo de su autonomía. Hipertensión intracraneal, debilidad muscular, pérdida del equilibrio y la coordinación, y dificultadas para caminar, hablar, ver y comprender. En resumen, un final terrible para papá.

—Me dejas helada, Sonsoles. Ahora entiendo algunas reacciones de los últimos meses. Se quejaba de dolores de cabeza, pero él mismo le restaba importancia. Pensaba que era porque bebía en exceso y por falta de descanso. No sé qué decirte. ¿Lo sabe papá?

—Sí, Álex, lo sabe todo.

—¿Y cómo ha reaccionado?

—Te lo puedes imaginar.

—Ni tocar, ¿cierto?

—No solo eso: ha dicho que a él no lo achicharra nadie. No consiente que le den radio ni quimio y no lo podemos obligar a tratarse en contra de su voluntad.

—Papá se quiere morir, Sonsoles.

—Lo sé. Hay un antes y un después de la muerte de mamá. Se ha precipitado todo.

—¿Qué vamos a hacer?

—He hablado con Gonzalo y con Bea, y hemos pensado que lo mejor es que vuelva a La Umbría. Hay que procurar que esté tranquilo. Si tú estás de acuerdo también, claro.

—¿Y qué pasa si le da un ataque o le falta riego en la cabeza o si se cae como ha ocurrido esta vez montando a caballo? ¿Quién estará allí? Lo que nos faltaba... Todos sabemos que es ingobernable. No quiero ni pensar que pueda morirse solo, como un perro.

—Lo mejor es contratar a un enfermero que viva en casa con él y tratar de estar a su lado todo el tiempo que nos sea posible. No le queda mucho tiempo. Quizá menos de lo que pensamos.

—¿Has dicho tres meses?

—No lo saben con certeza. Ya sabes que, en ese sentido, los médicos nunca se comprometen.

—¿Cuándo le dan el alta?

—Mañana. Lo llevaremos a casa Jacobo y yo.

—Sonsoles, yo ahora no puedo dejar este proyecto a medias. Es muy importante para mí y para la agencia.

—Lo sé, Álex, iremos viendo cómo va encontrándose papá y tomaremos decisiones según se vayan produciendo cambios. Tenemos cierto margen de maniobra.

—Tampoco querrá que lo cuide una enfermera.

—Precisamente, esa es la condición que le hemos puesto para poder salir del hospital.

—¿Y qué ha dicho?

—No ha dicho que no. Es listo y sabe que no le queda más remedio que ceder.

—Siento mucho no poder ayudarte estando aquí. Trataré de avanzar lo más rápido que pueda, pero no me comprometo en fechas.

—Tranquila, no es necesario tomar decisiones drásticas.

—Te mando un abrazo, y dale otro a papá de mi parte. Avísame cuando esté en casa tranquilo para poder llamarlo.

—Suerte con el proyecto. Hablamos.

—Gracias. Besos».

Mi padre se muere. Me quedo en estado de *shock*. De oca a oca y tiro porque me toca. Debería volver a Madrid y estar junto a él. Solo yo sé cuál es la razón por la que me encuentro viviendo esta historia en Brasil. No es un impedimento profesional lo que me mantiene lejos de mi casa y de los míos. Me invade una sensación tremenda de deslealtad hacia él. ¿Qué hago aquí esperando audiencia para tratar de conocer a un hombre que lo más probable es que no quiera saber nada de mí, mientras mi padre va perdiendo la poca cordura que le queda? ¡Mierda! Todo se complica. El cerco se estrecha. Me encuentro en una carrera contrarreloj que no estoy preparada para correr. ¿Quién me mandaría meterme en este lío? Vuelvo a sentirme fuera de lugar. ¡Maldita sea!

****

Marcelo no ha dado señales de vida en más de diez días. El tiempo transcurre lento, muy lento. Vivo en una espera tediosa y frustrante. Estamos bloqueados en un punto que no me da buena espina. Horacio me da unas educadísimas largas que ya no me creo y que me generan una tremenda inquietud. «¿No sabemos nada»? o «¿Novedades de estos tipos» son las frases recurrentes en las conversaciones con Alma. ¿Qué hago aquí? No dejo de preguntarme qué es lo que pudimos hacer mal en la presentación. Quizá no tenga que ver con nosotras y simplemente no encajemos en el perfil de empresa que esperaban. Está claro que el manejo de los tiempos en Brasil es otro y escapa a mi control. Ellos no tienen ninguna premura. La prisa solo la tengo yo.

Desde que Alma ha vuelto a Madrid, lo veo todo negro. Fueron cinco días intensos, casi diría que felices, y no puedo evitar sentirme huérfana. Aún saboreo el fin de semana disparatado que pasamos en medio del paraíso. Es sorprendente cómo el paisaje cambia radicalmente cuando sales de São Paulo. Es otra energía. La mente y la vista se relajan de inmediato.

Enciendo el ordenador y voy pasando las fotos que nos hicimos con la cámara de la agencia mientras comíamos en el restaurante japonés, después de bebernos una botella de Carménère chileno. Brindamos por las mujeres, por nuestros hijos, por la gente valerosa, por el amor y por el presente. Lo recuerdo todo al detalle con un tinte de melancolía que me hace sufrir y me resta energía.

Alma no había visto la mirada de Marcelo. De ese instante en el que su gesto se había vuelto gélido y distante. Sus rasgos se habían afilado y ensombrecido, al tiempo que la luz de sus ojos se había vuelto opaca. Fueron unos pocos segundos pero pude percibirlo con total nitidez. Alma no creyó que tuviera la más mínima importancia, y mientras comíamos, sugirió que debía quitármelo de la cabeza. Recuerdo con intensidad todos los detalles y la conversación de aquel rato a solas.

—Alma, quizá nos haya descubierto.

—¿Te estás volviendo paranoica?

—Te repito que su cara se transfiguró durante unos segundos. Fue en el momento en que me recogí el pelo.

—Bueno, supongamos que es así y que le has recordado a Blanca. Tú eres Alma Sotomayor. ¿Por qué habría de salir de la sala porque hubiera visto un fantasma del pasado reflejado en ti? ¿Qué crees que hará? ¿Qué harías tú?

—No lo sé. Supongo que intentaría quitármelo de la cabeza. No parece tener ningún sentido.

—Exacto. Por lo tanto, hay que esperar a que vuelva a ponerse en contacto a través de Horacio, cosa más que probable. Y por cierto, no lo hemos comentado, pero es un hombre muy atractivo, Álex. ¿Cuántos años tendrá? Creo que en el artículo no lo decían.

—Calculo que tendrá unos sesenta y ocho años, y sí, es muy atractivo.

—No tenéis un gran parecido físico.

—Tú siempre dices que soy un calco de mi madre.

—¿Cuántos años tendría tu madre cuando se conocieron?

—Por la fecha de las cartas, más o menos mi edad.

—Quizá sea eso lo que le ha hecho salir de la sala. Ha debido de ver a tu madre en ti al recogerte el pelo y dejar tus facciones limpias, sin adornos ni estorbos. Aunque sigo pensando que es una paranoia tuya porque tú sabes quién eres y estás proyectando tu secreto en él.

—De todas formas, no lo sabemos seguro, así que lo que vamos a hacer es esperar, que es lo que toca, y tú y yo nos vamos a ir a casa a hacer una minimaleta para ir a la playa a relajarnos.

—Tengo que cancelar la clase de portugués.

—Estupendo. ¿Y adónde sugieres que vayamos?

—A recorrer el litoral norte, por supuesto.

Cada vez que yo sacaba el tema de la reunión, Alma trataba de quitarle importancia. Me decía que me estaba obsesionando, que la realidad podía ser otra mucho más sencilla. Es posible que Marcelo tuviera otras prioridades, y las chicas de la agencia española, claramente, no estaban entre las suyas. Pero Alma no había visto su mirada, y yo, sin embargo, la tenía grabada y no podía apartarla de mí. Algo no andaba bien, lo presentía. Cada vez me parecía más disparatado continuar con nuestros planes. Sentía una imperiosa necesidad de terminar con aquella pantomima, de olvidarme de todo. Solo estaba pensando en mí, no estaba teniendo en cuenta el daño que podía causar a otros, a mi padre, a mis hermanos, a Tristán, a la memoria de mi madre, a Marcelo y a su familia. Tenía la sensación de no haber medido bien las consecuencias de mis actos. Destapar la caja de Pandora podría traernos un gran sufrimiento difícilmente controlable. Aún estaba a tiempo de minimizar el desastre. Decidí no volver a sacar el tema y hacer caso a Alma. «Relájate y disfruta, Álex, los próximos pasos no dependen de ti. Deja que las cosas vayan fluyendo y controla esa cabeza tuya que parece un tiovivo», me decía en un tono maternal.

Lo que Alma y yo no sabíamos era que Marcelo había seguido observándonos a través de una cámara desde un cuarto contiguo a la sala de reuniones. Había estado analizando nuestros movimientos hasta que salimos de su casa. Le faltó tiempo para introducir mi nombre completo en un buscador de Internet. Alma y yo ya habíamos valorado que algo así podía ocurrir, y aun así, habíamos decidido arriesgarnos. Cabía una posibilidad remota en un porcentaje ínfimo, y nos la jugamos a una sola carta. Sin embargo, nunca pensamos que pudiéramos ser descubiertas tan pronto y de esta manera. Marcelo tecleó en su ordenador una especie de *ábrete, sésamo* utilizando las tres palabras clave que confirmarían su recién estrenada sospecha: Alejandra Terry Muguiro. No dudó ni un instante que si había de introducir un nombre de mujer, el escogido sería Alejandra. Decenas de referencias formaron en fila frente a sus ojos. Antes de consultarlas, pulsó la tecla de imágenes y lo que encontró le entristeció. No sabía que Blanca había fallecido recientemente. Ante sus ojos aparecieron varias fotografías mías y de mi madre. Blanca había tenido una hija hermosísima, esa hija a la que había renunciado por amor y de la cual nunca había tenido noticias aparecía ante sí, destapando un dolor antiguo, abriendo viejas heridas aún sin cicatrizar. Una hija que se presentaba ante él, en su casa, segura de sí misma y de su talento, con una nutrida cartera de clientes bajo el brazo, postulándose para trabajar para un abogado en un lugar remoto en la tierra de las oportunidades.

«No puede ser una coincidencia. Las casualidades no existen. Y si no es una coincidencia, ¿qué intenciones tiene? ¿Qué pantomima es esta?», pensó. Por unos segundos, sus labios esbozaron algo parecido a una sonrisa triste de payaso trasnochado. Un rayo de luz había penetrado en las más profundas mazmorras de su corazón herido de muerte.

Marcelo, el viejo zorro, el abogado implacable, el soltero de oro, había sido incapaz de volver a entrar en la sala de reuniones donde se encontraba su supuesta hija, que no se presentaba como tal ante él. Después de confirmar su sospecha, una vez terminada la reunión, subió directamente a su cuarto. Se cruzó con Horacio en el *hall* de la casa e intercambiaron unas pocas frases.

—Señor, hemos terminado la reunión.

—Ya me doy cuenta, Horacio.

—Las señoras me han pedido que me despida de usted. ¿Va todo bien?

—Perfectamente, Horacio.

—¿Quiere que intercambiemos impresiones sobre la agencia?

—No creo que sea necesario. Son buenas.

—A mí también me lo han parecido.

—¿Cuántas nos quedan por ver?

—Tres, señor.

—Podéis ir avanzando. Yo no asistiré a las próximas reuniones. Tengo otros temas que atender.

—Le daré mis impresiones, señor.

—Gracias, Horacio.

Marcelo entró en su cuarto, se acercó al escritorio que estaba frente al ventanal y vio desde allí cómo nos marchábamos. Se acercó a su mesa, abrió el tercer cajón y palpó a tientas el suave terciopelo del reverso de un marco de fotos que estaba colocado boca abajo, oculto y custodiado por unas carpetas sin contenido de interés, aparentemente castigado como los niños pequeños, en silencio y de cara a la pared. Sacó el marco con cuidado, lo cogió con las dos manos y le dio la vuelta lentamente. Se quedó mirando la fotografía en blanco y negro, protegida del paso del tiempo por un cristal y una moldura de plata labrada que había perdido el lustre, condenada durante décadas a la soledad de los objetos olvidados en un cajón de tercera categoría, donde van a parar los recuerdos que no forman parte del mundo real y que solo son la memoria del olvido, vacía de identidad y de sentimiento.

La fotografía era antigua, había sido tomada en Horcher, el restaurante favorito de Blanca. En aquella foto aparecían ella, Marcelo y dos parejas de amigos. Blanca tenía el pelo recogido hacia atrás en un moño bajo. Las caras de ambos irradiaban felicidad.

Durante unos instantes, la mente de Marcelo se sentó de nuevo junto a la que fue su mujer, en aquella mesa, en la ciudad maldita a la que solo había vuelto por obligación.

Leyó la dedicatoria de la fotografía que decía:

«A TI, como recuerdo de los tiempos felices.

Con todo mi amor.

B.M.».

Marcelo apretó con fuerza la fotografía contra su pecho y sintió que el destino caprichoso se había vuelto a interponer en su camino, como había ocurrido años atrás.

Se quedó de pie delante de la venta, con la fotografía fundida entre la piel de sus manos y el algodón de su camisa, mientras su mirada fijaba algún punto más allá de los edificios lejanos de la ciudad, mucho más lejos, en otro lugar donde algún día fue feliz, ensimismado en sus recuerdos.

Pensó en Blanca, en lo mucho que la había amado durante tantos años. En el tiempo perdido. En su orfandad. Y suspiró sin darse cuenta, dejando escapar un sonido tan profundo y antiguo como inesperado, apenas audible, en la soledad de su distraída y lejana contemplación. Puso con cuidado la fotografía sobre la mesa de su escritorio y salió de su cuarto cerrando tras de sí la puerta con suavidad, acompañado por sus recuerdos antiguos y sus pensamientos recientes. «Sería una locura imperdonable, perderla a ella también, ahora que nos hemos encontrado», pensó sereno.

Marcelo había sentido una punzada de dolor profunda y certera al ver en mi rostro la imagen de su amor perdido. Y si no entró de nuevo en la sala de reuniones, fue porque no necesitó que yo supiera que me había descubierto. No era para él una cuestión de ganar o perder. No necesitaba tener razón. No sabía cómo detener ese instante en el que su amor había vuelto a ser real, tangible, de piel y sangre, y quiso inmortalizarlo guardándolo para sí.

Lo que sí sabía era lo que quería. Por encima de todo, habían nacido en él unas ganas sinceras de conocer a su hija, y si la manera que había elegido Alejandra de acercarse a él era esa, él no pondría ninguna objeción. Tenía muchos años y las botas ennegrecidas por el humo de mil batallas. No quería bajo ningún concepto desbaratar sus planes. Aceptaba las reglas mudas del juego impuesto. Pasaría por alto el engaño de su identidad prestada. Jugaría a su juego. Ocuparía su puesto. Sería un cliente y no un padre. Sería lo que ella quisiera que fuese. Saborearía cada encuentro. Aprendería cada uno de sus gestos. Se asomaría al balcón de sus ojos llenos de vida. Recorrería el mapa de sus miradas. Llenaría su memoria de recuerdos nuevos. Abriría su corazón de par en par y respiraría la frescura de su alma. Respetaría sus silencios. Acariciaría la piel tersa y natural de sus manos.

Alejandra estaba a tiempo de reescribir el final de su vida. Sentía que ya la necesitaba. Tenía una oportunidad que no iba a desperdiciar. No se sentía defraudado por ella ni, mucho menos, estafado; bien al contrario, sentía ternura por la manera en la que la supuesta Alma había elaborado su minucioso plan para llegar hasta él. «Ella siente y piensa que merece la pena conocerme; si no, ni habría llegado hasta aquí», se decía complacido el todopoderoso Marcelo.

Un millar de preguntas se agolpaban en su cerebro sobreestimulado. «Quizá quiera comprobar qué tipo de hombre soy, antes de mostrarme sus cartas y revelar su verdadera identidad. Es una buena estrategia que aplaudo. Es inteligente y reflexiva.

Lo haremos a tu modo, pero pagarás una pequeña prenda por haber tratado de engañarme. Te guardaré el secreto y tendrás que esperar para empezar a hilvanar nuestra historia. Tejeremos juntos un principio y lo llevaremos hasta el final. Me enseñarás lo que has aprendido y te mostraré todo lo que quieras saber. Estoy preparado, querida niña», pensó.

26
En compañía de Helena

Los días transcurren lentamente. El calor es cada vez más sofocante y la rutina de mis días y, sobre todo, de mis noches, empieza a hacer mella en mi ánimo. Hace dos semanas que espero noticias de Horacio Simões, con sus siete días y sus siete noches. No he tenido ningún *feedback* de la presentación. Estarán valorando los trabajos de otras agencias, como nos comentó el día que hicimos la exposición . Su respuesta no ha variado en una sola coma en las dos ocasiones que nos hemos cruzado *emails*. «Están en ello. Ya nos llamarán. Nos comunicarán su decisión a lo largo de la semana que viene», dijeron la semana pasada. No tengo ninguna excusa para ponerme en contacto con ellos y no quiero parecer desesperada aunque lo esté. No me queda más remedio que esperar.

Me siento ridícula encerrada entre estas cuatro paredes, atrapada en una trampa para insectos. Mi cerebro empieza a funcionar como un disco rayado. Cuando me desespero, me repito una y otra vez que hay que tener paciencia, y mi ánimo remonta y vuelve a caer con una cadencia que empieza a ser preocupante. Sigo con mis clases de portugués, la única vía de escape. Nunca sabrá Helena lo agradecida que le estoy. Ojalá pudiera decírselo desde lo más profundo de Alejandra para que pudiera entender la dimensión que tiene para mí su compañía. A Jimmy también se le ha complicado la agenda y no podrá hacerme una visita hasta dentro de dos semanas o quizá tres. Lo he notado un poco distante por teléfono. A lo mejor soy yo, que estoy hipersensible y enfurruñada. Él tiene muchos frentes que atender, seguramente tan importantes o más que mi búsqueda personal, pero no lo exterioriza. Parece como si llevara una vida fantástica y glamurosa, pero estoy segura de que él también debe de sentirse solo. De aeropuerto en aeropuerto, de hotel en hotel, de festival en festival. Lanzamientos de películas, galas, cenas y compromisos por doquier. Yo no querría su vida ni regalada. Me gusta el anonimato, la discreción, la libertad de movimientos. Valoro sobremanera mi intimidad y mi espacio.

Abro la ventana corredera que da a la terraza y observo el tráfico de la ciudad por encima del muro. Los aviones pasan cada pocos minutos, los miro y pienso si no debería tomar uno de vuelta a casa. Hasta el apartamento sube el ruido de los motores de los coches, de los intermitentes sonoros y de los acelerones discontinuos de las motos, abriendo y cerrando el puño del acelerador, de semáforo en semáforo. Autobuses y coches, frenazos y chirridos. Hay un rumor de fondo que no cesa. La ciudad ruge bajo la alfombra de asfalto que la cubre. Huele a combustible. Un helicóptero civil se posa sobre la plataforma del edificio que tengo enfrente. Sonidos nuevos que se superponen a los cotidianos.

Echo un vistazo a las plantas que hay en la terraza: aloe vera, jazmines y una enredadera que cubre el muro por dentro. Un mástil de metal sin bandera hace las veces de guía de otra planta trepadora. Abro la manguera de goma transparente que está enrollada en la esquina opuesta, entre las cuatro enormes macetas en las que crecen arbustos de hojas verdes y finas ramas que no identifico. Me descalzo y lo riego todo con la parsimonia y delicadeza de los jardineros, fijándome en cada hoja, en cada flor diminuta, en las raíces que asoman por falta de tierra suficiente en las jardineras. Arranca el bus que está parado en el semáforo con un brío renovado, destino el centro, hacia la avenida Paulista, mientras otro en sentido contrario apura sus viejas pastillas de freno para no pasarse de frenada y matar a cuatro o cinco desgraciados. Me viene a la cabeza una imagen de Ramón recortando el seto de la piscina y los rosales de La Umbría.

Siento añoranza en estos días de incertidumbre. Es difícil manejar esta inactividad impuesta. He llegado a un punto en el que me encuentro detenida en plena travesía marítima, como en la legendaria *Latitud de los Caballos*, en medio del océano Atlántico, a treinta grados del Ecuador, donde los primeros barcos de vela que viajaban al Nuevo Mundo se topaban con una zona donde el viento, de improviso, dejaba de soplar, y quedaban atrapados en la temida *calma chicha*, esperando durante semanas un viento favorable que no acababa de llegar. Cuando la situación comenzaba a ser desesperada, los marinos se veían obligados a aligerar la carga del barco, arrojando por la borda todo tipo de enseres prescindibles, cañones, muebles y mercancías de cierto peso. Pasaban días y días perdidos en la nada más absoluta, esperando una ráfaga de viento, por ligero que fuese, para poder reanudar la travesía. Muchas veces, la desesperación era tal que se veían obligados a deshacerse de los caballos que transportaban. Estos eran lanzados por la borda y nadaban durante millas, aterrorizados detrás de los barcos, hasta que morían ahogados entre relinchos de angustia y desesperación.

Helena nota cierta tensión en nuestros encuentros semanales. Sabe que estoy a la espera de una respuesta por parte de nuestro potencial cliente y me pregunta cada día con cautela e interés. Sabe de antemano que mis respuestas son negativas y procura no teorizar sobre las posibles razones por las que vivo en esta espera solitaria. Solo yo sé la tensión que me provoca contar con un tiempo limitado para resolver este jeroglífico. Para aligerarla, Helena me propone que salgamos juntas esta noche como dos buenas amigas. Convenimos en seguir un plan cultural para poder airear mi mente, ligeramente empobrecida por el lento paso de los días.

Nos vamos a encontrar en el portal de casa a las seis de la tarde. Iremos al teatro en taxi, es mucho más cómodo. La ciudad tiene un tráfico infernal en las horas punta. Yo lo sé bien, y aunque no lo sufro mecánicamente, soy capaz de identificar los flujos por los niveles acústicos. Después del teatro, iremos a cenar a una de las calles estrella de la ciudad, la *rua* Avanhandava, en el barrio de Bela Vista.

Recuerdo su curioso nombre porque hemos estado charlando sobre la historia de esta emblemática calle en la última clase de portugués. Helena me ha contado la historia de Walter Manzini, el rey midas de la gastronomía paulistana. Mientras lo hacía, me acordé con muchísimo cariño de mi hermano Gonzalo. Estoy segura de que cuando conozca esta ciudad, le va a llegar al corazón. ¡Cómo me habría gustado descubrirla con él! Helena ha percibido mi nostalgia y no le ha costado mucho convencerme para que salgamos juntas. Ella trabaja de sol a sol y no se me habría ocurrido sugerirle hacer un plan de ocio compartido, pero como la iniciativa ha salido de ella, me siento la mujer más afortunada de la ciudad.

Helena es íntima amiga de Walter Manzini, puede incluso que hayan sido amantes en otro tiempo. Habla de él con cariño, admiración y una pizca de picardía. Hace más de treinta años que el nombre Manzini se ha convertido en un icono, un referente de la gastronomía de Brasil.

A él le debe la ciudad la transformación de la pequeña *rua* Avanhandava, una calle diminuta de no más de trescientos metros que alterna restaurantes italianos y tiendas de decoración.

Walter lleva en la sangre la pasión por la gastronomía de su tierra. Es hijo único de unos inmigrantes de Bari, la capital de Puglia, en Italia. Vivió su infancia en el Mercado Municipal de la ciudad, donde su padre vendía cereales, y su madre, pasta fresca para clientes habituales. Walter es un acérrimo defensor de la cocina italiana, a la que considera la mejor del mundo por tres razones fundamentales que esgrime cada vez que la ocasión lo permite: el uso de productos frescos, la simplicidad en la elaboración de los platos y el bajo coste de las materias primas que utiliza. En su cocina priman el sabor y el perfume natural de los ingredientes más que la sofisticación de los platos. Walter está enamorado del corazón de la ciudad, ha vivido la mayor parte de su vida en la *rua* Nestor Pestana, en el antiguo reducto de los bohemios paulistanos de los años ochenta.

Una noche en la que paseaba por la *rua* Avanhandava, se fijó en un local que estaba en venta. Habló con unos amigos para que le prestaran el dinero que necesitaba y montó su primer comedor, justo en frente de Giggeto, uno de los mejores restaurantes italianos de la ciudad. Walter pensó que donde comía el pez grande también sobreviviría el pez pequeño. Puso a trabajar a su madre, Marianinha, y a su tía Marieta, y lo bautizó con el nombre *Famiglia Manzini*. Después vinieron otros cinco restaurantes, cada uno de ellos con una oferta gastronómica diferente, y dos tiendas de decoración.

Arregló e iluminó la calle haciendo que esta fuera parte de un todo. Se comenta de Walter que todo lo que toca lo convierte en oro, pero lo que a Helena le llama verdaderamente la atención del personaje no es su capacidad innata para hacer negocios, que es inmensa, sino su nivel como ser humano. Dicen de él que no es capaz de elegir al personal con el que trabaja; su visión del mundo le hace pensar que las cosas de la vida ocurren de un modo diferente. Del mismo modo que piensa que las casas eligen a las personas que las ocupan, sus empleados lo han elegido a él

A lo largo de toda su vida, ha trabajado mucho y dormido poco desde que con veintitrés años fue a pedir trabajo en una discoteca ofreciendo su juventud a tiempo completo. Sus restaurantes no cierran sus puertas ningún día de la semana. Ha nacido para ser emprendedor formado en la escuela de la vida y su máxima es perseguir un sueño, no una moneda. Es consciente de lo fluctuante que es la vida y habla de los altibajos como un desequilibrio natural de esta. No confía en los técnicos ni en los especialistas del *marketing*. Para él, sus negocios no se basan en un estudio de mercado, ni en cifras, ni en cuentas de resultados ni en variables que calculan metros y personas. Aun así, los números hablan por sí mismos: a lo largo de treinta años han pasado más de diez millones de clientes por su pequeña calle. Es completamente ateo respecto a la parte técnica de las cosas y devoto absoluto de la sentimental. Es creyente y se sabe tocado por la mano de un Dios generoso y cercano. De una sensibilidad extrema con las desgracias de los seres humanos, está convencido de que si pudiera, lucharía por poner un pozo de agua en cada aldea del mundo. Es consciente de que cuando bebe un vaso de agua, un niño en alguna parte del planeta muere por la falta de ella.

Los ojos de Helena brillan con una luz especial cuando habla de la vida de Walter y ha despertado en mí una enorme curiosidad por conocerlo y saborear su cocina.

Salimos del teatro fascinadas con Bibi Ferreira. Yo querría para mí la energía de esta mujer nonagenaria que ha formado parte de la juventud de Helena. Es reconocida como una auténtica estrella fuera de su tierra, también la adoran en Francia y en Portugal. Lleva tres décadas siendo aclamada por millones de fieles espectadores.

En Brasil todo es a lo grande, hablamos de millones con total naturalidad. Bibi Ferreira interpreta las canciones de Edith Piaf con tal maestría que es como si en sí misma fuera otra Piaf. No es una imitadora. Bibi Ferreira es una artista carismática y versátil capaz de interpretar las canciones con un enorme dramatismo. Se ha erigido en la heredera universal del legado de Edith Piaf. En reconocimiento por su papel en la difusión de la cultura francesa en Brasil, el gobierno francés la condecoró con la distinción honorífica de la Orden de las Artes y las Letras de la República de Francia. Dicen que la gran diva sueña con debutar en Nueva York. A sus más de noventa años, sigue poniéndose nerviosa antes de salir a escena. Al igual que le ocurría a Frank Sinatra, siente pavor a ponerse delante del micrófono y que no le salga la voz.

Ha sido un espectáculo de aproximadamente una hora de duración que se nos ha esfumado en un suspiro. Bibi Ferreira ha intercalado con una enorme fuerza interpretativa canciones y textos sobre la vida de Edith Piaf. El público estaba entregado a la diva de teatro musical más aclamada de Brasil. Es la única artista capaz de revivir las emociones dramáticas de la cantante francesa. Al finalizar, el respetable, agradecido y emocionado, se ha puesto en pie y la ha ovacionado con aplausos y vítores que han durado hasta que Bibi ha querido retirarse acompañada por el conductor del acto, probablemente acusando el cansancio de su dramática y sentida puesta en escena. Una vez que el escenario ha quedado vacío, los aplausos han continuado durante varios minutos más en agradecimiento a la participación de la orquesta en el espectáculo. Yo estaba emocionada como la que más. Me siento muy afortunada por haber podido formar parte de un espectáculo de tantísimo nivel artístico.

Salimos las dos del teatro agarradas del brazo, saboreando aún los acordes de la música y disfrutando de los gestos de los asistentes. Estoy deseando ir a cenar con Helena para comentar cada detalle de la actuación. Ella ha tenido la suerte de haberla visto en varias ocasiones en Río de Janeiro y en São Paulo. Ha comprado un recopilatorio de canciones de Navidad que interpreta en diferentes idiomas y ha traído un ejemplar para mí. Helena admira de corazón a Bibi Ferreira. Ella es al teatro musical lo que Carlos Jobin a la samba, dos pesos pesados con un sitio preferente en el corazón de los brasileños y de algunos cuantos millones de privilegiados más. Me gusta la alegría y la energía que tiene la gente de este país. No la había sentido del todo hasta este momento, es algo que ni siquiera me había parado a pensar y que tiene más recorrido de lo que parece. Por mis venas corre sangre brasileña. Sin saberlo, formo parte de otra historia, de otro país, de una raza diferente y de un sentir. Por primera vez, soy consciente de ello y experimento una sensación de orgullo de pertenencia, de apertura emocional, de respeto y de profunda satisfacción interior.

Llegamos a la famosa *rua* Avanhandava. La calle es exactamente como Helena me la había descrito, tan pulcra y bien cuidada que parece un decorado diseñado como atrezo para una película de gánsteres de los años cincuenta. El pavimento está como si lo hubieran bruñido, uniforme, extraordinariamente limpio y brillante; no tiene nada que ver con las calles de la ciudad, tan irregulares, tan complicadas para caminar, llenas de aristas, huecos y desniveles, una trampa mortal para tobillos débiles sobre plataformas imposibles. Hay árboles estratégicamente ubicados y plantas enmarcadas en floreros cuadrados de madera recién barnizada. Una fuente con agua corre alegre y fluida, aportando al ambiente una sensación de frescor agradable. Las farolas de luz matizada que flanquean ambos lados de la calle proporcionan una atmósfera cálida y romántica. Cientos de minúsculas bombillas de luces de color rojo, azul y amarillo cruzaban la calle en hileras de cables entrelazados en forma de zigzag, creando un ambiente de celebración muy del estilo de las verbenas de los pueblos.

Entramos en el restaurante, que está decorado al milímetro. No hay un espacio libre para descansar la vista en las tupidas paredes, techos y rincones. Una colección de sartenes y cacerolas de cobre, y utensilios de madera y ramilletes de flores secas cuelgan cabeza abajo de las vigas de los techos. Haya lámparas de varios estilos que iluminan diferentes estancias. Tarros de conservas, floreros gigantescos con frutas y corchos. Velas en cada mesa y detalles en cada rincón.

Frente a nosotras, un bufet variado de aperitivos para ir abriendo boca. El aspecto de los productos es, como Helena había comentado, extraordinario. Una pila de platos de loza blanca aguardan el momento de ser surtidos y pesados en una balanza, una práctica habitual en Brasil.

Mientras el *maître* nos acompaña hasta nuestra mesa, yo voy recorriendo con la mirada las sillas y mesas de madera vestidas con manteles de cuadros rojos y blancos. Hay algunas mesitas rectangulares de apoyo con superficies de mármol estratégicamente ubicadas. En medio del enorme salón, dos fuentes y varias esculturas en actitud bizarra, empuñando espadas y escudos, y bustos de los emperadores romanos de la dinastía Flavia: Vespasiano, Domiciano, Tito y Julia, la hija de este, con su característica peluca de cabello rizado formando hileras de pequeños canutillos. Una colección de espejos, todos ellos de diferentes formas y marcos, desde el más sobrio al más barroco. Cuadros colgados en las paredes con algunas caras conocidas de artistas internacionales o de escenas costumbristas. Rejas de hierro negras dividiendo espacios y paredes de ladrillo visto de color *beige* con platos de cerámica colgados en filas. Algunas ventanas con vidrieras de suelo a techo y una zona de santos y vírgenes expuestos sobre baldas y huecos en las paredes a modo de pequeños santuarios.

El espacio no puede estar más abigarrado, y la decoración no se sabe bien de qué estilo es. Hay tal mezcla de elementos entre clásicos y campestres que no entra en mi catálogo de gustos personales, pero reconozco que es en sí un lugar curioso y lleno de energía. El ambiente está muy animado, y como me había advertido Helena, los platos son contundentes. A simple vista, me da la sensación de que pueden comer tres personas con uno solo. Yo no estoy acostumbrada a cenar en exceso, pero la ocasión lo merece y no pienso poner ninguna pega ni correr el riesgo de parecer melindrosa o desagradecida.

Nos acomodan en una mesa cerca de una de las vidrieras que dan a la calle. La atmósfera no puede ser más alegre y propicia. Helena parece haber rejuvenecido. Ha disfrutado tanto viendo a Bibi Ferreira que la luz de sus ojos claros se ha potenciado. Yo estoy feliz de haber compartido con ella algo que le hacía tanta ilusión; Helena no se pierde una actuación suya por nada del mundo. Un camarero mulato de metro ochenta nos trae las cartas y nos ofrece un aperitivo. Pedimos una cerveza y Helena sugiere que nos acerquemos hasta el bufet de los aperitivos para entretener el estómago picando algo. Nos levantamos y vamos juntas. Yo me encargo de los quesos, y Helena, de un popurrí de embutidos variados. Todo tiene una pinta estupenda. Hasta las anchoas, que no tienen nada que envidiar a las del Cantábrico en los buenos tiempos. A la velocidad del rayo se me pasan distintas imágenes del verano en San Sebastián. Fueron momentos fugaces pero los recuerdo felices. Volvemos a la mesa después de que un camarero amabilísimo pese nuestros platos en la báscula, y pedimos una botella de vino chileno. Le pido a Helena que lo elija por las dos.

—¿Malbec te parece bien o prefieres Syrah? También tenemos la opción de pedir un Carménère.

—Lo que tú prefieras, Helena. ¡Sorpréndeme! Soy tu invitada esta noche.

—Carménère, entonces.

—¿Y qué te apetece que pidamos como segundo? ¿Quieres sugerirme algo?

—La pasta es estupenda, a no ser que prefieras cordero o pollo, que también son muy buenos.

—Probaré *cappelletti* de requesón y mortadela con mantequilla y salvia. ¿Y tú?

—¡Otro plato ligero! *Orechiette* con hongos, calabaza y *scamorza* ahumada. ¡Una bomba!

Las dos nos miramos con complicidad casi infantil. Yo estoy horrorizada de pensar en las raciones contundentes que nos van a servir, tratando de disimularlo, evitando mirar las mesas contiguas, que van almacenando sobras en unos paquetes perfectamente preparados para llevar a casa. Elegir entre una variedad de pastas tan impresionante no ha sido tarea fácil. Hay más de treinta referencias con sus correspondientes salsas, a cada cual más sugerente y apetecible. Yo tengo unas ganas enormes de confesar a Helena quién soy en realidad. Nos estamos haciendo buenas amigas; sé que no debo, pero siento al mismo tiempo que estoy traicionándola. Yo no soy para ella una simple alumna y ella no es para mí cualquier profesora. Tan educada como siempre y tan elegante, desanuda el pañuelo de Hermés que lleva en el cuello y lo ata a un extremo de una de las asas de su bolso. Mientras me observa con una media sonrisa cómplice, me pregunta si me apetece hablar en español con ella y le digo que sí agradecida: paso muchas horas al día en silencio o parloteando conmigo misma, y los temas que tengo que tratar diariamente con España los despacho por *email,* por lo que no hablo mucho de nada con nadie.

Hablamos de sus hijos, de arte e historia de Brasil. Conoce perfectamente quién es Marcelo Barbosa y ha seguido por la prensa tanto su carrera profesional como su labor filantrópica dentro de la fundación. No tiene referencias personales y yo no quiero hacer demasiado hincapié en su persona. No quiero que note en mí ningún gesto de emoción respecto a él. Quiero seguir con el plan trazado, pero me desagrada no poder ser yo misma delante de Helena.

Cenamos opíparamente, apuramos los últimos sorbos de nuestras copas de vino y recorremos la calle más corta que he visto en mi vida. Caminamos los pocos metros de la calle iluminada con farolillos antes de pedir un taxi. Cruzando la calle, a unos escasos treinta metros, nos paramos en una de las dos tiendas de regalos y decoración Manzini, de nombre Caligraphia. Es un lugar lleno de objetos de decoración, además de libros, antigüedades, instrumentos musicales, colgadores móviles de techo, máscaras, cerámica y joyería. El estilo que marca el Emporio Manzini es igual para todo; sea cual sea el negocio, cuida los detalles al máximo. En la segunda tienda, a otros escasos doce o quince metros, volviendo a cruzar la calle miniatura, se encuentra la segunda tienda, en la que también nos paramos a curiosear.

Vamos caminando agarradas del brazo, como dos viejas amigas, hablando de nuevo en portugués, disfrutando de todo lo que vemos, con ese punto de alegría sana que te da un par de copas de vino en buena compañía. En esta tienda se exhiben y venden objetos con un toque *vintage*. Ropa, motos, bicicletas viejas, espejos, accesorios y complementos de decoración. Manzini rentabiliza al máximo los espacios, no cabe un alfiler entre objeto y objeto, pasar por una de sus tiendas es un impacto visual que casi te aturde. No compramos nada pero disfrutamos como enanas. Salimos de la calle miniatura y pedimos que nos paren dos taxis en la puerta del restaurante. Nos despedimos dándonos un abrazo y un beso, como ya es costumbre, y nos deseamos un buen fin de semana.

Helena se va con su hija y su madre a una casa que tienen en la playa de Camburí, en el litoral norte, a unos 160 kilómetros de distancia, un paraíso en medio de la mata atlántica de playas de arena fina y blanca, un lugar tranquilo de día y con ambiente de noche, un reducto de artistas y artesanos locales que hacen de aquel lugar un sitio difícil de igualar. Tienen una casa alquilada durante todo el año frente al mar, de la que disfrutan independientemente de la estación del año. A Helena le encanta pasear, y ahora que su madre está impedida en una silla de ruedas, aprecia más incluso el privilegio de tener su pequeño retiro particular. Helena quiere salir de la ciudad, que se prepara para celebrar los carnavales. Va a tomarse unos días de vacaciones y me ha preguntado si me apetecía acompañarlas pero le he dicho que no, no quiero abusar de su amabilidad ni intimar con su familia. No quiero tener que mentirles a todos, no me siento cómoda haciéndolo.

Decido quedarme en São Paulo tranquilamente, he declinado la única invitación que he tenido para disfrutar de las fiestas en compañía. Saldré a caminar y a explorar parte de la inmensidad de la ciudad. Me han hablado de las carreras de caballos del hipódromo, puede ser un buen plan para la tarde del domingo, o quizá vaya al cine. Todas las opciones están abiertas para mí y no tengo que ponerme de acuerdo con nadie, algo que echo mucho de menos. Me doy cuenta de lo importante que es tener gente con la que compartir la vida. «Un hombre solo no puede ser feliz», pienso cada vez que soy consciente de la importancia de querer y ser correspondido. Echo de menos el día a día de la oficina. A los clientes y sus exigencias. Los maratones que preceden a las presentaciones. Echo de menos mi casa. A mi perra. Cenar con Alma en Terryble. Las facturas de la pastelería argentina de la esquina. El aire limpio de la dehesa. A mis hermanos y a mi hijo. Pero, sobre todo, echo mucho de menos a mi madre.

El concierto de Bibi Ferreira me ha dado la dosis de cultura y alegría que necesitaba, pero de igual manera me ha removido por dentro. Escuchar cantar los temas más conocidos de Edith Piaf me ha transportado a mi casa, al olor a jazmín mezclado con óleo del cuarto de estar. Me ha traído aromas de la infancia. Imágenes de mi madre, de Angelita, de mi vida, de una infancia feliz. En el teatro he sentido nostalgia pero también alegría. He tenido presente a mi madre, su sensibilidad para el arte, su cercanía. Estábamos juntas en esto, igual que lo estuvimos en los mejores y peores momentos de nuestras vidas. Sin embargo, tengo la sensación de haberme perdido una parte muy importante de su vida, su parte más íntima y veraz. Mi madre ha sido para mí, para todos nosotros, un pilar fundamental para nuestro desarrollo emocional, y ahora, su recuerdo se ha hecho inmenso y poderoso dentro de mí. Puedo sentirla y necesito hacerlo.

27
Mi madre y yo

Contar con Hugo es para mí una suerte en todos los sentidos. Cada vez que nos conectamos soy consciente del enorme privilegio que es tenerlo cerca. Su técnica como psiquiatra me ayuda a reflexionar y a profundizar sobre las cosas realmente importantes de la vida. Me parece que el hombre ha evolucionado más tecnológica que emocionalmente en las últimas décadas. Hablamos de la necesidad que tenemos las personas de comunicar nuestros sentimientos y de la falta de habilidad emocional de algunos seres humanos para gestionar los afectos y las dependencias. No han pasado muchos años desde que las personas religiosas se confesaban con bastante asiduidad. Acudían una vez por semana a revelar sus miedos, sus anhelos, sus intimidades, sus frustraciones, sus deseos prohibidos y tentaciones carnales a un sacerdote. Era como tener línea directa con Dios, un Dios que no juzgaba, que no castigaba, un Dios que entendía que éramos seres imperfectos, pero también deseosos de mejorar, y por ello, nos concedía audiencia espiritual a través del oído humano de uno de sus representantes.

A mí, esta opción de sanación intermediada no me duró más allá de la pubertad. Aprendí a hablar con el mudo todopoderoso en clave de humor. Hablaba con Él allá donde estuviese. Me reconfortaba pensar que estaba y que cuidaba de todos. Me hablaba usando un código de señales no demasiado difíciles de descifrar. Aprendí a leer los signos de la vida y a ser sensible a las diferentes interpretaciones. Sabía que la vida me daría todas las oportunidades que yo fuera capaz de ver. Aquello de que Dios escribe derecho con renglones torcidos no acababa de encajarme y prefería atender más a las señales del destino. Me parecía, además, que para los dolores del alma, la fe y los rezos no consuelan a todos por igual.

Cuando el remolino de la vida te succiona, lo mejor es hacerte una bolita y dejarte arrastrar, porque ella misma se encarga de devolverte de nuevo a la superficie para volver a empezar. Pienso en los estigmas de la sociedad, dominada por el miedo a todo, un miedo ancestral a lo desconocido. Se considera que la persona que tiene que ser atendida por un psicólogo está loca, y a menudo es repudiada, apartada y olvidada por su familia y su entorno. Sin embargo, yo me doy cuenta de lo afortunada que soy por haber caído en manos de Hugo Rivera y por vivir en el recién estrenado siglo XXI y no en el XIX. Sin embargo, no me habría importado nada coincidir con Freud o Jung, a los que he leído y en los que pienso con cierta regularidad, sobre todo porque me siento atraída por la interpretación de los sueños. Aunque, siendo práctica, prefiero la vida que me ha tocado vivir, en una época en la que uno es libre de elegir su camino y enmendar sus tropiezos sin sentirse un ser despreciable y rechazado por un Dios, para algunos, reprobatorio e inquisitivo. Yo hablo con Dios y Dios habla conmigo, a su manera. Ya nos conocemos y ambos sabemos que yo no soy la oveja más negra de su rebaño ni la más blanca tampoco. Y si tengo que elegir, siempre me decantaré por ser una oveja de las que se descarrían, de las que han visto al lobo de cerca, han sentido su aliento fétido y han conseguido zafarse de ser devoradas por él. De aquellas a las que no les gusta que las esquilen porque son frioleras. De las que prefieren el monte y la aventura a la seguridad del aprisco. De las que no toleran que las aticen con la vara en vez de atraer su atención con un silbido. Si tengo que ser oveja, seré una oveja a la fuga, la que salta las vallas y cruza los ríos. Viviré una vida corta pero será una vida intensa.

Desde pequeña he oído hablar de las ovejas negras que tiene cada familia. Suelo coincidir en que a las famosas ovejas negras se las ve más felices y sonrientes que a las demás. Por eso tengo muy claro que si me toca serlo a mí, seré una de ellas y estaré orgullosa de serlo. Más tarde, me he dado cuenta de lo peligroso que resulta vivir fuera del rebaño. Para ser una oveja singular hay que renunciar a ser libre. Mi madre había decidido estar sola, ahora soy consciente de que era ella quien ostentaba el título en nuestra familia, aunque nadie se había atrevido nunca a decirlo en voz alta. Una mujer de la alta sociedad, artista para más inri, casada y con cuatro hijos, viviendo una vida independiente de su marido en todos los aspectos. No debía de estar ni muy bien visto ni demasiado bien aceptado por el entorno familiar y social.

Hugo y yo charlamos de la figura de mi madre, como en tantas otras sesiones. Estoy tratando de profundizar en lo que conozco de ella hasta la fecha, su parte conocida por todos. Y ahora, en paralelo, la cara oculta tras el velo de la resignación y la discreción, su otro lado, el desconocido, el más íntimo. La he descubierto y quiero comprenderla mejor. Ha nacido ante mí un personaje que me parece cada vez más fascinante. Era mucho más valiente e inteligente de lo que yo pensaba.

Sin embargo, también me doy cuenta de la enorme dosis de renuncia que conlleva haber cerrado prematuramente las puertas al amor. Recuerdo al instante una frase suya que decía: «Con la verdad, no ofendo ni temo». Me pregunto si se planteó en algún momento compartir su verdad con mi padre. Con Marcelo sí lo hizo.

Veo por muchos otros casos conocidos que, en general, las mujeres tienen la capacidad de renunciar a todo por sus hijos, incluso a sí mismas, algo que me fascina en cierto sentido pero que me parece tremendamente tóxico para ellas como seres humanos, independientemente de su maternidad. ¿En qué momento la mujer deja de ser ella para convertirse en madre? ¿Qué mecanismo de entrega y supervivencia del *homo sapiens vulgaris* hace que la mujer se olvide de sí misma? En el caso de mi madre, me consta que no se olvidó de ella, siguió nutriéndose espiritualmente del mundo de cultura en el que se envolvía. Fue madre en paralelo y no se olvidó de sí misma como mujer. No renunció a su feminidad ni a su atractivo físico. No dejó de arreglarse un solo día de su vida. No dejó de dar ni de recibir. Fue hija, madre, esposa, abuela y amante. Y es justo en este último aspecto en el que parece que hubo una negativa, un bloqueo, una renuncia. Y me llama poderosamente la atención, porque mi madre, siempre fue una mujer con personalidad y capacidad de decisión propia. La pregunta que me hago es: ¿Por qué renunció al amor? Quisiera ser capaz de descubrir el mecanismo mental que la llevó a olvidarse de una parte fundamental de la vida. El amor filial, el amor fraterno, el amor al arte, el amor a los demás. Pero ¿y el amor de mujer? ¿Dónde quedó? ¿Por qué lo escondió? ¿Por qué lo mató? Quizá Marcelo Barbosa no fuera realmente el amor de su vida, sino un amor que no llegó a ver la luz, que pasó de refilón, que fue muerto antes de nacer, un amor platónico idealizado, consumido en la clandestinidad, herido de muerte en la distancia por la imposibilidad de ser vivido. Nunca nadie sabrá si ese amor habría sido eterno e indestructible. Un amor de novela. Un amor de los que provocan envidia y de los que dan esperanza. Un amor apasionado, rico y generoso. Un amor pleno, imposible de olvidar, y menos aún, de reemplazar. Un amor sublimado y entregado en ofrenda a los dioses como garantía de una vida conforme al guion, a lo esperado, a lo merecido quizá.

Hugo escucha atentamente mi disertación sobre el amor.

«—¿Qué habrías hecho tú, Álex, si hubieras estado en los zapatos de tu madre?

—Me habría arriesgado a vivirlo. Lo que no sé es hasta qué momento, teniendo en cuenta su situación familiar.

—¿Habría sido tu prioridad?

—No lo creo. Sinceramente, creo que habría hecho lo mismo que hizo ella. Pero renunciar al amor de tu vida, no sé. Me apena. Hubiera querido lo contrario para mi madre. Sin amor, no somos nada, somos una fotografía en blanco y negro. Habría hecho las cosas con discreción. Habría tratado de conocerlo. Lo habría hecho partícipe de su paternidad.

—¿Y por qué crees que tu madre no lo hizo?

—Porque tenía miedo de mi padre. Creo que priorizó protegiéndonos a todos de él. En primer lugar a mí y en segundo lugar a él. Creo que se arrancó de raíz lo que sentía y continuó viviendo con parte de su corazón amputado. Creo que temió por nuestras vidas. Mi padre podía ser imprevisible.

—¿Tú sientes miedo?

—Sí, algunas veces, y no me gusta. El miedo me impide pensar con claridad. Me hace sentirme pequeña y débil. Me rebelo contra él, pero a ratos adquiere un tamaño y una presencia que me debilitan.

—¿De qué tienes miedo?

—De que mi padre se muera estando yo en Brasil, lejos de él. De que mi nuevo padre no sea alguien especial y me decepcione, igual que el titular. Temo idealizarlo. Me da miedo que mis hermanos se enteren de todo y nuestra relación sea diferente. Peor. De que mi hijo Tristán se decepcione y rechace a su abuela. De que Marcelo Barbosa no quiera saber nada de mí. De no tener ánimo para llevar todo esto hasta el final.

—Todos tus miedos son lógicos y tienen una parte positiva, y es que te obligan a ponerles cara y ojos y estar alerta. Es algo bueno para el aprendizaje y exige control. ¿Sabías que cuando somos bebés solo tenemos miedo a dos cosas? A caernos y a los ruidos fuertes. Los demás miedos son inculcados por los adultos. Por lo tanto, son los miedos aprendidos por la experiencia, errónea o no, de nuestro entorno.

—Entonces, ¿quieres decir que muchos miedos no son reales, sino traspasados sin más por quienes nos rodean?

—Sí, exactamente.

—Por lo tanto, podríamos hacer una criba y eliminar muchos de ellos sin más, porque no son miedos propios, sino transmitidos por terceros. ¡Qué interesante apreciación, Hugo!

—Es tu mente la que controla todo. Es en ella donde se alojan los errores y los aciertos. Donde hay que buscar la verdad. Tú verdad. El miedo nos protege de los peligros pero nosotros debemos protegernos del miedo cuando es irracional. Parece un trabalenguas sacado de algún libro infantil, aunque por tu sonrisa, veo que has entendido al instante por qué te lo digo.

—Yo controlo mis miedos. Yo controlo mi vida. Me repito como un mantra cada día.

—Tú lo controlas todo, Álex. Tu vida es tuya.

—Mis miedos tienen que ver con lo desconocido, con lo que me provoca incertidumbre y rechazo. Tengo miedo de que Marcelo no me quiera, porque sé que Beltrán no ha sabido querernos y nos ha hecho sufrir. Incluso, tengo miedo de no quererlo yo y de que nada de lo que estoy haciendo llegue a buen puerto. Reconozco que me ilusiona, al mismo tiempo que me aterroriza, que las cosas no salgan como me gustaría. Si pongo en fila a los hombres de mi vida y mi relación afectiva con ellos, el resultado es regular tirando a mediocre. ¿Estará mutilada mi capacidad de querer?

—Está claro que no, Álex. Tú estás deseando querer. Estás abierta y preparada para dar y recibir en el amor. El padre que tienes ha marcado tus relaciones con los hombres. El padre de tu hijo no supo o no pudo estar al nivel que necesitabas. Mario ha sido una relación valle, cero conflictiva, podríamos decir que de transición. Es ahora cuando estás siendo consciente de lo que quieres y de lo que necesitas, es hoy cuando vas a soltar amarras y a empezar a beberte la vida, libre de fantasmas y de ataduras emocionales. Tienes que darte permiso a ti misma para ser feliz y soltar lastre.

—En esta nueva etapa de tu vida, no puedes controlar lo que va a pasar ni racionalizar tus sentimientos. Estás ahí para eso. Deja que la vida te muestre el camino, y estate alerta y receptiva.

—Sí, tienes razón, debería bajar el nivel de ansiedad que me provoca esta situación. Me reconforta saber que puedo pararla en cualquier momento y desaparecer, pero eso no me da paz. Al fin y al cabo, sería huir, y no me gusto a mí misma en esa posición. Siento como una llamada de la selva, algo ancestral y profundo que me anima a seguir. Supongo que es la sangre que fluye por mis venas. Quiero y necesito conocer a mi padre.

—Tú mueves los hilos de la marioneta. Hazlo con suavidad y también con habilidad y determinación. Nadie mejor que tú sabe cómo manejarlos; al fin y al cabo, es el inicio de una relación, todo está por descubrir. Es un lienzo en blanco esperando tener vida e identidad. Utiliza tu pincel y tu sensibilidad para llenarlo de color. No hay nada más reconfortante y que haga sentir más pleno al ser humano que luchar por lo que cree.

—Creo en lo que estoy haciendo porque lo siento dentro de mí. Va más allá de lo que mi madre quería o no que hiciera. Es por mí. No por ella.

—Hemos terminado por hoy.

—Siempre es más corto de lo que me gustaría.

»Nos despedimos y cerramos la sesión de Skype. Hablar con Hugo me revuelve los cajones del armario de mis experiencias y de mis sentimientos, pero lo hace con la habilidad necesaria para que yo pueda recolocarlo todo en los lugares adecuados. Es como si me dijera: saca todo lo que tienes en ese cajón y dime qué es. Una vez repasadas las piezas, cobran una identidad y una relevancia diferentes para mí. De forma natural, voy colocando de nuevo o descartando cada una de ellas. Mis cajones están más ligeros, mejor ordenados. He aprendido a no acumular cosas inservibles, rotas o pasadas de moda. En el mundo de las emociones es necesario tener un fondo de armario bien cuidado, y Hugo me enseña cómo hacerlo para que la energía fluya dentro de mí.

Ando tan metida dentro de mis pensamientos, reflexionando sobre lo que hemos hablado durante la sesión que no me he dado cuenta de que tengo una llamada perdida en el teléfono móvil. Es Horacio Simões, quien me ha dejado un escueto mensaje de voz que dice: «Apreciada Alma, me gustaría contactar con usted en cuanto le sea posible. *Obrigado*».

28
El bastón de Beltrán

Beltrán está instalado en La Umbría con un enfermero argentino al que ha recibido a regañadientes antes siquiera de darle los buenos días. Suponemos que debe de recordarle al nada bien parado Patricio. Seguramente le ha traído recuerdos dolorosos sobre su penosa actuación y los días de cárcel que padeció por haberlo dejado postrado durante meses en la cama de un hospital. Y probablemente también, algunos rencores antiguos hacia mi madre y su mundo de artistas. A la menor ocasión, suele decir: «Maricones y degenerados. Gente de mal vivir y peor morir, porque no puedes quitártelos de en medio ni a tiros». Suele hacer alusión a *La Gandula*, la antigua ley de vagos y maleantes española que hacía referencia a elementos antisociales. Mendigos, rufianes, proxenetas, vagabundos y homosexuales. Este último término siempre es cambiado por mi padre haciendo especial énfasis en él para que conste su total rechazo y animadversión. «Y maricones», suele decir levantando la mano derecha como si empuñase una espada.

Beltrán tiene una larga lista de nombres en su libro de afrentas. Es capaz de recordar cada detalle, por minúsculo que sea, de lo que fulano o mengano han hecho o dejado de hacer a su favor o en su contra. Nombres y apellidos, fechas, frases concretas, lugares y momentos grabados a fuego y sangre, imposibles de olvidar, y mucho menos, de perdonar. Nadie ha oído a Beltrán Terry disculparse en toda su vida.

Sonsoles ha hecho una concienzuda selección de personal anticipándose con su habitual pragmatismo al devenir de los acontecimientos. Sabe que tiene un reto ante sí. Nuestro padre está muy enfermo, pero no tenemos dudas de que mientras su cuerpo aguante y su mente ordene, nos tendrá a todos contra la pared, en perfecto orden de revista, firmes y saludando. Sonsoles ha descartado contratar enfermeras por razones obvias, a pesar de tener varias candidatas con impecables referencias. Beltrán necesita un hombre. Ya contábamos con la inestimable ayuda de Marcelina y de Ramón, pero para lidiar con semejante morlaco, Sonsoles tiene claro que necesitamos a un varón fuerte, decidido, inteligente y con experiencia en el trato con pacientes conflictivos, que además sea buena persona, con un cierto nivel cultural para poder conversar con el enfermo y que no se amilane ante las embestidas del señor de la casa.

Por lo que han comentado los médicos a Sonsoles, los cambios de humor del paciente serán múltiples y con cierta tendencia a la agresividad a medida que el tumor vaya impidiendo las funciones cerebrales y menoscabando las físicas. Ha entrevistado a cinco personas y se ha decidido por Martín Sierra, un argentino de treinta y cinco años y metro ochenta y siete nacido en Córdoba, Argentina. Un armario empotrado de enfermero especializado en geriatría que además está licenciado en fisioterapia. Tiene muy buenas referencias. Ha trabajado en varias clínicas privadas en Barcelona y en un conocido hospital psiquiátrico de Madrid. Da perfectamente el perfil para lo que necesitamos. Es un hombre bien educado y de maneras refinadas, a pesar de su fisionomía más bien parecida a la de un *gigoló* o un portero de discoteca. Es guapo a rabiar. Tiene el pelo castaño y los ojos de color verde esmeralda. Su madre murió al dar a luz y su padre es ingeniero especializado en la construcción de bodegas. Ha vivido a caballo entre Chile y Argentina y se crio con una tía en la Villa Carlos Paz, a orillas del lago San Roque. Martín también lleva en su código genético el amor por el vino y el campo, sin embargo, desde pequeño sintió otra llamada más profunda y eligió la senda del altruismo, de darse a los demás. Desde el primer momento, a Sonsoles le pareció como un ángel caído del cielo. No sabemos cuánto tiempo vamos a necesitarlo ni cuánto aguantará. No ha puesto objeción a ninguna de nuestras inconcreciones, pues desconocemos todo lo referente a la enfermedad más allá de la teoría que los especialistas nos han trasladado. Tampoco al hecho de que necesitaremos que esté veinticuatro horas al día pendiente de mi padre, siete días a la semana y por tiempo indefinido. No se lo ha pensado dos veces. En cuestión de horas se ha trasladado a vivir a La Umbría.

Mi hermana y él conversaron durante el viaje a Salamanca, ambos tenían la sensación de haberse conocido antes. Sonsoles lo ayudó a instalarse en el cuarto contiguo al de mi padre, un cuarto que hace las veces de pequeña sala de estar y que tiene una puerta que comunica ambas estancias. En otro tiempo fue un cuarto de lectura que dejó de usarse cuando mi madre no volvió a pisar la dehesa. Nadie recuerda cuál había sido su uso, tan solo mi padre, al que no le gusta especialmente recordar nada. Marcelina lo ha preparado haciendo traer una de las camas grandes de madera que había en el desván, de un tamaño mayor para que Martín esté lo más cómodo posible. Además, ha instalado unos intercomunicadores como los de los cuartos de los bebés sin que mi padre lo sepa; no consentiría que nadie espiase sus movimientos en su propia casa.

Cuando llegaron a la dehesa, el dragón estaba en su cuarto durmiendo la siesta. Sonsoles y Marcelina aprovecharon para enseñarle a Martín el funcionamiento básico de las cosas de casa: horarios, costumbres y la medicación que había que administrarle. No debía quedarse solo en ningún momento, cosa harto difícil de conseguir. A mi padre, la compañía constante le genera una tremenda irritación. Suele levantarse cuando las visitas no son las esperadas o si las conversaciones le aburren. Tiene la mala costumbre de ausentarse en silencio y no volver. Directamente se marcha sin disculparse ni despedirse.

Marcelina se ha ocupado de guardar todas las llaves de las cerraduras de la casa. Ramón, a su vez, está encargado de mantener una estricta vigilancia de mi padre de puertas para afuera, en el jardín, en las caballerizas y los alrededores de la casa. Cada uno tiene nuevas ocupaciones y deben desempeñarlas sin que el patrón se dé cuenta. Martín debe tratar de pasar todo lo desapercibido posible para ganarse su confianza. Mi padre es receloso de todo lo nuevo, como suele ocurrir con las personas mayores. No le gusta dar explicaciones de lo que hace ni de adónde va. Odia las dependencias, pedir permiso y ser controlado. Ramón es el encargado de llevarlo y traerlo del pueblo y de dar una vuelta por la finca. La autonomía de mi padre se ha reducido de cien a cero en cuestión de días. Se da cuenta de que su cabeza no está todo lo lúcida que debe pero no tiene la más mínima intención de dejar que le organicen la vida. Tiene algunos lapsus de memoria. Su irritabilidad se acentúa por los fortísimos dolores de cabeza que padece casi a diario. Duerme siestas largas y profundas y lleva muy mal que lo despierten. Marcelina es el foco de todas sus iras matutinas y también de las vespertinas. Ya está acostumbrada a los exabruptos del señor de la casa, a quien quiere y respeta sin cuestionamientos. Demasiados años juntos como para empezar a quejarse a estas alturas.

Marcelina y Ramón están al corriente del poco tiempo que le queda a mi padre. Se han ofrecido a Sonsoles para ayudarla en todo lo que pueda necesitar. Atenderán a Martín como a uno más de nosotros. Saben que su figura y su trabajo son primordiales para mantener la dignidad de don Beltrán hasta el final.

El día que llegaron a La Umbría, Martín y Sonsoles comieron juntos en el cuarto de estar. Después salieron a dar un paseo por la finca aprovechado las horas de luz de la tarde. A su regreso, Marcelina salió a su encuentro para avisarlos de que don Beltrán estaba merendando en la biblioteca. Sonsoles llamó a la puerta y le pidió a Martín que esperara unos minutos tomando un café, mientras ella preparaba el terreno antes de presentárselo.

—Hola, papá, soy Sonsoles, ¿puedo pasar?

—Hola, chata, ¿qué haces aquí tan tarde? Te esperábamos para comer.

—Llamé para decirte que me retrasaba, ¿no te ha dado Marcelina el recado?

—No, no me ha dicho nada. Ven y dale un abrazo a tu anciano padre.

—¿Cómo te encuentras?

—Estoy bien jodido. Estas medicinas que me dais para los dolores de cabeza son una mierda, no me quitan el dolor y me sueltan la tripa. Así que no me las tomo más.

—Pero, papá, tienes que tomártelas. En muy pocos días, tu cuerpo se va a acostumbrar.

—Mi cuerpo no se va a acostumbrar a nada. He dicho que no me las tomo y punto.

—Bueno, voy a hablar con el médico a ver si puede cambiártelas para que te sienten mejor. ¿Y cómo estás de ánimo?

—Cabreado. No puedo hacer nada de lo que hacía hace unas semanas. Me tenéis secuestrado en mi propia casa. No funcionan los coches. No aparecen las llaves de las puertas. No tengo mi whisky ni mis puros. Me estalla la cabeza. Estoy aburrido de no hacer mi vida.

—Mañana vienen Íñigo y Jacobo. Si quieres, podemos bajar al pueblo o dar un paseo fuera de aquí.

—¿Al pueblo? ¿Para qué? ¿Me vais a llevar a todos lados como si fuera un inútil o un niño de pecho, agarradito de la mano?

—Hacemos lo que te apetezca, papá. No estés enfurruñado todo el tiempo, te sienta fatal. Me gustaría presentarte a una persona que ha venido conmigo. Se llama Martín y va a ser tu enfermero desde hoy. Vivirá aquí contigo, como hablamos en el hospital.

—¿Aquí? ¿En mi casa? ¿Todos los días? ¡De ninguna manera! ¿Qué os habéis creído que es esto? ¿Una casa rural de esas adonde puede ir cualquiera? Esta es mi casa y aquí mando yo. No quiero visitas ni niñeras.

—Papá, esto ya lo hemos hablado. Necesitas una mínima supervisión. Marcelina y Ramón no son suficientes. Hace falta un profesional. Alguien que esté cerca por si lo necesitas.

—Yo no necesito a nadie. Estoy secuestrado en mi propia casa, no me dejáis ni montar a caballo.

—Es un buen tipo, papá. No tiene nada que ver con lo que te estás imaginando.

—No me gusta que haya extraños en casa. No lo conozco de nada. ¿De dónde ha salido? Esperemos por lo menos que sepa comer.

—Es una persona culta y educada, papá. Además, se ha criado en al campo y sabe mucho de vinos. Os vais a entender estupendamente.

—No necesito que me den palique, y mucho menos, que me instruyan. Será mejor que esté callado, no me interesa su conversación. ¿Cómo has dicho que se llama?

—Martín. Se llama Martín Sierra, papá, y es de Córdoba.

—¿De Córdoba?

—De Córdoba, Argentina.

—¡Me cago en todo lo cagable, Sonsoles! Un sudaca en mi casa. ¡Por todos los demonios! El sudaca ese se puede ir a hacer puñetas. Ya puedes decirle que se largue.

—Si no lo quieres ver hoy, no lo veas, pero se va a quedar aquí contigo, te guste o no. Este tema no es negociable como otras veces, papá. Estamos hablando de cosas serias.

El tumor que tienes no va a ser un buen compañero de viaje y van a ir pasando cosas que no serán agradables. No quiero que estés solo, bajo ninguna circunstancia. Yo voy a estar aquí contigo todo lo que pueda. Vamos a estar todos. Vendrán Gonzalo y Bea, y Álex, en cuanto termine su trabajo en Brasil. No vas a estar solo, pero quiero que seas consciente de que necesitamos a Martín. Es imprescindible que nos ayude para que estés lo mejor posible.

—No me sale de los cojones.

—Ya te lo he dicho, papá. En esto no decides tú. Lo hemos hablado entre nosotros y hemos decidido que es lo mejor para ti. Si no quieres estar en un hospital, y lo entiendo, yo tampoco querría estar ni atada, el trato es que Martín se quede aquí contigo. Ya sé que cuando lo hablamos en urgencias, me decías que sí, como a los locos. Ahora ya no estamos angustiados como entonces, y no voy a permitir que te hagas daño por tu cabezonería.

—No pienso cenar con vosotros. Dile a Marcelina que cenaré aquí solo. No quiero que se me revuelva el estómago más de lo que lo tengo por la presencia del argentino ese.

—Pero ¿qué tienes en contra de los argentinos?

—Son todos unos hijos de mala madre. ¿Qué se puede esperar de aquellos que han nacido de la fornicación entre presos, furcias e indígenas salvajes?

—Pero, papá, ¿qué disparates dices?

—Así se escribe la historia de nuestras colonias. A golpe de chicote y de brutalidad.

—No creo que debamos profundizar en los anales de la colonización americana, papá.

—A *cristazo limpio* fueron sometidos. Te lo dice tu padre.

—Házmelo fácil, papá, no tenemos muchas alternativas.

—Sí, ya veo que andamos escasos de opciones.

—Y hablando de tu hermana, ¿qué puñetas está haciendo en Brasil? No me digas que las cosas se están poniendo tan complicadas como para que estén buscando clientes en otros hemisferios.

—Está trabajando para conseguir una cuenta estratégica para la agencia. Álex está muy motivada. Ya nos contará cuando vuelva.

—No me gusta que la llames Álex, es un diminutivo masculino que no le hace justicia.

—¡Ay, papá, qué sensible estás hoy!

—A quienes echo de menos es a mis nietos. No sé por qué han mandado a Tristán a estudiar fuera. A mí, tu madre no me dejó hacerlo. Si por mí fuera, habríais estado todos estudiando en Inglaterra, como mandaban los cánones. Pero tu madre ha hecho siempre lo que ha querido, por encima de mi criterio y de mi voluntad.

—Bueno, papá, no vayamos a sacar el libro de las afrentas contra mamá. ¿Qué importancia tiene ahora? No te martirices. Mamá ya no está. Estoy segura de que hicisteis las cosas lo mejor que pudisteis.

—No, chata, yo no. Fue ella quien hizo lo que le dio la gana y se pasó mi opinión por el arco del triunfo.

—Me haces reír, papá. Tienes enfados que te duran años y años. ¿No te cansas?

—No. A mí no me hace ninguna gracia lo que estamos hablando. Tarde o temprano lo pagará, dondequiera que se encuentre, lo pagará y caro.

—No tienes arreglo, papá. ¿Y tú? ¿Pagarás por tus errores?

—¿Yo? Yo no tengo nada que pagar. Yo me moriré y punto. Polvo al polvo. Ahí se acabará la fiesta y mi sufrimiento. Me iré solo, igual que vine solo. No me queda nada por hacer ni deudas que pagar. No debo favores. Mis enemigos han ido desfilando por delante de mis narices. Mis hijos, si acaso, me llorarán un poco y la vida continuará. Estamos aquí de paso, querida mía. Y yo moriré como he vivido, pisando fuerte, con dignidad. Soy Beltrán Terry Álvarez de Abréu, dueño y señor de estas tierras y de mi vida. Me he puesto el mundo por montera como pocos lo han hecho. Conmigo se termina una saga. En mí muere una estirpe de hombres de ley, valientes y aguerridos.

—Me gusta verte fuerte y optimista, papá, y no hablemos de la muerte. Aún te queda mucha guerra que dar. No hay más que verte.

—Anda, dile al enfermero que pase. Vamos a ver el ejemplar que me has traído. Si no que queda otra, cuanto antes, mejor. Pero que conste que no lo quiero y no lo necesito.

—Lo primero no te lo discuto. Lo segundo no tiene vuelta de hoja.

—De mis cuatro hijos, tú eres la que es mejor persona. Tu hermano, sin embargo, es un débil. Tu madre lo echó a perder. Siempre fue apocado y melindroso. No tiene mal ojo para los negocios pero el apellido le queda grande. No es el hombre que yo quería haber hecho de él. Tu hermana Beatriz es una renegada esotérica que se dedica a dar brincos para ganarse la vida. Un ser apagado que no irradia una chispa de luz así le enciendan la mecha de un petardo en el culo. Tu hermana Alejandra y tú sois harina de otro costal. Se nota a la legua que sois hijas mías. Se nota la raza. La fuerza. El carácter Terry. Tú eres más equilibrada que Alejandra, y aunque ella ha dado algunos tumbos, es una gran mujer. Estoy orgulloso de vosotras y de vuestros hijos. Al menos vosotras me habéis dado nietos, no como uno que yo me sé.

—Papá, voy a buscar a Martín, no te muevas de ahí.

—No tengo opción. Si salgo, me daréis caza como a una liebre.

La cara que mi padre puso al entrar Martín en la biblioteca era de antología. Quizá esperaba a un hombre de tamaño pequeño y actitud humilde y se encontró con la fisionomía de un guerrero. Martín se presentó, se acercó hasta el sofá Chester, se sentó a su lado y le dijo:

—Don Beltrán, es un honor para mí y un orgullo conocerlo en persona. Espero que mi estancia en su casa no le cause ninguna incomodidad.

—Por supuesto que no. Aquí tenemos espacio para los dos. Sería la primera vez que alguien no fuera tratado con la debida cortesía en La Umbría. Sea bienvenido a mi casa, Martín. Mi hija Sonsoles me ha hablado de usted. Más bien poco, la verdad.

—Papá, si os parece, os dejo que habléis un rato a solas. Me voy a la cocina con Marcelina para ver qué vamos a cenar. ¿Te apetecerá cenar con nosotros?

—Por supuesto. Tenemos un invitado. ¿Qué va a pensar de nosotros si no?

Sonsoles se fue tranquila y sonriente hacia la cocina pensando en el niño malcriado que había sido nuestro padre toda su vida. Un auténtico lobo con piel y garras de lobo. Marcelina y Sonsoles estuvieron hablando largo y tendido de lo que tendrían que afrontar. No sabían cuántas semanas tardaría mi padre en dejar de ser el animal que siempre había sido, cuándo se entregaría a su suerte, como hacen los toros en la plaza segundos antes del descabello y su muerte definitiva.

La ayuda de Martín es vital para todos nosotros. Tenemos claro que sin él no podremos gobernar a mi padre. Marcelina y Ramón están mayores y cansados. Pueden seguir enfrentándose a los envites del genio de su patrón, a sus cambios de humor, a sus caprichos, pero no están preparados para luchar contra lo que no conocen, y la enfermedad es un caballo salvaje al que no se atreverán ni a acercarse. Trabajarán a brazo partido con Martín, quien a partir de ahora llevará las riendas de todo, como si fuera el mismísimo Beltrán. Será un catalizador. Sabrá informar de los cambios sustanciales y nos preparará para afrontarlos. Beltrán no lo sabe, pero Martín será su último amigo, su compañero en la última etapa del viaje de su vida, su mano derecha y también la izquierda. Es probable que llegue a ver en él atributos que hubiera deseado compartir con su propio hijo. Gonzalo no es el hijo que esperaba tener y él no es ni remotamente el tipo de padre que hubiéramos querido. Nadie encaja en las expectativas de nadie. Sonsoles es la única que se comunica con todos.

Mi hermana le ha preguntado a Marcelina si sabe dónde guarda mi padre su testamento. En un momento de delirio en el hospital hizo alusión al documento y no quiere preguntárselo directamente para no incomodarlo. Se siente como un pájaro de mal agüero, sobrevolando la pieza esperando la hora aciaga que no tardaría en llegar. Marcelina sabe dónde está cada cosa en aquel mausoleo. El testamento estaba en la biblioteca, en la caja fuerte que hay detrás de los estantes de libros movibles, en la pared izquierda, cerca del ventanal. La cuestión era que nadie sabía dónde había puesto mi padre la llave y no había copia. Sonsoles pensó que habría tiempo de hablar de ello más adelante y se limitó a preguntarle a mi padre si había testado. «Solo vais a heredar deudas por mi parte. Os tendréis que conformar con pagar una rehipoteca si queréis conservar estas tierras. Gonzalo sabe cómo están las cuentas: pregúntale a él», respondió sin el mas minimo atisbo de interés en el tema.

El fin de semana transcurrió sin sobresaltos. Mi padre estuvo más tranquilo que de costumbre, la presencia de Martín parecía haberlo sedado. El sábado llegaron Jacobo e Íñigo y la casa empezó a parecerse un poco más a otros tiempos mejores.

Yo los he llamado desde São Paulo y lo he encontrado muy animado. Sonsoles, que se ha puesto al teléfono después de hablar yo con él, me ha confesado que está fascinada por la rapidez con la que Martin se ha hecho con nuestro padre. Han estado paseando juntos por la dehesa. Martín no solo entiende de campo sino que tiene un finísimo sentido del humor que mi padre ha detectado al momento; incluso se les ha oído intercambiar algún chascarrillo mientras pasaban revista a los caballos. Martín se ofreció para llevarlo al pueblo y así conocer los alrededores por si pudieran necesitar algo. Contra todo pronóstico, mi padre accedió a que lo llevara en coche hasta el pueblo. Recorrieron todas sus calles, del bar a la farmacia, de la carnicería a la tienda de comestibles, del matadero al cuartel de la Guardia Civil, de la fuente al parque infantil, de la escuela al cementerio. Pasaron revista a los cinco bares del pueblo e incluso, con permiso de Martín, mi padre se tomó una cerveza y se lo presentó a sus amigos como un amigo que había venido de Argentina para quedarse a pasar unos días en la dehesa.

Martín sabe jugar al mus. Otro punto a favor. Nadie da crédito. Sonsoles ha tenido un gran ojo.

Todos estamos contentos y agradecidos pero a la expectativa: conociendo al personaje, nadie se atreve a cantar victoria. Todos conocemos los cambios de humor de mi padre y sabemos que lo que hoy es blanco mañana puede ser negro azabache. Sin embargo, tengo la sensación de que mi hermana respiraba aliviada al contarme los detalles de las últimas veinticuatro horas. «No ha dejado de sonreír en toda la mañana, ¿te lo puedes creer?», me decía emocionada. Las dos sabemos que lo peor está por llegar, pero esos pequeños momentos de paz bien merecen ser disfrutados. Han hablado de los vinos de Mendoza, de caballos, de cortes de carne y de asados, de gauchos, de cultivos, de política y de mujeres. Mi padre ha viajado a Argentina en varias ocasiones, siempre para cazar y siempre solo. Mi madre nunca lo acompañó; aborrecía las cacerías, la sangre y el ambiente de los cazadores, y no había cogido un arma en su vida, y mucho menos, un rifle. En estos momentos, mi padre parece haberse olvidado de mi madre. Le viene bien salir del museo de los recuerdos en el que había convertido la biblioteca.

Sonsoles le ha pedido a Martín que, en lo posible, trate de no dejarlo solo entre sus recuerdos. La tristeza se apodera de él con una intensidad profunda y malsana que hay que evitar a toda costa.

Un reloj de arena acaba de darse la vuelta en la vida de mi padre. Sabemos que tenemos poco tiempo y queremos que lo pase lo mejor posible. Sonsoles ha dado carta blanca a Martín para que haga y deshaga. Confía en su sentido común y en la habilidad para tratar a mi padre como a un niño sin que se dé cuenta. Ha captado desde el primer momento que no debe enfrentarse a él. Su capacidad de seducción es tal que no hay escapatoria posible. No han pasado cuarenta y ocho horas y ya están organizando una partida de mus con un par de amigos del pueblo. Es esencial para el equilibrio emocional de mi padre que su vida siga girando mientras él pueda disfrutarla. Tiempo habrá de silencios y de soledad, aunque nunca más será tan triste como la que ha vivido en los últimos años.

La conversación con Sonsoles me ha tranquilizado pero nadie puede saber la dualidad que siento dentro de mí. El viaje en solitario que he emprendido en busca de un padre oculto y desconocido coincidiendo con los últimos días de la vida de mi padre me ha entristecido profundamente, llegando incluso a hacerme sentir culpable por querer saber más. En estos momentos de tristeza sorda, después de colgar el teléfono, me acuerdo de Hugo. De nuestras conversaciones nada simples, de los mimbres que me da para que pueda tejer mi propia cesta emocional. Su trabajo no es alimentarme dándome peces, sino enseñarme a pescarlos, y lo hace bien, francamente bien.

Yo quiero ser su mejor alumna y me esfuerzo cada día en mejorar, en sacar lo mejor de mí sentada en los vagones de mi propia montaña rusa emocional. Vuelvo a recordar la frase «Con la verdad no ofendo ni temo».

29
La tierra prometida

Escribo un mensaje a Alma para compartir con ella la buena nueva. No sé si será buena pero sí es nueva. Los días pasan tan lentamente que parece que hace un siglo que estoy viviendo en São Paulo. El tiempo parece haberse ralentizado. Me quedo pensativa mientras espero en silencio la llamada de mi socia. Los minutos pasan y necesito pasar a la acción. Marco el número de Horacio pero no da señal y cuelgo. Nadie parece estar disponible en estos momentos. Marco de nuevo. Otro intento fallido. Decido no insistir más y dejarle un mensaje.

«Buenas tardes, Horacio, he recibido su mensaje y espero noticias. Gracias. Alma».

El teléfono no tarda en sonar.

—¿Alma? Soy Horacio Simões.

—Buenas tardes, Horacio, me alegra mucho hablar con usted por fin.

—Disculpe si nos demoramos en llamarla, hemos estado muy ocupados.

—No se preocupe, lo entiendo.

—¿Cómo está?

—Muy bien, muchas gracias, ¿y usted?

—Muy bien. Contento de saludarla.

—¿Han tenido ustedes tiempo de valorar a todas las agencias?

—Desde luego que sí y estamos trabajando con el fin de poder darles toda la información que precisan para profundizar en el proyecto. Pero aún no hemos tomado una decisión.

—Ya, claro... ¿Y necesitan, quizá, alguna cosa más de nuestra parte?

—De momento no. Ahora somos nosotros los que tenemos que trabajar. Le daremos una respuesta lo antes posible, señorita Alma.

—Ya sabe que me tiene a su disposición, Horacio.

—¿Tiene usted algún compromiso para la fiesta de carnaval? A don Marcelo le gustaría convidarla a pasar unos días en la *fazenda* para que pueda conocer de primera mano la plantación de café.

—Lo cierto es que no tenía nada pensado.

—Pues no se hable más; a don Marcelo le agradará saber que acepta su invitación. Le enviaré un conductor el sábado por la mañana. Serán tres días, si usted no tiene inconveniente.

—Ninguno. Todo lo contrario, les estoy muy agradecida, Horacio.

—Le enviaré una invitación formal a su dirección. Si necesita alguna aclaración, no dude en llamarme.

—Muchas gracias, Horacio, será un placer.

—Para nosotros, también recibirla como invitada, señorita Alma».

Cuelgo el teléfono. Aprieto los puños con fuerza encajando los codos en mis caderas, como hacen los deportistas de élite. No sé si reír o llorar. Siento la misma sensación de triunfo que cuando nos llaman para decirnos que hemos ganado una cuenta o un concurso. Yo lo vivo como un premio. No importa el número de veces que nos hayan dicho «sí». Cada vez es como la primera. No puedo creer que las cosas empiecen a fluir de nuevo. Noto como las lágrimas inundan mis ojos. Todas las emociones se están centrifugando dentro de mí y la sangre bombea desatada por todo mi cuerpo. «Marcelo quiere verme», me repito una y otra vez. Me quiere ver. Me quiere ver. La tediosa espera ha tocado a su fin. Estoy eufórica. Quiero gritarlo a los cuatro vientos, contárselo a todo el mundo, golpear manos, dar abrazos, pegar saltos, tirarme al suelo, revolcarme, abrazar una almohada, reír y llorar, todo al mismo tiempo. No tengo a nadie con quien hacerlo. Soy la huérfana emocional más feliz sobre la faz de la Tierra. La llamada de Horacio me ha insuflado una dosis extra de endorfinas y de confianza. Todo va por donde debe. Los fantasmas se han ido a dar la murga a otra cabecita pensante. Alma tenía razón. Era cuestión de tiempo.

Tres días por delante en la *fazenda,* pero ¿con quién? Esperaré a que llegue la invitación. Cuatro días pueden pasar en un suspiro o hacerlo lenta y tediosamente. No me importa. Mi misión tiene que continuar. Ahora solo puedo pensar en positivo y prepararme para disfrutar lo que llevo meses y meses proyectando, imaginando, sintiendo. «Ahora sí voy a poder conocerlo», me repito una y otra vez. Estoy deseando hablar con Alma para contárselo. Nunca imaginé que pudiera ser de esta manera. En su propia casa. En su entorno. Probablemente con sus amigos e incluso con alguien de su familia.

Horacio no me ha dicho si habrá más invitados, ni si él estará allí. Siendo la semana de carnaval, estoy segura de que habrá otras personas. Estoy dispuesta a arriesgarme. Es la ocasión que he estado esperando día tras día en una ciudad extraña, alejada de todo y de todos. Mi madre estaría contenta y esperaría lo mejor de mí. No en balde me ha educado en la excelencia. «Hay que saber estar de igual modo en la casa del portero y en la del embajador», solía decirme. Estoy preparada para todo. Ella me ha preparado para ser siempre yo misma, y en momentos como estos, se lo agradezco.

Tengo dos días para prepararme. Seguramente necesitaré ropa más elegante que la que he traído. Ropa *casual* por el día y más formal para la noche. ¿Cómo será la *fazenda?* ¿Será una casa de campo sin más? Lo dudo. Después de haber estado en la casa de avenida de Europa, solo puede ser parecida o mejor. Si Marcelo tiene tanto interés en sacar su línea de café *gourmet* y me invita a conocer el lugar donde nace todo, estoy segura de que será especial. No tengo respuestas y ya empiezo a acostumbrarme a jugar con la incertidumbre. Mi cabeza está permanentemente adornada por unos invisibles signos de interrogación que me acompañan desde que he dejado mi confortable vida de Madrid. No tengo ni idea de cómo serán los demás pero sé perfectamente lo que debo llevar. Decido salir a la calle y dar una vuelta por Iguatemi, el enorme centro comercial de la avenida Faria Lima. Tengo aún bastante dinero del que me ha dejado mi madre para esta aventura y decido que puedo darme algunos caprichos y desempolvar mi Amex, la ocasión bien lo merece. Pienso en lo práctico. Dos cenas, tres comidas y tres desayunos. Ropa de *sport* y de piscina. Doy por hecho que habrá piscina. Crema solar, pareo y sombrero. «Debería hablar con Horacio para que me diera alguna pista», pienso. Quizá haya algo especial previsto por las fechas que son. O quizá no. Por primera vez en semanas, estoy verdaderamente ilusionada.

Me quedo pensativa por un instante. ¿Qué sé realmente de la familia Barbosa? ¿Tendrá hermanos, sobrinos, ahijados, novias, amantes, socios, acreedores, enemigos? No sé nada de él, de quién es en realidad más allá del fortuito cruce genético que nos une. Dentro de mí se debaten en un duelo sin cuartel la curiosidad y la incertidumbre. Va ganando la curiosidad por una exigua ventaja. Me siento lo suficientemente fuerte como para afrontar la situación. No sé lo que me durará mi pequeño momento de gloria pero estoy más que preparada para saborear el triunfo. Volver a ver a Marcelo es un regalo con el que no contaba.

Alma vuelve a acertar en su percepción sobre los acontecimientos. No pasó nada el día de la reunión. Al menos, nada que tenga que ver con nosotras. Quizá estos días de silencio se debieron simplemente a otros temas profesionales, otras prioridades, otros asuntos que tratar. Quizá algún viaje. Aunque en mi fuero interno, sigo teniendo la sensación de que algo le pasó a Marcelo, algo que tiene que ver conmigo. Puede que esté en un error y sea víctima de mi propia sugestión. Para afianzar mi posición, rumio mis pensamientos sin voz: «Yo soy la única que sabe lo que está pasando. Marcelo no puede haberse dado cuenta de nada. Hace treinta y seis años que no formo parte de su vida, ni de su día a día. Supo que existía alguien pero quizá no llegó a saber que ese alguien era una niña, ahora una mujer. Quizá se olvidó de todo, lo borró sin más. Lo apartó, lo emparedó. Lo metió en un cajón y tiró la llave al mar. Quizá yo nunca fui importante, nunca fui real. Lo que pudo haber sido y no fue pudo muy bien quedarse en eso, en una posibilidad y nada más que el tiempo se ocupó de matar».

Mi corazón se ha ensombrecido con mis cavilaciones. No me viene nada bien hacerme a mí misma el flaco favor de proyectar mi insignificancia. Me quita energía, me resta valor y entorpece mi paso adelante. Tengo que volver al momento frívolo y práctico en el que estaba. Activar el modo *función* —ir de compras— y volver con tantos paquetes como quepan en mis manos, para mayor gloria de mi madre. Recuerdo que Helena me ha advertido de la importancia de volver en taxi si quiero hacer compras de las que llaman la atención. Lo que para cualquiera en España es normal, en Brasil es una forma clara y rotunda de transformarme en señuelo, y por nada del mundo quiero llevarme un susto. No debo hacerme notar, no puedo ser Alejandra. Tengo que seguir agazapada como una tigresa, esperando mi momento de atacar y cobrarme la pieza. Cualquier tipo de altercado puede truncar mi estancia en la ciudad, no puedo jugármela. Me visto lo más discreta que puedo para pasar desapercibida. Me calzo unas zapatillas de tenis y me voy hacia Iguatemi enfilando la enorme avenida de Faria Lima.

El cielo amenaza con romperse en mil pedazos y así es. Nada más dejar atrás las dos puertas de hierro forjado del portal, bien cerradas con sus consiguientes portazos, comienza la más fidedigna muestra del diluvio universal. Empuñando mi paraguas negro de plástico fino de tres reales con cincuenta céntimos, que huele a pelo de muñeca y cuyas varillas no dudarán en dejarme tirada al más mínimo envite ventoso, emprendo la marcha. No lo dudo ni un segundo. Me cruzo mi cartera de Loewe de ante marrón canela a modo de bandolera, algo que jamás habría hecho de no haber estado en Brasil y sin testigos directos que puedan ponerme una falta grave en mi historial sobre el tratado de las buenas maneras. El bolso cruzado ha estado prohibido en casa desde tiempos inmemoriales. El formato bandolera quedó relegado para las buenas gentes del campo. Me recuerda a las discotecas de verano, en las que las niñas, sobre todo inglesas o irlandesas, bailan su «deliranza» etílica hasta el amanecer con sus inseparables bolsos pegados a las caderas como cartucheras al más puro estilo Wayne, John Wayne. O como he visto en muchos pueblos, atillos y zurrones a modo de bandolera. No hay tiempo para pijerías y pienso: «Donde fueres, haz lo que vieres». Estoy dispuesta a vadear todas las riadas que se forman en las calles en cuestión de minutos. El sistema de alcantarillado no es precisamente bueno. El agua rebosa y se arremolina caprichosa entre las aceras y las calzadas hasta que no se diferencia cuál es cuál. Doy cuatro brincos para cruzar la calle de acera en acera y cambio de opinión. No tengo por qué ir como una rana saltando de charco en charco. En vez de ir directamente al centro comercial, cambio de rumbo girando el timón a estribor de mis cuasi empapadas zapatillas y espero tranquilamente en Santo Grão tomando un sándwich y una copa de vino blanco.

Con toda la emoción de la llamada, me había olvidado de comer. La gente corre de un lado a otro. A muchos los ha pillado la lluvia a traición. Yo los observo divertida viendo cómo chapotean y son salpicados impunemente por los coches y autobuses que pasan a gran velocidad. Los peatones no tienen prioridad ninguna en los pasos de cebra. Están realmente expuestos a la hora de cruzar por un paso que no esté regulado por un semáforo. Y aun así, la gente se lo piensa antes de dar la primera zancada. Cruzar supone un riesgo, independientemente del color de las luces de los semáforos. Yo soy la única que no parece llevar prisa. De pronto suena mi teléfono. Es Alma. Ha presentido que algo está pasando y me ha llamado nerviosa e intrigada al mismo tiempo.

—Álex, ¿qué tal? ¿Alguna novedad?

—Una increíble, Alma.

—Vamos, dispara que me tienes en ascuas.

—Ha llamado Horacio. Me han invitado a pasar el fin de semana en la *fazenda*.

—¿Esta semana? ¿Ya?

—Sí, de viernes a domingo. Por fin los astros se alinean, Alma.

—Lo que daría por estar contigo, mi reina.

—Y yo, Alma. No sabes cuánto.

—¿Y quiénes van? ¿Te ha hablado del proyecto?

—Sí, me ha dicho que quieren que conozca de cerca el tema del café, pero que aún no han tomado una decisión respecto a la agencia.

—¿Vas con otras agencias?

—No lo sé. No tengo más información. Horacio me mandará las coordenadas por escrito.

—Álex, ¿qué ruido es ese? ¿Llueve?

—No, Alma, no llueve. ¡Diluvia!

—¿Y qué haces en la calle?

—Voy a ir a comprarme algo de ropa. No sé lo que voy a necesitar. Supongo que de todo un poco. Aquí el clima es muy cambiante.

—¡Qué nervios! Es tu momento. Con agencias o sin ellas. Vive estos días, Álex. Te los has ganado y te lo mereces. Ojalá que sea para bien…

—Ojalá. Estoy más ilusionada que aterrada.

—¿Crees que podrás conectarte a Skype para que podamos comentar?

—No lo sé, pero teniendo en cuenta que el anfitrión es un hombre del negocio de las telecomunicaciones, espero que sea así.

—Bueno, seguimos más tarde. Estaré muy cerca de ti, Álex. ¿Y sabes lo que te digo? Que te diviertas. Olvídate de todo y piensa en ti.

—Gracias, Alma, es como si estuvieras aquí.

—Por aquí va todo estupendamente, así que desconecta y pon tu foco de atención en vivir cada instante. Ponle alegría, por favor. Nada de agobios.

—Lo intentaré, Alma, te lo prometo.

—Adiós, mi niña. Te quiero.

—Y yo a ti. Mucho».

Las llamadas de Alma siempre me reconfortan. La siento muy cerca. Siempre presente, siempre amiga, siempre dispuesta a todo por mí. No sabré nunca cómo agradecerle todo su apoyo, su generosidad sin límites. Sé que mi ausencia en la agencia en Madrid está suponiendo una tremenda sobrecarga para ella y para el equipo. Pero no me lo dice. Nadie me lo dice. Ella se ha ocupado de que todo el mundo enmudezca y me ponga las cosas fáciles. No admite quejas ni comentarios ñoños. Ha dejado bien patente la importancia que tiene para la agencia la apertura de otros mercados y la exploración de otros territorios. La cuenta del café, como la llaman, es una prioridad y un proyecto estratégico para la empresa. Todos los recursos son pocos, y nadie mejor y más preparada que Alejandra Terry para enfrentarse a tan tremendo desafío. Esa es su frase recurrente ante cualquier atisbo de rebelión en cualquiera de los nuestros. Alma me apoya a muerte, y yo siento que su confianza todopoderosa me hará ser más valiente de lo que puedo ser y más sensata de lo que ya soy. Alma forma parte de mi vida al mismo nivel que mis hermanos, que mi hijo, que mi madre. Es parte de mi familia, de mi ADN, de otra vida anterior.

Apuro la copa de vino y pido la cuenta. Los enormes goterones resbalan por la tela impermeable de la carpa que cubre la terraza de Santo Grão. La tormenta eléctrica ha dado paso a una lluvia más fina. Me recuerda al chirimiri de San Sebastián, tan fino y tan persistente que te acababa calando hasta los huesos. Abro mi paraguas de nuevo y cojo el camino más recto hasta el centro comercial. Como si estuviera jugando a la rayuela, voy sorteando con cierta habilidad los charcos y riachuelos que encuentro a mi paso. En un momento dado, ante la nula delicadeza de los vehículos motores que pasan por la calle empapando a la gente con total impunidad, decido tomar el camino central, por el que discurre el carril bici, por suerte, más elevado que las aceras y menos expuesto al incesante tráfico. A partir de ese momento, dejo de preocuparme por ir dando saltitos tratando de no empaparme aún más mis viejas y queridas All Star.

En quince minutos llego a la faraónica puerta principal de entrada doble del impresionante Iguatemi. La entrada está flanqueada por una tienda de la cadena C & A y otra de Tiffany & Co a izquierda y derecha respectivamente. Una fila de seis policías se seguridad hacen guardia como columnas de carne y hueso con sus uniformes grises, sus botas negras de militar con suelas de goma, unos ceñidos chalecos antibalas y gorras a juego con el uniforme. Las pistolas preparadas, con el automático desabrochado, sin ceñir las armas en sus fundas, para ser empuñadas ágilmente a la mínima ocasión de peligro. Están alerta y preparados para cualquier ataque. Sus cuerpos de más de 90 kilos permanecen erguidos como «madelmanes» en exposición, y sus ojos, concentrados en escudriñar cada detalle del tráfico y a los transeúntes.

Doy las buenas tardes en un susurro casi inaudible y sin respuesta. Tampoco lo pretendo. Más bien ha sido un acto reflejo de respeto a la autoridad. Escurro mi paraguas y lo enfundo en un plástico a modo de preservativo para no mojar el suelo que está previsto en varios soportes cercanos a las entradas. La altura de los techos es simplemente descomunal. Como todo en Brasil, me parece enorme, casi desproporcionado. Grandes columnas revestidas de mármol flanquean la entrada y el espacio central hasta abrirse en un espacio rectangular mayor, con amplios accesos hacia todos los puntos. La sensación que da al entrar es de un lujo fuera de lo común. No es un centro comercial al uso. Los suelos son de mármol *beige* jugando con formas rectangulares que imitan la marquetería de los muebles ingleses clásicos de madera. Una enorme rosa de los vientos marca el epicentro de la estancia. Hay dos rampas de subida a derecha e izquierda del punto central y un espacio redondo en medio a modo de lugar de recreo. También, dos floreros gigantes con flores naturales cuidados con esmero y varios puntos con soportes para orquídeas a cada cual más exuberante. La luz natural se cuela por el lucernario de las cúpulas multiplicando los colores del entorno. El sol ha salido de nuevo y lo llena todo con una luz nueva, limpia, brillante.

Después del impacto inicial de la limpieza de la arquitectura interior, comienzo a fijarme en la cartelería, en las señales, en la gente, en las escaleras, en la iluminación sutil de los amplios pasillos. En la pulcritud extraordinaria que respira el mobiliario repartido estratégicamente en las zonas de descanso, aquí y allá. Inmensos espacios dedicados a las mejores marcas: Chanel, Prada, Gucci, Emporio Armani, Calvin Klein, Dolce & Gabanna, Salvatore Ferragamo, Christian Louboutin. Doy una vuelta por todas las plantas del centro hasta llegar a la zona de ocio, que está en la cuarta y última planta, junto a una terraza selvática que emerge de un suelo de teca recién humedecido. Escaleras arriba, escaleras abajo, voy observando el lugar y su fauna, leyendo sus mensajes, descifrando sus códigos. Sin lugar a dudas, yo voy con un atuendo demasiado *sport* para ir de compras. El público con quien me cruzo va acorde con el lugar. Señoras estupendas impecablemente vestidas. Una locura de vestidos ceñidos a los cuerpos como una segunda piel, independiente de los volúmenes y el escaso pudor local. Zapatos de alturas imposibles. Bolsos grandes desequilibrando hombros menudos y descubiertos trazando una línea diagonal hacia el suelo. Labios gruesos y carnosos con cantidades ingentes de *gloss*. Caras estiradas al milímetro como pergaminos ligeros, expuestos a la tensión de unos bastidores demasiado tensos. Maquillajes coloridos de pestañas postizas y máscaras *waterproof*. Pechos blindados *over size* a la altura de las amígdalas, embutidos en estructuras de armazones *push up*. Cabellos largos, muy largos y lisos, muy lisos, con un brillo ficticio extraordinario, huyendo de cualquier ondulación o rizo que pueda evocar tiempos coloniales y mestizajes. Una fauna de mujeres con aparentes posibles exhibiendo todo su esplendor, como aves zancudas en su marisma cotidiana, adictas a las tendencias de moda y los estilismos de cazadoras, a la manicura semanal de las tardes de los viernes, a la piel bronceada. Una especie de grullas urbanas de paso firme y tobillos de acero, consumiéndolo todo y ralentizando así el paso del tiempo, parapetadas tras un *atrezzo* efímero con carteles luminosos del exclusivo club de los *members only*. Cabezas decoradas con pañuelos, sombreros, diademas y abalorios dorados y brillantes en cuellos, orejas, muñecas y tobillos, colgando de cualquier parte de la anatomía sin dejar a la espontaneidad ni un solo centímetro cuadrado de su piel *customizada*. Hembras en alerta permanente, atrapando y conservando maridos, como escaparates ambulantes, como luciérnagas de luz de gas etanol, exprimiendo al máximo su efímera existencia. Depredadoras a tiempo completo, maniquíes ambulantes con dorsales de competición en la carrera de la vida ofrecida a su patrocinador. Alquimistas rabiosas, desafiando las reglas de la física sobre plataformas de nueve centímetros y tacones de dieciocho. Coleccionistas profesionales de sueños demasiado efímeros para su realidad fabulosa de cuasi diosas de pasarela.

Después de deambular un rato, tranquila y distraída, vuelvo a bajar a la planta principal, y observo un perfil de señoras que, como yo, entran y salen de los espacios curioseando y comprando en las carísimas tiendas de la milla de oro del centro comercial. Es entonces cuando me entra un ataque de inseguridad. Pienso en cómo se vestirán las mujeres que habrán sido invitadas a pasar el fin de semana, si es que las hay. Yo no tengo nada que ver con aquel muestrario humano de fantasía y exageración. Me siento como una cenicienta entre semejante ostentación. No voy a tratar de embutirme en esos vestidos de licra de camaleón ni tampoco tengo intención de subirme a unos zapatos de vértigo, trufados de cristales de Swarovski, ni a maquillarme como una prostituta de las ramblas de Barcelona, ni mucho menos, a colocarme las tetas en la garganta para estar a la altura de las estética femenina local.

Echo un vistazo a las tiendas con las que más me identifico. Entro en ellas, veo las colecciones, toco los tejidos, me hago mis composiciones. Salgo y entro con total naturalidad dejando a un lado posibles caprichos, ciñéndome a la chuleta en la que llevo anotado cada momento social que tendrá lugar durante los cuatro días de estancia en la *fazenda*. No me he olvidado del *momento piscina* y decido empezar por ahí. Los trajes de baño son realmente escuetos. Por muy elástica que sea la licra, a duras penas consigo cubrir los mínimos de piel. Grandes descubiertos en las zonas pares y enorme exhibición de los cuartos traseros. Solo tapan las partes justas, como si fueran unos pedazos adhesivos o unas calcomanías. «Habrá que enseñar carne blanca de ternera española», pienso riéndome de mí misma y de mis sensaciones. ¡Qué le vamos a hacer! Oscurecer mi piel con un bronceado exprés es algo que no puedo ni pienso hacer, y menos, faltando menos de cuarenta y ocho horas. No puedo arriesgarme a aparecer de color naranja zanahoria desteñido por un descuido. He cogido algo de color en mis salidas matutinas al parque do Povo, pero nada significativo en comparación con el tono de las pardas pieles locales, expuestas al esplendor máximo del sol de verano. Compro un traje de baño en tonos morados y verdes manzana, y otro de color negro con una hebilla de plata bajo el pecho, anudado al cuello, sin tirantes, dejando los hombros al descubierto. También, un blusón de piscina minifaldero y unas chinelas con pedrería y una mínima cuña.

Echo de menos poder comprarme un par de piezas de la marca Eres, italiana, tan elegante, tan estilizada, el no va más de los trajes de baño, al más puro estilo años cincuenta. No me parece que su línea sea muy apreciada en esta latitud del microbikini. Después de resolver el tema piscinero fui directa a Gucci, donde elegí un vestido de noche negro largo y escotado, ribeteado de color oro viejo en el talle, con la espalda descubierta, un toque sexy sin desmerecer su estilo elegante. Unas sandalias de tacón y un bolero en color caldero, de punto muy fino, por si refresca y un broche con plumas en tonos naranjas y dorados con pedrería muy fina que puede servirme tanto para adornar mi pelo en un recogido como para ponerlo en el vestido. Por último, una *baguette* de raso negro discreta y sobria para guardar lo imprescindible. Para no ir acarreando bolsas, pido en cada tienda que me las guarden mientras termino mi paseíllo. Los dependientes no pueden ser más amables y educados. Me siento cómoda haciendo mis compras secretas de última hora. Por último, localizo una tienda situada en diagonal a Gucci de nombre Iódice que tiene ropa muy moderna sin estridencias y una línea informal pero muy elegante.

Uno de los dependientes, que me ha echado el ojo, me espera a una distancia prudencial de la puerta de entrada. Es un hombre de unos treinta y cuatro años, muy bien vestido con un traje de Hugo Boss, tipo futbolista pero con un toque más chic. Camisa blanca recién estrenada y sin corbata. Probablemente es gay por su manera de moverse y el ligero maquillaje, casi imperceptible, que llevaba en la cara. Sus ojos, oscuros y penetrantes, están enmarcados en unas sombras de tonos humo. Tiene las manos perfectamente arregladas y se mueve sinuoso por la tienda arrastrando un aroma a Christian Dior dulce y penetrante, cuyo nombre no recuerdo, que me trae sensaciones olvidadas de algún amor perdido de otro tiempo. Se llama Fabio, es de origen italiano, como muchos brasileños. Ha debido de darse cuenta a la primera de cambio de que soy española y me da la bienvenida directamente en español con un acento mezclado de diferentes latitudes. Estrecha mi mano al entrar y hace una inclinación de cabeza con maneras de actriz de cine disfrazada de colegiala con ganas de pasar desapercibida.

Sin juzgar mi aspecto y con una sonrisa franca y natural, me coge el paraguas y lo introduce en un paragüero de porcelana en tonos azules y de tamaño considerable que hay a la entrada. Sin preguntarme lo que estoy buscando me hace un recorrido por la tienda escogiendo con cuidado cada prenda que me muestra. Mirándome de arriba abajo pero con admiración respetuosa y tratando de averiguar mi gusto exacto, va afinando su búsqueda. Con la ayuda de dos princesas de ébano de unos veinte años de edad, va trayéndome la ropa elegida al probador, junto con unas sandalias de tacón para que pueda verme más estilizada una vez despojada de mis zapatillas, aún húmedas por la lluvia. Fabio corre y descorre la cortina de mi probador con sumo cuidado y da instrucciones a sus dos ayudantes. En cada cambio de modelo, me tiende la mano y me ayuda a caminar hasta el espejo veneciano que preside la tienda. Se nota que sabe tratar a las mujeres. No es un simple dependiente; es delicado, observador y empático. En ningún momento nos tuteamos ni hacemos alusiones a ningún tema personal. Yo soy su clienta española, y él, mi vendedor italiano. Escogemos entre los dos los conjuntos que necesito, un par de sandalias a juego y un chal de seda pintada con motivos de animales y plantas, un guiño a la selva amazónica y al país. Mientras busco en mi cartera la tarjeta de crédito que voy a utilizar, Fabio hace llamar a un chavalito que debe de estar haciendo cosas en la trastienda, para que me lleve los paquetes hasta el taxi. Fabio no duda en decirle que pase primero por Gucci para recoger los otros paquetes mientras yo termino de cerrar la operación. El chico no es más alto de un metro cincuenta, moreno de piel y delgado como un alfiler, así que cuando terminan de cargarlo con todas las bolsas, parece un árbol de Navidad bien compensado a derecha e izquierda. Insisto en llevar alguno de los paquetes, pero Fabio no lo consiente y me hace desistir, recalcando que es su trabajo y que puede acompañarme hasta donde yo diga, incluso si quiero hacer alguna otra compra, esperará sin ningún problema. Solo me queda comprar un detalle para Marcelo. Pregunto a Fabio si hay una bombonería y me dice que sí, la mejor de São Paulo. Sin mediar palabra, da instrucciones al mozo para que deje las bolsas y me acompañe hasta la planta de arriba. La tienda es espectacular: no tiene nada que envidiar a los bombones Godiva. Compro una caja grande, maravillosamente presentada y volvemos a recoger nuestras compras. Estoy cansada y solo tengo ganas de llegar a casa para colocar las cosas, darme una buena ducha y leer un rato o simplemente tumbarme en el sofá. Mi jornada ha sido tan intensa como productiva, pero comprar tanto en tan poco tiempo me parece una tarea agotadora.

Según entro por la puerta, suena el telefonillo. Es un mensajero que trae una carta para mí. Dejo todos los paquetes a la entrada del pequeño recibidor y vuelvo a bajar para recoger la carta. Es la invitación que me envía Marcelo y que me entrega el que parece ser un empleado más que un mensajero al uso. La carta está caligrafiada a mano. En el reverso, las iniciales M.B. con el mismo tipo de letra, que me recuerdan al instante a las cartas escritas a mi madre tantos años atrás. En el interior, un tarjetón en el que me invita a pasar el fin de semana junto con otros amigos a los que le gustaría presentarme. Correcto, educado y directo. La nota no me aclara nada que no supiera por Horacio, ni desvela nada nuevo más allá de la información que esperaba. Habrá más invitados. Resuelvo no preguntar e ir sin más. Su letra de trazo elegante no ha variado con el paso del tiempo. Es la primera carta que recibo de él dirigida a mí. Bueno, no exactamente a mí, pero yo la recibo como si fuera mi nombre el que ha escrito y no el de Alma.

A las nueve en punto de la mañana del viernes, un chófer perfectamente uniformado me espera de pie, al lado de un Mercedes negro, impecable, con los cristales tintados. Al verme salir con la maleta y una bolsa de mano, se acerca a mí, se identifica como Martinho, me da los buenos días y me ayuda a acomodarme. El coche por dentro está tan impecable como por fuera. Martinho tiene el aire acondicionado puesto. El calor empieza a apuntar maneras. Le pido que lo baje un poco y le pregunto cuánto durará nuestro viaje. «Unas cuatro horas, dependiendo del tráfico. Si necesita que paremos en algún momento o desea tomar un café, no tiene más que indicármelo», me contesta solícito con un marcado acento carioca.

El tráfico es incesante, da igual el día o la hora. Enfilamos hacia la Rodovia Bandeirantes en dirección a Campinas. Después cambiamos a la Rodovia Ahanguera hacia Itapira. Calculo que serán unos 280 kilómetros hasta llegar a nuestro destino. No tengo la más remota idea de adónde me lleva. No conozco nada y no tengo mucha intención de averiguarlo. Mi cerebro se limita a absorber los nombres de los carteles que flanquean los arcenes de la carretera. Martinho es un hombre educado y de pocas palabras. Parece como si hubiese sido aleccionado para limitarse a conducir y no para darme conversación. Responde con amabilidad a mis preguntas de cortesía, que, conforme avanzamos, son cada vez menos. Hablamos sobre su familia, sobre fútbol y sobre España. Tiene en su genealogía un abuelo gallego de Bayona, pero apenas recuerda su propia historia. Es de esas personas que se ciñen a su trabajo y procuran llevarlo a cabo como se espera que lo hagan. Un tipo bien mandado. No es ni simpático ni antipático, ni culto ni ignorante. Ni cariñoso ni arisco. Ni tosco ni pulido. Es simplemente correcto y yo no debo esperar una conversación distendida. Quizá tenga instrucciones precisas de no darme conversación en el que no es un viaje precisamente corto. Paramos para tomar un café y repostar gasolina, o quizá es etanol. No me fijo en lo que hace cuando nos bajamos en la gasolinera, en la que aprovecho para ir al baño, que está impecable, por cierto. Tomamos un café de puchero dulzón que, por supuesto, no me deja pagar. Compro dos botellas de agua que cojo de una estantería donde solo hay dulces y agua del tiempo. Tras una sonrisa forzada y artificial como la de un androide me dice: «Señorita Alma, don Horacio me ha dado instrucciones para que llegue usted lo más relajada posible a la *fazenda* y para que si precisa de algo, yo me ocupe». Asiento con la cabeza mientras apuro mi último sorbito de café y tiro el vaso de plástico en miniatura a un cajón a modo de papelera. Se lo agradezco devolviéndole la sonrisa sin mediar palabra. De regreso al coche, le pregunto si la vuelta a São Paulo la haremos juntos y me responde que aún no se lo han comunicado pero que estaría encantado de hacerlo. Esbozo otra sonrisa a medias mientras él me mira de reojo por el retrovisor. De pronto me asalta la duda de que no tengo ni idea de adónde me dirijo ni con quién me voy a encontrar. Quizá me están secuestrando en un nuevo formato sin violencia. Me sonrío de nuevo y aparto aquel pensamiento marciano que tiene todas las papeletas para inquietarme durante los últimos 50 kilómetros. Pronto abandonamos la carretera para acceder a un camino sin asfaltar. «Quedan 10 kilómetros, señorita Alma», me dice volviendo a mirarme por el espejo retrovisor. Como hemos reducido la velocidad, le pido permiso para bajar mi ventanilla. Obviamente, no tenía por qué hacerlo, pero como el viaje ha sido solo de frases de cortesía, aportando cero información de mi interés, he procedido a accionar el botón al mismo tiempo que solicito su aprobación.

Hace calor. El aire templado se pega a mi cara mientras contemplo el paisaje verde y no demasiado frondoso, a pesar de estar en plena Mata Atlántica. Bien es cierto que fue una enorme extensión de cultivo en otra época, lo que habrá sido, sin duda, causa de la evidente deforestación. Al cabo de unos minutos, entramos en un tramo del camino mejor cuidado. Un tucán sobrevuela el capó del coche por delante de nuestros ojos hasta posarse en el hueco de un árbol cercano. «No suelen verse. Es un signo de buena suerte para usted, señorita Alma», comenta. Yo sabía que el tucán, además de ser un ave exótica, forma parte de la mitología guaraní, pero me he limitado a seguir su vuelo y a maravillarme con el contraste de colorido entre el pico y el plumaje. Ya no tengo ganas de conversar con él. Atravesamos un paso de ganado flanqueado por una hilera de árboles que nos conducen a otro paso en el que hay una garita donde un chico joven nos espera con un listado en la mano. De un lado a otro de la garita, se levanta un enorme arco de piedra con el nombre de la *fazenda* cincelado: Terra Roxa.

«Sean bienvenidos», saluda el chico vestido con un polo blanco bordado con el nombre de la *fazenda*, bermudas también blancas y zapatillas Nike de colores fosforescentes. Martinho le da las gracias y continuamos nuestra marcha durante unos minutos más. A ambos lados del camino empieza a percibirse vida. Veo a lo lejos a unas mujeres atareadas en sus quehaceres a la orilla de una laguna y un pequeño embalse. Vamos pasando por lo que parecen casas de trabajadores formadas como en hilera, con sus corrales, sus pequeños cercados, sus sillas en las puertas, algunas macetas con flores y ropa tendida oreándose al sol. Algunos animales sueltos y niños jugando con cometas de papel. Llegamos a un perímetro vallado de piedra que nos lleva hasta un portón de madera de grandes proporciones, adornado por unos macetones de barro de los que salen unas buganvillas de color fresa y rosa pálido que se juntan entre sí entrelazándose y formando un arco sobre la estructura en la que está encajada la puerta. Otro chico, también uniformado como el primero, sale por la puerta de madera. A través de un walkie-talkie, confirma probablemente al primer control que hemos llegado. Martinho me abre la puerta del coche y me da la bienvenida, sonriendo por primera vez con naturalidad, quizá por la satisfacción que le debe de producir haber cumplido con su misión en tiempo y forma. Abre el maletero, coge mis maletas y me invita a seguirlo por un camino empedrado, imposible de transitar sin un calzado apropiado, hasta la casa de invitados que se encuentra a la derecha de la impresionante casa principal de dos plantas y estilo colonial.

Frente a la puerta de entrada de la casa de invitados sale a nuestro encuentro una mujer que parece la versión mulata de mi querida Angelita. Es una mujer de edad indefinida, vestida de negro y blanco con el pelo recogido en un moño tirante, de ojos vivos y oscuros, y una sonrisa generosa. Mi acompañante se despide de mí estrechando mi mano y dice: «Se queda usted en las mejores manos, señorita. Le presento a Jasmine, la ayudará a instalarse».

Jasmine se encarga de mi maleta y me hace una señal con la mano para que la siga.

—Bienvenida a su casa, señorita Alma.

—Muchas gracias, Jasmine.

—Acompáñeme, por favor.

Pasamos por varios salones y cuartos de estar hasta que llegamos a mi habitación. Jasmine me ayuda a deshacer el equipaje y a guardar la ropa en el armario y en una cómoda antigua de madera. El cuarto es muy amplio y luminoso, con techos altos cruzados por vigas y grandes ventanas de madera de guillotina de estilo portugués pintadas de azul. Sobre la cómoda, hay una jarra con agua y dos vasos, un enorme ramo de flores silvestres naturales y una nota de Marcelo.

Querida Alma:

Espero que el viaje no se te haya hecho muy pesado. Seguramente te apetecerá refrescarte un poco. Tómate tu tiempo. En cuanto estés lista, Jasmine te acompañará al comedor.

Sé bienvenida.

Marcelo.

Guardo la nota en el sobre y lo dejo de nuevo encima de la cómoda. Me siento muy bien recibida. «Segunda nota», pienso. Tengo curiosidad por saber quiénes me esperan en el comedor y le pregunto abiertamente a Jasmine:

—Jasmine, ¿han llegado los demás invitados?

—Sí, señorita.

—¿Y dónde se encuentran ahora?

—Han ido a vestirse para el almuerzo, estaban en la piscina.

—¿Y el señor Barbosa?

—Ha llegado un poco antes que usted, señorita, con doña Bruna.

—Perdone que le haga tantas preguntas, pero es que no conozco a nadie. ¿Doña Bruna?

—Es la hermana de don Marcelo.

—Qué bien que hayan llegado los demás, tenía la sensación de ser la primera.

—Todos llegaron ayer a excepción de los señores, que han venido esta mañana en el helicóptero. Cuando esté lista, me avisa. Estaré fuera esperándola.

—Gracias, deme cinco minutos.

«En helicóptero, claro, no podía ser de otra manera. Uno de los enormes insectos de metal que invaden cada día el cielo de la ciudad. Espero tener la oportunidad de sobrevolarla alguna vez. Debe de ser un espectáculo magnífico», pienso mientras me cepillo el pelo y coloco los útiles de aseo en el precioso cuarto de baño de azulejos antiguos y lavabo de porcelana con motivos bucólicos franceses. Hay flores frescas, toallas blancas bordadas con la B del apellido Barbosa, jabones de maracuyá, crema de manos y un juego de cepillos y peines de carey con empuñadura de plata que me recuerdan a los que usaba mi madre para peinarme de niña. Detalles como este me hacen sentir una punzada de añoranza que me encoge el corazón.

Me miro en el espejo y me gusta la imagen que refleja. Pinto mis labios con un brillo de tono rosado, suave y natural. Retoco el color de mis mejillas, me lavo las manos con el jabón, que desprende un olor delicioso, y abro el botecito de crema de manos. Un ligero toque de perfume detrás de las orejas y en las muñecas y ya estoy lista para mi presentación en sociedad. Decido no cambiarme de ropa. He elegido un vestido color *beige* y naranja estilo safari con unas sandalias de tela con cuña de esparto. Prefiero presentarme lo más natural posible, tal y como soy, máxime, siendo mediodía. Sin adornos excesivos, sin nada forzado que me haga sentir incómoda o fuera de lugar. No necesito aparentar nada ni asemejarme a nadie. Estoy segura de mí misma aunque no pueda hablar de mí. No debo decir quién soy ni la verdadera razón por la que estoy aquí, pero sí puedo interpretar el papel de mi vida. Soy Alejandra Terry, una mujer valiente en busca de sus raíces. Respiro tres veces con el diafragma y me preparo para salir a escena. En ese instante, Jasmine toca a mi puerta. Mientras recorremos el camino inverso me dice que está a mi disposición para cualquier cosa que necesite en los próximos días.

Salimos de nuevo al camino empedrado y nos dirigimos a la entrada de la casa principal. Subimos unas escaleras anchas de piedra, flanqueadas por barandillas de hierro forjado, atravesamos la puerta principal y entramos en el *hall*. Caminamos con paso lento, sin prisa, hacia lo que parece ser un salón. Grandes espacios y techos altos, una máxima en las casas de Marcelo. Y como la anterior, esta es espectacular. No tiene nada que ver con la dehesa de La Umbría pero comparte ese toque de casa de campo pensada para ser compartida y disfrutada. Los suelos son de listones de madera anchos y largos, probablemente con más de un siglo de historia. Algunos ventiladores en forma de hojas de palmera en tonos claros colocados estratégicamente baten el aire con una cadencia suave, casi perezosa, sin hacer el más mínimo ruido. Las paredes tienen un toque rústico en el acabado de la pintura. Según vamos avanzando, los tonos vainilla de la entrada van oscureciéndose hacia tonalidades ocre, degradándose y difuminándose con suavidad. Cuadros, adornos, muebles de madera, tapices y, de frente, una enorme pared con un trampantojo de árboles y flores de colores vivos de más de cuatro metros enmarcando la entrada al salón, del que sale el murmullo de los invitados, que disfrutan de un aperitivo y charlan animados. Debe de haber unas veinte personas. Marcelo nos ve acercarnos antes de que yo lo vea a él. Hay tantos impactos visuales que mi cerebro procesa a la velocidad del rayo sin darme tiempo a ponerme nerviosa siquiera. Jasmine se detiene en la puerta de entrada al salón y se despide de mí. Marcelo se acerca hasta nosotras y observa nuestros perfiles en el momento de la despedida. Saluda a Jasmine con un gesto de cabeza a modo de agradecimiento y se pone frente a mí mirándome fijamente. Los ojos le brillan de tal manera que parecen dos bolas de luz fulgurantes. Coge con suavidad mi mano derecha y cierra los ojos unos segundos para besármela.

Compruebo con gran alivio que se ha borrado de su rostro todo signo de oscuridad. Olvido al instante la mirada turbada del final del primer encuentro sin despedida y me dejo atrapar por el nuevo brillo de sus ojos, por el calor de su mano y por su sonrisa franca. Yo lo miro como si fuese mi propio espejo, como queriendo encontrarme en él. Buscando rasgos físicos que nos asemejen, gestos comunes que nos identifiquen como parte de algo único y genuino donde solo estemos él y yo. Sus ojos son otros ojos, su nariz, sus orejas, el tono de su piel. Tiene el rostro muy anguloso, de forma hexagonal, como un diamante. Más ancho en la zona de las sienes y más estrecho en la frente y el maxilar. Los pómulos son anchos y marcados. Su mentón, puntiagudo y corto. Al sonreír, se le forman los mismos hoyuelos en la cara que a mí. Sus rasgos faciales tienen un toque racial que yo no poseo. Sin embargo, sus labios, perfectamente dibujados a pesar de su edad, y su barbilla, son exactamente iguales a los míos. Sus labios se mueven como los míos, sonríen como los míos, besan como los míos. Sus labios guardan toda su historia como lo hacen los míos. Serán los encargados de abrir las compuertas de las voces que hilvanarán nuestras palabras para tejer una historia común.

Estoy absorta recorriendo el mapa de su cara, cuando Marcelo comienza a hablarme.

—Alma, querida, cómo me alegra que hayas aceptado mi invitación. Acompáñame, por favor, quiero que hagamos algo juntos antes de presentarte a los demás invitados.

Marcelo me ofrece su brazo y juntos caminamos a cámara lenta hasta el *hall*. A la derecha de la puerta principal, hay una mesa de madera de caoba, y sobre ella, un pequeño mantel redondo en el que descansan una jofaina de porcelana y una jarra. A su lado, en un cestillo hecho con fibras naturales, unos finos paños de lino.

—Es costumbre en esta casa, desde hace más de doscientos años, que los invitados se refresquen al llegar. Es una manera de daros la bienvenida como se hacía antaño.

—Me encantan las tradiciones familiares. Será un honor.

Pongo mis manos sobre la jofaina, apenas rozando sus bordes con mis muñecas, relajadas, con las palmas hacia arriba, mientras Marcelo deja caer lentamente un chorro de agua tibia y mira cómo resbala por mis manos, que van girando para recibirla como en un bautismo. El agua huele a lavanda. Permanecemos en silencio durante los pocos segundos que dura el ritual. Después de secarme las manos suavemente, dejo el paño sobre otro cesto vacío que hay al lado del primero. Marcelo me coge las dos manos con dulzura, las besa de nuevo y deshacemos el camino para llegar al gran salón donde nos esperan los demás invitados.

Marcelo tiene una energía especial, un halo invisible que lo impregna todo. Es un hombre tremendamente atractivo, un gran seductor. Cambia de idioma con la agilidad y naturalidad de quien está acostumbrado a hacerlo a cada momento. Su español es casi perfecto y tiene ese toque dulce y sensual con el que los brasileños hablan nuestra lengua. No podía haber tenido una mejor bienvenida. Estoy relajada. Me encuentro como si estuviera en un entorno ya conocido.

Uno a uno va presentándome a todos los invitados. La primera es Bruna, quien se acerca a nosotros acompañada de Katy, una amiga de Marcelo de edad imprecisa, entre cuarenta y cincuenta años, actriz de profesión. Una diva de la noche y de las grandes fiestas privadas, una bestia sexual de proporciones de revista *Penthouse*, vestida con un ajustado modelito de *animal print* que apenas recoge sus generosos pechos y marca su enorme trasero de hembra, siempre dispuesta para la monta. En contraste, Bruna es una mujer más mayor, de unos sesenta años. Una señora elegante y muy bien arreglada con un vestido de lino en tonos tierra. Lleva el pelo corto con flequillo, muy bien peinado, de color castaño oscuro, con reflejos cobrizos, al más puro estilo Gina Lollobrigida. Un estilo años cuarenta que dista del gusto pelilargo del noventa y nueve por ciento de las mujeres brasileñas. Es esbelta, muy delgada, tiene una apariencia más europea que cualquiera de las mujeres que he visto hasta este momento. Bruna dirige la Fundación Meninos do Sol que su hermano preside. Se la ve una mujer de mundo, cosmopolita y bien relacionada. Aún no soy capaz de percibir si puede o no haber afinidad entre nosotras. Su mirada curiosa pero discreta me hace pensar que al principio yo tendría que tener cuidado. Puede ser una mujer fascinante o una arpía sin escrúpulos. Tengo que tener especial cautela con la tía Bruna.

El contraste entre las dos señoras es como estar en un baile de disfraces. Katy parece ser una vieja amiga de la familia, a la que quieres como es, a la que estás acostumbrada y hasta te hace gracia su histrionismo y sus constantes metamorfosis, que ya forman parte de lo cotidiano.

Después de las dos damas antagónicas, se acerca a nosotros el matrimonio Colaferro, dos amigos muy queridos de la familia Barbosa. Marcelo me los presenta con el cariño profundo de quien se siente orgulloso de sus amigos del alma. Nelson y Renata son los dueños de una de las mayores empresas de acero del país. Son una pareja luminosa. Llevan casados más de treinta años y aún se nota la ternura y la complicidad en sus gestos. Renata es pintora y una experta en artes plásticas, además de coleccionista de obras de arte, pasión que comparte con Marcelo desde hace muchos años. Yo no puedo mencionar a mi madre pero sí hablar de mis filias y de mis fobias dentro del mundo del arte al mismo nivel que cualquiera de ellos y también tengo la oportunidad de disfrutar y descubrir gustos comunes con nuestro anfitrión.

Los invitados están tomando un aperitivo que van pasando dos fámulos perfectamente uniformados con camisa y pantalones blancos de algodón. Marcelo me pregunta si me apetece beber algo.

—Alma, ¿Te apetece tomar un vino?

—Me encantaría.

—Estos días disfrutaremos de algunos que espero estén a la altura de tu paladar.

Ha elegido para el aperitivo un vino Monte Seco, Madeira de Henriques & Henriques. Un vino ultraseco de Madeira, embotellado en su decimoquinto año. Marcelo lo ha comprado en 1982 en uno de sus viajes a Portugal. «Brindemos por este encuentro, Alma», dice después de hablarme del vino. Cada vez que Marcelo dice ese nombre, las cuatro letras resuenan dentro de mí como si estuviera hueca. Pienso en las ganas que tengo de oírle pronunciar mi verdadero nombre. Mi cerebro está en alerta permanente. No puedo permitirme un solo desliz. Tengo que tener cuidado en beber con cierta moderación sin parecer descortés.

Chocamos ligeramente las minúsculas copas verdes de cristal tallado y brindamos por el momento presente. En ese instante se acerca un camarero con una bandeja de aperitivos típicos brasileños a base de berenjena muy picada, tomate y otros ingredientes que no reconozco. «Solo hay dos nombres en Madeira: Henriques & Henriques», exclama Marcelo después del brindis.

Él da por hecho que yo entiendo de vinos, no sé si por el mero hecho de ser española o porque lo intuye. Me sonríe cómplice y me invita a acercarnos a otra pareja que está a unos pocos metros. «Quiero presentaros a Alma, una amiga española», dice dirigiéndose a Manoel y Gabriela. Manoel es arquitecto e íntimo amigo de la infancia de Marcelo. Es un apasionado del polo y colecciona mujeres y coches antiguos. Vive a dos manzanas de Marcelo, en Jardim Europa y tiene una de las casas más bonitas de São Paulo. Un homenaje a la arquitectura de su admirado Niemeyer, uno de los arquitectos más importantes del siglo XX y quien, para Manoel, ha sido una fuente inagotable de inspiración a lo largo de toda su carrera y de sus muchos éxitos como arquitecto. Al igual que Niemeyer, Manoel supo romper la rigidez de las estructuras rectilíneas armonizando sus creaciones con la sensualidad de las formas curvas. «Para mí la inspiración está en la naturaleza, a la que de manera natural debemos mirar para poder entender, como un oráculo mudo deseoso de ser consultado», dice con un tono de melancolía casi poético.

Manoel se acaba de casar con Gaby, quien se ha licenciado en Psicología por la Universidad de Buenos Aires. En el último año de carrera, Gaby le ha dado una hija que nació el día de su sexagésimo quinto aniversario. La primera niña después de seis hijos varones de tres madres distintas, a quien han puesto por nombre Luz por deseo expreso de su padre. Gaby vive por y para Manoel, al que llama cariñosamente Mani. Se ha erigido en esposa, enfermera y espía a tiempo parcial. Lo cuida con celo y trata de disuadirlo de llevar una vida de excesos que Mani se empeña en continuar a toda costa. Componen un matrimonio desequilibrado de cuestionable duración. Gaby ha comprado todas las papeletas para ser la cuarta ex esposa del inquieto y apasionado Mani.

Después se acerca Silvio, quien se presenta como el sobrino de Marcelo. Es el hijo pequeño de Bruna. Trabaja como médico en una ONG en el corazón del Amazonas. Un chico moreno, muy atractivo, con aspecto de medio hippie, con un *look* algo desaliñado y barba de varios días. Tiene los ojos verdes y una mirada de bondad como he visto pocas en mi vida. Debe de tener más o menos mi edad. Me saluda en español dándome un beso y un abrazo, como si nos conociéramos de toda la vida. «Tú eres la famosa Alma, la creativa número uno, *made in Spain*. Tenía ganas de conocerte», me dice, a lo que respondo que tendré que demostrarlo en cuanto me den la oportunidad, entre las risas de todos los que forman ya un corro a nuestro alrededor. Acabo de descubrir a mi primo, que bien podría haber sido mi hermano. «¡Qué disparate!», pienso mientras le sonrío con ternura. Estoy conociendo a más personas de la familia de las que tenía previsto y está resultado apasionante en mi anónima puesta de largo. A Silvio lo acompaña Kato, un amigo japonés un poco más joven que él que estudia diseño. Es el único hijo de un rico empresario que tiene una franquicia de restaurantes japoneses y que no concibe que la mayor aspiración de su hijo sea ser modisto y vivir París, lejos del emporio que ha creado para él. Kenny, como se hace llamar, tiene un aspecto muy parecido al de Silvio, aunque con un estilo más moderno. Me parece que está ligeramente maquillado. Lo más probable es que esté enamorado de mi primo y que ambos sean homosexuales. Me parece una pareja apetecible para charlar. Espero tener algunos ratos para compartir con Silvio a lo largo del fin de semana.

Yo parezco ser la novedad, la atracción principal de la fiesta de Carnaval. Pero no todas las miradas están puestas mí. Tengo la sensación de que alguno de los presentes debe de estar dando por hecho que puedo ser algo más que una amiga para el anfitrión. Quizá su joven amante española, una nueva conquista. Lo que parece claro es que Marcelo no tiene pareja en este momento de su vida o, simplemente, no la ha invitado. No me siento especialmente cómoda siendo el foco de atención, pero también es cierto que no me queda otra opción. Incluso, estoy empezando a divertirme.

Por último se acerca Salvador, el marido de Bruna, un hombre alto, elegante y discreto, acompañado por Otavio, el dueño de una gran cadena de supermercados que inundan el país, y Anamara, su mujer, una soprano retirada de mirada triste que ha superado recientemente un cáncer de mama pero que aún arrastra las secuelas psicológicas de la enfermedad. Da la sensación de estar un poco tensa con su marido y se nota que ha bebido un poco de más, y eso que aún estamos en la hora del aperitivo, aunque quizá los demás me llevan cierta ventaja en la celebración del Carnaval. No tengo intención de juzgarla, ni mucho menos, me da lástima oírla arrastrar las palabras al hablar de su enfermedad. «He sobrevivido al cáncer y a mi marido», dice con un tono de melancolía mientras los demás tratan de cambiar de conversación con delicadeza.

Detrás de ella, agarrándola cariñosamente por los hombros, asoma la cabeza de Julián. Es el agregado cultural de la Embajada de Colombia en Brasil, un hombre muy simpático y educado que desde que hemos llegado no ha dejado de halagarnos y de hacernos reír a todos con su gran sentido del humor y sus frases grandilocuentes de galán de cine. «Querida señorita, qué maravilla para nuestros ojos admirar esa esbeltez de palmera, me siento en el Caribe». Ha sido su particular frase de bienvenida.

Horacio es el último en saludar. Va acompañado por su mujer, Cristina, una señora de sonrisa amable y gestos cuidados. Es la directora del Departamento de Artes Escénicas de la Escuela de Comunicaciones y Artes de la Universidad de São Paulo, una mujer reservada de mirada directa e inteligente.

Por fin han acabado las presentaciones y Bruna nos invita a pasar al comedor contiguo al salón. Marcelo, que no me quita el ojo de encima, observa que me quedo mirando los muebles que hay en el salón. Es una especie de salón museo con una mezcla de estilos muy diferentes entre sí. Tiene un toque de estilo colonial, como el resto de la casa, pero a la vez moderno y actual, muy bien armonizado. Los enormes ventanales llenan el salón de luz, que se posa en todos y cada uno de los detalles repartidos por la estancia. Hay unas vitrinas que me tienen intrigada. Parece como si estuviera en un museo arqueológico. Marcelo se acerca y me dice:

—Después de comer, si quieres, puedo mostrarte algunos de los tesoros que guardan esas vitrinas. Si te gusta el mundo del arte, bienvenida a mi particular museo. Esta casa encierra muchos secretos que yo honro y trato de preservar.

—Me encantaría, Marcelo. Amo el mundo del arte.

Pasamos al comedor y nos vamos ubicando en la mesa de dieciséis comensales perfectamente vestida para la ocasión. Mantel y servilletas de hilo, cubertería de plata con mangos de nácar. La nota de color y frescura la aporta la cristalería portuguesa de piezas únicas, en una variedad de tonos verdes, burdeos, rosados y amarillos conseguidos con pigmentos naturales. Es una mesa alegre y glamurosa que no tiene nada que envidiar a ninguna otra. Me siento como en mi propia casa, me identifico con cada pequeño detalle tenido en cuenta por los anfitriones para nuestro disfrute.

Marcelo y Bruna presiden las cabeceras, y los demás vamos buscando nuestros lugares escritos en pequeñas cartulinas que sujetan unos animalitos de plata entre sus cuerpos diminutos. A mí me ha correspondido lo que parece ser un cuervo con las alas pegadas al cuerpo. Me consuelo pensando que está considerado uno de los animales más inteligentes de la Tierra, porque, desde luego, una belleza de ave no es. Mi lugar está entre Julián y Salvador, al lado derecho de Bruna. A ambos lados de Marcelo, Katy y Anamara, las dos señoras de más edad, que precisan de mayor solicitud por parte del anfitrión. No debe de ser costumbre separar a los matrimonios, ya que la mayoría permanecen juntos. Los mismos dos fámulos, dirigidos por el que parece ser el mayordomo de la casa, transportan en bandejas auténticas delicias típicas del país. Empezamos por un pescado cocinado con hierbas aromáticas y hervido en leche de coco, regado con un Billaud-Simon, Chablis Grand Cru, Vaudésir,

1990, un Chardonnay joven de la zona más al norte de La Borgoña, un delicioso vino con aromas de pomelo que se mezclan con gran delicadeza con indicios casi imperceptibles de roble limpio sobre un trasfondo mineral y dejes de flores silvestres. Un *bouquet* seductor y duradero que hace las delicias de todos los que estamos allí. El anfitrión, con su fino sentido del humor, hace un comentario jocoso sobre el vino, haciendo especial hincapié en el clima cambiante de la zona.

—Mejor beber un poco de este vino con mis amigos que guardarlo para mí y ver cómo se pica en este infierno, ¿no les parece?

Yo me siento como pez en el agua. Todo me parece delicioso. Soy una incondicional de Chablis, el borgoña de los amantes de la chardonnay, la uva blanca más fina y excepcional. Recuerdo una clase magistral que nos dio Gonzalo en una de las cenas en Terryble. Comentaba que durante muchos años, el nombre no fue muy respetado y se comercializaron algunos bebedizos deplorables con la denominación de Chablis. Hacia el año 1950 solo quedaban 500 hectáreas de auténtico Chablis. Mi hermano lo considera una auténtica joya, sublime y delicada. En cualquier caso, el nivel de disfrute es máximo. Yo lo estoy viviendo como María Magdalena en la última cena, estando pero sin estar.

Tengo mi particular manera de vivir el momento. Archivo cada detalle, cada olor, cada gesto, cada cambio de tono. Soy un radar de altísima potencia y finísima sensibilidad dispuesto a detectarlo todo, una máquina aspiradora de sensaciones sutiles que absorbe partícula a partícula toda la emocionalidad de estas personas tan poco corrientes.

Al pescado le siguen las ensaladas y una carne parecida a un *roastbeef*. Se descorcha la primera botella de vino tinto, que cata el anfitrión antes de ser servida. Es Único, un Vega Sicilia, Ribera del Duero de 1942. Yo lo conozco muy bien. Es lo que se dice un *vinazo*, muy apreciado en nuestro entorno. Marcelo había sido amigo de Miguel Neumann, el antiguo propietario de las bodegas, que fueron vendidas en 1982.

Cuando estamos todos servidos, Marcelo deja su servilleta con delicadeza sobre la mesa, se pone en pie, alza su copa y pronuncia unas palabras profundas y sentidas.

—Por ellas. Por las presentes y por las ausentes. Las que nos dieron la vida y a las que les debemos tanto. De las que aprendimos. Con las que luchamos. A las que perdimos. En honor a las que siguen a nuestro lado haciéndonos la vida más feliz. Siempre únicas y especiales. ¡Brindo por ustedes, señoras!

Julián también se levanta emocionado y, aun no siendo mujer, agradece el brindis a Marcelo diciendo:

—Gracias, Marcelo, mi madre se sentirá muy halagada.

Y en un tono entre jocoso y solemne continúa:

—En nombre de mi Gobierno y en el mío propio, declaro que el futuro ya empezó.

Todos lo aplaudimos entre risas y bromas. Julián tiene un agudo sentido del humor y una sonrisa permanente que le achina los ojos haciéndole parecer un niño travieso. Marcelo aplaude la ocurrencia de su amigo y todos reímos con ganas.

La comida transcurre hablando del país y de su eterna posición en el disparadero de los países emergentes, a punto de despegar. De viajes, de negocios y de frivolidades varias entre chascarrillos y comentarios que Marcelo maneja con gran habilidad. Los efectos del alcohol ya se empiezan a notar. Afortunadamente, el comedor está muy bien ventilado y hace una temperatura agradable. Los postres se sirven en una mesa a modo de bufet. Vamos poco a poco desfilando para probar las delicias que están expuestas como si fuera el escaparate de una pastelería en diferentes alturas. Pastel de chocolate, flan de dulce de leche, flan de coco, *filloas* con crema pastelera, fresas con chantillí, helados, queso fresco y macedonia de frutas. Para mí es una novedad ver la afición de los brasileños al dulce. Por muy copiosa que haya sido la comida, no perdonan los postres, tienen tanta importancia o más que los platos principales. Marcelo nos sorprende con otra joya para los sentidos, es un vino dulce con dejes mezclados de miel y cera de abeja. Tiene un color dorado, untuoso a la vista. Schloss Vollrads, Spätlese, Rheingau, Riesling, un vino alemán de 1923, un regalo de Erwein Maria Eberhard Josef Benedikt Martin Graf Matuschk-Greiffenclau, el conde Graf, cuya bodega familiar producía vino desde hacía casi ochocientos años. Marcelo nos comenta que, lamentablemente, Graf se suicidó hace unos años, en 1997. Fue una gran pérdida para el mundo vitivinícola y un gran disgusto para Marcelo, quien, tras un segundo de tristeza, remonta para ofrecer un brindis y su mejor sonrisa al difunto y a todos los presentes.

Marcelo es, sin duda, un gran amante del vino y un experto. Yo estoy admirada pero no sorprendida. Daba por hecho que mi madre se habría fijado en un gran hombre, y Marcelo lo es. Quizá no el que ella conociera tantos años atrás, más joven y menos curtido, pero sin duda, de quien se habría sentido tremendamente orgullosa. Su recuerdo planea silencioso e invisible sobre nuestra mesa. Y como hija de mi madre, siento cómo mi ser sucumbe a los innegables encantos de Marcelo. No hay duda de que estoy siendo seducida por el que puede ser uno de los hombres más importantes de mi vida.

Volvemos al salón a terminar nuestras copas de Schloss mientras los señores fuman unos cigarros habanos robustos, originalmente pensados para mujeres, con las ventanas abiertas de par en par para no cargar el ambiente, cosa que agradezco: no soporto el olor a puro. Después llegan las bandejas con los juegos de café que van ofreciéndonos los dos sirvientes junto con los bombones que he traído como detalle. Ninguno rehúsa probar un bombón. Nadie dice que no a nada. Es el fin de semana del sí a todo, y cuanto más me meto en harina, más ganas tengo de ser yo.

30
Terra Roxa

Terra Roxa, en otros tiempos próspera, se ha convertido en una casa de campo que guarda bajo sus cimientos una gran historia para el recuerdo. La mayoría de las grandes *fazendas* cafeteras han sustituido el cultivo del café por el de caña de la azúcar, y las grandes casas de los barones del café se han transformado en casas rurales como destinos turísticos o en museos para el conocimiento de la gloria de un país, de la importancia mundial que tuvo el café en la economía de Brasil, como primera industria, desde mediados del siglo XIX a mediados del siglo XX, cuando el café era Brasil, y Brasil era São Paulo, la zona más próspera y rica del continente. No es difícil imaginar todo aquel terreno de tierra roja, el resultado de millones de años de descomposición de roca basáltica de procedencia volcánica. Fértil, rica en magnetita y óxido ferroso, era el mejor alimento para las plantas de café, que absorbían la esencia de la tierra incorrupta y que después de décadas de producción ininterrumpida la dejaron yerma y envejecida para las generaciones venideras. Suelo herido, tierra que sangra cubierta por un velo de hierba verde que se alimenta de una herencia empobrecida, en otro tiempo, sal de la vida. Tierra esquilmada, hembra prostituida por la ambición de los hombres que le robaron el alma y la volvieron oscura, los mismos hombres que hoy descansan en ella.

La *fazenda* está situada en la Sierra de la Mantiqueira, un nombre de origen tupí que significa «montaña que llora», debido a la gran cantidad de agua que discurre por sus cascadas y riachuelos desde sus cumbres a sus laderas. La sierra es una fuente de agua potable que abastece a numerosas poblaciones del sureste del país, una tierra rica, generosa en agua, mecida por un clima tropical y protegida en el ecosistema de la Mata Atlántica. La tierra prometida, el jardín de las delicias, el hogar del lobo guará, el perro vinagre, el gato leopardo, el venado de campo, el tucán, la paca y la ardilla.

Terra Roxa está a unos 1100 metros de altitud sobre el nivel del mar y ocupa una extensión de más de 450 hectáreas, de las cuales, un tercio se reservó como zona de no cultivo para preservar la supervivencia de la Mata Atlántica de la zona, un gesto nada convencional en los grandes terratenientes de las *fazendas* cafeteras, cuya única y desmesurada ambición era sacar el máximo rendimiento a la tierra sin reparar en las nefastas consecuencias de la erosión medioambiental que se llevó a cabo durante casi un siglo. Fue fundada en 1840 por el bisabuelo de Marcelo, el primer barón de la familia, quien había heredado la tierra en plena expansión del cultivo, el comercio y la cultura del café, y había hecho edificar una gran casa familiar que tardó varios años en terminar. La casa era un proyecto en permanente crecimiento y expansión. Se fueron anexando estancias e incorporando ventanas para mayor gloria de la familia. En aquella época, las ventanas significaban poder y reflejaban el poderío financiero de su propietario; las ventanas no solo aportaban luz, sino que mantenían bien ventiladas y a buena temperatura todas las estancias. La casa originalmente estuvo dividida en tres grandes zonas: familiar, social y comercial. Tenía diversos salones, una biblioteca, varios cuartos de estar, uno de lectura, otro de música, doce dormitorios con sus respectivos cuartos de baño, una cocina inmensa que conservaba un horno antiguo de leña, una bodega y varias estancias que habían ido evolucionando con el tiempo según las necesidades de sus habitantes. Muchas de las viviendas de los primeros esclavos, llamadas *senzales,* y posteriormente de los colonos cercanas a la gran casa fueron convertidas en casas para invitados.

A Marcelo le gusta compartir pero, a la vez, preservar su intimidad. En la casa principal solo se alojan los miembros de la familia. Los demás estamos estratégicamente ubicados en los diferentes anexos a la casa principal y en los apartamentos desperdigados por la finca. Cada oveja con su pareja y cada pareja en su propia cuadra. Recuerdo algo que siempre decía mi madre con cierta sorna: «El muerto y el arrimado, al cabo de veinticuatro horas, apestan». Mi madre se jactaba de no alojarse jamás en casa ajena. Un hotel de mala muerte en el caso de no haber opciones era siempre mejor alternativa que cualquier cuarto de invitados en casa conocida. Se negaba a compartir su intimidad, del mismo modo que no permitía visitas tempranas o que le hiciesen fotografías si consideraba que no estaba lo suficientemente arreglada y favorecida. De hecho, tenía un *book* de fotos de estudio que eran las que se enviaban a los medios cada vez que presentaba una exposición en la galería o concedía una entrevista. Odiaba las fotos de sociedad en las que la retrataban. Solía decir que no era ella, que era una impostora y que iba a demandar a la revista de turno por suplantación de identidad. Se sabía a la legua que mi madre era mi madre, pero ella jugaba con su coquetería natural haciéndose la ofendida en una lucha contra el tiempo que inexorablemente iba mellando su belleza y su juventud.

He salido a dar un paseo por el camino que me ha traído hasta la casa. Han transcurrido algunas horas desde mi llegada a la *fazenda* y parece que hace un siglo. Quiero ver el atardecer desde algún punto elevado. He procurado salir de los jardines sin llamar la atención pero un ejército de observadores ha salido a mi paso preguntándome si necesito algo, si me encuentro bien, si quiero que me lleven a alguna parte. No quiero nada. Quiero estar sola. La mayoría de los invitados se han ido a descansar o están tomando café en la piscina; hemos bebido lo suficiente como para echarnos una buena siesta, pero yo estoy muy excitada. He pasado por mi cuarto para cambiarme de zapatos con la excusa de ir a descansar un rato antes de la cena. Necesito el roce y el murmullo silencioso de la brisa que se ha levantado. Cae la tarde y yo quiero deshacerme con ella en algún punto del camino donde no me sienta observada. La imagen de Jimmy se cruza delante de mí. Hace unos días que no hablamos, no recuerdo cuántos. Sé que estará a caballo entre un país y otro, entre un festival y el siguiente, en su mundo de cine y clientes, entre mujeres glamurosas y lugares de ensueño. Lo echo de menos. Tengo tanto que contarle que no sabré ni por dónde empezar cuando lo tenga frente a mí. Como sospechaba, la cobertura en la *fazenda* es casi inexistente, así que no tengo que estar pendiente del teléfono. Me viene bien para desconectar y profundizar aún más en mi papel y sumergirme de lleno en el mundo de mi padre. Siento algo muy profundo dentro de mí pero no sé cómo identificarlo. Es un sentimiento de amor prisionero.

Camino durante largo rato mientras recorro el camino en sentido inverso, pasando por la laguna en la que nadan tranquilamente patos y cisnes. Una gran familia de aves blancas parecidas a las garcillas busca su espacio entre los árboles, preparándose para pasar la noche a cubierto, lo más lejos posible de la mirada agazapada del depredador nocturno. Debe de haber más de cien. Unas cañas de pescar preparadas para alguna jornada de pesca permanecen erguidas esperando su momento de actuar. «Quizá me anime a intentarlo mañana», pienso. Las casas de los trabajadores flanquean la vereda. No se ve mucha gente, quizá ya se han recogido, como los pájaros al caer la luz de la tarde. El graznido de unos gansos bastante agresivos me advierte de lo que tiene todos los visos de ser un ataque por adentrarme en su territorio. Pego un respingo y me aparto de ellos lo más rápido que puedo; esos bichos pueden llegar a ser peligrosos. Piso tierra roja. Mis zapatillas blancas se han teñido de un tono rojizo suave por el polvillo que se pega a la tela como una capa de pintura rociada con aerosol. No recuerdo haber pisado una tierra tan oscura en España. En un par de ocasiones, he acompañado a mi padre a una montería en Cáceres, el único lugar que podría tener cierto parecido, tanto en la consistencia como el color. Hay una luz preciosa, suave y delicada. El día está tocando a su fin. Noto cómo el proceso parece acelerado en esta latitud. «Estamos por debajo de la línea del Ecuador», pienso. Llego hasta la primera garita de control y saludo al chico de la mañana:

—Soy Alma y voy a dar un paseo hasta el final del camino.

—Sí, señorita Alma, ya me han avisado de que venía usted. Si lo necesita, puedo acompañarla.

—No, no es necesario, volveré cuando se ponga el sol. Y por lo que veo, es cuestión de minutos.

—Debo acompañarla, señorita.

—No se preocupe, le prometo que volveré en cuanto el sol se oculte por detrás de esas montañas.

Pongo la mano derecha sobre mi corazón para convencerlo de mis buenas intenciones. El chico, acostumbrado a recibir órdenes no sabe cómo seguir las instrucciones recibidas y desiste de su empeño, algo confundido. Hago un gesto con la mano cerrando el puño y levantando mi dedo pulgar y sigo mi camino sin volver la vista atrás.

Cruzo una alambrada de espino que bordea las lindes del camino y subo a lo alto de una loma; la deforestación es notoria. A lo lejos se divisa una pequeña granja y un rebaño de ganado bovino local, los cebúes, pastando en una pradera de enormes proporciones. También, algunas construcciones hechas de piedra y madera y varios caminos que se pierden en el horizonte. Solo se oye el canto de algún pájaro lejano que soy incapaz de identificar. Me siento de cara al sol, que poco a poco va perdiendo su fuerza, cruzo las piernas y cierro los ojos dejando caer las manos sobre mis rodillas con las palmas relajadas y hacia arriba, recibiendo los últimos rayos de luz. Respiro profundamente y pido al universo que me dé fuerza para continuar con mi búsqueda. Es un momento mágico. El sol cae por completo y baja la temperatura. Me desanudo el jersey que llevo atado a la cintura y compruebo que mi ropa está tiznada de rojo. Me quedo unos minutos mirando el resplandor rosado del sol en el horizonte y vuelvo sobre mis pasos, bajando con cuidado la loma. Cojo tierra del camino y la deshago entre los dedos. «Terra Roxa», mascullo entre dientes. La tierra de mis antepasados. Desando el camino, y al cabo de unos pocos minutos, un Jeep sale a mi encuentro. Es el chico de la garita, que ha salido a buscarme, probablemente obedeciendo una orden.

—Señorita Alma, ya se ha puesto el sol. Tengo que llevarla a casa, pronto anochecerá.

—Sí, ya me he dado cuenta. No se preocupe, no me voy a escapar.

Subo al asiento del copiloto y vamos en silencio rumbo a la casa. No estoy acostumbrada a estar vigilada, y mucho menos, a no poder disponer de mi tiempo. Sin embargo, me doy cuenta de que lo único que puede hacer el chico es obedecer. No está allí ni para conversar conmigo ni para intercambiar opiniones. Quiero ponérselo fácil y le digo que puedo hacer sola el camino desde la garita hasta la casa. El chico insiste en llevarme pero no le doy opción.

—Avise usted de que voy para allá y quédese tranquilo. No me va a pasar nada. Estoy acostumbrada a caminar —le digo sin darle tiempo a replicar.

Al llegar a la casa, Jasmine sale a mi encuentro. Me pregunta si me encuentro bien y me acompaña a mi cuarto. Me ha preparado un baño de aceites y esencias, ha colocado velas en la ventana y ha puesto sobre la cama el vestido negro que me pondré para la cena. Se ha anticipado en todo, como si conociera mis gustos y mis hábitos. Me ha traído un vaso de limonada y unos bollitos de pan de *queijo* con unas lonchas de pavo y queso, todo ello en pequeños platos de porcelana decorados con delicados motivos florales, sobre una bandeja ovalada de ratán.

Entro en mi cuarto como si estuviera movida por unos hilos invisibles. Jasmine me acompaña hasta el cuarto de baño y me ayuda a desvestirme con delicadeza. Recoge con cuidado toda mi ropa, incluidas las zapatillas, y sale entornando la puerta tras de sí. Me sumerjo en la bañera en un ambiente de semimisticismo y me dejo llevar por la luz titilante de las velas, el olor dulce de la mezcla frutal, las sombras que proyectan las llamas en las paredes y los ruidos de la noche que entran por la ventana entreabierta. Cierro los ojos y pienso en mi madre. Estoy viviendo un sueño y no sé si dormirme del todo y profundamente o despertar.

Pienso en Hugo, en mi hijo y en mi padre. En La Umbría y en mi niñez. Pienso en mi vida, soy parte de mis recuerdos, y me quedo adormilada durante unos minutos. Jasmine entra sigilosamente en mi mundo despertándome con delicadeza; ni siquiera me asusto. Me ayuda a enjabonarme el cuerpo con una esponja natural y a lavarme el pelo, como lo hacía Angelita de niña. Me ayuda a salir de la bañera, me seca, me da crema y un masaje en el cuello y en los hombros mientras tararea una canción de cuna desconocida para mí. Estamos largo rato en silencio. El sonido casi imperceptible de sus manos deslizándose por mi piel me tiene hipnotizada. Estamos las dos entregadas a un ritual tan placentero como desconocido. Me gusta el contraste de sus manos oscuras sobre mi piel clara, suaves y fuertes a la vez, acostumbradas al trabajo duro, conservando la pureza de su raza y la dulzura de sus formas de mujer. Hablamos sin pronunciar una sola palabra con la complicidad femenina que trasciende cualquier tipo de lengua. Nos miramos a los ojos y nos sonreímos sin gestos forzados ni estridencias. Estoy entregada a la magia negra de Jasmine. Ella elimina mi tensión, espanta mis preocupaciones, me distrae de mis cavilaciones y me prepara para actuar en la siguiente escena. Jasmine percibe lo que los demás ignoran. Yo lo sé. Ella lo sabe, lo leo en la profundidad de sus ojos negros.

—Es muy hermosa, señorita Alma.

—Gracias, Jasmine.

—Usted ha venido a llenar un vacío muy profundo, señorita. Es un ángel.

—No lo crea. Tengo también mis demonios.

—Yo sé quién es usted.

—Guárdeme el secreto entonces.

—Puede confiar en mí.

La cena estará lista dentro de media hora. Aún tiene tiempo para que pueda terminar de arreglarse. Espero que se sienta descansada. Hoy es una noche muy especial.

—¿Por qué es tan especial, Jasmine?

—Porque he visto de nuevo luz en los ojos del señor, y eso se lo debemos a usted.

Las palabras de Jasmine resuenan dentro de mí. El corazón me late con fuerza. Siento el peso de la responsabilidad sobre los sentimientos del otro. Tengo la sensación de que me han colocado en la posición de pretendiente o de amante. No puede ser, por un momento me han saltado todas las alarmas. ¿Pensarán que Marcelo se ha enamorado de mí? ¿Seré la comidilla de todos? ¿Habrá hecho él algún comentario? No es posible, nada más lejos de mi intención. Pero tampoco puedo impedirlo. ¿Realmente me importa lo que piensen? Sí, claro que me importa, todo lo que tenga que ver con él me importa. Ha pasado a ser el centro de mi universo, el motivo de todas mis acciones, el objetivo de todos mis movimientos. No sé si lo querré, no hemos tenido contacto en más de treinta años, no nos conocemos de nada. Sin embargo, un sentimiento limpio y nuevo está germinando en mí como una semilla, aferrada a la tierra que le dará vida y la sacará de la oscuridad para alimentarla y hacerla madurar. Profunda y calladamente crece y crece. No puedo permanecer ajena a las interpretaciones y a las reacciones de mi alrededor. Jasmine ha visto la luz de los ojos de Marcelo, y probablemente, también ha percibido lo que Marcelo despierta en mí, por mucho que yo me esfuerce en controlar mis emociones y a la vez parecer relajada y natural. Jasmine nos ha descubierto sin saber hasta qué punto; su intuición de mujer es tan certera como la más pura de las verdades escritas. O quizá la afirmación de Jasmine se refiera a otra realidad mucho más profunda. La verdad de mi búsqueda, del acercamiento a mi verdadero padre.

A las diez en punto, Jasmine vuelve a buscarme. Me he vestido como estaba previsto: de negro riguroso, con el pelo recogido en un moño ligeramente despeinado, dejando caer algunos mechones sobre mi cara, y con el toque de color del tocado de plumas naranjas. Estoy relajada, serena y soy plenamente consciente de la atracción que ejerzo sobre todos los presentes. El camino en dirección al salón ya me es familiar. Jasmine me ha llevado hasta la terraza de atrás, donde aguardan todos los invitados. El primero en verme llegar es Julián, quien en una suerte de reverencias bien ensayadas, me pide que le conceda el primer baile de la noche. Me pregunta por los tres verbos más importantes que hay que tener en cuenta en la vida.

—¿Y cuáles son esos tres verbos, Julián?

—Mentir, robar y desear. Mentir para salvar a un amigo. Robar la mirada de la mujer amada. Desear volver a vivir un momento como el presente.

—Julián, eres un seductor maravilloso.

—Ojalá pudieras siquiera concederme un solo segundo de tu pensamiento. Entonces detendría el tiempo y sería el hombre más feliz de la Tierra. Permanecería quieto disfrutando de tu pureza y tu armonía. No soy tan osado de pedirte lo inalcanzable. Solo un efímero segundo en el que formar parte de ti, bellísima Alma.

—Julián, me vas a sonrojar.

—¿Hay algo más tierno y sensual que el rubor de una mujer? Rico para tocar con los ojos y mirar con las manos.

—¡Eres incorregible!

Julián besa mi mano, me lleva hasta una mesa donde hay un libro encuadernado en piel repujada y me pregunta si quiero escribirle unas palabras al anfitrión. Le respondo que quizá en otro momento. «Entonces, por el momento, mantendremos una sociedad de mutuo halago», me contesta. Me sonríe con complicidad y caminamos del brazo para saludar a los demás. Marcelo y Bruna no están entre los invitados. Katy, a falta de una copa, maneja dos, una en cada mano, mientras habla de tendencias de moda con Renata. Los señores están muy elegantes y charlan animados. Las señoras, muy arregladas, cada una en su estilo, y todos con ganas de dejarnos sorprender por el anfitrión. A un lado, en una esquina de la terraza, hay dos músicos vestidos de esmoquin sobre una tarima vestida para la velada, uno de ellos con una guitarra española y otro con un clarinete. Comienzan interpretando el *adagio* del *Concierto de Aranjuez,* del maestro Joaquín Rodrigo. Por un instante, todo mi cuerpo se tensa, creo que voy a desmayarme. Me invade una emoción incontenible, los ojos se me llenan de lágrimas. Me las trago como puedo. Siento el murmullo de fondo de los invitados como si formara parte de otra dimensión diferente. La música penetra en mis oídos como un virus invisible ocupándolo todo. Los acordes de la guitarra me arrancan de la escena. No estoy allí, no estoy en esta casa, no estoy con ellos, no estoy dentro de mí, no soy yo, no es mi vida. Durante unos segundos, un dolor profundo penetra en todo mi ser. Silvio se acerca a saludarme, me besa y me mira a los ojos preguntándome si me encuentro bien. Estoy como ida y pienso que me voy a desmayar, cuando el sonido del clarinete me saca de mi estado de embrujo. Me recompongo como puedo y acepto un vaso de agua con un toque de hierba buena y lima que uno de los fámulos de la mañana ha ido a buscar. Las notas resuenan en mi interior, fluyen por mi torrente de sangre arrancándome la confianza en mí misma. Bruna se acerca por detrás, y acariciándome el cuello con los dedos de su mano izquierda, me dice al oído.

—Demasiada emoción, ¿verdad?

Me vuelvo hacia ella. Nos miramos más allá del fondo mismo de los ojos, donde la mirada no alcanza y se pierde en la oscuridad. Yo noto que las lágrimas quieren escapar pero no llegan a desbordarse ni a correr por mis mejillas. Ella lo nota al instante y quiere ayudarme a salir de mi trance.

—Sí. No me lo esperaba.

—¿Por qué no tomamos un poco el aire? Acompáñame.

Salimos caminando hasta la barandilla de madera que rodea la terraza, bajo los arcos de columnas de piedra y nos sentamos en uno de los sofás de mimbre, un poco apartadas del resto de los invitados. El *adagio* ha dado paso a otra conocida pieza de guitarra: *Entre dos aguas,* de Paco de Lucía. Respiro profundamente tratando de recuperar el control y la serenidad. Bruna me mira con ternura y curiosidad al tiempo.

—No es fácil estar lejos de casa. Echarás de menos a tu familia.

—Sí, sobre todo, a mis niñas. Y la guitarra española no ayuda, la verdad.

—Lo que necesitamos es una buena copa de vino y que cambien un poco la música: provoca *saudade*.

—No, por favor, si me encanta... Ha sido un momento de melancolía, nada más.

—En estas fechas estamos todos un poco sensibles. Esta noche se cumple un año y parece que fue ayer.

Bruna hace un gesto con la cabeza para que nos sirvan dos copas de vino a uno de los chavales que permanecen como estatuas esperando instrucciones de su patrona. Nos traen dos finos, muy a tono con la guitarra española, un Tío Pepe, como mandan los cánones, junto con unos canapés con un pescado en salmuera, de sabor similar a las anchoas. Mi padre siempre prefirió la frescura y el aroma de flor pura de González-Byass, en comparación con la dureza viril de la casa Domecq. La eterna rivalidad de dos pesos pesados.

—Brindemos por la suerte de estar vivas.

—Sí, hay que dar gracias a Dios.

—¿Eres religiosa, Alma?

—Sí, lo soy. No estamos solos.

—Yo también lo soy. Mi hermano, sin embargo, no cree en nadie más que en él.

—Es una opción, aunque más solitaria y menos transcendental.

—No ha tenido suerte en lo más importante que hay en la vida: en el amor. Por eso ha perdido la fe.

Estoy a punto de preguntarle a Bruna por su vida, cuando Marcelo se acerca a nosotras.

Camina con parsimonia, como si flotara. Es imposible no ver cómo se acerca, con movimientos masculinos, seguro de sí mismo. Parece estar de buen humor. Nos ponemos de pie y nos acercamos hacia él para saludarlo. Bruna le besa en la mejilla y yo hago lo mismo. Él pone una de sus manos en mi cintura y se deja besar.

—Buenas noches, Alma. ¿Has disfrutado de tu paseo en solitario?

—He salido a ver la puesta de sol.

—¿Demasiadas emociones?

—Quería dar un paseo y despejarme para la cena.

—Me alegra que no hayas salido corriendo. Esta familia puede resultar demasiado intensa en ocasiones. ¿No es cierto, Bruna?

—No seas sarcástico, Marcelo. No creo que a Alma le interesen nuestros desafíos dialécticos. Además, tenemos mucho por lo que estar agradecidos.

—Sí, unos más que otros, querida hermana.

Se nota una cierta tensión en el ambiente. No soy solo yo la que está emocionalmente alterada. Apuramos nuestras copas de Jerez, que están empezando a calentarse, y vamos caminando hacia el salón junto con los demás. La mesa está lista y las velas encendidas por toda la estancia. Los músicos interpretan piezas clásicas menos directas al corazón. Nos sentamos en los mismos lugares que durante el almuerzo; Bruna se coloca en el suyo compartiendo cabecera con Marcelo. Al pasar por detrás de mí, me roza el hombro con el dedo índice y me hace un gesto de que retomemos nuestra conversación pendiente después de la cena. Por un instante se queda mirándome el cuello a la altura de la nuca con una mueca de sorpresa, como si hubiera reparado en algo especial. Seguramente le habrán llamado la atención mis cinco lunares, cuatro de ellos son los puntos cardinales, que forman una cruz. Mi madre solía decirme que estaba marcada por el cielo, por la Cruz del Sur. Yo no puedo vérmelos sin usar un espejo, pero suelen llamar la atención cada vez que me recojo el pelo. La Cruz del Sur es las más pequeña de las ochenta y ocho constelaciones que componen la esfera celeste. Está localizada a sesenta grados al sur del Ecuador, en la región de Magallanes. Aunque la constelación puede observarse desde cualquiera de los dos hemisferios, soy consciente de que me encuentro en el lugar adecuado para verla con total claridad. Cuando sea noche cerrada, después de la cena, saldré de nuevo a la terraza para observarla. En la ciudad me ha sido imposible hacerlo; hay demasiada contaminación lumínica. São Paulo vive bajo las estrellas pero no le está permitido disfrutarlas. Esta noche, sin embargo, estoy segura de que lo conseguiré. Mi madre solía acariciarme el cuello mientras repasaba con sus dedos de punto a punto haciendo la señal de la cruz. También me contó de niña que la constelación es tan especial que algunos países han incorporado a sus banderas las estrellas que forman la cruz, entre ellos, Brasil, Nueva Zelanda, Australia y Nueva Guinea. La Cruz del Sur me recuerda a mi madre y me hace sentir especial.

Bruna se coloca en su cabecera y nos vamos sentando. Me guiña un ojo y se mete de lleno en su papel de anfitriona, como procede. Durante la cena, la sorprendo observándome en varias ocasiones sin que por ello me haga sentir molesta. Al contrario: me doy cuenta de su gran interés en mí y estoy dispuesta a utilizarlo para obtener toda la información posible sobre Marcelo procurando no llamar la atención, sino más bien dejando que sea ella quien marque las reglas del juego. Quiero ganarme su confianza y para ello tendré que esperar a que ella vuelva a acercarse a mí. Yo no debo mostrar ni curiosidad ni un interés demasiado evidente.

La cena transcurre tan divertida y desenfadada como la comida. Las ocurrencias de Julián y las conversaciones paralelas de todos con todos hacen que estemos muy a gusto. La música ha cambiado, suenan piezas modernas conforme nos vamos animando. Gabriela se empeña en sacar a bailar a Mani entre plato y plato. Kato está especialmente achispado, desinhibido y parlanchín, y Anamara, en un alarde de valentía, ha prometido dedicarnos una pieza de ópera en los postres acompañada por los músicos. Comemos un pollo con verduras delicioso con una guarnición de arroz tropical mezclado con todo tipo de frutas a cada cual más aromática, harina de mandioca y algunas verduras cocinadas al vapor.

Marcelo escoge un rioja blanco de los que se hacían antes. Ha conocido en otro de sus viajes a Vicente Cebrián-Sagarriga, Conde de Creixell, el propietario de las bodegas Marqués de Murrieta. Para Marcelo, no hay un vino blanco español de mejor calidad. Se ha hecho con unas cuantas botellas de Castillo Ygay del 68. Disfruta como un niño de su color dorado, de su aroma a fruta bien madura y retazos de roble viejo, acercando la copa a su nariz una y otra vez, intentando atrapar su olor. Antes de llegar a los postres, Bruna toma la palabra y ofrece un brindis dedicado a los hombres presentes, en especial, a su marido, Salvador, siempre discreto y en un segundo plano. Se nota a la legua el amor y la admiración que siente por su mujer. Las parejas hacen sonar sus copas y se besan. No puede haber un ambiente más distendido y familiar. Marcelo, sin embargo, ha estado más callado; aunque disimula con verdadera habilidad, se nota cierta tristeza en el trasfondo de su mirada. La cena ha sido bastante ligera, supongo que con la malsana intención de dejar hueco para los postres. Una alegoría de colores, formas, texturas y sabores están nuevamente dispuestos en fila para que los disfrutemos. Me abstengo a pesar de la insistencia de Julián y paso directamente a probar un vino dulce que Marcelo ha seleccionado; es muy difícil decir que no a algo en esta casa. En esta ocasión y junto a un café recién hecho, el anfitrión nos sorprende ofreciéndonos una copa de Taylor´s Vintage del año 63 de la Quinta Vargellas. No lo había probado y me ha gustado, lo mismo que el café, que es especial, aromático y fuerte, y se sirve puro y muy endulzado. Hasta la fecha no había sabido apreciar un buen café; supongo que estoy en el lugar adecuado para reeducar mi paladar.

Algunos señores salen a la terraza a fumar sus puros y las señoras nos quedamos en el salón esperando la actuación de

Anamara, quien ha ido a su cuarto a hacer algunos ejercicios para calentar la garganta. Renata y Nelson bailan una pieza de Caetano Veloso, muy juntos y acaramelados. Bruna habla con Silvio, quien le pide permiso para ausentarse e ir a jugar con Kato, Julián y Horacio una partida de *snooker,* una especie de billar con bolas de colores y reglas diferentes de las del billar clásico. Bruna es muy cariñosa y demostrativa con su hijo y le pide que esperen a que termine la actuación de Anamara. Se nota la complicidad que hay entre ambos. Bruna tiene también una hija que vive en Londres desde hace años; es arquitecta pero no ejerce. Está casada con un bróker y no han tenido hijos. Se llama Valentina: por alguna razón, a Bruna le gustaron los nombres italianos para sus hijos. Bruna tiene edad de ser abuela pero no parece que llegue a serlo. Poco a poco recibo ligeras pinceladas de la composición familiar. Dos hermanos. Dos sobrinos. Aquí acaba la cuenta. Dos y dos cuatro y dos, seis, contando con Tristán y conmigo. La familia Barbosa directa tiene un reducidísimo número de miembros. No tengo nada claro que vayamos a ser bien recibidos en el clan.

Anamara regresa al salón envuelta en un chal de largos flecos color café con leche. Se ha recogido el pelo y retocado el maquillaje. Se sube al pequeño escenario, sola, sin orquesta, sin un solo instrumento, respira, coloca el micrófono de clip sobre su pecho, bebe un sorbo de agua y pronuncia unas palabras emocionadas dedicadas a su marido, Otavio.

—Solo tú y yo sabemos lo que puede desestabilizar una enfermedad larga que acaba con tu salud y con tus ganas de vivir. Aunque yo ya no sea la que era, quiero que sepas que para mí, tú lo sigues siendo todo. Te amo, Otavio, gracias por seguir siendo el hombre de mi vida.

Todos los presentes apretamos las mandíbulas, tragamos saliva y contenemos la respiración. Ya me ha advertido Jasmine que sería una noche especial. Todos los invitados tienen algo irrepetible. Ninguno estamos aquí por casualidad. Cada uno tiene una historia que yo no conozco apenas pero me doy perfecta cuenta de que hay un nexo profundo y especial que los une. Yo me siento parte de ese todo aunque solo pueda ofrecerles una mínima parte de mí. Estoy emocionada y agradecida. Cuando que mi madre murió, algo se rompió en mil pedazos dentro de mí, pero también siento que he crecido como persona y como mujer. Ahora soy más yo que nunca. Una vez alterada mi realidad, estoy dispuesta a afrontar lo que la vida quiera ponerme delante.

La consigna que mi padre me ha inculcado desde niña está más patente que nunca: «Sé fuerte como un roble y flexible como un junco». Fortaleza y flexibilidad. Ambas cualidades me fallan en ocasiones, pero me esfuerzo con toda mi alma por extraer hasta la última gota de su elixir vital.

Anamara interpreta *a cappella* el aria *La mamma morta,* de la ópera *Andrea Chénier,* de Umberto Giordano. Casi morimos todos. Se nos saltan las lágrimas. Ha sido tan maravilloso como desgarrador. Marcelo ha salido del salón y no ha vuelto hasta pasado un buen rato. Demasiadas emociones. Aplaudimos a la diosa. Ni la mismísima María Callas le habría hecho sombra a la soberbia interpretación con la que nos ha obsequiado Anamara. Con el corazón en vilo y el vello de los brazos erizado, aplaudimos y aplaudimos hasta que nos duelen las manos. Bruna ha sido la primera en abrazar a Anamara y todos los demás la hemos seguido. Se impone un cambio de tercio. Tras un breve descanso y siguiendo las instrucciones de Bruna, los músicos comienzan a tocar piezas más animadas, menos emotivas.

Yo salgo a la terraza a tomar el aire. Ha refrescado pero la temperatura es agradable. El cielo está despejado y limpio. Brillan las estrellas. No sé diferenciar ni nombrar la mayoría de las constelaciones, pero la mía sí. Entonces la veo, la Cruz del Sur reluce para mí. Con sus cuatro estrellas grandes y una más pequeña en el extremo derecho. Ahí está ella y aquí estoy yo. Refulge con una luz especial. Pienso en mi madre. Pienso en Tristán y siento a Marcelo.

Ha pasado un rato en el que he podido estar tranquila. Es tarde, casi la una y media de la madrugada. Los invitados empiezan a retirarse a sus cuartos. Marcelo vuelve para despedirse de todos y se va diciendo que está cansado. Bruna da instrucciones al servicio y se sienta a mi lado. Nos quedamos solas contemplando la noche en silencio durante largo rato hasta que iniciamos una conversación.

—Ha sido una noche muy intensa.

—Sí, tan intensa como maravillosa.

—Eres una gran anfitriona, Bruna.

—Gracias por el cumplido.

—¿Se encuentra bien Marcelo? Parecía un poco ausente.

—Debes disculparlo, la velada ha sido especialmente emotiva para él.

—Por favor, no me entiendas mal, no ha podido estar más agradable con todos.

—¿Puedo sincerarme contigo, Alma?

—Por supuesto que sí.

—Hoy se cumple el primer aniversario de la muerte de Fernanda. Todos la queríamos. Para mí era como una hija.

»Una noche como esta, estábamos celebrando una cena, igual que la de hoy, como tantas otras veces, como tantos años. Fernanda acababa de llegar de París junto con su hijo Alain. Era muy pequeño. Estaba muy nerviosa porque las cosas no le estaban saliendo como las había planeado. Por lo que nos contó, el padre de Alain quería que su hijo viviese con él en Francia. Se había vuelto a casar y quería forzar a Fernanda a vivir en Europa para estar más cerca de su hijo. Fernanda no quería ni verlo y se resistía a aceptar la situación.

»Se conocieron en un desfile de moda en Nueva York. Fernanda era modelo y trabajaba para una firma de lencería americana. Quizá la recuerdes por las revistas, se llamaba Fernanda Lima. Él se llama Alejo, es un futbolista de origen argentino que juega en el Olympic de Marsella. Hacían una pareja estupenda. Se enamoraron y se casaron enseguida. Jóvenes, ricos y famosos, una mezcla explosiva. Fernanda se quedó embarazada muy pronto, abandonó temporalmente su carrera como modelo y se trasladó a vivir a Marsella. Las cosas parecían ir bien hasta que nació Alain. Se sucedieron los episodios de celos, hubo peleas que transcendieron el núcleo íntimo familiar y se convirtieron en carnaza para las revistas del corazón. Después, las cosas se complicaron y hubo algunas denuncias por malos tratos, escándalos sexuales, drogas y el paso de Fernanda por una clínica de desintoxicación por abuso de tranquilizantes. Después, volvió con su hijo a Brasil. Llegaron a un acuerdo para que el niño estuviera con su madre hasta los tres años. Fernanda trató de retomar su carrera, pero el mundo de la moda no perdona y la maternidad tampoco.

»Fernanda se había criado en la favela Paraisópolis, el lugar más peligroso de São Paulo, donde el día a día no tiene otro objetivo que enfrentar la muerte en cada esquina. Compartía miseria con decenas de miles de almas que, como ella, no tenían ninguna oportunidad más allá del olvido. Ella y su madre ocupaban diez metros cuadrados de infierno, donde la vida humana carecía de valor.

»Fernanda creció en el lado oscuro, entre hogueras, sangre, muerte y *crack*. Dormía en una barraca construida con listones de aglomerado y techos de uralita, convivía con las ratas, sin agua corriente, al cuidado de una madre enganchada al *crack* y esperando las visitas de su padre, un demonio sin alma, jefe de una de las bandas de narcotraficantes que imponían la ley del terror en la favela. Cada día salía al alba para mendigar el sustento diario para ella y su madre. Fumaba marihuana desde los siete años como otros niños beben leche, con total naturalidad.

»Fernanda tenía, al menos, cinco hermanos de cinco madres diferentes. No iba a la escuela, no tenía opción. Desde la ventana sin cristal de una de sus cuatro paredes, podía ver los enormes edificios que se alzaban en el emergente barrio de Morumbí y pensaba que algún día escaparía de su perversa existencia y viviría en el último piso de una de esas torres centinela, protegida del exterior, a salvo de los suyos y de sí misma.

»Con nueve años perdió a su madre en una reyerta entre bandas rivales. De su padre nunca volvió a saber, probablemente huyera a otra favela. Vivió sola en su casa hasta que otros desgraciados, tan pobres como ella, la echaron como a un perro, obligándola a buscar otro lugar donde vivir, hasta que no pudo más y se rindió de desesperación.

»No tendría más de diez años cuando llegó a nosotros al filo de la muerte, desnutrida y maltratada. Vivió en una de las casas de acogida que tenemos en la Fundación, junto con otros niños de entornos similares, víctimas de los desequilibrios sociales y culturales de este país, de la pobreza, el abandono y los abusos.

»Era una niña preciosa que apenas hablaba. Se educó como ningún otro niño que hayamos tenido. Aprendió a leer en muy pocos meses. Devoraba los libros. Era como si quisiera recuperar el tiempo que su nacimiento en el inframundo le hubiera negado. Aprendió lo básico y quiso ir más allá. Rechazó todas las opciones de aprender un oficio que la integrase en una clase social trabajadora. Empezó su carrera como modelo a los catorce años.

»Fernanda y Marcelo se conocieron en el vigésimo aniversario de la Fundación y ella se enamoró de mi hermano. Tengo claro que Marcelo no llegó a estarlo de ella; creo más bien que la quiso como una hija, y eso es algo que Fernanda no soportó.

»Hace un año, después de una cena como la de hoy, discutieron. Hablaron de Alain y de su futuro. Marcelo trató de hacerla razonar: el niño debía estar también con su padre. Era una cuestión natural, no estaba en condiciones de romper el acuerdo que había firmado y saltarse la ley. Fernanda había bebido en exceso. Acusaba a Marcelo de no ser un hombre, de no estar a la altura, de no querer protegerla, de no amarla. En un ataque de histeria, quiso despertar a Alain para llevárselo con ella en plena noche. Quería salir de la *fazenda* de madrugada y con su hijo a rastras. Marcelo se lo impidió y ella se volvió loca. Entonces Fernanda le dijo a Marcelo que no la volvería a ver más, que no la esperara despierto.

»Cogió las llaves de su deportivo y emprendió un camino de no retorno. Nadie avisó desde la garita de la conducción agresiva, no era la primera vez que salía acelerando al máximo su coche con cajas destempladas. No le dieron importancia. Fernanda perdió el control de su coche al salir a la autopista y murió en el acto. Marcelo no lo supo hasta la mañana siguiente, cuando la policía nos lo comunicó. Mi hermano no se perdona lo que ocurrió; se siente culpable y no termina de superarlo.

»Fue Fernanda la que sugirió a Marcelo el lanzamiento de una línea de café *gourmet* de la cual ella sería embajadora y prestaría su imagen, o eso pensaba. Era una mujer inteligente, una superviviente marcada por el sufrimiento de una infancia amputada. La quisimos, la contuvimos, prácticamente la criamos, pero no pudimos ni supimos hacerlo mejor.

—Por eso Marcelo me preguntó antes si había disfrutado de mi paseo en solitario...

—Seguramente, Alma. Los fantasmas van y vienen, pasan a través de nuestros pensamientos y son difíciles de controlar.

Nos quedamos calladas un rato largo. Necesito unos instantes para asimilar la historia. No encuentro adjetivos. Me parece terrible y desgarradora.

—¿Qué pasó con su hijo?

—Marcelo se encargó de todo. Organizó el entierro y se ocupó de la burocracia. Cuidamos del niño hasta que lo llevó personalmente con su padre a Marsella. Alain era el nieto que no hemos tenido. Estaban muy encariñados el uno con el otro. Marcelo lo quería de veras. Todos lo queríamos, era un niño adorable. Mi hermano se lo entregó a su padre e intentó olvidarse de él, de su madre, del accidente. Se sentía responsable. Se sentía culpable por no haberla amado como ella necesitaba.

»Fernanda era una bomba de relojería a punto de estallar y estalló, y no tuvimos una segunda oportunidad. Yo la vi crecer, la vi hacerse una mujer, seguí su evolución. Era bella por dentro y por fuera, pero incapaz de gestionar su vida y su emocionalidad. La perdimos y nos perdimos en autorreproches. El corazón de Marcelo se ensombreció. No ha vuelto a conducir hasta aquí. Mandó construir una pequeña capilla en el lugar donde Fernanda se salió de la carretera pero nunca la ha visitado. Es un pequeño santuario en recuerdo a un ángel condenado a vivir en el Infierno.

—Bruna, ¿por qué me cuentas esta historia tan íntima, tan vuestra?

—Porque creo que debías saberlo. He oído a mi hermano hablar de ti. Tú le has devuelto la ilusión. Se lo noto en la mirada. Hacía mucho tiempo que su corazón no sonreía. Hay algo en ti que me atrae como un imán. Es como si ya te conociera, como si formaras parte de nosotros. No hace ni veinticuatro horas que estás con nosotros, y sin embargo, siento algo especial, no podría expresarte con palabras lo que es. Es solo una sensación agradable y sutil.

—Me agrada lo que me dices y agradezco tu sinceridad.

—Pero también te advierto, de mujer a mujer, que mi hermano tiene una incapacidad para amar. Bueno, querida, mañana es el día de conocer esta tierra y de familiarizarte con el café. Después de desayunar subiréis con Horacio a ver la plantación. Puedes hacerlo como prefieras, en Jeep o a caballo.

—¿Cómo lo hará Marcelo?

—Le gusta hacerlo a caballo. ¿Tú montas?

—Solía salir a montar con mi padre.

—¿Solías? ¿Tu padre vive?

—Sí, aún vive, aunque está muy enfermo.

—Lo siento mucho. ¿Puedo hacerte una pregunta, Alma?

—La que quieras.

—¿Tienes algún interés en mi hermano más allá del meramente profesional?

—No puedo contestarte a esa pregunta, Bruna. Creo que no es el momento de hacerla.

—Perdona si te he molestado. He sido demasiado directa.

—No es eso. Apenas lo conozco. No os conozco a ninguno. Tengo mi vida en España, a mi marido y a mis hijas que me esperan. Lo que sí puedo decirte es que no estoy buscando un amante, quédate tranquila. Mi apuesta va más por el lado profesional, pero no te niego que me gustaría profundizar más. Me habéis abierto las puertas de vuestra casa. Me estáis tratando como una más de la familia y os estoy muy agradecida. Me siento muy a gusto entre vosotros.

—Gracias por tus palabras, Alma, me quedo más tranquila, y discúlpame de nuevo si he sido un poco brusca. No ha sido un año fácil para Marcelo. Es mi único hermano y no me gusta verlo sufrir.

—Yo he tenido mucha suerte, Salvador es un oasis para mí, siempre me he sentido amada y apoyada. Vivimos vidas muy diferentes, pero al final del día, siempre estamos ahí, compartiendo nuestra intimidad. Es un buen abogado y un gran padre. Como marido, no tengo queja, soy muy afortunada. Me recuerda tanto a mi padre, tan serio, tan concienzudo, tan educado, tan señor. También se llamaba Salvador. Pero bueno, esa es otra historia y no quiero robarte horas de sueño. Ya está bien por hoy. Debes de estar agotada. Buenas noches, querida.

—Buenas noches, Bruna, me ha encantado hablar contigo. ¿Subirás mañana al cafetal?

—No lo creo. Prefiero ocuparme del resto de los invitados. Os esperaremos para comer.

—Muy bien, hasta mañana entonces.

—Hasta mañana, Alma.

Abrazo y beso a Bruna con un cariño profundo y sincero y me voy caminando hacia mi cuarto, mientras ella da las últimas instrucciones del día a uno de los sirvientes que permanece de pie en una esquina de la terraza. Nadie me espera para acompañarme. Nos hemos quedado solas, ajenas al resto de los invitados. Siento como ella se queda contemplando cómo me marcho, observando de nuevo mi figura, mi cruz, mi caminar, mi estela. Me gusta Bruna. Es una mujer muy inteligente y perspicaz, directa y cariñosa. Tiene sin duda innumerables virtudes. Es toda una señora y una magnífica anfitriona.

Al llegar a mi cuarto encuentro mi pijama sobre la cama abierta con el embozo doblado hacia fuera, una jarra de agua fresca y unos dulces. «¡Santo cielo, qué vicio tienen con el azúcar!», pienso. Así son de amorosos y de demostrativos, lo llevan en la sangre. Hasta el tono de voz de las mujeres es más agudo de lo normal, gatuno, suave, casi almibarado.

Después de desmaquillarme y meterme en la cama, consulto mi teléfono. No tengo llamadas ni mensajes. No hay cobertura. Estoy incomunicada y no me importa. Cojo mi libro y leo unos minutos hasta que el sueño se apodera de mí. Tengo muchos sueños. Muy revueltos. He soñado con Mario, volvíamos a compartir nuestras vidas. Jimmy había desaparecido y no había manera de saber de él. Mi madre y Marcelo se encontraban en un restaurante pero no conseguían verse. Jasmine me masajeaba los pies en el salón de mi casa de Madrid y mi madre me preguntaba cómo se me había ocurrido sacarla de Brasil. Doy muchas vueltas y me despierto un par de veces. De pronto amanece. Canta el gallo dos veces. Se oyen los relinchos lejanos de los caballos. No he tenido tiempo de visitar las cuadras. Miro el reloj. Son las siete de la mañana; el despertador no ha sonado, no le ha dado tiempo. Me estiro, bostezo y bebo un poco de agua. Me ducho y me visto con un pantalón ceñido color *beige* tipo *leggin* y una blusa blanca suelta, y me recojo el pelo en una coleta baja. Opto por un maquillaje muy ligero, apenas un toque de colorete y un poco de rímel.

Abro todas las ventanas de mi cuarto y lo dejo ventilándose. Respiro profundamente el olor a tierra que entra por la ventana. Salgo de la casa de invitados en la que solo estoy alojada yo y en la calle veo a varias personas haciendo sus tareas. Vuelven a oírse los relinchos de los caballos y me dirijo hacia las cuadras sin necesidad de preguntar dónde se encuentran. No quiero que me vean demasiado, no vaya a ser que me envíen al tipo del Jeep para rescatarme de los muchos peligros que me acechan. Ellos no tienen por qué saber que me he criado entre animales, paja, espliego, estiércol, cuero, tomillo y jazmines. No necesito guías, ni protectores, ni ayudantes, y mucho menos, niñeras o guardianes. No necesito que me enseñen a montar, a ensillar, a cazar, a ojear, a desollar. Sé de todo aunque no haga uso de nada. No necesito alardear delante de nadie, he venido para absorber todo lo que pueda, no a exhibirme. Como diría mi madre con su impecable francés, es parte de mi *charme,* de mi currículum vital, que me hace sentirme libre e independiente, en armonía, en una sana comunión con la naturaleza. De pequeña solía imaginarme como una superviviente de una guerra nuclear, obligada a refugiarme en el campo y a vivir de lo que diera la tierra, de vuelta a los orígenes de la agricultura básica de subsistencia.

Las cuadras están cerca, junto a una explanada de piedra en forma de rectángulo que da al lateral de la parte de la casa que yo habito. Antes de entrar en las cuadras, doy un pequeño paseo por un camino ascendente que me lleva hasta unas construcciones de piedra abandonadas, donde hay un foso, unas acequias anchas que confluyen con otros canales más estrechos, con compuertas de metal oxidadas por el paso del tiempo y la inactividad. Deduzco que debe de ser aquí donde comienza el proceso de tratamiento del café previamente recolectado en la plantación, aquí y en los barracones que lo flanquean. Pienso en cómo habría sido la *fazenda* en sus orígenes y siento un escalofrío que me hace volver por el camino a paso ligero en dirección a los caballos.

Dos chavales limpian las cuadras, y el que parece ser el capataz, un hombre negro muy muy viejo, les da instrucciones en un portugués ininteligible. «Debe de ser de algún pueblo remoto de la Amazonía profunda, porque no entiendo nada de lo que les dice», pienso. Una chica jovencita con el pelo por la cintura pastorea una pequeña piara de cerdos, similares a los ibéricos. Parece que uno quiere despistarse, y la niña, con gran habilidad, le va dando toques suaves pero certeros con una vara muy fina y flexible parecida al brezo.

Saludo a los chicos y echo un vistazo a los caballos, cuadra por cuadra. Hay ocho caballos de una raza que no conozco. Son pequeños y fuertes, no demasiados bonitos ni estilizados. Doy por hecho que no son unos ejemplares de concurso hípico. Más bien toscos y bajos, acostumbrados al trabajo duro, a la sierra, a la altura. Una vez que les he pasado revista, vuelvo a la casa. En la puerta encuentro a Jasmine, que me recibe con una sonrisa de oreja a oreja preguntándome si he dormido bien y si me apetece desayunar. A estas alturas ya debe de dar por hecho que me gusta ir por libre.

—Es usted la primera, señorita Alma.

—Espero que no. Preferiría desayunar acompañada.

—Don Marcelo está en su despacho y me ha pedido que lo avise cuando esté usted lista.

—Entonces no soy la única que está despierta.

—No, don Horacio también. La están esperando.

—Empiezan temprano los señores.

—Nunca he visto a don Marcelo dormir más allá de las seis. Es muy madrugador.

—¿Dónde desayunaremos?

—En la terraza principal. ¿La acompaño?

—No, Jasmine, puedo ir sola, gracias.

El salón está perfectamente recogido de la noche anterior. Me tomo mi tiempo para admirar los tesoros que hay repartidos por las diferentes vitrinas del salón contiguo al principal. Quiero saber más. Quiero poder escuchar a Marcelo contarme la historia de cada pieza, su origen, su utilidad. El salón contiguo da a una biblioteca enorme, tan grande como la de La Umbría, que recibe la luz de la mañana entre cortinas de telas ligeras que ondean por las corrientes de aire que hay en cada estancia de la casa. Junto a la biblioteca, separada por una puerta corredera, se encuentra el despacho de Marcelo, y a la derecha de este, un cuarto de estar decorado en tonos anaranjados y tostados. Las paredes están enteladas hasta una altura de metro y medio. Algunas pinturas con escenas costumbristas se apoyan sobre las paredes. Parece un cuarto a medio decorar. Ningún cuadro está colgado, se superponen unos sobre otros, un detalle que me recordó al cuarto donde siguen apilados los cuadros de mi madre, de los cuales aún no hemos hablado; no hemos concretado qué hacer con ellos ni cómo repartirlos.

En el centro, y sobre una alfombra de lana y seda haciendo dibujos en zigzag, una *chaise longue* de estilo rococó del siglo XVIII, tapizada en terciopelo verde con remates dorados, reposabrazos y almohadones de seda, sin duda original y perfectamente restaurada y conservada. A la derecha, un mueble modular que cubre toda la pared con una inmensa colección de discos de vinilo, un tocadiscos antiguo, y sobre una mesa bajita, una colección de libros de arte medio abiertos. Parece un cuarto para relajarse y pensar, un espacio para el hedonismo, solo para uno, seguramente, para Marcelo. Me acerco al mueble de los discos y veo que además de la música clásica, Marcelo es un apasionado del flamenco y del jazz. Ojeo algunos de ellos inclinando la cabeza hacia la derecha para leer los nombres de los finísimos lomos, pasándolos de uno en uno, caminándolos suavemente con las yemas de los dedos, perfectamente alineados y limpios de polvo: Nat King Cole, Tony Bennett, Ella Fitzgerald, Peggy Sue, Louis Armstrong. De pronto siento la presencia de alguien. Es Horacio, quien me observa desde la puerta contigua. Me doy la vuelta y lo saludo.

—Hay más de cinco mil discos en esa colección. Don Marcelo es un melómano. Es una de sus aficiones, además del arte y los caballos. Disfruta coleccionándolos.

—Buenos días, Horacio. Es impresionante la colección que tiene. Me quedaría horas aquí escuchando uno tras otro. Seguro que tenemos gustos en común.

—Seguro que sí. ¿Ha descansado?

—No demasiado bien, pero me encuentro estupendamente.

—Don Marcelo está terminando de hablar por teléfono. ¿Le parece si me acompaña a desayunar?

—Sí: así puede ir usted contándome todo lo que necesito saber sobre el café.

—¿Le gustó el que tomamos ayer después de comer?

—Me encantó.

—Pues ya ha comenzado usted con el trabajo de campo.

—¿Sabe una cosa, Horacio? Probablemente es el mejor café que he probado en mi vida.

Nos acabamos de sentar a la mesa preparada de nuevo para dieciséis, cuando aparece Marcelo por la puerta que da a la terraza. Tiene muy buen aspecto. Parece haber descansado. Me saluda muy cariñoso dándome un beso en la mejilla. Aparta los periódicos que hay sobre su lado de la mesa y pide que nos sirvan café a los tres.

El desayuno es un festival de frutas, tostadas de diferentes tipos de panes, mermeladas, frutos secos, bollos, fiambres, quesos y huevos revueltos. Marcelo ya ha desayunado. Suele hacerlo solo mientras lee la prensa. Horacio y yo empezamos a desayunar mientras Marcelo nos hace partícipes del orden del día. Tiene previsto aprovechar las horas de menos calor para subir a ver la plantación, y después recrear los años prósperos de la *fazenda* mostrándome las zonas en las que se lleva a cabo el proceso posterior a la cosecha. No tengo intención de confesar que me he vuelto a ir por mi cuenta a descubrir los alrededores, aunque estoy convencida de que alguien se lo dirá en algún momento del día.

A las ocho estamos de camino a las cuadras. Marcelo da por hecho que yo sé montar. No me pregunta y yo no comento nada al respecto. Me ofrece calzarme unas botas altas de cuero de mi número y me sugiere que coja un sombrero del guadarnés, que es muy parecido al de casa: limpio y ordenado, aunque sin nombres. Hay botas de todos los tamaños, fustas, espuelas, alforjas y sombreros. Cojo un sombrero de mi tamaño que parece estar casi sin estrenar. Me subo los calcetines, me ajusto las botas y salgo a su encuentro. Ha pedido que ensillen dos caballos alazanes, más bien bajos y viejos. Le dice a Horacio que nos veremos arriba, por lo que deduzco que nos acompañará. Nos subimos a los caballos y nos dirigimos hacia la entrada de la *fazenda*. Por su sonrisa sé que aprueba mi forma de montar. En menos de treinta segundos se sabe quién es un consumado jinete y quién no lo es. Las posturas esconden las intenciones y delatan las actitudes de las personas. Marcelo me ha calado en mi pasión por el campo y mi amor por el vino. El viejo zorro debe de leer en mí como en un libro abierto.

La *fazenda* empieza su actividad diaria. Hombres, mujeres, niños y animales hacen su trabajo. Cada cual a su tarea.

—Sabes montar.

—No me has preguntado.

—Claro que no. Lo daba por hecho. Una mujer de mundo como tú debe de tener pocas cosas que se le resistan.

—Tienes un concepto de mí demasiado elevado, Marcelo. Tengo grandes posibilidades de defraudarte.

—Por lo poco que conozco de ti, pareces una mujer inteligente y equilibrada.

—Cuando me conozcas más, te darás cuenta de tu terrible error.

—Me gusta la gente valiente y con sentido del humor, y parece que tú tienes un poco de ambos. Si no, no estarías tan lejos de tu casa, sola y perdiendo el tiempo con este viejo con delirios de otoño en el último tramo de su vida.

—La necesidad obliga.

—La naturaleza de cada uno determina los pasos que se dan en la vida. El qué, el cómo, con quién, hacia dónde y por qué.

—Yo añadiría un para qué. Muchas veces los porqués no son suficientes para aclarar la mente. El ser humano tiene cierta tendencia a fustigarse frente a un enorme signo de interrogación que a menudo hiere, y en muy pocas ocasiones satisface.

—Deberíamos ponerlo en el primer lugar de nuestra lista.

—Sí, porque el riesgo de tropezar y caer es muy alto. Las caídas te marcan irremediablemente.

—Sí pero no debemos ser prisioneros de nuestros fallos o de las elecciones que hicimos en el pasado. Si tropiezas, debes levantarte lo más rápidamente posible; de otro modo, le coges miedo a la vida.

—¿Lo dices por propia experiencia?

—Por supuesto que sí. De lo contrario sería hablar por hablar.

—¿Has tropezado mucho en tu vida, Marcelo?

—Bastantes veces, pero aquí sigo, sin dejarme doblegar. ¿Quieres que te muestre mis rodillas? Las tengo desolladas.

—¿Siempre eres tan franco y directo?

—Siempre que me importa la opinión de quien tengo delante. Siempre y cuando sea medianamente inteligente. En caso contrario, me limito a dar órdenes.

—¿Puedo preguntarte algo más prosaico?

—Deberías.

—¿Habéis elegido ya agencia para el lanzamiento del café?

—No creo que necesites que conteste a esa pregunta, aunque lo propio es hacerla. La soberbia es la peor lacra del ser humano.

—En Madrid van a dar saltos de alegría cuando consiga un minuto de cobertura telefónica.

—Puedes hablar desde la línea de mi despacho cuando lo necesites.

—¿Qué te ha hecho decidirte por mi compañía?

—Tu valentía y tu creatividad. Eres buena en lo que haces. Tengo referencias tuyas y de tus logros.

—¿En qué momento lo decidiste?

—Yo no fui. Tú me elegiste a mí.

—Es una buena manera de enfocarlo. La agencia elige a sus clientes. Ojalá fuera así de fácil.

—Si fuera fácil, no estarías aquí. Doy por hecho que hay mucho esfuerzo personal detrás.

—Así es. Tengo una familia que me necesita y una empresa que dirigir.

—Es una cuestión de objetivos y prioridades.

—También es una cuestión de momentos vitales y de oportunidades. A veces, la vida te pone en el disparadero y lo único que puedes hacer es ir.

—¿Tú no sabes hablar de banalidades?

—Claro que sí, pero no creo que te apetezca escucharlas.

Marcelo me mira fascinado mientras cabalgamos hacia la plantación. Yo no recuerdo cuándo he sido más feliz que en este momento. Es un tipo muy inteligente, un gran conversador. Me siento muy a gusto con él. No podía imaginarme un comienzo mejor, estoy pletórica de saberme elegida como profesional. Marcelo está relajado. Seguramente ha enviado a Horacio en el Jeep para tener un rato de intimidad. Agradezco no tener que contestar preguntas incómodas. No quiero hablar de mis hijas, ni de mi marido ni de mis padres; no quiero hablar de la que no soy. Prefiero simplemente charlar de la vida con él. Cuanto menos me pregunte sobre Alma, más Alejandra puedo ser. Me gustaría decirle que no soy tan valiente como él piensa. Por un momento, Beltrán ocupa mi cabeza. Siento que estoy traicionando por duplicado, aunque la palabra *traición* resuena dentro de mí con un tinte demasiado melodramático. Digamos más bien que he escogido una lealtad diferente en este momento de mi vida. Ando a vueltas con mi parloteo mental, poniendo paños calientes a mi deslealtad cuando Marcelo detiene su caballo y me espeta a bocajarro:

—¿Qué es lo que más odias?

—La traición.

—¿Y lo que más amas?

—La lealtad.

—¿Cómo te definirías?

—Como un ser poliédrico.

—Me gusta lo inteligente que eres.

—¿Y tú? ¿Qué odias y qué amas?

—Odio la estupidez humana y amo la libertad.

Yo tengo un decálogo de preguntas y la intención de hacerlas pero sé que debo reservarme y cuidarme muy mucho de no exponerme. Sé que no tengo mucho tiempo y quiero aprovechar al máximo para tratar de conocer a Marcelo, aunque me doy cuenta de que es una quimera intentar conocer a una persona en menos de setenta y dos horas. Estoy empezando a disfrutarlo y por nada del mundo quiero perderme un solo detalle.

Absorbo cada palabra, cada gesto, cada silencio, cada mirada. Bebo de él. Una parte de mí ya forma parte de su ser. Las cosas nunca volverán a ser como antes. Siento como Marcelo ya circula por mis venas como un virus inoculado que va penetrando lentamente en la sangre que inunda, alimenta y toma posesión de los tejidos. No puedo entrar en el terreno personal sin su permiso, así que espero pacientemente el momento de actuar; no quiero parecer impertinente ni maleducada. El hilo de Ariadna será el café: si Marcelo me cuenta la historia de su familia, probablemente acabará abriéndome su corazón.

Tras dos horas de cabalgadura, llegamos al punto más alto de la *fazenda*. Desmontamos y ponemos los caballos bajo la sombra de un árbol frondoso. A lo lejos se oye el rugido del motor del Jeep; Horacio está a punto de llegar. Ha calculado con la precisión de un reloj suizo el tiempo que tardaríamos en ascender hasta la cima. Puede que sea por la costumbre, o quizá por empatía simbiótica con su patrón.

Todo lo que la vista alcanza es un gran prado verde continuo, una vasta extensión de pastos que se extiende hasta donde la vista alcanza. Marcelo mira sus dominios como si pudiera recordar otros tiempos de mayor esplendor, momentos que no ha vivido pero que conoce por su propia historia, por los testimonios escritos, por su profundo interés personal sobre sus orígenes familiares y la trascendencia de su apellido; los tiempos de los barones del café, de su padre, de su abuelo, incluso de su bisabuelo. Horacio no tarda en llegar. Lleva consigo una nevera portátil con botellas de agua para poder refrescarnos y una toallas de algodón para desempolvarnos la cara, el cuello y las manos. El sol empieza a calentar con fuerza. Noto que mi piel comienza a acusar los efectos del sol del Ecuador. La crema de protección solar que me he dado horas antes no cumple con los estándares mínimos para esta altitud. Noto como mis brazos, descubiertos hasta la mitad, el escote y la cara van enrojeciendo por segundos. No estoy hecha para este sol; tendría que untarme una y otra vez como se unta a los cochinos de manteca antes de asarlos, repetir y repetir la operación con minuciosidad para no acabar achicharrada como una turista alemana de vacaciones en Palma de Mallorca. Me espanta el tono quisquilla tan típico de las pieles blancas, a menudo fotofóbicas, expuestas sin piedad al astro rey; sin piedad, sin pudor, vuelta y vuelta, aprovechando al máximo los diez días de playa y piscina, gastronomía de bajo presupuesto y copas, en el todo incluido de los grandes *resorts* de las Baleares.

Una brisa suave acaricia mi cara y me saca de mis cavilaciones dermatológicas. Marcelo y Horacio hablan apoyados en el Jeep. Yo observo en silencio la vasta extensión de tierra que tengo delante tratando de imaginar su hermosura primigenia, su riqueza original, su majestuosidad natural. A mi derecha, hay una muestra de lo que queda de la plantación de café, una pequeña extensión en la que crecen plantas a media altura, alineadas en formación. Puedo imaginar la selva original, inmensa, tupida, llena de vida, de color, de sonidos. Y también, la frenética lucha del hombre blanco contra la madre Tierra, la deforestación a golpe de machete, hacha y serrucho, la huida de los animales perseguidos hasta la extenuación y de los indígenas resistiéndose a ser cazados y esclavizados buscando la profundidad de la selva, adentro muy adentro. La sangre y el sudor de los pueblos africanos robados, vendidos y esclavizados durante trescientos años por los portugueses en todo Brasil. «Si esta tierra hablara, no podrían silenciarse los ecos del salvajismo», pienso para mí. Se me encoge el corazón al pensar en los orígenes de la era moderna de este país, pero no quiero caer en la simpleza de hacer ningún juicio de valor, consciente de lo mucho que desconozco sobre el pueblo brasileño y su historia. No sé cómo han sido las cosas en la familia Barbosa, que a buen seguro estará llena de luces y sombras. Quiero saber más, necesito conocer su historia.

Marcelo y Horacio se acercan al mirador. Marcelo se apoya sobre el tronco transversal que hace las veces de barandilla. Horacio se despide de mí hasta la hora de comer; su patrón debe de haberle dado nuevas instrucciones. Volvemos a quedarnos solos. La historia puede ser contada desde diferentes ángulos. Yo tengo una visión europea y sesgada sobre los acontecimientos, una visión tan parca como superficial, y no me gusta. Siento una imperiosa necesidad de profundizar, de saberlo todo, de empezar desde el principio. No solo tengo interés en la familia Barbosa: es como si sintiera la llamada de la selva, no puedo permanecer ajena ni un minuto más a la historia de un país que también empieza a ser un poquito mío. Así debe escribirse la historia, desde la luz, el respeto y la ecuanimidad que te da el conocimiento de los hechos y las circunstancias de sus protagonistas. ¿Y qué sé yo realmente de la historia de Marcelo, de su familia, de su tierra? Apenas tengo unas pinceladas. Planeo por la superficie tratando de absorber al máximo cada detalle.

En ese momento, Marcelo me acaricia la mejilla con suavidad. Nos miramos y me pregunta si quiero que demos un paseo a pie por la plantación.

—No te voy a dar una clase magistral, Alma. Antes de nada quiero saber algo, que aunque pueda parecer obvio, puede no serlo tanto. ¿Te gusta el café?

No puedo evitar soltar una carcajada. Es la pregunta más natural que me ha hecho desde que he llegado.

—Si me lo preguntas a título personal, te diré que no estoy acostumbrada al café, y mucho menos, a tomarlo solo. Me encanta el aroma a café molido y a café recién hecho. Es un olor que me transporta a la niñez, a mi casa, a mi madre. Si te digo cómo lo tomo, te va a parecer un sacrilegio: me gusta el café manchado, es decir, completamente disfrazado en un mar de leche. Sin embargo, si me lo preguntas desde una perspectiva profesional, te confieso que tampoco me gustan ni el whisky escocés, ni la comida para perros ni las bebidas energéticas, pero todos ellos son productos con los que, como sabes, hemos logrado no pocos reconocimientos y lo que de verdad te da la pauta del éxito, las ventas. Tampoco yo quisiera darte una clase magistral, y te confieso que me gustaría saberlo todo sobre la historia de vuestro café.

—Bien respondido. Tenemos mucho trabajo por delante.

Casi me da un vuelco el corazón cuando he mencionado mi infancia y a mi madre. Volvemos a mirarnos más allá de los ojos, en ese punto en el que tienes la sensación de estar mirando dentro, en algún lugar más profundo. No son tus pupilas las que enfocan, es una mirada del alma que todo lo trasciende, que para el tiempo y te conecta a otro nivel, más allá, mucho más allá del momento, las personas, las intenciones, el lenguaje.

—Vamos a recorrer parte de la plantación para que tengas una primera impresión. Lo haremos a caballo, hace demasiado calor para hacerlo a pie.

Montamos de nuevo nuestros caballos y lo sigo en fila india, recorriendo un camino estrecho, cuesta arriba, hasta que llegamos de nuevo a ponernos a la par. A partir de ese punto, todo lo que mi vista alcanza a ver son largas hileras de plantas de unos dos metros de altura, de ramas flexibles y de un color verde intenso que ascienden y descienden por el sinuoso terreno. Le pregunto a Marcelo por qué no hay nadie trabajando en la plantación y me responde que Brasil se encuentra entre los países que atraviesa el trópico de Capricornio y que la cosecha se recoge entre los meses de mayo y julio. También me comenta, con un tono medio burlón, que la celebración del carnaval paraliza el país y que es una cosa muy seria, igual que la samba, el fútbol, las *garotas* y la caipiriña: Lo mismo que el flamenco, el jamón y los toros para España, me dice con sorna, pero para Brasil, mucho más. Siendo un país del tamaño de un continente, alberga muchos brasiles en su interior: indígena, amazónico, africano, italiano, japonés. Es un país heterogéneo, multirracial y multicultural que comparte una lengua común que lo separa culturalmente de América latina. Un país de ciento cuarenta y cuatro millones de personas en el que nunca ha habido guerras civiles pero que guarda historias profundamente dolorosas de genocidios y exterminios por el dominio de las tierras y sus recursos naturales. Brasil es como una *matrioska,* sorprendente y compleja. Tienes que abrirla con cuidado para descubrir sus cuerpos de diferentes tamaños hasta llegar a su corazón. En ese momento, descubres otro Brasil, el que va más allá de la imagen superficial que dan de él los paquetes de ofertas turísticas. El que te enamora, el que te revela sus secretos inconfesables, el que te muestra todas sus caras, el que te cuenta su historia más íntima y te atrapa para siempre.

El cafetal que estamos recorriendo tiene una superficie aproximada de cuatro hectáreas cultivadas. Generalmente, las plantaciones familiares no suelen tener más de diez. Las grandes producciones de otros tiempos han quedado atrás para dar paso a un proyecto personal bien dimensionado, sostenible y artesanal. Tanto el cultivo como la cosecha se realiza a mano, y en este proceso, participan varias familias, para las cuales, es su única fuente de ingresos.

Marcelo me da una clase básica para principiantes mientras seguimos paseando a caballo. Hablamos de la gran variedad de plantas de cafeto y de sus frutos. Las dos más importantes son la arábica y la robusta. El origen está en Etiopía y sus variedades dependen de la altura, el tipo de suelo y las condiciones climáticas donde se cultiven. El cafeto arábica en flor tarda entre seis y ocho meses en madurar sus frutos; el robusta, entre nueve y once. La gran diferencia entre ambos está en el porcentaje de cafeína que tienen. La variedad robusta aporta el doble, entre un dos y un cuatro por ciento, contra un porcentaje de entre un uno y un tres en la arábica.

—Dentro de la arábica hay dos tipos: lavada y no lavada. En la arábica lavada, los granos son de color verde azulado, y al tostarlo, su volumen aumenta. El resultado es un café aromático de un sabor excelente. Se cultiva generalmente en países de Centroamérica y en la parte oriental de África. La variedad de arábica no lavada se cultiva básicamente en Brasil desde los tiempos de las colonias portuguesas, hacia 1730, en las zonas de Pará, Amazonas y Marañón. Treinta años después, se introdujeron cafetos procedentes de la colonia portuguesa de Goa, en la India. Estos granos son ovalados, de un color verde amarillento, que huelen a hierba verde y con una gran variedad de sabores. El café robusta es una variedad de la especie *Canephora*, inmune a una plaga de hongos que destroza a la variedad arábica. Su grano es amarillento y huele a paja seca. Esta variedad de café no se lava y se tuesta en seco, dando lugar a un café oscuro, de sabor fuerte con un toque amargo, algunas veces con restos de tierra y algunos otros pequeños defectos en los que Marcelo no ha querido profundizar.

»Las plantas que estamos viendo están en su cuarto año de producción, por lo que la próxima temporada alcanzarán su punto de madurez, lo que viene a ser una media de un kilo de café tostado por planta, a razón de diez mil plantas por hectárea, unos cuarenta mil kilos de café.

Marcelo me explica que hay dos tipos de técnicas de recolección: la manual y el despalillado. La primera se basa en la recolección artesanal de los frutos maduros, fácilmente identificables por su color rojo intenso. «Un trabajo no apto para daltónicos», dice con sorna. Se trabaja durante días en las mismas plantas siguiendo muy de cerca el proceso de maduración y, por lo tanto, el de recolección. En el caso del despalillado, lo que se hace es raspar las ramas de la planta, bien de forma manual o bien mecánicamente. Es un proceso mucho más rápido, pero los frutos obtenidos tienen diferentes grados de maduración, lo que da lugar a un café más ácido. Me dice que generalmente, los amantes del café que prefieren un café fuerte eligen la variedad robusta y quien prima el aroma, se decantará por la arábica. En estas tierras, desde tiempos inmemoriales, se ha cultivado la variedad arábica por el tipo de suelo y la altura de la zona.

Los efectos del calor deben de notarse en mis mejillas, pues a pesar de la protección del sombrero de ala ancha que llevo puesto, estoy sofocada y sudada. El sol brilla con una fuerza rabiosa sobre nuestras cabezas. Apuramos nuestras botellas de agua, que están a temperatura ambiente y, por sugerencia de Marcelo, deshacemos el camino de vuelta a casa para darnos un merecido baño en la piscina antes de comer. Por la tarde continuaremos con los siguientes pasos en el proceso del café: el tueste y la importancia de la mezcla.

De regreso a casa hablamos de la importancia estratégica que el café ha tenido para la formación de Brasil como nación moderna y del despegue como economía mundial. No en vano, ocupa el primer puesto mundial como productor de café.

El origen del café se encuentra en tierras abisinias. Fue Kaldi, un pastor de cabras y poeta etíope quien un día cualquiera, mientras las pastoreaba, se dio cuenta de que estas no acudían a su llamada. Pensando que algo les habría ocurrido, fue en su busca y las encontró muy entretenidas, saltando, corriendo, embistiéndose las unas a las otras y comiendo con fruición las hojas verdes que arrancaban de un arbusto. Pensó que sus cabras estaban envenenadas, pero al comprobar a la mañana siguiente que seguían vivas y en perfecto estado, volvió al lugar del hallazgo, arrancó unas hojas y las mascó. Las hojas tenían un sabor amargo y le producían un cosquilleo bajo la lengua que después se extendió por todo el cuerpo. Cogió las semillas que daba la planta y comprobó que eran dulces. Noto, además, que la mente se le aclaraba y no se sentía cansado ni malhumorado, sino con una estimulación adicional que le hacía dedicar más tiempo a la composición de sus poemas y canciones. Habló con su padre, también pastor, le contó lo que había descubierto y corrió la voz por todas partes.

Este descubrimiento tuvo lugar en el mundo árabe, en la tierra del rey Salomón y la reina de Saba, en el reino apartado y mágico del Preste Juan y la leyenda cristiana que habla de la salvación de Jerusalén, en la tierra que dio origen a los rastafaris, en el cuerno de África a orillas del mar Rojo.

El café fue un hallazgo maravilloso en el mundo árabe, donde existía la prohibición del consumo de alcohol. El café estimulaba a la gente y no embriagaba, por lo que jugaba el mismo papel del vino en las jornadas nocturnas. Se utilizó como bebida medicinal para curar dolencias intestinales y se incorporó en la vida cotidiana en un acto de ceremonia social. El café se extendió por Oriente, Persia, Egipto y Turquía hasta el norte de África. Fueron los turcos otomanos en la toma de Constantinopla quienes invadieron a los árabes y prohibieron el consumo para después hacerlo suyo y popularizarlo.

A través de la ruta de la Arabia feliz, la ruta de los inciensos y esencias que se producían en Oriente y que transcurría atravesando de punta a punta el actual Yemen, se manejaba también el monopolio del café, y por ello, se tomaban precauciones para que no saliera a otras tierras, mojando las semillas en agua con el fin de que no germinaran. Estas medidas fueron burladas por un peregrino musulmán que viajó con siete semillas a la India, y desde allí, los holandeses, que dominaban el comercio marítimo, llevaron los brotes de los primeros cultivos a Holanda, pero también a Ceilán, Java, Sumatra, Timor, Bali y las Indias Orientales. Fueron ellos los que determinaron el precio mundial del producto que transportaban desde el puerto de Moka.

El café iba llegando también a Venecia, y al finalizar la guerra austro-turca, un polaco que hacía de agente doble para los austriacos observó como estos quemaban sacos de café propiedad de los turcos pensando, por desconocimiento, que era alimento para los caballos. Fue así como el café llego a la sociedad vienesa. Se extendió por Europa creando espacios de disfrute y de comunicación en torno a una taza de café. Llegó a Francia en la época de los pensadores, en plena Revolución Francesa, y fue allí donde le añadieron leche. En Estados Unidos, el té fue sustituido por el café, inicialmente como boicot a los ingleses por el impuesto del té; fue un símbolo patriótico de la independencia. En Alemania, una mujer llamada Melita lo filtró con papel secante. La revolución industrial lo hizo cotidiano y cambió las costumbres y los tiempos para cocinar y comer. En Inglaterra, el café llegó a lo que llamaron las *universidades de penique*, porque cualquier persona, por poco dinero, podía sentarse en un café a escuchar a los eruditos durante tiempo indefinido.

Fueron los franceses quienes llevaron el café a la isla de la Martinica en un conflicto de intereses entre la Guayana francesa y la holandesa, en el que un portugués que intercedió en la negociación sedujo a la esposa del gobernador francés, a quien pidió que le entregase unas semillas de café ocultas en un ramo de flores.

De esta peculiar manera es como llegó el café a Brasil. Me resulta fascinante el papel de los traidores a lo largo de la historia. Yo podía considerarme una de ellos, una minúscula gota en el océano de las traiciones humanas.

—Querida niña, ahora ya puedes presumir de conocer los diferentes tipos de café y su importancia a través de la historia de los pueblos que la fueron transmitiendo durante siglos.

»El popularizado por la revolución industrial. El patriótico, fruto de la independencia americana. El literario, plasmado en las obras de Balzac, quien decía que reanimaba las ideas y hacía partir a los ejércitos. El conspirativo, de la Revolución Francesa. El café chic vienés. El aristocrático de Alejandría y el exquisito de Túnez.

—Me perdonarás si no te aplaudo. No quiero correr el riesgo de que se asuste el caballo. Me gustaría llegar a casa sana y salva.

—Espero no haberte aturdido con tanta información. Me parece necesario darte unas pinceladas de nuestra historia para que puedas absorberla y hacerla tuya cuanto antes. Estoy seguro de que será algo nutritivo, no solo para afrontar el proyecto desde sus orígenes, sino para tu vida en general.

—En este sentido soy una página en blanco y te agradezco que escribas en ella.

—¿Y qué horas son?

—¡Las que a usted le provoque, mi general!

Llegamos hasta el portalón de entrada al recinto que separa la casa del resto de la finca, donde nos esperan los dos mozos de las cuadras. El vigilante de la garita de la entrada los debe de haber avisado. Entrego mi sombrero y mi caballo y me voy directa a mi cuarto para cambiarme de ropa e ir a darme un chapuzón a la piscina. Un olor a leña impregna los alrededores de la casa abriendo mi apetito. «Parece que hoy tendremos churrasco para comer», pienso. Me muero de ganas de probarlo. Los cortes de la carne brasileña tienen fama internacional, y a buen seguro, Bruna habrá hecho la mejor selección.

El agua de la piscina está tibia, como una infusión olvidada en la esquina de un escritorio abandonado entre montañas de papeles por clasificar. Un parrillero y dos ayudantes transportan varias bandejas cubiertas por unos finos paños de lino húmedos. Las brasas del horno de piedra están a punto para ir asando las piezas. La mesa está puesta en el jardín, debajo de un techo hecho con hojas de palmera. Los demás invitados están cambiándose para comer mientras que yo siento que voy a destiempo, consentida por el anfitrión. Nado unos largos y salgo para ducharme con agua algo más fresca. Me tumbo unos minutos al sol para secarme y no retrasar el ritmo de la casa. No hay un alma. Vuelvo a encontrarme a solas con mis pensamientos. Con los ojos cerrados, escucho los sonidos de los pájaros mezclados con una música de jazz que sale de alguna parte del jardín. Una caricia en la mano me hace salir de los breves segundos de placentero abandono. Es Bruna.

—Hola, Alma, ¿cómo estás?

—¿Qué tal, Bruna?

—Espero no haberte asustado.

—En absoluto, quería secarme unos minutos al sol. ¿Dónde están los demás?

—Debajo del aire acondicionado. No soportan estas temperaturas.

—No me extraña, hace demasiado calor.

—¿Cómo ha ido la visita a la plantación?

—Muy bien. Marcelo me ha dado una clase magistral de subida y otra de bajada.

Bruna se ha sentado a los pies de la hamaca mirándome con ternura, con una sonrisa natural, como mira una madre a su hija, con un brillo especial en los ojos. Tengo cierta dificultad para cerrarme el broche del traje de baño, que se ajusta en la nuca. Bruna se da cuenta y me ofrece su ayuda. Me vuelvo dándole la espalda y me recojo a un lado el pelo, que aún chorrea agua. Bruna coge los dos extremos que se unen en el cuello y se queda callada, secando con un extremo de la toalla las gotas que ruedan por mis hombros. Con los dedos de su mano izquierda roza suavemente los puntos cardinales que unen con líneas imaginarias las cuatro puntas de la Cruz del Sur. Bruna me ajusta el cierre y deja que me dé la vuelta para volver a mi postura original. Nos encontramos de nuevo frente a frente.

—Qué caprichoso es el destino, ¿no crees?

Por su mirada, intuyo que su afirmación no va a quedarse en una frase lanzada al aire sin más.

—Tan caprichoso como apasionante —le respondo.

—¿Crees en las casualidades, Alma?

—Creo en la causalidad. En que las cosas no ocurren porque sí, sin más, sin causa aparente, porque están escritas en alguna parte. No. Creo que las cosas ocurren porque son el resultado de las acciones propias, pensadas, dirigidas y controladas. No me gusta demasiado dejar las cosas al azar, aunque algunas veces pueda tener un toque romántico. Pero ¿por qué me lo preguntas?

—Tienes los mismos lunares que tenía mi madre en la nuca. Formando la misma cruz y en el mismo sitio.

—Eso sí que es una coincidencia asombrosa.

—Yo no los tengo y mi hija tampoco.

Bruna se queda pensativa durante unos segundos. Vuelve a mirarme escudriñando mi cara, mis gestos, tratando de descubrir algo que le haya pasado desapercibido y que necesite averiguar en ese justo momento. Trato de no dejarme intimidar por la situación que se ha creado entre nosotras, y como si el tema no me afectase lo más mínimo, le digo:

—Bruna, ¿cómo se llamaba tu madre?

—Alejandra.

—Me gustaría que me contaras algo de ella.

Bruna respira hondo y aparta de su mente lo que quiera que sea que esté pensando. Yo sé perfectamente que no debo mover un solo músculo; de otra manera, sus ojos de halcón detectarán un halo de inseguridad o de temor, y entonces caeré presa en mi propia trampa. Y ella sabrá que yo también sé y será el principio del fin de mi secreto y el de Marcelo. Bruna muda el gesto de su cara y vuelve a sonreír como al principio. Se siente complacida por mi interés en la familia. Llama con la mano a uno de los ayudantes de cocina y pide dos cervezas bien heladas. Se acomoda en la hamaca contigua a la mía, se quita el blusón que lleva, se descalza y empieza a contarme la historia de su familia, no sin antes dar algunas instrucciones para que desmonten la mesa y trasladen toda la parafernalia al comedor interior. Comeremos apartados del calor y lo haremos un poco más tarde.

Sus orígenes están mezclados. Por sus venas corre sangre anglo-portuguesa. Sus bisabuelos se encontraron en el país de las maravillas por una carambola del destino. Con el catecismo de las ideas de la Revolución Francesa en la mano, Napoleón se autoproclamó emperador, impuso un nuevo orden y generó un cataclismo en Europa. Ninguna monarquía estaba a salvo. España fue invadida provocando una fractura irreversible y poniendo a la corona y sus dominios contra la pared. La España arcaica y la Francia moderna se molieron a palos en una sangría que sumió la primera en un atraso y un vacío de poder sin precedentes, mientras que América latina aprovechaba la coyuntura y comenzaba a escribir la historia de su progresiva independencia. Portugal, que vio las barbas de su vecino pelar, se dejó influenciar y proteger por los ingleses con el fin de salvaguardar su dinastía del avance napoleónico.

Tomaron la decisión de trasladar el imperio de Lisboa a Río de Janeiro en cuarenta y ocho horas, el tiempo que tardaron en reunir a la nobleza y un ejército de veinte mil soldados, y desmontar pieza a pieza el lujoso y afrancesado palacio imperial. Como corchos flotando sobre el mar, avanzaron durante meses transportando sobre sus naves el peso de su historia, su estilo bucólico, su mundo formal, su austeridad de corte portuguesa y la pena amarga de los exiliados forzosos. Emprendieron una aventura impresionante hacia el otro lado del mundo, abanderados de un imperio, rumbo a una colonia, para convertirla en metrópoli, en el corazón de un mundo tan desconocido como apasionante.

Corrieron aventuras y sufrieron todo tipo de incomodidades, fueron devorados por los piojos, pelados por causa de fuerza mayor pero con la dignidad intacta envuelta en elegantes turbantes. Uno de los países más antiguos de Europa llegó a la exuberancia del trópico custodiado por navíos ingleses. Llegaron a un mundo diferente, ajeno a las maneras cortesanas, primero a Bahía y después a Río. Fueron recibidos por pueblos africanos, indios de diferentes tribus, mulatos, mestizos, todos ellos pobladores de una cálida y exuberante tierra tropical, llena de palmeras, sin lujos ni palacios. La tierra de los señores que habían hecho su fortuna con el oro, los diamantes o el azúcar, a los que expropiaron sus casas en nombre del rey. Transformaron los barrios, modificaron la arquitectura, se incautaron de dos mil casas por orden del príncipe regente, João VI. Lo remodelaron todo, cambiando el rostro de la ciudad para convertirla en la capital del imperio. Pero el pueblo reaccionó. Portugal no tenía nada que ofrecerles, ellos ya eran ricos y poderosos. Entonces repartieron títulos nobiliarios a diestra y siniestra a cambio de favores, ofreciéndoles lo único que poseían, nobleza y maneras, títulos de ringo rango, marquesados y condados de gato con botas.

Se creó una corte mestiza, una corte mulata a la que enseñaron a hincarse de hinojos y a ensayar las buenas maneras traídas del viejo continente, misturando culturas y favores para proteger a una corte escapada de ser ajusticiada al más puro estilo María Antonieta, a favor de una nueva nobleza en el dislate tropical del nuevo reino de los títulos inventados.

Lis, como solía llamarla su abuelo, era el diminutivo de Elisabeth. Vasco y Elisabeth se conocieron a pie de escalinata en el puerto de Bahía, una mañana de enero del recién estrenado año de 1808. Era hija de un almirante de la armada británica al mando de uno de los navíos que custodiaron la salida de la corte portuguesa. Lis había perdido a su madre muy joven, y su padre había decidido llevarla consigo al Nuevo Mundo. Por el contrario, Vasco había conseguido convencer a su padre de que le permitiera emprender viaje bajo la tutela de su padrino, un noble portugués leal a la corona. Vasco era nieto e hijo de navegantes, había crecido en una familia en la que los hombres eran los protagonistas de las mayores gestas imaginables, pertenecía a una casta de navegantes, valientes empresarios del mar que habían hecho historia dando la vuelta a los océanos de Oriente a Occidente. Duros navegantes que formaron parte un proyecto de grandes dimensiones, un plan gigantesco para conquistar los mares del mundo desde una esquina de la península Ibérica, flanqueada por dos vecinos no demasiado amigables, el océano Atlántico y los españoles. Portugal fue una nación antes que España, con un idioma diferente que le permitía tener una existencia propia y soberana. Sus límites geográficos y su valentía los habían llevado a los lugares más increíbles a bordo de osadas y arriesgadas empresas. Fueron los creadores de factorías, puntos de comercio costeros fortificados para proteger sus productos y establecer rutas seguras de comercio de África a la India, explorando y bordeando el mundo en busca de maderas para la gigantesca empresa de navegación que era en sí misma Portugal.

Vasco era el sexto hijo y único varón de una reconocida familia de navegantes, propietarios de la naviera más importante y antigua de Portugal. Fascinado por el Nuevo Mundo, aprovechó la huida de João VI a Brasil para embarcarse en su propio proyecto y escribir su propia historia. Vasco Barbosa hizo honor a su familia y desarrolló un imperio consolidando la ruta de abastecimiento maderero más importante entre el viejo y el nuevo continente, continuando con el descubrimiento de sus predecesores de una madera de color rojo encendido como una brasa, de la cual se extraía un tinte púrpura que fue usado hasta el siglo XX en toda Europa. La madera que había dado nombre a la que sería su tierra, Pão do Brasa, Pão do Brasil.

Lis, sin embargo, provenía de un mundo sin riesgos, de la sobreprotección de un padre viudo a menudo ausente y la tutela de su mentor, George Cromwell. Su pequeño mundo había girado en torno a los múltiples requerimientos sociales, las artes y el placer que encontraba en el estudio del mundo a través de los libros y de los ojos de George, su maestro, su confidente, su mejor amigo, quien desde su más tierna infancia sumergió a Lis en un mundo de conocimiento inusual en las mujeres de su época. A la edad de veintiún años, cuando su padre le comunicó la naturaleza de su viaje, Lis lo abrazó y le dijo mirándolo a los ojos: «Por fin podré contarle a George algo que no sepa. Seré parte de la historia». Su padre, estupefacto, se preguntó si la influencia de George no habría sido excesiva en todos aquellos años de formación de su hija. Lis se asomó al balcón de su nueva vida aspirando con fuerza el viento húmedo que la alejaría de su Londres natal, del confort de su hogar, donde contemplaba la vida a través del mirador de su biblioteca acristalada en el número 22 de Baker Street.

Estoy absorta en el relato de Bruna cuando Silvio llega hasta nosotras y le pregunta a su madre con sorna si tiene intención de dar de comer a sus invitados. Bruna se disculpa, se viste con agilidad, ciñe el cinturón de su vestido y me anima a hacer lo mismo. Decido pasar por mi cuarto a cambiarme de ropa y estar presentable para comer con los demás.

Las risas se oyen a varios metros de distancia. Los acalorados invitados han estado combatiendo el calor a base de cerveza. No me extraña encontrar a las señoras tan alegres y desinhibidas como viene siendo costumbre. Nada más entrar por la puerta del comedor, como ya es habitual, Julián se acerca a mí acompañado por Kato, a quien agarra la nuca con su mano izquierda con un gesto a caballo entre lo paterno y lo militar, como si estuvieran en la fila de la comunión en misa de once. Con una sonrisa pícara, finge su disgusto por el cambio de atuendo, asegurándome que se me veía como una sirena desde la cristalera donde han estado observándonos a Bruna y a mí. «Seré condenado por el resto de mis días a caer en un abismo infinito de imágenes desdibujadas, aferrándome a los recuerdos que un día me dieron alas, y como Ícaro, seré castigado por haberme atrevido a volar demasiado cerca del sol», dice regalándome los oídos, haciendo una reverencia de mosquetero en la corte de Luis XIII y obligando a Kato a hacer lo propio sin quitarle la mano del cuello, sujetándolo como un ventrílocuo en una actuación teatral.

Para la ocasión, han dispuesto un bufet con delicias tropicales, ensaladas frescas y coloridas, guarniciones, salsas y varios cortes de carnes humeantes que pasan en bandejas procedentes del horno de barro del jardín, ofrecidos por una cadena humana de ayudantes del parrillero.

Cada uno se ha sentado donde ha querido. Lejos del protocolo del día anterior, la comida es mucho más informal y desenfadada. Me siento entre Silvio y Anamara. Sin embargo, hay una cosa que no ha cambiado: Marcelo ha vuelto a elegir un vino fuera de serie. En esta ocasión, y sin preámbulos, nos ha convidado a probar un Romanée Conti, un borgoña incomparable, símbolo de su poderío y buen gusto.

Compró unas pocas botellas en Londres hace demasiado tiempo, tanto que al asomar su nariz a la copa, asume que el vino se ha picado y dice adiós a su adquisición de la cosecha del 66. «Demasiado viejos, como yo», dice sonriendo. Da instrucciones para que no nos sirvan a ninguno y cambia de bodega. Casi de inmediato, le traen otro vino para que dé su visto bueno. Nos anima a probar en su lugar un gran clásico, un vino de Burdeos menos arriesgado que su predecesor: Chàteau Lynch-Bages, ideal para acompañar carnes rojas, un gran vino cosechado en 1983, robusto, denso, con cierto sabor a moras. Comemos y bebemos a placer hasta bien entrada la tarde. Yo tengo la sensación de juntar una comida con la siguiente, salgo y entro de varias conversaciones a menudo paralelas, cambiando de lengua y de interlocutor con toda la habilidad de la que soy capaz.

Silvio y yo hemos iniciado una conversación a solas sobre su trabajo en el Amazonas, sentados en uno de los sofás del salón contiguo, lejos del barullo del comedor y apartados de los señores que fuman sus puros en la terraza principal. Le pregunto por los objetos que guardan en las vitrinas. Siento curiosidad por saber su origen, tengo la sensación de que no están allí por puro afán de coleccionismo. No son objetos usuales, forman parte de la historia de la *fazenda*. Silvio se disculpa por haber interrumpido mi conversación con su madre en la piscina y se muestra muy complacido por mi interés en los tesoros y las historias encerradas en las vitrinas. Cogiendo el testigo de Bruna, hilvana su relato casi en el punto donde su madre y yo lo hemos dejado. Resulta muy satisfactorio comprobar el interés de toda la familia por sus propios orígenes y los de su país. No solo saben de lo suyo: han leído, han viajado, han estudiado y tienen una opinión propia y bien construida sobre el pasado y el presente. Me siento orgullosa del nivel intelectual de esta familia a la que empiezo a sentir cada vez más mía. Recuerdo que tampoco yo he olvidado mi historia y me dejo mecer por la calidez de sus palabras a pesar de la crudeza de su relato.

—Los portugueses no solo querían la madera de Brasil con la que su bisabuelo comerciaba, sino la mano de obra indígena para sus propios intereses. Sus abuelos habían llegado en plena consolidación de Brasil, fruto de su enriquecimiento por el oro.

Silvio hace hincapié en un episodio histórico y contundente, como fue la expulsión de los jesuitas de Paraguay, en la frontera limítrofe con Brasil, por parte de los portugueses por interferir en sus negocios. Hace referencia a *La Misión*, una película grandiosa para ambos, no solo por la belleza de los escenarios en los que fue rodada, las cataratas de Iguazú y las selvas tropicales circundantes, sino por el dramatismo y la intensidad expresiva de la historia que se cuenta en ella, el encuentro entre dos culturas, el cristianismo y la esclavitud.

Silvio se emociona al recordar algunas escenas. Él ha estado allí, en el escenario de la tragedia, y conoce perfectamente los lugares de los que habla. Su trabajo como médico lo ha llevado al corazón de su propia misión. Respira entrega y solidaridad, un profundo respeto por su tierra y sus gentes, pero también siente frustración histórica y sabe que el factor emocional juega en su contra.

—La tierra provoca bonanza y la envidia genera detractores. No se puede vivir ajeno al sufrimiento de los demás —sentencia mientras se recompone ante mí con los ojos aún humedecidos por las lágrimas contenidas, al tiempo que retomamos el hilo de la conversación y nos centramos en los orígenes de la *fazenda*.

»La historia de esta familia ha estado siempre llena de contradicciones. El café se convirtió en un elemento fundamental de la economía y requería una gran mano de obra esclava, de la misma manera que ocurrió con el oro, los diamantes, la caña de azúcar o el caucho. Los esclavos provenían de África y tenían un coste muy elevado. A los barones del café no les interesaba la abolición de la esclavitud, pero unos pocos de ellos lucharon en contra del resto para tratar de abolirla, entre ellos, mi bisabuelo. La mayoría de los terratenientes le hacían el quite a las leyes generando una riqueza impresionante, demandando mano de obra y haciendo caso omiso a la presión británica en ultramar, enfrentándose al resto del mundo, que ya manifestaba el rechazo y la repugnancia general ante tales prácticas. Cuando en el mundo se había abolido la esclavitud, Brasil continuó durante ochenta años más, hasta que no tuvo más remedio que liberar a todos sus esclavos negros y abrir sus puertas a las migraciones de los blancos europeos, pobres y endeudados en sus países de origen. La diferencia respecto a los negros era que los blancos trabajaban las tierras en arriendo, y a lo largo de su vida, si podían, tenían la opción de comprarlas, mientras que a los negros siempre les fue negado este derecho. Los negros libertos ya no eran necesarios en las plantaciones y fueron sustituidos por los blancos.

»Los esclavos fueron liberados y convertidos en hombres libres de la noche a la mañana después de trescientos años de esclavitud, de la privación sistemática de cualquier tipo de conocimiento perteneciente al mundo de los blancos, sin capacitación más que para la servidumbre, abocados a una situación difícilmente aprovechable después de tantos años de desventaja histórica. Estos esclavos quedaron en un limbo social cobrando salarios de miseria, trabajando de nuevo como esclavos para otros como ellos. La situación de los blancos también constituía otro tipo de esclavitud por deudas contraídas en sus países de origen. Personas pobres que llegaban endeudadas debiendo los costes de los pasajes, huyendo del hambre de países como Italia, Dinamarca, Suecia, Austria, Alemania. Los blancos venían a sustituir a los negros y los negros eran libres para morir de hambre, sin nada que hacer ni nadie para quien trabajar. Fueron llegando hasta los núcleos urbanos de las ciudades más grandes, formando guetos y perpetuando así su marginalidad, desempeñando oficios que no los beneficiaban para construir su propia comunidad, obligados a seguir sosteniendo los escalones más bajos de la sociedad de los blancos. Y así fue como los negros abandonaron todo lo que conocían para proyectar su propio camino enarbolando la bandera de su recién estrenada libertad, unida a la negación más absoluta en todos los ámbitos, social, político, económico e histórico, después de tres siglos de sometimiento.

»Así se escribe la historia de nuestro país, a golpe de bonanzas económicas que llevan aparejadas enormes injusticias. Sin embargo, cuando te hablaba de contradicciones familiares, me refería a que en Terra Roxa, las cosas no fueron como en la mayoría de las *fazendas*. En la nuestra, los esclavos ganaban un pequeño jornal, se les permitía tener familia y podían aprender a leer y escribir en una escuela nocturna de la que se ocupaba mi bisabuela. La labor de mis bisabuelos la continuaron mis abuelos hasta llegar a nosotros. En nuestra familia no hemos maltratado a otros seres humanos. La mezcla de sangres portuguesa e inglesa, los orígenes burgueses de nuestros antepasados y el acceso a la cultura favorecieron que en nuestra tierra se cometieran menos abusos. Nosotros no vivíamos de los ingresos que generaban nuestras plantaciones de café, sino de la exportación de maderas al Viejo Continente. Tampoco hicimos fortuna a base del oro ni del caucho, ni tuvimos una participación activa en la devastación del Amazonas.

»La explotación del caucho siguió la macabra estela de crueldad, explotación, degradación y sufrimiento de la sociedad indígena, no solo de Brasil, sino que se extendió a Perú y Colombia, debido a la demanda mundial de caucho, el alimento de la industrialización. La industria del transporte gravitaba en torno al caucho y al petróleo, y el mundo industrial devoró el Amazonas. El caucho se desangraba a través de la savia mientras las sanguijuelas lo iban chupando hasta la extenuación.

»Una vez más, los indígenas fueron masacrados y esclavizados con una crueldad sin límites. La historia se repitió y Brasil volvió a manejar el monopolio de una nueva materia prima de demanda mundial, hasta que un inglés, Henry Weecam, se aprovechó de su conocimiento y de su posición privilegiada dentro de la expedición encargada de la exploración botánica, cuya concesión tenían sus compatriotas, y no lo dudó. Sacó siete mil semillas de contrabando a espaldas de los portugueses, las llevó a Malasia, donde se daban unas condiciones climatológicas similares a las nuestras y las cultivó. Treinta años más tarde, fueron utilizadas para romper el monopolio del caucho en Brasil.

»El esplendor en torno al caucho dejó una vasta estela de cadáveres a su paso, como ocurrió en la ciudad de Manaos en medio de la selva. La grotesca demanda de caucho impulsó la bonanza hasta límites inauditos. Algunos pocos generaron inmensas fortunas a costa de muchos. Brasil volvió a estar en el epicentro de la economía mundial. Las clases dirigentes eran inmensamente ricas y existía una enorme desigualdad que hoy en día perdura. La diferencia respecto a la época de los *bandeirantes* que iban en busca del oro es que entonces no se pudo esclavizar a los indígenas, sin embargo, con el caucho, sí. La ciudad de Manaos fue un desatino, una verdadera muestra de poderío y prepotencia sin límites. Al igual que con el oro se edificaron iglesias, con el caucho fueron palacios que convirtieron a Manaos en la ciudad más rica del mundo de la noche a la mañana nacida en mitad de la nada.

»La selva fue devastada a velocidades de vértigo. Las cifras hablaban por sí mismas: ocho millones de árboles y más de tres millones de kilómetros de destrucción y ensañamiento. Casas, hoteles, cafés, vías férreas, prostitutas francesas, inversionistas americanos, postes eléctricos, teléfono. En medio de la selva, entre la humedad y las nubes de insectos, edificaron un palacio de mármol, pieza por pieza, a caballo entre lo sublime y lo ridículo, lo llenaron de arañas que colgaban de los techos. La nueva sociedad manauense se puso de largo para codearse con cantantes de ópera de la talla del tenor italiano Enrico Carusso y con actores y actrices de primera fila, como la legendaria Sara Bernhardt, llegados del Viejo Continente. Manaos se llenó de plumas, terciopelo, tacones, pieles entre el barro. En la tierra del jaguar y de la anaconda sonaban los acordes de *La Walkiria*. Un mundo de lujo, ostentación y extravagancia. Tanto es así que los nobles, los señores del caucho, enviaban sus ropas a lavar a Lisboa porque las aguas del Amazonas no eran suficientemente puras y cristalinas. Una Belle Époque comparable a la de Marsella o Burdeos. La puerta del Amazonas, una ciudad con un millón de habitantes. Otra ciudad importante fue Belén de Pará. La locura de estas ciudades inspira a un personaje como Fitzcarraldo, un apasionado de la ópera que quería reproducir otro palacio gemelo al de Manaos en mitad de la selva en el lado de Quito, buscando el punto de confluencia entre dos ríos, remontándolos con un barco de vapor y cruzando montañas con este a cuestas, un disparate acorde al desvarío de la opulencia y la sinrazón. Fitzcarraldo no llegó a construir nada; lo más que hizo fue montar una orquesta en su barco, sentado en su silla de terciopelo y fumando tabaco.

»Al bajar poco después los precios internacionales del caucho, toda la opulencia desapareció en un abrir y cerrar de ojos. En 1906, Manaos ya era una ciudad fantasma. Se fue la corte europea, las óperas y la hojarasca, y quedaron los testimonios de la prepotencia histórica. Efímeros mundos urbanos en el corazón de la selva.

»El Amazonas quedó situado en el mapa y por lo tanto pasó a formar parte de la historia de Brasil. Las riquezas súbitas ya son un clásico que se repite en nuestra historia.

»Perdona que sea tan vehemente, Alma. Hablar de la historia de mi país me revuelve las tripas y la conciencia, no puedo evitarlo.

—Si no fuera así, sería preocupante, ¿no crees? Por eso eres médico en las profundidades del Amazonas y no el gerente de una empresa con despacho en la avenida Paulista.

—¡Tienes sentido del humor y eres muy rápida!

—Me lo tomaré como un gran piropo, viniendo de ti.

—Quiero contarte algo más sobre el pueblo africano.

—Continúa, por favor, me interesa muchísimo.

—Los esclavos resistían gracias al baile. La *capoeira* era una danza que encerraba la expresión de una resistencia, una defensa disfrazada para no ser descubiertos por los portugueses.

»El número de indígenas de Brasil se equiparaba a la población de Portugal, entre dos y cinco millones de personas. Cuando los portugueses llegaron a Brasil, los indígenas pensaron que eran una tribu de sanadores que habían regresado de otras tierras y los recibieron con los brazos abiertos, la misma actitud y recibimiento que tuvieron los aztecas con Hernán Cortés mientras esperaban el regreso de Quetzalcoatl. Quién les iba a decir a unos y a otros que sería el principio del fin de una civilización. En este caso, de dos.

»Los jesuitas se encontraron con los tupí-guaraníes en la frontera con Paraguay, pero en este caso, eran ellos los que tenían una misión: venían en busca de sus propios orígenes, de la esencia de un cristianismo primitivo, sin los vicios de los europeos, una oportunidad espiritual única para crear una nueva comunidad más cercana a Dios. De ahí surgen las misiones como un intercambio cultural y espiritual, lejos de la esclavización y la depredación del resto de los colonizadores, tanto del norte como el sur del continente. Tanto fue así que cuando los jesuitas fueron expulsados de las misiones, defendieron su proyecto armándose y luchando junto a los indios hasta el final, como un solo pueblo. La lengua que hablaban era el tupí-guaraní.

»Pero los indígenas siguieron resistiéndose. No tenían estructuras piramidales como los aztecas o los incas. El último pueblo indígena descubierto en el corazón de la selva amazónica fue el pueblo Paraná hace cuarenta años, que también fue desplazado. Aquí hubo, además, mamelucos brasilindios, grupos mestizos cazadores de indios que se adentraban por la selva hacia Uruguay y Paraguay. Utilizaban a los propios hijos de las familias indígenas para someterlos.

»Aunque hoy en día pueda parecer mentira, en África había reinos y grandes civilizaciones en los siglos XI, XII y XIII. Los portugueses ya habían navegado por África y tenían contacto con ellos. De acuerdo con su modus operandi, primero hubo un intercambio intelectual que permitió comerciar con diferentes materias primas. Fue después, al ser descubierto el continente americano, cuando ocurrió la tragedia del mundo indígena, con las cacerías organizadas, las enfermedades y las plagas, y la resistencia a la esclavitud, que diezmó la población. Los portugueses empezaron a crear las plantaciones de azúcar cuando se inició el comercio de esclavos con las propias tribus africanas, que ya tenían a su vez esclavos, igual que los árabes, que también esclavizaron a los africanos. Y lo mismo ocurrió en Roma y en Grecia, donde la esclavitud formaba parte de su cultura.

»El tráfico de esclavos comenzó en Gana. Las tribus que tenían esclavos provocaban más guerras para hacerse con más cautivos y poder vendérselos a los portugueses. Gana, El Congo, Angola, Sudán, Guinea. ¿Te suenan estos países, Alma? Es así como se montó el próspero negocio de los esclavos. Este comercio dividió a las comunidades africanas. Los portugueses veían a los esclavos como materia prima en sí mismos. Cuando los africanos se dieron cuenta de la dimensión que había adquirido el negocio, fue demasiado tarde. Ya todos fueron objeto de comercio, ya no hubo intercambio intelectual, cultural ni de ningún otro tipo. Fue entonces cuando comenzaron los saqueos, los secuestros y las persecuciones por parte de los portugueses. Fue un acto de rapacidad contra el género humano. Es en este punto cuando Europa inicia una relación unidireccional de voracidad sin límites con el continente africano, expoliado hasta la saciedad con una demostración de barbarie sin límites y una total impunidad.

»Se abrieron rutas desde Angola, El Congo y Mozambique, y se unieron con las de Nigeria, Guinea, Cabo Verde e Islas Azores, rumbo a Portugal. Otras rutas se dirigieron hacia el mundo árabe, y otras, a Francia por Madagascar. Después, América del Norte, Brasil y Antillas. La estela de terror fue continuada por españoles, franceses y holandeses.

»La primera oleada de esclavos provino de Guinea en el siglo XVI. La segunda, de Angola y El Congo en el siglo XVII. De Costa da Mina en el XVIII. De la bahía de Benín entre 1770 y 1850. Los porcentajes hablan también por sí solos. Se organizaban cacerías humanas: por cada esclavo capturado mataban a diez que se resistían, y de los que conseguían doblegar, escogían solo a los mejores. Después los hacinaban en barcos especialmente construidos para transportar el mayor número de esclavos posible. El diseño de las bodegas que se ubicaban bajo la cubierta aseguraba el aprovechamiento del espacio, donde los esclavos eran contrapeados unos contra otros. Viajaban en condiciones infrahumanas, desnudos y encadenados para que no pudieran moverse. La mayoría morían en las largas travesías. Se los consideraba mercancía perecedera una vez secuestrados y privados de su condición de seres humanos. Aun así, teniendo en cuenta las mermas de mercancía que llegaban a las plantaciones de azúcar y tabaco, obtenían por ella una gran rentabilidad. Se calcula que un esclavo africano tenía una vida útil media de siete años. ¿Te lo imaginas? La esclavitud del pueblo africano fue una esclavitud por raza, por condición continental. Se calculan seis millones de brazos esclavos y tres millones de cadáveres.

»El pueblo africano fue declarado objeto de trabajo, y el desarrollo europeo determinó la destrucción de África. Es la historia de la resistencia y la supervivencia de un pueblo.

»La portada del LP de Bob Marley titulado *Survival* es un plano de un barco negrero. No sé si la has visto, si la recuerdas; creo que mi tío Marcelo lo tiene entre su colección de discos.

»Por eso estoy aquí, por eso trabajo en una ONG, porque no puedo permanecer impasible ante tanto abuso. En Brasil tenemos que proteger nuestros orígenes, forman parte de nuestra riqueza como seres humanos y de nuestra historia. Con mi trabajo, ayudo a preservar la forma de vida de las pocas tribus que quedan en el Amazonas. Son seres humanos en peligro de extinción por la voracidad de la sociedad de consumo.

»Alguien dijo que el pueblo que olvida su historia está condenado a cometer los mismos errores. Entiendo tu postura y me siento orgullosa de conocerte, Silvio. Me has dado una gran lección de historia y de humanidad.

»He estudiado medicina y ejerzo como médico, aunque es la historia lo que realmente me gusta. Mi madre me decía que tenía que escoger una carrera para el bolsillo y otra para el espíritu. Me centré en la del bolsillo pero lo que realmente voy llenando es mi corazón.

»Cuéntame más cosas sobre la esclavitud.

»La historia del pueblo africano en Brasil es una historia de resistencia y supervivencia. Los portugueses tenían dos objetivos primordiales: someter su cuerpo y su espíritu con dos herramientas feroces, la tortura y el castigo. Los segregaron, es como si el hecho de haber nacido en África fuese un delito.

»Eran sometidos a una explotación continua, maltratados, odiados y torturados sistemáticamente. Los portugueses no contemplaban siquiera la idea de criar esclavos hijos de esclavos. Con un índice bajo de supervivencia, una escasa alimentación y castigos constantes, se descartó la posibilidad durante mucho tiempo. Era más lucrativo traerlos de África. Sin embargo, empezaron a mezclarse con el pueblo africano, cosa que no ocurrió por ejemplo con los ingleses en América. Se mezclaban de la misma manera que los trataban, es decir, violaban a las mujeres, las consideraban una propiedad sexual, al igual que a los hijos que nacían de esas violaciones. Los marcaban con hierros como al ganado, los mutilaban, los castraban, les cortaban los tendones de Aquiles, incluso los enterraban vivos o los lapidaban en el caso, por ejemplo, de que un esclavo negro tuviera relaciones sexuales con una mujer blanca. Los castigos que les imponían no eran para educar o corregir; de hecho, la mayoría no sobrevivían. El objetivo era infundir terror, sometimiento, dolor. Una tortura institucional diaria.

—Fíjate en esta vitrina, ¿qué te parece?

—Un relicario.

—Exacto, son reliquias. Vestigios de un pasado atroz que no conviene olvidar. Instrumentos de tortura que fueron utilizados en esta tierra. Grilletes para coartar sus movimientos, cadenas para impedir que huyeran, bolas de hierro, ganchos, palos, látigos.

»Hubo un tiempo en el que aquí también hubo esclavos y capataces, Alma. Por eso, mi tío conserva todas estas piezas, para que no nos olvidemos de quiénes somos y de las barbaridades que cometimos también nosotros. Aunque he de romper una lanza a favor de los míos, porque esta es una de las pocas *fazendas* en las no se los maltrataba sin causa justificada. Habría que ver a qué le llamaban causa justificada, no creo que fuera fácil gobernarlos contra su voluntad. Aquí se permitió que los esclavos aprendieran a leer y escribir. Mira estos cuadernos envejecidos por el paso del tiempo: aún pueden verse los primeros trazos de una caligrafía rudimentaria. Mi bisabuela Helen hizo construir una pequeña escuela para que todos sus esclavos aprendiesen a leer y a escribir; imagino que debió de ser un auténtico escándalo en aquellos años. Según cuentan, fue una mujer de mucho carácter, muy especial, culta, generosa y muy valiente. Una mujer de bandera adelantada a su tiempo.

»Los esclavos malvivían y muchos de ellos huían y saboteaban las plantaciones. Donde hay esclavitud, hay fugitivos. En Brasil se les llamaba *cimarrones*. Seguramente habrás oído o leído algo sobre los *palenques* o los *quilombos*. Eran comunidades de esclavos huidos, una nueva forma de vida. Hubo uno muy famoso, el Quilombo de Palmares que estaba protegido por una cadena montañosa entre Pernambuco y Bahía. Se llamó así porque alrededor de las montañas crecían palmas como las de Angola. Estaba protegido del exterior por empalizadas y trampas, y llegó a ocupar más de 200 kilómetros y a contener una población de más de veinte mil personas de todo tipo, incluso blancos e indios. Se hablaban muchas lenguas diferentes pero se comunicaban en portugués, de ahí que haya tantos vocablos africanos además de las raíces tupís que tiene hoy en día el portugués de Brasil. En el quilombo tenían una economía de subsistencia, cultivaban la tierra y llevaban la misma vida de hombres libres que en África.

»El quilombo fue un mundo paralelo de resistencia a la esclavitud que duró cien años y que soportó más de veinticinco ataques. Para que te hagas una idea, la historia de los portugueses tiene quinientos años, y la de la esclavitud, trescientos cincuenta. Tres siglos y medio de resistencia en los que se puso de manifiesto el principio de irreductibilidad del ser humano. Hay algo en cada uno de nosotros que no puede ser reducido, dominado o sometido por mucha adversidad, sufrimiento, dificultad u opresión a los que seamos expuestos.

»El pueblo africano fue secuestrado y desplazado, privado de sus familias y del derecho a formarlas. Se les separaba en origen y se les vendía por separado. Eran desposeídos de todo, de sus tribus, sus aldeas, su forma de vida, sus dioses. Sin embargo, el espíritu sobrevive por encima del cuerpo, y a partir de esa fuerza, de ese espíritu, se crearon grandes y poderosas religiones. Se creó un mundo de santos cristianos y dioses africanos. Fueron cristianizados a la fuerza, como en todo lo demás, pero también se resistieron y crearon una manera de permanecer fieles a sus espíritus en sintonía con los indígenas y en armonía con la naturaleza. Así es como surge una civilización africana en Brasil. Los enemigos de antaño se reencontraron entre la esclavitud y se unieron, porque la miseria hermana.

—¿Y cuál es el origen de la *capoeira*?

—En este caldo de cultivo que te acabo de contar, la *capoeira* surge como un baile, como un arte marcial, una especie de entrenamiento físico que en realidad es una forma de lucha disfrazada de danza. Pero también es poesía, una fiesta, una danza de supervivientes dignos y libres. Para defenderse de los portugueses en tierras brasileñas, se crea un mundo oculto, críptico, un arte con musicalidad, o como decimos aquí, con *birimbao*. Un arte que duró hasta principios del siglo XX, una forma de resistencia clandestina en la irreductibilidad de su fuerza mística al son de los tambores que llaman a la oración, de ahí la tradición de las *batucadas*.

—La alegría es la respuesta que da el pueblo africano a la tragedia.

—Así es. Es la lucha por mantener vivo el espíritu, y de ahí nació la samba. Hasta mediados del siglo XVII no se declaró que los negros tuvieran alma. Un pueblo de religiones antiquísimas que había sobrevivido en la Tierra durante milenios... ¿Te lo puedes creer?

—Tendrás que darme unas clases y enseñarme a sentir ese *birimbao*.

—Te enseño lo que quieras como premio por haberme aguantado. Además, ¿sabes lo que me ocurre? La mayoría de las personas no quieren hablar de estos temas, bien porque forman parte de su historia o bien porque ellos mismos fueron los protagonistas.

—Si no lo hablas, parece que no existe pero no es cierto, porque los silencios mudos que tapan las barbaries son como un escape de gas al que puedes arrimar una cerilla para hacer saltar todo por los aires.

—El hombre es un lobo para el hombre. Aquí quedó su huella muy bien plantada y eso es algo que nunca vamos a poder olvidar.

—Siempre que veo a alguien negro, me pregunto si conocerá a sus abuelos, cuáles serán sus raíces, cómo vivirán en su fuero interno las miradas de rechazo de otros seres humanos.

—Creo que nos hemos quedado solos y no quiero acapararte más con mi monográfico sociocultural porque no vas a querer volver a hablar conmigo el resto del fin de semana.

—Bueno, en realidad estoy tan fascinada que no tenía la sensación de que estuvieras monopolizando la conversación.

—Tú y yo debemos tener más o menos la misma edad. Obviamente no te voy a preguntar por la tuya siguiendo los códigos de la caballerosidad, pero espero que me des una pista.

—No tengo inconveniente, soy del 65 ¿y tú?

—Lo sabía, yo soy del 68, tengo treinta y dos años. ¿No eres muy joven para tener dos niñas adoptadas?

—Cierto, eres muy perspicaz, pero mi marido Gaspar y yo lo vimos claro desde el primer momento. No podíamos tener hijos, bueno, yo era la que no podía. Lo hablamos, lo interiorizamos, nos decidimos y nos metimos de cabeza. No te niego que tuvimos algún momento de miedo y algunas dudas razonables, pero nos animamos y comenzamos el proceso, que duró casi dos años. Tuvimos suerte con los trámites de adopción, no se demoraron mucho. Las niñas tienen ahora siete años.

—Debe de ser apasionante la maternidad, y desde luego, eres una persona especialmente generosa al haberte animado a adoptar.

—Noemí y Celia son nuestro mejor proyecto. Son ellas las que nos encontraron a nosotros. Te confieso que estoy deseando verlas, se me está haciendo un poco largo.

—Te preguntarás si tengo novia o por qué no me he casado aún. Todo el mundo se lo pregunta. Salta a la vista: soy homosexual, y aunque me encantan los niños, no creo que me anime nunca. La vida que llevo es meridianamente opuesta a la adecuada para plantearme la paternidad. Me encantaría que mi hermana fuera madre, pero creo que tampoco voy a tener suerte por ese lado. No voy a poder maleducar a ningún sobrino, y no sabes la rabia que me da.

—¿Tienes una relación con Kato?

—No. Estuvimos juntos hace un par de años y vivimos una historia muy apasionada pero pertenecemos a mundos muy diferentes y no conectamos a ciertos niveles. No me va su círculo de amistades y a él no le va mi parte solidaria. Digamos que somos buenos amigos.

—Eres muy franco y directo, Silvio, me gustas.

—Y tú a mí, Alma. Tú nos gustas a todos, sobre todo, a mi querido tío, y eso que es un hueso duro de roer, ya te habrás dado cuenta.

—No he tenido tiempo de conocer a Marcelo. Llevo pocas horas de vuelo pero estoy segura de que no es tan duro ese hueso como quiere aparentar.

—Puede que tengas razón. Al final, las mujeres tenéis ese sexto sentido que nos deja fuera de juego por incapaces.

—Tú no puedes decir que seas de ese perfil.

—Eso es porque tengo un lado femenino muy agudo, amiga mía.

****

Cabalgar junto a Marcelo me ha traído recuerdos de la niñez. Un aroma antiguo a campo y a tomillo, sonidos e imágenes difuminadas de La Umbría, la voz de mi padre. Nado entre dos aguas. Tengo una sensación a la vez extraña y placentera de estar huida de mi propia vida. Disfruto de la compañía de Marcelo y no tengo la más mínima intención de dejar de hacerlo, y cuanto más cerca de él estoy, con mayor intensidad siento la presencia de mi madre. He llegado a entenderla sin juzgarla, y también, a perdonarle que me haya ocultado la verdad. Pienso en cómo habrían sido las cosas si se hubiera armado de valor y hubiera apostado por su verdadero amor. Los ecos de un escándalo de proporciones siderales estarían aún resonando en el inconsciente colectivo. Seguramente no primó su propia vergüenza, su deslealtad. Lo que verdaderamente debió de importarle fuimos nosotros, sus hijos. Estábamos acostumbrados a vivir en un cierto desequilibrio, pero no en la humillación social y en la vergüenza. Blanca tenía razón, no hay que cambiar las cosas que funcionan. A su alrededor, todos funcionábamos como relojes. Hoy veo su renuncia a Marcelo como un acto de generosidad superlativa.

Un par de toques secos en la puerta de mi cuarto me hace sobresaltarme. Estaba visualizando las escenas del día con los ojos cerrados, aprovechando unos minutos de descanso en la intimidad de mi cuarto. Me levanto de la cama y me acerco hasta la puerta. Pregunto quién es. Nadie responde al otro lado y abro para comprobar si está pasando algo. Vuelvo hasta la cama y miro la hora en el reloj que he dejado sobre la mesilla de noche. Sé que cuento aún con un par de horas antes de la cena. Tengo sed y me siento un poco cansada de la jornada matinal. Decido salir para buscar a Jasmine y pedirle una Coca Cola muy fría y un vaso con hielo y limón para llevarme a mi cuarto antes de tomar un baño. Salgo sigilosa y camino hasta la casa principal. No me sale andar a voces llamándola y tampoco tengo la menor idea de dónde está la cocina. No tengo a nadie a quien preguntar.

La casa está en silencio, no se oye ningún ruido. Cruzo el patio empedrado que separa las dos estancias y llego casi de puntillas hasta el comedor. Me acerco al despacho de Marcelo y tampoco encuentro rastro ni de él ni de Horacio. Continúo por un pasillo y llego a un cuarto pequeño que está entreabierto. Empujo la puerta con suavidad y me encuentro en una sala de lectura con un sinfín de fotografías colgadas en las paredes. Son fotos familiares, de momentos escogidos, antiguas y actuales, algunas en blanco y negro, y otras, envejecidas por el paso del tiempo. Me acerco para contemplarlas de cerca.

No reconozco a nadie, no forman parte de nada que yo conozca. Con las manos a la espalda, contemplándolas como si estuviera en una galería de arte, voy descubriendo instantes íntimos de la vida de Marcelo. Retratos infantiles, escenas de familia, fotos de juventud, algunos recortes de diarios enmarcados, imágenes de la evolución de la casa con el paso de los años. Fotos antiguas de principios de siglo, escenas costumbristas protagonizadas por esclavos, algunas fotos náuticas y muchas de celebraciones multitudinarias en lo que parecen ser grandes casas de señores ilustres. Postales de ciudades europeas. Algunos premios y menciones honoríficas y escenas de nuestro anfitrión jugando al polo. Voy recorriéndolas mientras busco a Marcelo en todas ellas. Entonces me topo con una copia de la imagen de su primer encuentro, con mi madre apoyada en el Morgan de Marcelo en la carretera de Manzanares el Real la tarde en la que sus vidas se cruzaron, la misma tarde que la llevó a casa por primera vez. El corazón me da un vuelco y de forma automática miro hacia la puerta con miedo a ser descubierta curioseando en su historia gráfica. Echo un vistazo rápido al resto de las paredes tratando sin éxito de encontrar algún otro testimonio más. Salgo del cuarto y me dirijo a paso ligero hacia la puerta principal. Tampoco allí hay nadie. Me marcho como una fugitiva recorriendo el camino inverso sin acordarme de la sed que tengo.

Justo al abrir la puerta me topo con Julián, quien vuelve de pescar unos peces de considerable tamaño. El corazón aún me late con fuerza.

—Hola, Alma. ¿Has descansado?

—No puedo dormir la siesta, no tengo costumbre.

—Tampoco yo. ¿Vas a dar un paseo?

—Sí, me gustaría.

—Podemos ir a ver las dependencias antiguas donde se procesaba el café.

—Me parece estupendo.

—Déjame que lleve la pesca a la cocina y vuelvo en cinco minutos.

—¿Puedo acompañarte? Tengo una sed terrible.

—Cómo no. Allí nos darán algo fresco.

Pospongo mi baño y espero a que Julián dé instrucciones precisas a la cocinera de cómo marinar las piezas mientras bebo mi ansiado refresco. Como si se hubiera convocado una reunión, llegan a los fogones Nelson, Manoel y Salvador. Vuelvo a estar acompañada a pesar de desear estar sola. Detrás de ellos, el resto de la comitiva, Gabriela, Silvio y Kato, que han vuelto de darse un baño en una cascada que está a media hora de distancia en un lugar apartado, en dirección a la falda de la montaña. La cocina parece un cuartel general donde se esté planificando algún golpe estratégico. Los hombres alaban la pericia de Julián y el tamaño de sus peces, mientras él, que se da cuenta de mis ganas de salir, me hace gestos disimulados para zafarnos del grupo e ir a pasear como hemos convenido.

Marcelo y Horacio están reunidos en el despacho con el capataz, y Bruna está organizando los detalles de la última cena. Algunas de las invitadas han sucumbido a los placeres de la sauna y los masajes *shiatsu* previstos para la tarde. Pienso en las manos de Jasmine y respiro sintiendo un profundo placer al recordarlas sobre mi piel. He preferido el paseo con Julián a la tarde de hedonismo junto al resto de las damas.

Andamos por un camino que nos lleva hasta las casas que un día fueron el hogar de los trabajadores esclavos que dieron lustre a Terra Roxa. Recorremos los lavaderos del grano, las superficies donde se secaban a sol, el tostadero y los almacenes. Incluso, la bodega donde se destila un licor que aún toman rememorando tiempos pasados, la pequeña escuela clandestina, el molino y el circuito por el que discurría el agua de toda la *fazenda*. Nos sentamos en un banco bajo un árbol en la orilla de la laguna y charlamos de todo y de nada hasta que llega la hora de prepararse para cenar. Cuando regresamos a la casa, Marcelo nos recibe en la puerta con la sonrisa franca y abierta de un anfitrión complacido.

462

El día ha transcurrido con la naturalidad de un encuentro entre amigos que se conocen de siempre. Sin embargo, yo he echado de menos poder estar más cerca de Marcelo. El tiempo ha volado y mi oportunidad para estar todo lo cerca posible de él van tocando a su fin. Me sabe a poco. Siento pánico de no volver a verlo en mucho tiempo. Tampoco puedo acapararlo sin llamar la atención de los invitados, sin correr el riesgo de parecer maleducada o interesada en demasía. Al fin y al cabo, ¿quién soy yo a ojos de los amigos de Marcelo? Una chica española de una agencia de publicidad tratando de hacer mi trabajo en el tiempo de ocio de los demás. Quiero hablar con Marcelo, mostrarle mi interés por el proyecto que tenemos entre manos, preguntarle algunas cosas sobre los siguientes pasos que deberíamos dar. Y, sobre todo, tratar de averiguar cuándo volveremos a vernos. No he tenido opción, no soy la única interesada en captar la atención del anfitrión. Julián se lleva a Marcelo del brazo hasta la biblioteca y se quedan charlando hasta la hora de la cena. Yo me quedo observando cómo se alejan hasta que los pierdo de vista. Echo un vistazo a mi alrededor y me siento sola, fuera de contexto. Vuelvo sobre mis pasos y me dirijo meditabunda hacia mi cuarto, mientras pienso que he desaprovechado la oportunidad de conocer más a Marcelo. Al abrir la puerta percibo un olor a flores penetrante que sale del cuarto de baño. Allí está Jasmine, sentada sobre una banqueta, removiendo con la mano las esencias que se mezclan con el agua y las sales de baño. Volvemos a representar el ritual de la tarde anterior, entre el vaho perfumado y las luces brillantes de las velas encendidas junto a la ventana. Jasmine me ayuda a desvestirme en silencio. Ella comprende que no tengo muchas ganas de hablar y me lo hace muy fácil. Sabe lo que yo siento. Y yo siento que ella sabe y calla lo que intuye.

31
El regreso

Anoche llegué tan cansada a casa que solo pude hacer dos cosas, dejar las maletas en la puerta y tumbarme en la cama boca arriba, a solas con mis recuerdos. Es martes y es tarde. La última cena del sábado y el desayuno de la mañana perdieron todo el interés para mí desde el momento en el que Marcelo se disculpó por abandonar a sus invitados para atender otros asuntos profesionales. Una despedida conjunta, una promesa de volver a encontrarnos tan pronto como sea posible, algunos besos, abrazos y cariños sinceros de todos, y la promesa de Bruna de llamarnos a lo largo de la semana pusieron el punto final a mi efímera estancia en Terra Roxa.

Demasiadas sensaciones encontradas hacen de mí una amalgama sentimental. Me siento bien interpretando los primeros capítulos de mi nueva vida. Mentiría si dijera que echo algo de menos. No es cierto. No echo de menos a Tristán, ni a mis hermanos, ni a mi padre, ni a *Perla*, ni mi trabajo. Tampoco a mis amigos. Incluso siento cierta distancia respecto a Jimmy, cada uno vive su vida con un paralelismo que hace difícil otro formato que no sea el de la distancia permanente, que en contadas ocasiones confluye sin ser forzada en un espacio común. Estar tan lejos no ayuda a construir algo sólido y no lo pretendemos. No es el momento tampoco de pensar en futuribles con océanos de distancia entre nosotros. Me siento como una nota suelta en una partitura reescrita y llena de tachones, deseosa de encontrar mi verdadero lugar en el pentagrama emborronado de mi vida. Aun así, subiendo y bajando por el tobogán de mis nuevas emociones, estoy cómoda vistiendo mi propia piel, y a la vez, navegando en otro paralelo, en esta latitud de la otra parte de mi vida en la que no soy exactamente yo. Sin embargo, la prudencia, esa virtud tan poco común de la que algo debe de quedarme, me susurra desde la buhardilla de mi conciencia, siempre aguda y certera. Bien sé a lo que me expongo, pero uno no puede apartarse así como así de la luz del sol.

He estado desconectada del mundo durante dos días y medio. Al llegar a casa, todos los dispositivos comienzan a descargar a buen ritmo el contenido retenido de los últimos días. Los oigo pero no quiero verlos. Un helicóptero pasa por encima de la azotea de mi edificio. Imagino a Marcelo sobrevolando como un halcón mi nido prestado. Me doy una ducha, me tumbo de nuevo en la cama con los brazos y las piernas abiertos como una mariposa y me quedo profundamente dormida.

A la mañana siguiente, el ruido de los autobuses me despierta hacia las seis, como cada día. La ciudad se levanta temprano y yo con ella. El portátil se ha quedado encendido toda la noche, y con él, todos los mensajes en fila esperando ser respondidos. «Ahora tampoco, primero salgo a caminar», me digo. Zapatillas, *shorts,* un vaso de zumo, lavado de cara y dientes, coleta, gafas de sol y llaves. En diez minutos estoy en la puerta de casa observando los cables negros colgantes de mi calle. Me sigue pareciendo la calle más fea que he visto en mi vida pero le he tomado cariño. Ya ha amanecido. La ciudad se está desperezando. Los pasos de siempre, paso a la izquierda, cruzar las dos primeras calles antes de llegar a Faria Lima, atravesar sus ocho carriles, tres semáforos y poner rumbo al parque. Enfilo por Adolfo Tabacow, cruzo Mario Ferraz y cojo la acera izquierda de la calle Jacurici, la de los números impares, como suelo. Voy fijándome en la gente que camina apresurada por la calle. El suelo de la acera está hecho de mosaicos de color negro y gris claro. Paso de largo por Gil Café, que continúa cerrado por obras. Voy pasando revista a los edificios que encuentro a mi paso. Todos tienen nombre, y todos son italianos. La calle no tiene más de quinientos metros. El primer edificio es el número 73, le sigue el 115, después pasa al 127. Continúan el 215 y el 249. Llego a la calle Haroldo Veloso como si me hubiera saltado una casilla en un tablero de parchís.

Espero unos minutos para no poner en riesgo mi vida y cruzo a paso de carga hasta llegar a la entrada del parque. Como de costumbre, ya hay gente. Las paseadoras de perros no faltan a su cita matinal. Reconozco a la chica que pasea a un mastín blanco sin cola y a una pareja de chihuahuas. Dudo si esta vez empezar a caminar hacia la izquierda. Me acuerdo de mi padre llamándome la atención por remover el azúcar en el té en sentido contrario a las agujas del reloj. Decido ir hacia la derecha y seguir yendo en contra del movimiento de la Tierra, de las agujas del reloj y de mi puñetero padre, un acto de rebeldía infantil que me hace recordar mi casa. Aparto ese pensamiento de mi cabeza y vuelvo a observar lo que ocurre a mi alrededor. Durante unos segundos he sentido una punzada de inquietud. Es asombroso cómo puede disparar la adrenalina un solo pensamiento.

Veo acercarse al señor mayor que pasea a su *bulldog* francés negro. En realidad, es el perro el que saca a pasear a su dueño. Me da los buenos días con amabilidad y una media sonrisa que deja al descubierto algunas fallas en su dentadura. Él también me reconoce. Observo que el parque no es muy frondoso. Los árboles que hay rodean el perímetro que lo contiene y lo aleja de la jungla de asfalto. No parece que sea un parque centenario. Debería haber más parques en la ciudad, demasiada pradera para clientes de fin de semana y poco pulmón. El zumbido de la carretera se oye desde el primer momento. Motos, coches, camiones, autobuses, motores, ruido, mucho ruido. Es como estar dentro de una hormigonera gigante. Alternan los acordes de las sierras radiales, de los martillos, del claxon de algunos coches y un graznido lejano de algún lorito, los aviones y el murmullo de la ciudad de corazón de hierro y pulmones de hojalata que empieza a funcionar.

Una pareja sentada en un banco de piedra se besa apasionadamente antes de ir a trabajar. El chico de la camiseta a rayas, completamente anabolizado, deja tras de sí una estela de perfume que se extiende más de cinco metros. Sonríe. Siempre sonríe. Empieza su ronda el coche de policía municipal y el reemplazo en la garita de vigilancia. Las mismas caras, los mismos gestos. Los operarios que construyen un puente que cruzará la autopista reparten café de los termos a sus compañeros de obra. Todos sonríen. Es una cosa que me llama mucho la atención de este país: no se les quita la sonrisa de los labios. Indistintamente los niños y los mayores, los pobres y los mucho más pobres. Una mucama jovencita pasea a dos niños gemelos completamente rubios en sus carritos de diseño multifunción. Empieza el desfile de helicópteros, aviones lejanos y algunos ruidos más que no consigo identificar, intensos y persistentes. Algunas aves parecidas a los buitres dirigen su vuelo circular hacia las márgenes del río. Hoy no noto su nauseabundo olor, aún no han despertado sus densas capas de podredumbre. El sonido se intensifica. La contaminación acústica es ensordecedora, y sin embargo, llega un momento en la segunda vuelta del circuito en la que ya casi no la oigo. El sonido se ha apoderado del parque y el parque se ha apoderado de mí. Disfruto de mi rutina. Mientras doy las cuatro vueltas de rigor, dejo de recrearme en el fin de semana y ordeno a mi cerebro que se ponga en funcionamiento dentro del mundo real. No puedo permanecer desconectada de mi realidad por más tiempo. Ordeno mis ideas y establezco prioridades. Noto un nudo en el estómago y aprieto la mandíbula. Relax, Álex, mucha tranquilidad. Me tumbo debajo de un árbol grande y frondoso, lleno de cicatrices provocadas por las parejas que dejan en sus brazos heridas de amor con sus nombres encerrados en corazones de trazo desigual.

Termino mi rutina y vuelvo sobre mis pasos. Ya no veo nada, ya no disfruto con cada paso. Miro sin ver. Siento la tensión soterrada que provoca mi conciencia. Subo a casa. Me meto en la ducha. Ha entrado Alma y sale Alejandra. Soy consciente de que mi doble identidad es un juego peligroso. Respiro. Me miro a los ojos en el espejo del cuarto de baño. Me aguanto la mirada a mí misma. No me resulta fácil. Me esfuerzo. Me reconozco y me doy ánimos en voz alta. Vamos, Álex. Vamos a seguir. Lo estás haciendo muy bien.

Me preparo un té y pienso en el café de estos días. Le he cogido cierto gusto. No solo al café. Me acuerdo de mi madre, del aroma a café recién molido de casa. Pongo música. Elijo un CD de Karlos Nakai, titulado *Migration,* que acompaña a mi estado de ánimo, reflexivo, introspectivo, mientras las notas del piano y la flauta se mezclan con el oxígeno que purifica mi cuerpo en mi propia migración interior, que planea entre la oscuridad y la luz.

Me siento frente al ordenador y lo abro lentamente. Ciento cincuenta y seis *emails* desde el jueves. No está mal. En el resto del planeta también es semana de Carnaval, pero no como aquí. Voy contestando los correos por riguroso orden de llegada. El sonido de los aviones y de los helicópteros me da la pauta de la hora que es. Empiezo con los de la agencia. Alma está nerviosa: ha habido una complicación con uno de mis clientes. Algunos están demasiado acostumbrados a mi presencia. Hay trabajos que no se pueden delegar, ya era consciente de ello cuando salí de Madrid, pero no pensé que a Alma se le pudieran ir de las manos. Su mensaje solo la punta del iceberg:

«Álex, tenemos un problema gordo con Nicolás. Ha tirado abajo el trabajo de tu equipo. Dice que no está a nivel. Solo quiere hablar contigo. Cuando leas este correo, llámame. Si no fuera urgente, no te lo diría. Por cierto, no sé cómo lo soportas. El tipo es un maleducado, soberbio, prepotente y machista a más no poder».

Nicolás Fabré es el director general de una cervecera catalana. La mano derecha del presidente y dueño de la empresa, un hombre hecho a sí mismo, con escasos estudios, una mínima educación y muy malos modales. Feroz como un chacal en los negocios y tierno como un gato de angora en los escasos momentos en los que se siente relajado, algo que no ocurre con mucha frecuencia. Nicolás trata a patadas a todo el mundo. Admira la valentía de los que defienden una idea aun a riesgo de jugarse sus puestos y desprecia a la gente pusilánime. Llevamos su cuenta desde hace cuatro años y nos ganamos cada céntimo con sangre sudor y lágrimas. Nicolás es un tipo poderoso y arrogante. Hemos tenido algunos enfrentamientos, pero siempre hemos salido airosos y con un nuevo trabajo bajo el brazo. A Nicolás le gusta el látigo y la seda. La copla y jugar al mus. El mar Mediterráneo y esquiar en Gstaad. Tiene mujer e hija pero nunca habla de ellas. Colecciona campanas traídas de todos los rincones del mundo. Aborrece el color naranja en cualquiera de sus tonalidades, una especie de fobia infantil. Se peina con gomina con raya al lado y usa un perfume de Hermés dulzón en cantidades industriales.

Respondo a Alma. Trataré de suavizarlo por videoconferencia. Mi voz suele amansar a la fiera que lleva dentro.

Manuel, el director de cuentas, y Juanjo, nuestro director creativo, me han escrito cada uno por su lado dándome su opinión respecto al desencuentro con Nicolás. Manuel, contenido y con su pragmatismo habitual, me consulta si debemos proponer una estrategia alternativa. Juanjo, mucho más emocional y sensible, deja leer entre líneas su disgusto. Es un creativo maravilloso pero incapaz de lidiar con un bárbaro como Nicolás. No es su trabajo. Lo que no acaba de entender es por qué Alma los llevó a la reunión. Quizá para sentirse más arropada. La bestia debió de detectar cierta inseguridad en mi equipo y, por los resultados, debió de ensañarse con ellos, obligándolos a batirse en retirada.

Estrella, sin embargo, tan discreta y eficiente como siempre, anticipándose a todos, me ha puesto al día de la situación real, más allá de los egos y los arañazos emocionales que han sufrido Alma y mi equipo. Estrella es, sin punto de comparación, la mejor asistente que he tenido a mi cargo.

Mientras voy poniéndome al día, veo un mensaje de mi hermano Gonzalo que me alarma.

«Álex, ¿cómo van las cosas? Siento decirte que papá no está bien. Llámanos, por favor».

Miro la hora del mensaje. Es del domingo. Me entristece leerlo. «Si no hubiera estado recreándome en mi fin de semana, lo habría visto antes», pienso, y me reprocho no haber estado más atenta. La culpabilidad se hace patente casi de inmediato. No respondo a mi hermano por escrito y llamo directamente a Sonsoles. No consigo localizarla. Llamo a Gonzalo y tampoco tengo suerte. Cuando estoy colgando el teléfono, recibo una llamada de Alma por Skype.

—Hola, reina, ¿qué tal? Estoy ansiosa por saber cómo te ha ido en la finca de tu padre.

—Hola, Alma, estaba bien hasta hace unos minutos.

—Ya estás al día del desplante del capullo de Nicolás, supongo.

—Sí, ya me he enterado de todo. Lo llamaré a lo largo de la mañana para calmarlo y ver qué mosca le ha picado.

—Te noto triste. ¿Ha pasado algo?

—Sí, he recibido un mensaje de mi hermano Gonzalo. Mi padre no está bien.

—No me fastidies. Pero ¿es grave?

—No lo sé. No los localizo.

—Si fuera algo serio, me habrían llamado, supongo.

—Cierto, pero estoy intranquila. Con Beltrán nunca se sabe.

—Lo siento. Llámame cuando sepas algo.

—Te llamo dentro de un rato.

—Un beso.

—Otro.

Alguien me dijo en una ocasión que aunque no podamos verlo, el sol siempre está. Un millón de nubes han ensombrecido la luz que irradiaba mi corazón. Vuelvo a llamar a mis hermanos y tampoco esta vez tengo suerte. Juanjo me llama por Skype. Atiendo su llamada; no puedo posponer todas mis obligaciones mientras intento localizar a mis hermanos. Juanjo comparte conmigo su versión de cómo han ocurrido las cosas. No me cuenta nada que no sepa. Lo que Nicolás tiene es un ataque de ausencia. Me quiere a mí y solo a mí.

No entiende de viajes ni de compromisos. No solo ha tirado por tierra un trabajo ya aprobado y listo para entregar, sino que ha cuestionado la capacidad de todos los presentes en la reunión que él mismo había convocado a deshora y de forma sorpresiva a las siete de la tarde del viernes pasado. Al no saberlo, no he podido intervenir, y de ahí todo un rosario de agravios dialécticos. Alma, que en su carrete llevaba el hilo justo, no pudo hacerse con la situación, y el pequeño gran Nicolás se hizo fuerte hasta que Alma saltó y abandonó la sala arrastrando tras de sí a dos cadáveres. Juanjo sigue sin dar crédito y repite: «Es que no te haces una idea de lo que pudo salir por esa boca, Álex. Es un maltratador elevado a la máxima potencia. Manuel tampoco sabía cómo suavizar la situación y Alma perdió los papeles. No sé si habremos perdido la cuenta, siento tener que decírtelo. En la vida me había pasado una cosa así con un cliente. Es de locos».

Calmo a Juanjo y llamo a Manuel. Los dos puntales de mi equipo están doloridos tras el zarpazo recibido. Pido a Estrella que los reúna para poder tener una charla con ellos.

La conclusión es unánime: «Sin ti, no funciona; tú eres un bálsamo para ese animal, nosotros no podemos con él». Yo sé que Nicolás está aprovechando mi ausencia para llamar la atención. Es tan previsible como caprichoso. Tenía que haber supuesto que algo así podía pasar. No puedo permitir tamaña falta de respeto, por mucho dinero que nos dé a ganar cada año. Con todos los datos que me ha dado mi equipo, llamo a Nicolás por teléfono.

—Buenos días, Carla, ¿está el señor Fabré?

—Buenos días, Álex, voy a ver si te puedo pasar.

—Es importante.

—¿Álex?

—Hola, Nicolás.

—¿Ya estás de vuelta de tu periplo brasileño?

—No, aún tengo algunas cosas que hacer por aquí.

—Te habrá dicho tu gente que los convoqué el viernes.

—Sí, lo sé. ¿A qué vino la urgencia, Nicolás?

—Quería ver cómo iban las cosas. Y no me gustaron.

—Ya habíamos discutido los matices y estabas de acuerdo con la creatividad.

—Y yo ya te dije que el tono naranja había que cambiarlo.

—¿Estás de broma, Nicolás?

—Sabes que no tengo sentido del humor, princesa.

—Por eso mismo me resisto a pensar que vamos a volver a las andadas.

—¿A qué te refieres?

—No te consiento que maltrates a mi equipo aprovechándote de mi ausencia. Si tienes algún problema, me lo dices y lo resolvemos.

—¿Me estás amenazando?

—No, Nicolás. Te estoy recriminando tu falta de respeto. Tú y yo sabemos que es una salida de pata de banco con el maldito tono naranja.

—Tú tendrías que estar aquí, atendiendo a tu mejor cliente como se merece. Me has dejado en manos de esos creativos blanditos y de la fiera de tu socia. A punto habéis estado de perder la cuenta.

—Como tantas veces, Nicolás. Cada uno en su rol, para no perder las buenas costumbres.

—Bueno, ¿y cuándo dices que vienes para que discutamos algunos detalles?

—Aún me quedaré unos días, Nicolás. Podemos tener una *conference* esta misma tarde.

—De acuerdo. Te pasaré unas notas antes de que contactemos. ¿A las cinco?

—A las cinco.

—Se te echa de menos.

—Bonita manera de demostrármelo.

—Ya me conoces, soy un bruto.

—Hasta luego, entonces.

—Adiós, guapísima.

Qué maldita obsesión con el color naranja tiene Nicolás. En algún momento debería sugerirle que fuera a tratarse esa obsesión con un psiquiatra. No se me ocurre qué barbaridad habrá sufrido de pequeño como para que un color interfiera en su vida de tal manera. Del rojo al amarillo, cualquier tonalidad le recuerda al naranja, aunque ni siquiera se parezca. El color crema a sus ojos se anaranja como por arte de magia, y el tono rojo tiende por el contrario a perder su rojez.

Lo más paradójico es que la marca de cerveza que representa pide a gritos la utilización de los tonos que a él le provocan animadversión. Claramente tiene una obsesión cromática, entre otras muchas taras.

Tras la breve conversación con nuestro cliente animal, llamo de nuevo a Alma.

—Alma, ya estoy aquí.

—Hola, ¿qué sabemos de tu padre?

—Nada aún. Sigo sin novedades.

—Es raro que no contesten, ¿no?

—Sí, pero te llamo por otro tema. ¿Qué pasó con Nicolás?

—No lo sé, Álex. Se me fue de las manos. Es un tarado.

—Sí, eso ya lo sabemos. He hablado con los chicos, también me han dado su versión. Me falta la tuya.

—Se puso a discutir por una estupidez y perdí los estribos. No sé si habremos perdido la cuenta. Lo siento, Álex.

—Pero ¿cómo se te ocurrió entrar al trapo?

—No lo sé. Saltaron chispas entre los dos. No soporto su tono ni su actitud de perdonavidas.

—La buena noticia es que la fiera está calmada. Mantendremos una conferencia después de comer. Pero no quiero que nadie hable con él sin mi autorización.

—De acuerdo, pero quizá lo que haga falta es que…

—No te andes por las ramas, que nos conocemos. ¿Qué quieres decir, Alma?

—Que deberías pensar en volver.

—Quedamos en que estaría aquí tres meses y que me apoyarías.

—Y lo estoy haciendo, Álex, pero te necesito aquí.

—Ahora no puedo volver, Alma. Necesito más tiempo.

—Piensa en reducir los tiempos. Las cosas no marchan como habíamos pensado. Estamos desatendiendo algunos frentes, yo no doy para más. Hay clientes que dependen de ti. Por eso las cosas funcionan, porque cada una sabe de sus talentos y de sus limitaciones. La paciencia no es una de mis virtudes, y lo sabes.

—Aguanta un poco más, Alma, te lo pido como un favor personal. Además, estamos abriendo mercado aquí. La cuenta del café es nuestra.

—Pues tenemos que pensarlo bien.

—No tengo que pensarlo. Estoy en medio del ojo del huracán. ¿Qué demonios quieres que piense a estas alturas? Lo que está claro es que tenemos que emplear más recursos en España mientras yo avanzo en Brasil. Déjame ver cómo podemos dimensionarnos para que no te sobrecargues y no sea tan patente mi ausencia.

—Estoy de acuerdo. Y no me lo tomes a mal, pero quizá tengamos que priorizar.

—Hay que ir en paralelo, Alma. Dime que sigo contando contigo.

—Claro, sabes que cuentas conmigo aunque a veces me ponga de los nervios.

—A Nicolás me lo dejas a mí.

—No es solo Nicolás. Pensé que podría con todo y veo que no llego.

—Entonces hablémoslo ahora que estamos a tiempo. Deja de sobrecargarte y reparte juego.

—De acuerdo. Voy a hacerte un informe de la situación y volvemos a hablar.

—Hecho. Te llamo cuando sepa algo de mi casa.

—*Ciao,* Álex.

—*Ciao.*

La semana ha empezado fuerte, obligándome a salir de mi éxtasis, instándome a poner los cinco sentidos y alguno más en lo que tengo por delante. Mis hermanos siguen sin dar señales de vida. Pienso en llamar a Angelita pero prefiero no alertarla con algo que ni siquiera conozco con certeza. Tengo que repensar la estrategia. Está claro que mi salida de España empieza a pesar en la agencia. Alma, con su mejor intención y poniendo su amistad por delante, no está pudiendo gobernar sola el barco. Si la agencia se resiente, tendré muchos más frentes de los que podría atender. No es justo para los demás.

Decido salir a dar una vuelta. Mientras me estoy vistiendo para salir a la calle, me llaman por teléfono. Es un número brasileño que no conozco. Al otro lado de la línea me habla la secretaria del señor Barbosa dirigiéndose a mí en tercera persona, como suele. «Al señor Barbosa le gustaría convidar a la señorita a cenar esta noche», dice una voz suave y dulce. No puedo aceptar la invitación dados los acontecimientos pero dudo sobre qué tipo de información quiero darle a Marcelo. Se produce un silencio entre las dos que a mí se me hace eterno.

—Disculpe, no oigo bien a la señorita. No he entendido lo que ha dicho.

—Dígale, por favor, al señor Barbosa que tengo otro compromiso. No puedo aceptar su invitación.

—De acuerdo, le daré el recado. Buenos días.

—Gracias, buenos días.

¿Qué estoy haciendo? Siento una mezcla de saturación e incertidumbre. No puedo quedar con Marcelo. No sé bien qué hacer. Decido llamar a La Umbría. Marco y enseguida coge el teléfono Marcelina.

—¿Marcelina?

—¡Ay, señorita!, gracias a Dios que llama usted.

—¿Cómo está mi padre?

—Lo ingresaron anoche en el hospital, el pronóstico es reservado.

—¿Qué ha pasado?

—El maldito tumor. Don Beltrán se desmayó. Afortunadamente, Martín lo encontró a tiempo.

—¿Y mis hermanos?

—Están en el hospital. La señorita Sonsoles acaba de llamarme.

—No consigo hablar con ellos.

—Están en la UCI con su padre, señorita.

—Marcelina, dile a mi hermana que la estoy llamando y que me urge hablar con ella.

—¿Cuándo vendrá usted?

—Pronto, Marcelina, pronto.

—Les daré el recado si llaman.

—Gracias.

—La echamos de menos. Sobre todo, su padre.

—Adiós, Marcelina.

—Adiós, señorita Alejandra.

—¿Álex?

—Sonsoles, por fin… Me he llevado un buen susto. Tenía un mensaje de Gonzalo.

—Le dije que no te alarmara hasta saber qué pasaba con papá.

—¿Y qué pasa? Dime la verdad, por favor.

—Jacobo y yo estuvimos ayer con él. No se sentía muy bien, estaba un poco mareado y decía algunas cosas sin sentido. Estaba como ido y quiso ir a acostarse. Martín lo acompañó a su cuarto. Nos fuimos a casa y Martín quedó en llamarnos si pasaba algo.

—Y pasó.

—Sí, debió de levantarse para ir al cuarto de baño y Martín se lo encontró tirado en el suelo a los pies de su cama, probablemente se desorientó o se desmayó. Llamamos a una ambulancia y lo ingresaron por la noche.

—¿Qué pronóstico dan?

—Reservado.

—¿Tú cómo lo ves?

—Creo que se nos va, Álex.

Un escalofrío me recorre el cuerpo. Nos quedamos calladas durante unos segundos.

—No puedo creerlo. Dijeron unos meses, no unas semanas.

—Los médicos nunca se comprometen con el tiempo. Es el reloj biológico el que decide.

—Voy a coger el primer vuelo que haya. Estaré allí mañana.

—Tengo la sensación de que te está esperando, Álex. Ha preguntado mucho por ti estos últimos días. Por ti y por mamá.

—No me digas eso.

—Ayer no te lo habría dicho. Hoy, sí.

—No estoy preparada.

—¿Y quién lo está?

—¿Está consciente?

—A ratos. Esta enfermedad es así. Se está deteriorando poco a poco mental y físicamente. Se está apagando sigilosamente.

—No pensaba que fuera tan rápido.

—Ven pronto.

—Qué pena me da.

—Piensa que se va a liberar por fin de todo su sufrimiento. Papá sufre mucho, no es feliz.

—¿Crees que él es consciente de que se va?

—Sí, lo creo.

—Te llamo en cuanto tenga el billete.

—Avísanos para que vayamos a buscarte.

—Puedo coger un taxi.

—Mejor no, Álex. Deja que vaya Gonzalo a recogerte. No tenemos que hacernos los héroes.

—¿Y Bea?

—Viene de camino al hospital. También se lo acabamos de decir.

—¿Y Gonzalo?

—Está en París. Llegará esta tarde.

—Qué efímero es todo. Hoy estamos por aquí, preocupados por nimiedades, sin saber que ya nunca más será mañana. Es tremendo ser consciente de esto. Me siento inconsistente, Sonsoles. No te imaginas cómo he vivido estos últimos meses desde que murió mamá.

—Claro que puedo imaginármelo. Soy tu hermana. Era mi madre.

—No, Sonsoles, es mucho más profundo que una simple muerte.

—Cada persona lleva su duelo de diferente manera. Se tarda años en superarlo. Algunas personas nos lo superan nunca. Prefiero que haya sido rápido en el caso de mamá y le deseo lo mismo a papá. Es mejor así. Evitar el sufrimiento y la agonía. Muchas personas prefieren ir haciéndose a la idea, despedirse poco a poco de sus seres queridos. Piden tiempo, quieren más, y no asumen la pérdida hasta que no hay más remedio que decir adiós. Digámosle adiós a papá y ahorrémosle tiempo. Él ya lo consumió todo. Debe marcharse.

—Siento tan reciente aún la muerte de mamá…

—Y yo, Álex. No estamos pasando una buena época en esta familia.

—Te llamo en cuanto sepa qué vuelo voy a coger.

—Un beso.

Estoy parada frente a la ventana, mirando los edificios de delante sin verlos, apretando con la mano izquierda contra el pecho la medalla de la Virgen de Guadalupe, que era de mi madre, y sosteniendo el teléfono móvil en la otra. Abro la puerta de la terraza y salgo a respirar. No puedo, no me cabe el aire, tengo algo bloqueado dentro. El cielo está azul, ese azul manchado, ensuciado con un toque de gris, turbado por la contaminación del aire, deslucido, desvitalizado. Así me siento yo, sin luz. El dolor por la ausencia de madre se abre paso de nuevo en mi interior con una fuerza renovada. Sin embargo, no siento ganas de llorar. Todavía no. Mi cerebro va muy rápido. Las imágenes se suceden. El corazón late acelerado, jugando con la tensión, manteniendo el ritmo, bombeando, regando el cerebro, estimulando mis fibras. Siento la adrenalina. Noto un hormigueo en las puntas de los dedos de las manos. Tengo que pasar la fase de negación inicial y empezar a pensar con claridad. La historia vuelve a repetirse. Entro de nuevo en casa y me siento delante del ordenador, que sigue recibiendo y descargando *emails*. «Tengo que priorizar», pienso. La cara de mi padre se ha superpuesto a la de la pantalla del portátil. «¡Aparta! —digo en voz alta—. Déjame llegar a tiempo, no me distraigas, papá». Hablo con él. Hablo sola. Decido llamar a Nicolás. No tengo tiempo para aguantar sus mamarrachadas.

—Princesa, ¿a qué debo tanto honor? ¡Dos llamadas en la misma mañana!

—Hola, Nicolás, quería decirte que llego mañana a Madrid. Busca un hueco en tu agenda a lo largo de la semana para vernos.

—Qué maravilla, Álex, no me digas que vienes por mí.

—Nada me gustaría más, pero tengo un tema familiar importante que atender. Mi padre está muy enfermo.

—Vaya, Álex, lo siento. Soy un estúpido.

—No te preocupes. Te llamo cuando llegue y cerramos una reunión.

—Buen viaje, espero que vaya todo bien.

—Ojalá, gracias.

Una cosa menos. Escribo a Estrella para que me saque un billete en el primer vuelo en que haya plaza. Dicho y hecho. A los veinte minutos me llega el localizador por *email*. Iberia 6820, 19 horas. Llegaría a Madrid a las once de la mañana. La siguiente llamada es para Alma. Se ofrece a venir a buscarme al aeropuerto si Gonzalo no puede. Quedamos en hablar antes de embarcar. Envío las coordenadas a Gonzalo y a Sonsoles para que puedan venir a recogerme. En cualquier caso, alguien habrá. Por último, tengo que hablar con Horacio. Decido llamarlo.

—Buenos días, Horacio.

—Buenos días, señorita Alma. ¿Cómo fue su regreso a casa?

—Llegué estupendamente, gracias.

—Aún no he planificado la agenda semanal con don Marcelo.

—No lo llamaba para apremiarlo, Horacio. Quería comentarle que tengo que viajar a España esta misma tarde. Ha surgido un tema familiar que debo atender.

—¿Alguien allegado?

—Sí, Horacio, es mi padre. Me temo que le queda poco tiempo.

—Lo siento mucho. Se lo diré a don Marcelo.

—Ya he hablado con su secretaria esta mañana.

—Claro, cómo no, quería haberla llamado yo, pero estaba atendiendo otros asuntos.

—Lo que sí le pediría es que contactara, por favor, con doña Bruna. Quedamos en hablarnos para ir al teatro esta semana y no tengo un número donde localizarla.

—Por supuesto, la llamaré de su parte.

—Le iré contando conforme vayan yendo los acontecimientos.

—Estamos para lo que usted necesite. ¿Puedo ofrecerle a Martinho para que la lleve al aeropuerto?

—Me haría usted un gran favor. Mi avión sale esta tarde a las 19 horas.

—Cuente con ello. A las 16,30, Martinho la estará esperando en la puerta de su casa. Dígame si puedo ofrecerle alguna otra cosa.

—No, muchas gracias, pero quiero agradecerle a usted especialmente estos días maravillosos que hemos compartido en la *fazenda.*

—Soy yo el que le agradece a usted. Su padre debe de estar muy orgulloso. Es una gran mujer. Si Dios quiere, espero que podamos retomar, tan pronto como pueda, el proyecto del café.

—Gracias, Horacio, lo llamaré desde España.

—Buen viaje, señorita Alma.

El teléfono no ha vuelto a sonar. Cierro la casa como se hace cuando no se va a tardar en regresar. No se cierra, se deja medio desordenada. Hago una minimaleta para pasar la noche en el avión, cojo el ordenador y el pasaporte, y guardo los dos teléfonos en el bolso. No quiero desconectarme de Brasil y no quiero cometer la imprudencia de darles el número español. Vuelvo a casa. Recupero mi identidad. Soy la hija de mi padre, Alejandra Terry. Vuelvo para despedirme. Vuelvo sin querer volver, a la fuerza, como los reos condenados a muerte. Agradezco a Martinho su mudo acompañamiento. Solo intercambiamos unas palabras de cortesía al subir al coche.

—¿No lleva maletas, señorita? —me pregunta—. Eso es que piensa usted volver muy pronto.

—Eso espero —le contesto.

Esoy completamente desconectada al llegar al aeropuerto. Busco un enchufe común en el que conectar mi teléfono español, que agoniza después de la sobrecarga matinal. Dejo mi vida prestada entre paréntesis. Quedan abiertas las citas, pendientes los encuentros, incumplidas las promesas de vernos, pospuestos los planes culturales, cancelada la cita del próximo domingo en el hipódromo, entrecomillada la continuidad de mi historia en esta otra parte del mundo que ya siento mía. La siento verdadera. Yo tengo un hueco, un papel en esta tierra. No soy una extraña, ya no soy extranjera. Mi ADN tiene los sellos y las autorizaciones precisas para formar parte de esta familia, de esta sociedad tan cerrada como generosa. De mi padre. Quiero ser hija, sobrina, hermana, amiga.

Tendré que hablar con Hugo. Necesito contarle todo lo que estoy viviendo. «A Tristán, ni una palabra. A mi familia, tampoco», mascullo entre dientes. Aunque necesito compartirlo con Sonsoles. Mi cuerpo pide a gritos un abrazo suyo, su serena complicidad, su arrope fraterno, su voz dulce sin aristas, su opinión sin juicios ni reprobaciones. Nadie sabe la carga emotiva tan descomunal que lleva la pasajera del asiento 11A. De haberlo sabido, me habrían cobrado un plus por exceso de equipaje.

Tengo pendiente hacer dos llamadas importantes, la primera a Tristán y la segunda a Jimmy, pero antes quiero saber por mí misma cómo está Beltrán. Tengo que verlo con mis propios ojos, sentirlo, y después tomar decisiones. Tristán no me perdonaría no haber estado cerca de su abuelo antes de que muera. Tengo que reaccionar con rapidez. He encargado a Estrella que mire vuelos y horarios para Tristán. Las opciones son infinitas, por lo que decido esperar a estar en Madrid. Las últimas noticias que he tenido de Jimmy lo sitúan en Venecia. Está como siempre, volviendo de un festival de cine. Hemos intercambiado algunos correos antes de las fiestas de Carnaval. Él las ha pasado en Venecia, rodeado de *glamur* y lujo extraordinarios. Por lo que me ha escrito, sé que pasará al menos un par de semanas en España, concretamente en Barcelona. Lo llamaré al llegar.

32
Adiós, Beltrán

Ha llegado el momento de despedirme también de Hugo. Él ha sido capaz de sacar la mejor versión de mí misma. Me doy cuenta de que lo quiero en mi vida de otra manera, tengo que preguntarle si después de finalizar la terapia tendremos la opción de ser amigos. ¿Lo habríamos sido si no hubiera pasado por el diván? me pregunto. Me apetece conocerlo como persona, profundizar en él, comenzar a moldear una amistad desequilibrada por mi desconocimiento de su persona. Él me ha enseñado a equilibrar mi vida sin decirme cómo, manejándome como una marioneta de hilos imperceptibles que comienza a moverse con pasos torpes reconociéndose con sorpresa en cada movimiento, observando su propio ritmo vital, aprendiendo a mirar al frente, erguida, sonriente, segura, confiada.

Hugo no es un terapeuta cualquiera: Hugo había sido desde que nos conocimos el guardián de mi alma, y le estoy profundamente agradecida. Comenzamos la sesión como cada vez, sin perder un segundo, yendo directos al grano.

—Me alegra verte de nuevo, Álex.

—Y a mí. Han pasado muchas cosas desde la última sesión. La muerte de mi padre, aunque esperada, también nos ha pillado desprevenidos. No pensé que le quedara tan poco tiempo.

—Lo más habitual en estos casos es sentir que han quedado cosas por hacer o por decir.

—Sí, es cierto, sobre todo sabiendo todo lo que sé y que él ignoraba, pero no tanto como cuando murió mi madre. Han sido dos formas diferentes de morir y de encajar. Lo siento de forma muy distinta, quizá tenga que ver que ya he sentido lo que ha sido perder a alguien muy querido una primera vez.

»Ahora hay muchas partes que se repiten y que ya he vivido. Con mamá, al principio tuve una fase de negación y luego me sentí profundamente triste durante varios meses. Llegué a odiarla porque una herida abrió otra más profunda en muy poco tiempo. El dolor de sentirme traicionada era más fuerte que el dolor por su muerte. Tenía sentimientos mezclados. Y ahora que ya ha pasado el tiempo, después de estas últimas semanas en Brasil, la siento de otra manera, se ha purificado, me he reconciliado con ella y he podido entenderla mejor.

»Sin embargo, con mi padre, desde que supe que no era mi padre biológico y me centré en tratar de conocer a Marcelo, me he sentido como una traidora en muchos momentos. He tenido que hacer serios esfuerzos para poder abstraerme. He tenido que armarme de valor para volver a salir a escena y representar otro papel en el que, paradójicamente, me sentía más libre y más yo que nunca. Ha sido como una catarsis. Y te confieso algo: me siento bien.

»He traído conmigo la única carta que hemos recibido de mi padre en toda nuestra vida, descontando los telegramas de felicitación de cumpleaños que llegaban con rigurosa puntualidad. Como verás, en mi familia se estila lo de dejar cartas de última hora.

»El depositario de la carta fue Martín, su ángel de la guarda en sus últimos días. A pesar de su rechazo inicial, estoy segura de que se hicieron amigos. Al entregarle la carta le dijo textualmente: «Te la entrego a ti, fiel escudero, por si no me conceden una tregua los dueños de mi vida». Así se lo dijo mi padre y así se lo transmitió Martín a mi hermana Sonsoles la tarde en la que murió, con la solemnidad de quien es testigo de la última voluntad de un moribundo. Nosotros desconocíamos esta vis poética de mi padre, lo que me hace pensar que quizá haya muchas más cosas que no sabemos de él y que seguramente ha querido confiar a Martín.

Cuando por fin abandone esta envoltura que tan bien me ha servido durante todos estos años, hallaré la ansiada paz que no me tocó en suerte, pues me fue negada por mi educación y mi mal carácter. Flotaré por encima de mí mismo y ya nada recordaré. Ya no sentiré el dolor de lo material, contra el que tantos años me he defendido.

Cuando alcance mi clímax, también caerá el telón, las luces se apagarán y caminaremos de la mano mi alma y yo, dejando atrás el rumor de los aplausos sin volver la vista atrás.

Mis pies ya no encontrarán las huellas torpes y cansadas de los últimos tiempos, me sentiré mucho más ligero, seguiré la estela que han dejado mis pasos y tendréis que hacer un esfuerzo por tratar de recordarme, cuando la sombra que proyectaron mi capa y mi sombrero se desdibuje para juntarse en un solo trazo de lo que apenas será una silueta difuminada.

Seguiré vivo mientras vosotros queráis. Permaneceré inmóvil, callado y sin hacer ruido en algún rincón de vuestro recuerdo por si me llamáis a formar parte de una nueva escena soñada. Entonces volveré durante unos segundos, cabalgando como antaño sobre el recuerdo, os miraré a los ojos y lo haré sonriendo.

Hace mucho tiempo que no soy el que era, no puedo recordar quién fui y nunca volveré a ser el mismo. Uno no es nadie sin su sombra, y la mía hace tiempo que no me acompaña.

He comprado un pasaje de ida a ninguna parte y no tengo intención de regresar a donde nadie me recuerda ni me espera.

Mi propia vida se disipa como la niebla al ser sorprendida por la calidez contenida del amanecer ante el que retrocede. No os voy a pedir disculpas porque yo vine también a aprender a ser hombre. Albergo la duda de si en algún momento habré conseguido serlo. Y al desprenderme de todo, nada os dejo y nada me llevo. Nada me debéis y nada os debo. Para este viaje no preciso alforjas. Puedo sentir como la lluvia levanta los olores de la tierra, revelando postreros perfumes de las hojas caídas en el camino que debo recorrer.

Si en algo influí en vuestras vidas, ruego a los dioses que no haya sido en lo esencial, tan solo espero haber despertado en vuestro interior una brizna de cariño, y si por fortuna así fuera, me dormiré acurrucado sobre mi propio regazo, como cuando vine, esperando el empujón ligero de un soplo de viento que me ayude a marchar sereno.

Os escribo estas líneas con lo que queda de la tinta reseca que he podido rebañar en el tintero de mi corazón gastado. Las últimas confidencias de este viejo atormentado que perdió la fe pero que aún conserva un destello de lucidez esquiva para deciros que viváis con el alma abierta de par en par. Comprometeos y luchad. Y si mañana no despierto, sabed que *nos volveremos a encontrar cuando por fin emprendamos el vuelo y así alcanzar la verdadera libertad que nos reúna para volver a empezar.*

Salud y buena suerte.

Beltrán.

—¿Cómo te sentiste al leerla?

—Serena. Puedo leer entre líneas. Pienso que mi padre continúa siendo un enigma para todos nosotros. Estoy segura de que nos quería, pero a su manera. Esa manera extraña, ruda, severa y a ratos entrañable, como él bien dice, es la que corresponde a un ser atormentado.

—¿Cómo has vivido sus últimos días?

—Los días que precedieron a la muerte de papá, desfilamos uno a uno, por turnos, con la esperanza de poder despedirnos, esperando poder intercambiar alguna palabra, saber cómo se sentía, si había algo que quisiera que hiciéramos por él, algún gesto de cariño, una caricia. No tuvimos esa suerte. Él siempre decía que había que aprender a bien morir. Quizá se refería exactamente a eso, a una forma concreta de morir. Irse sin hacer mucho ruido, sin demorarse en exceso, sin necesidad de arreglar nada de última hora. Con lo puesto. Marcharse sin más, sin dar el rollo, sin agonías, sin tener que ver las caras de pena de los que se quedan.

»Cuatro días estuvo postrado en la cama del hospital, paseando más por el otro barrio que por este. Te ahorro los detalles de la escena, entre sonidos de máquinas, cables y sueros. Yo me alegré de que nos diera unos días de margen aunque no pudiéramos comunicarnos con él. Tristán viajó desde Canadá y pudo llegar a tiempo para despedirse de su abuelo. Pidió estar con él a solas y lloró en silencio cuando los dejamos. Se querían mucho. Tristán siempre fue el favorito de mi padre, y no lo disimulaba en absoluto delante de los demás.

»Todos tuvimos nuestros minutos de intimidad con él. Desde el principio estuvo completamente sedado. Ninguno sabíamos a ciencia cierta si era capaz de escuchar y entender. La enfermera le hablaba como si estuviera despierto y consciente. Decía que estaba segura de que los pacientes oían y que los reconfortaba que se los tratase como si estuvieran bien. Su corazón aguantaba, seguía latiendo con fuerza mientras su cerebro se iba apagando. El tercer día, su médico nos reunió y nos comunicó que ya era cuestión de horas, que nos fuéramos despidiendo de él. Dejé a mis hermanos en la sala de espera y entré en su box de cuidados intensivos para estar a solas con él. Me senté en la cama y cogí su mano. Me incliné con cuidado y le susurré al oído para que se diera permiso para marchar, para que soltara amarras y se fuera en paz. Le dije que lo quería y que nos volveríamos a encontrar.

»No percibí ninguna señal que me hiciera pensar que me estaba escuchando y entendiendo. Lo que sí pude sentir al coger su mano fue que su temperatura había bajado, la tibieza que notaba al tacto me decía que mi padre ya no estaba conmigo. El calor de su cuerpo lo había abandonado pero el gesto de su cara mostraba la paz que nunca había visto en él. Fue entonces cuando sentí que se había liberado por completo. Su corazón empezó a latir más lento hasta que la máquina que lo monitorizaba emitió un sonido agudo y continuo.

»Al oírlo, una de las enfermeras de la UVI se acercó a la puerta de la habitación acristalada y me miró como diciendo: «Lo siento», pero no entró. Ya no había nada que controlar. Beltrán nos había dejado. Ya no respiraba, su aliento ya no templaba el aire, sus manos habían perdido la fuerza. Se había liberado y nos había liberado de su desconsuelo. Había entregado su vida. Su cuerpo ya no le era necesario. Se había ido sin decir una sola palabra, sin mover un solo músculo, haciendo caso omiso a lo esperado. Ni una sola escena para roer en algún momento íntimo y solitario al recordarlo alguna tarde de otoño al calor de la chimenea de La Umbría. Nada, ni una letra, ni una coma, solo tres puntos suspensivos y allá cada cual. Nos dejaba a nosotros la tarea de curar las heridas del pasado, de lidiar con la presencia de su ausencia en ascensión por la escalera de caracol de los días que comenzaban sin él, rasgando los viejos papeles gastados de las deudas contraídas. Para él no había quedado ningún asunto pendiente, se había ido al más puro estilo Terry, a su manera, al contrario, siempre al contrario.

«No existe más tierra prometida que la que el hombre pueda hallar en sí mismo», solía decir sin hacer referencia al autor de la frase. Seguramente se la había apropiado sin el más mínimo pudor.

»Estoy segura de que seguiría pensando lo mismo de cada uno de nosotros. Que la enfermedad lo habría ablandado poco o nada. «La gente no cambia, Alejandra —solía decirme—. Son meras intenciones que no llegan a ser verdaderas. Recuerda que la hipocresía es el deporte nacional junto con la envidia y la indolencia, un trío de ases de lento crecimiento y profundo arraigo que encuentra su caldo de cultivo en los cobardes y en los necios. En los que no dicen lo que piensan ni piensan lo que dicen. No caigas en ellas. A ti te toca torearlas y vencerlas, no te manches con las porquerías que destilan sus sombras ni respires el hedor de su pestilencia. Son la carcoma de la noble madera del hombre». A veces pienso que fue un loco iluminado por una sola luz que lo cegó: su propia personalidad.

»Nos tenía categorizados. Gonzalo era el dócil. Beatriz, la esquiva. Sonsoles, la diplomática, y yo, la rebelde. Siempre decía que la única que se parecía a él era yo, la única que tenía su sangre, que había sido una pena que no hubiese nacido hombre. Obviamente, a Gonzalo no lo consideraba como macho. Seguramente pensaba que había tenido cuatro niñas, ya que mi hermano no cumplía con sus expectativas de macho alfa. A su entender, mi hermano tenía la sangre licuada. Conversaban de temas que le interesaran a él, no necesariamente a Gonzalo.

—Si tuvieras que elegir una palabra para expresar cómo te sientes, ¿cuál sería?

—A ti te puedo decir lo que por respeto no se debería decir: me siento liberada. Te parecerá una cursilada, pero tengo una extraña sensación de felicidad, como si un hilo invisible hilvanara mi alma descosida por los últimos enganchones del destino. Sí, me escucho y me doy cuenta de que estoy un poco poética esta mañana. ¡No te rías!

»Te lo digo en serio: desde que nos dejó, no he vuelto a tener ganas de llorar. Siento una fuerza interior misteriosa que me da paz, una paz tan inesperada como bien recibida.

»Mi padre me ha hecho el mejor regalo que podía esperar sin él saberlo. Me ha evitado tener que presentarme ante él como una furtiva con la cara marcada por la alta traición. Estoy segura de que lo habría leído todo en mis ojos, sin necesidad de hablarme, evitándome el trago y la más que probable torpeza de mis palabras mal escogidas. ¿Cómo habría podido vivir con la mentira de mis nuevas certezas?

»Si alguna vez lo intuyó, lo dejó correr, como la hoja que se desliza por el riachuelo cuando crece el cauce en otoño, siguiéndola con la mirada hasta perderla para cerciorarse de que va encontrando su camino a medida que va tomando distancia.

»Pero hay cosas que ni se perdonan ni se olvidan. Es un principio muy cristiano que mi padre nunca llevó a gala, más bien era más de la cuerda de los que ajustaban cuentas con medidas multiplicando ojos y dientes.

»Al principio pensé que era una reacción de defensa lógica ante su marcha, pero los días posteriores al entierro y al funeral entendí que lo que ocurría es que sentía como si ambos nos hubiéramos liberado el uno del otro. Como si nos hubiéramos dado permiso para seguir, sin cuentas pendientes, cada uno por su lado. Todo estaba bien. Ya no le pertenecía. Me daba permiso a mí misma para vivir mi propia vida. Me había legitimado para poder volver a Brasil y reencontrarme con Marcelo, un nuevo padre para la segunda mitad de mi vida.

»Mientras veía cómo mi padre se iba apagando, iba dándome cuenta cada vez con mayor claridad que había llegado el momento de poner las cartas boca arriba. Tenía que regresar con Marcelo y contarle la verdad; no quería ser una impostora por más tiempo. La muerte de mi padre me había dado nuevas alas para vivir de la manera que quería, necesitaba abrir las compuertas de mi singularidad. Empezaba un nuevo camino de madurez para vivirlo en libertad. Me daba cuenta de que ya no era la misma persona, algo había cambiado dentro de mí, Alejandra había eclosionado dentro de sí misma desprendiéndose de las capas de miedo, de inseguridad, de incertidumbre. Mi padre se había llevado consigo el último velo que empañaba la visión de mi propia vida.

»El día después del funeral, Tristán volvió a Canadá para continuar con sus estudios. Lo encontré cambiado, mucho más maduro, se estaba haciendo un hombre casi sin yo darme cuenta. Estaba muy orgullosa de su reacción ante la muerte de su abuelo, de su fortaleza emocional, de su afán por demostrar su hombría de adolescente recién estrenada. Tristán creía en sí mismo y yo confiaba en él. Las cosas habían cambiado mucho desde que había abandonado el confort de casa, la sobreprotección de Mario y la influencia de mi propio tobogán emocional. Sin darnos cuenta, todos pedíamos a gritos un cambio de vida. Tristán fuera de España, Mario fuera de nuestra vida y yo fuera de todos.

—¿Qué has encontrado en Marcelo?

—No lo sé aún. No he tenido tiempo de conocerlo a fondo. Nos hemos visto en dos ocasiones, la última junto con parte de su familia y amigos.

—¿Y qué esperas?

—No espero encontrarme a un superhéroe. No quisiera idealizarlo.

—Sigues conservando intacto tu sentido del humor.

—Si no fuera por él, estaría encerrada bajo siete llaves en algún hospital mental para reincidentes.

—Es una apuesta muy fuerte, Álex, debes ser consciente de que va a condicionar el resto de tu vida.

—Precisamente eso es lo que quiero, empezar a escribir mi propia historia. Mis padres ya no están, ya no van a sufrir. No tienen ante quién dar explicaciones y yo tampoco las voy a dar en este momento.

—¿Has pensado cuándo vas a hablar con él?

—Sí, en cuanto vuelva a São Paulo. Cogeré un avión el sábado que viene. Ya no puedo seguir mintiéndole. Cada vez hay más personas implicadas y no sería justo para nadie.

—Si tuvieras que ponerle un título a tu historia, ¿cuál sería?

—Déjame pensarlo.

—¿Sabes que corres el riesgo de que te rechace por haberle mentido y de que su entorno te dé la espalda?

—Sí, he contado con ello desde el principio. Me sugeriste que no lo hiciera pero hice lo que me pareció menos arriesgado para mi equilibrio emocional. Además, creo que podrán entenderlo.

—Has madurado mucho, Álex, ya tienes las herramientas para dirigir tu vida sola. Si te parece bien, esta va a ser la última sesión. Te doy el alta.

—Vaya, pues no me hace ninguna gracia, pero es una sorpresa a medias porque yo también lo pensaba. Hoy he venido a verte sabiendo que era la última sesión. Al menos, en esta etapa.

—Podemos vernos si vuelves a necesitarlo, pero ya vuelas sola.

—¿Será posible encontrarnos alguna vez fuera de aquí, tomarnos un café como dos viejos amigos?

—¿Por qué no? Ahora bien, tienes que saber que hay una delgada línea que, si se cruza, luego no habrá vuelta atrás. Es decir, no podré seguir tratándote. Tendríamos que buscar a otro terapeuta.

—Lo entiendo, pero no me gustaría contarle mi vida a otro. No es precisamente un tebeo.

—Nos estamos anticipando, no hay que decidir nada ahora. Y por cierto, soy un loco del té.

—Yo ahora tengo una dualidad con ambos. Me estoy aficionando al café, ya te imaginarás por qué.

—Tienes un doble reto por delante, Álex, debes manejarlo con habilidad.

—¿Dudas de que la tenga?

—Sabes que no. Eres inteligente y fuerte, pero las reacciones de tu entorno serán variopintas y no siempre agradables.

—Lo sé pero no he llegado hasta aquí para vivir con miedo. No quiero sentirme débil ni coaccionada por el entorno.

—Eres un ser extraordinario, Álex, es normal que tengas debilidades, puedes permitirte, al menos una.

—Si solo fuera una…

—Sabes que cuentas conmigo para lo que necesites.

—Entonces te llamaré cuando vuelva de Brasil.

—Te estaré esperando.

—Ya es la hora. ¿Vas a darme la mano o serán dos besos? El primer día que nos conocimos me preguntaba cómo sería nuestra despedida.

—¿Y cómo la imaginaste?

—Imaginé un beso en la mejilla y un abrazo. Y sé que a partir de ese momento seremos otros. Habremos entrado en otro nivel.

—No puedes marcharte sin poner un título.

—¿Qué te parece *Seres poliédricos?*

—¡Lo compro!

—Hasta pronto, Hugo.

—Hasta siempre, Álex, sé feliz.

33
Déjame que te cuente mi historia

—Marcelo, soy Alma.

—Hola, Alma, ¿cómo estás?

—Bien, he llegado esta mañana a São Paulo.

—¿Cómo se encuentra tu padre?

—Ha muerto.

—Lo siento mucho. Horacio no me ha dicho nada.

—Él no lo sabía. Quería decírtelo yo personalmente.

—¿Cómo te sientes?

—Triste y serena.

—¿Quieres que nos veamos?

—Sí.

—Estoy en el Jockey Club. ¿Te apetece venir?

—Sí.

—Te mando un chófer.

—No es necesario, tomaré un taxi.

—Insisto. ¿En media hora está bien?

—Es perfecto.

—Podemos cenar aquí si quieres; la cocina es excelente.

He estado cavilando en cómo abordar a Marcelo desde que cogí el vuelo anoche. No puedo ni quiero demorar más la conversación que tengo pendiente con él desde hace ya demasiado tiempo. Tan importante me parece elegir el momento como las palabras. No sé si el hipódromo va a ser el lugar adecuado: A Marcelo le gusta apostar en las carreras de caballos y temo que no sea el momento. Aun así, tengo que intentarlo; no puedo seguir relacionándome con

Marcelo desde la mentira. En el juego de la vida vuelven a repartirse cartas. Es la única manera de seguir, arriesgándome a jugar una nueva mano, a ver si esta vez puedo tener la suerte de que me toquen un par de comodines. Sé que corro el enorme riesgo de ser devuelta a patadas a Madrid, pero posponerlo solo me crea un mayor desasosiego interior. Estoy a punto de completar el rompecabezas. Tan solo me quedan por encajar las últimas piezas, las más importantes. Pero ¿cómo lo haré?, ¿cómo lo abordaré?, ¿dónde será menos vergonzoso hacerlo?, ¿de qué mesa podré levantarme más fácilmente y marcharme sin dar explicaciones si las cosas se tuercen? Otra vez me asalta un rosario de innumerables preguntas sin respuesta.

Decido arreglarme inmersa en mis cavilaciones. No tengo claro si el hipódromo es un sitio al que debo ir arreglada o informal. ¿Qué sé yo de caballos de carreras? No sé nada, ni siquiera me gusta apostar ni sé cómo se hace. No tengo ganas de que Marcelo me enseñe a hacerlo porque no estaré concentrada en sus explicaciones. Tampoco quiero ser desconsiderada con él. Desconozco si irá acompañado o solo. Quizá tenga que compartirlo durante toda la velada, y eso no entra en mis planes.

A las siete y media en punto bajo en el ascensor, tratando de respirar para mantener la calma. ¿Cómo iniciaré la conversación llegado el momento? Marcelo, tengo algo que confesarte. Marcelo, te he mentido todo este tiempo. Marcelo, no soy quien tú crees que soy. Marcelo, soy Alejandra Terry, tu hija. Marcelo, Blanca era mi madre.

«¡Cállate! No te vuelvas loca. Vas a tener que decirle todo. ¿Qué importa lo que vaya primero?», me digo a mí misma en voz alta.

Abro la puerta del portal y vuelvo a cerrarla tras de mí. Martinho, el chófer de Marcelo, está esperándome en la puerta. «Otra vez míster simpatía», pienso.

—¡Cómo está, señorita Alma?

—Muy bien, Martinho ¿y usted?

—Bien, gracias a Dios.

—¿Vamos al hipódromo?

—Sí, señorita, el señor la está esperando.

El hipódromo está muy cerca del parque al que voy a caminar cada mañana. Tardamos diez minutos en llegar desde casa y entramos por la barrera de la puerta principal, donde Martinho se identifica. Las carreras han empezado, como cada domingo, a las seis y media de la tarde. Marcelo debe de estar bastante entretenido mientras espera mi llegada. Aparcamos el coche fuera de la zona común, una pequeña licencia que se le permite al señor Barbosa y a sus invitados, para poder acercarnos hasta la puerta principal del edificio modernista. Llaman mi atención dos bajorrelieves con motivos ecuestres que hay sobre la fachada del edificio principal, al que se accede a través de dos entradas laterales simétricas, por las que asciendo hasta llegar a una pasarela cubierta por una estructura de cristal que me lleva por un camino alfombrado de color rojo. Una vez accedemos al primer piso, continuamos recorriendo un largo pasillo de techos muy altos y laterales acristalados, decorado con enormes palmeras, sillas tapizadas en terciopelo rojo y mesas en las que reposan inmensos centros de flores exuberantes, la quintaesencia del más puro estilo *art decó* francés, símbolo por excelencia del arte decorativo de vanguardia en la primera mitad del siglo XX. Martinho, que de tonto no tiene un pelo aunque no sea ni muy simpático ni muy buen conversador, se fija en cómo observo todo cuanto encontramos a nuestro paso. «Las esculturas de la fachada son del famoso escultor brasileño Brecheret, como tantas que hay en la ciudad y dentro de este edificio. Y se habrá fijado también en el estilo modernista del Jockey Club, que, como sabrá, fue inaugurado en 1941 y después remodelado por el arquitecto francés Sajaus a finales de los años 50», dice. Yo asiento complacida absorbiendo la información que el chófer tan amablemente me regala. «Es una caja de sorpresas», pienso. Alguien a quien le interesa algo más que el fútbol. Quizá lo he subestimado y le sonrío con un gesto de agradecimiento pero sin cruzar una sola palabra.

Caminamos juntos y en silencio hasta que llegamos a un salón que atravesamos y salimos a una terraza protegida por un tejado acanalado, desde el que se ve la enorme y ovalada pista de hierba y los edificios de la ciudad al fondo como si fuera una postal con un toque sofisticado y chic. La terraza está dividida en espacios rectangulares, separados entre sí por muretes a media altura para crear entornos reservados, decorados con *bouquets* de flores rosas, amarillas y blancas de diferentes tipos, y amueblados con unos sofás blancos de piel y butacas de madera del mismo estilo que el resto, tapizadas en tonos claros, sobre alfombras persas rojas y azules. En el sofá de la izquierda, está Marcelo de espaldas al salón, observando atentamente una de las diez carreras que se celebraban esta tarde. Despido a Martinho dándole las gracias y me quedo unos instantes contemplando a

Marcelo, que no pierde detalle animando a su caballo, que no acaba de colocarse a la cabeza. Espero para no interrumpirlo, hasta que se distrae viendo que el caballo por el que ha apostado ha entrado en segunda posición, a menos de medio cuerpo del caballo ganador. Marcelo se levanta del sofá, coge la copa que está bebiendo y la apura de un solo trago con cierto aire de enojo infantil.

—Alma, ¿cuánto tiempo llevas aquí?

—Menos de tres minutos.

—¿Cómo no te has acercado?

—Se te veía muy concentrado.

—Siempre me ocurre, me apasionan las carreras.

—¿Te gustan a ti?

—No entiendo demasiado de purasangres.

—Has de saber que aquí hay más de mil cuatrocientos animales, todos ellos fuera de serie. Si te apetece, después podemos visitar los boxes, las instalaciones anexas y las pistas de entrenamiento.

—¿De dónde te viene la pasión por las carreras?

—Lo llevo en la sangre. Mi abuelo fue socio fundador del Jockey Club. Pero no hablemos de mí. ¿Cómo te encuentras? Siento mucho la muerte de tu padre.

—Gracias, Marcelo.

—¿Me dejas que te abrace?

—¿Y si me echo a llorar como una niña?

—Te consolaré lo mejor que pueda.

Marcelo me abraza con ternura, con la intensidad y el cariño de un amigo. Los ojos se me llenan de lágrimas, una mezcla de lágrimas antiguas y nuevas que resbalan por mis mejillas. Me acaricia con ternura la barbilla y seca suavemente mis lágrimas con los dedos. Saca un pañuelo blanco de su bolsillo, me lo ofrece con una sonrisa tierna y espera a que me seque los ojos sin dejar de mirarme. Llama a uno de los camareros que hay en una esquina esperando recibir instrucciones y le pide una botella de agua, un par de vasos con hielo y lima exprimida, y dos Hanky Panky.

—Lo primero para refrescar, y lo segundo, para espantar las penas.

—Conozco el cóctel, es muy *british*.

—Era mi favorito cuando estudiaba en Londres. Solía tomarlo en el American Bar del Hotel Savoy. Aquí lo hacen bastante bien.

—Gracias, Marcelo, ya estoy mejor.

—Llorar es sanísimo. Deberíamos hacerlo con más frecuencia, evitaría males mayores.

—Yo tengo el cupo cubierto para este año. Ya he llorado bastante.

—Yo también sé lo que es perder a una persona amada.

—Sí, lo sé. Bruna me habló de ello.

—No estoy hablando de Fernanda.

—Lo siento, no sé a quién te refieres.

—Mi hermana debería ser más discreta.

—Discúlpala, me lo contó para que entendiera algunas de tus reacciones en la *fazenda*.

—No sabía que mis cambios de humor fueran tan evidentes para ti.

—Sí lo fueron, Marcelo. Se te notaba en la mirada que estabas sufriendo.

—Era un sufrimiento antiguo que de vez en cuando aflora. Con más frecuencia de la que me gustaría.

El camarero llega con el agua y nuestros cócteles interrumpiéndonos la conversación. Marcelo le pide que traiga algo para picar y que prepare su mesa para cenar. No una cualquiera, la suya. Acto seguido entran en la terraza dos matrimonios amigos de Marcelo, los Pereira y los Da Silva, a los que me presenta como una joven y astuta vieja amiga. Los cuatro se sonríen por la ocurrencia de Marcelo y nos invitan a sentarnos con ellos en su zona reservada, contigua a la nuestra. Marcelo me mira preguntándome con los ojos si me apetece compartir un rato con ellos y le contesto afirmativamente con una sonrisa. Sé que él declinará cualquier tipo de invitación para cenar los seis, lo haremos a solas, de eso estoy segura. Nos cambiamos de rectángulo mientras el camarero nos pasa los cócteles de una mesa a otra. Las señoras, como siempre, van de punta en blanco, enjoyadas y con sus estilismos en perfecto orden de revista. Pereira es un criador de caballos lusitanos purasangre, y Da Silva, el propietario de un centro ecuestre de entrenamiento de élite para caballos de carreras. Ellos, amantes de los caballos, y ellas, amantes de sus riquísimos maridos. Pereira me hace la pregunta de rigor para ubicarme dentro del universo equino en el que estoy inmersa esta tarde.

—¿Te gustan los caballos, Alma?

—Me encantan, sobre todo, los lusitanos.

—¡Una mujer que sabe de caballos!

—Sí, pero nuestros caballos no son como los vuestros. Su sangre no es tan pura, y su destino no es el de la alta competición ni la exhibición.

Pereira mira a Marcelo con cara de admiración, preguntándose de dónde me habrá sacado, mientras contesta halagado a todas mis preguntas.

Empezó con su negocio en el año 73 después de viajar a Portugal en busca del auténtico purasangre lusitano, distinguido por su nobleza. Compró tres ejemplares, un semental, una yegua y un potro, y los embarcó para Brasil. Un año más tarde, en plena Revolución de los Claveles, volvió a Portugal con el objetivo de seleccionar veinte ejemplares más para criarlos, mejorarlos y salvaguardar la raza. Fue entonces cuando se volcó en la cría del caballo purasangre fuera de sus fronteras naturales y fundó la Asociación Brasileña de Cría de Caballos Purasangre Lusitanos. Treinta años después, la asociación cuenta con más de trescientos cincuenta criadores registrados que trabajan en el perfeccionamiento genético de la raza y se enorgullecen de haber criado a más de diez mil caballos de reconocido prestigio internacional por su versatilidad y sus fuertes aptitudes deportivas. Son caballos de alzada mediana, livianos pero fuertes, dóciles, de buen temperamento, ágiles y extremadamente inteligentes; caballos aptos para competir en unas olimpiadas o en los juegos panamericanos, concursos hípicos internacionales de adiestramiento, salto y doma clásica.

En este punto álgido de la conversación es cuando Da Silva, invitado por Pereira, nos ilustra sobre su centro de alto rendimiento, nos habla del altísimo coste de los sementales, del rendimiento de su trabajo, mañana tarde y noche, en función de los celos de las yeguas, de la prohibición de la inseminación artificial, de las mejoras genéticas, de la importancia del amansamiento, del entrenamiento y fortalecimiento de los músculos en las pistas de trabajo diario para los potros durante el primer año. Algunos de los caballos que corren esta tarde son el orgullo de sus creadores. Marcelo sabía que me encontraría a gusto en compañía de sus amigos mientras él entretenía a las señoras, aburridas de escuchar por enésima vez las historias de sus maridos sobre sus caballos, de los que están más orgullosos que de sus propios hijos. Son mujeres entrenadas para escuchar cómo sus hombres hablan de sí mismos.

Da Silva se disculpa por estar acaparando nuestra atención, cuando su mujer le pone la mano sobre el muslo a modo de aviso, como en los toros. Primer toque de clarín. Para cambiar el tercio, pero no del todo. Me preguntan cómo son los caballos que tenemos en La Umbría. Me cuesta un poco describirlos porque son lo que más me recuerda a mi padre. Está claro que no voy a poder esquivar el tema y me atrevo a hablarles de la dehesa, de nuestros ejemplares, *Acuarela, Cartuche* y *Arcano*, el último en llegar a la familia. Hablamos de ganado bravo y del trabajo tan diferente que tiene un caballo en el campo a otro destinado a la exhibición. Ninguno de ellos monta a caballo. Sus ejemplares no se prestan para el paseo, el uso y disfrute personal: sus caballos son un negocio relacionado con el ego, los éxitos y la cartera, algo impensable para mí, que me he criado prácticamente en las cuadras. Marcelo está pendiente en todo momento de mis gestos, a pesar de la atención que presta a las dos esposas de sus amigos.

Marcelo es de esos pocos hombres que son capaces de hacer dos o tres cosas a la vez. Su cerebro le permite manejar diferentes situaciones y hacerlo bien. Con gran habilidad, nos saca a todos de nuestros confortables sofás para ir a mostrarme los entresijos de la competición. Bajamos a los boxes de primera clase, donde todo está impoluto: las maderas y cierres de las puertas, los comederos, las duchas, el picadero cubierto, las instalaciones. Todo respira un ambiente de máxima pulcritud y organización. Marcelo va presentándome a varios conocidos, hombres de negocios, amigos, *jockeys*. Recorremos el *paddock* y vemos de cerca algunos de los caballos, hermosos ejemplares únicos en su categoría; unos animales fuera de serie, concebidos, criados y entrenados para el éxito. Afortunadamente, nuestros amigos han quedado para cenar en un restaurante del centro, y Marcelo y yo podemos volver a quedarnos a solas. La tarde ha pasado en un suspiro y yo me encuentro relajada en su compañía. Sé que tengo que enfrentar mi suerte y que no debo demorar más el momento de sincerarme con él.

Pasamos al salón donde está preparada nuestra mesa, en una zona que parece el comedor de una casa. Íntimo, acogedor, bien decorado, lleno de flores, luces indirectas e infinitos detalles. La mesa es grande y está vestida con un mantel de hilo blanco con servilletas a juego enrolladas en unos servilleteros de flores menudas, bajo platos y cubiertos de plata, unas maravillosas copas de cristal labrado y una vajilla con motivos de hojas en un *degradé* de tonos verdes y marrones. Dentro de unos recipientes de color ámbar, hay unas mechas encendidas, cuyos cabos están enrollados y sumergidos dentro de un aceite inodoro. Marcelo ha previsto que me siente a su lado, a su derecha, una posición más relajada que si nos hubieran situado uno frente a otro. Todo lo que veo a mi alrededor me insufla unas enormes dosis de tranquilidad y paz interior. Sin saberlo, nos encontramos en el mejor lugar posible para poder confiarle mi secreto. Como me imaginaba, Marcelo ha elegido un menú para los dos, tan colorido como sorprendente. Una degustación de pequeños platos de creación panamericana elaborados por un chef venezolano llamado Emiliano que mezcla con maestría las mejores materias primas y enormes dosis de cariño y creatividad. Empezamos con una crema de frijoles con tostones de plátano macho al estilo *hummus,* un *temaki* de lechuga, albahaca y cilantro relleno de pescado en adobo, muy similar al bienmesabe tan típico de Cádiz, y unos churros rellenos de queso con *fondue* de judías negras. Una delicia.

Continuamos con un Bloody Mary acapulqueño servido en copas de Martini, con langostinos macerados en jugo de lima, orégano, jitomate, jalapeños, cebolla roja, pepino y aguacate. Un tiradito de *oil fish* con pulpa de naranja, maracuyá y un toque de lima y tamarindo. Un ceviche de corvina macerado en lima, cebolla roja y ají y, por último, un *sushi sweet, nigiris* de arroz con leche, cubiertos de un membrillo de guayaba.

Marcelo pide que le traigan un vino de su bodega personal. Realmente, su pasión por el vino supera todo lo imaginable en un hombre. La ocasión merece lo que él considera el mejor vino blanco del mundo, un Borgoña de Pullgny-Montrachet de 1985, un Chardonnay cosechado en las laderas del sur de Francia, donde la fruta se recoge más madura, aportándole al vino una finura y vitalidad sin límites. «El paraíso en un copa», dice mientras brindamos por nosotros.

La cena transcurre distendida entre las explicaciones del chef y nuestro disfrute gastronómico. Casi hemos terminado con la botella de vino y Marcelo me sugiere que para poder salir de la cena con un mínimo de dignidad, sería mejor no abrir otra y pasar directamente a probar una delicia portuguesa del Douro. Con un leve gesto de cabeza, llama a nuestro camarero y le pide que nos sirva un par de copas de Taylor's Vintage del 63, de la Quinta de

Vargellas, un vino excelente para acompañar el postre, un café y una buena conversación que aún está por comenzar.

—Hablábamos del amor hace un rato.

—Sí, hasta que nos han interrumpido.

—¿Te parece este un mejor momento Alma?

—Si tú quieres, no se me ocurre ningún otro mejor.

—Hay personas instruidas en el arte de esquivar las cuestiones importantes de la vida. Yo soy una de ellas.

—Y otras, en enfrentarlas pagando precios altísimos por ello.

—Si tuvieras que identificarte con uno de estos dos grupos, ¿con cuál lo harías?

—Podría hacerlo con los dos. Aunque en este momento de mi vida, me decanto claramente por el segundo.

—Entonces, querida mía, eres mucho más valiente que yo.

—¿Por qué lo dices?

—Porque advierto en tus ojos que tienes algo importante que decirme. Pero antes de que lo hagas, quiero hablarte del amor. Del amor más puro y auténtico que vieron los tiempos. Del amor entre un hombre y una mujer. De la mujer de mi vida.

—Fue un domingo primaveral con el que nos sorprendió el mes de febrero. Yo volvía de un *rallye* de coches antiguos que se celebraba en la sierra de Madrid y que, como era costumbre, terminaba en una gran comilona en casa de Juanjo Miranda, un buen amigo de la universidad que tenía un palacete en Miraflores de la Sierra. Iba jugueteando con mi coche camino de Madrid cuando, a la altura de Manzanares El Real, vi a una mujer que salía de detrás de una columna de humo. Detuve mi coche para ayudarla. El motor de su coche estaba averiado y optamos por dejarlo en el mismo lugar donde se había detenido por fuerza.

»Me dijo que se llamaba Blanca y que venía de celebrar un bautizo en la finca de unos amigos ganaderos. Le propuse llevarla de nuevo a Manzanares o hasta el teléfono más cercano para que pudiera hacer una llamada, pero prefirió no avisar a nadie y seguir conmigo hasta Madrid. Nos presentamos formalmente, estreché su mano enfundada en un guante de piel rojo y el calor de su piel traspasó la mía. Me sentí suyo, atrapado en su luz, escogido por el destino caprichoso que nos regalaba un instante.

»De mil veces mil, habría dado todo cuanto poseo por repetir aquel encuentro. Me enamoré de ella en segundos. Me perdí en el brillo de sus ojos, en la profundidad de su mirada, en la dulzura de sus gestos, en la naturalidad de sus palabras. Antes de subirnos al coche me preguntó si por casualidad no tendría una cámara fotográfica. Me sorprendió su pregunta porque sí la llevaba: me fascinaba la fotografía y tenía la costumbre de viajar con ella a todas partes. Me pidió que le hiciera una foto a su Mercedes clásico antes de marcharnos. «Era de mi padre y le tengo un cariño especial, me temo que está en las últimas», me dijo. Inmediatamente saqué la cámara del asiento de atrás de mi coche y fotografié su humeante automóvil mientras ella se apoyaba en el mío. Un impulso casi adolescente me hizo inmortalizarla a ella también mientras descubría la armonía fascinante de sus rasgos.

»Nos contamos la versión menos comprometida de nuestras vidas sin abundar en detalles; al fin y al cabo, éramos dos perfectos desconocidos unidos por un encuentro casual. La llevé hasta su casa, preguntándome si podría volver a verla antes de regresar a Brasil; había cerrado un negocio y no tenía previsto demorar demasiado mi estancia en España. Aun a riesgo de parecerle un descarado, al despedirnos le pregunté si podía llamarla.

—Perdóname si te parezco atrevido, pero me gustaría volver a verte.

—Estoy casada.

—Lo sé. Sin embargo, los amigos no están reñidos con el matrimonio.

—No conoces a mi marido. Él está reñido con el universo entero.

—Lo siento, soy un entrometido, te ruego que me disculpes.

—Es tarde, tengo que marcharme. Gracias por haberme traído a casa.

—Ha sido un placer.

»Ella me obsequió con una sonrisa infinita, alargó su mano para que se la besara y se dio la vuelta dejando caer un lacónico «tal vez» que yo interpreté como un sí mayúsculo. «Te esperaré en el parque al atardecer», le dije casi en un susurro. Entró en el portal de su casa, y antes de cerrar la puerta, se dio la vuelta y me miró sin decir nada. Ya no sonreía, y su mirada quería decirme algo que no supe interpretar.

»Transcurrieron lenta y tediosamente siete días y Blanca no acudió a mi encuentro. La séptima noche, mientras cenaba en Horcher con unos clientes, volví a verla. Se encontraba en una de las dos mesas del fondo, en un rincón discreto del restaurante, acompañada por el que parecía ser su marido y otra pareja de amigos. Ella estaba sentada a la derecha de su marido, justo como estamos tú y yo ahora, en diagonal a la sala y sus comensales, elegante, esbelta, erguida, con el pelo recogido en un moño bajo. Percibí en su perfil un rictus serio y una ausencia total de gestos. Me senté frente a ella, a dos mesas de distancia, sin atreverme ni a mirarla. Blanca no prestaba atención nada más que a su mesa. La cena transcurrió sin que ella reparara en mi presencia, cada cual estaba en su lugar y yo no tenía la menor intención de incomodarla. Terminaron de cenar, y al pasar a nuestro lado, ella no se dio cuenta de que iba arrastrando los flecos de su chal de seda blanca. Me levanté de mi silla para recogérselo, y entonces, ella se volvió para agradecer el gesto sin saber a quién. Entretanto, su marido saludaba a otros amigos, mientras que en el guardarropa de la entrada, dos señoras aguardaban para ponerles sus abrigos y despedirlos. Blanca me miró fijamente, conteniendo sus emociones como lo hacen las grandes damas, sin demostrar un atisbo de sorpresa ni de rubor. Pero el brillo de su mirada la delataba; no pudo contener la alegría de su corazón al volver a verme. Me dio las gracias por mi atento gesto, saludó con un leve movimiento de cabeza a mis acompañantes, se dio la vuelta y caminó hacia su marido sin la más mínima intención de que nadie supiera que ya nos conocíamos. En aquel momento fui consciente de que sería la mujer de mi vida aunque en la misma moneda fueran juntos el triunfo y la condena. Tocado por el amor de una mujer y desterrado a un exilio espantoso para el resto de mis días, despojado de mi lugar, sin ningún derecho, amputado de por vida, con una herida imposible de curar.

»Seguí esperándola cada tarde hasta que decidió venir y nos encontramos por tercera vez en el lugar que supuse sería su favorito, un mirador secreto sobre una cueva frente a un palacio de cristal. La esperaba con el corazón inquieto y la mirada atenta, tratando de vislumbrarla entre las hojas de los árboles, que empezaban a brotar. Cada día a la misma hora, recorría el mismo camino deseando encontrarme con ella. Buscaba la luz como las polillas en la noche, a la vez inquieto y emocionado. Aspiraba el aire de cada tarde y daba gracias a Dios por abrirme el alma de par en par. Me sonreía a ratos, pensándola, pensándonos, haciendo castillos en el aire, proyectando ilusiones, una vida, un futuro juntos. Caminaba hasta su palacio por el único camino que me llevaba a mi puesto de espera, atravesando el puente de madera, en el reino del árbol único de corteza cuadrada, donde me paraba durante unos instantes a observar cómo los patos juguetones sumergían medio cuerpo dejando afuera el otro medio, moviendo sus anaranjadas patitas palmeadas, entrando en el agua una y otra vez, ajenos a todo en su mundo animal. Apoyado en la barandilla, lograba distraerme durante unos instantes que enseguida se me hacían largos. Deslizaba mi mano acariciando los troncos y seguía hacia mi destino con pasos silenciosos, respirando el aire del parque, recorriendo sus rincones con la mirada, siempre por el mismo camino, tratando de reconocerla en el rostro de alguna otra mujer, hilvanando mentalmente cartas de amor que perdurasen en el tiempo, más allá del ocaso inevitable de las pasiones. Negaba con la cabeza, diciéndome que eso no nos pasaría a nosotros, convencido de mi amor todopoderoso, aún por estrenar.

»Aguanté estoico bajo la lluvia, con la esperanza prendida de un ojal, con la ilusión intacta y la determinación de un guerrero defendiendo su hogar y su honor. Pedí a los dioses que la lluvia de cada tarde no entorpeciera sus pasos y la alejara de mí. Me resistí a perder la esperanza y a deshacer mis pasos. Soñé despierto cada tarde, recreando escenas plausibles de un futuro no muy lejano que se hacía de rogar. Le pediría que me concediera un único baile, tomaría su mano y la cogería por la cintura, susurrándole al oído una melodía íntima, mientras su mejilla se apoyaría en la mía y nos dejaríamos llevar ajenos a todo. Y lo haría bajo la lluvia, al cobijo de los árboles aún dormidos desperezándose del invierno, bajo una pérgola imaginada de la que cuelgan velos mecidos al capricho del viento.

»Había llegado caminando desde mi casa alquilada, en el número ocho de la calle de Las Huertas, entre el callejón del Perro

Triste y el Gato Cojo. «¿Conoces bien el parque?», me preguntó. «Lo suficiente», le respondí. Otra tarde de febrero, bajo un cielo cubierto de nubes color gris panzaburro. Había paseado alrededor del estanque, como cada día. Me había cruzado con un par de parejas que apresuraban sus pasos al sentir caer las primeras gotas que avisaban de la tormenta. Un jovencísimo barquillero se afanaba en recoger su cesta, cubriéndola con un plástico blanco para que no se echara a perder la frágil mercancía. Un hombre mayor vestido de oscuro, con una gorra verde calada, alzaba su saxofón en un último alarde, entonando una melodía triste que el viento arrastró por las veredas del parque hasta perderla por completo en algún lejano rincón. Nos habíamos quedado solos, con algunas palomas que picoteaban el suelo en torno a la silla plegable del músico, quien se preparaba para recoger sus bártulos. Ambos esperábamos algo, él unas monedas que lo ayudaran a llenar su estómago acostumbrado a comer a deshora, y yo, un milagro que me trajera el sol, y con él, un atisbo de esperanza. Saqué del bolsillo de mi chaqueta unas monedas y se las acerqué al platillo vacío que había colocado a sus pies. Él me sonrió agradecido y me bendijo. Caminé hasta la cueva dando un rodeo por el pequeño estanque que había a los pies del palacio. Subí a mi atalaya y la esperé, como cada tarde, mirando al cielo, respirando intensamente, confiando en mi buena estrella.

»Fue entonces cuando la vi llegar bajo su paraguas negro de Mary Poppins, con empuñadura de cabeza de cotorra de plumas blancas y penacho amarillo a modo de cresta. Salí a su encuentro escaleras abajo, sin perder un segundo, abandonando mi puesto de vigía y la compostura. La estreché entre mis brazos en silencio, sintiendo su respiración y mi corazón bombeando con fuerza, latiéndome en la yugular. «Sabía que vendrías», le dije al oído en un susurro, conteniendo la emoción.

»Blanca se dejó abrazar y yo la retuve entre mis brazos, alargando al máximo el momento de separar su cuerpo del mío. Nos miramos a los ojos sin decirnos nada. Noté en su mirada signos de amor y tristeza entremezclados. Anduvimos agarrados del brazo, en silencio, haciéndonos mutua compañía, ajenos a la lluvia ya no tan fina que nos invitaba a refugiarnos en algún café cercano entre su casa y la mía. Descartamos todos los sitios donde la conocían y también en los que podrían reconocerla. Blanca no pasaba desapercibida. Sabía que el más mínimo desliz podría dar forma a los bulos más disparatados y a las más hirientes habladurías, y no quería ni podía permitírselo. No había que ser muy hábil para darse cuenta de que la indiscreción no tenía cabida en la rígida sociedad de Madrid a la que Blanca pertenecía. Estaba marcada por los tres principales pilares en los que podría verse expuesta: su familia, su matrimonio y su profesión.

»Decidimos bajar hacia la puerta de Felipe IV frente al Casón del Buen Retiro y coger un taxi hacia mi casa. Podríamos cenar temprano en un diminuto restaurante italiano, muy cerca de donde yo vivía, al que iba con cierta frecuencia. Una vez refugiados en el interior del taxi, Blanca se sintió más relajada y comenzamos a hablar directamente, sin ambages.

—¿Cómo estás, Blanca?

—Siento haberte hecho esperar tantos días. Ya no pensaba encontrarte.

—Te habría esperado toda mi vida.

—Nunca nadie me ha dicho algo tan maravilloso.

—Quería verte para decirte lo que siento.

—No sé si has elegido el mejor momento.

—Para algunas cosas, nunca lo es. ¿Conoces Il sorriso di Angelica?

—¿La sonrisa de Angelica?

—Sí, cenaremos allí. Te gustará. Son todos ciegos, sordos y mudos. Discreción garantizada. Es lo que necesitamos. Quiero abrirte mi corazón.

—Quizá te arrepientas si lo haces.

—Si no lo hago, me moriré.

»Bajamos del taxi en el Paseo del Prado y decidimos continuar caminando. La lluvia había cesado por completo y el cielo de Madrid se preparaba para darnos cobijo.

»Blanca me abrió su corazón y permitió que yo le abriera el mío. Hablamos de sus primeros años de matrimonio, de la alegría que le proporcionaban sus tres hijos. De la angustia de vivir pendiente de un marido impredecible. De su amor por el arte, de sus sueños, de sus ganas de vivir, de escapar de una realidad que ya no sentía como suya. Me contó cómo había vivido el último año, con el acoso y el chantaje acostado a los pies de su cama. Expuesta a las visitas de un marido que cada vez lo era menos pero que salía y entraba de su vida con la virulencia de un conquistador en tierras vírgenes. Me habló de cómo se sentía como mujer. De su resistencia feroz a ser condenada a una vida sin amor.

»Y quiso saber de mí. Quiso saberlo todo. Cómo había llegado a España al terminar mi carrera de derecho en São Paulo y mi posterior formación en Inglaterra como economista, viviendo entre dos culturas tan diferentes a la mía. Marcado genéticamente por mis raíces brasileñas, por mis ancestros portugueses e ingleses y mi arraigo en España. Yo estudiaba en Londres y pasaba las vacaciones en España. La recorría de Norte a Sur, de punta a cabo. Adoraba su gastronomía y sus vinos, sus gentes, el flamenco, la literatura, el contraste de sus mares. Atravesaba Extremadura para visitar a mi familia en Lisboa. Estrechaba lazos y ampliaba mis horizontes de la mano de personas extraordinarias. Me consideraba un ser privilegiado, especialmente rico en amigos. Hablamos de mis múltiples aficiones: las carreras de caballos, los deportes náuticos, mi gusto educado en el conocimiento de los buenos vinos, la fotografía, los coches clásicos de carreras, la pintura y las antigüedades. Hablamos de amor, de lealtad, de libertad, de concesiones. Hablamos de mis múltiples novias, de la vida que me gustaba llevar, sin ataduras ni compromisos.

»Nos quedamos solos en el restaurante hasta bien entrada la madrugada. El tiempo había volado como ocurre cuando dos personas conectan más allá de sus corazones, más profundo que la piel que los guarda. Blanca y yo fuimos uno esa noche. Nuestras almas estaban conectadas para siempre y los dos lo supimos. Aquella noche, no pude dejarla marchar. Yo había entrado en su alma como ella había entrado en la mía. Quería fusionar su cuerpo con el mío. Deseaba amarla como nunca antes había amado a una mujer. Blanca supo que nuestro momento había llegado. Aceptó mi invitación a subir a mi casa y nos amamos hasta el amanecer. Mientras Blanca dormía el sueño ligero de la mañana, le preparé el café, puse la mesa del desayuno y encendí la chimenea de nuestro cuarto. Por la cara de mi amada, sentí que todo estaba a su gusto. Me parecía que, a mi lado, no echaría nada de menos. Después de desayunar, quise acompañarla a coger un taxi pero desistí de mi intención; ella sabía cómo debía o no debía hacer las cosas. Yo había vivido la noche más maravillosa de mi vida y no quería tener un sabor amargo al final, así que respeté su decisión de salir sola de casa y no quise preguntarle cuándo nos veríamos de nuevo. Nos despedimos fundiéndonos en el beso más dulce que vieron los tiempos y yo esperé junto a la ventana de mi dormitorio para verla salir del portal, abrazado a la almohada donde ella había reclinado la cabeza. Blanca salió de mi casa con su abrigo blanco y su sombrero de ala ancha. El bolso en la mano derecha y el paraguas colgado del brazo. Se enfundó los guantes en sus finas manos, se volvió hacia mí y se puso la mano derecha a la altura del corazón. «Yo también te amo», le dije a través del cristal mientras la veía marcharse.

»Seguimos encontrándonos en la intimidad de mi casa, protegidos de todas las miradas. Salíamos a cenar a los lugares donde ella se sentía menos observada. Nunca le hacía preguntas que la incomodasen, a cambio, ella siempre compartía conmigo sus preocupaciones. Vivimos un mes de marzo en una luna de miel permanente, con algunos momentos en blanco impuestos por sus múltiples obligaciones, en los que nuestro amor se disparaba exponencialmente. Sentía una profunda admiración por ella, era un ser excepcional, bello por dentro y por fuera. Tenía un gusto exquisito, y su conversación nos atrapaba durante horas hasta bien entrada la madrugada. Era una mujer muy culta e inteligente, y tan dulce al mismo tiempo que no me podía creer que fuera un hombre tan afortunado.

»Blanca formaba parte de mi vida, de mi esencia. Estaba dispuesto a todo por ella. Sus múltiples compromisos sociales y culturales no alteraban nuestros encuentros; incluso, tuve el placer de acompañarla en alguna ocasión, siempre rodeados de amigos y sin dar la más ligera pista sobre nuestro amor. Al mes de marzo siguió el de abril. Podría afirmar que fueron los días más hermosos de mi vida. Al llegar mayo, nuestro amor no cambió, pero las circunstancias sí lo hicieron. Un terrible desencuentro con su marido nos hizo distanciarnos. Ya no era solo una cuestión de prudencia y recato: Blanca temía por su vida y por la de sus hijos. Su marido se había vuelto imprevisible y agresivo, llegando incluso a forzarla una noche en contra de su voluntad. Blanca me pidió que me distanciara un tiempo, que retomase mi vida y mis negocios en Brasil; como alternativa, sugirió que me instalase en París o en Londres, y finalmente, me rogó que me fuera una temporada de Madrid. Le hice caso, sabía que no era un capricho, nada me hacía desconfiar de ella. La ira de su marido, Beltrán Terry, no se hizo esperar. Tal fue su locura que estuvo a punto de matar a uno de los mejores amigos de su mujer de una paliza. Los acontecimientos se sucedieron con una rapidez vertiginosa. Fui desterrado del paraíso en un abrir y cerrar de ojos y no volví a verla nunca más. Regresé a mi vida deseando que ella pudiera hacerme de nuevo un sitio en la suya una vez se hubieran solucionado los problemas, pero no fue así. Su majestad estaba en jaque, acorralada en su tablero de ajedrez, y yo no era más que un caballo espoleado batiéndose en retirada. La reina habló y yo, como el más humilde y leal de sus súbditos, acaté sus órdenes esperando un futuro mejor que nunca llegó para mí.

»Pasé treinta años tratando de arrancármela de dentro, pero fui incapaz. La posibilidad de un reencuentro fue muriendo poco a poco con el paso de los años. Me quedé mutilado para el amor. Había tenido un amor, y fruto de ese amor, una hija, pero sin derecho a conocerla siquiera. Solo se me permitía olvidar. No hubo correspondencia, no me enviaron fotografías de su bautizo ni de su primera comunión. No supe nada de ninguna de las dos. A veces me pregunto si Blanca llegó a saber realmente lo mucho que yo la amaba. Fui yo el que lo perdió todo sin apenas haber pedido nada. No pude ser marido, ni padre, ni amante, ni amigo. Desaparecí de la escena como una pieza prescindible en una obra con fines muy superiores a lo que mi mente pudo comprender. Yo no era un niño, y lo que quedaba de mí envejeció por dentro. Todas las mujeres que pasaron después por mi vida me achacaron lo mismo: frialdad, falta de cariño, incapacidad para el compromiso, egoísmo. Sí, en eso me convertí, en un ser incapaz de corresponder en el amor. Las maltraté, las herí, las desprecié, las humillé, las odié, las engañé, las utilicé y les hice creer que las amaba. Todas las que me amaron y quisieron liberarme de mi dolor fueron aún más repudiadas y rechazadas que las que fueron más frívolas o se protegieron de mi maldad.

»Blanca había acallado las ansias de sangre del monstruo que fue su marido pero sembró en mí sin quererlo la semilla del dolor, haciendo de mí otro ser desconocido, no menos enfermo ni menos peligroso, para el resto de mi vida. Un ser desgarrado por el vacío de su ausencia. Ella me condenó a vivir con el corazón errante, sin consuelo, sin paz. Un ser maldito. No encontré paz en las castas, en las melosas, en las sumisas, en las exitosas, en las prostitutas, en las amantes de una noche, en las triunfadoras, en las rebeldes, en las drogadictas, en las jóvenes ni en las maduras. Todas sin distinción, lejos de proporcionarme alivio, avivaban el fuego interior de mi desconsuelo.

»Sin embargo, ahora ha llegado el momento de reconciliarme con todas, empezando por Blanca. Y quizá quieras saber algo más de mí, de este viejo atormentado, endurecido por el desamor.

»Yo puedo enseñarte algo que no sabes. Si consigues que el sufrimiento no te impida amar, como me ha ocurrido a mí, serás libre. Yo he vivido con pasión la parte de mi vida que no dependía de sentirme querido. He conseguido todo lo que me he propuesto y no necesito llegar más alto, ya toco techo. Incluso, he podido ayudar a otros a mitigar su sufrimiento, pero ya no quiero seguir caminando solo: necesito una mano cálida que me recuerde cada día que mi esfuerzo y mi renuncia no fueron en vano, que puedo salir de este destierro y liberar mi corazón envejecido por la soledad de su abandono y vivir los años que me queden con un atisbo de esperanza. Si tuviera otra oportunidad, empezaría de nuevo y aprendería a amar.

—Qué fácil me lo has puesto, Marcelo.

—Y tú, qué valiente has sido al venir a buscarme.

—A tus ojos quizá, pero no ha sido un camino sencillo de transitar.

—Has deshecho el maleficio del desamor.

—He venido para quedarme. Quiero disfrutar de ti. Quiero que construyamos un *nosotros,* y no quiero esperar por nadie.

Hemos saltado las barreras, escalado los muros, quemado las naves. Hemos apostado todo al amor.

—Quiero saberlo todo de ti, pero antes, déjame que te mire. Déjame descubrirte con estos ojos nuevos que ansían reconocer en ti una parte de mí. De la esencia que compartimos, de tu ser y de tu sentir. Ya sé quién eres y a qué has venido.

—¿Cuándo has sido más feliz en tu vida?

—En este instante, en el que por primera vez voy a pronunciar tu nombre, Alejandra.

****

Vuelvo a mi hogar a sabiendas de que ya nunca más llevaré la vida de siempre. Yo ya no soy la misma y no me llena vivirla de la misma manera que antes. He aprendido que la vida te da todas las oportunidades que seas capaz de ver y que con la verdad no existen ofensas ni temores. Al transitar este camino, he aprendido a perdonar. He mirado de frente a los ojos de la verdad y confieso que he sentido alivio al cerrar un paréntesis de mi vida indefinido en el tiempo. Hay búsquedas que trascienden el tiempo y justifican los riesgos que se hayan podido correr. Hoy regreso a mi casa con la intención de no quedarme. Quiero encontrarme con la gente que quiero para despedirme de otra manera. Sin preguntas, sin respuestas, en silencio, dejando entornada la puerta.

Me siento en el sofá frente al televisor, cuya dimensión siempre me ha parecido que incrementa su omnipresencia en el salón. Coloco la cámara de vídeo sobre una torre de libros cogidos al azar de la estantería. Hago unas pruebas de cámara y de sonido. Ajusto los metros de distancia para que se me vea bien sin necesidad de forzar un primer plano. Estoy sola. Son las seis de la tarde de un viernes cualquiera. No tengo un guion preparado ni he ensayado media docena de frases grandilocuentes.

Imagino sus caras de sorpresa al verme aparecer en la pantalla, mirándose entre ellos con cara de no comprender. Cuando estén los tres juntos, Linda los avisará de que no voy a poder llegar y merendarán tranquilos sin mí. Harán conjeturas sobre mi comportamiento de los últimos tiempos y hablarán de las muchas pruebas que la familia ha tenido que superar a lo largo de este accidentado año. También disfrutarán de lo que hemos preparado, y una vez saciados, con el estómago lleno, relajados y felices de compartir un rato entre hermanos, Linda les dirá: «La señora quiere hablarles». Ellos la mirarán extrañados mientras mi fiel escudera enciende el interruptor y pulsa el botón parpadeante que dice *play*.

»—Queridos hermanos, espero que hayáis disfrutado de la merienda que os ha ofrecido Linda. En primer lugar, quiero agradeceros que hayáis podido coincidir los tres.

»Bea, debes de estar pensando qué es lo que me traigo entre manos. No te inquietes, no te voy a hacer esperar demasiado. Gonzalo, sé que ahora estarás apretando los pulgares dentro de tus manos, conteniendo la incertidumbre que te produce la escena y el misterio de mis palabras. Tranquilo, lo que tengo que deciros es bueno. Sonsoles, con tu serenidad habitual, estarás preparada para cualquier cosa, lo cual me anima a continuar.

»Llegados a este punto, quiero deciros que, ante todo, os quiero y que nada de lo que os voy a revelar cambiará lo que siento por vosotros. También espero y deseo que, a la inversa, sintáis lo mismo que yo, que sea recíproco el amor profundo y el respeto que siento por todos.

»Os preguntaréis qué he estado haciendo estos últimos meses en Brasil. Quizá os hayáis sentido un poco abandonados por mí, teniendo en cuenta que hemos perdido a nuestros padres en el mismo año. No he salido huyendo, si es esa la impresión que tenéis. Tampoco estoy metida en ninguna secta ni estoy viviendo una pasión desenfrenada con un profesor de samba. Nada que ver.

»Este viaje he tenido que emprenderlo por expreso deseo de mamá, no por voluntad propia. Y creedme si os digo que he tenido que renacer de mis cenizas para poder entenderla y perdonarla por partirme el corazón en mil pedazos. Han pasado muchos meses y ahora puedo mirar con perspectiva la historia de nuestra familia. Siempre tuve una relación especial con mamá porque ella para mí era el espejo donde yo me miraba, la fuente en la que yo bebía, el ejemplo de madre y de mujer que yo quería llegar a ser algún día. Pero me traicionó, y sobre todo, se traicionó al negarse a sí misma vivir libremente un amor verdadero.

»Mamá tuvo un amante estando aún casada con papá, y mi misión desde que nos dejó ha sido encontrarlo. Perdonadme por no haber compartido con vosotros nuestro secreto. No podía hacerlo, tenía que averiguarlo en solitario porque ese hombre fue el único amor de nuestra madre. Ese hombre vive y es mi padre.

»Os daré unos segundos para que podáis pedirle a Linda un vaso de agua o un copazo, lo que prefiráis.

»Ahora que lo he encontrado os lo puedo decir. Este es solo el principio de mi viaje y no quiero perderme ni un solo segundo más de la vida de este hombre, al que apenas conozco. De lo que sí estoy segura es de que hay segundas oportunidades y revanchas que abren nuevos horizontes, y a quienes las buscan, el sol los saluda cada amanecer. Todos buscamos trascender, porque trascender es buscar, perseguir ese sueño que nos sirve de norte. Es mirar para atrás y decir «bueno, lo intenté». Sea cual sea el resultado, ¡lo intenté! y me quiero quedar en paz sabiendo que estoy haciendo todo lo que tengo que hacer.

»No somos una familia como las de la propaganda de los paquetes de cereales. Ni somos perfectos ni estamos permanentemente felices. Todos dejamos marcas en las personas que conocemos. No voy a renunciar a este sueño porque para mí es una realidad y porque siento que necesito que él deje su huella en mí.

»Deseo para todos nosotros que tengamos una vida mejor a partir de ahora. La mitad de la mía está por comenzar, y aunque no sé si he elegido el mejor momento para confesarme, quiero compartir con vosotros mi verdad.

»He vuelto para deciros que me marcho. Que espero que no me juzguéis y que entendáis que, hoy por hoy, mi lugar está junto a él.

»Con el dolor a flor de piel no se puede contestar a ninguna pregunta, por eso he preferido dejaros este documento, para que quede siempre en la memoria de nuestra historia. Ya tendremos tiempo de hablar cuando pueda compartirlo con vosotros, si es que podéis abrirnos en vuestros corazones el espacio que necesito y espero.

»Bea, deseo de corazón que podamos conocernos mejor y que algún día me abras las puertas de tu intimidad. Tengo la sensación de que no siempre sé entenderte. Sonsoles, cuídame a

Perla, las temperaturas de este país no son para una dama como ella. Dile a Jacobo que lo quiero y que estoy deseando abrazaros. Gonzalo, ¿qué te puedo decir? Eres el hermano que siempre quise tener. Cuida de nuestra familia, te toca hundir tu propia bandera en la tierra de los nuestros, y no tengo ninguna duda de que sabrás recibirnos a todos cuando el cielo escampe tras la tormenta.

»Os quiero con toda mi alma.

»Hasta pronto».

Blackout

Hubo un plato de porcelana en la familia que todos queríamos heredar cuando mi padre muriera. Era recurrente en las cenas de Navidad hablar del plato del delfín, del cual se alababa la belleza del dibujo y la delicadeza de sus detalles. Cuando mi padre murió, una mano valiente se apresuró a sacar el plato de la vitrina que lo custodiaba, y por un descuido, o quizá fuera por la emoción, el plato se resbaló de sus manos y cayó al suelo rompiéndose en mil pedazos. Alguien exclamó: «Qué lástima, toda la vida hablando del plato del delfín y ahora lo haremos del-fin del plato».

FIN

www.ingramcontent.com/pod-product-compliance
Lightning Source LLC
Chambersburg PA
CBHW080719020726
47502CB00009B/2467